COLLECTION
FOLIO CLASSIQUE

LES ROUGON-MACQUART

HISTOIRE NATURELLE ET SOCIALE
D'UNE FAMILLE SOUS LE SECOND EMPIRE

Émile Zola

La Bête humaine

Préface de Gilles Deleuze

Édition présentée, établie et annotée
par Henri Mitterand
Professeur émérite à la Sorbonne Nouvelle

Gallimard

PRÉFACE

Zola et la fêlure

C'est dans La Bête humaine qu'apparaît le texte célèbre : « La famille n'était guère d'aplomb, beaucoup avaient une fêlure. Lui, à certaines heures, la sentait bien, cette fêlure héréditaire ; non pas qu'il fût d'une santé mauvaise, car l'appréhension et la honte de ses crises l'avaient seules maigri autrefois ; mais c'étaient, dans son être, de subites pertes d'équilibre, comme des cassures, des trous par lesquels son moi lui échappait, au milieu d'une sorte de grande fumée qui déformait tout. » Zola lance un grand thème, qui sera repris sous d'autres formes et avec d'autres moyens par la littérature moderne, et toujours dans un rapport privilégié avec l'alcoolisme : le thème de la fêlure (Fitzgerald, Malcolm Lowry).

Il est très important que Jacques Lantier, le héros de La Bête humaine, soit vigoureux, sain, de bonne santé. C'est que la fêlure ne désigne pas un chemin par lequel passeraient des éléments morbides ancestraux, marquant le corps. Il arrive bien à Zola de s'exprimer ainsi, mais par commodité. Et il en est réellement ainsi pour certains personnages, les malingres, les nerveux, mais précisément ce ne sont pas eux qui portent la fêlure, ou ce n'est pas par là seulement qu'ils la portent. L'hérédité n'est pas ce qui passe par la fêlure, elle est la fêlure elle-même : la cassure ou le trou, imperceptibles. En son vrai sens, la fêlure n'est pas un passage pour une hérédité morbide ; à elle seule, elle est toute l'hérédité et tout le morbide. Elle ne transmet rien sauf elle-même, d'un corps sain à un autre corps sain des Rougon-Macquart. Tout repose sur le paradoxe de cette hérédité confondue avec son véhicule ou son moyen, de ce transmis confondu avec sa transmission, ou de cette transmission qui ne transmet pas autre chose qu'elle-même : la fêlure cérébrale dans un corps vigoureux, la crevasse de la pensée. Sauf accidents que nous allons voir, le soma est vigoureux, sain. Mais le germen est la fêlure, rien d'autre que la fêlure. À ces conditions, celle-ci prend l'aspect d'un destin épique, passant d'une histoire ou d'un corps à l'autre, formant le fil rouge des Rougon-Macquart.

Qu'est-ce qui se distribue autour de la fêlure, qu'est-ce qui fourmille sur ses bords ? Ce que Zola appelle les tempéraments, les instincts, les « gros appétits ». Mais le tempérament ou l'instinct ne désigne pas une entité psychophysiologique. C'est une notion beaucoup plus riche et concrète, une notion de roman. Les instincts désignent en général des conditions de vie et de survie, des conditions de conservation d'un genre de vie déterminé dans un milieu historique et social (ici, le Second Empire). C'est pourquoi les bourgeois de Zola peuvent aisément nommer vertus leurs vices et leurs lâchetés, *leurs ignominies ; c'est pourquoi inversement les pauvres sont souvent réduits à des « instincts » comme l'alcoolisme, exprimant leurs conditions historiques de vie, leur seule manière de supporter une vie historiquement déterminée. Toujours le « naturalisme » de Zola est historique et social. L'instinct, l'appétit, a donc des figures diverses. Tantôt il exprime la manière dont le corps se conserve dans un milieu favorable donné ; en ce sens il est lui-même vigueur et santé. Tantôt il exprime le genre de vie qu'un corps invente pour tourner à son profit les données du milieu, quitte à détruire les autres corps ; en ce sens il est puissance ambiguë. Tantôt il exprime le genre de vie sans lequel un corps ne supporterait pas son existence historiquement déterminée dans un milieu défavorable, quitte à se détruire lui-même ; en ce sens l'alcoolisme, les perversions, les maladies, même la sénilité sont des instincts. L'instinct tend à conserver, en tant qu'il exprime toujours l'effort de perpétuer un mode de vie ; mais ce mode, et l'instinct lui-même, peuvent être destructeurs non moins que conservateurs au sens étroit du mot. L'instinct manifeste la dégénérescence, la précipitation de la maladie, la perte de santé non moins que la santé même. Sous toutes ses formes l'instinct ne se confond jamais avec la fêlure, mais entretient avec elle des rapports étroits variables : tantôt il la recouvre ou la recolle tant bien que mal, et pour un temps plus ou moins long, grâce à la santé du corps ; tantôt il l'élargit, lui donne une autre orientation qui fait éclater les morceaux, provoquant l'accident dans la décrépitude du corps. C'est dans* L'Assommoir *par exemple, chez*

Gervaise, que l'instinct alcoolique vient doubler la fêlure comme tare originelle. (Nous laissons pour le moment de côté la question de savoir s'il y a des instincts évolutifs ou idéaux, capables enfin de transformer la fêlure.)

À travers la fêlure, l'instinct cherche l'objet qui lui correspond dans les circonstances historiques et sociales de son genre de vie : le vin, l'argent, le pouvoir, la femme... Un des types féminins préférés de Zola, c'est la nerveuse, écrasée par l'abondance de ses cheveux noirs, passive, non révélée à elle-même, et qui se déchaînera dans la rencontre (telle était déjà Thérèse dans Thérèse Raquin, *avant la série des Rougon, mais aussi Séverine, dans* La Bête humaine*). Terrible, la rencontre entre les nerfs et le sang, entre un tempérament nerveux et un tempérament sanguin, qui reproduit l'origine des Rougon. La rencontre fait résonner la fêlure. C'est que les personnages qui ne sont pas de la famille Rougon, ainsi Séverine, interviennent à la fois comme objets auxquels se fixe l'instinct d'un Rougon, mais aussi comme êtres pourvus eux-mêmes d'instincts et de tempérament, et enfin comme complices ou ennemis témoignant pour leur compte d'une fêlure secrète qui vient rejoindre l'autre. La fêlure-araignée : tout culmine, dans la famille Rougon-Macquart, avec Nana, saine et bonne fille dans le fond, dans son corps vigoureux, mais qui se fait objet pour fasciner les autres et communiquer sa fêlure ou révéler celle des autres — immonde germen. D'où aussi le rôle privilégié de l'alcool : c'est à la faveur de cet « objet » que l'instinct opère sa jonction la plus profonde avec la fêlure même.*

La rencontre de l'instinct et de l'objet forme une *idée fixe*, non pas un sentiment. Si Zola romancier intervient dans ses romans, c'est d'abord pour dire aux lecteurs : attention, ne croyez pas qu'il s'agisse de sentiments. Célèbre est l'insistance avec laquelle Zola, tant dans La Bête humaine *que dans* Thérèse Raquin, *explique que les criminels n'ont pas de remords. Et les amants n'ont pas davantage d'amour — sauf lorsque l'instinct a su vraiment « recoller », devenir évolutif. Il ne s'agit pas d'amour, il ne s'agit pas de remords, etc., mais de torsions, de craquements, ou au contraire d'accalmies, d'apaisements, dans des rapports entre tempéraments toujours tendus par-dessus la fêlure. Zola excelle dans la description d'un calme bref avant la grande décomposition (« c'était certain maintenant, il y avait eu une désorganisation progressive, comme une infiltration du crime »). Cette dénégation du sentiment au profit de l'idée fixe a évidemment plusieurs raisons chez Zola. On invoquera d'abord la mode du temps, l'importance du schéma physiologique. La « physiologie » depuis Balzac jouait le rôle littéraire aujourd'hui dévolu à la psychanalyse (physiologie d'un pays, d'une profession, etc.). Plus encore, il est vrai que depuis Flaubert le sentiment est inséparable d'un échec, d'une faillite ou d'une mystification ; et ce que le roman raconte, c'est l'impuissance d'un personnage à constituer une vie intérieure. En ce sens le naturalisme a introduit dans le roman trois types de personnages, l'homme de la faillite intérieure ou le raté, l'homme des vies artificielles ou le pervers, l'homme des sensations rudimentaires et des idées fixes ou la bête. Mais chez Zola, si la rencontre de l'instinct et de son objet n'arrive pas à former un sentiment, c'est toujours parce qu'elle se fait par-dessus la fêlure, d'un bord à l'autre. C'est à cause de l'existence de la fêlure, le grand Vide intérieur. Tout le naturalisme acquiert alors une nouvelle dimension.*

*

Il y a donc chez Zola deux cycles inégaux coexistants, interférant l'un avec l'autre : la petite et la grande hérédité, *une petite hérédité historique et une grande hérédité épique, une hérédité somatique et une hérédité germinale, une hérédité des instincts et une hérédité de la fêlure. Si forte et constante que soit la jonction entre les deux, elles ne se confondent pas. La petite hérédité est celle des instincts, au sens où les conditions et genres de vie des ancêtres ou des parents peuvent s'enraciner chez le descendant et agir en lui comme une nature, parfois à des générations de distance : par exemple un fond de santé se retrouve, ou bien la dégradation alcoolique passe d'un corps à l'autre, les synthèses instinct-objet se transmettent en même temps que les modes de vie se reconstituent. Quels que soient les sauts qu'elle opère, cette hérédité des instincts transmet quelque chose de bien déterminé ; et ce qu'elle transmet, elle le « reproduit », elle est hérédité du Même. Il n'en est pas du tout ainsi de l'autre hérédité, celle de la fêlure ; car, nous l'avons vu, la fêlure ne transmet rien d'autre que soi. Elle n'est pas liée à tel ou tel instinct, à une détermination organique interne, et pas davantage à tel événement extérieur qui fixerait un objet. Elle transcende les genres de vie, aussi va-t-elle de façon continue,* imperceptible et silencieuse, *faisant toute l'unité des* Rougon-Macquart. *La fêlure ne transmet que la fêlure. Ce qu'elle transmet ne se laisse pas déterminer comme ceci ou cela, mais est forcément vague et diffus. Ne transmettant qu'elle-même, elle ne reproduit pas ce qu'elle transmet, elle ne reproduit pas un « même », elle ne reproduit rien, se contente d'avancer en silence, de suivre les lignes de moindre résistance, toujours obliquant, prête à changer de direction, variant sa toile, perpétuellement hérédité de l'Autre.*

On a souvent marqué l'inspiration scientifique de Zola. Mais sur quoi porte cette inspiration, venue de la médecine de son temps ? Elle porte précisément sur la distinction de deux hérédités, distinction qui s'élaborait dans la pensée médicale contemporaine : une hérédité dite homologue et bien déterminée, et une hérédité dite « dissimilaire ou de transformation », à caractère diffus, définissant une « famille neuropathologique »[1]. *Or l'intérêt d'une telle distinc-*

---

1. Dans un article sur *Freud et la science*, Jacques Nassif analyse brièvement cette conception de l'hérédité dissimilaire, telle qu'on la trouve par exemple chez Charcot. Elle ouvre la voie à une reconnaissance de l'action des événements extérieurs. « Il est clair que le terme de *famille* est pris ici en ses deux acceptions : celle du modèle de classement et celle du lien de parenté. D'une part les maladies du système nerveux constituent une seule famille, d'autre part cette famille est indissolublement unie par les lois de l'hérédité. Celles-ci permettent d'expliquer que ce ne soit pas une même maladie qui soit électivement transmise, mais seulement une disposition névropathique diffuse qui, par la suite et en fonction de facteurs non héréditaires, pourra se spécialiser en une maladie

*tion est qu'elle se substitue tout à fait à la dua-
lité de l'héréditaire et de l'acquis, ou même rend
cette dualité impossible. En effet, la petite hérédité
homologue des instincts peut fort bien transmettre
des caractères acquis : c'est même inévitable pour
autant que la formation de l'instinct n'est pas sépa-
rable de conditions historiques et sociales. Quant
à la grande hérédité dissimilaire de la fêlure, elle
a avec l'acquis un rapport tout autre, mais non
moins essentiel : il s'agit cette fois d'une potentia-
lité diffuse qui ne s'actualiserait pas si un acquis
transmissible, de caractère interne et externe, ne lui
donnait telle ou telle détermination. En d'autres
termes, s'il est vrai que les instincts ne se forment
et ne trouvent leur objet qu'au bord de la fêlure, la
fêlure inversement ne poursuit son chemin, n'étend
sa toile, ne change de direction, ne s'actualise dans
chaque corps qu'en rapport avec les instincts qui lui
ouvrent la voie, tantôt la recollant un peu, tantôt
l'allongeant ou la creusant, jusqu'au craquement
final, là encore assuré par le travail des instincts. La
corrélation est donc constante entre les deux ordres,
et atteint son plus haut point quand l'instinct est
devenu alcoolique, et la fêlure définitive cassure. Les
deux ordres s'épousent étroitement, anneau dans un
plus grand anneau, mais jamais ne se confondent.*

Or, s'il est juste de marquer l'influence des théories scientifiques et médicales sur Zola, combien
il serait injuste de ne pas souligner la transformation qu'il leur fait subir, la manière dont il recrée

---

distincte » (*Cahiers pour l'analyse*, n° 9, 1968). Évidemment, la
famille Rougon-Macquart a déjà ces deux sens.

la conception des deux hérédités, la puissance poétique qu'il donne à cette conception pour en faire la structure nouvelle du « roman familial ». Le roman alors intègre deux éléments de fond, qui lui étaient jusqu'alors étrangers : le Drame, avec l'hérédité historique des instincts, l'Épos, avec l'hérédité épique de la fêlure. Dans leurs interférences les deux forment le rythme de l'œuvre, c'est-à-dire assurent la répartition du silence et des bruits. Ce sont les instincts, les « gros appétits » des personnages qui remplissent les romans de Zola de leurs bruits, formant une prodigieuse rumeur. Mais le silence qui va d'un roman à l'autre, et sous chaque roman, appartient essentiellement à la fêlure ; sous le bruit des instincts, la fêlure se poursuit et se transmet silencieusement.

Ce que la fêlure désigne, ou plutôt ce qu'elle est, ce vide, c'est la Mort, l'Instinct de mort. Les instincts ont beau parler, faire du bruit, grouiller, ils ne peuvent pas recouvrir ce silence plus profond, ni cacher ce dont ils sortent et dans quoi ils rentrent : l'instinct de la mort, qui n'est pas un instinct parmi les autres, mais la fêlure en personne, autour de laquelle tous les instincts fourmillent. Dans son hommage à Zola, à la fois profond et réticent, Céline trouvait des accents freudiens pour marquer cette présence universelle de l'Instinct de mort silencieux, sous les instincts bruyants : « Le sadisme unanime actuel procède avant tout d'un désir de néant profondément installé dans l'homme et surtout dans la masse des hommes, une sorte d'impatience amoureuse, à peu près irrésistible, unanime, pour la mort... Nos mots vont jusqu'aux instincts et les touchent par-

fois, mais, en même temps, nous avons appris que là s'arrêtait, et pour toujours, notre pouvoir... *Dans le jeu de l'homme l'Instinct de mort, l'instinct silencieux, est décidément bien placé, peut-être, à côté de l'égoïsme*[1]. » *Mais quoi qu'en pense Céline, c'était déjà cela, la découverte de Zola : comment les gros appétits gravitent autour de l'instinct de mort, comment ils fourmillent par une fêlure qui est celle de l'instinct de mort, comment la mort surgit sous toutes les idées fixes, comment l'instinct de mort se fait reconnaître sous tous les instincts, comment il constitue à lui seul la grande hérédité, la fêlure. Nos mots ne vont que jusqu'aux instincts, mais c'est de l'autre instance, de l'Instinct de mort, qu'ils reçoivent leur sens et leur non-sens, et leurs combinaisons. Sous toutes les histoires des instincts, l'épos de la mort. On dirait d'abord que les instincts recouvrent la mort et la font reculer ; mais c'est provisoire, et même leur bruit s'alimente à la mort. Comme il est dit dans* La Bête humaine *à propos de Roubaud,* « et dans la nuit trouble de sa chair, au fond de son désir souillé qui saignait, brusquement se dressa la nécessité de la mort ». *Et Misard a comme idée fixe la découverte des économies de sa femme, mais ne peut poursuivre son idée qu'à travers l'assassinat de la femme et la démolition de la maison, dans un combat tête à tête silencieux.*

*

1. Allocution prononcée à Médan le 1er octobre 1933, reproduite dans *Marianne* le 4 octobre 1933. Reprise dans les *Cahiers Céline*, n° 1, p. 73-83, Gallimard, 1976.

L'essentiel de La Bête humaine, *c'est l'instinct de mort dans le personnage principal, la fêlure cérébrale de Jacques Lantier, mécanicien de locomotive. Jeune homme, il pressent si bien la manière dont l'instinct de mort se déguise sous tous les appétits, l'Idée de mort sous toutes les idées fixes, la grande hérédité sous la petite, qu'il se tient à l'écart : d'abord des femmes, mais aussi du vin, de l'argent, des ambitions qu'il pourrait avoir légitimement. Il a renoncé aux instincts ; son seul objet, c'est la machine. Ce qu'il sait, c'est que la fêlure introduit la mort dans tous les instincts, poursuit son travail en eux, par eux ; et que, à l'origine ou au bout de tout instinct, il s'agit de tuer, et peut-être aussi d'être tué. Mais, ce silence que Lantier fait en lui, pour l'opposer au silence plus profond de la fêlure, se trouve tout d'un coup rompu : Lantier a vu dans un éclair un meurtre commis dans un train qui passait, et il a vu la victime jetée sur la voie ; il a deviné les assassins, Roubaud et sa femme, Séverine. Et en même temps qu'il se met à aimer Séverine, et qu'il retrouve le domaine de l'instinct, c'est la mort qui déborde en lui, puisque cet amour est venu de la mort et doit y retourner.*

À partir du crime commis par les Roubaud se développe tout un système d'identifications et de répétitions, qui forme le rythme du livre. D'abord Lantier s'identifie immédiatement au criminel : « l'autre, l'homme entrevu le couteau au poing, avait osé ! [...] Ah ! n'être pas lâche, se satisfaire enfin, enfoncer le couteau ! Lui que l'envie en torturait depuis dix ans ! » *Roubaud de son côté a tué le pré-*

sident par jalousie, ayant compris que celui-ci avait violé Séverine enfant, et lui avait fait épouser une femme souillée. Mais, après le crime, il s'identifie d'une certaine manière au président : à son tour il donne à Lantier sa femme, souillée et criminelle. Et si Lantier se met à aimer Séverine, c'est parce qu'elle a participé au crime : elle « était comme le rêve de sa chair ». Alors se produit la triple accalmie : accalmie de torpeur dans le ménage Roubaud ; accalmie de Séverine, qui retrouve son innocence dans son amour pour Lantier ; surtout accalmie de Lantier, qui retrouve avec Séverine la sphère des instincts, et qui imagine avoir comblé la fêlure : jamais, croit-il, il ne désirera la tuer, elle qui a tué (« la possession de celle-ci était d'un charme puissant, elle l'avait guéri »). Mais déjà une triple désorganisation succède à l'accalmie, sur des cadences inégales. Roubaud, depuis le crime, substitue l'alcool à Séverine, comme objet de son instinct. Séverine a trouvé un amour instinctif qui lui rend l'innocence ; mais elle ne peut pas s'empêcher d'y mêler le besoin d'un aveu explicite, à son amant qui a pourtant tout deviné. Et, dans une scène où Séverine a attendu Lantier, exactement comme Roubaud avant le crime avait attendu Séverine, elle dit tout à l'amant, elle détaille l'aveu, précipitant son désir dans le souvenir de la mort (« le frisson du désir se perdait dans cet autre frisson de mort, revenu en elle »). Libre, elle avoue le crime à Lantier, tout comme, contrainte, elle avait avoué à Roubaud ses relations avec le président, qui provoquèrent le crime. Et cette image de mort qu'elle a levée, elle ne peut plus la conjurer, la détourner qu'en la projetant sur Roubaud, en poussant Lantier à tuer Roubaud (Lantier « se vit le couteau au poing, frappant à la gorge Roubaud, comme celui-ci avait frappé le président »).

Quant à Lantier, l'aveu de Séverine ne lui a rien appris, mais le terrifie. Elle n'aurait pas dû parler. La femme qu'il aimait, et qui lui était « sacrée » parce qu'elle enveloppait en elle l'image de mort, a perdu son pouvoir en avouant, en désignant une autre victime possible. Lantier n'arrive pas à tuer Roubaud. Il sait qu'il ne pourra tuer que l'objet de son instinct. Cette situation paradoxale, où tout le monde autour de lui tue (Roubaud, Séverine, Misard, Flore) pour des raisons tirées d'autres instincts, mais où Lantier n'arrive pas à tuer, lui qui porte pourtant le pur instinct de mort, ne peut être dénouée que par le meurtre de Séverine. Lantier apprend que la voix des instincts l'avait trompé ; que son amour « instinctif » pour Séverine n'avait qu'en apparence comblé la fêlure ; que le bruit des instincts n'avait que pour un moment recouvert l'Instinct de mort silencieux. Et que c'est Séverine qu'il faut tuer, pour que la petite hérédité retrouve la grande, et que tous les instincts rentrent dans la fêlure : « l'avoir comme la terre, morte » ; « le même coup que pour le président Grandmorin, à la même place, avec la même rage [...] et les deux meurtres s'étaient rejoints, l'un n'était-il pas la logique de l'autre ? ». Séverine sent autour d'elle un danger, elle l'interprète comme une « barre », un barrage, entre elle et Lantier, dû à l'existence de Roubaud. Ce n'est pourtant pas une barre entre eux deux, mais seulement la fêlure-araignée dans le cerveau de Lantier, le travail silencieux. Et Lantier n'aura pas de remords,

*après le meurtre de Séverine : toujours cette santé,
ce corps sain, « jamais il ne s'était mieux porté, sans
remords, l'air soulagé, dans une grande paix heureuse », « la mémoire abolie, les organes dans un
état d'équilibre, de santé parfaite ». Mais, précisément, cette santé est encore plus dérisoire que si le
corps était tombé malade, miné par l'alcool ou par
un autre instinct. Tout ce corps paisible, ce corps de
santé, n'est plus qu'un terrain riche pour la fêlure,
un aliment pour l'araignée. Il aura besoin de tuer
d'autres femmes. Avec toute sa santé, « c'était fini
de vivre, il n'y avait plus devant lui que cette nuit
profonde, d'un désespoir sans bornes, où il fuyait ».
Et quand son ancien ami, Pecqueux, tente de le faire
tomber du train, même la protestation de son corps,
ses réflexes, son instinct de conservation, sa lutte
contre Pecqueux, sont une réaction dérisoire, qui
offre Lantier au grand Instinct encore plus nettement que s'il se suicidait, et l'entraîne avec Pecqueux dans une mort commune.*

*

*La force de Zola est dans toutes ces scènes en
écho, avec changement de partenaires. Mais qu'est-
ce qui assure la distribution des scènes, la répartition des personnages et cette logique de l'Instinct ?
À coup sûr, le train. Le roman s'ouvre sur une
sorte de ballet des machines dans la gare. Surtout
la brève vision de l'assassinat du président est pré-
cédée, pour Lantier, scandée et suivie par les trains
qui passent, assumant des fonctions diverses (ch.
II). Le train apparaît d'abord comme ce qui défile,*

spectacle mobile réunissant toute la terre, et des gens de toute origine et de tout pays : cependant déjà spectacle pour une mourante, pour la garde-barrière immobile assassinée lentement par son mari. Un second train surgit, cette fois comme formant un corps géant, mais aussi comme traçant une fêlure dans ce corps, communiquant cette fêlure à la terre et aux maisons — et sur les « deux bords [...] l'éternelle passion et l'éternel crime ». Un troisième et un quatrième train font voir les éléments de la voie, tranchées profondes, remblais-barricades, tunnels. Un cinquième, avec ses feux et ses yeux-lanternes, porte le crime en lui, puisque les Roubaud y assassinent. Enfin un sixième train réunit les forces de l'inconscient, de l'indifférence et de la menace, frôlant sur un bord la tête de l'assassiné, et sur l'autre bord le corps du voyeur, pur Instinct de mort aveugle et sourd. Si bruyant que soit le train, il est sourd, et par là silence.

Nous savons bien aujourd'hui que le génie des naturalistes est cinématographique. Ils inventaient une matière nouvelle, en dehors de cet art, avant cet art. Ils inventaient une matière cinématographique, et par elle transformaient profondément le roman. Ce sont de grandes scènes de cinéma. Soit une scène de Maupassant comme celle de Une vie *: trompé par sa femme, le géant Fourville, au sein de la tempête, se glisse boueux jusqu'à la cabane ambulante des amants, ferme la porte et, s'accrochant aux brancards, secoue la cabane comme une niche, s'attelle et tire, et entraîne tout vers la pente rapide (et « ils criaient là-dedans ! »). Ce n'est pas du roman, ce n'est certainement pas du théâtre,*

*mais un peu de cinéma à l'état pur. Les héritiers
du naturalisme ne sont pas les médiocres disciples
de Maupassant ou de Zola, mais la grande période
du roman américain, et avec elle le cinéma, en des
sens très différents, par exemple Griffith, Stroheim,
Buñuel, Renoir. À la fois cela a servi et desservi
Zola. Il y a tant de précinéma dans son œuvre qu'il
suffit au besoin d'un médiocre metteur en scène
pour « appliquer » le roman : pas du tout des Stroheim, des Buñuel ou des Renoir. Quand Renoir en
revanche se confronte avec* La Bête humaine, *c'est
une œuvre très belle où le cinéma trouve son auto-
nomie. Il est vrai que Renoir est plus proche des
violences à la Maupassant que de celles de Zola.
Et l'on peut comprendre toutes les modifications
apportées par Renoir, notamment dans le tempérament de Lantier et les épisodes de la fin — toutes
sauf une : pourquoi Renoir a-t-il évité la vision de
Lantier sur la voie, vision instantanée, indéterminée, d'autant plus rigoureuse avec cette indétermi-
nation, du meurtre dans le train qui passe à toute
vitesse ? pourquoi a-t-il substitué à cette scène un
Lantier qui est lui-même dans le train, et qui voit
seulement passer dans le couloir le couple assassin,
donc un Lantier qui conclut que les Roubaud sont
coupables, au lieu de le savoir « instinctivement »,
par cette vision à la fois certaine et indéterminée ?
On peut penser que Hitchcock, si peu « natura-
liste », n'aurait pas évité une telle scène.*

*La vraie signification du train apparaît avec la
locomotive que Lantier conduit, la Lison. Au début,
elle a remplacé pour lui tous les objets d'instinct
auxquels il renonçait. Et elle est présentée comme*

ayant elle-même un instinct, un tempérament, « un trop grand besoin de graissage : les cylindres surtout dévoraient des quantités de graisse déraisonnables, une faim continue, une vraie débauche ». Or, n'en est-il pas pour la locomotive comme pour l'humanité, où la rumeur des instincts renvoie à une fêlure secrète, au point que c'est elle la Bête humaine ? Dans le chapitre du voyage en pleine neige, elle s'engage sur la voie comme dans une fêlure étroite où elle ne peut plus avancer. Et, quand elle en sort, c'est elle qui est fêlée, « touchée quelque part d'un coup mortel ». Le voyage a creusé cette fêlure que l'instinct, l'appétit de graisse, cachait. Au-delà de l'instinct perdu, se révèle de plus en plus la machine comme image de mort, comme pur Instinct de mort. Et quand Flore provoque le déraillement, on ne sait plus très bien si c'est la machine qui est assassinée ou si c'est elle qui tue. Et, dans la dernière scène du roman, la nouvelle machine, sans conducteur, entraîne vers la mort des soldats ivres qui chantent.

La locomotive n'est pas un objet, mais évidemment un symbole épique, grand Phantasme comme il y en a toujours chez Zola, et qui réfléchit tous les thèmes et les situations du livre. Dans tous les romans des **Rougon-Macquart**, *il y a un énorme objet phantasmé qui est aussi bien le lieu, le témoin et l'agent. On a souvent souligné le caractère épique du génie de Zola, visible dans la structure de l'œuvre, dans cette succession de plans qui, chacun, épuisent un thème. On le comprend d'autant mieux si l'on compare* La Bête humaine *avec* Thérèse Raquin, *roman antérieur à la série des* **Rougon-Macquart**. *Les deux se ressemblent beaucoup : par l'assassi-*

*nat qui unit le couple, par le cheminement de la
mort et le processus de désorganisation, par la ressemblance de Thérèse et de Séverine, par l'absence
de remords ou la dénégation d'intériorité. Mais,*
Thérèse Raquin, *c'est la version tragique, tandis
que* La Bête humaine *est la version épique. Dans*
Thérèse Raquin, *ce qui occupe véritablement la
scène c'est l'instinct, le tempérament, l'opposition
des deux tempéraments de Thérèse et de Laurent ;
et s'il y a une transcendance, c'est seulement celle
d'un juge ou d'un témoin inexorable qui symbolise
le destin tragique. C'est pourquoi le rôle du symbole
ou du dieu tragique est tenu par la vieille madame
Raquin, la mère de l'assassiné, muette et paralysée,
assistant à la décomposition des amants. Le* drama,
l'aventure des instincts, ne se réfléchit que dans un
logos *représenté par la mutité de la vieille, par son
expressive fixité. Dans les soins que Laurent lui
impose, dans les déclarations théâtrales que Thérèse
lui fait, il y a une intensité tragique rarement égalée.
Mais, précisément, c'est seulement la préfiguration
tragique de* La Bête humaine *; Zola, dans* Thérèse
Raquin, *ne dispose pas encore de sa méthode épique
qui anime l'entreprise des* Rougon-Macquart.*

*Car, l'essentiel de l'épopée, c'est un double registre
où les dieux, activement, jouent à leur manière et sur
un autre plan l'aventure des hommes et de leurs instincts. Le* drama, *alors, se réfléchit dans un* épos, *la
petite généalogie dans une grande généalogie, la petite
hérédité dans une grande hérédité, la petite manœuvre
dans une grande manœuvre. En découlent toutes
sortes de conséquences : le caractère païen de l'épopée,
l'opposition du destin épique et du destin tragique,*

l'espace ouvert de l'épopée contre l'espace fermé de la tragédie, et surtout la différence du symbole dans l'épique et le tragique. Dans La Bête humaine, *ce n'est plus simplement un témoin ni un juge, c'est un agent, et un lieu, le train, qui joue le rôle du symbole par rapport à l'histoire, opérant la grande manœuvre. Aussi trace-t-il un espace ouvert à l'échelle d'une nation et d'une civilisation, contrairement à l'espace fermé de* Thérèse Raquin, *seulement dominé par le regard de la vieille. « Il défilait tant d'hommes et de femmes, dans le coup de tempête des trains [...] bien sûr que la terre entière passait là [...] l'éclair les emportait, elle n'était pas bien sûre de les avoir vus. » Le double registre, dans* La Bête humaine, *ce sont les instincts bruyants, et la fêlure, l'Instinct de mort silencieux. Si bien que tout ce qui se passe se passe à deux niveaux, de l'amour et de la mort, du soma et du germen, des deux hérédités. L'histoire est doublée d'un épos. Les instincts ou les tempéraments n'occupent plus la place essentielle. Les instincts grouillent autour du train et dans le train, mais le train lui-même est la représentation épique de l'Instinct de mort. La civilisation est évaluée de deux points, du point de vue des instincts qu'elle détermine, du point de vue de la fêlure qui la détermine elle-même.*

Dans le monde qui lui était contemporain, Zola découvre la possibilité de restaurer l'épique. La saleté comme élément de sa littérature, « la littérature putride », c'est l'histoire de l'instinct sur ce fond de mort. La fêlure est le dieu épique pour l'histoire des instincts, la condition qui rend possible une histoire des instincts. Pour répondre à ceux qui l'accusent d'exagération, l'écrivain n'a pas de

logos, mais seulement un épos, *qui dit qu'on n'ira
jamais trop loin dans la description de la décomposition, puisqu'il faut aller jusqu'où va la fêlure. En
allant au plus loin, l'Instinct de mort se retournera-
t-il contre lui-même ? Peut-être la fêlure a-t-elle de
quoi se surpasser dans la direction qu'elle crée, elle
qui n'est comblée qu'en apparence et pour un instant par les gros appétits ? Et puisqu'elle absorbe
tous les instincts, peut-être aussi peut-elle opérer la
transmutation des instincts, en retournant la mort
contre elle-même. Faire des instincts qui seraient
évolutifs, au lieu d'être alcooliques, érotiques ou
financiers, conservateurs ou destructeurs ? On a
souvent remarqué l'optimisme final de Zola, et les
romans roses parmi les noirs. Mais on les interprète
très mal en invoquant une alternance ; en fait, la
littérature optimiste de Zola n'est pas autre chose
que sa littérature putride. C'est dans un même mouvement, qui est celui de l'épique, que les plus bas
instincts se réfléchissent dans le terrible Instinct de
mort, mais aussi que l'Instinct de mort se réfléchit
dans un espace ouvert, et peut-être contre lui-même.
L'optimisme socialiste de Zola veut dire que, par la
fêlure, c'est déjà le prolétariat qui passe. Le train
comme symbole épique, avec les instincts qu'il
transporte et l'Instinct de mort qu'il représente, est
toujours doué d'un avenir. Et les dernières phrases
de* La Bête humaine *sont encore un chant pour
l'avenir lorsque, Pecqueux et Lantier jetés hors du
train, la machine aveugle et sourde entraîne à la
mort des soldats « hébétés de fatigue, et ivres, qui
chantaient ». Comme si la fêlure ne traversait et
n'aliénait la pensée que pour être aussi la possibilité*

de la pensée, ce à partir de quoi la pensée se déve-
loppe et se recouvre. Elle est l'obstacle à la pensée,
mais aussi la demeure et la puissance de la pensée,
le lieu et l'agent. Le dernier roman de la série, Le
Docteur Pascal, *indique ce point final épique du*
retournement de la mort contre soi, de la transmu-
tation des instincts et de l'idéalisation de la fêlure,
dans l'élément pur de la pensée « scientifique » et
« progressiste » où brûle l'arbre généalogique des
Rougon-Macquart.

GILLES DELEUZE

La Bête humaine

I

En entrant dans la chambre, Roubaud posa sur la table le pain d'une livre, le pâté et la bouteille de vin blanc. Mais, le matin, avant de descendre à son poste, la mère Victoire avait dû couvrir le feu de son poêle, d'un tel poussier, que la chaleur était suffocante. Et le sous-chef de gare, ayant ouvert une fenêtre, s'y accouda.

C'était impasse d'Amsterdam, dans la dernière maison de droite, une haute maison où la Compagnie de l'Ouest logeait certains de ses employés. La fenêtre, au cinquième, à l'angle du toit mansardé qui faisait retour, donnait sur la gare, cette tranchée large trouant le quartier de l'Europe, tout un déroulement brusque de l'horizon, que semblait agrandir encore, cet après-midi-là, un ciel gris du milieu de février, d'un gris humide et tiède, traversé de soleil.

En face, sous ce poudroiement de rayons, les maisons de la rue de Rome se brouillaient, s'effaçaient, légères. À gauche, les marquises des halles couvertes ouvraient leurs porches géants, aux vitrages enfumés, celle des grandes lignes,

immense, où l'œil plongeait, et que les bâtiments
de la poste et de la bouillotterie séparaient des
autres, plus petites, celles d'Argenteuil, de Versailles et de la Ceinture ; tandis que le pont de
l'Europe, à droite, coupait de son étoile de fer la
tranchée, que l'on voyait reparaître et filer au-
delà, jusqu'au tunnel des Batignolles. Et, en bas
de la fenêtre même, occupant tout le vaste champ,
les trois doubles voies qui sortaient du pont, se
ramifiaient, s'écartaient en un éventail dont les
branches de métal, multipliées, innombrables,
allaient se perdre sous les marquises. Les trois
postes d'aiguilleur, en avant des arches, montraient leurs petits jardins nus. Dans l'effacement
confus des wagons et des machines encombrant
les rails, un grand signal rouge tachait le jour pâle.

Pendant un instant, Roubaud s'intéressa, com-
parant, songeant à sa gare du Havre. Chaque fois
qu'il venait de la sorte passer un jour à Paris, et
qu'il descendait chez la mère Victoire, le métier le
reprenait. Sous la marquise des grandes lignes, l'arrivée d'un train de Mantes avait animé les quais ;
et il suivit des yeux la machine de manœuvre,
une petite machine-tender, aux trois roues basses
et couplées, qui commençait le débranchement
du train, alerte besogneuse, emmenant, refoulant les wagons sur les voies de remisage. Une
autre machine, puissante celle-là, une machine
d'express, aux deux grandes roues dévorantes, stationnait seule, lâchait par sa cheminée une grosse
fumée noire, montant droit, très lente dans l'air
calme. Mais toute son attention fut prise par le
train de trois heures vingt-cinq, à destination de

Caen, empli déjà de ses voyageurs, et qui attendait sa machine. Il n'apercevait pas celle-ci, arrêtée au-delà du pont de l'Europe ; il l'entendait seulement demander la voie, à légers coups de sifflet pressés, en personne que l'impatience gagne. Un ordre fut crié, elle répondit par un coup bref qu'elle avait compris. Puis, avant la mise en marche, il y eut un silence, les purgeurs furent ouverts, la vapeur siffla au ras du sol, en un jet assourdissant. Et il vit alors déborder du pont cette blancheur qui foisonnait, tourbillonnante comme un duvet de neige, envolée à travers les charpentes de fer. Tout un coin de l'espace en était blanchi, tandis que les fumées accrues de l'autre machine élargissaient leur voile noir. Derrière, s'étouffaient des sons prolongés de trompe, des cris de commandement, des secousses de plaques tournantes. Une déchirure se produisit, il distingua, au fond, un train de Versailles et un train d'Auteuil, l'un montant, l'autre descendant, qui se croisaient.

Comme Roubaud allait quitter la fenêtre, une voix qui prononçait son nom, le fit se pencher. Et il reconnut, au-dessous, sur la terrasse du quatrième, un jeune homme d'une trentaine d'années, Henri Dauvergne, conducteur-chef, qui habitait là en compagnie de son père, chef adjoint des grandes lignes, et de ses sœurs, Claire et Sophie, deux blondes de dix-huit et vingt ans, adorables, menant le ménage avec les six mille francs des deux hommes, au milieu d'un continuel éclat de gaieté. On entendait l'aînée rire, pendant que la cadette chantait, et qu'une cage, pleine d'oiseaux des îles, rivalisait de roulades.

« Tiens ! monsieur Roubaud, vous êtes donc à Paris ?... Ah ! oui, pour votre affaire avec le sous-préfet ! »

De nouveau accoudé, le sous-chef de gare expliqua qu'il avait dû quitter Le Havre, le matin même, par l'express de six heures quarante. Un ordre du chef de l'exploitation l'appelait à Paris, on venait de le sermonner d'importance. Heureux encore de n'y avoir pas laissé sa place.

« Et madame ? » demanda Henri.

Madame avait voulu venir, elle aussi, pour des emplettes. Son mari l'attendait là, dans cette chambre dont la mère Victoire leur remettait la clef, à chacun de leurs voyages, et où ils aimaient déjeuner, tranquilles et seuls, pendant que la brave femme était retenue en bas, à son poste de la salubrité. Ce jour-là, ils avaient mangé un petit pain à Mantes, voulant se débarrasser de leurs courses d'abord. Mais trois heures étaient sonnées, il mourait de faim.

Henri, pour être aimable, posa encore une question :

« Et vous couchez à Paris ? »

Non, non ! ils retournaient tous deux au Havre le soir, par l'express de six heures trente. Ah bien ! oui, des vacances ! On ne vous dérangeait que pour vous flanquer votre paquet, et tout de suite à la niche !

Un moment, les deux employés se regardèrent, en hochant la tête. Mais ils ne s'entendaient plus, un piano endiablé venait d'éclater en notes sonores. Les deux sœurs devaient taper dessus ensemble, riant plus haut, excitant les oiseaux des îles. Alors, le jeune homme, qui s'égayait à son tour, salua, rentra dans l'appartement ; et le sous-chef, seul, demeura un instant les yeux sur la terrasse, d'où montait toute cette gaieté de jeunesse. Puis, les regards levés, il aperçut la machine qui avait fermé ses purgeurs, et que l'aiguilleur envoyait sur le train de Caen. Les derniers floconnements de vapeur blanche se perdaient, parmi les gros tourbillons de fumée noire, salissant le ciel. Et il rentra, lui aussi, dans la chambre.

Devant le coucou qui marquait trois heures vingt, Roubaud eut un geste désespéré. À quoi diable Séverine pouvait-elle s'attarder ainsi ? Elle n'en sortait plus, lorsqu'elle était dans un magasin. Pour tromper la faim qui lui labourait l'estomac, il eut l'idée de mettre la table. La vaste pièce, à deux fenêtres, lui était familière, servant à la fois de chambre à coucher, de salle à manger et de cuisine, avec ses meubles de noyer, son lit drapé de cotonnade rouge, son buffet à dressoir, sa table ronde, son armoire normande. Il prit, dans le buffet, des serviettes, des assiettes, des fourchettes et des couteaux, deux verres. Tout cela était d'une propreté extrême, et il s'amusait à ces soins de ménage, comme s'il eût joué à la dînette, heureux de la blancheur du linge, très amoureux de sa femme, riant lui-même du bon rire frais dont elle allait éclater, en ouvrant la porte. Mais, lorsqu'il eut posé le pâté sur une assiette, et placé, à côté, la bouteille de vin blanc, il s'inquiéta, chercha des yeux. Puis, vivement, il tira de ses poches deux paquets oubliés, une petite boîte de sardines et du fromage de gruyère.

La demie sonna. Roubaud marchait de long en large, tournant, au moindre bruit, l'oreille vers l'escalier. Dans son attente désœuvrée, en passant devant la glace, il s'arrêta, se regarda. Il ne vieillissait point, la quarantaine approchait, sans que le roux ardent de ses cheveux frisés eût pâli. Sa barbe, qu'il portait entière, restait drue, elle aussi, d'un blond de soleil. Et, de taille moyenne, mais d'une extraordinaire vigueur, il se plaisait à sa personne, satisfait de sa tête un peu plate, au front bas, à la nuque épaisse, de sa face ronde et sanguine, éclairée de deux gros yeux vifs. Ses sourcils se rejoignaient, embroussaillant son front de la barre des jaloux. Comme il avait épousé une femme plus jeune que lui de quinze années, ces coups d'œil fréquents, donnés aux glaces, le rassuraient.

Il y eut un bruit de pas, Roubaud courut entrebâiller la porte. Mais c'était une marchande de journaux de la gare, qui rentrait chez elle, à côté. Il revint, s'intéressa à une boîte de coquillages, sur le buffet. Il la connaissait bien, cette boîte, un cadeau de Séverine à la mère Victoire, sa nourrice. Et ce petit objet avait suffi, toute l'histoire de son mariage se déroulait. Déjà trois ans bientôt. Né dans le Midi, à Plassans, d'un père charretier, sorti du service avec les galons de sergent-major, longtemps facteur mixte à la gare de Mantes, il était passé facteur chef à celle de Barentin ; et c'était là qu'il l'avait connue, sa chère femme, lorsqu'elle venait de Doinville, prendre le train, en compagnie de Mlle Berthe, la fille du président Grandmorin. Séverine Aubry n'était que la cadette d'un jardinier, mort au service des Grandmorin ; mais le président, son parrain et son tuteur, la gâtait tellement, faisant d'elle la compagne de sa fille, les envoyant toutes deux au même pensionnat de Rouen, et elle-même avait une telle distinction native, que longtemps Roubaud s'était contenté de la désirer de loin, avec la passion d'un ouvrier dégrossi pour un bijou délicat, qu'il jugeait précieux. Là était l'unique roman de son existence. Il l'aurait épousée sans un sou, pour la joie de l'avoir, et quand il s'était enhardi enfin, la réalisation avait dépassé le rêve : outre Séverine et une dot de dix mille francs, le président, aujourd'hui en retraite, membre du conseil d'administration de la Compagnie de l'Ouest, lui avait donné sa protection. Dès le lendemain du mariage, il était passé sous-chef à la gare du Havre. Il avait sans doute pour lui ses notes de bon employé, solide à son poste, ponctuel, honnête, d'un esprit borné, mais très droit, toutes sortes de qualités excellentes qui pouvaient expliquer l'accueil prompt fait à sa demande et la rapidité de son avancement. Il préférait croire qu'il devait tout à sa femme. Il l'adorait[1].

Lorsqu'il eut ouvert la boîte de sardines, Roubaud perdit décidément patience. Le rendez-vous était pour trois heures. Où pouvait-elle être ? Elle ne lui conterait pas que l'achat d'une paire de bottines et de six chemises demandait la journée. Et, comme il passait de nouveau devant la glace, il s'aperçut, les sourcils hérissés, le front coupé d'une ligne dure. Jamais au Havre il ne la soupçonnait. À Paris, il s'imaginait toutes sortes de dangers, des ruses, des fautes. Un flot de sang montait à son crâne, ses poings d'ancien homme d'équipe se serraient, comme au temps où il poussait des wagons. Il redevenait la brute inconsciente de sa force, il l'aurait broyée, dans un élan de fureur aveugle.

Séverine poussa la porte, parut toute fraîche, toute joyeuse.

« C'est moi... Hein ? tu as dû croire que j'étais perdue. »

Dans l'éclat de ses vingt-cinq ans, elle semblait grande, mince et très souple, grasse pourtant avec de petits os. Elle n'était point jolie d'abord, la face longue, la bouche forte, éclairée de dents admirables. Mais, à la regarder, elle séduisait par le charme, l'étrangeté de ses larges yeux bleus, sous son épaisse chevelure noire.

Et, comme son mari, sans répondre, continuait à l'examiner, du regard trouble et vacillant qu'elle connaissait bien, elle ajouta :

« Oh ! j'ai couru... Imagine-toi, impossible d'avoir un omnibus. Alors, ne voulant pas dépenser l'argent d'une voiture, j'ai couru... Regarde comme j'ai chaud.

— Voyons, dit-il violemment, tu ne me feras pas croire que tu viens du Bon Marché. »

Mais, tout de suite, avec une gentillesse d'enfant, elle se jeta à son cou, en lui posant, sur la bouche, sa jolie petite main potelée :

« Vilain, vilain, tais-toi !... Tu sais bien que je t'aime. »

Une telle sincérité sortait de toute sa personne, il la sentait restée si candide, si droite, qu'il la serra éperdument dans ses bras. Toujours ses soupçons finissaient ainsi. Elle, s'abandonnait, aimant à se faire cajoler. Il la couvrait de baisers, qu'elle ne rendait pas ; et c'était même là son inquiétude obscure, cette grande enfant passive, d'une affection filiale, où l'amante ne s'éveillait point.

« Alors, tu as dévalisé le Bon Marché ?

— Oh ! oui. Je vais te conter... Mais, auparavant, mangeons. Ce que j'ai faim !... Ah ! écoute, j'ai un petit cadeau. Dis : Mon petit cadeau. »

Elle lui riait dans le visage, de tout près. Elle avait fourré sa main droite dans sa poche, où elle tenait un objet, qu'elle ne sortait pas.

« Dis vite : Mon petit cadeau. »

Lui, riait aussi, en bon homme. Il se décida.

« Mon petit cadeau. »

C'était un couteau qu'elle venait de lui acheter, pour en remplacer un qu'il avait perdu et qu'il pleurait, depuis quinze jours. Il s'exclamait, le trouvait superbe, ce beau couteau neuf, avec son manche en ivoire et sa lame luisante. Tout de suite, il allait s'en servir. Elle était ravie de sa joie ; et, en plaisantant, elle se fit donner un sou, pour que leur amitié ne fût pas coupée.

« Mangeons, mangeons, répéta-t-elle. Non, non ! je t'en prie, ne ferme pas encore. J'ai si chaud ! »

Elle l'avait rejoint à la fenêtre, elle demeura là quelques secondes, appuyée à son épaule, regardant le vaste champ de la gare. Pour le moment, les fumées s'en étaient allées, le disque cuivré du soleil descendait dans la brume, derrière les maisons de la rue de Rome. En bas, une machine de manœuvre amenait, tout formé, le train de Mantes, qui devait partir à quatre heures vingt-cinq. Elle le refoula le long du quai, sous la marquise, fut dételée. Au fond, dans le hangar de la Ceinture, les chocs de tampons annonçaient l'attelage imprévu de voitures qu'on ajoutait. Et, seule, au milieu des rails, avec son mécanicien et son chauffeur, noirs de la poussière du voyage, une lourde machine de train omnibus restait immobile, comme lasse et essoufflée, sans autre vapeur qu'un mince filet sortant d'une soupape. Elle attendait qu'on lui ouvrît la voie, pour retourner au dépôt des Batignolles. Un signal rouge claqua, s'effaça. Elle partit.

« Sont-elles gaies, ces petites Dauvergne ! dit Roubaud en quittant la fenêtre. Les entends-tu taper sur leur piano ?... Tout à l'heure, j'ai vu Henri, qui m'a dit de te présenter ses hommages.

— À table, à table ! » cria Séverine.

Et elle se jeta sur les sardines, elle dévora. Ah ! le petit pain de Mantes était loin ! Cela la grisait, quand elle venait à Paris. Elle était toute vibrante du bonheur d'avoir couru les trottoirs, elle gardait une fièvre de ses achats au Bon Marché. En un coup, chaque printemps, elle y dépensait ses économies de l'hiver, préférant tout y acheter, disant qu'elle y économisait son voyage. Aussi, sans perdre une bouchée, ne tarissait-elle pas. Un peu confuse, rougissante, elle finit par lâcher le total de la somme qu'elle avait dépensée, plus de trois cents francs.

« Fichtre ! dit Roubaud saisi, tu te mets bien, toi, pour la femme d'un sous-chef !... Mais tu n'avais à prendre que six chemises et une paire de bottines ?

— Oh ! mon ami, des occasions uniques !... Une petite soie à rayures délicieuses ! un chapeau d'un goût, un rêve ! des jupons tout faits, avec des volants brodés ! Et tout ça pour rien, j'aurais payé le double au Havre... On va m'expédier, tu verras ! »

Il avait pris le parti de rire, tant elle était jolie, dans sa joie, avec son air de confusion suppliante. Et puis, c'était si charmant, cette dînette improvisée, au fond de cette chambre où ils étaient seuls, bien mieux qu'au restaurant. Elle, qui d'ordinaire buvait de l'eau, se laissait aller, vidait son verre de vin blanc, sans savoir. La boîte de sardines était finie, ils entamèrent le pâté avec le beau couteau neuf. Ce fut un triomphe, tellement il coupait bien.

« Et toi, voyons, ton affaire ? demanda-t-elle. Tu me fais bavarder, tu ne me dis pas comment ça s'est terminé, pour le sous-préfet. »

Alors, il conta en détail la façon dont le chef de l'exploitation l'avait reçu. Oh ! un lavage de tête en règle ! Il s'était défendu, avait dit la vraie vérité, comment ce petit crevé de sous-préfet s'était obstiné à monter avec son chien dans une voiture de première, lorsqu'il y avait une voiture de seconde, réservée pour les chasseurs et leurs bêtes, et la querelle qui s'en était suivie, et les mots qu'on avait échangés[1]. En somme, le chef lui donnait raison d'avoir voulu faire respecter la consigne ; mais le terrible était la parole qu'il avouait lui-même : « Vous ne serez pas toujours les maîtres ! » On le soupçonnait d'être républicain. Les discussions qui venaient de marquer l'ouverture de la session de 1869, et la peur sourde des prochaines élections générales rendaient le gouvernement ombrageux. Aussi l'aurait-on certainement déplacé, sans la bonne recommandation du président Grandmorin. Encore avait-il dû signer la lettre d'excuse, conseillée et rédigée par ce dernier.

Séverine l'interrompit, criant :

« Hein ? ai-je eu raison de lui écrire et de lui faire une visite avec toi, ce matin, avant que tu ailles recevoir ton savon... Je savais bien qu'il nous tirerait d'affaire.

— Oui, il t'aime beaucoup, reprit Roubaud, et il a le bras long, dans la Compagnie... Vois donc un peu à quoi ça sert, d'être un bon employé. Ah ! on ne m'a point ménagé les éloges : pas beaucoup d'initiative, mais de la conduite, de l'obéissance, du courage, enfin tout ! Eh bien ! ma chère, si tu n'avais pas été ma femme, et si Grandmorin n'avait pas plaidé ma cause, par amitié pour toi, j'étais fichu, on m'envoyait en pénitence, au fond de quelque petite station. »

Elle regardait fixement le vide, elle murmura, comme se parlant à elle-même :

« Oh ! certainement, c'est un homme qui a le bras long. »

Il y eut un silence, et elle restait les yeux élargis, perdus au loin, cessant de manger. Sans doute elle évoquait les jours de son enfance, là-bas, au château de Doinville, à quatre lieues de Rouen. Jamais elle n'avait connu sa mère. Quand son père, le jardinier Aubry, était mort, elle entrait

dans sa treizième année ; et c'était à cette époque
que le président, déjà veuf, l'avait gardée près de
sa fille Berthe, sous la surveillance de sa sœur,
madame Bonnehon, la femme d'un manufactu-
rier, également veuve, à qui le château appartenait aujourd'hui. Berthe, son aînée de deux ans,
mariée six mois après elle, avait épousé M. de
Lachesnaye, conseiller à la cour de Rouen, un
petit homme sec et jaune. L'année précédente, le
président était encore à la tête de cette cour, dans
son pays, lorsqu'il avait pris sa retraite, après une
carrière magnifique. Né en 1804, substitut à Digne
au lendemain de 1830, puis à Fontainebleau, puis
à Paris, ensuite procureur à Troyes, avocat général
à Rennes, enfin premier président à Rouen. Riche
à plusieurs millions, il faisait partie du conseil
général depuis 1855, on l'avait nommé commandeur de la Légion d'honneur, le jour même de sa
retraite[1]. Et, du plus loin qu'elle se souvenait, elle
le revoyait tel qu'il était encore, trapu et solide,
blanc de bonne heure, d'un blanc doré d'ancien
blond, les cheveux en brosse, le collier de barbe
coupé ras, sans moustaches, avec une face carrée
que les yeux d'un bleu dur et le nez gros rendaient
sévère. Il avait l'abord rude, il faisait tout trembler
autour de lui.

Roubaud dut élever la voix, répétant à deux
reprises :

« Eh bien ! à quoi donc penses-tu ? »

Elle tressaillit, eut un petit frisson, comme surprise et secouée de peur.

« Mais à rien.

— Tu ne manges plus, tu n'as donc plus faim ?

— Oh ! si... Tu vas voir. »

Séverine, ayant vidé son verre de vin blanc, acheva la tranche de pâté qu'elle avait dans son assiette. Mais il y eut une alerte : ils avaient fini le pain d'une livre, pas une bouchée ne restait pour manger le fromage. Ce furent des cris, puis des rires, lorsque, bousculant tout, ils découvrirent, au fond du buffet de la mère Victoire, un bout de pain rassis. Bien que la fenêtre fût ouverte, il continuait de faire chaud, et la jeune femme, qui avait le poêle derrière elle, ne se rafraîchissait guère, plus rose et plus excitée par l'imprévu de ce déjeuner bavard, dans cette chambre. À propos de la mère Victoire, Roubaud en était revenu à Grandmorin : encore une, celle-là, qui lui devait une belle chandelle ! Fille séduite dont l'enfant était mort, nourrice de Séverine qui venait de coûter la vie à sa mère, plus tard femme d'un chauffeur de la Compagnie, elle vivait mal, à Paris, d'un peu de couture, son mari mangeant tout, lorsque la rencontre de sa fille de lait avait renoué les liens d'autrefois, en faisant d'elle aussi une protégée du président ; et, aujourd'hui, il lui avait obtenu un poste à la salubrité, la garde des cabinets de luxe, le côté des dames, ce qu'il y a de meilleur. La Compagnie ne lui donnait que cent francs par an, mais elle s'en faisait près de quatorze cents, avec la recette, sans compter le logement, cette chambre, où elle était même chauffée. Enfin, une situation bien agréable. Et Roubaud calculait que, si Pecqueux, le mari, avait apporté ses deux mille huit cents francs de chauffeur, tant pour les primes que pour le fixe, au lieu de nocer aux deux bouts de la ligne, le ménage aurait réuni plus de quatre mille francs, le double de ce que lui, sous-chef de gare, gagnait au Havre.

« Sans doute, conclut-il, toutes les femmes ne voudraient pas tenir les cabinets. Mais il n'y a pas de sot métier. »

Cependant, leur grosse faim s'était apaisée, et ils ne mangeaient plus que d'un air alangui, coupant le fromage par petits morceaux, pour faire durer le régal. Leurs paroles aussi se faisaient lentes.

« À propos, cria-t-il, j'ai oublié de te demander... Pourquoi as-tu donc refusé au président d'aller passer deux ou trois jours à Doinville ? »

Son esprit, dans le bien-être de la digestion, venait de refaire leur visite du matin, tout près de la gare, à l'hôtel de la rue du Rocher ; et il s'était revu dans le grand cabinet sévère, il entendait encore le président leur dire qu'il partait le lendemain pour Doinville. Puis, comme cédant à une idée soudaine, il leur avait offert de prendre le soir même, avec eux, l'express de six heures trente, et d'emmener ensuite sa filleule là-bas, chez sa sœur, qui la réclamait depuis longtemps. Mais la jeune femme avait allégué toutes sortes de raisons, qui l'empêchaient, disait-elle.

« Tu sais, moi, continua Roubaud, je ne voyais pas de mal à ce petit voyage. Tu aurais pu y rester jusqu'à jeudi, je me serais arrangé... N'est-ce pas ? dans notre position, nous avons besoin d'eux. Ce n'est guère adroit, de refuser leurs politesses ; d'autant plus que ton refus a eu l'air de lui causer une vraie peine... Aussi n'ai-je cessé de te pousser à accepter, que lorsque tu m'as tiré par mon

paletot. Alors, j'ai dit comme toi, mais sans comprendre... Hein ! pourquoi n'as-tu pas voulu ? »

Séverine, les regards vacillants, eut un geste
d'impatience.

« Est-ce que je puis te laisser tout seul ?

— Ce n'est pas une raison... Depuis notre
mariage, en trois ans, tu es bien allée deux fois
à Doinville, passer ainsi une semaine. Rien ne
t'empêchait d'y retourner une troisième. »

La gêne de la jeune femme croissait, elle avait
détourné la tête.

« Enfin, ça ne me disait pas. Tu ne vas pas me
forcer à des choses qui me déplaisent. »

Roubaud ouvrit les bras, comme pour déclarer
qu'il ne la forçait à rien. Pourtant, il reprit :

« Tiens ! tu me caches quelque chose... La dernière fois, est-ce que madame Bonnehon t'aurait
mal reçue ? »

Oh ! non, Mme Bonnehon l'avait toujours très
bien accueillie. Elle était si agréable, grande, forte,
avec de magnifiques cheveux blonds, belle encore
malgré ses cinquante-cinq ans ! Depuis son veu-
vage, et même du vivant de son mari, on racontait qu'elle avait eu souvent le cœur occupé. On
l'adorait à Doinville, elle faisait du château un
lieu de délices, toute la société de Rouen y venait
en visite, surtout la magistrature. C'était dans la
magistrature que Mme Bonnehon avait eu beaucoup d'amis.

« Alors, avoue-le, ce sont les Lachesnaye qui
t'ont battu froid. »

Sans doute, depuis son mariage avec M. de
Lachesnaye, Berthe avait cessé d'être pour elle

ce qu'elle était autrefois. Elle ne devenait guère bonne, cette pauvre Berthe, si insignifiante, avec son nez rouge. À Rouen, les dames vantaient beaucoup sa distinction. Aussi un mari comme le sien, laid, dur, avare, semblait-il plutôt fait pour déteindre sur sa femme et la rendre mauvaise. Mais non, Berthe s'était montrée convenable à l'égard de son ancienne camarade, celle-ci n'avait aucun reproche précis à lui adresser.

« C'est donc le président qui te déplaît, là-bas ? »

Séverine, qui, jusque-là, répondait lentement, d'une voix égale, fut reprise d'impatience.

« Lui, quelle idée ! »

Et elle continua, en petites phrases nerveuses. On le voyait seulement à peine. Il s'était réservé, dans le parc, un pavillon, dont la porte donnait sur une ruelle déserte. Il sortait, il rentrait, sans qu'on le sût. Jamais sa sœur, du reste, ne connaissait au juste le jour de son arrivée. Il prenait une voiture à Barentin, se faisait conduire de nuit à Doinville, vivait des journées dans son pavillon, ignoré de tous. Ah ! ce n'était pas lui qui vous gênait, là-bas.

« Je t'en parle, parce que tu m'as raconté vingt fois que, dans ton enfance, il te faisait une peur bleue.

— Oh ! une peur bleue ! tu exagères, comme toujours… Bien sûr qu'il ne riait guère. Il vous regardait si fixement, de ses gros yeux, qu'on baissait la tête tout de suite. J'ai vu des gens se troubler, ne pas pouvoir lui adresser un mot, tellement il leur en imposait, avec son grand renom de sévérité et de sagesse… Mais, moi, il ne m'a jamais grondée, j'ai toujours senti qu'il avait un faible pour moi... »

De nouveau, sa voix se ralentissait, ses yeux se perdaient au loin.

« Je me souviens... Quand j'étais gamine et que je jouais avec des amies, dans les allées, s'il venait à paraître, toutes se cachaient, même sa fille Berthe, qui tremblait sans cesse d'être en faute. Moi, je l'attendais, tranquille. Il passait, et en me voyant là, souriante, le museau levé, il me donnait une petite tape sur la joue... Plus tard, à seize ans, lorsque Berthe avait une faveur à obtenir de lui, c'était toujours moi qu'elle chargeait de la demande. Je parlais, je ne baissais pas les regards, et je sentais les siens qui m'entraient sous la peau. Mais je m'en moquais bien, j'étais si certaine qu'il accorderait tout ce que je voudrais !... Ah ! oui, je me souviens, je me souviens ! Là-bas, il n'y a pas un taillis du parc, pas un corridor, pas une chambre du château, que je ne puisse évoquer en fermant les yeux. »

Elle se tut, les paupières closes ; et, sur son visage chaud et gonflé, semblait passer le frisson de ces choses d'autrefois, les choses qu'elle ne disait point. Un instant elle demeura ainsi, avec un petit battement des lèvres, comme un tic involontaire qui lui tirait douloureusement un coin de la bouche.

« Il a été certainement très bon pour toi, reprit Roubaud, qui venait d'allumer sa pipe. Non seulement il t'a fait élever comme une demoiselle, mais il a très sagement administré tes quatre sous, et il a arrondi la somme, lors de notre mariage... Sans compter qu'il doit te laisser quelque chose, il l'a dit devant moi.

— Oui, murmura Séverine, cette maison de la Croix-de-Maufras[1], cette propriété que le chemin de fer a coupée. On y allait parfois passer huit jours... Oh ! je n'y compte guère, les Lachesnaye doivent le travailler pour qu'il ne me laisse rien. Et puis, j'aime mieux rien, rien ! »

Elle avait prononcé ces dernières paroles d'une voix si vive, qu'il s'en étonna, retirant sa pipe de la bouche, la regardant de ses yeux arrondis.

« Es-tu drôle ! On assure que le président a des millions, quel mal y aurait-il à ce qu'il mît sa filleule dans son testament ? Personne n'en serait surpris, et ça arrangerait joliment nos affaires. »

Puis, une idée qui lui traversa le cerveau, le fit rire.

« Tu n'as peut-être pas peur de passer pour sa fille ?... Car, tu sais, le président, malgré son air glacé, on en chuchote de raides sur son compte. Il paraît que, du vivant même de sa femme, toutes les bonnes y passaient. Enfin, un gaillard qui, aujourd'hui encore, vous trousse une femme... Mon Dieu ! va, quand tu serais sa fille ! »

Séverine s'était levée, violente, le visage en flamme, avec le vacillement effrayé de son regard bleu, sous la masse lourde de ses cheveux noirs.

« Sa fille, sa fille !... Je ne veux pas que tu plaisantes avec ça, entends-tu ! Est-ce que je puis être sa fille ? est-ce que je lui ressemble ?... Et en voilà assez, parlons d'autre chose. Je ne veux pas aller à Doinville, parce que je ne veux pas, parce que je préfère rentrer avec toi au Havre. »

Il hocha la tête, il l'apaisa du geste. Bon, bon !
du moment que ça lui donnait sur les nerfs. Il
souriait, jamais il ne l'avait vue si nerveuse. Le vin
blanc sans doute. Désireux de se faire pardonner,
il reprit le couteau, s'extasiant encore, l'essuyant
avec soin ; et, pour montrer qu'il coupait comme
un rasoir, il s'en taillait les ongles.

« Déjà quatre heures un quart, murmura Séverine, debout devant le coucou. J'ai encore quelques
courses… Il faut songer à notre train. »

Mais, comme pour achever de se calmer, avant
de mettre un peu d'ordre dans la chambre, elle
retourna s'accouder à la fenêtre. Lui, alors, lâchant
le couteau, lâchant sa pipe, quitta la table à son
tour, s'approcha d'elle, la prit par-derrière, entre
ses bras, doucement. Et il la tenait enlacée ainsi,
il avait posé le menton sur son épaule, appuyé la
tête contre la sienne. Ni l'un ni l'autre ne bougeait
plus, ils regardaient.

Sous eux, toujours, les petites machines de
manœuvre allaient et venaient sans repos ; et on
les entendait à peine s'activer, comme des ménagères vives et prudentes, les roues assourdies, le
sifflet discret. Une d'elles passa, disparut sous le
pont de l'Europe, emmenant au remisage les voitures d'un train de Trouville, qu'on débranchait.
Et, là-bas, au-delà du pont, elle frôla une machine
venue seule du Dépôt, en promeneuse solitaire,
avec ses cuivres et ses aciers luisants, fraîche et
gaillarde pour le voyage. Celle-ci s'était arrêtée,
demandant de deux coups brefs la voie à l'aiguilleur, qui, presque immédiatement, l'envoya sur
son train, tout formé, à quai sous la marquise des

grandes lignes. C'était le train de quatre heures vingt-cinq, pour Dieppe[1]. Un flot de voyageurs se pressait, on entendait le roulement des chariots chargés de bagages, des hommes poussaient une à une les bouillottes dans les voitures. Mais la machine et son tender avaient abordé le fourgon de tête, d'un choc sourd, et l'on vit le chef d'équipe serrer lui-même la vis de la barre d'attelage. Le ciel s'était assombri vers les Batignolles ; une cendre crépusculaire, noyant les façades, semblait tomber déjà sur l'éventail élargi des voies ; tandis que, dans cet effacement, au lointain, se croisaient sans cesse les départs et les arrivées de la banlieue et de la Ceinture. Par-delà les nappes sombres des grandes halles couvertes, sur Paris obscurci, des fumées rousses, déchiquetées, s'envolaient.

« Non, non, laisse-moi », murmura Séverine.

Peu à peu, sans une parole, il l'avait enveloppée d'une caresse plus étroite, excité par la tiédeur de ce corps jeune, qu'il tenait ainsi à pleins bras. Elle le grisait de son odeur, elle achevait d'affoler son désir, en cambrant les reins pour se dégager. D'une secousse, il l'enleva de la fenêtre, dont il referma les vitres du coude. Sa bouche avait rencontré la sienne, il lui écrasait les lèvres, il l'emportait vers le lit.

« Non, non, nous ne sommes pas chez nous, répéta-t-elle. Je t'en prie, pas dans cette chambre ! »

Elle-même était comme grise, étourdie de nourriture et de vin, encore vibrante de sa course fiévreuse à travers Paris. Cette pièce trop chauffée, cette table où traînait la débandade du couvert, l'imprévu du voyage qui tournait en partie fine,

tout lui allumait le sang, la soulevait d'un frisson. Et pourtant elle se refusait, elle résistait,
arc-boutée contre le bois du lit, dans une révolte
effrayée, dont elle n'aurait pu dire la cause.

« Non, non, je ne veux pas. »

Lui, le sang à la peau, retenait ses grosses mains
brutales. Il tremblait, il l'aurait brisée.

« Bête, est-ce qu'on saura ? Nous retaperons
le lit. »

D'habitude, elle s'abandonnait avec une docilité
complaisante, chez eux, au Havre, après le déjeuner, lorsqu'il était de service de nuit. Cela semblait
sans plaisir pour elle, mais elle y montrait une
mollesse heureuse, un affectueux consentement
de son plaisir à lui. Et ce qui, en ce moment, le
rendait fou, c'était de la sentir comme jamais il
ne l'avait eue, ardente, frémissante de passion sensuelle. Le noir reflet de sa chevelure assombrissait
ses calmes yeux de pervenche, sa bouche forte
saignait dans le doux ovale de son visage. Il y avait
là une femme qu'il ne connaissait point. Pourquoi
se refusait-elle ?

« Dis, pourquoi ? Nous avons le temps. »

Alors, dans une angoisse inexplicable, dans un
débat où elle ne paraissait pas juger les choses
nettement, comme si elle se fût ignorée elle aussi,
elle eut un cri de douleur vraie, qui le fit se tenir
tranquille.

« Non, non, je t'en supplie, laisse-moi !... Je
ne sais pas, ça m'étrangle, rien que l'idée, en ce
moment... Ça ne serait pas bien. »

Tous deux étaient tombés assis au bord du lit. Il
se passa la main sur la face, comme pour s'en ôter

la cuisson qui le brûlait. En le voyant redevenu sage, elle, gentille, se pencha, lui posa un gros baiser sur la joue, voulant lui montrer qu'elle l'aimait bien tout de même. Un instant, ils restèrent de la sorte, sans parler, à se remettre. Il lui avait repris la main gauche et jouait avec une vieille bague d'or, un serpent d'or à petite tête de rubis, qu'elle portait au même doigt que son alliance. Toujours il la lui avait connue là.

« Mon petit serpent, dit Séverine d'une voix involontaire de rêve, croyant qu'il regardait la bague et éprouvant l'impérieux besoin de parler. C'est à la Croix-de-Maufras, qu'il m'en a fait cadeau, pour mes seize ans. »

Roubaud leva la tête, surpris.

« Qui donc ? le président ? »

Lorsque les yeux de son mari s'étaient posés sur les siens, elle avait eu une brusque secousse de réveil. Elle sentit un petit froid glacer ses joues. Elle voulut répondre, et ne trouva rien, étranglée par la sorte de paralysie qui la prenait.

« Mais, continua-t-il, tu m'as toujours dit que c'était ta mère qui te l'avait laissée, cette bague. »

Encore à cette seconde, elle pouvait rattraper la phrase, lâchée dans un oubli de tout. Il lui aurait suffi de rire, de jouer l'étourdie. Mais elle s'entêta, ne se possédant plus, inconsciente.

« Jamais, mon chéri, je ne t'ai dit que ma mère m'avait laissé cette bague. »

Du coup, Roubaud la dévisagea, pâlissant lui aussi.

« Comment ? tu ne m'as jamais dit ça ? Tu me l'as dit vingt fois !... Il n'y a pas de mal à ce que le

président t'ait donné une bague. Il t'a donné bien
autre chose... Mais pourquoi me l'avoir caché ?
pourquoi avoir menti, en parlant de ta mère ?

— Je n'ai pas parlé de ma mère, mon chéri, tu
te trompes. »

C'était imbécile, cette obstination. Elle voyait
qu'elle se perdait, qu'il lisait clairement sous sa
peau, et elle aurait voulu revenir, ravaler ses
paroles ; mais il n'était plus temps, elle sentait
ses traits se décomposer, l'aveu sortir malgré
elle de toute sa personne. Le froid de ses joues
avait envahi sa face entière, un tic nerveux tirait
ses lèvres. Et lui, effrayant, redevenu subitement
rouge, à croire que le sang allait faire éclater ses
veines, lui avait saisi les poignets, la regardait de
tout près, afin de mieux suivre, dans l'effarement
épouvanté de ses yeux, ce qu'elle ne disait pas
tout haut.

« Nom de Dieu ! bégaya-t-il, nom de Dieu ! »

Elle eut peur, baissa le visage pour le cacher
sous son bras, devinant le coup de poing. Un fait,
petit, misérable, insignifiant, l'oubli d'un mensonge à propos de cette bague, venait d'amener
l'évidence, en quelques paroles échangées. Et il
avait suffi d'une minute. Il la jeta d'une secousse
en travers du lit, il tapa sur elle des deux poings,
au hasard. En trois ans, il ne lui avait pas donné
une chiquenaude, et il la massacrait, aveugle, ivre,
dans un emportement de brute, de l'homme aux
grosses mains, qui, autrefois, avait poussé des
wagons.

« Nom de Dieu de garce ! tu as couché avec !...
couché avec !... couché avec ! »

Il s'enrageait à ces mots répétés, il abattait les poings, chaque fois qu'il les prononçait, comme pour les lui faire entrer dans la chair.

« Le reste d'un vieux, nom de Dieu de garce !... couché avec !... couché avec ! »

Sa voix s'étranglait d'une telle colère, qu'elle sifflait et ne sortait plus. Alors, seulement, il entendit que, mollissante sous les coups, elle disait non. Elle ne trouvait pas d'autre défense, elle niait pour qu'il ne la tuât pas. Et ce cri, cet entêtement dans le mensonge, acheva de le rendre fou.

« Avoue que tu as couché avec.

— Non ! non ! »

Il l'avait reprise, il la soutenait dans ses bras, l'empêchant de retomber la face contre la couverture, en pauvre être qui se cache. Il la forçait à le regarder.

« Avoue que tu as couché avec. »

Mais, se laissant glisser, elle s'échappa, elle voulut courir vers la porte. D'un bond, il fut de nouveau sur elle, le poing en l'air ; et, furieusement, d'un seul coup, près de la table, il l'abattit. Il s'était jeté à son côté, il l'avait empoignée par les cheveux, pour la clouer au sol. Un instant, ils restèrent ainsi par terre, face à face, sans bouger. Et, dans l'effrayant silence, on entendit monter les chants et les rires des demoiselles Dauvergne, dont le piano faisait rage, heureusement, en dessous, étouffant les bruits de lutte. C'était Claire qui chantait des rondes de petites filles, tandis que Sophie l'accompagnait, à tour de bras.

« Avoue que tu as couché avec. »

Elle n'osa plus dire non, elle ne répondit point.

« Avoue que tu as couché avec, nom de Dieu ! ou je t'éventre ! »

Il l'aurait tuée, elle le lisait nettement dans son regard. En tombant, elle avait aperçu le couteau, ouvert sur la table ; et elle revoyait l'éclair de la lame, elle crut qu'il allongeait le bras. Une lâcheté l'envahit, un abandon d'elle-même et de tout, un besoin d'en finir.

« Eh bien ! oui, c'est vrai, laisse-moi m'en aller. »

Alors, ce fut abominable. Cet aveu qu'il exigeait si violemment, venait de l'atteindre en pleine figure, comme une chose impossible, monstrueuse. Il semblait que jamais il n'aurait supposé une infamie pareille. Il lui empoigna la tête, il la cogna contre un pied de la table. Elle se débattait, et il la tira par les cheveux, au travers de la pièce, bousculant les chaises. Chaque fois qu'elle faisait un effort pour se redresser, il la rejetait sur le carreau d'un coup de poing. Et cela haletant, les dents serrées, un acharnement sauvage et imbécile. La table, poussée, faillit renverser le poêle. Des cheveux et du sang restèrent à un angle du buffet. Quand ils reprirent haleine, hébétés, gonflés de cette horreur, las de frapper et d'être frappée, ils étaient revenus près du lit, elle toujours par terre, vautrée, lui accroupi, la tenant encore aux épaules. Et ils soufflèrent. En bas, la musique continuait, les rires s'envolaient, très sonores et très jeunes.

D'une secousse, Roubaud remonta Séverine, l'adossa contre le bois du lit. Puis, demeurant à genoux, pesant sur elle, il put parler enfin. Il ne la battait plus, il la torturait de ses questions, du besoin inextinguible qu'il avait de savoir.

« Ainsi, tu as couché avec, garce !... Répète, répète que tu as couché avec ce vieux... Et à quel âge, hein ? toute petite, toute petite, n'est-ce pas ? »

Brusquement, elle venait d'éclater en larmes, ses sanglots l'empêchaient de répondre.

« Nom de Dieu ! veux-tu me dire !... Hein ? tu n'avais pas dix ans, que tu l'amusais, ce vieux ? C'est pour ça qu'il t'élevait à la becquée, c'est pour sa cochonnerie, dis-le donc, nom de Dieu ! ou je recommence ! »

Elle pleurait, elle ne pouvait prononcer un mot, et il leva la main, il l'étourdit d'une nouvelle claque. À trois reprises, comme il n'obtenait pas davantage de réponse, il la gifla, répétant sa question.

« À quel âge, dis-le donc, garce ! dis-le donc ? »

Pourquoi lutter ? Son être fuyait sous elle. Il lui aurait sorti le cœur, de ses doigts gourds d'ancien ouvrier. Et l'interrogatoire continua, elle disait tout, dans un tel anéantissement de honte et de peur, que ses phrases, soufflées très bas, s'entendaient à peine. Et lui, mordu de sa jalousie atroce, s'enrageait à la souffrance dont le déchiraient les tableaux évoqués : il n'en savait jamais assez, il l'obligeait à revenir sur les détails, à préciser les faits. L'oreille aux lèvres de la misérable, il agonisait de cette confession, avec la continuelle menace de son poing levé, prêt à cogner encore, si elle s'arrêtait.

De nouveau, tout le passé, à Doinville, défila, l'enfance, la jeunesse. Était-ce au fond des massifs du grand parc ? était-ce dans le détour perdu de quelque corridor du château ? Déjà le président songeait donc à elle, lorsqu'il l'avait gardée, à la mort de son jardinier, et fait élever avec sa fille ? Cela, pour sûr, avait commencé, les jours où les autres gamines s'enfuyaient, au milieu de leurs jeux, s'il venait à paraître, tandis qu'elle, souriante, le museau en l'air, attendait qu'il lui donnât en passant une petite tape sur la joue. Et, plus tard, si elle osait lui parler en face, si elle obtenait tout de lui, n'était-ce pas qu'elle se sentait maîtresse, alors qu'il l'achetait par ses complaisances de trousseur de bonnes, si digne et si sévère aux autres ? Ah ! la sale chose, ce vieux se faisant baisoter comme un grand-père, regardant pousser cette fillette, la tâtant, l'entamant un peu à chaque heure, sans avoir la patience d'attendre qu'elle fût mûre !

Roubaud haletait.

« Enfin, à quel âge... répète à quel âge ?

— Seize ans et demi.

— Tu mens ! »

Mentir, mon Dieu ! pourquoi ? Elle eut un haussement d'épaules plein d'un abandon et d'une lassitude immenses.

« Et, la première fois, où ça s'est-il passé ?

— À la Croix-de-Maufras. »

Il hésita une seconde, ses lèvres s'agitaient, une lueur jaune troublait ses yeux.

« Et, je veux que tu me dises, qu'est-ce qu'il t'a fait ? »

Elle resta muette. Puis, comme il brandissait le poing :

« Tu ne me croirais pas.

— Dis toujours... Il n'a pu rien faire, hein ? »

D'un signe de tête, elle répondit. C'était bien cela. Et, alors, il s'acharna sur la scène, il voulut la connaître jusqu'au bout, il descendit aux mots crus, aux interrogations immondes. Elle ne desserrait plus les dents, elle continuait à dire oui, à dire non, d'un signe. Peut-être ça les soulagerait-il l'un et l'autre, quand elle aurait avoué. Mais lui souffrait davantage de ces détails, qu'elle croyait être une atténuation. Des rapports normaux, complets, l'auraient hanté d'une vision moins torturante. Cette débauche pourrissait tout, enfonçait et retournait au fond de sa chair les lames empoisonnées de sa jalousie. Maintenant, c'était fini, il ne vivrait plus, il évoquerait toujours l'exécrable image.

Un sanglot déchira sa gorge.

« Ah ! nom de Dieu... ah ! nom de Dieu !... ça ne peut pas être, non, non ! c'est trop, ça ne peut pas être ! »

Puis, tout d'un coup, il la secoua.

« Mais nom de Dieu de garce ! pourquoi m'as-tu épousé ?... Sais-tu que c'est ignoble de m'avoir trompé ainsi ? Il y a des voleuses, en prison, qui n'en ont pas tant sur la conscience... Tu me méprisais donc, tu ne m'aimais donc pas ?... Hein ! pourquoi m'as-tu épousé ? »

Elle eut un geste vague. Est-ce qu'elle savait au juste, à présent ? En l'épousant, elle était heureuse, espérant en finir avec l'autre. Il y a tant de choses qu'on ne voudrait pas faire et qu'on fait, parce qu'elles sont encore les plus sages. Non, elle ne l'aimait pas ; et ce qu'elle évitait de lui dire, c'était que, sans cette histoire, jamais elle n'aurait consenti à être sa femme.

« Lui, n'est-ce pas ? désirait te caser. Il a trouvé une bonne bête… Hein ? il désirait te caser pour que ça continue. Et vous avez continué, hein ? à tes deux voyages, là-bas. C'est pour ça qu'il t'emmenait ? »

D'un signe, elle avoua de nouveau.

« Et c'est pour ça encore qu'il t'invitait, cette fois ?… Jusqu'à la fin, alors, ça aurait recommencé, ces ordures ! Et, si je ne t'étrangle pas, ça recommencera ! »

Ses mains convulsées s'avançaient pour la reprendre à la gorge. Mais, ce coup-ci, elle se révolta.

« Voyons, tu es injuste. Puisque c'est moi qui ai refusé d'y aller. Tu m'y envoyais, j'ai dû me fâcher, rappelle-toi… Tu vois bien que je ne voulais plus. C'était fini. Jamais, jamais plus, je n'aurais voulu. »

Il sentit qu'elle disait la vérité, et il n'en eut aucun soulagement. L'affreuse douleur, le fer qui lui restait en pleine poitrine, c'était l'irréparable, ce qui avait eu lieu entre elle et cet homme. Il ne souffrait horriblement que de son impuissance à faire que cela ne fût pas. Sans la lâcher encore, il s'était rapproché de son visage, il semblait fasciné, attiré là, comme pour retrouver, dans le sang de ses petites veines bleues, tout ce qu'elle lui avouait. Et il murmura, obsédé, halluciné :

« À la Croix-de-Maufras, dans la chambre rouge… Je la connais, la fenêtre donne sur le chemin de fer, le lit est en face. Et c'est là, dans cette chambre… Je comprends qu'il parle de te laisser la maison. Tu l'as bien gagnée. Il pouvait veiller sur tes sous et te doter, ça valait ça... Un juge, un homme riche à millions, si respecté, si instruit, si haut ! Vrai, la tête vous tourne... Et, dis donc, s'il était ton père ? »

Séverine, d'un effort, se mit debout. Elle l'avait repoussé, avec une vigueur extraordinaire, pour sa faiblesse de pauvre être vaincu. Violente, elle protestait.

« Non, non, pas ça ! Tout ce que tu voudras, pour le reste. Bats-moi, tue-moi... Mais ne dis pas ça, tu mens ! »

Roubaud lui avait gardé une main dans les siennes.

« Est-ce que tu en sais quelque chose ? C'est bien parce que tu en doutes toi-même, que ça te soulève ainsi. »

Et, comme elle dégageait sa main, il sentit la bague, le petit serpent d'or à tête de rubis, oublié à son doigt. Il l'en arracha, le pila du talon sur le carreau, dans un nouvel accès de rage. Puis, il marcha d'un bout de la pièce à l'autre, muet, éperdu. Elle, tombée assise au bord du lit, le regardait de ses grands yeux fixes. Et le terrible silence dura.

La fureur de Roubaud ne se calmait point. Dès qu'elle semblait se dissiper un peu, elle revenait aussitôt, comme l'ivresse, par grandes ondes redoublées, qui l'emportaient dans leur vertige. Il ne se possédait plus, battait le vide, jeté à toutes les sautes du vent de violence dont il était flagellé, retombant à l'unique besoin d'apaiser la bête hurlante au fond de lui. C'était un besoin physique, immédiat, comme une faim de vengeance, qui lui tordait le corps et qui ne lui laisserait plus aucun repos, tant qu'il ne l'aurait pas satisfaite.

Sans s'arrêter, il se tapa les tempes de ses deux poings, il bégaya d'une voix d'angoisse :

« Qu'est-ce que je vais faire ? »

Cette femme, puisqu'il ne l'avait pas tuée tout de suite, il ne la tuerait pas maintenant. Sa lâcheté de la laisser vivre exaspérait sa colère, car c'était lâche, c'était parce qu'il tenait encore à sa peau de garce, qu'il ne l'avait pas étranglée. Il ne pouvait pourtant la garder ainsi. Alors, il allait donc la chasser, la mettre à la rue, pour ne jamais la revoir ? Et un nouveau flot de souffrance l'emportait, une exécrable nausée le submergeait tout entier, lorsqu'il sentait qu'il ne ferait pas même ça. Quoi, enfin ? Il ne restait qu'à accepter l'abomination et qu'à remmener cette femme au Havre, à continuer la tranquille vie avec elle, comme si de rien n'était. Non ! non ! la mort plutôt, la mort pour tous les deux, à l'instant ! Une telle détresse le souleva, qu'il cria plus haut, égaré :

« Qu'est-ce que je vais faire ? »

Du lit où elle restait assise, Séverine le suivait toujours de ses grands yeux. Dans la calme affection de camarade qu'elle avait eue pour lui, il l'apitoyait déjà, par la douleur démesurée où elle le voyait. Les gros mots, les coups, elle les aurait excusés, si cet emportement fou lui avait laissé moins de surprise, une surprise dont elle ne revenait pas encore. Elle, passive, docile, qui toute jeune s'était pliée aux désirs d'un vieillard, qui plus tard avait laissé faire son mariage, simplement désireuse d'arranger les choses, n'arrivait pas à comprendre un tel éclat de jalousie, pour des fautes anciennes, dont elle se repentait ; et, sans vice, la chair mal éveillée encore, dans sa demi-inconscience de fille douce, chaste malgré tout, elle regardait son mari, aller, venir, tourner furieusement, comme elle aurait regardé un loup, un être d'une autre espèce. Qu'avait-il donc en lui ? Il y en avait tant sans colère ! Ce qui l'épouvantait, c'était de sentir l'animal, soupçonné par elle depuis trois ans, à des grognements sourds, aujourd'hui déchaîné, enragé, prêt à mordre. Que lui dire, pour empêcher un malheur ?

À chaque retour, il se retrouvait près du lit, devant elle. Et elle l'attendait au passage, elle osa lui parler.

« Mon ami, écoute... »

Mais il ne l'entendait pas, il repartait à l'autre bout de la pièce, ainsi qu'une paille battue d'un orage.

« Qu'est-ce que je vais faire ? Qu'est-ce que je vais faire ? »

Enfin, elle lui saisit le poignet, elle le retint une minute.

« Mon ami, voyons, puisque c'est moi qui ai refusé d'y aller... Je n'y serais jamais plus allée, jamais ! jamais ! C'est toi que j'aime. »

Et elle se faisait caressante, l'attirant, levant ses lèvres pour qu'il les baisât. Mais, tombé près d'elle, il la repoussa, dans un mouvement d'horreur.

« Ah ! garce, tu voudrais maintenant... Tout à l'heure, tu n'as pas voulu, tu n'avais pas envie de moi... Et, maintenant, tu voudrais, pour me reprendre, hein ? Lorsqu'on tient un homme par là, on le tient solidement... Mais ça me brûlerait, d'aller avec toi, oui ! je sens bien que ça me brûlerait le sang d'un poison. »

Il frissonnait. L'idée de la posséder, cette image de leurs deux corps s'abattant sur le lit, venait de le traverser d'une flamme. Et, dans la nuit trouble de sa chair, au fond de son désir souillé qui saignait, brusquement se dressa la nécessité de la mort.

« Pour que je ne crève pas d'aller encore avec toi, vois-tu, il faut avant ça que je crève l'autre... Il faut que je le crève, que je le crève ! »

Sa voix montait, il répéta le mot debout, grandi, comme si ce mot, en lui apportant une résolution, l'avait calmé. Il ne parla plus, il marcha lentement jusqu'à la table, y regarda le couteau, dont la lame, grande ouverte, luisait. D'un geste machinal, il le ferma, le mit dans sa poche. Et, les mains ballantes, les regards au loin, il restait à la même place, il songeait. Des obstacles coupaient son front de deux grandes rides. Pour trouver, il retourna ouvrir la fenêtre, il s'y planta, le visage dans le petit air froid du crépuscule. Derrière lui, sa femme s'était levée, reprise de peur ; et, n'osant le questionner, tâchant de deviner ce qui se passait au fond de ce crâne dur, elle attendait, debout elle aussi, en face du large ciel.

Sous la nuit commençante, les maisons lointaines se découpaient en noir, le vaste champ de la gare s'emplissait d'une brume violâtre. Du côté des Batignolles surtout, la tranchée profonde était comme noyée d'une cendre, où commençaient à s'effacer les charpentes du pont de l'Europe. Vers Paris, un dernier reflet de jour pâlissait les vitres

des grandes halles couvertes, tandis que, dessous,
les ténèbres amassées pleuvaient. Des étincelles
brillèrent, on allumait les becs de gaz, le long des
quais. Une grosse clarté blanche était là, la lanterne
de la machine du train de Dieppe, bondé de voyageurs, les portières déjà closes, et qui attendait pour
partir l'ordre du sous-chef de service. Des embarras s'étaient produits, le signal rouge de l'aiguilleur fermait la voie, pendant qu'une petite machine
venait reprendre des voitures, qu'une manœuvre
mal exécutée avait laissées en route. Sans cesse,
des trains filaient dans l'ombre croissante, parmi
l'inextricable lacis des rails, au milieu des files de
wagons immobiles, stationnant sur les voies d'attente. Il en partit un pour Argenteuil, un autre pour
Saint-Germain ; il en arriva un de Cherbourg, très
long. Les signaux se multipliaient, les coups de
sifflet, les sons de trompe ; de toutes parts, un à
un, apparaissaient des feux, rouges, verts, jaunes,
blancs ; c'était une confusion, à cette heure trouble
de l'entre chien et loup, et il semblait que tout allait
se briser, et tout passait, se frôlait, se dégageait,
du même mouvement doux et rampant, vague au
fond du crépuscule. Mais le feu rouge de l'aiguilleur
s'effaça, le train de Dieppe siffla, se mit en marche.
Du ciel pâle, commençaient à voler de rares gouttes
de pluie. La nuit allait être très humide.

Quand Roubaud se retourna, il avait la face
épaisse et têtue, comme envahie d'ombre par cette
nuit qui tombait. Il était décidé, son plan était
fait. Dans le jour mourant, il regarda l'heure au
coucou, il dit tout haut :

« Cinq heures vingt. »

Et il s'étonnait : une heure, une heure à peine, pour tant de choses ! Il aurait cru que tous deux se dévoraient là depuis des semaines.

« Cinq heures vingt, nous avons le temps. »

Séverine, qui n'osait l'interroger, le suivait toujours de ses regards anxieux. Elle le vit fureter dans l'armoire, en tirer du papier, une petite bouteille d'encre, une plume.

« Tiens ! tu vas écrire.

— À qui donc ?

— À lui... Assieds-toi. »

Et, comme elle s'écartait instinctivement de la chaise, sans savoir encore ce qu'il allait exiger, il la ramena, l'assit devant la table, d'une telle pesée, qu'elle y resta.

« Écris... : "Partez ce soir par l'express de six heures trente et ne vous montrez qu'à Rouen." »

Elle tenait la plume, mais sa main tremblait, sa peur s'augmentait de tout l'inconnu que creusaient devant elle ces deux simples lignes. Aussi s'enhardit-elle jusqu'à lever la tête, suppliante.

« Mon ami, que vas-tu faire ?... Je t'en prie, explique-moi... »

Il répéta de sa voix haute, inexorable :

« Écris, écris. »

Puis, les yeux dans les siens, sans colère, sans gros mots, mais avec une obstination dont elle sentait le poids l'écraser, l'anéantir :

« Ce que je vais faire, tu le verras bien... Et, entends-tu, ce que je vais faire, je veux que tu le fasses avec moi... Comme ça, nous resterons ensemble, il y aura quelque chose de solide entre nous. »

Il l'épouvantait, elle eut un recul encore.

« Non, non, je veux savoir... Je n'écrirai pas avant de savoir. »

Alors, cessant de parler, il lui prit la main, une petite main frêle d'enfant, la serra dans sa poigne de fer, d'une pression continue d'étau, jusqu'à la broyer. C'était sa volonté qu'il lui entrait ainsi dans la chair, avec la douleur. Elle jeta un cri, et tout se brisait en elle, tout se livrait. L'ignorante qu'elle était restée, dans sa douceur passive, ne pouvait qu'obéir. Instrument d'amour, instrument de mort.

« Écris, écris. »

Et elle écrivit, de sa pauvre main douloureuse, péniblement.

« C'est bon, tu es gentille, dit-il, quand il eut la lettre. À présent, range un peu ici, apprête tout... Je reviendrai te prendre. »

Il était très calme. Il refit le nœud de sa cravate devant la glace, mit son chapeau, puis s'en alla. Elle l'entendit qui fermait la porte, à double tour, et qui emportait la clef. La nuit croissait de plus en plus. Un instant, elle resta assise, l'oreille tendue à tous les bruits du dehors. Chez la voisine, la marchande de journaux, il y avait une plainte continue, assourdie : sans doute un petit chien oublié. En bas, chez les Dauvergne, le piano se taisait. C'était maintenant un tapage gai de casseroles et de vaisselle, les deux ménagères s'occupant au fond de leur cuisine, Claire à soigner un ragoût de mouton, Sophie à éplucher une salade. Et elle, anéantie, les écoutait rire, dans la détresse affreuse de cette nuit qui tombait.

Dès six heures un quart, la machine de l'express du Havre, débouchant du pont de l'Europe, fut envoyée sur son train, et attelée. À cause d'un encombrement, on n'avait pu loger ce train sous la marquise des grandes lignes. Il attendait au plein air, contre le quai qui se prolongeait en une sorte de jetée étroite, dans les ténèbres d'un ciel d'encre, où la file des quelques becs de gaz, plantés le long du trottoir, n'alignait que des étoiles fumeuses. Une averse venait de cesser, il en restait un souffle d'une humidité glaciale, épandu par ce vaste espace découvert, qu'une brume reculait jusqu'aux petites lueurs pâlies des façades de la rue de Rome. Cela était immense et triste, noyé d'eau, çà et là piqué d'un feu sanglant, confusément peuplé de masses opaques, les machines et les wagons solitaires, les tronçons de trains dormant sur les voies de garage ; et, du fond de ce lac d'ombre, des bruits arrivaient, des respirations géantes, haletantes de fièvre, des coups de sifflet pareils à des cris aigus de femmes qu'on violente, des trompes lointaines sonnant, lamentables, au milieu du grondement des rues voisines. Il y eut des ordres à voix haute, pour qu'on ajoutât une voiture. Immobile, la machine de l'express perdait par une soupape un grand jet de vapeur qui montait dans tout ce noir, où elle s'effilochait en petites fumées, semant de larmes blanches le deuil sans bornes tendu au ciel.

À six heures vingt, Roubaud et Séverine parurent. Elle venait de rendre la clef à la mère Victoire, en passant devant les cabinets, près des salles d'attente ; et il la poussait, de l'air pressé d'un mari que sa femme attarde, lui impatient et brusque, le chapeau en arrière, elle sa voilette serrée au visage, hésitante, comme brisée de fatigue. Un flot de voyageurs suivait le quai, ils s'y mêlèrent, longèrent la file des wagons, cherchant du regard un compartiment de première vide. Le trottoir s'animait, des facteurs roulaient au fourgon de tête les chariots de bagages, un surveillant s'occupait de caser une famille nombreuse, le sous-chef de service donnait un coup d'œil aux attelages, sa lanterne-signal à la main, pour voir s'ils étaient bien faits, serrés à bloc. Et Roubaud avait enfin trouvé un compartiment vide, dans lequel il allait faire monter Séverine, lorsqu'il fut aperçu par le chef de gare, M. Vandorpe, qui se promenait là, en compagnie de son chef adjoint des grandes lignes, M. Dauvergne, tous les deux les mains derrière le dos, suivant la manœuvre, pour la voiture qu'on ajoutait. Il y eut des saluts, il fallut s'arrêter et causer.

D'abord, on parla de cette histoire du sous-préfet, qui s'était terminée à la satisfaction de tout le monde. Ensuite, il fut question d'un accident arrivé le matin au Havre, et que le télégraphe avait transmis : une machine, la Lison, qui, le jeudi et le samedi, faisait le service de l'express de six heures trente, avait eu sa bielle cassée, juste comme le train entrait en gare ; et la réparation devait immobiliser là-bas, pendant deux jours, le mécanicien, Jacques Lantier, un pays de Roubaud, et son chauffeur, Pecqueux, l'homme de la mère Victoire. Debout devant la portière du compartiment, Séverine attendait, sans monter encore ; tandis que son mari affectait avec ces messieurs une grande liberté d'esprit, haussant la voix, riant. Mais il y eut un choc, le train recula de quelques mètres : c'était la machine qui refoulait les premiers wagons sur celui qu'on venait d'ajouter, le 293, pour avoir un coupé réservé. Et le fils Dauvergne, Henri, qui accompagnait le train en qualité de conducteur-chef, ayant reconnu Séverine sous sa voilette, l'avait empêchée d'être heurtée par la portière grande ouverte, en l'écartant d'un geste prompt ; puis, s'excusant, souriant, très aimable, il lui expliqua que le coupé était pour un des administrateurs de la Compagnie, qui venait d'en faire la demande, une demi-heure avant le départ du train. Elle eut un petit rire nerveux, sans cause, et il courut à son service, il la quitta enchanté, car il s'était dit souvent qu'elle ferait une maîtresse bien agréable.

L'horloge marquait six heures vingt-sept. Encore trois minutes. Brusquement, Roubaud, qui guettait au loin les portes des salles d'attente, tout en causant avec le chef de gare, quitta celui-ci, pour revenir près de Séverine. Mais le wagon avait marché, ils durent rejoindre le compartiment vide, à quelques pas ; et, tournant le dos, il bousculait sa femme, il la fit monter d'un effort du poignet, tandis que, dans sa docilité anxieuse, elle regardait instinctivement en arrière, pour savoir. C'était un voyageur attardé qui arrivait, n'ayant à la main qu'une couverture, le collet de son gros paletot bleu relevé et si ample, le bord de son chapeau rond si bas sur les sourcils, qu'on ne distinguait de la face, aux clartés vacillantes du gaz, qu'un

peu de barbe blanche. Pourtant, M. Vandorpe et
M. Dauvergne s'étaient avancés, malgré le désir
évident que le voyageur avait de n'être pas vu.
Ils le suivirent, il ne les salua que trois wagons
plus loin, devant le coupé réservé, où il monta en
hâte. C'était lui. Séverine, tremblante, s'était laissée tomber sur la banquette. Son mari lui broyait
le bras d'une étreinte, comme une prise dernière
de possession, exultant, maintenant qu'il était certain de faire la chose.

Dans une minute, la demie sonnerait. Un mar-
chand s'entêtait à offrir les journaux du soir, des
voyageurs se promenaient encore sur le quai,
finissant une cigarette. Mais tous montèrent :
on entendait venir, des deux bouts du train, les
surveillants fermant les portières. Et Roubaud,
qui avait eu la surprise désagréable d'apercevoir,
dans ce compartiment qu'il croyait vide, une
forme sombre occupant un coin, une femme en
deuil sans doute muette, immobile, ne put retenir une exclamation de véritable colère, lorsque
la portière fut rouverte et qu'un surveillant jeta
un couple, un gros homme, une grosse femme,
qui s'échouèrent, étouffant. On allait partir. La
pluie, très fine, avait repris, noyant le vaste champ
ténébreux, que sans cesse traversaient des trains,
dont on distinguait seulement les vitres éclairées,
une file de petites fenêtres mouvantes. Des feux
verts s'étaient allumés, quelques lanternes dansaient au ras du sol. Et rien autre, rien qu'une
immensité noire, où seules apparaissaient les marquises des grandes lignes, pâlies d'un faible reflet
de gaz. Tout avait sombré, les bruits eux-mêmes

s'assourdissaient, il n'y avait plus que le tonnerre de la machine, ouvrant ses purgeurs, lâchant des flots tourbillonnants de vapeur blanche. Une nuée montait, déroulant comme un linceul d'apparition, et dans laquelle passaient de grandes fumées noires, venues on ne savait d'où. Le ciel en fut obscurci encore, un nuage de suie s'envolait sur le Paris nocturne, incendié de son brasier[1].

Alors, le sous-chef de service leva sa lanterne, pour que le mécanicien demandât la voie. Il y eut deux coups de sifflet, et là-bas, près du poste de l'aiguilleur, le feu rouge s'effaça, fut remplacé par un feu·blanc. Debout à la porte du fourgon, le conducteur-chef attendait l'ordre du départ, qu'il transmit. Le mécanicien siffla encore, longuement, ouvrit son régulateur, démarrant la machine. On partait. D'abord, le mouvement fut insensible, puis le train roula. Il fila sous le pont de l'Europe, s'enfonça vers le tunnel des Batignolles. On ne voyait de lui, saignant comme des blessures ouvertes, que les trois feux de l'arrière, le triangle rouge. Quelques secondes encore, on put le suivre, dans le frisson noir de la nuit. Maintenant, il fuyait, et rien ne devait plus arrêter ce train lancé à toute vapeur. Il disparut.

II

À la Croix-de-Maufras, dans un jardin que le chemin de fer a coupé, la maison est posée de biais, si près de la voie, que tous les trains qui passent l'ébranlent ; et un voyage suffit pour l'emporter dans sa mémoire, le monde entier filant à grande vitesse la sait à cette place, sans rien connaître d'elle, toujours close, laissée comme en détresse, avec ses volets gris que verdissent les coups de pluie de l'ouest. C'est le désert, elle semble accroître encore la solitude de ce coin perdu, qu'une lieue à la ronde sépare de toute âme.

Seule, la maison du garde-barrière est là, au coin de la route qui traverse la ligne et qui se rend à Doinville, distant de cinq kilomètres. Basse, les murs lézardés, les tuiles de la toiture mangées de mousse, elle s'écrase d'un air abandonné de pauvre, au milieu du jardin qui l'entoure, un jardin planté de légumes, fermé d'une haie vive, et dans lequel se dresse un grand puits, aussi haut que la maison. Le passage à niveau se trouve entre les stations de Malaunay et de Barentin, juste au milieu, à quatre kilomètres de chacune d'elles[1]. Il est d'ailleurs très peu fréquenté, la vieille barrière à demi pourrie ne roule guère que pour les fardiers des carrières de Bécourt, dans la forêt, à une demi-lieue. On ne saurait imaginer un trou plus reculé, plus séparé des vivants, car le long tunnel, du côté de Malaunay, coupe tout chemin, et l'on ne communique avec Barentin que par un sentier mal entretenu longeant la ligne. Aussi les visiteurs sont-ils rares.

Ce soir-là, à la tombée du jour, par un temps gris très doux, un voyageur, qui venait de quitter à Barentin un train du Havre, suivait d'un pas allongé le sentier de la Croix-de-Maufras. Le pays n'est qu'une suite ininterrompue de vallons et de côtes, une sorte de moutonnement du sol, que le chemin de fer traverse, alternativement, sur des remblais et dans des tranchées. Aux deux bords de la voie, ces accidents de terrain continuels, les montées et les descentes, achèvent de rendre les routes difficiles. La sensation de grande solitude en est augmentée ; les terrains, maigres, blanchâtres, restent incultes ; des arbres couronnent les mamelons de petits bois, tandis que, le long des vallées étroites, coulent des ruisseaux, ombragés de saules. D'autres bosses crayeuses sont absolument nues, les coteaux se succèdent, stériles, dans un silence et un abandon de mort. Et le voyageur, jeune, vigoureux, hâtait le pas, comme pour échapper à la tristesse de ce crépuscule si doux sur cette terre désolée[2].

Dans le jardin du garde-barrière, une fille tirait de l'eau au puits, une grande fille de dix-huit ans,

blonde, forte, à la bouche épaisse, aux grands
yeux verdâtres, au front bas, sous de lourds cheveux. Elle n'était point jolie, elle avait les hanches
solides et les bras durs d'un garçon. Dès qu'elle
aperçut le voyageur, descendant le sentier, elle
lâcha le seau, elle accourut se mettre devant la
porte à claire-voie, qui fermait la haie vive.

« Tiens ! Jacques ! » cria-t-elle.

Lui, avait levé la tête. Il venait d'avoir vingt-six
ans, également de grande taille, très brun, beau
garçon au visage rond et régulier, mais que
gâtaient des mâchoires trop fortes[1]. Ses cheveux,
plantés drus, frisaient, ainsi que ses moustaches,
si épaisses, si noires, qu'elles augmentaient la
pâleur de son teint. On aurait dit un monsieur, à
sa peau fine, bien rasée sur les joues, si l'on n'eût
pas trouvé d'autre part l'empreinte indélébile du
métier, les graisses qui jaunissaient déjà ses mains
de mécanicien, des mains pourtant restées petites
et souples.

« Bonsoir, Flore », dit-il simplement.

Mais ses yeux, qu'il avait larges et noirs, semés
de points d'or, s'étaient comme troublés d'une
fumée rousse, qui les pâlissait. Les paupières battirent, les yeux se détournèrent, dans une gêne
subite, un malaise allant jusqu'à la souffrance. Et
tout le corps lui-même avait eu un instinctif mouvement de recul.

Elle, immobile, les regards posés droit sur lui,
s'était aperçue de ce tressaillement involontaire,
qu'il tâchait de maîtriser, chaque fois qu'il abor-
dait une femme. Elle semblait en rester toute
sérieuse et triste. Puis, désireux de cacher son

embarras, comme il lui demandait si sa mère était à la maison, bien qu'il sût celle-ci souffrante, incapable de sortir, elle ne répondit que d'un signe de tête, elle s'écarta pour qu'il pût entrer sans la toucher, et retourna au puits, sans un mot, la taille droite et fière.

Jacques, de son pas rapide, traversa l'étroit jardin et entra dans la maison. Là, au milieu de la première pièce, une vaste cuisine où l'on mangeait et où l'on vivait, tante Phasie, ainsi qu'il la nommait depuis l'enfance, était seule, assise près de la table, sur une chaise de paille, les jambes enveloppées d'un vieux châle. C'était une cousine de son père, une Lantier, qui lui avait servi de marraine, et qui, à l'âge de six ans, l'avait pris chez elle, quand, son père et sa mère disparus, envolés à Paris, il était resté à Plassans, où il avait suivi plus tard les cours de l'École des arts et métiers. Il lui en gardait une vive reconnaissance, il disait que c'était à elle qu'il le devait, s'il avait fait son chemin. Lorsqu'il était devenu mécanicien de première classe à la Compagnie de l'Ouest, après deux années passées au chemin de fer d'Orléans, il y avait trouvé sa marraine, remariée à un garde-barrière du nom de Misard, exilée avec les deux filles de son premier mariage, dans ce trou perdu de la Croix-de-Maufras. Aujourd'hui, bien qu'âgée de quarante-cinq ans à peine, la belle tante Phasie d'autrefois, si grande, si forte, en paraissait soixante, amaigrie et jaunie, secouée de continuels frissons.

Elle eut un cri de joie.

« Comment, c'est toi, Jacques !... Ah ! mon grand garçon, quelle surprise ! »

Il la baisa sur les joues, il lui expliqua qu'il venait d'avoir brusquement deux jours de congé forcé : la Lison, sa machine, en arrivant le matin au Havre, avait eu sa bielle rompue, et comme la réparation ne pouvait être terminée avant vingt-quatre heures, il ne reprendrait son service que le lendemain soir, pour l'express de six heures quarante. Alors, il avait voulu l'embrasser. Il coucherait, il ne repartirait de Barentin que par le train de sept heures vingt-six du matin. Et il gardait entre les siennes ses pauvres mains fondues, il lui disait combien sa dernière lettre l'avait inquiété.

— Ah ! oui, mon garçon, ça ne va plus, ça ne va plus du tout... Que tu es gentil d'avoir deviné mon désir de te voir ! Mais je sais à quel point tu es tenu, je n'osais pas te demander de venir. Enfin, te voilà, et j'en ai si gros, si gros sur le cœur !

Elle s'interrompit, pour jeter craintivement un regard par la fenêtre. Sous le jour finissant, de l'autre côté de la voie, on apercevait son mari, Misard, dans un poste de cantonnement, une de ces cabanes de planches, établies tous les cinq ou six kilomètres et reliées par des appareils télégraphiques, afin d'assurer la bonne circulation des trains. Tandis que sa femme, et plus tard Flore, était chargée de la barrière du passage à niveau, on avait fait de Misard un stationnaire.

Comme s'il avait pu l'entendre, elle baissa la voix, dans un frisson.

« Je crois bien qu'il m'empoisonne ! »

Jacques eut un sursaut de surprise à cette confidence, et ses yeux, en se tournant eux aussi vers la fenêtre, furent de nouveau ternis par ce trouble singulier, cette petite fumée rousse qui en pâlissait l'éclat noir, diamanté d'or.

« Oh ! tante Phasie, quelle idée ! murmura-t-il. Il a l'air si doux et si faible. »

Un train allant vers Le Havre venait de passer, et Misard était sorti de son poste, pour fermer la voie derrière lui. Pendant qu'il remontait le levier, mettant au rouge le signal, Jacques le regardait. Un petit homme malingre, les cheveux et la barbe rares, décolorés, la figure creusée et pauvre. Avec cela, silencieux, effacé, sans colère, d'une politesse obséquieuse devant les chefs. Mais il était rentré dans la cabane de planches pour inscrire sur son garde-temps l'heure du passage, et pour pousser les deux boutons électriques, l'un qui rendait la voie libre au poste précédent, l'autre qui annonçait le train au poste suivant.

« Ah ! tu ne le connais pas, reprit tante Phasie. Je te dis qu'il doit me faire prendre quelque saleté… Moi qui étais si forte, qui l'aurais mangé, et c'est lui, ce bout d'homme, ce rien du tout, qui me mange ! »

Elle s'enfiévrait d'une rancune sourde et peureuse, elle vidait son cœur, ravie de tenir enfin quelqu'un qui l'écoutait. Où avait-elle eu la tête de se remarier avec un sournois pareil, et sans le sou, et avare, elle plus âgée de cinq ans, ayant deux filles, l'une de six ans, l'autre de huit ans déjà ? Voici dix années bientôt qu'elle avait fait ce beau coup, et pas une heure ne s'était écoulée sans qu'elle en eût le repentir : une existence de misère, un exil dans ce coin glacé du Nord, où elle grelottait, un ennui à périr, de n'avoir jamais personne à qui causer, pas même une voisine. Lui, était un ancien poseur de la voie, qui, maintenant, gagnait douze cents francs comme stationnaire ; elle, dès le début, avait eu cinquante francs pour la barrière, dont Flore aujourd'hui se trouvait chargée ; et là étaient le présent et l'avenir, aucun autre espoir, la certitude de vivre et de crever dans ce trou, à mille lieues des vivants. Ce qu'elle ne racontait pas, c'étaient les consolations qu'elle avait encore, avant de tomber malade, lorsque son mari travaillait au ballast, et qu'elle demeurait seule à garder la barrière avec ses filles ; car elle possédait alors, de Rouen au Havre, sur toute la ligne, une telle réputation de belle femme, que les inspecteurs de la voie la visitaient au passage ; même il y avait eu des rivalités, les piqueurs[1] d'un autre service étaient toujours en tournée, à redoubler de surveillance. Le mari n'était pas une gêne, déférent avec tout le monde, se glissant par les portes, partant, revenant sans rien voir. Mais ces distractions avaient cessé, et elle restait là, les semaines, les mois, sur cette chaise, dans cette solitude, à sentir son corps s'en aller un peu plus, d'heure en heure.

« Je te dis, répéta-t-elle pour conclure, que c'est lui qui s'est mis après moi, et qu'il m'achèvera, tout petit qu'il est. »

Une sonnerie brusque lui fit jeter au-dehors le même regard inquiet. C'était le poste précédent qui annonçait à Misard un train allant sur Paris ; et l'aiguille de l'appareil de cantonnement, posé devant la vitre, s'était inclinée dans le sens de la direction. Il arrêta la sonnerie, il sortit pour

signaler le train par deux sons de trompe. Flore,
à ce moment, vint pousser la barrière ; puis, elle
se planta, tenant tout droit le drapeau, dans son
fourreau de cuir. On entendit le train, un express,
caché par une courbe, s'approcher avec un grondement qui grandissait. Il passa comme en un
coup de foudre, ébranlant, menaçant d'emporter
la maison basse, au milieu d'un vent de tempête.
Déjà Flore s'en retournait à ses légumes ; tandis
que Misard, après avoir fermé la voie montante
derrière le train, allait rouvrir la voie descendante,
en abattant le levier pour effacer le signal rouge ;
car une nouvelle sonnerie, accompagnée du relè-
vement de l'autre aiguille, venait de l'avertir que
le train, passé cinq minutes plus tôt, avait franchi
le poste suivant. Il rentra, prévint les deux postes,
inscrivit le passage, puis attendit. Besogne toujours la même, qu'il faisait pendant douze heures,
vivant là, mangeant là, sans lire trois lignes d'un
journal, sans paraître même avoir une pensée,
sous son crâne oblique.

Jacques, qui, autrefois, plaisantait sa marraine
sur les ravages qu'elle faisait parmi les inspecteurs de la voie, ne put s'empêcher de sourire,
en disant :

« Peut-être bien qu'il est jaloux. »

Mais Phasie eut un haussement d'épaules plein
de pitié, pendant qu'un rire montait également,
irrésistible, à ses pauvres yeux pâlis.

« Ah ! mon garçon, qu'est-ce que tu dis là ?...
Lui, jaloux ! Il s'en est toujours fichu, du moment
que ça ne lui sortait rien de la poche. »

Puis, reprise de son frisson :

« Non, non, il n'y tenait guère, à ça. Il ne tient qu'à l'argent... Ce qui nous a fâchés, vois-tu, c'est que je n'ai pas voulu lui donner les mille francs de papa, l'année dernière, quand j'ai hérité. Alors, ainsi qu'il m'en menaçait, ça m'a porté malheur, je suis tombée malade... Et le mal ne m'a plus quittée depuis cette époque, oui ! juste depuis cette époque. »

Le jeune homme comprit, et comme il croyait à des idées noires de femme souffrante, il essaya encore de la dissuader. Mais elle s'entêtait d'un branle de la tête, en personne dont la conviction est faite. Aussi finit-il par dire :

« Eh bien ! rien n'est plus simple, si vous désirez que ça finisse... Donnez-lui vos mille francs. »

Un effort extraordinaire la mit debout. Et, ressuscitée, violente :

« Mes mille francs, jamais ! J'aime mieux crever... Ah ! ils sont cachés, bien cachés, va ! On peut retourner la maison, je défie qu'on les trouve... Et il l'a assez retournée, lui, le malin ! Je l'ai entendu, la nuit, qui tapait dans tous les murs. Cherche, cherche ! Rien que le plaisir de voir son nez s'allonger, ça me suffirait pour prendre patience... Faudra savoir qui lâchera le premier, de lui ou de moi. Je me méfie, je n'avale plus rien de ce qu'il touche. Et si je claquais, eh bien ! il ne les aurait tout de même pas, mes mille francs ! Je préférerais les laisser à la terre. »

Elle retomba sur la chaise, épuisée, secouée par un nouveau son de trompe. C'était Misard, au seuil du poste de cantonnement, qui, cette fois, signalait un train allant au Havre. Malgré

l'obstination où elle s'enfermait, de ne pas donner
l'héritage, elle avait de lui une peur secrète, grandissante, la peur du colosse devant l'insecte dont
il se sent mangé. Et le train annoncé, l'omnibus
parti de Paris à midi quarante-cinq, venait au loin,
d'un roulement sourd. On l'entendit sortir du tunnel, souffler plus haut dans la campagne. Puis, il
passa, dans le tonnerre de ses roues et la masse
de ses wagons, d'une force invincible d'ouragan.

Jacques, les yeux levés vers la fenêtre, avait
regardé défiler les petites vitres carrées, où apparaissaient des profils de voyageurs. Il voulut
détourner les idées noires de Phasie, il reprit en
plaisantant :

« Marraine, vous vous plaignez de ne jamais
voir un chat, dans votre trou... Mais en voilà, du
monde ! »

Elle ne comprit pas d'abord, étonnée.

« Où ça, du monde ?... Ah ! oui, ces gens qui
passent. La belle avance ! on ne les connaît pas,
on ne peut pas causer. »

Il continuait de rire.

« Moi, vous me connaissez bien, vous me voyez
passer souvent.

— Toi, c'est vrai, je te connais, et je sais l'heure
de ton train, et je te guette, sur ta machine. Seulement, tu files, tu files ! Hier, tu as fait comme ça
de la main. Je ne peux seulement pas répondre...
Non, non, ce n'est pas une manière de voir le
monde. »

Pourtant, cette idée du flot de foule que les trains
montants et descendants charriaient quotidiennement devant elle, au milieu du grand silence de

sa solitude, la laissait pensive, les regards sur la voie, où tombait la nuit. Quand elle était valide, qu'elle allait et venait, se plantant devant la barrière, le drapeau au poing, elle ne songeait jamais à ces choses. Mais des rêveries confuses, à peine formulées, lui embarbouillaient la tête, depuis qu'elle demeurait les journées sur cette chaise, n'ayant à réfléchir à rien qu'à sa lutte sourde avec son homme. Cela lui semblait drôle, de vivre perdue au fond de ce désert, sans une âme à qui se confier, lorsque, de jour et de nuit, continuellement, il défilait tant d'hommes et de femmes, dans le coup de tempête des trains, secouant la maison, fuyant à toute vapeur. Bien sûr que la terre entière passait là, pas des Français seulement, des étrangers aussi, des gens venus des contrées les plus lointaines, puisque personne maintenant ne pouvait rester chez soi, et que tous les peuples, comme on disait, n'en feraient bientôt plus qu'un seul. Ça, c'était le progrès, tous frères, roulant tous ensemble, là-bas, vers un pays de cocagne. Elle essayait de les compter, en moyenne, à tant par wagon : il y en avait trop, elle n'y parvenait pas. Souvent, elle croyait reconnaître des visages, celui d'un monsieur à barbe blonde, un Anglais sans doute, qui faisait chaque semaine le voyage de Paris, celui d'une petite dame brune, passant régulièrement le mercredi et le samedi. Mais l'éclair les emportait, elle n'était pas bien sûre de les avoir vus, toutes les faces se noyaient, se confondaient, comme semblables, disparaissant les unes dans les autres. Le torrent coulait, en ne laissant rien de lui. Et ce qui la rendait triste, c'était, sous ce roulement continu, sous tant de bien-être et tant d'argent promenés, de sentir que cette foule toujours si haletante ignorait qu'elle fût là, en danger de mort, à ce point que, si son homme l'achevait un soir, les trains continueraient à se croiser près de son cadavre, sans se douter seulement du crime, au fond de la maison solitaire.

Phasie était restée les yeux sur la fenêtre, et elle résuma ce qu'elle éprouvait trop vaguement pour l'expliquer tout au long.

« Ah ! c'est une belle invention, il n'y a pas à dire. On va vite, on est plus savant... Mais les bêtes sauvages restent des bêtes sauvages, et on aura beau inventer des mécaniques meilleures encore, il y aura quand même des bêtes sauvages dessous. »

Jacques de nouveau hocha la tête, pour dire qu'il pensait comme elle. Depuis un instant, il regardait Flore qui rouvrait la barrière, devant une voiture de carrier, chargée de deux blocs de pierre énormes. La route desservait uniquement les carrières de Bécourt, si bien que, la nuit, la barrière était cadenassée, et qu'il était très rare qu'on fît relever la jeune fille. En voyant celle-ci causer familièrement avec le carrier, un petit jeune homme brun, il s'écria :

« Tiens ! Cabuche est donc malade, que son cousin Louis conduit ses chevaux ?... Ce pauvre Cabuche, le voyez-vous souvent, marraine ? »

Elle leva les mains, sans répondre, en poussant un gros soupir. C'était tout un drame, à l'automne dernier, qui n'avait pas été fait pour la remettre : sa fille Louisette, la cadette, placée comme femme

de chambre chez Mme Bonnehon, à Doinville,
s'était sauvée un soir, affolée, meurtrie, pour
aller mourir chez son bon ami Cabuche, dans la
maison que celui-ci habitait en pleine forêt. Des
histoires avaient couru, qui accusaient de violence
le président Grandmorin ; mais on n'osait pas les
répéter tout haut. La mère elle-même, bien que
sachant à quoi s'en tenir, n'aimait point revenir
sur ce sujet. Pourtant, elle finit par dire :

« Non, il n'entre plus, il devient un vrai loup…
Cette pauvre Louisette, qui était si mignonne, si
blanche, si douce ! Elle m'aimait bien, elle m'aurait soignée, elle ! tandis que Flore, mon Dieu ! je
ne m'en plains pas, mais elle a pour sûr quelque
chose de dérangé, toujours à n'en faire qu'à sa
tête, disparue pendant des heures, et fière, et violente !… Tout ça est triste, bien triste. »

En écoutant, Jacques continuait à suivre des
yeux le fardier, qui, maintenant, traversait la voie.
Mais les roues s'embarrassèrent dans les rails, il
fallut que le conducteur fît claquer son fouet, tandis que Flore elle-même criait, excitant les chevaux.

« Fichtre ! déclara le jeune homme, il ne faudrait pas qu'un train arrive… Il y en aurait une,
de marmelade !

— Oh ! pas de danger, reprit tante Phasie. Flore
est drôle des fois, mais elle connaît son affaire, elle
ouvre l'œil… Dieu merci, voici cinq ans que nous
n'avons pas eu d'accident. Autrefois, un homme
a été coupé. Nous autres, nous n'avons encore eu
qu'une vache, qui a manqué de faire dérailler un
train. Ah ! la pauvre bête ! on a retrouvé le corps

ici et la tête là-bas, près du tunnel... Avec Flore,
on peut dormir sur ses deux oreilles. »

Le fardier était passé, on entendait s'éloigner les
secousses profondes des roues dans les ornières.
Alors, elle revint à sa préoccupation constante, à
l'idée de la santé, chez les autres autant que chez
elle.

« Et toi, ça va-t-il tout à fait bien, maintenant ?
Tu te rappelles, chez nous, les choses dont tu
souffrais, et auxquelles le docteur ne comprenait
rien ? »

Il eut son vacillement inquiet du regard.

« Je me porte très bien, marraine.

— Vrai ! tout a disparu, cette douleur qui te
trouait le crâne, derrière les oreilles, et les coups
de fièvre brusques, et ces accès de tristesse qui
te faisaient te cacher comme une bête, au fond
d'un trou ? »

À mesure qu'elle parlait, il se troublait davantage, pris d'un tel malaise, qu'il finit par l'interrompre, d'une voix brève.

« Je vous assure que je me porte très bien... Je
n'ai plus rien, plus rien du tout.

— Allons, tant mieux, mon garçon !... Ce n'est
point parce que tu aurais du mal, que ça me guérirait le mien. Et puis, c'est de ton âge, d'avoir de
la santé. Ah ! la santé, il n'y a rien de si bon... Tu
es tout de même très gentil, d'être venu me voir,
quand tu aurais pu aller t'amuser ailleurs. N'est-
ce pas ? Tu vas dîner avec nous, et tu coucheras
là-haut dans le grenier, à côté de la chambre de
Flore. »

Mais, encore une fois, un son de trompe lui

coupa la parole. La nuit était tombée, et tous deux, en se tournant vers la fenêtre, ne distinguèrent plus que confusément Misard causant avec un autre homme. Six heures venaient de sonner, il remettait le service à son remplaçant, le stationnaire de nuit. Il allait être libre enfin, après ses douze heures passées dans cette cabane, meublée seulement d'une petite table, sous la planchette des appareils, d'un tabouret et d'un poêle, dont la chaleur trop forte l'obligeait à tenir presque constamment la porte ouverte.

« Ah ! le voici, il va rentrer », murmura tante Phasie, reprise de sa peur.

Le train annoncé arrivait, très lourd, très long, avec son grondement de plus en plus haut. Et le jeune homme dut se pencher pour se faire entendre de la malade, ému de l'état misérable où il la voyait se mettre, désireux de la soulager.

« Écoutez, marraine, s'il a vraiment de mauvaises idées, peut-être que ça l'arrêterait, de savoir que je m'en mêle… Vous feriez bien de me confier vos mille francs. »

Elle eut une dernière révolte.

« Mes mille francs ! pas plus à toi qu'à lui !… Je te dis que j'aime mieux crever ! »

À ce moment, le train passait, dans sa violence d'orage, comme s'il eût tout balayé devant lui. La maison en trembla, enveloppée d'un coup de vent. Ce train-là, qui allait au Havre, était très chargé, car il y avait une fête pour le lendemain dimanche, le lancement d'un navire. Malgré la vitesse, par les vitres éclairées des portières, on avait eu la vision des compartiments pleins, les

files de têtes rangées, serrées, chacune avec son
profil. Elles se succédaient, disparaissaient. Que
de monde ! Encore la foule, la foule sans fin, au
milieu du roulement des wagons, du sifflement des
machines, du tintement du télégraphe, de la sonnerie des cloches ! C'était comme un grand corps,
un être géant couché en travers de la terre, la tête
à Paris, les vertèbres tout le long de la ligne, les
membres s'élargissant avec les embranchements,
les pieds et les mains au Havre et dans les autres
villes d'arrivée. Et ça passait, ça passait, mécanique, triomphal, allant à l'avenir avec une recti-
tude mathématique, dans l'ignorance volontaire
de ce qu'il restait de l'homme, aux deux bords,
caché et toujours vivace, l'éternelle passion et
l'éternel crime.

Ce fut Flore qui rentra la première. Elle alluma
la lampe, une petite lampe à pétrole, sans abat-
jour, et mit la table. Pas un mot n'était échangé,
à peine glissa-t-elle un regard vers Jacques, qui
se détournait, debout devant la fenêtre. Sur le
poêle, une soupe aux choux se tenait chaude. Elle
la servait, lorsque Misard parut à son tour. Il ne
témoigna aucune surprise de trouver là le jeune
homme. Peut-être l'avait-il vu arriver, mais il ne
le questionna pas, sans curiosité. Un serrement de
main, trois paroles brèves, rien de plus. Jacques
dut répéter, de lui-même, l'histoire de la bielle
rompue, son idée de venir embrasser sa marraine
et de coucher. Doucement, Misard se contentait
de branler la tête, comme s'il trouvait cela très
bien, et l'on s'assit, l'on mangea sans hâte, d'abord
en silence. Phasie, qui, depuis le matin, n'avait

pas quitté des yeux la marmite où bouillait la soupe aux choux, en accepta une assiette. Mais son homme s'étant levé pour lui donner son eau ferrée, oubliée par Flore, une carafe où trempaient des clous, elle n'y toucha pas. Lui, humble, chétif, toussant d'une petite toux mauvaise, n'avait point l'air de remarquer les regards anxieux dont elle suivait ses moindres mouvements. Comme elle demandait du sel, dont il n'y avait pas sur la table, il lui dit qu'elle se repentirait d'en manger tant, que c'était ça qui la rendait malade ; et il se releva pour en prendre, en apporta dans une cuiller une pincée, qu'elle accepta sans défiance, le sel purifiant tout, disait-elle. Alors, on causa du temps vraiment tiède qu'il faisait depuis quelques jours, d'un déraillement qui s'était produit à Maromme. Jacques finissait par croire que sa marraine avait des cauchemars tout éveillée, car lui ne surprenait rien, chez ce bout d'homme si complaisant, aux yeux vagues. On s'attarda plus d'une heure. Deux fois, au signal de la trompe, Flore avait disparu un instant. Les trains passaient, secouaient les verres sur la table ; mais aucun des convives n'y faisait même attention.

Un nouveau son de trompe se fit entendre, et, cette fois, Flore, qui venait d'ôter le couvert, ne reparut pas. Elle laissait sa mère et les deux hommes attablés devant une bouteille d'eau-de-vie de cidre. Tous trois restèrent là une demi-heure encore. Puis, Misard, qui, depuis un instant, avait arrêté ses yeux fureteurs sur un angle de la pièce, prit sa casquette et sortit, avec un simple bonsoir. Il braconnait dans les petits ruisseaux voisins, où il y avait des anguilles superbes, et jamais il ne se couchait, sans être allé visiter ses lignes de fond.

Dès qu'il ne fut plus là, Phasie regarda fixement son filleul.

« Hein, crois-tu ? L'as-tu vu fouiller du regard là-bas, dans ce coin ?... C'est que l'idée lui est venue que je pouvais avoir caché mon magot derrière le pot à beurre... Ah ! je le connais, je suis sûre que, cette nuit, il ira déranger le pot, pour voir. »

Mais des sueurs la prenaient, un tremblement agitait ses membres.

« Regarde, ça y est encore, va ! Il m'aura droguée, j'ai la bouche amère comme si j'avais avalé des vieux sous. Dieu sait pourtant si j'ai rien pris de sa main ! C'est à se ficher à l'eau... Ce soir, je n'en peux plus, vaut mieux que je me couche. Alors, adieu, mon garçon, parce que, si tu pars à sept heures vingt-six, ce sera trop bonne heure pour moi. Et reviens, n'est-ce pas ? Et espérons que j'y serai toujours. »

Il dut l'aider à rentrer dans la chambre, où elle se coucha et s'endormit, accablée. Resté seul, il hésita, se demandant s'il ne devait pas monter s'étendre, lui aussi, sur le coin qui l'attendait au grenier. Mais il n'était que huit heures moins dix, il avait le temps de dormir. Et il sortit à son tour, laissant brûler la petite lampe à pétrole, dans la maison vide et ensommeillée, ébranlée de temps à autre par le tonnerre brusque d'un train.

Dehors, Jacques fut surpris de la douceur de l'air. Sans doute, il allait pleuvoir encore. Dans le ciel, une nuée laiteuse, uniforme, s'était épandue, et la pleine lune, qu'on ne voyait pas, noyée derrière, éclairait toute la voûte d'un reflet rougeâtre. Aussi distinguait-il nettement la campagne, dont les terres autour de lui, les coteaux, les arbres se détachaient en noir, sous cette lumière égale et morte, d'une paix de veilleuse. Il fit le tour du petit potager. Puis, il songea à marcher du côté de Doinville, la route par là montant moins rudement. Mais la vue de la maison solitaire, plantée de biais à l'autre bord de la ligne, l'ayant attiré, il traversa la voie en passant par le portillon, car la barrière était déjà fermée pour la nuit. Cette maison, il la connaissait bien, il la regardait à chacun de ses voyages, dans le branle grondant de sa machine. Elle le hantait sans qu'il sût pourquoi, avec la sensation confuse qu'elle importait à son existence. Chaque fois, il éprouvait, d'abord comme une peur de ne plus la retrouver là, ensuite comme un malaise à constater qu'elle y était toujours. Jamais il n'en avait vu ouvertes ni les portes ni les fenêtres. Tout ce qu'on lui avait appris d'elle, c'était qu'elle appartenait au président Grandmorin ; et, ce soir-là, un désir irrésistible le prenait de tourner autour, pour en savoir davantage.

Longtemps, Jacques resta planté sur la route, en face de la grille. Il se reculait, se haussait, tâchant de se rendre compte. Le chemin de fer, en coupant le jardin, n'avait d'ailleurs laissé devant le perron qu'un étroit parterre, clos de murs ; tandis que, derrière, s'étendait un assez vaste terrain, entouré simplement d'une haie vive. La maison était d'une tristesse lugubre, en sa détresse, sous le rouge reflet de cette nuit fumeuse ; et il allait s'éloigner,

avec un frisson à fleur de peau, lorsqu'il remarqua
un trou dans la haie. L'idée que ce serait lâche de
ne pas entrer, le fit passer par le trou. Son cœur
battait. Mais, tout de suite, comme il longeait une
petite serre en ruine, la vue d'une ombre, accrou-
pie à la porte, l'arrêta.

« Comment, c'est toi ? s'écria-t-il étonné, en
reconnaissant Flore. Qu'est-ce que tu fais donc ? »

Elle aussi avait eu une secousse de surprise.
Puis, tranquillement :

« Tu vois bien, je prends des cordes... Ils ont
laissé là un tas de cordes qui pourrissent, sans
servir à personne. Alors, moi, comme j'en ai toujours besoin, je viens en prendre. »

En effet, une paire de forts ciseaux à la main,
assise par terre, elle démêlait les bouts de corde,
coupait les nœuds, quand ils résistaient.

« Le propriétaire ne vient donc plus ? » demanda
le jeune homme.

Elle se mit à rire.

« Oh ! depuis l'affaire de Louisette, il n'y a pas
de danger que le président risque le bout de son
nez à la Croix-de-Maufras. Va, je puis lui prendre
ses cordes. »

Il se tut un instant, l'air troublé par le souvenir
de l'aventure tragique qu'elle évoquait.

« Et toi, tu crois ce que Louisette a raconté, tu
crois qu'il a voulu l'avoir, et que c'est en se débat-
tant qu'elle s'est blessée ? »

Cessant de rire, brusquement violente, elle cria :

« Jamais Louisette n'a menti, ni Cabuche non
plus... C'est mon ami, Cabuche.

— Ton amoureux peut-être, à cette heure ?

— Lui ! ah bien, il faudrait être une fameuse cateau !... Non, non ! c'est mon ami, je n'ai pas d'amoureux, moi ! je n'en veux pas avoir. »

Elle avait relevé sa tête puissante, dont l'épaisse toison blonde frisait très bas sur le front ; et, de tout son être solide et souple, montait une sauvage énergie de volonté. Déjà une légende se formait sur elle, dans le pays. On contait des histoires, des sauvetages : une charrette retirée d'une secousse, au passage d'un train ; un wagon, qui descendait tout seul la pente de Barentin, arrêté ainsi qu'une bête furieuse, galopant à la rencontre d'un express. Et ces preuves de force étonnaient, la faisaient désirer des hommes, d'autant plus qu'on l'avait crue facile d'abord, toujours à battre les champs dès qu'elle était libre, cherchant les coins perdus, se couchant au fond des trous, les yeux en l'air, muette, immobile. Mais les premiers qui s'étaient risqués n'avaient pas eu envie de recommencer l'aventure. Comme elle aimait à se baigner pendant des heures, nue dans un ruisseau voisin, des gamins de son âge étaient allés faire la partie de la regarder ; et elle en avait empoigné un, sans même prendre la peine de remettre sa chemise, et elle l'avait arrangé si bien, que personne ne la guettait plus. Enfin, le bruit se répandait de son histoire avec un aiguilleur de l'embranchement de Dieppe, à l'autre bout du tunnel : un nommé Ozil, un garçon d'une trentaine d'années, très honnête, qu'elle semblait avoir encouragé un instant, et qui, ayant essayé de la prendre, s'imaginant un soir qu'elle se livrait, avait failli être tué par elle d'un coup de bâton. Elle était vierge et guerrière, dédaigneuse du mâle, ce qui finissait par convaincre les gens qu'elle avait pour sûr la tête dérangée.

En l'entendant déclarer qu'elle ne voulait pas d'amoureux, Jacques continua de plaisanter.

« Alors, ça ne va pas, ton mariage avec Ozil ? Je m'étais laissé dire que, tous les jours, tu filais le rejoindre par le tunnel. »

Elle haussa les épaules.

« Ah ! ouitche ! mon mariage… Ça m'amuse, le tunnel. Deux kilomètres et demi à galoper dans le noir, avec l'idée qu'on peut être coupé par un train, si l'on n'ouvre pas l'œil. Faut les entendre, les trains, ronfler là-dessous !… Mais il m'a ennuyée, Ozil. Ce n'est pas encore celui-là que je veux.

— Tu en veux donc un autre ?

— Ah ! je ne sais pas… Ah ! ma foi, non ! »

Un rire l'avait reprise, tandis qu'une pointe d'embarras la faisait se remettre à un nœud des cordes, dont elle ne pouvait venir à bout. Puis, sans relever la tête, comme très absorbée par sa besogne :

— Et toi, tu n'en as pas, d'amoureuse ? »

À son tour, Jacques redevint sérieux. Ses yeux se détournèrent, vacillèrent en se fixant au loin, dans la nuit. Il répondit d'une voix brève :

« Non.

— C'est ça, continua-t-elle, on m'a bien conté que tu abominais les femmes. Et puis, ce n'est pas d'hier que je te connais, jamais tu ne nous adresserais quelque chose d'aimable… Pourquoi, dis ? »

Il se taisait, elle se décida à lâcher le nœud et à le regarder.

« Est-ce donc que tu n'aimes que ta machine ?

On en plaisante, tu sais. On prétend que tu es toujours à la frotter, à la faire reluire, comme si tu n'avais des caresses que pour elle... Moi, je te dis ça, parce que je suis ton amie. »

Lui aussi, maintenant, la regardait, à la pâle clarté du ciel fumeux. Et il se souvenait d'elle, quand elle était petite, violente et volontaire déjà, mais lui sautant au cou dès qu'il arrivait, prise d'une passion de fillette sauvage. Ensuite, l'ayant souvent perdue de vue, il l'avait chaque fois retrouvée grandie, l'accueillant du même saut à ses épaules, le gênant de plus en plus par la flamme de ses grands yeux clairs. À cette heure, elle était femme, superbe, désirable, et elle l'aimait sans doute, de très loin, du fond même de sa jeunesse. Son cœur se mit à battre, il eut la sensation soudaine d'être celui qu'elle attendait. Un grand trouble montait à son crâne avec le sang de ses veines, son premier mouvement fut de fuir, dans l'angoisse qui l'envahissait. Toujours le désir l'avait rendu fou, il voyait rouge.

« Qu'est-ce que tu fais là, debout ? reprit-elle. Assieds-toi donc ! »

De nouveau, il hésitait. Puis, les jambes subitement très lasses, vaincu par le besoin de tenter l'amour encore, il se laissa tomber près d'elle, sur le tas de cordes. Il ne parlait plus, la gorge sèche. C'était elle, maintenant, la fière, la silencieuse, qui bavardait à perdre haleine, très gaie, s'étourdissant elle-même.

« Vois-tu, le tort de maman, ç'a été d'épouser Misard. Ça lui jouera un mauvais tour... Moi, je m'en fiche, parce qu'on a assez de ses affaires, n'est-ce pas ? Et puis, maman m'envoie coucher, dès que je veux intervenir... Alors, qu'elle se débrouille ! Je vis dehors, moi. Je songe à des choses, pour plus tard... Ah ! tu sais, je t'avais vu passer, ce matin, sur ta machine, tiens ! de ces broussailles, là-bas, où j'étais assise. Mais toi, tu ne regardes jamais... Et je te les dirai, à toi, les choses auxquelles je songe, mais pas maintenant, plus tard, quand nous serons tout à fait bons amis. »

Elle avait laissé glisser les ciseaux, et lui, toujours muet, s'était emparé de ses deux mains. Ravie, elle les lui abandonnait. Pourtant, lorsqu'il les porta à ses lèvres brûlantes, elle eut un sursaut effaré de vierge. La guerrière se réveillait, cabrée, batailleuse, à cette première approche du mâle.

« Non, non ! laisse-moi, je ne veux pas... Tiens-toi tranquille, nous causerons... Ça ne pense qu'à ça, les hommes. Ah ! si je te répétais ce que Louisette m'a raconté, le jour où elle est morte, chez Cabuche... D'ailleurs, j'en savais déjà sur le président, parce que j'avais vu des saletés, ici, lorsqu'il venait avec des jeunes filles... Il y en a une que personne ne soupçonne, une qu'il a mariée... »

Lui, ne l'écoutait pas, ne l'entendait pas. Il l'avait saisie d'une étreinte brutale, et il écrasait sa bouche sur la sienne. Elle eut un léger cri, une plainte plutôt, si profonde, si douce, où éclatait l'aveu de sa tendresse longtemps cachée. Mais elle luttait toujours, se refusait quand même, par un instinct de combat. Elle le souhaitait et elle se disputait à lui, avec le besoin d'être conquise. Sans parole, poitrine contre poitrine, tous deux s'essoufflaient à qui renverserait l'autre. Un instant, elle sembla devoir être la plus forte, elle l'aurait peut-être jeté sous elle, tant il s'énervait, s'il ne l'avait pas empoignée à la gorge. Le corsage fut arraché, les deux seins jaillirent, durs et gonflés de la bataille, d'une blancheur de lait, dans l'ombre claire. Et elle s'abattit sur le dos, elle se donnait, vaincue.

Alors, lui, haletant, s'arrêta, la regarda, au lieu de la posséder. Une fureur semblait le prendre, une férocité qui le faisait chercher des yeux, autour de lui, une arme, une pierre, quelque chose enfin pour la tuer. Ses regards rencontrèrent les ciseaux, luisant parmi les bouts de corde ; et il les ramassa d'un bond, et il les aurait enfoncés dans cette gorge nue, entre les deux seins blancs, aux fleurs roses. Mais un grand froid le dégrisait, il les rejeta, il s'enfuit, éperdu ; tandis qu'elle, les paupières closes, croyait qu'il la refusait à son tour, parce qu'elle lui avait résisté.

Jacques fuyait dans la nuit mélancolique. Il monta au galop le sentier d'une côte, retomba au fond d'un étroit vallon. Des cailloux roulant sous ses pas l'effrayèrent, il se lança à gauche parmi des broussailles, fit un crochet qui le ramena à droite, sur un plateau vide. Brusquement, il dévala, il buta contre la haie du chemin de fer : un train arrivait, grondant, flambant ; et il ne comprit pas d'abord, terrifié. Ah ! oui, tout ce monde qui passait, le continuel flot, tandis que lui agonisait là ! Il repartit, grimpa, descendit encore. Toujours maintenant il rencontrait la voie, au fond des tranchées profondes qui creusaient des abîmes, sur des remblais qui fermaient l'horizon de barricades géantes. Ce pays désert, coupé de monticules, était comme un labyrinthe sans issue, où tournait sa folie, dans la morne désolation des terrains incultes. Et, depuis de longues minutes, il battait les pentes, lorsqu'il aperçut devant lui l'ouverture ronde, la gueule noire du tunnel. Un train montant s'y engouffrait, hurlant et sifflant, laissant, disparu, bu par la terre, une longue secousse dont le sol tremblait.

Alors, Jacques, les jambes brisées, tomba au bord de la ligne, et il éclata en sanglots convulsifs, vautré sur le ventre, la face enfoncée dans l'herbe. Mon Dieu ! il était donc revenu, ce mal abominable dont il se croyait guéri ? Voilà qu'il avait voulu la tuer, cette fille ! Tuer une femme, tuer une femme ! cela sonnait à ses oreilles, du fond de sa jeunesse, avec la fièvre grandissante, affolante du désir. Comme les autres, sous l'éveil de la puberté, rêvent d'en posséder une, lui s'était enragé à l'idée d'en tuer une. Car il ne pouvait se mentir, il avait bien pris les ciseaux pour les lui planter dans la chair, dès qu'il l'avait vue, cette chair, cette gorge, chaude et blanche. Et ce n'était point parce qu'elle résistait, non ! c'était pour le plaisir, parce qu'il en avait une envie, une envie telle, que, s'il ne s'était pas cramponné aux herbes, il serait retourné là-bas, en galopant, pour l'égorger. Elle, mon Dieu ! cette Flore qu'il avait vue grandir, cette enfant sauvage dont il venait de se sentir aimé si profondément ! Ses doigts tordus entrèrent dans la terre, ses sanglots lui déchirèrent la gorge, dans un râle d'effroyable désespoir.

Pourtant, il s'efforçait de se calmer, il aurait voulu comprendre. Qu'avait-il donc de différent, lorsqu'il se comparait aux autres ? Là-bas, à Plassans, dans sa jeunesse, souvent déjà il s'était questionné. Sa mère Gervaise, il est vrai, l'avait eu très jeune, à quinze ans et demi ; mais il n'arrivait que le second, elle entrait à peine dans sa quatorzième année, lorsqu'elle était accouchée du premier, Claude ; et aucun de ses deux frères, ni Claude, ni Étienne, né plus tard, ne semblait souffrir d'une mère si enfant et d'un père gamin comme elle, ce beau Lantier, dont le mauvais cœur devait coûter à Gervaise tant de larmes. Peut-être aussi ses frères avaient-ils chacun son mal, qu'ils n'avouaient pas, l'aîné surtout qui se dévorait à vouloir être peintre, si rageusement, qu'on le disait à moitié fou de son génie. La famille n'était guère d'aplomb, beaucoup avaient une fêlure. Lui, à certaines heures, la sentait bien, cette fêlure héréditaire ; non pas qu'il fût d'une santé mauvaise, car l'appréhension et la honte de ses crises l'avaient seules maigri autrefois ; mais c'étaient, dans son être, de subites pertes d'équilibre, comme des cassures, des trous par lesquels son moi lui échappait, au milieu d'une sorte de grande fumée qui déformait tout. Il ne s'appartenait plus, il obéissait à ses muscles, à la bête enragée. Pourtant, il ne buvait pas, il se refusait même un petit verre d'eau-de-vie, ayant remarqué que la moindre goutte d'alcool le rendait fou. Et il en venait à penser qu'il payait pour les autres, les pères, les grands-pères, qui avaient bu, les générations d'ivrognes dont il était le sang gâté, un lent empoisonnement, une sauvagerie qui le ramenait avec les loups mangeurs de femmes, au fond des bois.

Jacques s'était relevé sur un coude, réfléchissant, regardant l'entrée noire du tunnel ; et un nouveau sanglot courut de ses reins à sa nuque, il retomba, il roula sa tête par terre, criant de douleur. Cette fille, cette fille qu'il avait voulu tuer ! Cela revenait en lui, aigu, affreux, comme si les ciseaux eussent pénétré dans sa propre chair. Aucun raisonnement ne l'apaisait : il avait voulu la tuer, il la tuerait, si elle était encore là, dégrafée, la gorge nue. Il se rappelait bien, il était âgé de seize ans à peine, la première fois, lorsque le mal l'avait pris, un soir qu'il jouait avec une gamine, la fillette d'une parente, sa cadette de deux ans : elle était tombée, il avait vu ses jambes, et il s'était rué. L'année suivante, il se souvenait d'avoir aiguisé un couteau pour l'enfoncer dans le cou d'une autre, une petite blonde, qu'il voyait chaque matin passer devant sa porte. Celle-ci avait un cou très gras, très rose, où il choisissait déjà la place, un signe brun, sous l'oreille. Puis, c'en étaient d'autres, d'autres encore, un défilé de cauchemar, toutes celles qu'il avait effleurées de son désir brusque de meurtre, les femmes coudoyées dans la rue, les femmes qu'une rencontre faisait ses voisines, une surtout, une nouvelle mariée, assise près de lui au théâtre, qui riait très fort, et qu'il avait dû fuir, au milieu d'un acte, pour ne pas l'éventrer. Puisqu'il ne les connaissait pas, quelle fureur pouvait-il avoir contre elles ? Car, chaque fois, c'était comme une soudaine crise de rage aveugle, une soif toujours renaissante de venger des offenses très anciennes, dont il aurait perdu l'exacte mémoire. Cela venait-il donc de si loin, du mal que les femmes avaient fait à sa race, de la rancune amassée de mâle en mâle, depuis la première tromperie au fond des cavernes[1] ? Et il sentait aussi, dans son accès, une nécessité de bataille pour conquérir la femelle et la dompter, le besoin perverti de la jeter morte sur son dos, ainsi qu'une proie qu'on arrache aux autres, à jamais. Son crâne éclatait sous l'effort, il n'arrivait pas à se répondre, trop ignorant, pensait-il, le cerveau trop sourd, dans cette angoisse d'un homme poussé à des actes où sa volonté n'était pour rien, et dont la cause en lui avait disparu.

Un train, de nouveau, passa avec l'éclair de ses feux, s'abîma en coup de foudre qui gronde et s'éteint, au fond du tunnel ; et Jacques, comme si cette foule anonyme, indifférente et pressée, avait pu l'entendre, s'était redressé, refoulant ses sanglots, prenant une attitude d'innocent. Que de fois, à la suite d'un de ses accès, il avait eu ainsi des sursauts de coupable, au moindre bruit ! Il ne vivait tranquille, heureux, détaché du monde, que sur sa machine. Quand elle l'emportait, dans la trépidation de ses roues, à grande vitesse, quand il avait la main sur le volant du changement de marche, pris tout entier par la surveillance de la voie, guettant les signaux, il ne pensait plus, il respirait largement l'air pur qui soufflait toujours en tempête. Et c'était pour cela qu'il aimait si fort sa machine, à l'égal d'une maîtresse apaisante, dont il n'attendait que du bonheur. Au sortir de l'école des Arts et Métiers, malgré sa vive intel-

ligence, il avait choisi ce métier de mécanicien,
pour la solitude et l'étourdissement où il y vivait,
sans ambition d'ailleurs, arrivé en quatre ans au
poste de mécanicien de première classe, gagnant
déjà deux mille huit cents francs, ce qui, avec ses
primes de chauffage et de graissage, le mettait à
plus de quatre mille, mais ne rêvant rien au-delà.
Il voyait ses camarades de troisième classe et de
deuxième, ceux que formait la Compagnie, les
ouvriers ajusteurs qu'elle prenait pour en faire
des élèves, il les voyait presque tous épouser des
ouvrières, des femmes effacées qu'on apercevait
seulement parfois à l'heure du départ, lorsqu'elles
apportaient les petits paniers de provisions ; tandis que les camarades ambitieux, surtout ceux qui
sortaient d'une école, attendaient d'être chefs de
dépôt pour se marier, dans l'espoir de trouver une
bourgeoise, une dame à chapeau[1] ! Lui, fuyait les
femmes, que lui importait ? Jamais il ne se marie-
rait, il n'avait d'autre avenir que de rouler seul,
rouler encore et encore, sans repos. Aussi tous ses
chefs le donnaient-ils comme un mécanicien hors
ligne, ne buvant pas, ne courant pas, plaisanté seulement par les camarades noceurs sur son excès
de bonne conduite, et inquiétant sourdement les
autres, lorsqu'il tombait à ses tristesses, muet, les
yeux pâlis, la face terreuse. Dans sa petite chambre
de la rue Cardinet, d'où l'on voyait le dépôt des
Batignolles, auquel appartenait sa machine, que
d'heures il se souvenait d'avoir passées, toutes ses
heures libres, enfermé comme un moine au fond
de sa cellule, usant la révolte de ses désirs à force
de sommeil, dormant sur le ventre !

D'un effort, Jacques tenta de se lever. Que faisait-il là, dans l'herbe, par cette nuit tiède et brumeuse d'hiver ? La campagne restait noyée d'ombre, il n'y avait de lumière qu'au ciel, le fin brouillard, l'immense coupole de verre dépoli, que la lune, cachée derrière, éclairait d'un pâle reflet jaune ; et l'horizon noir dormait, d'une immobilité de mort. Allons ! il devait être près de neuf heures, le mieux était de rentrer et de se coucher. Mais, dans son engourdissement, il se vit de retour chez les Misard, montant l'escalier du grenier, s'allongeant sur le foin, contre la chambre de Flore, une simple cloison de planches. Elle serait là, il l'entendrait respirer ; même il savait qu'elle ne fermait jamais sa porte, il pourrait la rejoindre. Et son grand frisson le reprit, l'image évoquée de cette fille dévêtue, les membres abandonnés et chauds de sommeil, le secoua une fois encore d'un sanglot dont la violence le rabattit sur le sol. Il avait voulu la tuer, voulu la tuer, mon Dieu ! Il étouffait, il agonisait à l'idée qu'il irait la tuer dans son lit, tout à l'heure, s'il rentrait. Il aurait beau n'avoir pas d'arme, s'envelopper la tête de ses deux bras, pour s'anéantir : il sentait que le mâle, en dehors de sa volonté, pousserait la porte, étranglerait la fille, sous le coup de fouet de l'instinct du rapt et par le besoin de venger l'ancienne injure. Non, non ! plutôt passer la nuit à battre la campagne, que de retourner là-bas ! Il s'était relevé d'un bond, il se remit à fuir.

Alors, de nouveau, pendant une demi-heure, il galopa au travers de la campagne noire, comme si la meute déchaînée des épouvantes l'avait pour-

suivi de ses abois. Il monta des côtes, il dévala
dans des gorges étroites. Coup sur coup, deux ruisseaux se présentèrent : il les franchit, se mouilla
jusqu'aux hanches. Un buisson qui lui barrait la
route, l'exaspérait. Son unique pensée était d'aller
tout droit, plus loin, toujours plus loin, pour se
fuir, pour fuir l'autre, la bête enragée qu'il sentait
en lui. Mais il l'emportait, elle galopait aussi fort.
Depuis sept mois qu'il croyait l'avoir chassée, il
se reprenait à l'existence de tout le monde ; et,
maintenant, c'était à recommencer, il lui faudrait
encore se battre, pour qu'elle ne sautât pas sur la
première femme coudoyée par hasard. Le grand
silence pourtant, la vaste solitude l'apaisaient un
peu, lui faisaient rêver une vie muette et déserte
comme ce pays désolé, où il marcherait toujours,
sans jamais rencontrer une âme. Il devait tourner à son insu, car il revint, de l'autre côté, buter
contre la voie, après avoir décrit un large demi-
cercle, parmi des pentes, hérissées de broussailles,
au-dessus du tunnel. Il recula, avec l'inquiète
colère de retomber sur des vivants. Puis, ayant
voulu couper, derrière un monticule, il se perdit,
se retrouva devant la haie du chemin de fer, juste
à la sortie du souterrain, en face du pré où il avait
sangloté tout à l'heure. Et, vaincu, il restait immobile, lorsque le tonnerre d'un train sortant des
profondeurs de la terre, léger encore, grandissant
de seconde en seconde, l'arrêta. C'était l'express
du Havre, parti de Paris à six heures trente, et qui
passait là, à neuf heures vingt-cinq : un train que,
de deux jours en deux jours, il conduisait.

Jacques vit d'abord la gueule noire du tunnel

s'éclairer, ainsi que la bouche d'un four, où des fagots s'embrasent. Puis, dans le fracas qu'elle apportait, ce fut la machine qui en jaillit, avec l'éblouissement de son gros œil rond, la lanterne d'avant, dont l'incendie troua la campagne, allumant au loin les rails d'une double ligne de flamme. Mais c'était une apparition en coup de foudre : tout de suite les wagons se succédèrent, les petites vitres carrées des portières, violemment éclairées, firent défiler les compartiments pleins de voyageurs, dans un tel vertige de vitesse, que l'œil doutait ensuite des images entrevues. Et Jacques, très distinctement, à ce quart précis de seconde, aperçut, par les glaces flambantes d'un coupé, un homme qui en tenait un autre renversé sur la banquette et qui lui plantait un couteau dans la gorge, tandis qu'une masse noire, peut-être une troisième personne, peut-être un écroulement de bagages, pesait de tout son poids sur les jambes convulsives de l'assassiné. Déjà, le train fuyait, se perdait vers la Croix-de-Maufras, en ne montrant plus de lui, dans les ténèbres, que les trois feux de l'arrière, le triangle rouge.

Cloué sur place, le jeune homme suivait des yeux le train, dont le grondement s'éteignait, au fond de la grande paix morte de la campagne. Avait-il bien vu ? Et il hésitait maintenant, il n'osait plus affirmer la réalité de cette vision, apportée et emportée dans un éclair. Pas un seul trait des deux acteurs du drame ne lui était resté vivace. La masse brune devait être une couverture de voyage, tombée en travers du corps de la victime. Pourtant, il avait cru d'abord distinguer, sous un déroulement d'épais cheveux, un fin profil pâle. Mais tout se confondait, s'évaporait, comme en un rêve. Un instant, le profil, évoqué, reparut ; puis, il s'effaça définitivement. Ce n'était sans doute qu'une imagination. Et tout cela le glaçait, lui semblait si extraordinaire, qu'il finissait par admettre une hallucination, née de l'affreuse crise qu'il venait de traverser.

Pendant près d'une heure encore, Jacques marcha, la tête alourdie de songeries confuses. Il était brisé, une détente se produisait, un grand froid intérieur avait emporté sa fièvre. Sans l'avoir décidé, il finit par revenir vers la Croix-de-Maufras. Puis, lorsqu'il se retrouva devant la maison du garde-barrière, il se dit qu'il n'entrerait pas, qu'il dormirait sous le petit hangar, scellé à l'un des pignons. Mais une raie de lumière passait sous la porte, et il poussa cette porte machinalement. Un spectacle inattendu l'arrêta sur le seuil.

Misard, dans le coin, avait dérangé le pot à beurre ; et, à quatre pattes par terre, une lanterne allumée posée près de lui, il sondait le mur à légers coups de poing, il cherchait. Le bruit de la porte le fit se redresser. Du reste, il ne se troubla pas le moins du monde, il dit simplement, d'un air naturel :

« C'est des allumettes qui sont tombées. »

Et, quand il eut remis en place le pot à beurre, il ajouta :

« Je suis venu prendre ma lanterne, parce que, tout à l'heure, en rentrant, j'ai aperçu un individu étalé sur la voie... Je crois bien qu'il est mort. »

Jacques, saisi d'abord à la pensée qu'il surprenait Misard en train de chercher le magot de tante Phasie, ce qui changeait en brusque certitude son doute au sujet des accusations de cette dernière, fut ensuite si violemment remué par cette nouvelle de la découverte d'un cadavre, qu'il en oublia l'autre drame, celui qui se jouait là, dans cette petite maison perdue. La scène du coupé, la vision si brève d'un homme égorgeant un homme, venait de renaître, à la lueur du même éclair.

« Un homme sur la voie, où donc ? » demanda-t-il, pâlissant.

Misard allait raconter qu'il rapportait deux anguilles, décrochées de ses lignes de fond, et qu'il avait avant tout galopé jusque chez lui, pour les cacher. Mais quel besoin de se confier à ce garçon ? Il n'eut qu'un geste vague, en répondant :

« Là-bas, comme qui dirait à cinq cents mètres... Faut voir clair, pour savoir. »

À ce moment, Jacques entendit, au-dessus de sa tête, un choc assourdi. Il était si anxieux, qu'il en sursauta.

« C'est rien, reprit le père, c'est Flore qui remue. »

Et le jeune homme, en effet, reconnut le bruit de deux pieds nus sur le carreau. Elle avait dû l'attendre, elle venait écouter, par sa porte entrouverte.

« Je vous accompagne, reprit-il. Et vous êtes sûr qu'il est mort ?

— Dame ! ça m'a semblé. Avec la lanterne, on verra bien.

— Enfin, qu'est-ce que vous en dites ? Un accident, n'est-ce pas ?

— Ça se peut. Quelque gaillard qui se sera fait couper, ou peut-être bien un voyageur qui aura sauté d'un wagon. »

Jacques frémissait.

« Venez vite ! venez vite ! »

Jamais une telle fièvre de voir, de savoir, ne l'avait agité. Dehors, tandis que son compagnon, sans émotion aucune, suivait la voie, balançant la lanterne, dont le rond de clarté suivait doucement les rails, lui courait en avant, s'irritait de cette lenteur. C'était comme un désir physique, ce feu intérieur qui précipite la marche des amants, aux heures de rendez-vous. Il avait peur de ce qui l'attendait là-bas, et il y volait, de tous les muscles de ses membres. Quand il arriva, quand il faillit se cogner dans un tas noir, allongé près de la voie descendante, il resta planté, parcouru des talons à la nuque d'une secousse. Et son angoisse de ne rien distinguer nettement, se tourna en jurons contre l'autre, qui s'attardait, à plus de trente pas en arrière.

« Mais, nom de Dieu ! arrivez donc ! s'il vivait encore, on pourrait le secourir. »

Misard se dandina, s'avança, avec son flegme. Puis, lorsqu'il eut promené la lanterne au-dessus du corps :

« Ah ! ouitche ! il a son compte. »

L'individu, culbutant sans doute d'un wagon, était tombé sur le ventre, la face contre le sol, à cinquante centimètres au plus des rails. On ne voyait, de sa tête, qu'une couronne épaisse de cheveux blancs. Ses jambes se trouvaient écartées. De ses bras, le droit gisait comme arraché, tandis que le gauche était replié sous la poitrine. Il était très bien vêtu, un ample paletot de drap bleu, des bottines élégantes, du linge fin. Le corps ne portait aucune trace d'écrasement, beaucoup de sang avait seulement coulé de la gorge et tachait le col de la chemise.

« Un bourgeois à qui on a fait son affaire, reprit tranquillement Misard, après quelques secondes d'examen silencieux. »

Puis, se tournant vers Jacques, immobile, béant :

« Faut pas toucher, c'est défendu... Vous allez rester là, à le garder, vous, pendant que moi, je vas courir à Barentin prévenir le chef de gare. »

Il leva sa lanterne, consulta un poteau kilométrique.

« Bon ! juste au poteau 153. »

Et, posant la lanterne par terre, près du corps, il s'éloigna de son pas traînard.

Jacques, resté seul, ne bougeait pas, regardait toujours cette masse inerte, effondrée, que la clarté vague, au ras du sol, laissait confuse. Et, en lui, l'agitation qui avait précipité sa marche, l'horrible attrait qui le retenait là, aboutissait à cette pensée aiguë, jaillissante de tout son être : l'autre, l'homme entrevu le couteau au poing, avait osé ! l'autre était allé jusqu'au bout de son désir, l'autre avait tué ! Ah ! n'être pas lâche, se satisfaire enfin, enfoncer le couteau ! Lui que l'envie en torturait depuis dix ans ! Il y avait, dans sa fièvre, un mépris de lui-même et de l'admiration pour l'autre, et surtout le besoin de voir ça, la soif inextinguible de se rassasier les yeux de cette loque humaine, du pantin cassé, de la chiffe molle, qu'un coup de couteau faisait d'une créature. Ce qu'il rêvait, l'autre l'avait réalisé, et c'était ça. S'il tuait, il y aurait ça par terre. Son cœur battait à se rompre, son prurit de meurtre s'exaspérait comme une concupiscence, au spectacle de ce mort tragique. Il fit un pas, s'approcha davantage, ainsi qu'un enfant nerveux qui se familiarise avec la peur. Oui ! il oserait, il oserait à son tour !

Mais un grondement, derrière son dos, le força à sauter de côté. Un train arrivait, qu'il n'avait pas même entendu, au fond de sa contemplation. Il allait être broyé, l'haleine chaude, le souffle formidable de la machine venait seul de l'avertir. Le train passa, dans son ouragan de bruit, de fumée et de flamme. Il y avait beaucoup de monde encore, le flot des voyageurs continuait vers Le Havre, pour la fête du lendemain. Un enfant s'écrasait le nez contre une vitre, regardant la campagne noire ; des profils d'hommes se dessinèrent, tandis qu'une jeune femme, baissant une glace, jetait un papier taché de beurre et de sucre. Déjà le train joyeux filait au loin, dans l'insouciance de ce cadavre que ses roues avaient frôlé. Et le corps gisait toujours sur la face, éclairé vaguement par la lanterne, au milieu de la mélancolique paix de la nuit.

Alors, Jacques fut pris du désir de voir la blessure, pendant qu'il était seul. Une inquiétude l'arrêtait, l'idée que, s'il touchait à la tête, on s'en apercevrait peut-être. Il avait calculé que Misard ne pouvait guère être de retour, avec le chef de gare, avant trois quarts d'heure. Et il laissait passer les minutes, il songeait à ce Misard, à ce chétif, si lent, si calme, qui osait lui aussi, tuant le plus tranquillement du monde, à coups de drogue. C'était donc bien facile de tuer ? Tout le monde tuait. Il se rapprocha. L'idée de voir la blessure le piquait d'un aiguillon si vif, que sa chair en brûlait. Voir comment c'était fait et ce qui avait coulé, voir le trou rouge ! En replaçant la tête soigneusement, on ne saurait rien. Mais il y avait une autre peur, inavouée, au fond de son hésitation, la peur même du sang. Toujours et en tout, chez lui, l'épouvante s'était éveillée avec le désir. Encore un quart d'heure à être seul, et il allait se décider pourtant, lorsqu'un petit bruit, à son côté, le fit tressaillir.

C'était Flore, debout, regardant comme lui. Elle avait la curiosité des accidents : dès qu'on annonçait une bête broyée, un homme coupé par un train, on était sûr de la faire accourir. Elle venait de se rhabiller, elle voulait voir le mort. Et, après le premier coup d'œil, elle n'hésita pas, elle. Se baissant, soulevant la lanterne d'une main, de l'autre elle prit la tête, la renversa.

« Méfie-toi, c'est défendu », murmura Jacques.

Mais elle haussa les épaules. Et la tête apparaissait, dans la clarté jaune, une tête de vieillard, au grand nez, aux yeux bleus d'ancien blond, largement ouverts. Sous le menton, la blessure bâillait, affreuse, une entaille profonde qui avait coupé le cou, une plaie labourée, comme si le couteau s'était retourné en fouillant. Du sang inondait tout le côté droit de la poitrine. À gauche, à la boutonnière du paletot, une rosette de commandeur semblait un caillot rouge, égaré là.

Flore avait eu un léger cri de surprise.

« Tiens ! le vieux ! »

Jacques, penché comme elle, s'avançait, mêlait ses cheveux aux siens, pour mieux voir ; et il étouffait, il se gorgeait du spectacle. Inconsciemment, il répéta :

« Le vieux... le vieux...

— Oui, le vieux Grandmorin... Le président. »

Un moment encore, elle examina cette face pâle, à la bouche tordue, aux grands yeux d'épouvante. Puis, elle lâcha la tête que la rigidité cadavérique commençait à glacer, et qui retomba contre le sol, refermant la blessure.

« Fini de rire avec les filles ! reprit-elle plus bas. C'est à cause d'une, pour sûr... Ah ! ma pauvre Louisette, ah ! le cochon, c'est bien fait ! »

Et un long silence régna. Flore, qui avait reposé la lanterne, attendait, en jetant sur Jacques de lents regards ; tandis que celui-ci, séparé d'elle par le corps, n'avait plus bougé, comme perdu, anéanti dans ce qu'il venait de voir. Il devait être près de onze heures. Un embarras, après la scène de la soirée, l'empêchait de parler la première. Mais un bruit de voix se fit entendre, c'était son père qui ramenait le chef de gare ; et, ne voulant pas être vue, elle se décida.

« Tu ne rentres pas te coucher ? »

Il tressaillit, un débat parut l'agiter un instant. Puis, dans un effort, dans un recul désespéré :

« Non, non ! »

Elle n'eut pas un geste, mais la ligne tombante de ses bras de forte fille exprima beaucoup de chagrin. Comme pour se faire pardonner sa résis-

tance de tout à l'heure, elle se montra très humble,
elle dit encore :

« Alors, tu ne rentreras pas, je ne te reverrai
pas ?

— Non, non ! »

Les voix approchaient, et sans chercher à lui
serrer la main, puisqu'il semblait mettre exprès
ce cadavre entre eux, sans même lui jeter l'adieu
familier de leur camaraderie d'enfance, elle s'éloigna, se perdit dans les ténèbres, le souffle rauque,
comme si elle étouffait des sanglots.

Tout de suite, le chef de gare fut là, avec Misard
et deux hommes d'équipe. Lui aussi constata
l'identité : c'était bien le président Grandmorin,
qu'il connaissait, pour le voir descendre à sa
station, chaque fois que celui-ci se rendait chez
sa sœur, Mme Bonnehon, à Doinville. Le corps
pouvait rester à la place où il était tombé, il le
fit seulement couvrir d'un manteau, que l'un
des hommes apportait. Un employé avait pris, à
Barentin, le train de onze heures, pour prévenir le
procureur impérial de Rouen. Mais il ne fallait pas
compter sur ce dernier avant cinq ou six heures
du matin, car il aurait à amener le juge d'instruction, le greffier du tribunal et un médecin. Aussi le
chef de gare organisa-t-il un service de garde, près
du mort : pendant toute la nuit, on se relaierait,
un homme serait constamment là, à veiller avec
la lanterne[1].

Et Jacques, avant de se décider à aller s'étendre
sous quelque hangar de la station de Barentin,
d'où il ne devait repartir pour Le Havre qu'à sept
heures vingt, demeura longtemps encore, immo-

bile, obsédé. Puis, l'idée du juge d'instruction
qu'on attendait le troubla, comme s'il s'était senti
complice. Dirait-il ce qu'il avait vu, au passage de
l'express ? Il résolut d'abord de parler, puisque
lui n'avait en somme rien à craindre. Son devoir,
d'ailleurs, n'était pas douteux. Mais, ensuite, il se
demanda à quoi bon : il n'apporterait pas un seul
fait décisif, il n'oserait affirmer aucun détail précis sur l'assassin. Ce serait imbécile de se mettre
là-dedans, de perdre son temps et de s'émotion-
ner, sans profit pour personne. Non, non, il ne
parlerait pas ! Et il s'en alla enfin, et il se retourna
deux fois, pour voir la bosse noire que le corps
faisait sur le sol, dans le rond jaune de la lanterne. Un froid plus vif tombait du ciel fumeux,
sur la désolation de ce désert, aux coteaux arides.
Des trains encore étaient passés, un autre arrivait,
pour Paris, très long. Tous se croisaient, dans leur
inexorable puissance mécanique, filaient à leur
but lointain, à l'avenir, en frôlant, sans y prendre
garde, la tête coupée à demi de cet homme, qu'un
autre homme avait égorgé.

Le lendemain, un dimanche, cinq heures du matin venaient de sonner à tous les clochers du Havre, lorsque Roubaud descendit sous la marquise de la gare, pour prendre son service. Il faisait encore nuit noire ; mais le vent, qui soufflait de la mer, avait grandi et poussait les brumes, noyant les coteaux dont les hauteurs s'étendent de Sainte-Adresse au fort de Tourneville ; tandis que, vers l'ouest, au-dessus du large, une éclaircie se montrait, un pan de ciel, où brillaient les dernières étoiles. Sous la marquise, les becs de gaz brûlaient toujours, pâlis par le froid humide de l'heure matinale ; et il y avait là le premier train de Montivilliers[1], que formaient des hommes d'équipe, aux ordres du sous-chef de nuit. Les portes des salles n'étaient pas ouvertes, les quais s'étendaient déserts, dans ce réveil engourdi de la gare.

Comme il sortait de chez lui, en haut, au-dessus des salles d'attente, Roubaud avait trouvé la femme du caissier, Mme Lebleu, immobile au milieu du couloir central, sur lequel donnaient les logements des employés. Depuis des semaines, cette dame se relevait la nuit, pour guetter Mlle Guichon, la buraliste, qu'elle soupçonnait d'une intrigue avec le chef de gare, M. Dabadie. D'ailleurs, elle n'avait jamais surpris la moindre chose, pas une ombre, pas un souffle. Et, ce matin-là encore, elle était vite rentrée chez elle, ne rapportant que l'étonnement d'avoir aperçu, chez les Roubaud, pendant les trois secondes mises par le mari à ouvrir et à refermer la porte, la femme debout dans la salle à manger, la belle Séverine déjà vêtue, peignée, chaussée, elle qui d'habitude traînait au lit jusqu'à neuf heures. Aussi, Mme Lebleu avait-elle réveillé Lebleu, pour lui apprendre ce fait extraordinaire. La veille, ils ne s'étaient pas couchés avant l'arrivée de l'express de Paris, à onze heures cinq[1], brûlant de savoir ce qu'il advenait de l'histoire du sous-préfet. Mais ils n'avaient rien pu lire dans l'attitude des Roubaud, qui étaient revenus avec leur figure de tous les jours ; et, vainement, jusqu'à minuit, ils avaient tendu l'oreille : aucun bruit ne sortait de chez leurs voisins, ceux-ci devaient s'être endormis tout de suite, d'un profond sommeil. Certainement, leur voyage n'avait pas eu un bon résultat, sans quoi Séverine n'aurait pas été levée à une pareille heure. Le caissier ayant demandé quelle mine elle faisait, sa femme s'était efforcée de la dépeindre : très raide, très pâle, avec ses grands yeux bleus, si clairs sous ses cheveux noirs ; et pas un mouvement, l'air d'une somnambule. Enfin, on saurait bien à quoi s'en tenir, dans la journée.

En bas, Roubaud trouva son collègue Moulin, qui avait fait le service de nuit. Et il prit le service, tandis que Moulin causait, se promenait quelques minutes encore, tout en le mettant au courant des menus faits arrivés depuis la veille : des rôdeurs avaient été surpris, au moment de s'introduire dans la salle de consigne ; trois hommes d'équipe s'étaient fait réprimander pour indiscipline ; un crochet d'attelage venait de se rompre, pendant qu'on formait le train de Montivilliers. Silencieux, Roubaud écoutait, d'un visage calme ; et il était seulement un peu blême, sans doute un reste de fatigue, que ses yeux battus accusaient aussi. Cependant, son collègue avait cessé de parler, qu'il semblait l'interroger encore, comme s'il se fût attendu à d'autres événements. Mais c'était bien tout, il baissa la tête, regarda un instant la terre.

En marchant le long du quai, les deux hommes étaient arrivés au bout de la halle couverte, à l'endroit où, sur la droite, se trouvait une remise, dans laquelle stationnaient les wagons de roulement, ceux qui, arrivés la veille, servaient à former les trains du lendemain. Et il avait relevé le front, ses regards s'étaient fixés sur une voiture de première classe, pourvue d'un coupé, le numéro 293, qu'un bec de gaz justement éclairait d'une lueur vacillante, lorsque l'autre s'écria :

« Ah ! j'oubliais… »

La face pâlie de Roubaud se colora, et il ne put retenir un léger mouvement.

« J'oubliais, répéta Moulin. Il ne faut pas que cette voiture parte, ne la faites pas mettre ce matin dans l'express de six heures quarante. »

Il y eut un court silence, avant que Roubaud demandât, d'une voix très naturelle :

« Tiens ! pourquoi donc ?

— Parce qu'il y a un coupé retenu pour l'express de ce soir. On n'est pas sûr qu'il en vienne dans la journée, autant garder celui-là. »

Il le regardait toujours fixement, il répondit :

« Sans doute. »

Mais une autre pensée l'absorbait, il s'emporta tout d'un coup.

« C'est dégoûtant ! Voyez-moi comme ces bougres-là nettoient ! Cette voiture semble avoir de la poussière de huit jours.

— Ah ! reprit Moulin, quand les trains arrivent passé onze heures, il n'y a pas de danger que les hommes donnent un coup de torchon... Ça va bien encore, lorsqu'ils consentent à faire la visite. L'autre soir, ils ont oublié sur une banquette un voyageur endormi, qui ne s'est réveillé que le lendemain matin. »

Puis, étouffant un bâillement, il dit qu'il montait se coucher. Et, comme il s'en allait, une brusque curiosité le ramena.

« À propos, votre affaire avec le sous-préfet, c'est fini, n'est-ce pas ?

— Oui, oui, un très bon voyage, je suis content.

— Allons, tant mieux... Et rappelez-vous que le 293 ne part pas. »

Quand Roubaud se trouva seul sur le quai, il revint lentement vers le train de Montivilliers, qui attendait. Les portes des salles furent ouvertes, des voyageurs parurent, quelques chasseurs avec leurs chiens, deux ou trois familles de boutiquiers profitant du dimanche, peu de monde en somme. Mais, ce train-là parti, le premier de la journée, il n'eut pas de temps à perdre, il dut immédiatement faire former l'omnibus de cinq heures quarante-cinq, un train pour Rouen et Paris. À cette heure matinale, le personnel étant peu nombreux, la besogne du sous-chef de service se compliquait de toutes sortes de soins. Lorsqu'il eut surveillé la manœuvre, chaque voiture prise au remisage, mise sur le chariot que des hommes poussaient et amenaient sous la marquise, il dut courir à la salle de départ, donner un coup d'œil à la distribution des billets et à l'enregistrement des bagages. Une querelle éclatait entre des soldats et un employé, qui nécessita son intervention. Pendant une demi-heure, parmi les courants d'air glacé, au milieu du public grelottant, les yeux gros encore de sommeil, dans cette mauvaise humeur d'une bousculade en pleines ténèbres, il se multiplia, n'eut pas une pensée à lui. Puis, le départ de l'omnibus ayant déblayé la gare, il se hâta de se rendre au poste de l'aiguilleur, s'assurer que tout allait bien de ce côté, car un autre train arrivait, le direct de Paris, qui avait du retard. Il revint assister au débarquement, attendit que le flot des voyageurs eût rendu les billets et se fût empilé dans les voitures des hôtels, qui, en ce temps-là, entraient attendre sous la marquise, séparées de la voie par une simple palissade. Et, alors seulement, il put souffler un instant, dans la gare redevenue déserte et silencieuse[1].

Six heures sonnaient. Roubaud sortit de la halle couverte, d'un pas de promenade ; et, dehors, ayant devant lui l'espace, il leva la tête, il respira, en voyant que l'aube se levait enfin. Le vent du large avait achevé de balayer les brumes, c'était le clair matin d'un beau jour. Il regarda vers le nord la côte d'Ingouville, jusqu'aux arbres du cimetière, se détacher d'un trait violacé sur le ciel pâlissant ; ensuite, se tournant vers le midi et l'ouest, il remarqua, au-dessus de la mer, un dernier vol de légères nuées blanches, qui nageaient lentement en escadre ; tandis que l'est tout entier, la trouée immense de l'embouchure de la Seine, commençait à s'embraser du lever prochain de l'astre. D'un geste machinal, il venait d'ôter sa casquette brodée d'argent, comme pour rafraîchir son front dans l'air vif et pur. Cet horizon accoutumé, le vaste déroulement plat des dépendances de la gare, à gauche l'arrivage, puis le Dépôt des machines, à droite l'expédition, toute une ville, semblait l'apaiser, le rendre au calme de sa besogne quotidienne, éternellement la même. Par-dessus le mur de la rue Charles-Laffitte, des cheminées d'usine fumaient, on apercevait les énormes tas de charbon des entrepôts, qui longent le bassin Vauban. Et une rumeur montait déjà des autres bassins. Les coups de sifflet des trains de marchandises, le réveil et l'odeur du flot apportés dans le vent, le firent songer à la fête du jour, à ce navire qu'on allait lancer et autour duquel la foule s'écraserait[1].

Comme Roubaud rentrait sous la halle couverte, il trouva l'équipe qui commençait à former l'express de six heures quarante ; et il crut que les hommes mettaient le 293 sur le chariot, tout l'apaisement de la fraîche matinée s'en alla dans un éclat subit de colère.

« Nom de Dieu ! pas cette voiture-là ! Laissez-la donc tranquille ! Elle ne part que ce soir. »

Le chef de l'équipe lui expliquait qu'on poussait simplement la voiture, pour en prendre une autre, qui était derrière. Mais il n'entendait pas, assourdi par son emportement, hors de toute proportion.

« Bougres de maladroits, quand on vous dit de ne pas y toucher ! »

Lorsqu'il eut compris enfin, il resta furieux, tomba sur les incommodités de la gare, où l'on ne pouvait seulement retourner un wagon. En effet, la gare, bâtie une des premières de la ligne, était insuffisante, indigne du Havre, avec sa remise en vieille charpente, sa marquise de bois et de zinc, au vitrage étroit, ses bâtiments nus et tristes, lézardés de toutes parts.

« C'est une honte, je ne sais pas comment la Compagnie n'a pas encore flanqué ça par terre. »

Les hommes de l'équipe le regardaient, surpris de l'entendre parler librement, lui d'une discipline si correcte d'habitude. Il s'en aperçut, s'arrêta tout d'un coup. Et, silencieux, raidi, il continua de surveiller la manœuvre. Un pli de mécontentement coupait son front bas, tandis que sa face ronde et colorée, hérissée de barbe rousse, prenait une tension profonde de volonté.

Dès lors, Roubaud eut tout son sang-froid. Il s'occupa activement de l'express, contrôla chaque détail. Des attelages lui ayant paru mal faits, il exigea qu'on les serrât sous ses yeux. Une mère et ses deux filles, que fréquentait sa femme, vou-

lurent qu'il les installât dans le compartiment des
dames seules. Puis, avant de siffler pour donner
le signal du départ, il s'assura encore de la bonne
ordonnance du train ; et il le regarda longuement
s'éloigner, de ce coup d'œil clair des hommes
dont une minute de distraction peut coûter des
vies humaines. Tout de suite, d'ailleurs, il dut traverser la voie pour recevoir un train de Rouen,
qui entrait en gare. Justement, il s'y trouvait un
employé des postes, avec lequel, chaque jour, il
échangeait les nouvelles. C'était, dans sa matinée si occupée, un court repos, près d'un quart
d'heure, pendant lequel il pouvait respirer, aucun
service immédiat ne le réclamant. Et, ce matin-là,
comme d'habitude, il roula une cigarette, il causa
très gaiement[1]. Le jour avait grandi, on venait
d'éteindre les becs de gaz, sous la marquise. Elle
était si pauvrement vitrée, qu'une ombre grise y
régnait encore ; mais, au-delà, le vaste pan de ciel
sur lequel elle ouvrait, flambait déjà d'un incendie
de rayons ; tandis que l'horizon entier devenait
rose, d'une netteté vive de détails, dans cet air pur
d'un beau matin d'hiver.

À huit heures, M. Dabadie, le chef de gare, descendait d'habitude, et le sous-chef allait au rapport. C'était un bel homme, très brun, bien tenu,
ayant les allures d'un grand commerçant tout à
ses affaires. Du reste, il se désintéressait volontiers
de la gare des voyageurs, il se consacrait surtout
au mouvement des bassins, au transit énorme
des marchandises, en continuelles relations avec
le haut commerce du Havre et du monde entier.
Ce jour-là, il était en retard ; et, deux fois déjà,

Roubaud avait poussé la porte du bureau, sans l'y trouver. Sur la table, le courrier n'était pas même ouvert. Les yeux du sous-chef venaient de tomber, parmi les lettres, sur une dépêche. Puis, comme si une fascination le retenait là, il n'avait plus quitté la porte, se retournant malgré lui, jetant vers la table de courts regards.

Enfin, à huit heures dix, M. Dabadie parut. Roubaud, qui s'était assis, se taisait, pour lui permettre d'ouvrir la dépêche. Mais le chef ne se hâtait point, voulait se montrer aimable avec son subordonné qu'il estimait.

« Et, naturellement, à Paris, tout a bien marché ?

— Oui, Monsieur, je vous remercie. »

Il avait fini par ouvrir la dépêche ; et il ne la lisait pas, il souriait toujours à l'autre, dont la voix s'était assourdie, sous le violent effort qu'il faisait pour maîtriser un tic nerveux qui lui convulsait le menton.

« Nous sommes très heureux de vous garder ici.

— Et moi, Monsieur, je suis bien content de rester avec vous. »

Alors, comme M. Dabadie se décidait à parcourir la dépêche, Roubaud, dont une légère sueur mouillait la face, le regarda. Mais l'émotion à laquelle il s'attendait, ne se produisait point ; le chef achevait tranquillement la lecture du télégramme, qu'il rejeta sur son bureau : sans doute un simple détail de service. Et tout de suite il continua d'ouvrir son courrier, pendant que, selon l'habitude de chaque matin, le sous-chef faisait son rapport verbal, sur les événements de la nuit et de la matinée. Seulement, ce matin-là, Roubaud,

hésitant, dut chercher, avant de se rappeler ce que
lui avait dit son collègue, au sujet des rôdeurs surpris dans la salle de consigne. Quelques paroles
furent encore échangées, et le chef le congédiait
d'un geste, lorsque les deux chefs adjoints, celui
des bassins et celui de la petite vitesse, entrèrent,
venant eux aussi au rapport. Ils apportaient une
nouvelle dépêche, qu'un employé venait de leur
remettre, sur le quai.

« Vous pouvez vous retirer », dit M. Dabadie, en
voyant que Roubaud s'arrêtait à la porte.

Mais celui-ci attendait, les yeux ronds et fixes ;
et il ne s'en alla que lorsque le petit papier fut
retombé sur la table, écarté du même geste indifférent. Un instant, il erra sous la marquise, perplexe,
étourdi. L'horloge marquait huit heures trente-
cinq, il n'avait plus de départ avant l'omnibus de
neuf heures cinquante. D'ordinaire, il employait
cette heure de répit à faire une tournée dans la
gare. Il marcha pendant quelques minutes, sans
savoir où ses pieds le conduisaient. Puis, comme il
levait la tête et qu'il se retrouvait devant la voiture
293, il fit un brusque crochet, il s'éloigna vers le
Dépôt des machines, bien qu'il n'eût rien à voir de
ce côté. Le soleil maintenant montait à l'horizon,
une poussière d'or pleuvait dans l'air pâle. Et il
ne jouissait plus de la belle matinée, il pressait le
pas, l'air très affairé, tâchant de tuer l'obsession
de son attente.

Une voix, tout d'un coup, l'arrêta.

« Monsieur Roubaud, bonjour !... Vous avez vu
ma femme ? »

C'était Pecqueux, le chauffeur, un grand gaillard

de quarante-trois ans, maigre avec de gros os, la face cuite par le feu et par la fumée. Ses yeux gris sous le front bas, sa bouche large dans une mâchoire saillante, riaient d'un continuel rire de noceur.

« Comment ! c'est vous ? dit Roubaud en s'arrêtant, étonné. Ah ! oui, l'accident arrivé à la machine, j'oubliais... Et vous ne repartez que ce soir ? Un congé de vingt-quatre heures, bonne affaire, hein ?

— Bonne affaire ! » répéta l'autre, gris encore d'une noce faite la veille.

D'un village près de Rouen, il était entré tout jeune dans la Compagnie, comme ouvrier ajusteur. Puis, à trente ans, s'ennuyant à l'atelier, il avait voulu être chauffeur, pour devenir mécanicien ; et c'était alors qu'il avait épousé Victoire, du même village que lui. Mais les années s'écoulaient, il restait chauffeur, jamais maintenant il ne passerait mécanicien, sans conduite, sans bonne tenue, ivrogne, coureur de femmes. Vingt fois, on l'aurait congédié, s'il n'avait pas eu la protection du président Grandmorin, et si l'on ne s'était habitué à ses vices, qu'il rachetait par sa belle humeur et par son expérience de vieil ouvrier. Il ne devenait vraiment à craindre que lorsqu'il était ivre, car il se changeait alors en vraie brute, capable d'un mauvais coup.

« Et ma femme, vous l'avez vue ? demanda-t-il de nouveau, la bouche fendue par son large rire.

— Certes, oui, nous l'avons vue, répondit le sous-chef. Nous avons même déjeuné dans votre chambre... Ah ! une brave femme que vous avez là, Pecqueux. Et vous avez bien tort de ne pas lui être fidèle. »

Il rigola plus violemment.

« Oh ! si l'on peut dire ! Mais c'est elle qui veut que je m'amuse ! »

C'était vrai. Victoire, son aînée de deux ans, devenue énorme et difficile à remuer, glissait des pièces de cent sous dans ses poches, afin qu'il prît du plaisir dehors. Jamais elle n'avait beaucoup souffert de ses infidélités, du continuel guilledou qu'il courait, par un besoin de nature ; et maintenant l'existence était réglée, il avait deux femmes, une à chaque bout de la ligne, sa femme à Paris pour les nuits qu'il y couchait, et une autre au Havre pour les heures d'attente qu'il y passait, entre deux trains. Très économe, vivant chichement elle-même, Victoire, qui savait tout et qui le traitait maternellement, répétait volontiers qu'elle ne voulait pas le laisser en affront avec l'autre, là-bas. Même, à chaque départ, elle veillait sur son linge, car il lui aurait été très sensible que l'autre l'accusât de ne pas tenir leur homme proprement.

« N'importe, reprit Roubaud, ce n'est guère gentil. Ma femme, qui adore sa nourrice, veut vous gronder. »

Mais il se tut, en voyant sortir d'un hangar, contre lequel ils se trouvaient, une grande femme sèche, Philomène Sauvagnat, la sœur du chef de dépôt, l'épouse supplémentaire que Pecqueux avait au Havre, depuis un an. Tous deux devaient être à causer sous le hangar, lorsque lui s'était avancé, pour appeler le sous-chef. Elle, encore jeune malgré ses trente-deux ans, haute, anguleuse, la poi-

trine plate, la chair brûlée de continuels désirs,
avait la tête longue, aux yeux flambants, d'une
cavale maigre et hennissante. On l'accusait de
boire. Tous les hommes de la gare avaient défilé
chez elle, dans la petite maison que son frère
occupait près du Dépôt des machines, et qu'elle
tenait fort salement. Ce frère, auvergnat, têtu, très
sévère sur la discipline, très estimé de ses chefs,
avait eu les plus gros ennuis à son sujet, jusqu'au
point d'être menacé de renvoi ; et, si maintenant
on la tolérait à cause de lui, il ne s'obstinait lui-
même à la garder que par esprit de famille ; ce
qui ne l'empêchait pas, lorsqu'il la surprenait avec
un homme, de la rouer de coups, si rudement,
qu'il la laissait sur le carreau, morte. Il y avait
eu, entre elle et Pecqueux, une vraie rencontre :
elle, assouvie enfin, aux bras de ce grand diable
rigoleur ; lui, changé de sa femme trop grasse,
heureux de celle-ci trop maigre, répétant par farce
qu'il n'avait plus besoin de chercher ailleurs. Et
Séverine seule, qui croyait devoir cela à Victoire,
s'était brouillée avec Philomène, qu'elle évitait
déjà le plus possible, par une fierté de nature, et
qu'elle avait cessé de saluer.

« Eh bien ! dit Philomène insolemment, à tout à
l'heure, Pecqueux. Je m'en vas, puisque monsieur
Roubaud a de la morale à te faire, de la part de
sa femme. »

Lui, bon garçon, riait toujours.

« Reste donc, il plaisante.

— Non, non ! Faut que j'aille porter deux œufs
de mes poules, que j'ai promis à madame Lebleu. »

Elle avait lancé ce nom exprès, connaissant la

rivalité sourde entre la femme du caissier, et la femme du sous-chef, affectant d'être au mieux avec la première, pour faire enrager l'autre. Mais elle resta pourtant, tout d'un coup intéressée, lorsqu'elle entendit le chauffeur demander des nouvelles de l'affaire du sous-préfet.

« C'est arrangé, vous êtes content, n'est-ce pas ? monsieur Roubaud.

— Très content. »

Pecqueux cligna les yeux d'un air malin.

« Oh ! vous n'aviez pas à être inquiet, parce que, lorsqu'on a un gros bonnet dans sa manche... Hein ? vous savez qui je veux dire. Ma femme aussi lui a bien de la reconnaissance. »

Le sous-chef interrompit cette allusion au président Grandmorin, en répétant d'une voix brusque :

« Et alors vous ne partez que ce soir ?

— Oui, la Lison va être réparée, on finit d'ajuster la bielle... Et j'attends mon mécanicien, qui s'est donné de l'air, lui. Vous le connaissez, Jacques Lantier ? Il est de votre pays. »

Un instant, Roubaud resta sans répondre, absent, l'esprit perdu. Puis, avec un sursaut de réveil :

« Hein ? Jacques Lantier, le mécanicien... Certainement, je le connais. Oh ! vous savez, bonjour, bonsoir. C'est ici que nous nous sommes rencontrés, car il est mon cadet, et je ne l'avais jamais vu, là-bas, à Plassans... L'automne dernier, il a rendu un petit service à ma femme, une commission qu'il a faite pour elle, chez des cousines, à Dieppe... Un garçon capable, à ce qu'on dit. »

Il parlait au hasard, d'abondance. Soudain, il s'éloigna.

« Au revoir, Pecqueux... J'ai à donner un coup d'œil de ce côté. »

Alors, seulement, Philomène s'en alla, de son pas allongé de cavale ; tandis que Pecqueux, immobile, les mains dans les poches, riant d'aise à la fainéantise de cette gaie matinée, s'étonnait que le sous-chef, après s'être contenté de faire le tour du hangar, s'en retournait rapidement. Ce n'était pas long à donner, son coup d'œil. Qu'est-ce qu'il pouvait bien être venu moucharder ?

Comme Roubaud rentrait sous la marquise, neuf heures allaient sonner. Il marcha jusqu'au fond, près des messageries, regarda, sans paraître trouver ce qu'il cherchait ; puis, il revint, du même pas d'impatience. Successivement, il interrogea des yeux les bureaux des différents services. À cette heure, la gare était calme, déserte ; et il s'y agitait seul, l'air de plus en plus énervé de cette paix, dans ce tourment de l'homme, menacé d'une catastrophe, qui finit par souhaiter ardemment qu'elle éclate. Son sang-froid était à bout, il ne pouvait tenir en place. Maintenant, ses yeux ne quittaient plus l'horloge. Neuf heures, neuf heures cinq. D'ordinaire, il ne remontait chez lui qu'à dix heures, après le départ du train de neuf heures cinquante, pour déjeuner. Et, tout d'un coup, il remonta, à la pensée de Séverine, qui, elle aussi, là-haut, devait attendre.

Dans le couloir, à cette minute précise, madame Lebleu ouvrait à Philomène, venue en voisine, décoiffée, et tenant deux œufs. Elles restèrent, il fallut bien que Roubaud rentrât chez lui, sous leurs yeux braqués. Il avait sa clef, il se hâta. Tout de même, dans le va-et-vient rapide de la porte, elles aperçurent Séverine, assise sur une chaise de la salle à manger, les mains oisives, le profil pâle, immobile. Et, attirant Philomène, s'enfermant à son tour, Mme Lebleu raconta qu'elle l'avait déjà vue de la sorte, le matin : sans doute l'histoire du sous-préfet qui tournait mal. Mais non, Philomène expliqua qu'elle accourait, parce qu'elle avait des nouvelles ; et elle répéta ce qu'elle venait d'entendre dire au sous-chef lui-même. Alors, les deux femmes se perdirent en conjectures. C'étaient ainsi, à chacune de leurs rencontres, des commérages sans fin.

« On leur a lavé la tête, ma petite, j'en mettrais ma main au feu... Pour sûr, ils branlent dans le manche.

— Ah ! ma bonne dame, si l'on pouvait donc nous en débarrasser ! »

La rivalité, de plus en plus envenimée entre les Lebleu et les Roubaud, était simplement née d'une question de logement. Tout le premier étage, au-dessus des salles d'attente, servait à loger les employés ; et le couloir central, un vrai couloir d'hôtel, peint en jaune, éclairé par le haut, séparait l'étage en deux, alignant les portes brunes à droite et à gauche. Seulement, les logements de droite avaient des fenêtres qui donnaient sur la cour du départ, plantée de vieux ormes, pardessus lesquels se déroulait l'admirable vue de la côte d'Ingouville ; tandis que les logements de gauche, aux fenêtres cintrées, écrasées, s'ouvraient directement sur la marquise de la gare, dont la pente haute, le faîtage de zinc et de vitres sales barraient l'horizon. Rien n'était plus gai que les uns, avec la continuelle animation de la cour, la verdure des arbres, la vaste campagne ; et il y avait de quoi mourir d'ennui dans les autres, où l'on voyait à peine clair, le ciel muré comme en prison. Sur le devant, habitaient le chef de gare, le sous-chef Moulin et les Lebleu ; sur le derrière, les Roubaud, ainsi que la buraliste, Mlle Guichon, sans compter trois pièces, qui étaient réservées aux inspecteurs de passage. Or, il était notoire que les deux sous-chefs avaient toujours logé côte à côte. Si les Lebleu étaient là, cela venait d'une complaisance de l'ancien sous-chef, remplacé par Roubaud, qui, veuf, sans enfants, avait voulu être agréable à Mme Lebleu, en lui cédant son logement. Mais est-ce que ce logement n'aurait pas dû faire retour aux Roubaud ? Est-ce que cela était juste, de les reléguer sur le derrière, quand ils avaient le droit d'être sur le devant ? Tant que les deux ménages avaient vécu en bon accord, Séverine s'était effacée devant sa voisine, plus âgée qu'elle de vingt ans, mal portante avec ça, si énorme qu'elle étouffait sans cesse. Et la guerre n'était vraiment déclarée que depuis le jour où Philomène avait fâché les deux femmes, par d'abominables bavardages.

« Vous savez, reprit celle-ci, qu'ils sont bien capables d'avoir profité de leur voyage à Paris, pour demander votre expulsion… On m'a affirmé qu'ils ont écrit au directeur une longue lettre où ils font valoir leur droit. »

Mme Lebleu suffoquait.

« Les misérables !… Et je suis bien sûre qu'ils travaillent pour mettre la buraliste avec eux ; car voici quinze jours qu'elle me salue à peine, celle-là… Encore quelque chose de propre ! Aussi, je la guette… »

Elle baissa la voix pour affirmer que Mlle Guichon, chaque nuit, devait aller retrouver le chef de gare. Leurs deux portes se faisaient face. C'était M. Dabadie, veuf, père d'une grande fille toujours en pension, qui avait amené là cette blonde de trente ans, déjà fanée, silencieuse et mince, d'une souplesse de couleuvre. Elle avait dû être vaguement institutrice. Et impossible de la surprendre, tellement elle se glissait sans bruit, à travers les fentes les plus étroites. Par elle-même, elle ne comptait guère. Mais, si elle couchait avec le chef de gare, elle prenait une importance décisive, et le triomphe était de la tenir, en possédant son secret.

« Oh ! je finirai par savoir, continua Mme Lebleu. Je ne veux pas me laisser manger… Nous sommes ici, nous y resterons. Les braves gens sont pour nous, n'est-ce pas ? ma petite. »

Toute la gare, en effet, se passionnait, dans cette guerre des deux logements. Le couloir surtout en était ravagé. Il n'y avait guère que l'autre sous-chef, Moulin, qui se désintéressât, satisfait d'être sur le devant, marié à une petite femme timide et frêle, qu'on ne voyait jamais et qui lui donnait un enfant tous les vingt mois.

« Enfin, conclut Philomène, s'ils branlent dans le manche, ce n'est pas encore de ce coup qu'ils resteront sur le carreau… Méfiez-vous, car ils connaissent du monde qui a le bras long. »

Elle tenait toujours ses deux œufs, elle les offrit : des œufs du matin, qu'elle venait de ramasser sous ses poules. Et la vieille dame se confondait en remerciements.

« Que vous êtes gentille ! Vous me gâtez… Venez donc causer plus souvent. Vous savez que mon mari est toujours à sa caisse ; et moi je m'ennuie tant, clouée ici, à cause de mes jambes ! Qu'est-ce que je deviendrais, si ces misérables me prenaient ma vue ? »

Puis, comme elle l'accompagnait et qu'elle rouvrait la porte, elle posa un doigt sur ses lèvres.

« Chut ! écoutons. »

Toutes deux, debout dans le couloir, restèrent cinq grandes minutes debout, sans un geste, en retenant leur souffle. Elles penchaient la tête, tendaient l'oreille vers la salle à manger des Roubaud. Mais pas un bruit n'en sortait, il régnait là un silence de mort. Et, de peur d'être surprises, elles se séparèrent enfin, en se saluant une dernière fois de la tête, sans une parole. L'une s'en alla sur la pointe des pieds, l'autre referma sa porte si doucement, qu'on n'entendit pas le pêne glisser dans la gâche.

À neuf heures vingt, Roubaud était de nouveau en bas, sous la marquise. Il surveillait la formation de l'omnibus de neuf heures cinquante ; et, malgré l'effort de sa volonté, il gesticulait davantage, il piétinait, tournait sans cesse la tête pour inspecter le quai du regard, d'un bout à l'autre. Rien n'arrivait, ses mains en tremblaient.

Puis, brusquement, comme il fouillait encore la gare, d'un coup d'œil en arrière, il entendit près de lui la voix d'un employé du télégraphe, disant, essoufflée :

« Monsieur Roubaud, vous ne savez pas où sont monsieur le chef de gare et monsieur le commissaire de surveillance... J'ai là des dépêches pour eux, et voici dix minutes que je cours... »

Il s'était retourné, dans un tel raidissement de tout son être, que pas un muscle de son visage ne bougea. Ses yeux se fixèrent sur les deux dépêches que tenait l'employé. Cette fois, à l'émotion de celui-ci, il en avait la certitude, c'était enfin la catastrophe.

« Monsieur Dabadie a passé là tout à l'heure », dit-il tranquillement.

Et jamais il ne s'était senti si froid, d'intelligence si nette, tout entier bandé à la défense. Maintenant, il était sûr de lui.

« Tenez ! reprit-il, le voici qui arrive, monsieur Dabadie. »

En effet, le chef de gare revenait de la petite vitesse. Dès qu'il eut parcouru la dépêche, il s'exclama.

« Il y a eu un assassinat sur la ligne... C'est l'inspecteur de Rouen qui me télégraphie.

— Comment ? demanda Roubaud, un assassinat parmi notre personnel ?

— Non, non, sur un voyageur, dans un coupé... Le corps a été jeté, presque au sortir du tunnel de Malaunay, au poteau 153... Et la victime est un de nos administrateurs, le président Grandmorin. »

À son tour, le sous-chef s'exclamait.

« Le président ! ah ! ma pauvre femme va-t-elle être chagrine ! »

Le cri était si juste, si apitoyé, que M. Dabadie s'y arrêta un instant.

« C'est vrai, vous le connaissiez, un si brave homme, n'est-ce pas ? »

Puis, revenant à l'autre télégramme, adressé au commissaire de surveillance :

« Ça doit être du juge d'instruction, sans doute pour quelque formalité... Et il n'est que neuf heures vingt-cinq, monsieur Cauche n'est pas encore là, naturellement... Qu'on aille vite au café du Commerce, sur le cours Napoléon. On l'y trouvera à coup sûr. »

Cinq minutes plus tard, M. Cauche arrivait, ramené par un homme d'équipe. Ancien officier, considérant son emploi comme une retraite, il ne paraissait jamais à la gare avant dix heures, y flânait un moment, et retournait au café. Ce drame, tombé entre deux parties de piquet, l'avait d'abord étonné, car les affaires qui passaient par ses mains étaient d'ordinaire peu graves. Mais la dépêche venait bien du juge d'instruction de Rouen ; et, si elle arrivait douze heures après la découverte du cadavre, c'était que ce juge avait d'abord télégraphié à Paris, au chef de gare, pour savoir dans quelles conditions la victime était partie ; puis, renseigné sur le numéro du train et sur celui de la voiture, il avait alors seulement envoyé, au commissaire de surveillance, l'ordre de visiter le coupé qui se trouvait dans la voiture 293, si cette voiture était encore au Havre. Tout de suite, la mauvaise humeur que M. Cauche montrait, d'avoir été dérangé inutilement sans doute, disparut et fit place à une attitude d'extrême importance, proportionnée à la gravité exceptionnelle que prenait l'affaire[1].

« Mais, s'écria-t-il, subitement inquiet, avec la peur de voir l'enquête lui échapper, la voiture ne doit plus être ici, elle a dû repartir ce matin. »

Ce fut Roubaud qui le rassura, de son air calme.

« Non, non, faites excuse… Il y avait un coupé retenu pour ce soir, la voiture est là, sous la remise. »

Et il marcha le premier, le commissaire et le chef de gare le suivirent. Cependant, la nouvelle devait se répandre, car les hommes d'équipe, sournoisement, quittaient la besogne, suivaient eux aussi ; tandis que, sur les portes des divers services, des employés se montraient, finissaient par s'approcher, un à un. Bientôt, il y eut là un rassemblement.

Comme on arrivait devant la voiture, M. Dabadie fit tout haut une réflexion :

« Pourtant, hier soir, la visite a eu lieu. S'il était resté des traces, on les aurait signalées au rapport.

— Nous allons bien voir », dit M. Cauche.

Il ouvrit la portière, il monta dans le coupé. Et, à l'instant même, il se récria, s'oubliant, jurant.

« Ah ! nom de Dieu ! on dirait qu'on a saigné un cochon ! »

Un petit souffle d'épouvante courut parmi les assistants, des têtes s'allongèrent ; et M. Dabadie, un des premiers, voulut voir, se haussa sur le marchepied ; pendant que, derrière lui, Roubaud, pour faire comme les autres, tendait aussi le cou.

À l'intérieur, le coupé ne montrait aucun désordre. Les glaces étaient restées fermées, tout semblait en place. Seulement, une odeur affreuse s'échappait de la portière ouverte ; et là, au milieu d'un des coussins, une mare de sang noir s'était coagulée, une mare si profonde, si large, qu'un ruisseau en avait jailli comme d'une source, s'épanchant sur le tapis. Des caillots demeuraient accrochés au drap. Et rien autre, rien que ce sang nauséabond.

M. Dabadie s'emporta.

« Où sont les hommes qui ont fait la visite, hier soir ? Qu'on me les amène ! »

Ils étaient justement là, ils s'avancèrent, balbutièrent des excuses : la nuit, est-ce qu'on pouvait se rendre compte ? et, cependant, ils passaient bien leurs mains partout. La veille, ils juraient n'avoir rien senti.

Cependant, M. Cauche, resté debout dans le wagon, prenait des notes au crayon, pour son rapport. Il appela Roubaud, qu'il fréquentait volontiers, tous deux fumant des cigarettes, le long du quai, aux heures de flâne.

« Monsieur Roubaud, montez donc, vous m'aiderez. »

Et, quand le sous-chef eut enjambé le sang du tapis, pour ne pas marcher dedans :

« Regardez sous l'autre coussin, voir si rien n'y a glissé. »

Il souleva le coussin, il chercha, les mains prudentes, les regards simplement curieux.

« Il n'y a rien. »

Mais une tache, sur le drap capitonné du dos-

sier, attira son attention ; et il la signala au commissaire. N'était-ce pas l'empreinte sanglante d'un
doigt ? Non, on finit par tomber d'accord que
c'était une éclaboussure. Le flot de monde s'était
rapproché, pour suivre cet examen, flairant le
crime, se pressant derrière le chef de gare, qu'une
répugnance d'homme délicat avait retenu sur le
marchepied.

Soudain, celui-ci fit une réflexion.

« Dites donc, monsieur Roubaud, vous étiez
dans le train... N'est-ce pas ? vous êtes bien rentré
par l'express, hier soir... Vous pourriez peut-être
nous donner des renseignements, vous !

— Tiens ! c'est vrai, s'écria le commissaire.
Est-ce que vous avez remarqué quelque chose ? »

Pendant trois ou quatre secondes, Roubaud
demeura muet. Il était baissé à ce moment, examinant le tapis. Mais il se releva presque tout de
suite, en répondant de sa voix naturelle, un peu
grosse.

« Certainement, certainement, je vais vous
dire... Ma femme était avec moi. Si ce que je sais
doit figurer au rapport, j'aimerais bien qu'elle
descendît, pour contrôler mes souvenirs par les
siens. »

Cela parut très raisonnable à M. Cauche, et Pecqueux, qui venait d'arriver, offrit d'aller chercher
Mme Roubaud. Il partit à grandes enjambées,
il y eut un moment d'attente. Philomène, accourue
avec le chauffeur, l'avait suivi des yeux, irritée de
ce qu'il se chargeait de cette commission. Mais,
ayant aperçu Mme Lebleu, qui se hâtait, de toute
la vitesse de ses pauvres jambes enflées, elle

se précipita, l'aida ; et les deux femmes levèrent les mains au ciel, poussèrent des exclamations, passionnées par la découverte d'un si abominable crime. Bien qu'on ne sût encore absolument rien, déjà des versions circulaient, autour d'elles, dans l'effarement des gestes et des visages. Dominant le bourdonnement des voix, Philomène elle-même, qui ne tenait le fait de personne, affirmait sur sa parole d'honneur que Mme Roubaud avait vu l'assassin. Et le silence se fit, lorsque Pecqueux reparut, accompagné de cette dernière.

« Voyez-la donc ! murmura Mme Lebleu. Si l'on dirait la femme d'un sous-chef, avec son air de princesse ! Ce matin, avant le jour, elle était déjà ainsi, peignée et corsetée comme si elle allait en visite. »

Ce fut à petits pas réguliers que Séverine s'avança. Il y avait tout un long bout du quai à suivre, sous les yeux qui la regardaient venir ; et elle ne faiblissait pas, elle appuyait simplement son mouchoir sur ses paupières, dans la grosse douleur qu'elle venait d'éprouver, en apprenant le nom de la victime. Vêtue d'une robe de laine noire, très élégante, elle semblait porter le deuil de son protecteur. Ses lourds cheveux sombres luisaient au soleil, car elle n'avait pas même pris le temps de se couvrir la tête, malgré le froid. Ses yeux bleus si doux, pleins d'angoisse et noyés de larmes, la rendaient très touchante.

« Bien sûr qu'elle a raison de pleurer, dit à demi-voix Philomène. Les voilà fichus, maintenant qu'on a tué leur bon Dieu. »

Lorsque Séverine fut là, au milieu de tout ce

monde, devant la portière ouverte du coupé,
M. Cauche et Roubaud en descendirent ; et, tout de
suite, ce dernier commença à dire ce qu'il savait.

« N'est-ce pas ? ma chère, hier matin, dès notre
arrivée à Paris, nous sommes allés voir monsieur
Grandmorin... Il pouvait être onze heures un
quart, n'est-ce pas ? »

Il la regardait fixement, elle répéta d'une voix
docile :

« Oui, onze heures un quart. »

Mais ses yeux s'étaient arrêtés sur le coussin
noir de sang, elle eut un spasme, des sanglots
profonds jaillirent de sa gorge. Et le chef de gare,
ému, empressé, intervint.

« Madame, si vous ne pouviez supporter ce
spectacle... Nous comprenons très bien votre
douleur...

— Oh ! simplement deux mots, interrompit
le commissaire. Nous ferons ensuite reconduire
madame chez elle. »

Roubaud se hâta de continuer :

« C'est alors, après avoir causé de différentes
choses, que monsieur Grandmorin nous annonça
qu'il devait partir le lendemain, pour aller à Doinville, chez sa sœur... Je le vois encore assis à son
bureau. Moi, j'étais ici ; ma femme était là... N'est-
ce pas, ma chère, il nous a dit qu'il partirait le
lendemain ?

— Oui, le lendemain. »

M. Cauche, qui continuait à prendre au crayon
des notes rapides, leva la tête.

« Comment, le lendemain ? mais puisqu'il est
parti le soir ! »

— Attendez donc ! répliqua le sous-chef. Même, quand il sut que nous repartions le soir, il eut un instant l'idée de prendre l'express avec nous, si ma femme voulait bien le suivre jusqu'à Doinville, où elle passerait quelques jours chez sa sœur, comme cela était arrivé déjà. Mais ma femme, qui avait beaucoup à faire ici, a refusé... N'est-ce pas, tu as refusé ?

— J'ai refusé, oui.

— Et voilà, il a été très gentil... Il s'était occupé de moi, il nous a accompagnés jusqu'à la porte de son cabinet... N'est-ce pas, ma chère ?

— Oui, jusqu'à la porte.

— Le soir, nous sommes partis... Avant de nous installer dans notre compartiment, j'ai causé avec monsieur Vandorpe, le chef de gare. Et je n'ai rien vu du tout. J'étais très ennuyé, parce que je nous croyais seuls, et qu'il y avait, dans un coin, une dame que je n'avais pas remarquée ; d'autant plus que deux autres personnes, un ménage, sont encore montées au dernier moment... Jusqu'à Rouen non plus, rien de particulier, je n'ai rien vu... Aussi, à Rouen, comme nous étions descendus pour nous dégourdir les jambes, quelle n'a pas été notre surprise, d'apercevoir, à trois ou quatre voitures de la nôtre, monsieur Grandmorin, debout à la portière d'un coupé ! "Comment, monsieur le Président, vous êtes parti ? Ah bien ! nous ne nous doutions guère de voyager avec vous !" Et il nous a expliqué qu'il avait reçu une dépêche... On a sifflé, nous sommes remontés vite dans notre compartiment, où, par parenthèse, nous n'avons retrouvé personne, tous nos compagnons de route s'étant arrêtés à Rouen, ce qui ne nous a pas fait de peine... Et voilà ! c'est bien tout, ma chère, n'est-ce pas ?

— Oui, c'est bien tout. »

Ce récit, si simple qu'il fût, avait fortement impressionné l'auditoire. Tous attendaient de comprendre, la face béante. Le commissaire, cessant d'écrire, exprima la surprise générale, en demandant :

« Et vous êtes sûr qu'il n'y avait personne dans le coupé, avec monsieur Grandmorin ?

— Oh ! ça, absolument sûr. »

Un frémissement courut. Ce mystère qui se posait, soufflait de la peur, un petit froid que chacun sentit passer sur sa nuque. Si le voyageur était seul, par qui avait-il pu être assassiné et jeté du coupé, à trois lieues de là, avant un nouvel arrêt du train ?

Dans le silence, on entendit la voix mauvaise de Philomène :

« C'est drôle tout de même. »

En se sentant dévisagé, Roubaud la regarda, avec un hochement du menton, comme pour dire qu'il trouvait ça drôle, lui aussi. Près d'elle, il aperçut Pecqueux et Mme Lebleu, qui hochaient également la tête. Les yeux de tous s'étaient tournés de son côté, on attendait autre chose, on cherchait sur sa personne un détail oublié, qui éclaircirait l'affaire. Il n'y avait aucune accusation, dans ces regards ardemment curieux ; et il croyait pourtant voir poindre le soupçon vague, ce doute que le plus petit fait parfois change en certitude.

« Extraordinaire, murmura M. Cauche.

— Tout à fait extraordinaire », répéta M. Dabadie.

Alors, Roubaud se décida :

« Ce dont je suis encore bien sûr, c'est que l'express qui va, d'un trait, de Rouen à Barentin, a marché à sa vitesse réglementaire, sans que j'aie remarqué rien d'anormal... Je le dis, parce que, justement, nous trouvant seuls, j'avais baissé la glace, pour fumer une cigarette ; et je jetais des coups d'œil au-dehors, je me rendais parfaitement compte de tous les bruits du train... Même, à Barentin, ayant reconnu sur le quai monsieur Bessière, le chef de gare, mon successeur, je l'ai appelé, et nous avons échangé trois paroles, tandis que, monté sur le marchepied, il me serrait la main... N'est-ce pas ? ma chère, on peut l'interroger, monsieur Bessière le dira. »

Séverine, toujours immobile et pâle, son fin visage noyé de chagrin, confirma une fois de plus la déclaration de son mari.

« Il le dira, oui. »

Dès ce moment, toute accusation devenait impossible, si les Roubaud, remontés à Rouen, dans leur compartiment, y avaient été salués, à Barentin, par un ami. L'ombre de soupçon que le sous-chef croyait avoir vue passer dans les yeux, s'en était allée ; et l'étonnement de chacun grandissait. L'affaire prenait une tournure de plus en plus mystérieuse.

« Voyons, dit le commissaire, êtes-vous bien certain que personne, à Rouen, n'a pu monter dans le coupé, après que vous avez eu quitté monsieur Grandmorin ? »

Évidemment, Roubaud n'avait pas prévu cette

question car, pour la première fois, il se troubla, n'ayant sans doute plus la réponse préparée
d'avance. Il regarda sa femme, hésitant.

« Oh ! non, je ne crois pas... On fermait les
portières, on sifflait, nous avons eu bien juste
le temps de regagner notre voiture... Et puis, le
coupé était réservé, personne ne pouvait monter,
il me semble... »

Mais les yeux bleus de sa femme s'élargissaient,
devenaient si grands, qu'il s'effraya d'être affir-
matif.

« Après tout, je ne sais pas... Oui, peut-être
quelqu'un a pu monter... Il y avait une vraie bousculade... »

Et, à mesure qu'il parlait, sa voix se refaisait
nette, toute cette histoire nouvelle naissait, s'affirmait.

« Vous savez, à cause des fêtes du Havre, la
foule était énorme... Nous avons été obligés de
défendre notre compartiment contre des voyageurs de deuxième et même de troisième classe...
Avec ça, la gare est très mal éclairée, on ne voyait
rien, on se poussait, on criait, dans la cohue du
départ... Ma foi ! oui, il est très possible que, ne
sachant comment se caser, ou même profitant de
l'encombrement, quelqu'un se soit introduit de
force dans le coupé, à la dernière seconde. »

Et, s'interrompant :

« Hein ? ma chère, c'est ce qui a dû arriver. »

Séverine, l'air brisé, son mouchoir sur ses yeux
meurtris, répéta :

« C'est ce qui est arrivé, certainement. »

Dès lors, la piste était donnée ; et, sans se prononcer, le commissaire de surveillance et le chef de gare échangèrent un regard, d'un air entendu. Un long mouvement avait agité la foule, qui sentait que l'enquête était finie, et qu'un besoin de commentaires tourmentait : tout de suite des suppositions circulèrent, chacun avait une histoire. Depuis un instant, le service de la gare se trouvait comme suspendu, le personnel entier était là, obsédé par ce drame ; et ce fut une surprise que de voir entrer sous la marquise le train de neuf heures trente-huit. On courut, les portières s'ouvrirent, le flot des voyageurs s'écoula. Presque tous les curieux, d'ailleurs, étaient restés autour du commissaire, qui, par un scrupule d'homme méthodique, visitait une dernière fois le coupé ensanglanté.

Pecqueux, gesticulant entre Mme Lebleu et Philomène, aperçut à ce moment son mécanicien, Jacques Lantier, qui venait de descendre du train et qui, immobile, regardait de loin le rassemblement. Il l'appela violemment de la main. Jacques ne bougeait pas. Enfin, il se décida, d'une marche lente.

« Quoi donc ? » demanda-t-il à son chauffeur.

Il savait bien, il n'écouta que d'une oreille distraite la nouvelle de l'assassinat et les suppositions que l'on faisait. Ce qui le surprenait, le remuait étrangement, c'était de tomber au milieu de cette enquête, de retrouver ce coupé, entrevu dans les ténèbres, lancé à toute vitesse. Il allongea le cou, regarda la mare de sang caillé sur le coussin ; et il revoyait la scène du meurtre, il revoyait surtout le cadavre, étendu en travers de la voie, là-bas, avec sa gorge ouverte. Puis, comme il détournait les yeux, il remarqua les Roubaud, pendant que Pecqueux continuait à lui raconter l'histoire, de quelle façon ces derniers étaient mêlés à l'affaire, leur départ de Paris dans le même train que la victime, les dernières paroles qu'ils avaient échangées ensemble, à Rouen. L'homme, il le connaissait, pour lui serrer la main, parfois, depuis qu'il faisait le service de l'express ; la femme, il l'avait entrevue de loin en loin, il s'était écarté d'elle comme des autres, dans sa peur maladive. Mais, à cette minute, ainsi pleurante et pâle, avec la douceur effarée de ses yeux bleus sous l'écrasement noir de sa chevelure, elle le frappa. Il ne la quittait plus du regard, et il eut une absence, il se demanda, étourdi, pourquoi les Roubaud et lui étaient là, comment les faits avaient pu les réunir devant cette voiture du crime, eux de retour de Paris la veille, lui revenu de Barentin à l'instant même.

« Oh ! je sais, je sais, dit-il tout haut, interrompant le chauffeur. J'étais justement là-bas, à la sortie du tunnel, cette nuit, et j'ai bien cru voir quelque chose, au moment où le train a passé. »

Ce fut une grosse émotion, tous l'entourèrent. Et lui, le premier, avait frémi, étonné, bouleversé de ce qu'il venait de dire. Pourquoi avait-il parlé, après s'être promis si formellement de se taire ? Tant de bonnes raisons lui conseillaient le silence ! Et les mots étaient inconsciemment sortis de ses lèvres, tandis qu'il regardait cette femme. Elle avait brusquement écarté son mouchoir, pour fixer sur lui ses yeux en larmes, qui s'agrandissaient encore.

Mais le commissaire s'était vivement approché.
« Quoi ? qu'avez-vous vu ? »

Et Jacques, sous le regard immobile de Séverine, dit ce qu'il avait vu : le coupé éclairé, passant dans la nuit, à toute vapeur, et les profils fuyants des deux hommes, l'un renversé, l'autre le couteau au poing. Près de sa femme, Roubaud écoutait, en fixant sur lui ses gros yeux vifs.

« Alors, demanda le commissaire, vous reconnaîtriez l'assassin ?

— Oh ! ça, non, je ne crois pas.

— Portait-il un paletot ou une blouse ?

— Je ne pourrais rien affirmer. Songez donc, un train qui devait marcher à une vitesse de quatre-vingts kilomètres ! »

Séverine, en dehors de sa volonté, échangea un coup d'œil avec Roubaud, qui eut la force de dire :

« En effet, il faudrait avoir de bons yeux.

— N'importe, conclut M. Cauche, voilà une déposition importante. Le juge d'instruction vous aidera à voir clair dans tout ça… Monsieur Lantier et monsieur Roubaud, donnez-moi vos noms bien exacts, pour les citations. »

C'était fini, le groupe des curieux se dissipa peu à peu, le service de la gare reprit son activité. Roubaud surtout dut courir s'occuper de l'omnibus de neuf heures cinquante, dans lequel des voyageurs montaient déjà. Il avait donné à Jacques une poignée de main, plus vigoureuse que de coutume ; et celui-ci, resté seul avec Séverine, derrière Mme Lebleu, Pecqueux et Philomène, qui s'en allaient en chuchotant, s'était cru forcé d'accompagner la jeune femme sous la marquise, jusqu'à l'escalier des employés, ne trouvant rien à lui dire, retenu pourtant près d'elle, comme si un lien venait de se nouer entre eux. Maintenant, la gaieté du jour avait grandi, le soleil clair montait vainqueur des brumes matinales, dans la grande limpidité bleue du ciel ; pendant que le vent de mer, prenant de la force avec la marée montante, apportait sa fraîcheur salée. Et, comme il la quittait enfin, il rencontra de nouveau ses larges yeux, dont la douceur terrifiée et suppliante l'avait si profondément remué.

Mais il y eut un léger coup de sifflet. C'était Roubaud qui donnait le signal du départ. La machine répondit par un sifflement prolongé, et le train de neuf heures cinquante s'ébranla, roula plus vite, disparut au loin, dans la poussière d'or du soleil.

IV

Ce jour-là, dans la seconde semaine de mars, M. Denizet, le juge d'instruction, avait mandé de nouveau à son cabinet, au Palais de Justice de Rouen, certains témoins importants de l'affaire Grandmorin.

Depuis trois semaines, cette affaire faisait un bruit énorme. Elle avait bouleversé Rouen, elle passionnait Paris, et les journaux de l'opposition, dans la violente campagne qu'ils menaient contre l'Empire, venaient de la prendre comme machine de guerre. L'approche des élections générales, dont la préoccupation dominait toute la politique, enfiévrait la lutte. Il y avait eu, à la Chambre, des séances très orageuses : celle où l'on avait disputé âprement la validation des pouvoirs de deux députés attachés à la personne de l'Empereur ; celle encore où l'on s'était acharné contre la gestion financière du préfet de la Seine, en réclamant l'élection d'un conseil municipal[1]. Et l'affaire Grandmorin arrivait à point pour continuer l'agitation, les histoires les plus extraordinaires circulaient, les journaux s'emplissaient chaque matin de nouvelles hypothèses, injurieuses pour le gouvernement. D'une part, on laissait entendre que la victime, un familier des Tuileries, ancien magistrat, commandeur de la Légion d'honneur, riche à millions, était adonné aux pires débauches ; de l'autre, l'instruction n'ayant pas abouti jusque-là, on commençait à accuser la police et la magistrature de complaisance, on plaisantait sur cet assassin légendaire, resté introuvable. S'il y avait beaucoup de vérité dans ces attaques, elles n'en étaient que plus dures à supporter.

Aussi, M. Denizet sentait-il bien toute la lourde responsabilité qui pesait sur lui. Il se passionnait, lui aussi, d'autant plus qu'il avait de l'ambition et qu'il attendait ardemment une affaire de cette importance, pour mettre en lumière les hautes qualités de perspicacité et d'énergie qu'il s'accordait. Fils d'un gros éleveur normand, il avait fait son droit à Caen et n'était entré qu'assez tard dans la magistrature, où son origine paysanne, aggravée par une faillite de son père, avait rendu son avancement difficile. Substitut à Bernay, à Dieppe, au Havre, il avait mis dix ans pour devenir procureur impérial à Pont-Audemer. Puis, envoyé à Rouen comme substitut, il y était juge d'instruction depuis dix-huit mois, à cinquante ans passés[1]. Sans fortune, ravagé de besoins que ne pouvaient contenter ses maigres appointements, il vivait dans cette dépendance de la magistrature mal payée, acceptée seulement des médiocres, et où les intelligents se dévorent, en attendant de se vendre. Lui, était d'une intelligence très vive, très déliée, honnête même, ayant l'amour de son métier, grisé de sa toute-puissance, qui le faisait, dans son cabinet de juge, maître absolu de la liberté des autres. Son intérêt seul corrigeait sa passion, il avait un si cuisant désir d'être décoré et de passer à Paris, qu'après s'être laissé emporter, au premier jour de l'instruction, par son amour de la vérité, il avançait maintenant avec une extrême prudence, en devinant de toutes parts des fondrières, dans lesquelles son avenir pouvait sombrer.

Il faut dire que M. Denizet était prévenu, car, dès le commencement de son enquête, un ami lui avait conseillé de se rendre à Paris, au ministère de la Justice. Là, il avait longuement causé avec le secrétaire général, M. Camy-Lamotte, personnage considérable, ayant la haute main sur le personnel, chargé des nominations, en continuel rapport avec les Tuileries. C'était un bel homme, parti comme lui substitut, mais que ses relations et sa femme avaient fait nommer député et grand officier de la Légion d'honneur. L'affaire lui était arrivée naturellement entre les mains, le procureur impérial de Rouen, inquiet de ce drame louche où un ancien magistrat se trouvait être la victime, ayant pris la précaution d'en référer au ministre, qui s'était déchargé à son tour sur son secrétaire général. Et, ici, il y avait eu une rencontre : M. Camy-Lamotte était justement un ancien condisciple du président Grandmorin, plus jeune de quelques années, resté avec lui sur un pied d'amitié si étroite, qu'il le connaissait à fond, jusque dans ses vices. Aussi parlait-il de la mort tragique de son ami avec une affliction profonde, et il n'avait entretenu M. Denizet que de son désir ardent d'atteindre le coupable.

Mais il ne cachait pas que les Tuileries se déso-
laient de tout ce bruit disproportionné, il s'était
permis de lui recommander beaucoup de tact. En
somme, le juge avait compris qu'il ferait bien de
ne pas se hâter, de ne rien risquer sans appro-
bation préalable. Même il était revenu à Rouen
avec la certitude que, de son côté, le secrétaire
général avait lancé des agents, désireux d'instruire
l'affaire, lui aussi. On voulait connaître la vérité,
pour la cacher mieux, s'il était nécessaire.

Cependant, des jours se passèrent, et M. Denizet, malgré son effort de patience, s'irritait des
plaisanteries de la presse. Puis, le policier reparaissait, le nez au vent, comme un bon chien. Il
était emporté par le besoin de trouver la vraie
piste, par la gloire d'être le premier à l'avoir flai-
rée, quitte à l'abandonner, si on lui en donnait
l'ordre. Et, tout en attendant du ministère une
lettre, un conseil, un simple signe, qui tardait à
venir, il s'était remis activement à son instruction. Sur deux ou trois arrestations déjà faites,
aucune n'avait pu être maintenue. Mais, brusquement, l'ouverture du testament du président
Grandmorin réveilla en lui un soupçon, dont il
s'était senti effleuré dès les premières heures : la
culpabilité possible des Roubaud. Ce testament,
encombré de legs étranges, en contenait un par
lequel Séverine était instituée légataire de la maison située au lieu-dit la Croix-de-Maufras. Dès
lors, le mobile du meurtre, vainement cherché
jusque-là, était trouvé : les Roubaud, connaissant le legs, avaient pu assassiner leur bienfaiteur pour entrer en jouissance immédiate. Cela

le hantait d'autant plus, que M. Camy-Lamotte avait parlé singulièrement de Mme Roubaud, comme l'ayant connue autrefois chez le président, lorsqu'elle était jeune fille. Seulement, que d'invraisemblances, que d'impossibilités matérielles et morales ! Depuis qu'il dirigeait ses recherches dans ce sens, il butait à chaque pas contre des faits qui déroutaient sa conception d'une enquête judiciaire classiquement menée. Rien ne s'éclairait, la grande clarté centrale, la cause première, illuminant tout, manquait.

Une autre piste existait bien, que M. Denizet n'avait pas perdue de vue, la piste fournie par Roubaud lui-même, celle de l'homme qui, grâce à la bousculade du départ, pouvait être monté dans le coupé. C'était le fameux assassin introuvable, légendaire, dont tous les journaux de l'opposition ricanaient. L'effort de l'instruction avait d'abord porté sur le signalement de cet homme, à Rouen d'où il était parti, à Barentin où il devait être descendu ; mais il n'en était rien résulté de précis, certains témoins niaient même la possibilité du coupé réservé pris d'assaut, d'autres donnaient les renseignements les plus contradictoires. Et la piste ne semblait devoir mener à rien de bon, lorsque le juge, en interrogeant le garde-barrière Misard, tomba sans le vouloir sur la dramatique aventure de Cabuche et de Louisette, cette enfant qui, violentée par le président, serait allée mourir chez son bon ami. Ce fut pour lui le coup de foudre, d'un bloc l'acte d'accusation classique se formula dans sa tête. Tout s'y trouvait, des menaces de mort proférées par le carrier contre la victime, des

antécédents déplorables, un alibi invoqué mala-
droitement, impossible à prouver. En secret, dans
une minute d'inspiration énergique, il avait fait,
la veille, enlever Cabuche de la petite maison qu'il
occupait au fond des bois, sorte de tanière perdue,
où l'on avait trouvé un pantalon taché de sang. Et,
tout en se défendant encore contre la conviction
qui l'envahissait, tout en se promettant de ne pas
lâcher l'hypothèse des Roubaud, il exultait, à l'idée
que lui seul avait eu le nez assez fin pour découvrir l'assassin véritable. C'était dans le but de se
faire une certitude qu'il avait mandé, ce jour-là, à
son cabinet, plusieurs des témoins déjà entendus,
au lendemain du crime.

Le cabinet du juge d'instruction se trouvait, du
côté de la rue Jeanne-d'Arc, dans le vieux bâtiment
délabré, collé au flanc de l'ancien palais des ducs
de Normandie, transformé aujourd'hui en Palais
de Justice, qu'il déshonorait. Cette grande pièce
triste, située au rez-de-chaussée, était éclairée d'un
jour si blafard, qu'il fallait y allumer une lampe,
dès trois heures, en hiver. Tendue d'un ancien
papier vert décoloré, elle avait pour tout ameu-
blement deux fauteuils, quatre chaises, le bureau
du juge, la petite table du greffier ; et, sur la cheminée froide, deux coupes de bronze flanquaient
une pendule de marbre noir. Derrière le bureau,
une porte conduisait à une seconde pièce, dans
laquelle le juge cachait parfois les personnes qu'il
voulait garder à sa disposition ; tandis que la porte
d'entrée s'ouvrait directement sur le large couloir,
garni de banquettes, où attendaient les témoins.

Dès une heure et demie, bien que la citation ne

fût que pour deux heures, les Roubaud étaient là.
Ils arrivaient du Havre, ils avaient à peine pris le
temps de déjeuner, dans un petit restaurant de la
Grande-Rue. Tous les deux vêtus de noir, lui en
redingote, elle en robe de soie, comme une dame,
gardaient la gravité un peu lasse et chagrine d'un
ménage qui a perdu un parent. Elle s'était assise
sur une banquette, immobile, sans une parole,
pendant que, resté debout, les mains derrière le
dos, il se promenait à pas lents devant elle. Mais,
à chaque retour, leurs regards se rencontraient,
et leur anxiété cachée passait alors, ainsi qu'une
ombre, sur leurs faces muettes. Bien qu'il les eût
comblés de joie, le legs de la Croix-de-Maufras
venait de raviver leurs craintes ; car la famille du
président, sa fille surtout, outrée des donations
étranges, si nombreuses qu'elles atteignaient la
moitié de la fortune totale, parlait d'attaquer le
testament ; et Mme de Lachesnaye, poussée par
son mari, se montrait particulièrement dure
contre son ancienne amie Séverine, qu'elle chargeait des soupçons les plus graves. D'autre part, la
pensée d'une preuve, à laquelle Roubaud n'avait
pas songé d'abord, le hantait maintenant d'une
peur continue : la lettre qu'il avait fait écrire à
sa femme afin de décider Grandmorin à partir,
cette lettre qu'on allait retrouver, si celui-ci ne
l'avait pas détruite, et dont on pouvait reconnaître
l'écriture. Heureusement, les jours passaient, rien
ne s'était encore produit, la lettre devait avoir été
déchirée. Chaque citation nouvelle, au cabinet du
juge d'instruction, n'en demeurait pas moins, pour

le ménage, une cause de sueurs froides, sous leur
correcte attitude d'héritiers et de témoins.

Deux heures sonnèrent, Jacques parut à son
tour. Lui, arrivait de Paris. Tout de suite, Roubaud
s'avança, la main tendue, très expansif.

« Ah ! vous aussi, on vous a dérangé... Hein !
est-ce ennuyeux, cette triste affaire qui n'en finit
pas ! »

Jacques, en apercevant Séverine, toujours
assise, immobile, venait de s'arrêter net. Depuis
trois semaines, tous les deux jours, à chacun de
ses voyages au Havre, le sous-chef le comblait de
prévenances. Même, une fois, il avait dû accepter
à déjeuner. Et, près de la jeune femme, il s'était
senti frémir de son frisson, dans un trouble croissant. Allait-il donc la vouloir aussi, celle-là ? Son
cœur battait, ses mains brûlaient, à voir seulement
la ligne blanche du cou, autour de l'échancrure
du corsage. Aussi était-il désormais fermement
résolu à la fuir.

« Et, reprit Roubaud, que dit-on de l'affaire,
à Paris ? Rien de nouveau, n'est-ce pas ? Voyez-
vous, on ne sait rien, on ne saura jamais rien...
Venez donc dire bonjour à ma femme. »

Il l'entraîna, il fallut que Jacques s'approchât,
saluât Séverine, gênée, souriante de son air d'enfant peureux. Il s'efforçait de causer de choses
indifférentes, sous les regards du mari et de
la femme qui ne le quittaient pas, comme s'ils
avaient tâché de lire, au-delà même de sa pensée,
dans les songeries vagues où lui-même hésitait à
descendre. Pourquoi était-il si froid ? Pourquoi
semblait-il chercher à les éviter ? Est-ce que ses

souvenirs se réveillaient, est-ce que c'était pour les confronter avec lui qu'on les avait rappelés ? Cet unique témoin qu'ils redoutaient, ils auraient voulu le conquérir, se l'attacher par des liens d'une fraternité si étroite, qu'il ne trouvât plus le courage de parler contre eux.

Ce fut le sous-chef, torturé, qui revint à l'affaire.

« Alors, vous ne vous doutez pas pour quelle raison on nous cite ? Hein ! peut-être y a-t-il du nouveau ? »

Jacques eut un geste d'indifférence.

« Un bruit circulait tout à l'heure, à la gare, lorsque je suis arrivé. On parlait d'une arrestation. »

Les Roubaud s'étonnèrent, très agités, très perplexes. Comment, une arrestation ? Personne ne leur en avait soufflé mot ! Une arrestation faite, ou une arrestation à faire ? Ils l'accablaient de questions, mais il n'en savait pas davantage.

À ce moment, dans le couloir, un bruit de pas éveilla l'attention de Séverine.

« Voici Berthe et son mari », murmura-t-elle.

C'étaient, en effet, les Lachesnaye. Ils passèrent très raides devant les Roubaud, la jeune femme n'eut pas même un regard pour son ancienne camarade. Et un huissier les introduisit tout de suite dans le cabinet du juge d'instruction.

« Ah bien ! Il faut nous armer de patience, dit Roubaud. Nous sommes là pour deux bonnes heures... Asseyez-vous donc ! »

Lui-même venait de se placer à gauche de Séverine, et de la main il invitait Jacques à se mettre de l'autre côté, près d'elle. Celui-ci resta debout

un instant encore. Puis, comme elle le regardait
de son air doux et craintif, il se laissa aller sur la
banquette. Elle était très frêle entre eux, il la sentait d'une tendresse soumise ; et la tiédeur légère
qui émanait de cette femme, pendant leur longue
attente, l'engourdissait lentement, tout entier.

Dans le cabinet de M. Denizet, les interrogatoires allaient commencer. Déjà l'instruction avait
fourni la matière d'un dossier énorme, plusieurs
liasses de papiers, revêtues de chemises bleues.
On s'était efforcé de suivre la victime depuis son
départ de Paris. M. Vandorpe, le chef de gare,
avait déposé sur le départ de l'express de six
heures trente, la voiture 293 ajoutée au dernier
moment, les quelques paroles échangées avec
Roubaud, monté dans son compartiment un peu
avant l'arrivée du président Grandmorin, enfin
l'installation de celui-ci dans son coupé, où il était
certainement seul. Puis, le conducteur du train,
Henri Dauvergne, interrogé sur ce qui s'était passé
à Rouen, pendant l'arrêt de dix minutes, n'avait
pu rien affirmer. Il avait vu les Roubaud causant,
devant le coupé, et il croyait bien qu'ils étaient
retournés dans leur compartiment, dont un surveillant aurait refermé la portière ; mais cela restait vague, au milieu des poussées de la foule et
des demi-ténèbres de la gare. Quant à se prononcer si un homme, le fameux assassin introuvable,
avait pu se jeter dans le coupé, au moment de la
mise en marche, il croyait l'aventure peu vraisemblable, tout en en admettant la possibilité ; car
elle s'était, à sa connaissance, déjà produite deux
fois. D'autres employés du personnel de Rouen,

questionnés aussi sur les mêmes points, au lieu d'apporter quelque lumière, n'avaient guère qu'embrouillé les choses, par leurs réponses contradictoires. Cependant un fait prouvé, c'était la poignée de main donnée par Roubaud, de l'intérieur du wagon, au chef de gare de Barentin, monté sur le marchepied : ce chef de gare, M. Bessière, l'avait formellement reconnu comme exact, et il avait ajouté que son collègue était seul avec sa femme, qui, couchée à demi, paraissait dormir tranquillement. D'autre part, on était allé jusqu'à rechercher les voyageurs, partis de Paris dans le même compartiment que les Roubaud. La grosse dame et le gros monsieur, arrivés tard, à la dernière minute, des bourgeois de Petit-Couronne, avaient déclaré que, s'étant assoupis tout de suite, ils ne pouvaient rien dire ; et quant à la femme noire, muette en son coin, elle s'était dissipée comme une ombre, il avait été absolument impossible de la retrouver. Enfin, c'était d'autres témoins encore, le fretin, ceux qui avaient servi à établir l'identité des voyageurs descendus ce soir-là à Barentin, l'homme devant s'être arrêté là : on avait compté les billets, on était arrivé à connaître tous les voyageurs, sauf un, justement un grand gaillard, la tête enveloppée d'un mouchoir bleu, que les uns disaient vêtu d'un paletot et les autres d'une blouse. Rien que sur cet homme, disparu, évanoui ainsi qu'un rêve, il y avait au dossier trois cent dix pièces, d'une confusion telle, que chaque témoignage y était démenti par un autre.

Et le dossier se compliquait encore des pièces judiciaires : le procès-verbal de constat rédigé

par le greffier que le procureur impérial et le
juge d'instruction avaient emmené sur le théâtre
du crime, toute une volumineuse description de
l'endroit de la voie ferrée où la victime gisait,
de la position du corps, du costume, des objets
trouvés dans les poches, ayant permis d'établir
l'identité ; le procès-verbal du médecin, amené
également, une pièce où, en termes scientifiques,
était longuement décrite la plaie de la gorge,
l'unique plaie, une affreuse entaille faite avec un
instrument tranchant, un couteau sans doute ;
d'autres procès-verbaux encore, d'autres documents sur le transport du cadavre à l'hôpital de
Rouen, sur le temps qu'il y était resté, avant que
sa décomposition remarquablement prompte eût
forcé l'autorité à le rendre à la famille. Mais, de
ce nouvel amas de paperasses, demeuraient seulement deux ou trois points importants. D'abord,
dans les poches, on n'avait retrouvé ni la montre,
ni un petit portefeuille, où devaient être dix billets de mille francs, somme due par le président
Grandmorin à sa sœur, Mme Bonnehon, et que
celle-ci attendait. Il aurait donc semblé que le
crime avait eu le vol pour mobile, si d'autre part
une bague, ornée d'un gros brillant, n'était restée au doigt. De là encore toute une série d'hypothèses. On n'avait malheureusement pas les
numéros des billets de banque ; mais la montre
était connue, une montre très forte, à remontoir,
portant sur le boîtier les deux initiales entrelacées du président et dans l'intérieur un chiffre de
fabrication, le numéro 2516. Enfin, l'arme, le couteau dont l'assassin s'était servi, avait donné lieu

à des recherches considérables, le long de la voie, parmi les broussailles environnantes, partout où il aurait pu être jeté ; mais elles étaient demeurées inutiles, l'assassin devait avoir caché le couteau, dans le même trou que les billets et la montre. On avait seulement ramassé, à une centaine de mètres avant la station de Barentin, la couverture de voyage de la victime, abandonnée là, comme un objet compromettant ; et elle figurait parmi les pièces à conviction.

Lorsque les Lachesnaye entrèrent, M. Denizet, debout devant son bureau, relisait un des premiers interrogatoires, que son greffier venait de chercher dans le dossier. C'était un homme petit et assez fort, entièrement rasé, grisonnant déjà. Les joues épaisses, le menton carré, le nez large, avaient une immobilité blême, qu'augmentaient encore les paupières lourdes, retombant à demi sur de gros yeux clairs. Mais toute la sagacité, toute l'adresse qu'il croyait avoir, s'était réfugiée dans la bouche, une de ces bouches de comédien jouant leurs sentiments à la ville, d'une mobilité extrême, et qui s'amincissait, dans les minutes où il devenait très fin. La finesse le perdait le plus souvent, il était trop perspicace, il rusait trop avec la vérité simple et bonne, d'après un idéal de métier, s'étant fait de sa fonction un type d'anatomiste moral, doué de seconde vue, extrêmement spirituel. D'ailleurs, il n'était pas non plus un sot.

Tout de suite, il se montra aimable pour Mme de Lachesnaye, car il y avait encore en lui un magistrat mondain, fréquentant la société de Rouen et des environs.

« Madame, veuillez vous asseoir. »

Et il avança lui-même un siège à la jeune femme, une blonde chétive, l'air désagréable et laide, dans ses vêtements de deuil. Mais il fut simplement poli, de mine un peu rogue même, pour M. de Lachesnaye, blond lui aussi et malingre ; car ce petit homme, conseiller à la cour dès l'âge de trente-six ans, décoré, grâce à l'influence de son beau-père et aux services que son père, également magistrat, avait rendus autrefois dans les commissions mixtes, représentait à ses yeux la magistrature de faveur, la magistrature riche, les médiocres qui s'installaient, certains d'un chemin rapide par leur parenté et leur fortune, tandis que lui, pauvre, sans protection, se trouvait réduit à tendre l'éternelle échine du solliciteur, sous la pierre sans cesse retombante de l'avancement. Aussi n'était-il pas fâché de lui faire sentir, dans ce cabinet, sa toute-puissance, l'absolu pouvoir qu'il avait sur la liberté de tous, au point de changer d'un mot un témoin en prévenu, et de procéder à son arrestation immédiate, si la fantaisie l'en prenait.

« Madame, continua-t-il, vous me pardonnerez d'avoir encore à vous torturer avec cette douloureuse histoire. Je sais que vous souhaitez aussi vivement que nous de voir la clarté se faire et le coupable expier son crime. »

D'un signe, il prévint le greffier, un grand garçon jaune, à la figure osseuse, et l'interrogatoire commença.

Mais, dès les premières questions posées à sa femme, M. de Lachesnaye, qui s'était assis, voyant qu'on ne l'en priait pas, s'efforça de se substituer à elle. Il en vint à exhaler toute son amertume contre le testament de son beau-père. Comprenait-on cela ? Des legs si nombreux, si importants, qu'ils atteignaient presque la moitié de la fortune, une fortune de trois millions sept cent mille francs ! Et à des personnes qu'on ne connaissait pas pour la plupart, à des femmes de toutes les classes ! Il y avait jusqu'à une petite marchande de violettes, installée sous une porte de la rue du Rocher. C'était inacceptable, il attendait que l'instruction criminelle fût finie, pour voir s'il n'y aurait pas moyen de faire casser ce testament immoral.

Pendant qu'il se désolait ainsi, les dents serrées, montrant le sot qu'il était, le provincial à passions têtues, enfoncé dans l'avarice, M. Denizet le regardait de ses gros yeux clairs, à demi cachés, et sa bouche fine exprimait un dédain jaloux, pour cet impuissant que deux millions ne satisfaisaient pas, et qu'il verrait sans doute un jour sous la pourpre suprême, grâce à tout cet argent.

« Je crois, Monsieur, que vous auriez tort, dit-il enfin. Le testament ne pourrait être attaqué que si le total des legs dépassait la moitié de la fortune, et ce n'est pas le cas. »

Puis, se tournant vers son greffier :

« Dites donc, Laurent, vous n'écrivez pas tout ceci, je pense. »

D'un faible sourire, celui-ci le rassura, en homme qui savait comprendre.

« Mais, enfin, reprit M. de Lachesnaye plus aigrement, on ne s'imagine pas, j'espère, que je vais laisser la Croix-de-Maufras à ces Roubaud.

Un cadeau pareil à la fille d'un domestique ! Et pourquoi, à quel titre ? Puis, s'il est prouvé qu'ils ont trempé dans le crime... »

M. Denizet revint à l'affaire.

« Vraiment, le croyez-vous ?

— Dame ! s'ils avaient connaissance du testament, leur intérêt à la mort de notre pauvre père est démontré... Remarquez, en outre, qu'ils ont été les derniers à causer avec lui... Enfin, tout cela semble bien louche. »

Impatienté, dérangé dans sa nouvelle hypothèse, le juge se tourna vers Berthe.

« Et vous, Madame, pensez-vous votre ancienne amie capable d'un tel crime ? »

Avant de répondre, elle regarda son mari. En quelques mois de ménage, leur mauvaise grâce, leur sécheresse à tous deux s'étaient communiquées et exagérées. Ils se gâtaient ensemble, c'était lui qui l'avait jetée sur Séverine, au point que, pour ravoir la maison, elle l'aurait fait arrêter sur l'heure.

« Mon Dieu ! Monsieur, finit-elle par dire, la personne dont vous parlez avait de très mauvais instincts, étant petite.

— Quoi donc ? L'accusez-vous de s'être mal conduite, à Doinville ?

— Oh ! non, Monsieur, mon père ne l'aurait pas gardée. »

Dans ce cri, se révoltait la pruderie de la bourgeoise honnête, qui n'aurait jamais une faute à se reprocher, et qui mettait sa gloire à être une des vertus les plus incontestables de Rouen, saluée et reçue partout.

« Seulement, continua-t-elle, quand il y a des habitudes de légèreté et de dissipation... Enfin, Monsieur, bien des choses que je n'aurais pas crues possibles, me paraissent certaines aujourd'hui. »

De nouveau, M. Denizet eut un mouvement d'impatience. Il n'était plus du tout sur cette piste, et quiconque y demeurait devenait son adversaire, lui semblait s'attaquer à la sûreté de son intelligence.

« Voyons, pourtant, il faut raisonner, s'écria-t-il. Des gens comme les Roubaud ne tuent pas un homme comme votre père, pour hériter plus vite ; ou, tout au moins, il y aurait des indices de leur hâte, je trouverais ailleurs des traces de cette âpreté à posséder et à jouir. Non, le mobile ne suffit point, il faudrait en découvrir un autre, et il n'y a rien, vous n'apportez rien vous-mêmes... Puis, rétablissez les faits, ne constatez-vous pas des impossibilités matérielles ? Personne n'a vu les Roubaud monter dans le coupé, un employé croit même pouvoir affirmer qu'ils sont retournés dans leur compartiment. Et, puisqu'ils y étaient pour sûr à Barentin, il serait nécessaire d'admettre un va-et-vient de leur wagon à celui du président, dont les séparaient trois autres voitures, cela pendant les quelques minutes du trajet, lorsque le train était lancé à toute vitesse. Est-ce vraisemblable ? J'ai questionné des mécaniciens, des conducteurs. Tous m'ont dit qu'une grande habitude seule pouvait donner assez de sang-froid et d'énergie... La femme n'en aurait pas été en tout cas, le mari se serait risqué sans elle ; et pour quoi faire, pour tuer un protecteur qui

venait de les tirer d'un embarras grave ? Non, non,
décidément ! L'hypothèse ne tient pas debout, il
faut chercher ailleurs... Ah ! un homme qui serait
monté à Rouen et descendu à la première station,
qui aurait récemment prononcé des menaces de
mort contre la victime... »

Dans sa passion, il arrivait à son système nouveau, il allait trop en dire, lorsque la porte, en s'en-
trouvrant, laissa passer la tête de l'huissier. Mais,
avant que celui-ci eût prononcé un mot, une main
gantée acheva d'ouvrir la porte toute grande ; et
une dame blonde entra, vêtue d'un deuil très élé-
gant, encore belle à cinquante ans passés, d'une
beauté opulente et forte de déesse vieillie.

« C'est moi, mon cher juge. Je suis en retard, et
vous m'excuserez, n'est-ce pas ? Les chemins sont
impraticables, les trois lieues de Doinville à Rouen
en faisaient bien six aujourd'hui. »

Galamment, M. Denizet s'était levé.

« Votre santé est bonne, Madame, depuis
dimanche dernier ?

— Très bonne... Et vous, mon cher juge, vous
êtes-vous remis de la peur que mon cocher vous a
faite ? Ce garçon m'a raconté qu'il avait failli verser en vous ramenant, à deux kilomètres à peine
du château.

— Oh ! une simple secousse, je ne m'en souve-
nais déjà plus... Asseyez-vous donc, et comme je
le disais tout à l'heure à madame de Lachesnaye,
pardonnez-moi de réveiller votre douleur, avec
cette épouvantable affaire.

— Mon Dieu ! puisqu'il le faut... Bonjour,
Berthe ! bonjour, Lachesnaye ! »

C'était Mme Bonnehon, la sœur de la victime.
Elle avait embrassé sa nièce et serré la main du
mari. Veuve depuis l'âge de trente ans, d'un manu-
facturier qui lui avait apporté une grosse fortune,
déjà fort riche par elle-même, ayant eu dans le
partage avec son frère le domaine de Doinville,
elle avait mené une existence aimable, toute
pleine, disait-on, de coups de cœur, mais si correcte et si franche d'apparence, qu'elle était restée
l'arbitre de la société rouennaise. Par occasion et
par goût, elle avait aimé dans la magistrature,
recevant au château, depuis vingt-cinq ans, le
monde judiciaire, tout ce monde du Palais que
ses voitures amenaient de Rouen et y ramenaient,
dans une continuelle fête. Aujourd'hui, elle n'était
point calmée encore, on lui prêtait une tendresse
maternelle pour un jeune substitut, le fils d'un
conseiller à la cour, M. Chaumette : elle travaillait
à l'avancement du fils, elle comblait le père d'in-
vitations et de prévenances. Et elle avait gardé
aussi un bon ami des temps anciens, un conseiller également, un célibataire, M. Desbazeilles, la
gloire littéraire de la cour de Rouen, dont on
citait des sonnets finement tournés. Pendant des
années, il avait eu sa chambre à Doinville. Maintenant, bien qu'il eût dépassé la soixantaine, il y
venait dîner toujours, en vieux camarade, auquel
ses rhumatismes ne permettaient plus que le
souvenir. Elle conservait ainsi sa royauté par sa
bonne grâce, malgré la vieillesse menaçante, et
personne ne songeait à la lui disputer, elle n'avait
senti une rivale que pendant le dernier hiver, chez
Mme Leboucq, la femme d'un conseiller encore, une

grande brune de trente-quatre ans, vraiment très bien, où la magistrature commençait à aller beaucoup. Cela, dans son enjouement habituel, lui donnait une pointe de mélancolie.

« Alors, Madame, si vous le permettez, reprit M. Denizet, je vais vous poser quelques questions. »

L'interrogatoire des Lachesnaye était terminé, mais il ne les congédiait pas : son cabinet si morne, si froid, tournait au salon mondain. Le greffier, flegmatique, se prépara de nouveau à écrire.

« Un témoin a parlé d'une dépêche que votre frère aurait reçue, l'appelant tout de suite à Doinville... Nous n'avons pas trouvé trace de cette dépêche. Lui auriez-vous écrit, vous, Madame ? »

Mme Bonnehon, très à l'aise, souriante, se mit à répondre sur le ton d'une amicale causerie.

« Je n'ai pas écrit à mon frère, je l'attendais, je savais qu'il devait venir, mais sans qu'une date fût fixée. D'habitude, il tombait de la sorte, et presque toujours par un train de nuit. Comme il habitait un pavillon isolé dans le parc, ouvrant sur une ruelle déserte, nous ne l'entendions même pas arriver. Il louait à Barentin une voiture, il ne se montrait que le lendemain, fort tard parfois dans la journée, ainsi qu'un voisin en visite, installé chez lui depuis longtemps... Si, cette fois-là, je l'attendais, c'était qu'il devait m'apporter une somme de dix mille francs, un règlement de compte entre nous. Il avait certainement les dix mille francs sur lui. C'est pourquoi j'ai toujours cru qu'on l'avait tué pour le voler, simplement. »

Le juge laissa régner un court silence ; puis, la regardant en face :

« Qu'est-ce que vous pensez de madame Roubaud et de son mari ? »

Elle eut un vif mouvement de protestation.

« Ah ! non, mon cher monsieur Denizet, vous n'allez pas encore vous égarer sur le compte de ces braves gens... Séverine était une bonne petite fille, très douce, très docile même, et délicieuse avec ça, ce qui ne gâte rien. Je pense, puisque vous tenez à ce que je le répète, qu'elle et son mari sont incapables d'une mauvaise action. »

Il l'approuvait de la tête, il triomphait, en jetant un coup d'œil vers Mme de Lachesnaye. Celle-ci, piquée, se permit d'intervenir

« Ma tante, je vous trouve bien facile. »

Alors, Mme Bonnehon se soulagea, avec son franc-parler ordinaire.

« Laisse donc, Berthe, nous ne nous entendrons jamais là-dessus... Elle était gaie, elle aimait à rire, et elle avait bien raison... Je sais parfaitement ce que ton mari et toi vous pensez. Mais, en vérité, il faut que l'intérêt vous trouble la tête, pour que vous vous étonniez si fort de ce legs de la Croix-de-Maufras, fait par ton père à la bonne Séverine... Il l'avait élevée, il l'avait dotée, il était tout naturel qu'il la mît sur son testament. Ne la considérait-il pas un peu comme sa fille, voyons !... Ah ! ma chère, l'argent compte pour si peu de chose dans le bonheur ! »

Elle, en effet, ayant toujours été très riche, se montrait d'un désintéressement absolu. Même, par un raffinement de belle femme adorée, elle affectait de mettre l'unique raison de vivre dans la beauté et dans l'amour.

« C'est Roubaud qui a parlé de la dépêche, fit remarquer sèchement M. de Lachesnaye. S'il n'y a pas eu de dépêche, le président n'a pas pu lui dire qu'il en avait reçu une. Pourquoi Roubaud a-t-il menti ?

— Mais, s'écria M. Denizet, se passionnant, le président peut très bien avoir inventé lui-même cette dépêche, pour expliquer son départ subit aux Roubaud. Selon leur propre témoignage, il ne devait partir que le lendemain ; et, comme il se trouvait dans le même train qu'eux, il avait besoin d'une raison quelconque, s'il ne voulait pas leur apprendre la raison vraie, que nous ignorons tous, d'ailleurs... Cela n'a pas d'importance, cela ne mène à rien. »

Un nouveau silence se fit. Quand le juge continua, il était très calme, il se montra plein de précautions.

« À présent, Madame, j'aborde un sujet particulièrement délicat, et je vous prie d'excuser la nature de mes questions. Personne plus que moi ne respecte la mémoire de votre frère... Des bruits couraient, n'est-ce pas ? On lui donnait des maîtresses. »

Mme Bonnehon s'était remise à sourire, avec son infinie tolérance.

« Oh ! cher Monsieur, à son âge !... Mon frère a été veuf de bonne heure, je ne me suis jamais cru le droit de trouver mauvais ce que lui-même trouvait bon. Il a donc vécu à sa guise, sans que je me mêle en rien de son existence. Ce que je sais, c'est qu'il gardait son rang, et qu'il est resté jusqu'au bout un homme du meilleur monde. »

Berthe, suffoquée que, devant elle, on parlât des maîtresses de son père, avait baissé les yeux ; pendant que son mari, aussi gêné qu'elle, était allé se planter devant la fenêtre, tournant le dos.

« Pardonnez-moi, si j'insiste, dit M. Denizet. N'y a-t-il pas eu une histoire, avec une jeune femme de chambre, chez vous ?

— Ah ! oui, Louisette... Mais, cher Monsieur, c'était une petite vicieuse qui, à quatorze ans, avait des rapports avec un repris de justice. On a voulu exploiter sa mort contre mon frère. C'est une indignité, je vais vous raconter ça. »

Sans doute elle était de bonne foi. Bien qu'elle sût à quoi s'en tenir sur les mœurs du président, et que sa mort tragique ne l'eût pas surprise, elle sentait le besoin de défendre la haute situation de la famille. D'ailleurs, dans cette malheureuse histoire de Louisette, si elle le croyait très capable d'avoir voulu la petite, elle était convaincue également de la débauche précoce de celle-ci.

« Imaginez-vous une gamine, oh ! si petite, si délicate, blonde et rose comme un petit ange, et douce avec ça, d'une douceur de sainte nitouche à lui donner le bon Dieu sans confession... Eh bien ! elle n'avait pas quatorze ans qu'elle était la bonne amie d'une sorte de brute, un carrier du nom de Cabuche, qui venait de faire cinq ans de prison, pour avoir tué un homme dans un cabaret. Ce garçon vivait à l'état sauvage, sur la lisière de la forêt de Bécourt, où son père, mort de chagrin, lui avait laissé une masure faite de troncs

d'arbres et de terre. Il s'entêtait à y exploiter un
coin des carrières abandonnées, qui autrefois, je
crois bien, ont fourni la moitié des pierres dont
Rouen est bâti. Et c'était au fond de ce terrier
que la petite allait retrouver son loup-garou, dont
tout le pays avait une si grosse peur, qu'il vivait
absolument seul, comme un pestiféré. Souvent, on
les rencontrait ensemble, rôdant par les bois, se
tenant par la main, elle si mignonne, lui énorme
et bestial. Enfin, une débauche à ne pas croire…
Naturellement, je n'ai connu ces choses que plus
tard. J'avais pris Louisette chez moi presque par
charité, pour faire une bonne œuvre. Sa famille,
ces Misard, que je savais pauvres, s'étaient bien
gardés de me dire qu'ils avaient roué de coups
l'enfant, sans pouvoir l'empêcher de courir chez
son Cabuche, dès qu'une porte restait ouverte…
Et c'est alors que l'accident est arrivé. Mon frère,
à Doinville, n'avait pas de serviteurs à lui. Louisette et une autre femme faisaient le ménage du
pavillon écarté qu'il occupait. Un matin qu'elle s'y
était rendue seule, elle disparut. Pour moi, elle
préméditait sa fuite depuis longtemps, peut-être
son amant l'attendait-il et l'avait-il emmenée…
Mais l'épouvantable, ce fut que, cinq jours après,
le bruit de la mort de Louisette courait, avec des
détails sur un viol, tenté par mon frère, dans des
circonstances si monstrueuses, que l'enfant, affolée, était allée chez Cabuche, disait-on, mourir
d'une fièvre cérébrale. Que s'était-il passé ? Tant
de versions ont circulé, qu'il est difficile de le dire.
Je crois pour ma part que Louisette, morte réellement d'une mauvaise fièvre, car un médecin l'a

constaté, a succombé à quelque imprudence, des nuits à la belle étoile, des vagabondages dans les marais... N'est-ce pas ? mon cher Monsieur, vous ne voyez pas mon frère supplicier cette gamine. C'est odieux, c'est impossible. »

Pendant ce récit, M. Denizet avait écouté attentivement, sans approuver ni désapprouver. Et Mme Bonnehon eut un léger embarras à finir ; puis, se décidant :

« Mon Dieu ! je ne dis point que mon frère n'ait pas voulu plaisanter avec elle. Il aimait la jeunesse, il était très gai, sous son apparence rigide. Enfin, mettons qu'il l'ait embrassée. »

Sur ce mot, il y eut une révolte pudique des Lachesnaye.

« Oh ! ma tante, ma tante ! »

Mais elle haussa les épaules : pourquoi mentir à la justice ?

« Il l'a embrassée, chatouillée peut-être. Il n'y a pas de crime là-dedans... Et ce qui me fait admettre cela, c'est que l'invention ne vient pas du carrier. Louisette doit être la menteuse, la vicieuse qui a grossi les choses pour se faire peut-être garder par son amant, de façon que celui-ci, une brute, je vous l'ai dit, a fini de bonne foi par s'imaginer qu'on lui avait tué sa maîtresse... Il était réellement fou de rage, il répétait dans tous les cabarets que, si le président lui tombait sous les mains, il le saignerait comme un cochon... »

Le juge, silencieux jusque-là, l'interrompit vivement.

« Il a dit cela, des témoins pourront-ils l'affirmer ?

— Oh ! cher Monsieur, vous en trouverez tant
que vous voudrez... Enfin, une bien triste affaire,
nous avons eu beaucoup d'ennuis. Heureusement
que la situation de mon frère le mettait au-dessus
de tout soupçon. »

Mme Bonnehon venait de comprendre quelle
piste nouvelle suivait M. Denizet ; et elle en était
assez inquiète, elle préféra ne pas s'engager davantage, en le questionnant à son tour. Il s'était levé,
il dit qu'il ne voulait pas abuser plus longtemps
de la douloureuse complaisance de la famille.
Sur son ordre, le greffier lut les interrogatoires,
avant de les faire signer aux témoins. Ils étaient
d'une correction parfaite, ces interrogatoires, si
bien épluchés des mots inutiles et compromet-
tants, que Mme Bonnehon, la plume à la main,
eut un coup d'œil de surprise bienveillante sur ce
Laurent, blême, osseux, qu'elle n'avait pas regardé
encore.

Puis, comme le juge l'accompagnait, ainsi que
son neveu et sa nièce, jusqu'à la porte, elle lui
serra les mains.

« À bientôt, n'est-ce pas ? Vous savez qu'on vous
attend toujours à Doinville... Et merci, vous êtes
un de mes derniers fidèles. »

Son sourire s'était voilé de mélancolie, tandis
que sa nièce, sèche, sortie la première, n'avait eu
qu'une légère salutation.

Quand il fut seul, M. Denizet respira une
minute. Il s'était arrêté, debout, réfléchissant.
Pour lui, l'affaire devenait claire, il y avait eu
certainement violence de la part de Grandmorin,
dont la réputation était connue. Cela rendait l'ins-

truction délicate, il se promettait de redoubler de prudence, jusqu'à ce que les avis qu'il attendait du ministère fussent arrivés. Mais il n'en triomphait pas moins. Enfin, il tenait le coupable.

Lorsqu'il eut repris sa place, devant le bureau, il sonna l'huissier.

« Faites entrer le sieur Jacques Lantier. »

Sur la banquette du couloir, les Roubaud attendaient toujours, avec leurs visages fermés, comme ensommeillés de patience, qu'un tic nerveux, parfois, remuait. Et la voix de l'huissier, appelant Jacques, sembla les réveiller, dans un léger tressaillement. Ils le suivirent de leurs yeux élargis, ils le regardèrent disparaître chez le juge. Puis, ils retombèrent à leur attente, pâlis encore, silencieux.

Toute cette affaire, depuis trois semaines, hantait Jacques d'un malaise, comme si elle avait pu finir par tourner contre lui. Cela était déraisonnable, car il n'avait rien à se reprocher, pas même d'avoir gardé le silence ; et, pourtant, il n'entrait chez le juge qu'avec le petit frisson du coupable, qui craint de voir son crime découvert ; et il se défendait contre les questions, il se surveillait, de peur d'en trop dire. Lui aussi aurait pu tuer : cela ne se lisait-il pas dans ses yeux ? Rien ne lui était plus désagréable que ces citations en justice, il en éprouvait une sorte de colère, ayant hâte, disait-il, qu'on ne le tourmentât plus, avec des histoires qui ne le regardaient pas.

D'ailleurs, ce jour-là, M. Denizet n'insista que sur le signalement de l'assassin. Jacques, étant l'unique témoin qui eût entrevu ce dernier, pouvait seul donner des renseignements précis. Mais il ne sortait pas de sa première déposition, il répétait que la scène du meurtre était restée pour lui la vision d'une seconde à peine, une image si rapide, qu'elle demeurait comme sans forme, abstraite, dans son souvenir. Ce n'était qu'un homme en égorgeant un autre, et rien de plus. Pendant une demi-heure, le juge, avec une obstination lente, le harcela, lui posa la même question sous tous les sens imaginables : était-il grand, était-il petit ? avait-il de la barbe, avait-il des cheveux longs ou courts ? quelle sorte de vêtements portait-il ? à quelle classe paraissait-il appartenir ? Et Jacques, troublé, ne faisait toujours que des réponses vagues.

« Enfin, demanda brusquement M. Denizet en le regardant dans les yeux, si on vous le montrait, le reconnaîtriez-vous ? »

Il eut un léger battement de paupières, envahi d'une angoisse sous ce regard qui fouillait son crâne. Sa conscience s'interrogea tout haut.

« Le reconnaître... oui... peut-être. »

Mais déjà son étrange peur d'une complicité inconsciente le rejetait dans son système évasif.

« Non pourtant, je ne pense pas, jamais je n'oserais affirmer. Songez donc ! Une vitesse de quatre-vingts kilomètres à l'heure ! »

D'un geste de découragement, le juge allait le faire passer dans la pièce voisine, pour le garder à sa disposition, lorsqu'il se ravisa.

« Restez, asseyez-vous. »

Et, sonnant de nouveau l'huissier :

« Introduisez monsieur et madame Roubaud. »

Dès la porte, en apercevant Jacques, leurs yeux se ternirent d'un vacillement d'inquiétude. Avait-il parlé ? le gardait-on pour le confronter avec eux ? Toute leur assurance s'en allait, de le sentir là ; et ce fut la voix un peu sourde qu'ils répondirent d'abord. Mais le juge avait simplement repris leur premier interrogatoire, ils n'eurent qu'à répéter les mêmes phrases, presque identiques, pendant qu'il les écoutait, la tête basse, sans même les regarder.

Puis, tout d'un coup, il se tourna vers Séverine.

« Madame, vous avez dit au commissaire de surveillance, dont j'ai là le procès-verbal, que, pour vous, un homme était monté à Rouen, dans le coupé, comme le train se mettait en marche. »

Elle resta saisie. Pourquoi rappelait-il cela ? était-ce un piège ? allait-il, en rapprochant ses déclarations, la faire se démentir elle-même ? Aussi, d'un coup d'œil, consulta-t-elle son mari, qui intervint prudemment.

« Je ne crois pas, Monsieur, que ma femme se soit montrée si affirmative.

— Pardon... Comme vous émettiez la possibilité du fait, Madame a dit : "C'est certainement ce qui est arrivé"... Eh bien, Madame, je désire savoir si vous aviez des motifs particuliers pour parler ainsi. »

Elle acheva de se troubler, convaincue que, si elle ne se méfiait pas, il allait, de réponse en réponse, la mener à des aveux. Pourtant, elle ne pouvait garder le silence.

« Oh ! non, Monsieur, aucun motif... J'ai dû dire ça à titre de simple raisonnement, parce qu'en effet il est difficile de s'expliquer les choses d'une autre façon.

— Alors, vous n'avez pas vu l'homme, vous ne pouvez rien nous apprendre sur lui ?

— Non, non, Monsieur, rien ! »

M. Denizet sembla abandonner ce point de l'instruction. Mais il y revint tout de suite avec Roubaud.

« Et vous, comment se fait-il que vous n'ayez pas vu l'homme, s'il est réellement monté, car il résulte de votre déposition même que vous causiez encore avec la victime, lorsqu'on a sifflé pour le départ ? »

Cette insistance finissait par terrifier le sous-chef de gare, dans l'anxiété où il était de savoir quel parti il devait prendre, lâcher l'invention de l'homme, ou s'y entêter. Si l'on avait des preuves contre lui, l'hypothèse de l'assassin inconnu n'était guère soutenable et pouvait même aggraver son cas. Il attendait de comprendre, il répondit par des explications confuses, longuement.

« Il est vraiment fâcheux, reprit M. Denizet, que vos souvenirs soient restés si peu clairs, car vous nous aideriez à mettre fin aux soupçons qui se sont égarés sur diverses personnes. »

Cela parut si direct à Roubaud, qu'il éprouva un irrésistible besoin de s'innocenter. Il se vit découvert, son parti fut pris tout de suite.

« Il y a là un tel cas de conscience ! On hésite, vous comprenez, rien n'est plus naturel. Quand je vous avouerais que je crois bien l'avoir vu, l'homme... »

Le juge eut un geste de triomphe, croyant devoir

ce commencement de franchise à son habileté. Il disait connaître par expérience l'étrange peine que certains témoins ont à confesser ce qu'ils savent ; et, ceux-là, il se flattait de les accoucher malgré eux.

« Parlez donc... Comment est-il ? petit, grand, de votre taille à peu près ?

— Oh ! non, non, beaucoup plus grand... Du moins, j'en ai eu la sensation, car c'est une simple sensation, un individu que je suis presque sûr d'avoir frôlé, en courant pour retourner à mon wagon.

— Attendez », dit M. Denizet.

Et, se tournant vers Jacques, il lui demanda :

« L'homme que vous avez entrevu, le couteau au poing, était-il plus grand que monsieur Roubaud ? »

Le mécanicien qui s'impatientait, car il commençait à craindre de ne pouvoir prendre le train de cinq heures, leva les yeux, examina Roubaud ; et il semblait ne jamais l'avoir regardé, il s'étonnait de le trouver court, puissant, avec un profil singulier, vu ailleurs, rêvé peut-être.

« Non, murmura-t-il, pas plus grand, à peu près de la même taille. »

Mais le sous-chef de gare protestait avec vivacité.

« Oh ! beaucoup plus grand, de toute la tête au moins. »

Jacques restait les yeux largement ouverts sur lui ; et, sous ce regard, où il lisait une surprise croissante, il s'agitait, comme pour échapper à sa propre ressemblance ; tandis que sa femme, elle aussi, suivait, glacée, le travail sourd de mémoire, exprimé par le visage du jeune homme. Clairement, celui-ci s'était étonné d'abord de certaines analogies entre Roubaud et l'assassin ; ensuite, il venait d'avoir la certitude brusque que Roubaud était l'assassin, ainsi que le bruit en avait couru ; puis, maintenant, il semblait tout à l'émotion de cette découverte, la face béante, sans qu'il fût possible de savoir ce qu'il allait faire, sans qu'il le sût lui-même. S'il parlait, le ménage était perdu. Les yeux de Roubaud avaient rencontré les siens, tous deux se regardaient jusqu'à l'âme. Il y eut un silence.

« Alors, vous n'êtes pas d'accord, reprit M. Denizet. Si vous l'avez vu plus petit, vous, c'est sans doute qu'il était courbé, dans la lutte avec sa victime. »

Lui aussi regardait les deux hommes. Il n'avait pas songé à utiliser ainsi cette confrontation ; mais, par instinct de métier, il sentit, à cette minute, que la vérité passait dans l'air. Sa confiance en la piste Cabuche en fut même ébranlée. Est-ce que les Lachesnaye auraient eu raison ? Est-ce que les coupables, contre toute vraisemblance, seraient cet employé honnête et sa jeune femme, si douce ?

« L'homme avait-il sa barbe entière, comme vous ? » demanda-t-il à Roubaud.

Ce dernier eut la force de répondre, sans que sa voix tremblât :

« Sa barbe entière, non, non ! Pas de barbe du tout, je crois. »

Jacques comprit que la même question allait lui être posée. Que dirait-il ? car, il aurait bien juré, lui, que l'homme portait toute sa barbe. En somme, ces gens ne l'intéressaient point, pourquoi ne pas dire la vérité ? Mais, comme il détournait ses yeux du mari, il rencontra le regard de la femme ; et il lut, dans ce regard, une supplication si ardente, un don si entier de toute la personne, qu'il en fut bouleversé. Son frisson ancien le reprenait : l'aimait-il donc, était-ce donc celle-là qu'il pourrait aimer, comme on aime d'amour, sans un monstrueux désir de destruction ? Et, à ce moment, par un singulier contrecoup de son trouble, il lui sembla que sa mémoire s'obscurcissait, il ne retrouvait plus l'assassin dans Roubaud. La vision redevenait vague, un doute le prenait, à ce point qu'il se serait mortellement repenti d'avoir parlé.

M. Denizet posait la question :

« L'homme avait-il sa barbe entière, comme monsieur Roubaud ? »

Et il répondit de bonne foi :

« Monsieur, en vérité, je ne puis pas dire. Encore un coup, cela a été trop rapide. Je ne sais rien, je ne veux rien affirmer. »

Mais M. Denizet s'entêta, car il désirait en finir avec le soupçon sur le sous-chef. Il poussa celui-ci, il poussa le mécanicien, arriva à obtenir du premier un signalement complet de l'assassin, grand, fort, sans barbe, vêtu d'une blouse, en tout le contraire de son propre signalement ; tandis qu'il ne tirait plus du second que des monosyllabes évasifs, qui donnaient de la force aux affirmations de l'autre. Et le juge en revenait à sa conviction première : il était sur la bonne piste, le portrait que

le témoin faisait de l'assassin se trouvait être si
exact, que chaque trait nouveau ajoutait à la certitude. C'était ce ménage, soupçonné injustement,
qui, par sa déposition accablante, ferait tomber la
tête du coupable.

« Entrez là, dit-il aux Roubaud et à Jacques, en
les faisant passer dans la pièce voisine, quand ils
eurent signé leurs interrogatoires. Attendez que
je vous appelle. »

Immédiatement, il donna l'ordre qu'on amenât
le prisonnier ; et il était si heureux, qu'il poussa,
avec son greffier, la belle humeur jusqu'à dire :

« Laurent, nous le tenons. »

Mais la porte s'était ouverte, deux gendarmes
avaient paru, conduisant un grand garçon de
vingt-cinq à trente ans. Ils se retirèrent sur un
signe du juge, et Cabuche resta seul au milieu
du cabinet, ahuri, avec un hérissement fauve de
bête traquée. C'était un gaillard, au cou puissant,
aux poings énormes, blond, très blanc de peau,
la barbe rare, à peine un duvet doré qui frisait,
soyeux. La face massive, le front bas disaient
la violence de l'être borné, tout à la sensation
immédiate ; mais il y avait comme un besoin de
soumission tendre, dans la bouche large et dans
le nez carré de bon chien. Saisi brutalement au
fond de son trou, de grand matin, arraché à sa
forêt, exaspéré des accusations qu'il ne comprenait pas, il avait déjà, avec son effarement et sa
blouse déchirée, l'air louche du prévenu, cet air de
bandit sournois que la prison donne au plus honnête homme. La nuit tombait, la pièce était noire,
et il se renfonçait dans l'ombre, lorsque l'huissier

apporta une grosse lampe, au globe nu, dont la vive lumière lui éclaira le visage. Alors, découvert, il demeura immobile.

Tout de suite, M. Denizet avait fixé sur lui ses gros yeux clairs, aux paupières lourdes. Et il ne parlait pas, c'était l'engagement muet, l'essai premier de sa puissance, avant la guerre de sauvage, guerre de ruses, de pièges, de tortures morales. Cet homme était le coupable, tout devenait licite contre lui, il n'avait plus que le droit d'avouer son crime.

L'interrogatoire commença, très lent.

« Savez-vous de quel crime vous êtes accusé ? »

Cabuche, la voix empâtée de colère impuissante, grogna :

« On ne me l'a pas dit, mais je m'en doute bien. On en a assez causé !

— Vous connaissiez monsieur Grandmorin ?

— Oui, oui, je le connaissais, trop !

— Une fille Louisette, votre maîtresse, est entrée comme femme de chambre, chez madame Bonnehon. »

Un sursaut de rage emporta le carrier. Dans la colère, il voyait rouge.

« Nom de Dieu ! ceux qui disent ça sont de sacrés menteurs. Louisette n'était pas ma maîtresse. »

Curieusement, le juge l'avait regardé se fâcher. Et, faisant faire un crochet à l'interrogatoire :

« Vous êtes très violent, vous avez été condamné à cinq ans de prison pour avoir tué un homme, dans une querelle. »

Cabuche baissa la tête. C'était sa honte, cette condamnation. Il murmura :

« Il avait tapé le premier... Je n'ai fait que quatre ans, on m'a gracié d'un an.

— Alors, reprit M. Denizet, vous prétendez que la fille Louisette n'était pas votre maîtresse ? »

De nouveau, il serra les poings. Puis, d'une voix basse, entrecoupée :

« Comprenez donc, elle était gamine, pas quatorze ans encore, quand je suis revenu de là-bas... Alors, tout le monde me fuyait, on m'aurait jeté des pierres. Et elle, dans la forêt où je la rencontrais toujours, elle s'approchait, elle causait, elle était gentille, oh ! gentille... Nous sommes donc devenus amis comme ça. Nous nous tenions par la main, en nous promenant. C'était si bon, si bon, dans ce temps-là !... Bien sûr qu'elle grandissait et que je songeais à elle. Je ne peux pas dire le contraire, j'étais comme un fou, tant je l'aimais. Elle m'aimait très fort aussi, et ça aurait fini par arriver, ce que vous dites, quand on l'a séparée de moi, en la mettant à Doinville, chez cette dame... Puis, un soir, en rentrant de la carrière, je l'ai trouvée devant ma porte, à moitié folle, si abîmée, qu'elle brûlait de fièvre. Elle n'avait pas osé rentrer chez ses parents, elle venait mourir chez moi... Ah ! nom de Dieu, le cochon ! j'aurais dû courir le saigner tout de suite ! »

Le juge pinçait ses lèvres fines, étonné de l'accent sincère de cet homme. Décidément, il fallait jouer serré, il avait affaire à plus forte partie qu'il n'avait cru.

« Oui, je sais l'histoire épouvantable que vous et cette fille avez inventée. Remarquez seulement

que toute la vie de monsieur Grandmorin le mettait au-dessus de vos accusations. »

Éperdu, les yeux ronds, les mains tremblantes,
le carrier bégayait :

« Quoi ? qu'est-ce que nous avons inventé ?...
C'est les autres qui mentent, et c'est nous qu'on
accuse de menteries !

— Mais oui, ne faites pas l'innocent... J'ai déjà
interrogé Misard, l'homme qui a épousé la mère
de votre maîtresse. Je le confronterai avec vous,
s'il est nécessaire. Vous verrez ce qu'il pense de
votre histoire, lui... Et prenez bien garde à vos
réponses. Nous avons des témoins, nous savons
tout, vous feriez mieux de dire la vérité. »

C'était son ordinaire tactique d'intimidation,
même lorsqu'il ne savait rien et qu'il n'avait pas
de témoins.

« Ainsi nierez-vous que, publiquement, vous
avez crié partout que vous saigneriez monsieur
Grandmorin ?

— Ah ! ça, oui, je l'ai dit. Et je le disais de bon
cœur, allez ! car la main me démangeait bougre-
ment ! »

Une surprise arrêta net M. Denizet, qui s'attendait à un système de complète dénégation. Comment ! le prévenu avouait les menaces. Quelle ruse
cela cachait-il ? Craignant d'être allé trop vite en
besogne, il se recueillit un instant, puis le dévisagea, en lui posant cette question brusque :

« Qu'avez-vous fait pendant la nuit du 14 au
15 février ?

— Je me suis couché à la nuit, vers six heures...
J'étais un peu souffrant, et mon cousin Louis m'a

même rendu le service de conduire une charge de pierres à Doinville.

— Oui, on a vu votre cousin, avec la voiture, traverser la voie, au passage à niveau. Mais votre cousin, interrogé, n'a pu répondre qu'une chose : c'est que vous l'avez quitté vers midi et qu'il ne vous a plus revu... Prouvez-moi que vous étiez couché à six heures.

— Voyons, c'est bête, je ne peux pas prouver ça. J'habite une maison toute seule, à la lisière de la forêt... J'y étais, je le dis, et c'est tout. »

Alors, M. Denizet se décida à frapper le grand coup de l'affirmation qui s'impose. Sa face s'immobilisait dans une tension de volonté, tandis que sa bouche jouait la scène.

« Je vais vous le dire, moi, ce que vous avez fait, le 14 février au soir... À trois heures, vous avez pris, à Barentin, le train pour Rouen, dans un but que l'instruction n'a pu encore établir. Vous deviez revenir par le train de Paris qui s'arrête à Rouen à neuf heures trois ; et vous étiez sur le quai, au milieu de la foule, lorsque vous avez aperçu monsieur Grandmorin, dans son coupé. Remarquez que j'admets très bien qu'il n'y a pas eu guet-apens, que l'idée du crime vous est venue seulement alors... Vous êtes monté grâce à la bousculade, vous avez attendu d'être sous le tunnel de Malaunay ; mais vous avez mal calculé le temps, car le train sortait du tunnel, lorsque vous avez fait le coup... Et vous avez jeté le cadavre, et vous êtes descendu à Barentin, après vous être débarrassé aussi de la couverture de voyage... Voilà ce que vous avez fait. »

Il épiait les moindres ondes sur la face rose de Cabuche, et il s'irrita, lorsque celui-ci, très attentif d'abord, finit par éclater d'un bon rire.

« Qu'est-ce que vous racontez là ?... Si j'avais fait le coup, je le dirais. »

Puis, tranquillement :

« Je ne l'ai pas fait, mais j'aurais dû le faire. Nom de Dieu ! oui, je le regrette. »

Et M. Denizet ne put en tirer autre chose. Vainement, il reprit ses questions, revint dix fois sur les mêmes points, par des tactiques différentes. Non ! toujours non ! ce n'était pas lui. Il haussait les épaules, trouvait ça bête. En l'arrêtant, on avait fouillé la masure, sans découvrir ni l'arme, ni les dix billets de banque, ni la montre ; mais on avait saisi un pantalon taché de quelques gouttelettes de sang, preuve accablante. De nouveau, il s'était mis à rire : encore une belle histoire, un lapin, pris au collet, qui lui avait saigné sur les jambes ! Et, dans son idée fixe du crime, c'était le juge qui perdait pied, par trop de finesse professionnelle, compliquant, allant au-delà de la vérité simple. Cet homme borné, incapable de lutter de ruse, d'une force invincible quand il disait non, toujours non, le jetait peu à peu hors de lui ; car il ne l'admettait que coupable, chaque dénégation nouvelle l'outrait davantage, comme un entêtement dans la sauvagerie et le mensonge. Il le forcerait bien à se couper.

« Alors, vous niez ?

— Bien sûr, puisque ce n'est pas moi... Si c'était moi, ah ! j'en serais trop fier, je le dirais. »

D'un brusque mouvement, M. Denizet se leva,

alla lui-même ouvrir la porte de la petite pièce voisine. Et, lorsqu'il eut rappelé Jacques :

« Reconnaissez-vous cet homme ?

— Je le connais, répondit le mécanicien surpris. Je l'ai vu autrefois, chez les Misard.

— Non, non... Le reconnaissez-vous pour l'homme du wagon, l'assassin ? »

Du coup, Jacques redevint circonspect. D'ailleurs, il ne le reconnaissait pas. L'autre lui avait semblé plus court, plus noir. Il allait le déclarer, lorsqu'il trouva que c'était trop s'avancer encore. Et il resta évasif.

« Je ne sais pas, je ne peux pas dire... Je vous assure, Monsieur, que je ne peux pas dire. »

M. Denizet, sans attendre, appela les Roubaud à leur tour. Et il leur posa la question :

« Reconnaissez-vous cet homme ? »

Cabuche souriait toujours. Il ne s'étonna pas, il adressa un petit signe de tête à Séverine, qu'il avait connue jeune fille, quand elle habitait la Croix-de-Maufras. Mais elle et son mari venaient d'avoir un saisissement, en le voyant là. Ils comprenaient : c'était l'homme arrêté dont leur avait parlé Jacques, le prévenu qui avait motivé leur nouvel interrogatoire. Et Roubaud était stupéfié, effrayé de la ressemblance de ce garçon avec l'assassin imaginaire, dont il avait inventé le signalement, le contraire du sien. Cela se trouvait être purement fortuit, il en restait si troublé, qu'il hésitait à répondre.

« Voyons, le reconnaissez-vous ?

— Mon Dieu ! monsieur le juge, je vous le répète, ç'a été une sensation simplement, un

individu qui m'a frôlé... Sans doute, celui-ci est
grand comme l'autre, et il est blond, et il n'a pas
de barbe...

— Enfin, le reconnaissez-vous ? »

Le sous-chef, oppressé, était tout tremblant
d'une sourde lutte intérieure. L'instinct de la
conservation l'emporta.

« Je ne peux pas affirmer. Mais il y a de ça,
beaucoup de ça, pour sûr. »

Cette fois, Cabuche commença à jurer. À la
fin, on l'embêtait, avec ces histoires. Puisque ce
n'était pas lui, il voulait partir. Et, sous le flot de
sang qui lui montait au crâne, il tapa des poings,
il devint si terrible, que les gendarmes, rappelés,
l'emmenèrent. Mais, en face de cette violence, de
ce saut de la bête attaquée qui se jette en avant,
M. Denizet triomphait. Maintenant, sa conviction
était faite, et il le laissa voir.

« Avez-vous remarqué ses yeux ? Moi, c'est aux
yeux que je les reconnais... Ah ! son compte est
bon, il est à nous ! »

Les Roubaud, immobiles, se regardèrent. Alors,
quoi ? c'était fini, ils étaient sauvés, puisque la
justice tenait le coupable. Ils restaient un peu
étourdis, la conscience douloureuse, du rôle que
les faits venaient de les forcer à jouer. Mais une
joie les inondait, emportait leurs scrupules, et ils
souriaient à Jacques, ils attendaient, allégés, ayant
soif de grand air, que le juge les congédiât tous
les trois, lorsque l'huissier apporta une lettre à ce
dernier.

Vivement, M. Denizet s'était remis à son
bureau, pour la lire avec attention, oubliant les

trois témoins. C'était la lettre du ministère, les avis qu'il aurait dû avoir la patience d'attendre, avant de pousser de nouveau l'instruction. Et ce qu'il lisait devait rabattre de son triomphe, car son visage peu à peu se glaçait, reprenait sa morne immobilité. À un moment, il leva la tête, jeta un coup d'œil oblique sur les Roubaud, comme si leur souvenir lui fût revenu, à une des phrases. Ceux-ci, perdant leur courte joie, retombés à leur malaise, se sentaient repris. Pourquoi donc les avait-il regardés ? Avait-on, à Paris, retrouvé les trois lignes d'écriture, ce billet maladroit dont la peur les hantait ? Séverine connaissait bien M. Camy-Lamotte, pour l'avoir souvent vu chez le président, et elle savait qu'il était chargé de mettre en ordre les papiers du mort. Un regret cuisant torturait Roubaud, celui de ne s'être pas avisé d'envoyer à Paris sa femme, qui aurait fait des visites utiles, qui se serait tout au moins assuré la protection du secrétaire général, dans le cas où la Compagnie, ennuyée des mauvais bruits, songe-rait à le destituer. Et tous deux ne quittaient plus du regard le juge, sentant leur inquiétude croître à mesure qu'ils le voyaient s'assombrir, visiblement déconcerté par cette lettre, qui dérangeait toute sa bonne besogne de la journée.

Enfin, M. Denizet lâcha la lettre, et il demeura un moment absorbé, les yeux ouverts sur les Rou-baud et sur Jacques. Puis, se résignant, se parlant haut à lui-même :

« Eh bien ! on verra, on reprendra tout ça… Vous pouvez vous retirer. »

Mais, comme les trois sortaient, il ne put résister au besoin de savoir, d'éclaircir le point grave qui détruisait son nouveau système, bien qu'on lui recommandât de ne plus rien faire, sans une entente préalable.

« Non, vous, restez un instant, j'ai encore une question à vous poser. »

Dans le couloir, les Roubaud s'arrêtèrent. Les portes étaient ouvertes, et ils ne pouvaient partir : quelque chose les retenait là, l'angoisse de ce qui se passait dans le cabinet du juge, l'impossibilité physique de s'en aller, tant qu'ils n'apprendraient pas de Jacques la question qu'on lui posait encore. Ils revinrent, ils piétinèrent, les jambes cassées. Et ils se retrouvèrent côte à côte sur la banquette, où ils avaient attendu des heures déjà, ils s'y alourdirent, silencieux.

Lorsque le mécanicien reparut, Roubaud se leva, péniblement.

« Nous vous attendions, nous retournerons à la gare ensemble… Eh bien ? »

Mais Jacques détournait la tête, embarrassé, comme s'il voulait éviter le regard de Séverine, fixé sur lui.

« Il ne sait plus, il patauge, dit-il enfin. Voilà, maintenant, qu'il m'a demandé s'ils n'étaient pas deux à faire le coup. Et, comme j'ai parlé, au Havre, d'une masse noire pesant sur les jambes du vieux, il m'a questionné là-dessus… Lui semble croire que ce n'était que la couverture. Alors, il a envoyé chercher la couverture, et il a fallu me prononcer… Mon Dieu ! oui, c'était la couverture, peut-être. »

Les Roubaud frémissaient. On était sur leur

trace, un mot de ce garçon pouvait les perdre. Il savait sûrement, il finirait par causer. Et tous trois, la femme entre les deux hommes, quittaient en silence le Palais de Justice, lorsque le sous-chef reprit, dans la rue :

« À propos, camarade, ma femme va être forcée d'aller passer un jour à Paris, pour des affaires. Vous serez bien gentil de la piloter, si elle a besoin de quelqu'un. »

V

À onze heures quinze, l'heure précise, le poste du
pont de l'Europe signala, des deux sons de trompe
réglementaires, l'express du Havre, qui débouchait
du tunnel des Batignolles ; et bientôt les plaques
tournantes furent secouées, le train entra en gare
avec un bref coup de sifflet, grinçant sur les freins,
fumant, ruisselant, trempé par une pluie battante
dont le déluge ne cessait pas depuis Rouen.

Les hommes d'équipe n'avaient pas encore
tourné les loquets des portières, qu'une d'elles
s'ouvrit et que Séverine sauta vivement sur le quai,
avant l'arrêt. Son wagon se trouvait en queue,
elle dut se hâter pour arriver à la machine, au
milieu du flot brusque des voyageurs, descendus
des compartiments, dans un embarras d'enfants
et de paquets. Jacques était là, debout sur la plate-
forme, attendant pour rentrer au dépôt ; tandis
que Pecqueux, avec un linge, essuyait des cuivres.

« Alors, c'est entendu, dit-elle, haussée sur la
pointe des pieds. Je serai rue Cardinet à trois
heures, et vous aurez l'obligeance de me présenter
à votre chef, pour que je le remercie. »

C'était le prétexte imaginé par Roubaud, un remerciement au chef du dépôt des Batignolles, à la suite d'un vague service rendu. De cette façon, elle se trouverait confiée à la bonne amitié du mécanicien, elle pourrait resserrer les liens davantage, agir sur lui.

Mais Jacques, noir de charbon, trempé d'eau, épuisé d'avoir lutté contre la pluie et le vent, la regardait de ses yeux durs, sans répondre. Il n'avait pu refuser au mari, en partant du Havre ; et cette idée de se trouver seul avec elle, le bouleversait, car il sentait bien qu'il la désirait maintenant.

« N'est-ce pas ? reprit-elle souriante, avec son doux regard caressant, malgré la surprise et la petite répugnance qu'elle éprouvait à le trouver si sale, reconnaissable à peine, n'est-ce pas ? je compte sur vous. »

Comme elle s'était haussée encore, appuyant sa main gantée sur une poignée de fer, Pecqueux, obligeamment, la prévint.

« Prenez garde, vous allez vous salir. »

Alors, Jacques dut répondre. Il le fit d'un ton bourru.

« Oui, rue Cardinet... À moins que cette sacrée pluie n'achève de me fondre. Quel chien de temps ! »

Elle fut touchée de l'état minable où il était, elle ajouta, comme s'il avait souffert uniquement pour elle :

« Oh ! êtes-vous fait, et quand j'étais si bien, moi !... Vous savez que j'ai pensé à vous, ça me désespérait, ce déluge... Moi qui étais si contente, à l'idée que vous m'ameniez ce matin, et que vous me remmèneriez ce soir, par l'express ! »

Mais cette familiarité gentille, si tendre, ne semblait que le troubler davantage. Il parut soulagé, quand une voix cria : « En arrière ! » D'une main prompte, il tira la tige du sifflet, tandis que le chauffeur, du geste, écartait la jeune femme.

« À trois heures !

— Oui, à trois heures ! »

Et, pendant que la machine se remettait en marche, Séverine quitta le quai, la dernière. Dehors, dans la rue d'Amsterdam, comme elle allait ouvrir son parapluie, elle fut contente de voir qu'il ne pleuvait plus. Elle descendit jusqu'à la place du Havre, se consulta un instant, décida enfin qu'elle ferait mieux de déjeuner tout de suite. Il était onze heures vingt-cinq, elle entra dans un bouillon, au coin de la rue Saint-Lazare, où elle commanda des œufs sur le plat et une côtelette. Puis, tout en mangeant très lentement, elle retomba dans les réflexions qui la hantaient depuis des semaines, la face pâle et brouillée, n'ayant plus son docile sourire de séduction.

C'était la veille, deux jours après leur interrogatoire à Rouen, que Roubaud, jugeant dangereux d'attendre, avait résolu de l'envoyer faire une visite à M. Camy-Lamotte, non pas au ministère, mais chez lui, rue du Rocher, où il occupait un hôtel, voisin justement de l'hôtel Grandmorin. Elle savait qu'elle l'y trouverait à une heure, et elle ne se pressait pas, elle préparait ce qu'elle dirait, tâchait de prévoir ce qu'il répondrait, pour ne se troubler de rien. La veille, une nouvelle

cause d'inquiétude venait de hâter son voyage :
ils avaient appris, par les commérages de la gare,
que Mme Lebleu et Philomène racontaient partout comme quoi la Compagnie allait renvoyer
Roubaud, jugé compromettant ; et le pis était que
M. Dabadie, directement interrogé, n'avait pas dit
non, ce qui donnait beaucoup de poids à la nouvelle. Il devenait dès lors urgent qu'elle courût à
Paris plaider leur cause et surtout demander la
protection du puissant personnage, comme autrefois celle du président. Mais, sous cette demande,
qui servirait tout au moins à expliquer la visite,
il y avait un motif plus impérieux, un besoin cuisant et insatiable de savoir, ce besoin qui pousse
le criminel à se livrer plutôt que d'ignorer. L'incertitude les tuait, maintenant qu'ils se sentaient
découverts, depuis que Jacques leur avait dit le
soupçon où l'accusation semblait être d'un second
assassin. Ils s'épuisaient à des conjectures, la lettre
trouvée, les faits rétablis ; ils s'attendaient d'heure
en heure à des perquisitions, à une arrestation ; et
leur supplice s'aggravait tellement, les moindres
faits autour d'eux prenaient des airs de si inquié-
tante menace, qu'ils finissaient par préférer la
catastrophe à ces continuelles alarmes. Avoir une
certitude, et ne plus souffrir.

Séverine acheva sa côtelette, si absorbée, qu'elle
se réveilla comme en sursaut, étonnée du lieu où
elle se trouvait. Tout lui devenait amer, les morceaux ne passaient pas, et elle n'eut pas même le
cœur de prendre du café. Mais elle avait eu beau
manger avec lenteur, il était à peine midi un quart,
lorsqu'elle sortit du restaurant. Encore trois quarts

d'heure à tuer ! Elle qui adorait Paris, qui aimait tant à en courir le pavé, librement, les rares fois où elle y venait, elle s'y sentait perdue, peureuse, dans une impatience d'en finir et de se cacher. Les trottoirs séchaient déjà, un vent tiède achevait de balayer les nuages. Elle descendit la rue Tronchet, se trouva au marché aux fleurs de la Madeleine, un de ces marchés de mars, si fleuris de prime-vères et d'azalées, dans les jours pâles de l'hiver finissant. Pendant une demi-heure, elle marcha au milieu de ce printemps hâtif, reprise par des songeries vagues, pensant à Jacques comme à un ennemi, qu'elle devait désarmer. Il lui semblait que sa visite rue du Rocher était faite, que tout allait bien de ce côté, qu'il lui restait seulement à obtenir le silence de ce garçon ; et c'était une entreprise compliquée, où elle se perdait, la tête travaillée de plans romanesques. Mais cela était sans fatigue, sans effroi, d'une douceur berçante. Puis, brusquement, elle vit l'heure, à l'horloge d'un kiosque : une heure dix. Sa course n'était pas faite, elle retombait durement dans l'angoisse du réel, elle se hâta de remonter vers la rue du Rocher.

L'hôtel de M. Camy-Lamotte se trouvait au coin de cette rue et de la rue de Naples ; et Séverine dut passer devant l'hôtel Grandmorin, muet, vide, les persiennes closes. Elle leva les yeux, elle pressa le pas. Le souvenir de sa dernière visite lui était revenu, cette grande maison se dressait, terrible. Et, comme, à quelque distance, elle se retournait d'un mouvement instinctif, regardant en arrière, ainsi qu'une personne poursuivie par la voix haute d'une foule, elle aperçut, sur le trottoir d'en face,

le juge d'instruction de Rouen, M. Denizet, qui
montait aussi la rue. Elle en resta saisie. L'avait-
il remarquée, jetant un coup d'œil à la maison ?
Mais il marchait tranquillement, elle se laissa
devancer, le suivit dans un grand trouble. Et, de
nouveau, elle reçut un coup au cœur, lorsqu'elle
le vit sonner, au coin de la rue de Naples, chez
M. Camy-Lamotte.

Une terreur l'avait prise. Jamais elle n'oserait
entrer maintenant. Elle s'en retourna, enfila la rue
d'Édimbourg, descendit jusqu'au pont de l'Europe.
Là seulement, elle se crut à l'abri. Et, ne sachant
plus où aller ni que faire, éperdue, elle se tint
immobile contre une des balustrades, regardant
au-dessous d'elle, à travers les charpentes métal-
liques, le vaste champ de la gare, où des trains
évoluaient, continuellement. Elle les suivait de ses
yeux effarés, elle pensait que, sûrement, le juge
était là pour l'affaire, et que les deux hommes causaient d'elle, que son sort se décidait, à la minute
même. Alors, envahie d'un désespoir, l'envie la
tourmenta, plutôt que de retourner rue du Rocher,
de se jeter tout de suite sous un train. Il en sortait justement un de la marquise des grandes
lignes, qu'elle regardait venir, et qui passa sous
elle, en soufflant jusqu'à sa face un tiède tourbillon de vapeur blanche. Puis, l'inutilité sotte de
son voyage, l'angoisse affreuse qu'elle remporte-
rait, si elle n'avait pas l'énergie d'aller chercher
une certitude, se présentèrent à son esprit avec
tant de force, qu'elle se donna cinq minutes pour
retrouver son courage. Des machines sifflaient,
elle en suivait une, petite, débranchant un train

de banlieue ; et, ses regards s'étant levés vers la gauche, elle reconnut, au-dessus de la cour des messageries, tout en haut de la maison de l'impasse d'Amsterdam, la fenêtre de la mère Victoire, cette fenêtre où elle se revoyait accoudée avec son mari, avant l'abominable scène qui avait causé leur malheur. Cela évoqua le danger de sa situation, dans un élancement de souffrance si aigu, qu'elle se sentit prête soudain à tout affronter, pour en finir. Des sons de trompe, des grondements prolongés l'assourdissaient, tandis que d'épaisses fumées barraient l'horizon, envolées sur le grand ciel clair de Paris. Et elle reprit le chemin de la rue du Rocher, allant là comme on se suicide, précipitant sa marche, dans la crainte brusque de n'y plus trouver personne.

Lorsque Séverine eut tiré le bouton du timbre, une nouvelle terreur la glaça. Mais, déjà, un valet la faisait asseoir dans une antichambre, après avoir pris son nom. Et, par les portes doucement entrebâillées, elle entendit très distinctement la conversation vive de deux voix. Le silence était retombé, profond, absolu. Elle ne distinguait plus que le battement sourd de ses tempes, elle se disait que le juge était encore en conférence, qu'on allait la faire attendre longtemps sans doute ; et cette attente lui devenait intolérable. Puis, tout d'un coup, elle eut une surprise : le valet l'appelait et l'introduisait. Certainement, le juge n'était pas sorti. Elle le devinait là, caché derrière une porte.

C'était un grand cabinet de travail, avec des meubles noirs, garni d'un tapis épais, de portières lourdes, si sévère et si clos, que pas un bruit du dehors n'y pénétrait. Pourtant, il y avait des fleurs, des roses pâles, dans une corbeille de bronze. Et cela indiquait comme une grâce cachée, un goût de la vie aimable, derrière cette sévérité. Le maître de la maison était debout, très correctement serré dans sa redingote, sévère lui aussi, avec sa figure mince, que ses favoris grisonnants élargissaient un peu, mais d'une élégance d'ancien beau, resté svelte, d'une distinction que l'on sentait souriante, sous la raideur voulue de la tenue officielle. Dans le demi-jour de la pièce, il avait l'air très grand.

Séverine, en entrant, fut oppressée par l'air tiède, étouffé sous les tentures ; et elle ne vit que M. Camy-Lamotte, qui la regardait s'approcher. Il ne fit pas un geste pour l'inviter à s'asseoir, il mit une affectation à ne pas ouvrir la bouche le premier, attendant qu'elle expliquât le motif de sa visite. Cela prolongea le silence ; et, par l'effet d'une réaction violente, elle se trouva subitement maîtresse d'elle-même dans le péril, très calme, très prudente.

« Monsieur, dit-elle, vous m'excuserez, si j'ai la hardiesse de venir me rappeler à votre bienveillance. Vous savez la perte irréparable que j'ai faite, et dans l'abandon où je me trouve maintenant, j'ai osé songer à vous pour nous défendre, pour nous continuer un peu de la protection de votre ami, de mon protecteur si regretté. »

M. Camy-Lamotte ne put alors que la faire asseoir, d'un geste, car cela était dit sur un ton parfait, sans exagération d'humilité ni de chagrin, avec un art inné de l'hypocrisie féminine. Mais il ne parlait toujours pas, il s'était assis lui-même, attendant encore. Elle continua, voyant qu'elle devait préciser.

« Je me permets de rafraîchir vos souvenirs, en vous rappelant que j'ai eu l'honneur de vous voir à Doinville. Ah ! c'était un heureux temps pour moi !... Aujourd'hui, les jours mauvais sont arrivés, et je n'ai que vous, Monsieur, je vous implore au nom de celui que nous avons perdu. Vous qui l'avez aimé, achevez sa bonne œuvre, remplacez-le auprès de moi. »

Il l'écoutait, il la regardait, et tous ses soupçons étaient ébranlés, tellement elle lui semblait naturelle, charmante dans ses regrets et dans ses supplications. Le billet découvert par lui, au milieu des papiers de Grandmorin, ces deux lignes non signées, lui avait paru ne pouvoir être que d'elle, dont il savait les complaisances pour le président ; et, tout à l'heure, l'annonce seule de sa visite avait achevé de le convaincre. Il ne venait d'interrompre son entretien avec le juge que pour confirmer sa certitude. Mais comment la croire coupable, à la voir de la sorte, si paisible et si douce ?

Il voulut en avoir l'intelligence nette. Et, tout en gardant son air de sévérité :

« Expliquez-vous, Madame... Je me souviens parfaitement, je ne demande pas mieux que de vous être utile, si rien ne s'y oppose. »

Alors, très nettement, Séverine conta comme quoi son mari était menacé d'une destitution. On le jalousait beaucoup, à cause de son mérite et de la haute protection qui, jusque-là, l'avait couvert. Maintenant qu'on le croyait sans défense, on espérait triompher, on redoublait d'efforts. Elle ne nommait personne, du reste ; elle parlait en termes mesurés, malgré l'imminence du péril. Pour qu'elle se fût ainsi décidée à faire le voyage de Paris, il fallait qu'elle fût bien convaincue de la nécessité d'agir au plus vite Peut-être le lendemain ne serait-il plus temps : c'était immédiatement qu'elle réclamait aide et secours. Tout cela avec une telle abondance de faits logiques et de bonnes raisons, qu'il semblait en vérité impossible qu'elle se fût dérangée dans un autre but.

M. Camy-Lamotte étudiait jusqu'aux petits battements imperceptibles de ses lèvres ; et il porta le premier coup :

« Mais enfin pourquoi la Compagnie congédierait-elle votre mari ? Elle n'a rien de grave à lui reprocher. »

Elle aussi ne le quittait pas du regard, épiant les moindres plis de son visage, se demandant s'il avait trouvé la lettre ; et, malgré l'innocence de la question, ce fut brusquement une conviction, chez elle, que la lettre était là, dans un meuble de ce cabinet : il savait, car il lui tendait un piège, désirant voir si elle oserait parler des vraies raisons du renvoi. D'ailleurs, il avait trop accentué le ton, et elle s'était sentie fouillée jusqu'à l'âme par ses yeux pâles d'homme fatigué.

Bravement, elle marcha au péril.

« Mon Dieu ! Monsieur, c'est bien monstrueux, mais on nous a soupçonnés d'avoir tué notre bienfaiteur, à cause de ce malheureux testament. Nous n'avons pas eu de peine à démontrer notre innocence. Seulement, il reste toujours quelque chose de ces accusations abominables, et la Compagnie craint sans doute le scandale. »

Il fut de nouveau surpris, démonté, par cette franchise, surtout par la sincérité de l'accent. En outre, l'ayant jugée, au premier coup d'œil, d'une figure médiocre, il commençait à la trouver extrêmement séduisante, avec la soumission complaisante de ses yeux bleus, sous l'énergie noire de sa chevelure. Et il songeait à son ami Grandmorin, saisi d'une jalouse admiration : comment diable ce gaillard-là, son aîné de dix ans, avait-il eu jusqu'à sa mort des créatures pareilles, lorsque lui devait renoncer déjà à ces joujoux, pour ne pas y perdre le reste de ses moelles ? Elle était vraiment très charmante, très fine, et il laissait percer le sourire de l'amateur aujourd'hui désintéressé, sous son grand air froid de fonctionnaire, ayant sur les bras une affaire si fâcheuse.

Mais Séverine, par une bravade de femme qui sent sa force, eut le tort d'ajouter :

« Des gens comme nous ne tuent pas pour de l'argent. Il aurait fallu un autre motif, et il n'y en avait pas, de motif. »

Il la regarda, vit trembler les coins de sa bouche. C'était elle. Dès lors, sa conviction fut absolue. Et elle-même comprit immédiatement qu'elle s'était livrée, à la façon dont il avait cessé de sourire, le menton nerveusement pincé. Elle en éprouva une défaillance, comme si tout son être l'abandonnait. Pourtant, elle restait le buste droit sur sa chaise, elle entendait sa voix continuer à causer du même ton égal, disant les mots qu'il fallait dire. La conversation se poursuivait, mais désormais ils n'avaient plus rien à s'apprendre ; et, sous les paroles quelconques, tous deux ne parlaient plus que des choses qu'ils ne disaient point. Il avait la lettre, c'était elle qui l'avait écrite. Cela sortait même de leurs silences.

« Madame, reprit-il enfin, je ne refuse pas d'intervenir près de la Compagnie, si vraiment vous êtes digne d'intérêt. J'attends justement ce soir le chef de l'exploitation, pour une autre affaire... Seulement, j'aurais besoin de quelques notes. Tenez ! écrivez-moi le nom, l'âge, les états de service de votre mari, enfin tout ce qui peut me mettre au courant de votre situation. »

Et il poussa devant elle un petit guéridon, en cessant de la regarder, pour ne point l'effrayer trop. Elle avait frémi : il voulait une page de son écriture, afin de la comparer à la lettre. Un instant, elle chercha désespérément un prétexte, résolue à ne pas écrire. Puis, elle réfléchit : à quoi bon ? puisqu'il savait. On aurait toujours quelques lignes d'elle. Sans aucun trouble apparent, de l'air le plus simple du monde, elle écrivit ce qu'il demandait ; tandis que, debout derrière elle, il reconnaissait parfaitement l'écriture, plus haute, moins tremblée que celle du billet. Et il finissait par la trouver très brave, cette petite femme fluette ; il souriait de nouveau, maintenant qu'elle ne pouvait le voir, de son sourire d'homme que le charme seul touchait encore, dans son insouciance expérimentée de toutes choses. Au fond, rien ne valait la fatigue d'être juste. Il veillait uniquement au décor du régime qu'il servait.

« Eh bien ! Madame, remettez-moi cela, je m'informerai, j'agirai pour le mieux.

— Je vous suis très reconnaissante, Monsieur...
Alors, vous obtiendrez le maintien de mon mari, je
puis considérer l'affaire comme arrangée ?

— Ah ! par exemple non ! je ne m'engage à
rien... Il faut que je voie, que je réfléchisse. »

En effet, il était hésitant, il ne savait quel parti il
allait prendre à l'égard du ménage. Et elle n'avait
plus qu'une angoisse, depuis qu'elle se sentait à sa
merci : cette hésitation, l'alternative d'être sauvée
ou perdue par lui, sans pouvoir deviner les raisons
qui le décideraient.

« Oh ! Monsieur, songez à notre tourment. Vous
ne me laisserez pas partir, avant de m'avoir donné
une certitude.

— Mon Dieu ! si, Madame. Je n'y puis rien.
Attendez. »

Il la poussait vers la porte. Elle s'en allait, désespérée, bouleversée, sur le point de tout avouer à
voix haute, dans un besoin immédiat de le forcer à dire nettement ce qu'il comptait faire d'eux.
Pour rester une minute encore, espérant trouver
un détour, elle s'écria :

« J'oubliais, je désirais vous demander un
conseil, à propos de ce malheureux testament...
Pensez-vous que nous devions refuser le legs ?

— La loi est pour vous, répondit-il prudemment.
C'est chose d'appréciation et de circonstance. »

Elle était sur le seuil, elle tenta un dernier effort.

« Monsieur, je vous en supplie, ne me laissez
pas partir ainsi, dites-moi si je dois espérer. »

D'un geste d'abandon, elle lui avait pris la main.
Il se dégagea. Mais elle le regardait avec de beaux
yeux, si ardents de prière, qu'il en fut remué.

« Eh bien ! revenez à cinq heures. Peut-être aurai-je quelque chose à vous dire. »

Elle partit, elle quitta l'hôtel, plus angoissée encore qu'elle n'y était venue. La situation s'était précisée, et son sort demeurait en suspens, sous la menace d'une arrestation peut-être immédiate. Comment vivre jusqu'à cinq heures ? La pensée de Jacques, qu'elle avait oublié, se réveilla en elle tout d'un coup : encore un qui pouvait la perdre, si on l'arrêtait ! Bien qu'il fût à peine deux heures et demie, elle se hâta de monter la rue du Rocher, vers la rue Cardinet.

M. Camy-Lamotte, resté seul, s'était arrêté devant son bureau. Familier des Tuileries, où sa fonction de secrétaire général du ministère de la Justice le faisait mander presque journellement, tout aussi puissant que le ministre, employé même à des besognes plus intimes, il savait combien cette affaire Grandmorin irritait et inquiétait, en haut lieu. Les journaux de l'opposition continuaient à mener une campagne bruyante, les uns accusant la police d'être tellement occupée à la surveillance politique qu'elle n'avait plus le temps d'arrêter les assassins, les autres fouillant la vie du président, donnant à entendre qu'il était de la cour, où régnait la plus basse débauche ; et cette campagne devenait vraiment désastreuse, à mesure que les élections approchaient. Aussi avait-on exprimé au secrétaire général le désir formel d'en finir au plus vite, n'importe comment. Le ministre s'étant déchargé sur lui de cette affaire délicate, il se trouvait être l'unique maître de la décision à prendre, sous sa responsabilité, il est vrai : ce qui méritait examen, car il ne doutait pas de payer pour tout le monde, s'il se montrait maladroit.

Toujours songeur, M. Camy-Lamotte alla ouvrir la porte de la pièce voisine, où M. Denizet attendait. Et celui-ci, qui avait écouté, s'écria, en rentrant :

« Je vous le disais bien, on a eu tort de soupçonner ces gens-là... Cette femme ne songe évidemment qu'à sauver son mari d'un renvoi possible. Elle n'a pas eu une parole suspecte. »

Le secrétaire général ne répondit pas tout de suite. Absorbé, ses regards sur le juge, dont la face lourde, aux minces lèvres, le frappait, il pensait maintenant à cette magistrature, qu'il avait en la main comme chef occulte du personnel, et il s'étonnait qu'elle fût encore si digne dans sa pauvreté, si intelligente dans son engourdissement professionnel. Mais celui-ci, vraiment, si fin qu'il se crût, avec ses yeux voilés d'épaisses paupières, avait la passion tenace, quand il croyait tenir la vérité.

« Alors, reprit M. Camy-Lamotte, vous persistez à voir le coupable dans ce Cabuche ? »

M. Denizet eut un sursaut d'étonnement.

« Oh ! certes !... Tout l'accable. Je vous ai énuméré les preuves, elles sont, j'oserai dire, classiques, car pas une ne manque... J'ai bien cherché s'il y avait un complice, une femme dans le coupé, ainsi que vous me le faisiez entendre. Cela semblait s'accorder avec la déposition d'un mécanicien, un homme qui a entrevu la scène du meurtre ; mais, habilement interrogé par moi, cet homme n'a pas persisté dans sa déclaration première, et il a même reconnu la couverture de voyage, comme étant la masse noire dont il avait parlé... Oh ! oui, certes, Cabuche est le coupable, d'autant plus que, si nous ne l'avons pas, nous n'avons personne. »

Jusque-là, le secrétaire général avait attendu, pour lui donner connaissance de la preuve écrite qu'il possédait ; et, maintenant que sa conviction était faite, il se hâtait moins encore d'établir la vérité. À quoi bon ruiner la piste fausse de l'instruction, si la vraie piste devait conduire à des embarras plus grands ? Tout cela était à examiner d'abord.

« Mon Dieu ! reprit-il avec son sourire d'homme fatigué, je veux bien admettre que vous soyez dans le vrai... Je vous ai seulement fait venir pour étudier avec vous certains points graves. Cette affaire est exceptionnelle, et la voici devenue toute politique : vous le sentez, n'est-ce pas ? Nous allons donc nous trouver peut-être forcés d'agir en hommes de gouvernement... Voyons, en toute franchise, d'après vos interrogatoires, cette fille, la maîtresse de ce Cabuche, a été violentée, hein ? »

Le juge eut sa moue d'homme fin, tandis que ses yeux disparaissaient à demi derrière ses paupières.

« Dame ! je crois que le président l'avait mise en un vilain état, et cela ressortira sûrement du procès... Ajoutez que, si la défense est confiée à un avocat de l'opposition, on peut s'attendre à un déballage d'histoires fâcheuses, car ce ne sont pas ces histoires qui manquent, là-bas, dans notre pays. »

Ce Denizet n'était pas si bête, quand il n'obéissait plus à la routine du métier, trônant dans l'absolu de sa perspicacité et de sa toute-puissance. Il avait compris pourquoi on le mandait, non au ministère de la Justice, mais au domicile particulier du secrétaire général.

« Enfin, conclut-il, voyant que ce dernier ne bronchait pas, nous aurons une affaire assez malpropre. »

M. Camy-Lamotte se contenta de hocher la tête. Il était en train de calculer les résultats de l'autre procès, celui des Roubaud. À coup sûr, si le mari passait aux assises, il dirait tout, sa femme débauchée elle aussi, lorsqu'elle était jeune fille, et l'adultère ensuite, et la rage jalouse qui devait l'avoir poussé au meurtre ; sans compter qu'il ne s'agissait plus d'une domestique et d'un repris de justice, que cet employé, marié à cette jolie femme, allait mettre en cause tout un coin de la bourgeoisie et du monde des chemins de fer. Puis, savait-on jamais sur quoi l'on marchait, avec un homme comme le président ? Peut-être tomberait-on dans des abominations imprévues. Non, décidément, l'affaire des Roubaud, des vrais coupables, était plus sale encore. C'était chose résolue, il l'écartait, absolument. À en retenir une, il aurait penché pour que l'on gardât l'affaire de l'innocent Cabuche.

« Je me rends à votre système, dit-il enfin à M. Denizet. Il y a, en effet, de fortes présomptions contre le carrier, s'il avait à exercer une vengeance légitime... Mais que tout cela est triste, mon Dieu ! et que de boue il faudrait remuer !... Je sais bien

que la justice doit rester indifférente aux conséquences, et que, planant au-dessus des intérêts... »

Il n'acheva pas, termina du geste, pendant que
le juge, silencieux à son tour, attendait d'un air
morne les ordres qu'il sentait venir. Du moment
où l'on acceptait sa vérité à lui, cette création de
son intelligence, il était prêt à faire aux nécessités
gouvernementales le sacrifice de l'idée de justice.
Mais le secrétaire, malgré son habituelle adresse
en ces sortes de transactions, se hâta un peu, parla
trop vite, en maître obéi.

« Enfin, on désire un non-lieu... Arrangez les
choses pour que l'affaire soit classée.

— Pardon, Monsieur, déclara M. Denizet, je ne
suis plus le maître de l'affaire, elle dépend de ma
conscience. »

Tout de suite, M. Camy-Lamotte sourit, rede-
venant correct, avec cet air désabusé et poli qui
semblait se moquer du monde.

« Sans doute. Aussi est-ce à votre conscience
que je m'adresse. Je vous laisse prendre la décision qu'elle vous dictera, certain que vous pèse-
rez équitablement le pour et le contre, en vue
du triomphe des saines doctrines et de la morale
publique... Vous savez, mieux que moi, qu'il est
parfois héroïque d'accepter un mal, si l'on ne veut
pas tomber dans un pire... Enfin, on ne fait appel
en vous qu'au bon citoyen, à l'honnête homme.
Personne ne songe à peser sur votre indépen-
dance, et c'est pourquoi je répète que vous êtes
le maître absolu de l'affaire, comme du reste l'a
voulu la loi. »

Jaloux de ce pouvoir illimité, surtout lorsqu'il

était près d'en user mal, le juge accueillait chacune
de ces phrases d'un hochement de tête satisfait.

« D'ailleurs, continua l'autre, avec un redoublement de bonne grâce dont l'exagération devenait
ironique, nous savons à qui nous nous adressons.
Voici longtemps que nous suivons vos efforts, et
je puis me permettre de vous dire que nous vous
appellerions dès maintenant à Paris, s'il y avait
une vacance. »

M. Denizet eut un mouvement. Quoi donc ?
S'il rendait le service demandé, on n'allait pas
combler sa grande ambition, son rêve d'un siège
à Paris. Mais, déjà, M. Camy-Lamotte ajoutait,
ayant compris :

« Votre place y est marquée, c'est une question
de temps... Seulement, puisque j'ai commencé à
être indiscret, je suis heureux de vous annoncer
que vous êtes porté pour la croix, au 15 août prochain. »

Un instant, le juge se consulta. Il aurait préféré l'avancement, car il calculait qu'il y avait au
bout une augmentation d'environ cent soixante-six
francs par mois ; et, dans la misère décente où
il vivait, c'était plus de bien-être, sa garde-robe
renouvelée, sa bonne Mélanie mieux nourrie,
moins acariâtre. Mais la croix, pourtant, était
bonne à prendre. Puis, il avait une promesse. Et
lui qui ne se serait pas vendu, nourri dans la tra-
dition de cette magistrature honnête et médiocre,
il cédait tout de suite à une simple espérance, à
l'engagement vague que l'administration prenait
de le favoriser. La fonction judiciaire n'était plus
qu'un métier comme un autre, et il traînait le bou-

let de l'avancement, en solliciteur affamé, toujours prêt à plier sous les ordres du pouvoir.

« Je suis très touché, murmura-t-il, veuillez le dire à monsieur le Ministre. »

Il s'était levé, sentant que, maintenant, tout ce qu'ils pourraient ajouter l'un et l'autre les gênerait.

« Alors, conclut-il, les yeux éteints, la face morte, je vais achever mon enquête, en tenant compte de vos scrupules. Naturellement, si nous n'avons pas des faits absolument prouvés contre ce Cabuche, il vaudra mieux ne pas risquer le scandale inutile d'un procès... On le relâchera, on continuera de le surveiller. »

Le secrétaire général, sur le seuil, acheva de se montrer tout à fait aimable.

« Monsieur Denizet, nous nous en remettons complètement à votre grand tact et à votre haute honnêteté[1] ! »

Lorsqu'il se retrouva seul, M. Camy-Lamotte eut la curiosité, inutile maintenant d'ailleurs, de comparer la page écrite par Séverine, avec le billet sans signature, qu'il avait découvert dans les papiers du président Grandmorin. La ressemblance était complète. Il replia la lettre, la serra soigneusement, car, s'il n'en avait soufflé mot au juge d'instruction, il jugeait qu'une arme pareille était bonne à garder. Et, comme le profil de cette petite femme, si frêle et si forte dans sa résistance nerveuse, s'évoquait devant lui, il eut son haussement d'épaules indulgent et railleur. Ah ! ces créatures, quand elles veulent !

Séverine, à trois heures moins vingt, s'était trouvée en avance, rue Cardinet, au rendez-vous qu'elle avait donné à Jacques. Il habitait là, tout en haut d'une grande maison, une étroite chambre, où il ne montait guère que le soir pour se coucher ; et encore découchait-il deux fois par semaine, les deux nuits qu'il passait au Havre, entre l'express du soir et l'express du matin. Ce jour-là pourtant, trempé d'eau, brisé de fatigue, il était rentré se jeter sur son lit. De sorte que Séverine l'aurait peut-être attendu vainement, si la querelle d'un ménage voisin, un mari qui assommait sa femme, hurlante, ne l'avait réveillé. Il s'était débarbouillé et vêtu de fort méchante humeur, l'ayant reconnue en bas, sur le trottoir, en regardant par la fenêtre de sa mansarde.

« Enfin, c'est vous ! s'écria-t-elle, quand elle le vit déboucher de la porte cochère. Je craignais d'avoir mal compris... Vous m'aviez bien dit au coin de la rue Saussure... »

Et, sans attendre sa réponse, levant les yeux sur la maison :

« C'est donc là que vous demeurez ? »

Il avait, sans le lui dire, fixé ainsi le rendez-vous devant sa porte, parce que le dépôt, où ils devaient aller ensemble, se trouvait presque en face. Mais sa question le gêna, il s'imagina qu'elle allait pousser la bonne camaraderie jusqu'à lui demander de voir sa chambre. Celle-ci était si sommairement meublée et si en désordre, qu'il en avait honte.

« Oh ! je ne demeure pas, je perche, répondit-il. Dépêchons-nous, je crains que le chef ne soit déjà sorti. »

En effet, lorsqu'ils se présentèrent à la petite maison que ce dernier occupait, derrière le dépôt, dans l'enceinte de la gare, ils ne le trouvèrent pas ; et, inutilement, ils allèrent de hangar en hangar : partout on leur dit de revenir vers quatre heures et demie, s'ils voulaient être certains de le rencontrer, aux ateliers de réparation.

« C'est bien, nous reviendrons », déclara Séverine. Puis, quand elle fut de nouveau dehors, seule en compagnie de Jacques :

« Si vous êtes libre, ça ne vous fait rien que je reste à attendre avec vous ? »

Il ne pouvait refuser, et d'ailleurs, malgré l'inquiétude sourde qu'elle lui causait, elle exerçait sur lui un charme grandissant et si fort, que la maussaderie volontaire où il s'était promis de s'enfermer, s'en allait à ses doux regards. Celle-là, avec sa longue figure tendre et peureuse, devait aimer comme un chien fidèle, qu'on n'a pas même le courage de battre.

« Sans doute, je ne vous quitte pas, répondit-il d'un ton moins brusque. Seulement, nous avons plus d'une heure à perdre... Voulez-vous entrer dans un café ? »

Elle lui souriait, heureuse de le sentir enfin cordial. Vivement, elle se récria.

« Oh ! non, non, je ne veux pas m'enfermer... J'aime mieux marcher à votre bras, dans les rues, où vous voudrez. »

Et elle lui prit le bras d'elle-même, gentiment. Maintenant qu'il n'était plus noir du voyage, elle le trouvait distingué, avec sa mise d'employé à l'aise, son air bourgeois, que relevait une sorte de fierté libre, l'habitude du grand air et du danger bravé chaque jour. Jamais elle n'avait si bien remarqué qu'il était beau garçon, le visage rond et régulier, les moustaches très brunes sur la peau blanche ; et, seuls, ses yeux fuyants, ses yeux semés de points d'or, qui se détournaient d'elle, continuaient à la mettre en défiance. S'il évitait de la regarder en face, était-ce donc qu'il ne voulait pas s'engager, rester maître d'agir à sa guise, même contre elle ? Dès ce moment, dans l'incertitude où elle était encore, reprise d'un frisson, chaque fois qu'elle songeait à ce cabinet de la rue du Rocher où sa vie se décidait, elle n'eut plus qu'un but, sentir à elle, tout à elle, l'homme qui lui donnait le bras, obtenir que, lorsqu'elle levait la tête, il laissât ses yeux dans les siens, profondément. Alors, il lui appartiendrait. Elle ne l'aimait point, elle ne pensait pas même à cela. Simplement, elle s'efforçait de faire de lui sa chose, pour n'avoir plus à le craindre.

Quelques minutes, ils marchèrent sans parler, dans le continuel flot de passants qui encombre ce quartier populeux. Parfois, ils étaient forcés de descendre du trottoir ; et ils traversaient la chaussée, au milieu des voitures. Puis, ils se trouvèrent devant le square des Batignolles, presque désert à cette époque de l'année. Le ciel pourtant, lavé par le déluge du matin, était d'un bleu très doux ; et, sous le tiède soleil de mars, les lilas bourgeonnaient.

« Entrons-nous ? demanda Séverine. Tout ce monde m'étourdit. »

De lui-même, Jacques allait entrer, inconscient du besoin de l'avoir plus à lui, loin de la foule.

« Là ou ailleurs, dit-il. Entrons. »

Lentement, ils continuèrent de marcher le long des pelouses, entre les arbres sans feuilles. Quelques femmes promenaient des enfants au maillot, et il y avait des passants qui traversaient le jardin pour couper au plus court, hâtant le pas. Ils enjambèrent la rivière, montèrent parmi les rochers ; puis, ils revenaient, désœuvrés, lorsqu'ils passèrent parmi des touffes de sapins, dont les feuillages persistants luisaient au soleil, d'un vert sombre. Et, un banc se trouvant là, dans ce soin solitaire, caché aux regards, ils s'assirent, sans même se consulter cette fois, comme amenés à cette place par une entente.

« Il fait beau tout de même, aujourd'hui, dit-elle après un silence.

— Oui, répondit-il, le soleil a reparu. »

Mais leur pensée n'était point à cela. Lui, qui fuyait les femmes, venait de songer aux événements qui l'avaient rapproché de celle-ci. Elle était là, elle le touchait, elle menaçait d'envahir son existence, et il en éprouvait une continuelle surprise. Depuis le dernier interrogatoire, à Rouen, il n'en doutait plus, cette femme était complice, dans le meurtre de la Croix-de-Maufras. Comment ? à la suite de quelles circonstances ? poussée par quelle passion ou quel intérêt ? Il s'était posé ces questions, sans pouvoir clairement les résoudre. Pourtant, il avait fini par arranger une histoire : le mari intéressé, violent, ayant hâte d'entrer en possession du legs ; peut-être la peur que le testament ne fût changé à leur désavantage ; peut-être le calcul d'attacher sa femme à lui, par un lien sanglant. Et il s'en tenait à cette histoire, dont les coins obscurs l'attiraient, l'intéressaient, sans qu'il cherchât à les éclaircir. L'idée que son devoir serait de tout dire à la justice l'avait hanté aussi. Même c'était cette idée qui le préoccupait, depuis qu'il se trouvait assis sur ce banc, près d'elle, si près, qu'il sentait contre sa hanche la tiédeur de la sienne.

« En mars, reprit-il, c'est étonnant, de pouvoir ainsi rester dehors, comme en été.

— Oh ! dit-elle, dès que le soleil monte, ça se sent bien. »

Et, de son côté, elle réfléchissait qu'il aurait fallu vraiment que ce garçon fût bête, pour ne pas les avoir devinés coupables. Ils s'étaient trop jetés à sa tête, elle continuait à se serrer trop contre lui, en ce moment même. Aussi, dans le silence coupé de paroles vides, suivait-elle les réflexions qu'il faisait. Leurs yeux s'étant rencontrés, elle venait de lire qu'il en arrivait à se demander si ce n'était pas elle qu'il avait vue, pesant de tout son poids sur les jambes de la victime, ainsi qu'une masse noire. Que faire, que dire, pour le lier d'un lien indestructible ?

« Ce matin, ajouta-t-elle, il faisait très froid au Havre.

— Sans compter, dit-il, toute l'eau que nous avons reçue. »

Et, à cet instant, Séverine eut une brusque inspiration. Elle ne raisonna pas, ne discuta pas : cela lui arrivait, comme une impulsion instinctive, des profondeurs obscures de son intelligence et de son cœur ; car, si elle avait discuté, elle n'aurait rien dit. Mais elle sentait que cela était très bien, et qu'en parlant, elle le conquérait.

Doucement, elle lui prit la main, elle le regarda. Les touffes d'arbres verts les cachaient aux passants des rues voisines ; ils n'entendaient qu'un lointain roulement de voitures, assourdi dans cette solitude ensoleillée du square ; tandis que, seul, au détour de l'allée, un enfant était là, jouant en silence à emplir de sable un petit seau, avec une pelle. Et, sans transition, de toute son âme, à demi-voix :

« Vous me croyez coupable ? »

Il frémit légèrement, il arrêta ses yeux dans les siens.

« Oui », répondit-il, de la même voix basse et émue.

Alors, elle serra sa main qu'elle avait gardée, d'une étreinte plus étroite ; et elle ne continua pas tout de suite, elle sentait leur fièvre se confondre.

« Vous vous trompez, je ne suis pas coupable. »

Et elle disait cela, non pour le convaincre, lui, mais uniquement pour l'avertir qu'elle devait être innocente, aux yeux des autres. C'était l'aveu de la femme qui dit non, dans le désir que ce soit non, quand même et toujours.

« Je ne suis pas coupable... Vous ne me ferez plus la peine de croire que je suis coupable. »

Et elle était très heureuse, en voyant qu'il laissait ses yeux dans les siens, profondément. Sans doute, ce qu'elle venait de faire là, c'était le don de sa personne ; car elle se livrait, et plus tard, s'il la réclamait, elle ne pourrait se refuser. Mais le lien était noué entre eux, indissoluble : elle le défiait bien de parler maintenant, il était à elle comme elle était à lui. L'aveu les avait unis.

« Vous ne me ferez plus de peine, vous me
croyez ?

— Oui, je vous crois », répondit-il en souriant.

Pourquoi l'aurait-il forcée à causer brutalement de cette chose affreuse ? Plus tard, elle lui
conterait tout, si elle en éprouvait le besoin. Cette
façon de se tranquilliser, en se confessant à lui,
sans rien dire, le touchait beaucoup, ainsi qu'une
marque d'infinie tendresse. Elle était si confiante,
si fragile, avec ses doux yeux de pervenche ! Elle
lui apparaissait si femme, toute à l'homme, toujours prête à le subir, pour être heureuse ! Et,
surtout, ce qui le ravissait, tandis que leurs mains
restaient jointes et que leurs regards ne se quittaient plus, c'était de ne pas retrouver en lui son
malaise, cet effrayant frisson qui l'agitait, près
d'une femme, à l'idée de la possession. Les autres,
il n'avait pu toucher à leur chair, sans éprouver
le désir d'y mordre, dans une abominable faim
d'égorgement. Pourrait-il donc l'aimer, celle-là,
et ne point la tuer ?

« Vous savez bien que je suis votre ami et que
vous n'avez rien à craindre de moi, murmura-t-il
à son oreille. Je ne veux pas connaître vos affaires,
ce sera comme il vous plaira... Vous m'entendez ?
Disposez entièrement de ma personne. »

Il s'était approché si près de son visage, qu'il
sentait son haleine chaude dans ses moustaches.
Le matin encore, il en aurait tremblé, sous la
peur sauvage d'une crise. Que se passait-il, pour
qu'il lui restât à peine un frémissement, avec la
lassitude heureuse des convalescences ? Cette
idée qu'elle avait tué, devenue une certitude, la

lui montrait différente, grandie, à part. Peut-être bien n'avait-elle pas aidé seulement, mais frappé. Il en fut convaincu, sans preuve aucune. Et, dès lors, elle sembla lui être sacrée, en dehors de tout raisonnement, dans l'inconscience du désir effrayé qu'elle lui inspirait.

Tous les deux à présent causaient avec gaieté, en couple de rencontre, chez qui l'amour commence.

« Vous devriez me donner votre autre main, pour que je la réchauffe.

— Oh ! non, pas ici. On nous verrait.

— Qui donc ? puisque nous sommes seuls... Et d'ailleurs, il n'y aurait pas grand mal. Les enfants ne se font pas comme ça.

— Je l'espère bien. »

Elle riait franchement, dans la joie d'être sauvée. Elle ne l'aimait pas, ce garçon ; elle croyait en être bien sûre ; et, si elle s'était promise, elle rêvait déjà au moyen de ne pas payer. Il avait l'air gentil, il ne la tourmenterait pas, tout s'arrangeait très bien.

« C'est entendu, nous sommes camarades, sans que les autres, ni même mon mari, aient rien à y voir... Maintenant, lâchez-moi la main, et ne me regardez plus comme ça, parce que vous allez vous user les yeux. »

Mais il gardait ses doigts délicats entre les siens. Très bas, il bégaya :

« Vous savez que je vous aime. »

Vivement, elle s'était dégagée, d'une légère secousse. Et, debout devant le banc, où il restait assis :

« En voilà une folie, par exemple ! Soyez convenable, on vient. »

En effet, une nourrice arrivait, avec son poupon
endormi entre les bras. Puis, une jeune fille passa,
très affairée. Le soleil baissait, se noyait à l'horizon, dans des vapeurs violâtres, et les rayons s'en
allaient des pelouses, mourant en poussière d'or,
à la pointe verte des sapins. Il y eut comme un
arrêt subit dans le roulement continu des voitures.
On entendit sonner cinq heures, à une horloge
voisine.

« Ah ! mon Dieu ! s'écria Séverine, cinq heures,
et j'ai rendez-vous rue du Rocher ! »

Sa joie tombait, elle retrouvait l'angoisse de
l'inconnu qui l'attendait, là-bas, en se souvenant
qu'elle n'était pas sauvée encore. Elle devint toute
pâle, les lèvres tremblantes.

« Mais le chef du dépôt que vous aviez à voir ?
dit Jacques, qui s'était levé du banc pour la
reprendre à son bras.

— Tant pis ! je le verrai une autre fois…
Écoutez, mon ami, je n'ai plus besoin de vous,
laissez-moi vite faire ma course. Et merci encore,
merci de tout mon cœur. »

Elle lui serrait les mains, elle se hâtait.

« À tout à l'heure, au train.

— Oui, à tout à l'heure. »

Déjà, elle s'éloignait d'un pas rapide, elle disparaissait entre les massifs du square ; tandis que
lui, lentement, se dirigeait vers la rue Cardinet.

M. Camy-Lamotte venait d'avoir, chez lui, une
longue conférence avec le chef de l'exploitation de
la Compagnie de l'Ouest. Mandé sous le prétexte

d'une autre affaire, celui-ci avait fini par confesser combien ce procès Grandmorin ennuyait la Compagnie. Il y avait d'abord les plaintes des journaux, au sujet du peu de sécurité pour les voyageurs, dans les voitures de première classe. Puis, tout le personnel se trouvait mêlé à l'aventure, plusieurs employés étaient soupçonnés, sans compter ce Roubaud, le plus compromis, qu'on pouvait arrêter d'un moment à l'autre. Enfin, les bruits de vilaines mœurs qui couraient sur le président, membre du conseil d'administration, semblaient rejaillir sur ce conseil tout entier. Et c'était ainsi que le crime présumé d'un petit sous-chef de gare, quelque histoire louche, basse et malpropre, remontait au travers des rouages compliqués, ébranlait cette machine énorme d'une exploitation de voie ferrée, en détraquait jusqu'à l'administration supérieure. La secousse allait même plus haut, gagnait le ministère, menaçait l'État, dans le malaise politique du moment : heure critique, grand corps social dont la moindre fièvre hâtait la décomposition. Aussi, lorsque M. Camy-Lamotte avait su de son interlocuteur que la Compagnie, le matin, avait résolu le renvoi de Roubaud, s'était-il vivement élevé contre cette mesure. Non ! non ! rien ne serait plus maladroit, cela redoublerait le tapage dans la presse, si elle s'avisait de poser le sous-chef en victime politique. Tout craquerait de plus belle, de bas en haut, et Dieu savait à quelles découvertes désagréables on arriverait pour les uns et pour les autres ! Le scandale avait trop duré, il fallait au plus tôt faire le silence. Et le chef de l'exploitation, convaincu, s'était engagé

à maintenir Roubaud, à ne pas même le déplacer du Havre. On verrait bien qu'il n'y avait pas
de malhonnêtes gens dans tout cela. C'était fini,
l'affaire serait classée.

Lorsque Séverine, essoufflée, le cœur battant à
grands coups, se retrouva dans le sévère cabinet
de la rue du Rocher, devant M. Camy-Lamotte,
celui-ci la contempla un instant en silence, intéressé par l'extraordinaire effort qu'elle faisait pour
paraître calme. Décidément, elle lui était sympa-
thique, cette criminelle délicate, aux yeux de pervenche.

« Eh bien ! Madame… »

Et il s'arrêta pour jouir de son anxiété quelques
secondes encore. Mais elle avait un regard si profond, il la sentait élancée toute vers lui, dans un
tel besoin de savoir, qu'il fut pitoyable.

« Eh bien ! Madame, j'ai vu le chef de l'exploitation, j'ai obtenu que votre mari ne fût pas congédié… L'affaire est arrangée. »

Alors, elle défaillit, sous le flot de joie trop vive
qui l'inonda. Ses yeux s'étaient emplis de larmes,
et elle ne disait rien, elle souriait.

Il répéta, en insistant sur la phrase, pour lui
donner toute sa signification :

« L'affaire est arrangée… Vous pouvez rentrer
tranquille au Havre. »

Elle entendait bien : il voulait dire qu'on ne les
arrêterait pas, qu'on leur faisait grâce. Ce n'était
pas seulement l'emploi maintenu, c'était l'effroyable drame oublié, enterré. D'un mouvement de
caresse instinctive, comme une jolie bête domestique qui remercie et flatte, elle se pencha sur ses

mains, les baisa, les garda appuyées contre ses joues. Et, cette fois, il ne les avait pas retirées, très ému lui-même du charme tendre de cette gratitude.

« Seulement, reprit-il en tâchant de redevenir sévère, souvenez-vous et conduisez-vous bien.

— Oh ! Monsieur ! »

Mais il désirait les garder à sa merci, la femme et l'homme. Il fit allusion à la lettre.

« Souvenez-vous que le dossier reste là, et qu'à la moindre faute, tout peut être repris... Surtout, recommandez à votre mari de ne plus s'occuper de politique. Sur ce chapitre, nous serions impitoyables. Je sais qu'il s'est déjà compromis, on m'a parlé d'une querelle fâcheuse avec le sous-préfet ; enfin, il passe pour républicain, c'est détestable... N'est-ce pas ? Qu'il soit sage, ou nous le supprimerons, simplement. »

Elle était debout, ayant hâte maintenant d'être dehors, pour donner de l'espace à la joie qui la suffoquait.

« Monsieur, nous vous obéirons, nous serons ce qu'il vous plaira... N'importe quand, n'importe où, vous n'aurez qu'à commander : je vous appartiens. »

Il s'était remis à sourire, de son air las, avec la pointe de dédain d'un homme qui avait longuement bu au néant de toutes choses.

« Oh ! je n'abuserai pas, Madame, je n'abuse plus. »

Et lui-même ouvrit la porte du cabinet. Sur le palier, elle se retourna deux fois, avec son visage rayonnant, qui le remerciait encore.

Dans la rue du Rocher, Séverine marcha follement. Elle s'aperçut qu'elle remontait la rue, sans
raison ; et elle redescendit la pente, traversant la
chaussée pour rien, au risque de se faire écraser. C'était un besoin de mouvement, de gestes,
de cris. Déjà, elle comprenait pourquoi on leur
faisait grâce, et elle se surprit à se dire :

« Parbleu ! ils ont peur, il n'y a pas de danger
qu'ils remuent ces choses-là, j'ai été bien bête de
me torturer. C'est évident... Ah ! quelle chance !
sauvée, sauvée pour tout de bon, cette fois !... Et
n'importe, je vais effrayer mon mari, afin qu'il
se tienne tranquille... Sauvée, sauvée, quelle
chance ! »

Comme elle débouchait dans la rue Saint-
Lazare, elle vit, à l'horloge d'un bijoutier, qu'il
était six heures moins vingt.

« Tiens ! je vais me payer un bon dîner, j'ai le
temps. »

En face de la gare, elle choisit le restaurant
le plus luxueux ; et, installée seule à une petite
table bien blanche, contre la glace sans tain de la
devanture, très amusée par le mouvement de la
rue, elle se commanda un dîner fin, des huîtres,
des filets de sole, une aile de poulet rôti... C'était
bien le moins qu'elle se rattrapât de son mauvais
déjeuner. Elle dévora, trouva exquis le pain de
gruau, se fit encore faire une friandise, des bei-
gnets soufflés. Puis, son café bu, elle se pressa,
car elle n'avait plus que quelques minutes pour
prendre l'express.

Jacques, en la quittant, après être allé chez lui
remettre ses vêtements de travail, s'était rendu

tout de suite au dépôt, où il n'arrivait d'ordinaire
qu'une demi-heure avant le départ de sa machine.
Il avait fini par se reposer sur Pecqueux des soins
de visite, bien que le chauffeur fût ivre deux fois
sur trois. Mais, ce jour-là, dans l'émotion tendre
où il était, un scrupule inconscient venait de l'envahir, il voulait s'assurer par lui-même du bon
fonctionnement de toutes les pièces ; d'autant plus
que, le matin, en venant du Havre, il croyait s'être
aperçu d'une dépense de force plus grande pour
un travail moindre.

Dans le vaste hangar fermé, noir de charbon, et
que de hautes fenêtres poussiéreuses éclairaient,
parmi les autres machines au repos, celle de
Jacques se trouvait déjà en tête d'une voie, desti-
née à partir la première. Un chauffeur du dépôt
venait de charger le foyer, des escarbilles rouges
tombaient dessous, dans la fosse à piquer le feu.
C'était une de ces machines d'express, à deux
essieux couplés, d'une élégance fine et géante,
avec ses grandes roues légères réunies par des
bras d'acier, son poitrail large, ses reins allongés et puissants, toute cette logique et toute cette
certitude qui font la beauté souveraine des êtres
de métal, la précision dans la force. Ainsi que les
autres machines de la Compagnie de l'Ouest, en
dehors du numéro qui la désignait, elle portait le
nom d'une gare, celui de Lison, une station du
Cotentin. Mais Jacques, par tendresse, en avait
fait un nom de femme, la Lison, comme il disait,
avec une douceur caressante.

Et, c'était vrai, il l'aimait d'amour, sa machine,
depuis quatre ans qu'il la conduisait. Il en avait

mené d'autres, des dociles et des rétives, des cou-
rageuses et des fainéantes ; il n'ignorait point
que chacune avait son caractère, que beaucoup
ne valaient pas grand-chose, comme on dit des
femmes de chair et d'os ; de sorte que, s'il l'aimait
celle-là, c'était en vérité qu'elle avait des qualités
rares de brave femme[1]. Elle était douce, obéissante, facile au démarrage, d'une marche régulière
et continue, grâce à sa bonne vaporisation. On
prétendait bien que, si elle démarrait avec tant
d'aisance, cela provenait de l'excellent bandage
des roues et surtout du réglage parfait des tiroirs ;
de même que, si elle vaporisait beaucoup avec peu
de combustible, on mettait cela sur le compte de
la qualité du cuivre des tubes et de la disposition
heureuse de la chaudière. Mais lui savait qu'il y
avait autre chose, car d'autres machines, identi-
quement construites, montées avec le même soin,
ne montraient aucune de ses qualités. Il y avait
l'âme, le mystère de la fabrication, ce quelque
chose que le hasard du martelage ajoute au métal,
que le tour de main de l'ouvrier monteur donne
aux pièces : la personnalité de la machine, la vie.

Il l'aimait donc en mâle reconnaissant, la Lison,
qui partait et s'arrêtait vite, ainsi qu'une cavale
vigoureuse et docile ; il l'aimait parce que, en
dehors des appointements fixes, elle lui gagnait
des sous, grâce aux primes de chauffage. Elle
vaporisait si bien, qu'elle faisait en effet de grosses
économies de charbon. Et il n'avait qu'un reproche
à lui adresser, un trop grand besoin de graissage :
les cylindres surtout dévoraient des quantités de
graisse déraisonnables, une faim continue, une

vraie débauche. Vainement, il avait tâché de la modérer. Mais elle s'essoufflait aussitôt, il fallait ça à son tempérament. Il s'était résigné à lui tolérer cette passion gloutonne, de même qu'on ferme les yeux sur un vice, chez les personnes qui sont, d'autre part, pétries de qualités ; et il se contentait de dire, avec son chauffeur, en manière de plaisanterie, qu'elle avait, à l'exemple des belles femmes, le besoin d'être graissée trop souvent.

Pendant que le foyer ronflait et que la Lison peu à peu entrait en pression, Jacques tournait autour d'elle, l'inspectant dans chacune de ses pièces, tâchant de découvrir pourquoi, le matin, elle lui avait mangé plus de graisse que de coutume. Et il ne trouvait rien, elle était luisante et propre, d'une de ces propretés gaies qui annoncent les bons soins tendres d'un mécanicien. Sans cesse, on le voyait l'essuyer, l'astiquer ; à l'arrivée surtout, de même qu'on bouchonne les bêtes fumantes d'une longue course, il la frottait vigoureusement, il profitait de ce qu'elle était chaude pour la mieux nettoyer des taches et des bavures. Il ne la bousculait jamais non plus, lui gardait une marche régulière, évitant de se mettre en retard, ce qui nécessite ensuite des sauts de vitesse fâcheux. Aussi tous deux avaient-ils fait toujours si bon ménage, que, pas une fois, en quatre années, il ne s'était plaint d'elle, sur le registre du dépôt, où les mécaniciens inscrivent leurs demandes de réparations, les mauvais mécaniciens, paresseux ou ivrognes, sans cesse en querelle avec leurs machines. Mais, vraiment, ce jour-là, il avait sur le cœur sa débauche de graisse ; et c'était autre chose aussi, quelque chose de vague et de profond, qu'il n'avait pas éprouvé encore, une inquiétude, une défiance à son égard, comme s'il doutait d'elle et qu'il eût voulu s'assurer qu'elle n'allait pas se mal conduire en route.

Cependant, Pecqueux n'était point là, et Jacques s'emporta, lorsqu'il parut enfin, la langue pâteuse, à la suite d'un déjeuner, fait avec un ami. D'habitude, les deux hommes s'entendaient très bien, dans ce long compagnonnage qui les promenait d'un bout à l'autre de la ligne, secoués côte à côte, silencieux, unis par la même besogne et les mêmes dangers. Bien qu'il fût son cadet de plus de dix ans, le mécanicien se montrait paternel pour son chauffeur, couvrait ses vices, le laissait dormir une heure, lorsqu'il était trop ivre ; et celui-ci lui rendait cette complaisance en un dévouement de bon chien, excellent ouvrier d'ailleurs, rompu au métier, en dehors de son ivrognerie. Il faut dire que lui aussi aimait la Lison, ce qui suffisait pour la bonne entente. Eux deux et la machine, ils faisaient un vrai ménage à trois, sans jamais une dispute. Aussi Pecqueux, interloqué d'être si mal reçu, regarda-t-il Jacques avec un redoublement de surprise, lorsqu'il l'entendit grogner ses doutes contre elle.

« Quoi donc ? mais elle va comme une fée !

— Non, non, je ne suis pas tranquille. »

Et, malgré le bon état de chaque pièce, il continuait à hocher la tête. Il fit jouer les manettes, s'assura du fonctionnement de la soupape. Il monta sur le tablier, alla emplir lui-même les godets graisseurs des cylindres ; pendant que

le chauffeur essuyait le dôme, où restaient de
légères traces de rouille. La tringle de la sablière
marchait bien, tout aurait dû le rassurer. C'était
que, dans son cœur, la Lison ne se trouvait plus
seule. Une autre tendresse y grandissait, cette
créature mince, si fragile, qu'il revoyait toujours
près de lui, sur le banc du square, avec sa faiblesse câline, qui avait besoin d'être aimée et
protégée. Jamais, quand une cause involontaire
l'avait mis en retard, qu'il lançait sa machine à
une vitesse de quatre-vingts kilomètres, jamais il
n'avait songé aux dangers que pouvaient courir
les voyageurs. Et voilà que la seule idée de reconduire au Havre cette femme presque détestée le
matin, amenée avec ennui, le travaillait d'une
inquiétude, de la crainte d'un accident, où il se
l'imaginait blessée par sa faute, mourante entre
ses bras. Dès maintenant, il avait charge d'amour.
La Lison, soupçonnée, ferait bien de se conduire
correctement, si elle voulait garder son renom de
bonne marcheuse.

Six heures sonnèrent, Jacques et Pecqueux
montèrent sur le petit pont de tôle qui reliait le
tender à la machine ; et, le dernier ayant ouvert le
purgeur sur un signe de son chef, un tourbillon de
vapeur blanche emplit le hangar noir. Puis, obéissant à la manette du régulateur, lentement tournée par le mécanicien, la Lison démarra, sortit du
dépôt, siffla pour se faire ouvrir la voie. Presque
tout de suite, elle put s'engager dans le tunnel
des Batignolles. Mais, au pont de l'Europe, il lui
fallut attendre ; et il n'était que l'heure réglementaire, lorsque l'aiguilleur l'envoya sur l'express de

six heures trente, auquel deux hommes d'équipe l'attelèrent solidement.

On allait partir, il n'y avait plus que cinq minutes, et Jacques se penchait, surpris de ne pas voir Séverine au milieu de la bousculade des voyageurs. Il était bien certain qu'elle ne monterait pas, sans être d'abord venue jusqu'à lui. Enfin, elle parut, en retard, courant presque. Et, en effet, elle longea tout le train, ne s'arrêta qu'à la machine, le teint animé, exultante de joie.

Ses petits pieds se haussèrent, sa face se leva, rieuse.

« Ne vous inquiétez pas, me voici. »

Lui, également, se mit à rire, heureux qu'elle fût là.

« Bon, bon ! ça va bien. »

Mais elle se haussa encore, reprit à voix plus basse :

« Mon ami, je suis contente, très contente... Une grande chance qui m'arrive... Tout ce que je désirais. »

Et il comprit parfaitement, il en éprouva un gros plaisir. Puis, comme elle repartait en courant, elle se retourna pour ajouter, par plaisanterie :

« Dites donc, maintenant, n'allez pas me casser les os. »

Il se récria, d'une voix gaie :

« Oh ! par exemple ! n'ayez pas peur ! »

Mais les portières battaient, Séverine n'eut que le temps de monter ; et Jacques, au signal du conducteur-chef, siffla, puis ouvrit le régulateur. On partit. C'était le même départ que celui du train tragique de février, à la même heure, au milieu des mêmes activités de la gare, dans les mêmes bruits, les mêmes fumées. Seulement, il faisait jour encore, un crépuscule clair, d'une douceur infinie. La tête à la portière, Séverine regardait.

Et, sur la Lison, Jacques, monté à droite, chaudement vêtu d'un pantalon et d'un bourgeron de laine, portant des lunettes à œillères de drap, attachées derrière la tête, sous sa casquette, ne quittait plus la voie des yeux, se penchait à toute seconde, en dehors de la vitre de l'abri, pour mieux voir. Rudement secoué par la trépidation, n'en ayant pas même conscience, il avait la main droite sur le volant du changement de marche, comme un pilote sur la roue du gouvernail ; il le manœuvrait d'un mouvement insensible et continu, modérant, accélérant la vitesse ; et, de la main gauche, il ne cessait de tirer la tringle du sifflet, car la sortie de Paris est difficile, pleine d'embûches. Il sifflait aux passages à niveau, aux gares, aux tunnels, aux grandes courbes. Un signal rouge s'étant montré, au loin, dans le jour tombant, il demanda longuement la voie, passa comme un tonnerre[1]. À peine, de temps à autre, jetait-il un coup d'œil sur le manomètre, tournant le petit volant de l'injecteur, dès que la pression atteignait dix kilogrammes. Et c'était sur la voie toujours, en avant, que revenait son regard, tout à la surveillance des moindres particularités, dans une attention telle, qu'il ne voyait rien autre, qu'il ne sentait même pas le vent souffler en tempête. Le manomètre baissa, il ouvrit la porte du foyer, en haussant la crémaillère ; et Pecqueux, habitué au geste, comprit, cassa à coups de marteau du charbon, qu'il étala avec la pelle, en une couche bien égale, sur toute la largeur de la grille. Une chaleur ardente leur brûlait les jambes à tous deux ; puis, la porte refermée, de nouveau le courant d'air glacé souffla.

La nuit tombait, Jacques redoublait de prudence. Il avait rarement senti la Lison si obéissante ; il la possédait, la chevauchait à sa guise, avec l'absolue volonté du maître ; et, pourtant, il ne se relâchait pas de sa sévérité, la traitait en bête domptée, dont il faut se méfier toujours. Là, derrière son dos, dans le train lancé à grande vitesse, il voyait une figure fine, s'abandonnant à lui, confiante, souriante. Il en avait un léger frisson, il serrait d'une poigne plus rude le volant du changement de marche, il perçait les ténèbres croissantes d'un regard fixe, en quête de feux rouges. Après les embranchements d'Asnières et de Colombes, il avait respiré un peu. Jusqu'à Mantes, tout allait bien, la voie était un véritable palier, où le train roulait à l'aise. Après Mantes, il dut pousser la Lison, pour qu'elle montât une rampe assez forte, presque d'une demi-lieue. Puis, sans la ralentir, il la lança sur la pente douce du tunnel de Rolleboise, deux kilomètres et demi de tunnel, qu'elle franchit en trois minutes à peine. Il n'y avait plus qu'un autre tunnel, celui de Roule, près de Gaillon, avant la gare de Sotteville, une gare redoutée, que la complication des voies, les continuelles manœuvres, l'encombrement constant, rendent très périlleuse. Toutes les forces de son être étaient dans ses yeux qui veillaient, dans sa main qui conduisait ; et la Lison, sifflante et fumante, traversa Sotteville à toute vapeur, ne s'arrêta qu'à Rouen, d'où elle repartit, calmée un peu, montant avec plus de lenteur la rampe qui va jusqu'à Malaunay.

La lune s'était levée, très claire, d'une lumière blanche, qui permettait à Jacques de distinguer les moindres buissons, et jusqu'aux pierres des chemins, dans leur fuite rapide. Comme, à la sortie du tunnel de Malaunay, il jetait à droite un coup d'œil, inquiet de l'ombre portée d'un grand arbre, barrant la voie, il reconnut le coin reculé, le champ de broussailles, d'où il avait vu le meurtre. Le pays, désert et farouche, défilait avec ses continuelles côtes, ses creux noirs de petits bois, sa désolation ravagée. Ensuite, ce fut, à la Croix-de-Maufras, sous la lune immobile, la brusque vision de la maison plantée de biais, dans son abandon et sa détresse, les volets éternellement clos, d'une mélancolie affreuse. Et, sans savoir pourquoi, cette fois encore, plus que les précédentes, Jacques eut le cœur serré, comme s'il passait devant son malheur.

Mais, tout de suite, ses yeux emportèrent une autre image. Près de la maison des Misard, contre la barrière du passage à niveau, Flore était là, debout. Maintenant, à chaque voyage, il la voyait à cette place, l'attendant, le guettant. Elle ne remua pas, elle tourna simplement la tête, pour le suivre plus longtemps, dans l'éclair qui l'emportait. Sa haute silhouette se détachait en noir sur la lumière blanche, ses cheveux d'or s'allumaient seuls, à l'or pâle de l'astre.

Et Jacques, ayant poussé la Lison pour lui faire

franchir la rampe de Motteville, la laissa souffler un peu le long du plateau de Bolbec, puis la
lança enfin, de Saint-Romain à Harfleur, sur la
plus forte pente de la ligne, trois lieues que les
machines dévorent d'un galop de bêtes folles, sentant l'écurie. Et il était brisé de fatigue, au Havre,
lorsque, sous la marquise, pleine du vacarme et de
la fumée de l'arrivée, Séverine, avant de remonter chez elle, accourut lui dire, de son air gai et
tendre :

« Merci, à demain. »

VI

Un mois se passa, et un grand calme s'était fait de nouveau dans le logement que les Roubaud occupaient au premier étage de la gare, au-dessus des salles d'attente. Chez eux, chez leurs voisins de couloir, parmi ce petit monde d'employés, soumis à une existence d'horloge par l'uniforme retour des heures réglementaires, la vie s'était remise à couler, monotone. Et il semblait que rien ne se fût passé de violent ni d'anormal.

La bruyante et scandaleuse affaire Grandmorin, tout doucement, s'oubliait, allait être classée, par l'impuissance où paraissait être la justice de découvrir le coupable. Après une prévention d'une quinzaine de jours encore, le juge d'instruction Denizet avait rendu une ordonnance de non-lieu, à l'égard de Cabuche, motivée sur ce qu'il n'existait pas contre lui de charges suffisantes ; et une légende de police était en train de se former, romanesque : celle d'un assassin inconnu, insaisissable, un aventurier du crime, présent partout à la fois, que l'on chargeait de tous les meurtres et qui se dissipait en fumée, à la seule

apparition des agents. À peine quelques plaisanteries reparaissaient-elles de loin en loin sur ce
légendaire assassin, dans la presse de l'opposition,
enfiévrée par l'approche des élections générales.
La pression du pouvoir, les violences des préfets
lui fournissaient quotidiennement d'autres sujets
d'articles indignés ; si bien que, les journaux ne
s'occupant plus de l'affaire, elle était sortie de la
curiosité passionnée de la foule. On n'en causait
même plus.

Ce qui avait achevé de ramener le calme chez les
Roubaud, c'était l'heureuse façon dont venait de
s'aplanir l'autre difficulté, celle que menaçait de
soulever le testament du président Grandmorin.
Sur les conseils de Mme Bonnehon, les Lachesnaye avaient enfin consenti à ne pas attaquer ce
testament, dans la crainte de réveiller le scandale,
très incertains aussi du résultat d'un procès. Et,
mis en possession de leur legs, les Roubaud se
trouvaient, depuis une semaine, propriétaires de
la Croix-de-Maufras, la maison et le jardin, éva-
lués à une quarantaine de mille francs. Tout de
suite, ils avaient décidé de la vendre, cette maison de débauche et de sang, qui les hantait ainsi
qu'un cauchemar, où ils n'auraient point osé dormir, dans l'épouvante des spectres du passé ; et de
la vendre en bloc, avec les meubles, telle qu'elle
était, sans la réparer ni même en enlever la poussière. Mais, comme, à des enchères publiques,
elle aurait trop perdu, les acheteurs étant rares
qui consentiraient à se retirer dans cette solitude, ils avaient résolu d'attendre un amateur,
ils s'étaient contentés d'accrocher à la façade un

immense écriteau, aisément lisible des continuels trains qui passaient. Cet appel en grosses lettres, cette désolation à vendre, ajoutait à la tristesse des volets clos et du jardin envahi par les ronces. Roubaud ayant absolument refusé d'y aller, même en passant, prendre certaines dispositions néces-saires, Séverine s'y était rendue un après-midi ; et elle avait laissé les clefs aux Misard, en les char-geant de montrer la propriété, si des acquéreurs se présentaient. On aurait pu s'y installer en deux heures, car il y avait jusqu'à du linge dans les armoires.

Et, rien dès lors n'inquiétant plus les Roubaud, ils laissaient donc couler chaque journée dans l'attente assoupie du lendemain. La maison fini-rait par se vendre, ils en placeraient l'argent, tout marcherait très bien. Ils l'oubliaient d'ailleurs, ils vivaient comme s'ils ne devaient jamais sortir des trois pièces qu'ils occupaient : la salle à manger, dont la porte s'ouvrait directement sur le couloir ; la chambre à coucher, assez vaste, à droite ; la cuisine, toute petite et sans air, à gauche. Même, devant leurs fenêtres, la marquise de la gare, cette pente de zinc qui leur barrait la vue, ainsi qu'un mur de prison, au lieu de les exaspérer comme autrefois, semblait les tranquilliser, augmentait la sensation d'infini repos, de paix réconfortante où ils s'endormaient. Au moins, on n'était pas vu des voisins, on n'avait pas toujours devant soi des yeux d'espions à fouiller chez vous ; et ils ne se plaignaient plus, le printemps étant venu, que de la chaleur étouffante, des reflets aveuglants du zinc, chauffé par les premiers soleils. Après la

secousse effroyable, qui, pendant près de deux
mois, les avait fait vivre dans un continuel frisson, ils jouissaient béatement de cette réaction de
torpeur envahissante. Ils demandaient à ne plus
bouger, heureux d'être, simplement, sans trembler
ni souffrir. Jamais Roubaud ne s'était montré un
employé si exact, si consciencieux : la semaine de
jour, descendu sur le quai à cinq heures du matin,
il ne remontait déjeuner qu'à dix, redescendait
à onze, allait jusqu'à cinq heures du soir, onze
heures pleines de service ; la semaine de nuit, pris
de cinq heures du soir à cinq heures du matin,
il n'avait même point le court repos d'un repas
fait chez lui, car il soupait dans son bureau ; et
il portait cette dure servitude avec une sorte de
satisfaction, il semblait s'y complaire, descendant aux détails, voulant tout voir, tout faire,
comme s'il avait trouvé un oubli à cette fatigue,
un recommencement de vie équilibrée, normale.
De son côté, Séverine, presque toujours seule,
qui était veuve une semaine sur deux, qui l'autre
semaine ne le voyait qu'au déjeuner et au dîner,
paraissait prise d'une fièvre de bonne ménagère.
D'habitude, elle s'asseyait, brodait, détestant de
toucher au ménage, qu'une vieille femme, la mère
Simon, venait faire, de neuf heures à midi. Mais,
depuis qu'elle se retrouvait tranquille chez elle,
certaine d'y rester, des idées de nettoyage, d'arrangement, l'occupaient. Elle ne reprenait sa chaise
qu'après avoir fureté partout. Du reste, tous deux
dormaient d'un bon sommeil. Dans leurs rares
tête-à-tête, aux repas, ainsi que les nuits où ils
couchaient ensemble, jamais ils ne reparlaient de

l'affaire ; et ils devaient croire que c'était chose finie, enterrée.

Pour Séverine, surtout, l'existence redevint ainsi très douce. Ses paresses la reprirent, elle abandonna de nouveau le ménage à la mère Simon, en demoiselle faite seulement pour les fins travaux d'aiguille. Elle avait commencé une œuvre interminable, tout un couvre-pied brodé, qui menaçait de l'occuper sa vie entière. Elle se levait assez tard, heureuse de rester seule au lit, bercée par les départs et les arrivées de trains, qui marquaient pour elle la marche des heures, exactement, ainsi qu'une horloge. Dans les premiers temps de son mariage, ces bruits violents de la gare, coups de sifflet, chocs de plaques tournantes, roulements de foudre, ces trépidations brusques, pareilles à des tremblements de terre, qui la secouaient avec les meubles, l'avaient affolée. Puis, peu à peu, l'habitude était venue, la gare sonore et frissonnante entrait dans sa vie ; et, maintenant, elle s'y plaisait, son calme était fait de cette agitation et de ce vacarme. Jusqu'au déjeuner, elle voyageait d'une pièce dans l'autre, causait avec la femme de ménage, les mains inertes. Puis, elle passait les longs après-midi, assise devant la fenêtre de la salle à manger, son ouvrage le plus souvent tombé sur les genoux, heureuse de ne rien faire. Les semaines où son mari remontait se coucher au petit jour, elle l'entendait ronfler jusqu'au soir ; et, du reste, c'était devenu pour elle les bonnes semaines, celles qu'elle vivait comme autrefois, avant d'être mariée, tenant toute la largeur du lit, se récréant ensuite à son gré, libre de sa journée entière. Elle ne sortait presque jamais, elle n'apercevait du Havre que les fumées des usines voisines, dont les gros tourbillons noirs tachaient le ciel, au-dessus du faîtage de zinc, qui coupait l'horizon, à quelques mètres de ses yeux. La ville était là, derrière cet éternel mur ; elle la sentait toujours présente, son ennui de ne pas la voir avait à la longue pris de la douceur ; cinq ou six pots de giroflées et de verveines, qu'elle cultivait dans le chéneau de la marquise, lui faisaient un petit jardin, fleurissant sa solitude. Parfois, elle parlait d'elle comme d'une recluse, au fond d'un bois. Seul, à ses moments de flâne, Roubaud enjambait la fenêtre ; puis, filant le long du chéneau, il allait jusqu'au bout, montait la pente de zinc, s'asseyait en haut du pignon, au-dessus du cours Napoléon ; et là, enfin, il fumait sa pipe, en plein ciel, dominant la ville étalée à ses pieds, les bassins plantés de la haute futaie des mâts, la mer immense, d'un vert pâle, à l'infini.

Il semblait que la même somnolence eût gagné les autres ménages d'employés, voisins des Roubaud. Ce couloir, où soufflait d'ordinaire un si terrible vent de commérages, s'endormait lui aussi. Quand Philomène rendait visite à madame Lebleu, c'était à peine si l'on entendait le léger murmure de leurs voix. Surprises toutes deux de voir comment tournaient les choses, elles ne parlaient plus du sous-chef qu'avec une commisération dédaigneuse : bien sûr que, pour lui conserver sa place, son épouse était allée en faire de belles, à Paris ; enfin, un homme taré maintenant, qui ne se laverait pas de certains soupçons. Et, comme la femme du caissier avait la conviction que désormais ses voisins n'étaient point de force à lui reprendre le logement, elle leur témoignait simplement beaucoup de mépris, passant très raide, ne saluant pas ; si bien qu'elle indisposa même Philomène, qui vint de moins en moins : elle la trouvait trop fière, ne s'amusait plus. Pourtant, Mme Lebleu, pour s'occuper, continuait à guetter l'intrigue de Mlle Guichon avec le chef de gare, M. Dabadie, sans jamais les surprendre, d'ailleurs. Dans le couloir, il n'y avait plus que le frôlement imperceptible de ses pantoufles de feutre. Tout s'étant ainsi ensommeillé de proche en proche, un mois se passa, de paix souveraine, comme ces grands sommeils qui suivent les grandes catastrophes.

Mais, chez les Roubaud, un point restait, douloureux, inquiétant, un point du parquet de la salle à manger, où leurs yeux ne pouvaient se porter par hasard, sans qu'un malaise, de nouveau, les troublât. C'était, à gauche de la fenêtre, la frise de chêne qu'ils avaient déplacée, puis remise, pour cacher dessous la montre et les dix mille francs, pris sur le corps de Grandmorin, sans compter environ trois cents francs en or, dans un porte-monnaie. Cette montre et cet argent, Roubaud ne les avait enlevés des poches que pour faire croire au vol. Il n'était pas un voleur, il serait mort de faim à côté, comme il le disait, plutôt que de profiter d'un centime ou de vendre la montre. L'argent de ce vieux, qui avait sali sa femme, dont il avait fait justice, cet argent taché de boue et de sang, non ! non ! ce n'était pas de l'argent assez propre, pour qu'un honnête homme y touchât. Et il ne songeait même point à la maison de la Croix-de-Maufras, dont il acceptait le cadeau : seul, le fait de la victime fouillée, de ces billets emportés dans l'abomination du meurtre, le révoltait, soulevait sa conscience, d'un mouvement de recul et de peur. Cependant, la volonté ne lui était pas venue de les brûler, puis d'aller un soir jeter la montre et le porte-monnaie à la mer. Si la simple prudence le lui conseillait, un instinct sourd protestait en lui contre cette destruction. Il avait un respect inconscient, jamais il ne se serait résigné à anéantir une telle somme. D'abord, la première nuit, il l'avait enfouie sous son oreiller, ne jugeant aucun coin assez sûr. Les jours suivants, il s'était ingénié à découvrir des cachettes, il en changeait chaque matin, agité au moindre bruit, dans la crainte d'une perquisition judiciaire. Jamais il n'avait fait une pareille dépense d'imagination. Puis, à bout de ruses, las de trembler, il avait eu un jour la paresse de reprendre l'argent et la montre, cachés la veille sous la frise ; et, maintenant, pour rien au monde, il n'aurait fouillé là : c'était comme un charnier, un trou d'épouvante et de mort, où des spectres l'attendaient. Il évitait même, en marchant, de poser les pieds sur cette feuille du parquet ; car la sensation lui en était désagréable, il s'imaginait en recevoir dans les jambes un léger choc. Séverine, l'après-midi, lorsqu'elle s'asseyait devant la fenêtre, reculait sa chaise, pour n'être pas juste au-dessus du cadavre, qu'ils gardaient ainsi dans leur plancher. Ils n'en parlaient pas entre eux, s'efforçaient de croire qu'ils s'y accoutumeraient, finissaient par s'irriter de le retrouver, de le sentir à chaque heure, de plus en plus importun, sous leurs semelles. Et ce malaise était d'autant plus singulier, qu'ils ne souffraient nullement du couteau, le beau couteau neuf acheté par la femme, et que le mari avait planté dans la gorge de l'amant. Simplement lavé, il traînait au fond d'un tiroir, il servait parfois à la mère Simon, pour couper le pain.

D'ailleurs, dans cette paix où il vivait, Roubaud venait d'introduire une autre cause de trouble, peu à peu grandissante, en forçant Jacques à les fréquenter. Le roulement de son service ramenait le mécanicien au Havre trois fois par semaine : le lundi, de dix heures trente-cinq du matin à six heures vingt du soir ; le jeudi et le samedi, de onze heures cinq du soir à six heures quarante du matin. Et, le premier lundi, après le voyage de Séverine, le sous-chef s'était acharné.

« Voyons, camarade, vous ne pouvez pas refuser de manger un morceau avec nous... Que diable ! vous avez été très gentil pour ma femme, je vous dois bien un remerciement. »

Deux fois en un mois, Jacques avait ainsi accepté à déjeuner. Il semblait que Roubaud, gêné des grands silences qui se faisaient maintenant, quand il mangeait avec sa femme, éprouvât un soulagement, dès qu'il pouvait mettre un convive entre eux. Tout de suite, il retrouvait des histoires, il causait et plaisantait.

« Revenez donc le plus souvent possible ! Vous voyez bien que vous ne nous gênez pas. »

Un soir, un jeudi, comme Jacques, débarbouillé,

allait se mettre au lit, il avait rencontré le sous-chef flânant autour du dépôt ; et, malgré l'heure tardive, ce dernier, ennuyé de rentrer seul, s'était fait accompagner jusqu'à la gare, puis avait entraîné le jeune homme chez lui. Séverine, levée encore, lisait. On avait pris un petit verre, on avait même joué aux cartes jusqu'à minuit passé.

Et, désormais, les déjeuners du lundi, les petites soirées du jeudi et du samedi tournaient à l'habitude. C'était Roubaud lui-même, lorsque le camarade manquait un jour, qui le guettait pour le ramener, en lui reprochant sa négligence. Il s'assombrissait de plus en plus, il n'était vraiment gai qu'avec son nouvel ami. Ce garçon qui l'avait si cruellement inquiété d'abord, qui aurait dû maintenant lui être en exécration, comme le témoin, l'évocation vivante des choses affreuses qu'il voulait oublier, lui était au contraire devenu nécessaire, peut-être justement parce qu'il savait et qu'il n'avait point parlé. Cela restait entre eux, ainsi qu'un lien très fort, une complicité. Souvent, le sous-chef regardait l'autre d'un air d'intelligence, lui serrait la main avec un subit emportement, dont la violence dépassait la simple expression de leur camaraderie.

Mais surtout Jacques, dans le ménage, demeurait une distraction. Séverine, elle aussi, l'accueillait gaiement, poussait un léger cri, dès son entrée, en femme qu'un plaisir réveille. Elle lâchait tout, sa broderie, son livre, s'échappait, en paroles et en rires, de la grise somnolence où elle passait les journées.

« Ah ! que c'est gentil d'être venu ! J'ai entendu l'express, j'ai pensé à vous. »

Quand il déjeunait, c'était fête. Elle connaissait déjà ses goûts, sortait elle-même pour lui avoir des œufs frais : tout cela très gentiment, en bonne ménagère qui reçoit l'ami de la maison, sans qu'il pût y voir encore autre chose que l'envie d'être aimable et le besoin de se distraire.

« Vous savez, lundi, revenez ! il y aura de la crème. »

Seulement, lorsque, au bout d'un mois, il fut là, installé, la séparation s'aggrava entre les Roubaud. La femme, de plus en plus, se plaisait au lit toute seule, s'arrangeait pour s'y rencontrer le moins possible avec son mari ; et ce dernier, si ardent, si brutal aux premiers temps du mariage, ne faisait rien pour l'y retenir. Il l'avait aimée sans délicatesse, elle s'y était résignée avec sa soumission de femme complaisante, pensant que les choses devaient être ainsi, n'y goûtant du reste aucun plaisir. Mais, depuis le crime, cela, sans qu'elle sût pourquoi, lui répugnait beaucoup. Elle en était énervée, effrayée. Un soir, comme la bougie n'était pas éteinte, elle cria : sur elle, dans cette face rouge, convulsée, elle avait cru revoir la face de l'assassin ; et, dès lors, elle trembla chaque fois, elle eut l'horrible sensation du meurtre, comme s'il l'eût renversée, un couteau au poing. C'était fou, mais son cœur battait d'épouvante. De moins en moins, d'ailleurs, il abusait d'elle, la sentant trop rétive pour s'y plaire. Une fatigue, une indifférence, ce que l'âge amène, il semblait que la crise affreuse, le sang répandu, l'eût produit entre eux. Les nuits où ils ne pouvaient éviter le lit commun, ils se tenaient aux deux bords. Et Jacques, certainement, aidait à consommer ce divorce, en les tirant par sa présence de l'obsession où ils étaient d'eux-mêmes. Il les délivrait l'un de l'autre.

Roubaud, cependant, vivait sans remords. Il avait eu seulement peur des suites, avant que l'affaire fût classée ; et sa grande inquiétude était surtout de perdre sa place. À cette heure, il ne regrettait rien. Peut-être, pourtant, s'il avait dû recommencer l'affaire, n'y aurait-il point mêlé sa femme ; car les femmes s'effarent tout de suite, la sienne lui échappait, parce qu'il lui avait mis aux épaules un poids trop lourd. Il serait resté le maître, en ne descendant pas avec elle jusqu'à la camaraderie terrifiée et querelleuse du crime. Mais les choses étaient ainsi, il fallait s'y accommoder ; d'autant plus qu'il devait faire un véritable effort pour se replacer dans l'état d'esprit où il était, lorsque, après l'aveu, il avait jugé le meurtre nécessaire à sa vie. S'il n'avait pas tué l'homme, il lui semblait alors qu'il n'aurait pas pu vivre. Aujourd'hui que sa flamme jalouse était morte, qu'il n'en retrouvait pas l'intolérable brûlure, envahi d'un engourdissement, comme si le sang de son cœur se fût épaissi de tout le sang versé, cette nécessité du meurtre ne lui apparaissait plus si évidente. Il en arrivait à se demander si cela valait vraiment la peine de tuer. Ce n'était, d'ailleurs, pas même un repentir, une désillusion au plus, l'idée qu'on fait souvent des choses inavouables pour être heureux, sans le devenir davantage. Lui, si bavard, tombait à de longs silences, à des réflexions confuses, d'où il sortait plus sombre. Tous les jours, à présent, pour éviter après les repas de rester face à face

avec sa femme, il montait sur la marquise, allait
s'asseoir en haut du pignon ; et, dans les souffles
du large, bercé de vagues rêveries, il fumait des
pipes, en regardant, par-dessus la ville, les paquebots se perdre à l'horizon, vers les mers lointaines.

Un soir, Roubaud eut un réveil de sa jalousie
farouche d'autrefois. Comme il était allé chercher
Jacques au dépôt, et qu'il le ramenait prendre
chez lui un petit verre, il rencontra, descendant
l'escalier, Henri Dauvergne, le conducteur-chef.
Celui-ci parut troublé, expliqua qu'il venait de voir
madame Roubaud, pour une commission dont
l'avaient chargé ses sœurs. La vérité était que,
depuis quelque temps, il poursuivait Séverine,
dans l'espoir de la vaincre.

Dès la porte, le sous-chef apostropha violemment sa femme.

« Qu'est-il encore monté faire, celui-là ? Tu sais
qu'il m'embête !

— Mais, mon ami, c'est pour un dessin de broderie…

— De la broderie, on lui en fichera ! Est-ce que
tu me crois assez bête pour ne pas comprendre ce
qu'il vient chercher ici ?… Et toi, prends garde ! »

Il marchait sur elle, les poings serrés, et elle
reculait, toute blanche, étonnée de l'éclat de cet
emportement, dans la calme indifférence où ils
vivaient l'un et l'autre. Mais il s'apaisait déjà, il
s'adressait à son compagnon.

« C'est vrai, des gaillards qui tombent dans
un ménage, avec l'air de croire que la femme va
tout de suite se jeter à leur tête, et que le mari,
très honoré, fermera les yeux ! Moi, ça me fait

bouillir le sang... Voyez-vous, dans un cas pareil, j'étranglerais ma femme, oh ! du coup ! Et que ce petit monsieur n'y revienne pas, ou je lui règle son affaire... N'est-ce pas ? C'est dégoûtant. »

Jacques, très gêné de la scène, ne savait quelle contenance tenir. Était-ce pour lui, cette exagération de colère ? le mari voulait-il lui donner un avertissement ? Il se rassura, lorsque ce dernier reprit d'une voix gaie :

« Grande bête, je sais bien que tu le flanquerais toi-même à la porte... Va, donne-nous des verres, trinque avec nous. »

Il tapait sur l'épaule de Jacques, et Séverine, remise elle aussi, souriait aux deux hommes. Puis, ils burent ensemble, ils passèrent une heure très douce.

Ce fut ainsi que Roubaud rapprocha sa femme et le camarade, d'un air de bonne amitié, sans paraître songer aux suites possibles. Cette question de la jalousie devint justement la cause d'une intimité plus étroite, de toute une tendresse secrète, resserrée de confidences, entre Jacques et Séverine ; car celui-ci, l'ayant revue, le surlendemain, la plaignit d'avoir été si brutalement traitée ; tandis qu'elle, les yeux noyés, confessait, par le débordement involontaire de ses plaintes, combien peu elle avait trouvé de bonheur dans son ménage. Dès ce moment, ils eurent un sujet de conversation à eux seuls, une complicité d'amitié, où ils finissaient par s'entendre sur un signe. À chaque visite, il l'interrogeait d'un regard, pour savoir si elle n'avait eu aucun sujet nouveau de tristesse. Elle répondait de même, d'un simple

mouvement des paupières. Puis, leurs mains se
cherchèrent derrière le dos du mari, s'enhardirent,
ils correspondirent par de longues pressions, en
se disant, du bout de leurs doigts tièdes, l'intérêt
croissant qu'ils prenaient aux moindres petits faits
de leur existence. Rarement, ils avaient la fortune
de se rencontrer une minute, en dehors de la présence de Roubaud. Toujours ils le retrouvaient
là, entre eux, dans cette salle à manger mélancolique ; et ils ne faisaient rien pour lui échapper, n'ayant pas même la pensée de se donner un
rendez-vous, au fond de quelque coin reculé de
la gare. C'était, jusque-là, une affection véritable,
un entraînement de sympathie vive, qu'il gênait à
peine, puisqu'un regard, un serrement de main,
leur suffisait encore pour se comprendre.

La première fois que Jacques chuchota à l'oreille
de Séverine qu'il l'attendrait le jeudi suivant, à
minuit, derrière le dépôt, elle se révolta, elle retira
sa main violemment. C'était sa semaine de liberté,
celle du service de nuit. Mais un grand trouble
l'avait prise, à la pensée de sortir de chez elle,
d'aller retrouver ce garçon si loin, à travers les
ténèbres de la gare. Elle éprouvait une confusion
qu'elle n'avait jamais eue, la peur des vierges igno-
rantes dont le cœur bat ; et elle ne céda point tout
de suite, il dut la prier pendant près de quinze
jours, avant qu'elle consentît, malgré l'ardent désir
où elle était elle-même de cette promenade nocturne. Juin commençait, les soirées devenaient
brûlantes, à peine rafraîchies par la brise de mer.
Trois fois déjà, il l'avait attendue, espérant toujours qu'elle le rejoindrait, malgré son refus. Ce

soir-là, elle avait dit non encore ; mais la nuit était
sans lune, une nuit de ciel couvert, où pas une
étoile ne luisait, sous la brume ardente qui assourdissait le ciel. Et, comme il était debout, dans
l'ombre, il la vit enfin venir, vêtue de noir, d'un
pas muet. Il faisait si sombre, qu'elle l'aurait frôlé
sans le reconnaître, s'il ne l'avait arrêtée dans ses
bras, en lui donnant un baiser. Elle eut un léger
cri, frissonnante. Puis, rieuse, elle laissa ses lèvres
sur les siennes. Seulement, ce fut tout, jamais elle
n'accepta de s'asseoir, sous un des hangars qui les
entouraient. Ils marchèrent, ils causèrent à voix
très basse, serrés l'un contre l'autre. Il y avait là
un vaste espace occupé par le dépôt et ses dépendances, tout le terrain compris entre la rue Verte
et la rue François-Mazeline, qui coupent chacune
la ligne d'un passage à niveau : sorte d'immense
terrain vague, encombré de voies de garage, de
réservoirs, de prises d'eau, de constructions de
toutes sortes, les deux grandes remises pour les
machines, la petite maison des Sauvagnat entou-
rée d'un potager large comme la main, les masures
où étaient installés les ateliers de réparation, le
corps de garde où dormaient les mécaniciens et
les chauffeurs ; et rien n'était plus facile que de
se dissimuler, de se perdre ainsi qu'au fond d'un
bois, parmi ces ruelles désertes, aux inextricables
détours. Pendant une heure, ils y goûtèrent une
solitude délicieuse, à soulager leurs cœurs des
paroles amies, amassées depuis si longtemps ;
car elle ne voulait entendre parler que d'affection,
elle lui avait tout de suite déclaré qu'elle ne serait
jamais à lui, que cela serait trop vilain de salir

cette pure amitié dont elle était si fière, ayant le besoin de s'estimer. Puis, il l'accompagna jusqu'à la rue Verte, leurs bouches se rejoignirent, en un baiser profond. Et elle rentra.

À cette même heure, dans le bureau des sous-chefs, Roubaud commençait à sommeiller, au fond du vieux fauteuil de cuir, d'où il se levait vingt fois par nuit, les membres rompus. Jusqu'à neuf heures, il avait à recevoir et à expédier les trains du soir. Le train de marée l'occupait particulièrement : c'étaient les manœuvres, les attelages, les feuilles d'expédition à surveiller de près. Puis, lorsque l'express de Paris était arrivé et débranché, il soupait seul dans le bureau, sur un coin de table, avec un morceau de viande froide, descendu de chez lui, entre deux tranches de pain. Le dernier train, un omnibus de Rouen, entrait en gare à minuit et demi. Et les quais déserts tombaient à un grand silence, on ne laissait allumés que de rares becs de gaz, la gare entière s'endormait, dans ce frissonnement des demi-ténèbres. De tout le personnel, il ne restait que deux surveillants et quatre ou cinq hommes d'équipe, sous les ordres du sous-chef. Encore ronflaient-ils à poings fermés, sur les planches du corps de garde ; tandis que Roubaud, forcé de les réveiller à la moindre alerte, ne sommeillait que l'oreille aux aguets. De peur que la fatigue ne l'assommât, vers le jour, il réglait son réveille-matin à cinq heures, heure à laquelle il devait être debout, pour recevoir le premier train de Paris. Mais, parfois, depuis quelque temps surtout, il ne pouvait dormir, pris d'insomnie, se retournant dans son fauteuil. Alors, il sortait, faisait une ronde, poussait jusqu'au poste de l'aiguilleur, où il causait un instant. Le vaste ciel noir, la paix souveraine de la nuit finissaient par calmer sa fièvre. À la suite d'une lutte avec des maraudeurs, on l'avait armé d'un revolver, qu'il portait tout chargé dans sa poche. Et, jusqu'à l'aube souvent, il se promenait ainsi, s'arrêtant dès qu'il croyait voir remuer la nuit, reprenant sa marche avec le vague regret de n'avoir pas à faire le coup de feu, soulagé lorsque le ciel blanchissait et tirait de l'ombre le grand fantôme pâle de la gare. Maintenant que le jour se levait dès trois heures, il rentrait se jeter dans son fauteuil, où il dormait d'un sommeil de plomb, jusqu'à ce que son réveille-matin le mît debout, effaré[1].

Tous les quinze jours, le jeudi et le samedi, Séverine rejoignait Jacques ; et, une nuit, comme elle lui parlait du revolver dont son mari était armé, ils s'en inquiétèrent. Jamais, à la vérité, Roubaud n'allait jusqu'au dépôt. Cela n'en donna pas moins à leurs promenades une apparence de danger, qui en doublait le charme. Ils avaient surtout trouvé un coin adorable : c'était, derrière la maison des Sauvagnat, une sorte d'allée, entre des tas énormes de charbon de terre, qui en faisaient la rue solitaire d'une ville étrange, aux grands palais carrés de marbre noir. On s'y trouvait absolument caché, et il y avait, au bout, une petite remise à outils, dans laquelle un empilement de sacs vides aurait fait une couche très molle. Mais, un samedi qu'une averse brusque les forçait à s'y réfugier, elle s'était obstinée à rester debout, n'abandonnant toujours que ses lèvres, dans des baisers sans fin. Elle ne mettait pas là sa pudeur, elle donnait à boire son souffle, goulûment, comme par amitié. Et, lorsque, brûlant de cette flamme, il tentait de la prendre, elle se défendait, elle pleurait, en répétant chaque fois les mêmes raisons. Pourquoi voulait-il lui faire tant de peine ? Cela lui semblait si tendre, de s'aimer, sans toute cette saleté du sexe ! Souillée à seize ans par la débauche de ce vieux dont le spectre sanglant la hantait, violentée plus tard par les appétits brutaux de son mari, elle avait gardé une candeur d'enfant, une virginité, toute la honte charmante de la passion qui s'ignore. Ce qui la ravissait, chez Jacques, c'était sa douceur, son obéissance à ne pas égarer ses mains sur elle, dès qu'elle les prenait simplement entre les siennes, si faibles. Pour la première fois, elle aimait, et elle ne se livrait point, parce que, justement, cela lui aurait gâté son amour, d'être tout de suite à celui-ci, de la même façon qu'elle avait appartenu aux deux autres. Son désir inconscient était de prolonger à jamais cette sensation si délicieuse, de redevenir toute jeune, avant la souillure, d'avoir un bon ami, ainsi qu'on en a à quinze ans, et qu'on embrasse à pleine bouche, derrière les portes. Lui, en dehors des instants de fièvre, n'avait point d'exigence, se prêtait à ce bonheur voluptueusement différé. Ainsi qu'elle, il semblait retourner à l'enfance, commençant l'amour, qui, jusque-là, était resté pour lui une épouvante. S'il se montrait docile, retirant ses mains, dès qu'elle les écartait, c'était qu'une peur sourde demeurait au fond de sa tendresse, un grand trouble, où il craignait de confondre le désir avec son ancien besoin de meurtre. Celle-ci, qui avait tué, était comme le rêve de sa chair. Sa guérison, chaque jour, lui paraissait plus certaine, puisqu'il l'avait tenue des heures à son cou, que sa bouche, sur la sienne, buvait son âme, sans que sa furieuse envie se réveillât d'en être le maître en l'égorgeant. Mais il n'osait toujours pas ; et cela était si bon d'attendre, de laisser à leur amour même le soin de les unir, quand la minute viendrait, dans l'évanouissement de leur volonté, aux bras l'un de l'autre. Ainsi, les rendez-vous heureux se succédaient, ils ne se lassaient pas de se retrouver pour un moment, de marcher ensemble par les ténèbres, entre les grands tas de charbon qui assombrissaient la nuit, autour d'eux.

Une nuit de juillet, Jacques, pour arriver au Havre à onze heures cinq, l'heure réglementaire, dut pousser la Lison, comme si la chaleur étouffante l'eût rendue paresseuse. Depuis Rouen, sur sa gauche, un orage l'accompagnait, suivant la vallée de la Seine, avec de larges éclairs éblouissants ; et, de temps à autre, il se retournait, pris d'inquiétude, car Séverine, ce soir-là, devait venir le rejoindre. Sa peur était que cet orage, s'il éclatait trop tôt, ne l'empêchât de sortir. Aussi, lorsqu'il eut réussi à entrer en gare, avant la pluie, s'impatienta-t-il contre les voyageurs, qui n'en finissaient point de débarrasser les wagons.

Roubaud était là, sur le quai, cloué pour la nuit.

« Diable ! dit-il en riant, vous êtes bien pressé d'aller vous coucher… Dormez bien.

— Merci. »

Et Jacques, après avoir refoulé le train, siffla

et se rendit au dépôt. Les vantaux de l'immense porte étaient ouverts, la Lison s'engouffra sous le hangar fermé, une sorte de galerie à deux voies, longue environ de soixante-dix mètres, et qui pouvait contenir six machines. Il y faisait très sombre, quatre becs de gaz éclairaient à peine les ténèbres, qu'ils semblaient accroître de grandes ombres mouvantes ; et seuls, par moments, les larges éclairs enflammaient le vitrage du toit et les hautes fenêtres, à droite et à gauche : on distinguait alors, comme dans une flambée d'incendie, les murs lézardés, les charpentes noires de charbon, toute la misère caduque de cette bâtisse, devenue insuffisante. Deux machines étaient déjà là, froides, endormies.

Tout de suite, Pecqueux se mit à éteindre le foyer. Il tisonnait violemment, et des braises, s'échappant du cendrier, tombaient dessous, dans la fosse.

« J'ai trop faim, je vas casser une croûte, dit-il. Est-ce que vous en êtes ? »

Jacques ne répondit pas. Malgré sa hâte, il ne voulait pas quitter la Lison, avant que les feux fussent renversés et la chaudière vidée. C'était un scrupule, une habitude de bon mécanicien, dont il ne se départait jamais. Lorsqu'il avait le temps, il ne s'en allait même qu'après l'avoir visitée, essuyée, avec le soin qu'on met à panser une bête favorite.

L'eau coula dans la fosse, à gros bouillons, et il dit seulement alors :

« Dépêchons, dépêchons. »

Un formidable coup de tonnerre lui coupa la

parole. Cette fois, les hautes fenêtres, sur le ciel
en flamme, s'étaient détachées si nettement, qu'on
aurait pu en compter les vitres cassées, très nombreuses. À gauche, le long des étaux, qui servaient
pour les réparations, une feuille de tôle, laissée
debout, résonna avec la vibration persistante
d'une cloche. Toute l'antique charpente du comble
avait craqué.

« Bougre ! » dit simplement le chauffeur.

Le mécanicien eut un geste de désespoir. C'était
fini, d'autant plus que, maintenant, une pluie dilu-
vienne s'abattait sur le hangar. Le roulement de
l'averse menaçait de crever le vitrage du toit. Là-
haut, également, des carreaux devaient être brisés,
car il pleuvait sur la Lison, de grosses gouttes,
en paquets. Un vent furieux entrait par les portes
laissées ouvertes, on aurait dit que la carcasse de
la vieille bâtisse allait être emportée.

Pecqueux achevait d'accommoder la machine.

« Voilà ! on verra clair demain... Pas besoin de
lui faire davantage la toilette... »

Et, revenant à son idée :

« Faut manger... Il pleut trop, pour aller se coller sur sa paillasse. »

La cantine, en effet, se trouvait là, contre le
dépôt même ; tandis que la Compagnie avait dû
louer une maison, rue François-Mazeline, où
étaient installés des lits pour les mécaniciens et
les chauffeurs qui passaient la nuit au Havre. Par
un tel déluge, on aurait eu le temps d'être trempé
jusqu'aux os.

Jacques dut se décider à suivre Pecqueux, qui
avait pris le petit panier de son chef, comme pour

lui éviter le soin de le porter. Il savait que ce
panier contenait encore deux tranches de veau
froid, du pain, une bouteille entamée à peine ;
et c'était ce qui lui donnait faim, simplement.
La pluie redoublait, un coup de tonnerre encore
venait d'ébranler le hangar. Quand les deux
hommes s'en allèrent, à gauche, par la petite
porte qui conduisait à la cantine, la Lison se
refroidissait déjà. Elle s'endormit, abandonnée,
dans les ténèbres que les violents éclairs illumi-
naient, sous les grosses gouttes qui trempaient
ses reins. Près d'elle, une prise d'eau, mal fermée,
ruisselait et entretenait une mare, coulant entre
ses roues, dans la fosse.

Mais, avant d'entrer à la cantine, Jacques voulut
se débarbouiller. Il y avait toujours là, dans une
pièce, de l'eau chaude, avec des baquets. Il tira
un savon de son panier, il se décrassa les mains
et la face, noires du voyage ; et, comme il avait la
précaution, recommandée aux mécaniciens, d'emporter un vêtement de rechange, il put se changer
des pieds à la tête, ainsi qu'il le faisait du reste,
par coquetterie, chaque soir de rendez-vous, en
arrivant au Havre. Déjà, Pecqueux attendait dans
la cantine, ne s'étant lavé que le bout du nez et le
bout des doigts.

Cette cantine consistait simplement en une
petite salle nue, peinte en jaune, où il n'y avait
qu'un fourneau pour faire chauffer les aliments,
et qu'une table, scellée au sol, recouverte d'une
feuille de zinc, en guise de nappe. Deux bancs
complétaient le mobilier. Les hommes devaient
apporter leur nourriture, et mangeaient sur du

papier, avec la pointe de leur couteau. Une large fenêtre éclairait la pièce.

« En voilà une sale pluie ! » cria Jacques en se plantant à la fenêtre.

Pecqueux s'était assis sur un banc, devant la table.

« Vous ne mangez pas, alors ?

— Non, mon vieux, finissez mon pain et ma viande si le cœur vous en dit... Je n'ai pas faim. »

L'autre, sans se faire prier, se jeta sur le veau, acheva la bouteille. Souvent, il avait de pareilles aubaines, car son chef était petit mangeur ; et il l'aimait davantage, dans son dévouement de chien, pour toutes les miettes qu'il ramassait ainsi derrière lui. La bouche pleine, il reprit, après un silence :

« La pluie, qu'est-ce que ça fiche, puisque nous voilà garés ? C'est vrai que, si ça continue, moi je vous lâche, je vas à côté. »

Il se mit à rire, car il ne se cachait pas, il avait dû lui confier sa liaison avec Philomène Sauvagnat, pour qu'il ne s'étonnât point de le voir découcher si souvent, les nuits où il allait la retrouver. Comme elle occupait, chez son frère, une pièce du rez-de-chaussée, près de la cuisine, il n'avait qu'à taper au volet : elle ouvrait, il entrait d'une enjambée, simplement. C'était par là, disait-on, que toutes les équipes de la gare avaient sauté. Mais, maintenant, elle s'en tenait au chauffeur, qui suffisait, semblait-il.

« Nom de Dieu de nom de Dieu ! » jura sourdement Jacques, en voyant le déluge reprendre avec plus de violence, après une accalmie.

Pecqueux, qui tenait au bout de son couteau la dernière bouchée de viande, eut de nouveau un rire bon enfant.

« Dites, c'est donc que vous aviez de l'occupation, ce soir ? Hein ! à nous deux, on ne peut guère nous reprocher d'user les matelas, là-bas, rue François-Mazeline. »

Vivement, Jacques quitta la fenêtre.

« Pourquoi ça ?

— Dame, vous voilà comme moi, depuis ce printemps, à n'y rentrer qu'à des deux ou trois heures du matin. »

Il devait savoir quelque chose, peut-être avait-il surpris un rendez-vous. Dans chaque dortoir, les lits allaient par couple, celui du chauffeur près de celui du mécanicien ; car on resserrait le plus possible l'existence de ces deux hommes, destinés à une entente de travail si étroite. Aussi n'était-il pas étonnant que celui-ci s'aperçût de la conduite irrégulière de son chef, très rangé jusque-là.

« J'ai des maux de tête, dit le mécanicien au hasard. Ça me fait du bien, de marcher la nuit. » Mais déjà le chauffeur se récriait.

« Oh ! vous savez, vous êtes bien libre… Ce que j'en dis, c'est pour la farce… Même que, si vous aviez de l'ennui un jour, faut pas se gêner de vous adresser à moi ; parce que je suis bon là, pour tout ce que vous voudrez. »

Sans s'expliquer plus clairement, il se permit de lui prendre la main, la serra à l'écraser, dans le don entier de sa personne. Puis, il froissa et jeta le papier gras qui avait enveloppé la viande, remit la bouteille vide dans le panier, fit ce petit

ménage en serviteur soigneux, habitué au balai et
à l'éponge. Et, comme la pluie s'entêtait, bien que
les coups de tonnerre eussent cessé :

« Alors, je file, je vous laisse à vos affaires.

— Oh ! dit Jacques, puisque ça continue, je vais
aller m'étendre sur le lit de camp. »

C'était, à côté du dépôt, une salle avec des
matelas, protégés par des housses de toile, où les
hommes venaient se reposer tout vêtus, lorsqu'ils
n'avaient à attendre, au Havre, que trois ou quatre
heures. En effet, dès qu'il eut vu disparaître le
chauffeur dans le ruissellement, vers la maison
des Sauvagnat, il se risqua à son tour, courut au
corps de garde. Mais il ne se coucha pas, se tint
sur le seuil de la porte grande ouverte, étouffé par
l'épaisse chaleur qui régnait là. Dans le fond, un
mécanicien, allongé sur le dos, ronflait, la bouche
élargie.

Quelques minutes encore se passèrent, et
Jacques ne pouvait se résigner à perdre son
espoir. Dans son exaspération contre ce déluge
imbécile, grandissait une folle envie d'aller quand
même au rendez-vous, d'avoir au moins la joie d'y
être, lui, s'il ne comptait plus y trouver Séverine.
C'était un élancement de tout son corps, il finit
par sortir sous l'averse, il arriva à leur coin préféré, suivit l'allée noire que formaient les tas de
charbon. Et, comme les grosses gouttes, cinglant
de face, l'aveuglaient, il poussa jusqu'à la remise
aux outils, où, une fois déjà, il s'était abrité avec
elle. Il lui semblait qu'il y serait moins seul.

Jacques entrait dans l'obscurité profonde de ce
réduit, lorsque deux bras légers l'enveloppèrent,

et des lèvres chaudes se posèrent sur ses lèvres. Séverine était là.

« Mon Dieu ! vous étiez venue ?

— Oui, j'ai vu monter l'orage, je suis accourue ici, avant la pluie... Comme vous avez tardé ! »

Elle soupirait d'une voix défaillante, jamais il ne l'avait eue si abandonnée à son cou. Elle glissa, elle se trouva assise sur les sacs vides, sur cette couche molle qui occupait tout un angle. Et lui, tombé près d'elle, sans que leurs bras se fussent dénoués, sentait ses jambes en travers des siennes. Ils ne pouvaient se voir, leurs haleines les enveloppaient comme d'un vertige, dans l'anéantissement de tout ce qui les entourait.

Mais, sous l'ardent appel de leur baiser, le tutoiement était monté à leur bouche, comme le sang mêlé de leurs cœurs.

« Tu m'attendais...

— Oh ! je t'attendais, je t'attendais... »

Et, tout de suite, dès la première minute, presque sans paroles, ce fut elle qui l'attira d'une secousse, qui le força à la prendre. Elle n'avait point prévu cela. Quand il était arrivé, elle ne comptait même plus qu'elle le verrait ; et elle venait d'être emportée dans la joie inespérée de le tenir, dans un brusque et irrésistible besoin d'être à lui, sans calcul ni raisonnement. Cela était parce que cela devait être. La pluie redoublait sur le toit de la remise, le dernier train de Paris qui entrait en gare passa, grondant et sifflant, ébranlant le sol.

Lorsque Jacques se releva, il écouta avec surprise le roulement de l'averse. Où était-il donc ?

Et, comme il retrouvait par terre, sous sa main, le manche d'un marteau qu'il avait senti en s'asseyant, il fut inondé de félicité. Alors, c'était fait ? Il avait possédé Séverine et il n'avait pas pris ce marteau pour lui casser le crâne. Elle était à lui sans bataille, sans cette envie instinctive de la jeter sur son dos, morte, ainsi qu'une proie qu'on arrache aux autres. Il ne sentait plus sa soif de venger des offenses très anciennes dont il aurait perdu l'exacte mémoire, cette rancune amassée de mâle en mâle, depuis la première tromperie au fond des cavernes. Non, la possession de celle-ci était d'un charme puissant, elle l'avait guéri, parce qu'il la voyait autre, violente dans sa faiblesse, couverte du sang d'un homme qui lui faisait comme une cuirasse d'horreur. Elle le dominait, lui qui n'avait point osé. Et ce fut avec une reconnaissance attendrie, un désir de se fondre en elle, qu'il la reprit dans ses bras.

Séverine, elle aussi, s'abandonnait, bienheureuse, délivrée d'une lutte dont elle ne comprenait plus la raison. Pourquoi s'était-elle donc refusée si longtemps ? Elle s'était promise, elle aurait dû se donner, puisqu'elle ne devait y avoir que plaisir et douceur. Maintenant, elle comprenait bien qu'elle en avait toujours eu l'envie, même lorsqu'il lui semblait si bon d'attendre. Son cœur, son corps ne vivaient que d'un besoin d'amour absolu, continu, et c'était une cruauté affreuse, ces événements qui la jetaient, effarée, à toutes ces abominations. Jusque-là, l'existence avait abusé d'elle, dans la boue, dans le sang, avec une violence telle, que ses beaux yeux bleus, restés naïfs, en gardaient un élargissement de terreur, sous son casque tragique de cheveux noirs. Elle était restée vierge malgré tout, elle venait de se donner pour la première fois, à ce garçon, qu'elle adorait, dans le désir de disparaître en lui, d'être sa servante. Elle lui appartenait, il pouvait disposer d'elle, à son caprice.

« Oh ! mon chéri, prends-moi, garde-moi, je ne veux que ce que tu veux.

— Non, non ! chérie, c'est toi la maîtresse, je ne suis là que pour t'aimer et t'obéir. »

Des heures se passèrent. La pluie avait cessé depuis longtemps, un grand silence enveloppait la gare, que troublait seule une voix lointaine, indistincte, montant de la mer. Ils étaient encore aux bras l'un de l'autre, lorsqu'un coup de feu les mit debout, frémissants. Le jour allait paraître, une tache pâle blanchissait le ciel, au-dessus de l'embouchure de la Seine. Qu'était-ce donc que ce coup de feu ? Leur imprudence, cette folie de s'être ainsi attardés, leur montrait, dans une brusque imagination, le mari les poursuivant à coups de revolver.

« Ne sors pas ! Attends, je vais voir. »

Jacques, prudemment, s'était avancé jusqu'à la porte. Et là, dans l'ombre épaisse encore, il entendit approcher un galop d'hommes, il reconnut la voix de Roubaud, qui poussait les surveillants, en leur criant que les maraudeurs étaient trois, qu'il les avait parfaitement vus volant du charbon. Depuis quelques semaines surtout, pas de nuit ne se passait sans qu'il eût de la sorte des halluci-nations de brigands imaginaires. Cette fois, sous l'empire d'une frayeur soudaine, il avait tiré au hasard, dans les ténèbres.

« Vite, vite ! ne restons pas là, murmura le jeune homme. Ils vont visiter la remise... Sauve-toi ! »

D'un grand élan, ils s'étaient repris, s'étouffant à pleins bras, à pleines lèvres. Puis, Séverine, légère, fila le long du dépôt, protégée par le vaste mur ; tandis que lui, doucement, se dissimulait au milieu des tas de charbon. Et il était temps, en vérité, car Roubaud voulait en effet visiter la remise. Il jurait que les maraudeurs devaient y être. Les lanternes des surveillants dansaient au ras du sol. Il y eut une querelle. Tous finirent par reprendre le chemin de la gare, irrités de cette poursuite inutile.

Et, comme Jacques, rassuré, se décidait à aller enfin se coucher rue François-Mazeline, il fut surpris de se heurter presque dans Pecqueux, qui achevait de rattacher ses vêtements, avec de sourds jurons.

« Quoi donc, mon vieux ?

— Ah ! nom de Dieu ! ne m'en parlez pas ! Ce sont ces imbéciles qui ont réveillé Sauvagnat. Il m'a entendu avec sa sœur, il est descendu en chemise, et je me suis dépêché de sauter par la fenêtre... Tenez ! écoutez un peu. »

Des cris, des sanglots de femme qu'on corrige s'élevaient, pendant qu'une grosse voix d'homme grondait des injures.

« Hein ? ça y est, il lui allonge sa raclée. Elle a beau avoir trente-deux ans, il lui donne le fouet comme à une petite fille, quand il la surprend... Ah ! tant pis, je ne m'en mêle pas : c'est son frère ! »

— Mais, dit Jacques, je croyais qu'il vous tolérait, vous, qu'il ne se fâchait que lorsqu'il la trouvait avec un autre.

— Oh ! on ne sait jamais. Des fois, il fait sem-
blant de ne pas me voir. Puis, vous entendez, des
fois, il cogne... Ça ne l'empêche pas d'aimer sa
sœur, il préférerait tout lâcher que de se séparer
d'elle. Seulement, il veut de la conduite... Nom de
Dieu ! je crois qu'elle a son compte, aujourd'hui. »

Les cris cessaient, dans de grands soupirs de
plainte, et les deux hommes s'éloignèrent. Dix
minutes plus tard, ils dormaient profondément,
côte à côte, au fond du petit dortoir badigeonné
de jaune, meublé simplement de quatre chaises et
d'une table, où il y avait une seule cuvette en zinc.

Alors, chaque nuit de rendez-vous, Jacques et
Séverine goûtèrent de grandes félicités. Ils n'eurent
pas toujours, autour d'eux, cette protection de la
tempête. Des cieux étoilés, des lunes éclatantes,
les gênèrent ; mais, à ces rendez-vous-là, ils
filaient dans les raies d'ombre, ils cherchaient les
coins d'obscurité, où il était si bon de se serrer
l'un contre l'autre. Et il y eut ainsi, en août et en
septembre, des nuits adorables, d'une telle douceur, qu'ils se seraient laissé surprendre par le
soleil, alanguis, si le réveil de la gare, de lointains
souffles de machine, ne les avaient séparés. Même
les premiers froids d'octobre ne leur déplurent
pas. Elle venait plus couverte, enveloppée d'un
grand manteau, dans lequel lui-même disparaissait à moitié. Puis, ils se barricadaient au fond de
la remise aux outils, qu'il avait trouvé le moyen
de fermer à l'intérieur, à l'aide d'une barre de fer.

Ils y étaient comme chez eux, les ouragans de novembre, les coups de vent pouvaient arracher les ardoises des toitures, sans même leur effleurer la nuque. Cependant, lui, depuis le premier soir, avait une envie, celle de la posséder chez elle, dans cet étroit logement, où elle lui semblait autre, plus désirable, avec son calme souriant de bourgeoise honnête ; et elle s'y était toujours refusée, moins par crainte de l'espionnage du couloir, que dans un scrupule dernier de vertu, réservant le lit conjugal. Mais, un lundi, en plein jour, comme il devait déjeuner là et que le mari tardait à monter, retenu par le chef de gare, il plaisanta, la porta sur ce lit, dans une folie de témérité dont ils riaient tous les deux ; si bien qu'ils s'y oublièrent. Dès lors, elle ne résista plus, il monta la rejoindre, après minuit sonné, les jeudis et les samedis. Cela était horriblement dangereux : ils n'osaient bouger, à cause des voisins ; ils y éprouvèrent un redoublement de tendresse, des jouissances nouvelles. Souvent, un caprice de courses nocturnes, un besoin de fuir en bêtes échappées, les ramenait au-dehors, dans la solitude noire des nuits glacées. En décembre, par une gelée terrible, ils s'y aimèrent.

Depuis quatre mois déjà, Jacques et Séverine vivaient ainsi, d'une passion croissante. Ils étaient véritablement neufs tous les deux, dans l'enfance de leur cœur, cette innocence étonnée du premier amour, ravie des moindres caresses. En eux, continuait le combat de soumission, à qui se sacrifierait davantage. Lui, n'en doutait plus, avait trouvé la guérison de son affreux mal héréditaire ; car, depuis qu'il la possédait, la pensée du meurtre ne l'avait plus troublé. Était-ce donc que la possession physique contentait ce besoin de mort ? Posséder, tuer, cela s'équivalait-il, dans le fond sombre de la bête humaine ? Il ne raisonnait pas, trop ignorant, n'essayait pas d'entrouvrir la porte d'épouvante. Parfois, entre ses bras, il retrouvait la brusque mémoire de ce qu'elle avait fait, de cet assassinat, avoué du regard seul, sur le banc du square des Batignolles ; et il n'éprouvait même pas l'envie d'en connaître les détails. Elle, au contraire, semblait de plus en plus tourmentée du besoin de tout dire. Lorsqu'elle le serrait d'une étreinte, il sentait bien qu'elle était gonflée et haletante de son secret, qu'elle ne voulait ainsi entrer en lui que pour se soulager de la chose dont elle étouffait. C'était un grand frisson qui lui partait des reins, qui soulevait sa gorge d'amoureuse, dans le flot confus de soupirs montant à ses lèvres. La voix expirante, au milieu d'un spasme, n'allait-elle point parler ? Mais, vite, d'un baiser, il fermait sa bouche, y scellait l'aveu, saisi d'une inquiétude. Pourquoi mettre cet inconnu entre eux ? Pouvait-on affirmer que cela ne changerait rien à leur bonheur ? Il flairait un danger, un frémissement le reprenait, à l'idée de remuer avec elle ces histoires de sang. Et elle le devinait sans doute, elle redevenait, contre lui, caressante et docile, en créature d'amour, uniquement faite pour aimer et être aimée. Une folie de possession alors les emportait, ils demeuraient parfois évanouis aux bras l'un de l'autre.

Roubaud, depuis l'été, s'était encore épaissi, et à mesure que sa femme retournait à la gaieté, à la fraîcheur de ses vingt ans, lui vieillissait, semblait plus sombre. En quatre mois, comme elle le disait, il avait beaucoup changé. Il donnait toujours de cordiales poignées de main à Jacques, l'invitait, n'était heureux que lorsqu'il l'avait à sa table. Seulement, cette distraction ne lui suffisait plus, il sortait souvent, dès la dernière bouchée, laissait parfois le camarade avec sa femme, sous le prétexte qu'il étouffait et qu'il avait besoin d'aller prendre l'air. La vérité était que, maintenant, il fréquentait un petit café du cours Napoléon, où il retrouvait M. Cauche, le commissaire de surveillance. Il buvait peu, des petits verres de rhum ; mais un goût du jeu lui était venu, qui tournait à la passion. Il ne se ranimait, n'oubliait tout que les cartes à la main, enfoncé dans des parties de piquet interminables. M. Cauche, un effréné joueur, avait décidé qu'on intéresserait les parties ; on en était venu à jouer cent sous ; et, dès lors, Roubaud, étonné de ne pas se connaître, avait brûlé de la rage du gain, cette fièvre chaude de l'argent gagné, qui ravage un homme jusqu'à lui faire risquer sa situation, sa vie, dans un coup de dés. Jusque-là, son service n'en avait pas souffert : il s'échappait dès qu'il était libre, ne rentrait qu'à des deux ou trois heures du matin, les nuits où il ne veillait pas. Sa femme ne s'en plaignait point, elle lui reprochait uniquement de rentrer plus maussade ; car il avait une déveine extraordinaire, il finissait par s'endetter.

Un soir, une première querelle éclata entre Séverine et Roubaud. Sans le haïr encore, elle en arrivait à le supporter difficilement, car elle le sentait peser sur sa vie, elle aurait été si légère, si heureuse, s'il ne l'avait pas accablée de sa présence ! Du reste, elle n'éprouvait aucun remords à le tromper : n'était-ce pas sa faute, ne l'avait-il pas presque poussée à la chute ? Dans leur lente désunion, pour guérir de ce malaise qui les désorganisait, chacun d'eux se consolait, s'égayait à sa guise. Puisqu'il avait le jeu, elle pouvait bien avoir un amant. Mais, ce qui la fâchait surtout, ce qu'elle n'acceptait pas sans révolte, c'était la gêne où la mettaient ses pertes continuelles. Depuis que les pièces de cent sous du ménage filaient au café du cours Napoléon, elle ne savait parfois comment payer sa blanchisseuse. Toutes sortes de douceurs, de petits objets de toilette, lui manquaient. Et, ce soir-là, ce fut justement à propos de l'achat nécessaire d'une paire de bottines, qu'ils en vinrent à se quereller. Lui, sur le point de sortir, ne trouvant pas de couteau de table pour se couper un morceau de pain, avait pris le grand couteau, l'arme, qui traînait dans un tiroir du buffet. Elle le regardait, tandis qu'il refusait les quinze francs des bottines, ne les ayant pas, ne sachant où les prendre ; elle répétait sa demande, obstinément, le forçait à répéter son refus, peu à peu exaspéré ; mais, tout d'un coup, elle lui montra du doigt l'endroit du parquet où dormaient des spectres, elle lui dit qu'il y en avait là, de l'argent, et qu'elle en voulait. Il devint très pâle, il lâcha le couteau, qui retomba dans le tiroir. Un instant, elle crut qu'il allait la battre, car il s'était approché, bégayant que cet argent-là pouvait bien pourrir, qu'il se trancherait la main plutôt que de le reprendre ; et il serrait

les poings, il menaçait de l'assommer, si elle s'avisait, pendant son absence, de soulever la frise,
pour voler seulement un centime. Jamais, jamais !
C'était mort et enterré ! Mais elle, d'ailleurs, avait
blêmi également, défaillante à la pensée de fouiller là. La misère pouvait venir, tous deux crève-
raient de faim à côté. En effet, ils n'en parlèrent
plus, même les jours de grande gêne. Quand ils
posaient le pied à cette place, la sensation de brûlure avait grandi, si intolérable, qu'ils finissaient
par faire un détour.

Alors, d'autres disputes se produisirent, au sujet
de la Croix-de-Maufras. Pourquoi ne vendaient-ils
pas la maison ? Et ils s'accusaient mutuellement
de ne rien faire de ce qu'il aurait fallu, pour hâter
cette vente. Lui, violemment, refusait toujours de
s'en occuper ; tandis qu'elle, les rares fois où elle
écrivait à Misard, n'en obtenait que des réponses
vagues : aucun acquéreur ne se présentait, les
fruits avaient coulé, les légumes ne poussaient
pas, faute d'arrosage. Peu à peu, le grand calme où
était tombé le ménage, après la crise, se troublait
ainsi, semblait emporté par un recommencement
terrible de fièvre. Tous les germes de malaise,
l'argent caché, l'amant introduit, s'étaient dévelop-
pés, les séparaient maintenant, les irritaient l'un
contre l'autre. Et, dans cette agitation croissante,
la vie allait devenir un enfer.

D'ailleurs, comme par un contrecoup fatal,
tout se gâtait de même autour des Roubaud. Une
nouvelle bourrasque de commérages et de discussions soufflait dans le couloir. Philomène venait
de rompre violemment avec madame Lebleu, à la

suite d'une calomnie de cette dernière qui l'accusait de lui avoir vendu une poule morte de maladie. Mais la vraie raison de la rupture était dans un rapprochement de Philomène et de Séverine. Pecqueux ayant, une nuit, reconnu celle-ci au bras de Jacques, elle avait fait taire ses scrupules d'autrefois, elle s'était montrée aimable pour la maîtresse du chauffeur ; et Philomène, très flattée de cette liaison avec une dame qui était la beauté et la distinction sans conteste de la gare, venait de se retourner contre la femme du caissier, cette vieille gueuse, disait-elle, capable de faire battre les montagnes. Elle lui donnait tous les torts, elle criait partout, à cette heure, que le logement sur la rue appartenait aux Roubaud, que c'était une abomination de ne pas le leur rendre. Les choses commençaient donc à tourner très mal pour Mme Lebleu, d'autant plus que son acharnement à guetter Mlle Guichon, afin de la surprendre avec le chef de gare, menaçait aussi de lui causer des ennuis sérieux : elle ne les surprenait toujours pas, mais elle avait le tort de se laisser surprendre, elle, l'oreille tendue, collée aux portes ; si bien que M. Dabadie, exaspéré d'être ainsi espionné, avait dit au sous-chef Moulin que, si Roubaud réclamait encore le logement, il était prêt à contresigner la lettre. Et Moulin, peu bavard d'habitude, ayant répété cela, on avait failli se battre de porte en porte, d'un bout du couloir à l'autre, tellement les passions s'étaient rallumées.

Au milieu de ces secousses croissantes, Séverine n'avait qu'un bon jour, le vendredi. Depuis octobre, elle avait eu la tranquille audace d'inventer un prétexte, le premier venu, une douleur au genou, qui nécessitait les soins d'un spécialiste ; et, chaque vendredi, elle partait par l'express de six heures quarante du matin, que conduisait Jacques, elle passait la journée avec lui à Paris, puis revenait par l'express de six heures trente. D'abord, elle s'était crue obligée de donner à son mari des nouvelles de son genou : il allait mieux, il allait plus mal ; ensuite, voyant qu'il ne l'écoutait même pas, elle avait carrément cessé de lui en parler. Et, parfois, elle le regardait, elle se demandait s'il savait. Comment ce jaloux féroce, cet homme qui avait tué, aveuglé de sang, dans une rage imbécile, en arrivait-il à lui tolérer un amant ? Elle ne pouvait le croire, elle pensait simplement qu'il devenait stupide.

Dans les premiers jours de décembre, par une nuit glaciale, Séverine attendit son mari très tard. Le lendemain, un vendredi, avant l'aube, elle devait prendre l'express ; et, ces soirs-là, elle faisait d'habitude une toilette soigneuse, préparait ses vêtements, pour être tout de suite habillée, au saut du lit. Enfin, elle se coucha, finit par s'endormir, vers une heure. Roubaud n'était pas rentré. Déjà deux fois, il n'avait reparu qu'au petit jour, tout à sa passion grandissante, ne pouvant plus s'arracher du café, dont une petite salle, au fond, se changeait peu à peu en un véritable tripot : on y jouait maintenant de grosses sommes, à l'écarté. Heureuse du reste de coucher seule, bercée par l'attente de sa bonne journée du lendemain, la jeune femme dormait profondément, dans la chaleur douce des couvertures.

Mais trois heures allaient sonner, lorsqu'un bruit singulier l'éveilla. D'abord, elle ne put comprendre, crut rêver, se rendormit. C'étaient des pesées sourdes, des craquements de bois, comme si l'on avait voulu forcer une porte. Un éclat, une déchirure plus violente, la mit sur son séant. Et une peur la bouleversa : quelqu'un, à coup sûr, faisait sauter la serrure du couloir. Pendant une minute, elle n'osa bouger, écoutant, les oreilles bourdonnantes. Puis, elle eut le courage de se lever, pour voir ; elle marcha sans bruit, pieds nus, elle entrouvrit la porte de sa chambre doucement, saisie d'un tel froid, qu'elle en était toute pâle et amincie encore, sous sa chemise ; et le spectacle qu'elle aperçut, dans la salle à manger, la cloua de surprise et d'effroi.

Par terre, Roubaud, vautré sur le ventre, soulevé sur les coudes, venait d'arracher la frise, à l'aide d'un ciseau. Une bougie, posée près de lui, l'éclairait, en projetant son ombre énorme jusqu'au plafond. Et, à cette minute, le visage penché au-dessus du trou qui creusait le parquet d'une fente noire, il regardait, les yeux élargis. Le sang violaçait ses joues, il avait sa face d'assassin. Brutalement, il plongea la main, ne trouva rien, dans le frisson qui l'agitait, dut approcher la bougie. Au fond, apparurent le porte-monnaie, les billets, la montre.

Séverine eut un cri involontaire, et Roubaud, terrifié, se retourna. Un moment, il ne la reconnut pas, crut sans doute à un spectre, en la voyant toute blanche, avec ses regards d'épouvante.

« Qu'est-ce que tu fais donc ? » demanda-t-elle.

Alors, comprenant, évitant de répondre, il ne lâcha qu'un grognement sourd. Il la regardait, gêné par sa présence, désireux de la renvoyer au lit. Mais pas une parole raisonnable ne lui venait, il la trouvait simplement à gifler, ainsi grelottante, toute nue.

« N'est-ce pas ? continua-t-elle, tu me refuses des bottines, et tu prends l'argent pour toi, parce que tu as perdu. »

Cela, du coup, l'enragea. Est-ce qu'elle allait lui gâter la vie encore, se mettre en travers de son plaisir, cette femme qu'il ne désirait plus, dont la possession n'était plus qu'une secousse désagréable ? Puisqu'il s'amusait ailleurs, il n'avait aucun besoin d'elle. De nouveau, il fouilla, ne prit que le porte-monnaie, contenant les trois cents francs d'or. Et, lorsque, du talon, il eut remis la frise en place, il vint lui jeter au visage, les dents serrées :

« Tu m'embêtes, je fais ce que je veux. Est-ce que je te demande, moi, ce que tu vas faire, tout à l'heure, à Paris ? »

Puis, avec un furieux haussement d'épaules, il retourna au café, en laissant la bougie par terre.

Séverine la ramassa, alla se remettre au lit, glacée jusqu'au cœur ; et elle la garda allumée, ne pouvant se rendormir, attendant l'heure de l'express, peu à peu brûlante, les yeux grands ouverts. C'était certain maintenant, il y avait eu une désorganisation progressive, comme une infiltration du crime, qui décomposait cet homme, et qui avait pourri tout lien, entre eux. Roubaud savait.

VII

Ce vendredi-là, les voyageurs qui devaient, au Havre, prendre l'express de six heures quarante, eurent à leur réveil un cri de surprise : la neige tombait depuis minuit, en flocons si drus, si gros, qu'il y en avait dans les rues une couche de trente centimètres.

Déjà, sous la halle couverte, la Lison soufflait, fumante, attelée à un train de sept wagons, trois de deuxième classe et quatre de première. Lorsque, vers cinq heures et demie, Jacques et Pecqueux étaient arrivés au dépôt, pour la visite, ils avaient eu un grognement d'inquiétude, devant cette neige entêtée, dont crevait le ciel noir. Et, maintenant, à leur poste, ils attendaient le coup de sifflet, les yeux au loin, au-delà du porche béant de la marquise, regardant la tombée muette et sans fin des flocons rayer les ténèbres d'un frisson livide.

Le mécanicien murmura :

« Le diable m'emporte si l'on voit un signal !

— Encore si l'on peut passer ! » dit le chauffeur.

Roubaud était sur le quai, avec sa lanterne, rentré à la minute précise pour prendre son service. Par instants, ses paupières meurtries se fermaient de fatigue, sans qu'il cessât sa surveillance. Jacques lui ayant demandé s'il ne savait rien de l'état de la voie, il venait de s'approcher et de lui serrer la main, en répondant qu'il n'avait pas de dépêche encore ; et, comme Séverine descendait, enveloppée d'un grand manteau, il la conduisit lui-même à un compartiment de première classe, où il l'installa. Sans doute avait-il surpris le regard de tendresse inquiète, échangé entre les deux amants ; mais il ne se soucia seulement pas de dire à sa femme qu'il était imprudent de partir par un temps pareil, et qu'elle ferait mieux de remettre son voyage.

Des voyageurs arrivèrent, emmitouflés, chargés de valises, toute une bousculade dans le froid terrible du matin. La neige des chaussures ne se fondait même pas ; et les portières se refermaient aussitôt, chacun se barricadait, le quai restait désert, mal éclairé par les lueurs louches de quelques becs de gaz ; tandis que le fanal de la machine, accroché à la base de la cheminée, flambait seul, comme un œil géant, élargissant au loin, dans l'obscurité, sa nappe d'incendie.

Mais Roubaud éleva sa lanterne, donnant le signal. Le conducteur-chef siffla, et Jacques répondit, après avoir ouvert le régulateur et mis en avant le petit volant du changement de marche. On partait. Pendant une minute encore, le sous-chef suivit tranquillement du regard le train qui s'éloignait sous la tempête.

« Et attention ! dit Jacques à Pecqueux. Pas de farce, aujourd'hui ! »

Il avait bien remarqué que son compagnon semblait, lui aussi, tomber de lassitude : le résultat,
sûrement, de quelque noce de la veille.

« Oh ! pas de danger, pas de danger ! » bégaya
le chauffeur.

Tout de suite, dès la sortie de la halle couverte,
les deux hommes étaient entrés dans la neige. Le
vent soufflait de l'est, la machine avait ainsi le
vent debout, fouettée de face par les rafales ; et,
derrière l'abri, ils n'en souffrirent pas trop d'abord,
vêtus de grosses laines, les yeux protégés par des
lunettes. Mais, dans la nuit, la lumière éclatante
du fanal était comme mangée par ces épaisseurs
blafardes qui tombaient. Au lieu de s'éclairer à
deux ou trois cents mètres, la voie apparaissait
sous une sorte de brouillard laiteux, où les choses
ne surgissaient que très rapprochées, ainsi que du
fond d'un rêve. Et, selon sa crainte, ce qui porta
l'inquiétude du mécanicien à son comble, ce fut de
constater, dès le feu du premier poste de cantonnement, qu'il ne verrait certainement pas, à la distance réglementaire, les signaux rouges, fermant
la voie. Dès lors, il avança avec une extrême prudence, sans pouvoir cependant ralentir la vitesse,
car le vent lui opposait une résistance énorme, et
tout retard serait devenu un danger aussi grand.

Jusqu'à la station d'Harfleur, la Lison fila d'une
bonne marche continue. La couche de neige tombée ne préoccupait pas encore Jacques, car il y en
avait au plus soixante centimètres, et le chasse-
neige en déblayait aisément un mètre. Il était tout
au souci de garder sa vitesse, sachant bien que
la vraie qualité d'un mécanicien, après la tempé-

rance et l'amour de sa machine, consistait à marcher d'une façon régulière, sans secousse, à la plus haute pression possible. Même, son unique défaut était là, dans un entêtement à ne pas s'arrêter, désobéissant aux signaux, croyant toujours qu'il aurait le temps de dompter la Lison : aussi, parfois, allait-il trop loin, écrasait les pétards, « les cors au pied », comme on dit, ce qui lui avait valu deux fois des mises à pied de huit jours. Mais, en ce moment, dans le grand danger où il se sentait, la pensée que Séverine était là, qu'il avait charge de cette chère existence, décuplait la force de sa volonté, tendue toute là-bas, jusqu'à Paris, le long de cette double ligne de fer, au milieu des obstacles qu'il devait franchir.

Et, debout sur la plaque de tôle qui reliait la machine au tender, dans les continuels cahots de la trépidation, Jacques, malgré la neige, se penchait à droite, pour mieux voir. Par la vitre de l'abri, brouillée d'eau, il ne distinguait rien ; et il restait la face sous les rafales, la peau flagellée de milliers d'aiguilles, pincée d'un tel froid, qu'il y sentait comme des coupures de rasoir. De temps à autre, il se retirait, pour reprendre haleine ; il ôtait ses lunettes, les essuyait ; puis, il revenait à son poste d'observation, en plein ouragan, les yeux fixes, dans l'attente des feux rouges, si absorbé en son vouloir, qu'à deux reprises il eut l'hallucination de brusques étincelles sanglantes, tachant le rideau pâle qui tremblait devant lui.

Mais, tout d'un coup, dans les ténèbres, une sensation l'avertit que son chauffeur n'était plus là. Seule, une petite lanterne éclairait le niveau d'eau,

pour que nulle lumière n'aveuglât le mécanicien ;
et, sur le cadran du manomètre, dont l'émail
semblait garder une lueur propre, il avait vu que
l'aiguille bleue, tremblante, baissait rapidement.
C'était le feu qui tombait. Le chauffeur venait de
s'étaler sur le coffre, vaincu par le sommeil.

« Sacré noceur ! » cria Jacques, furieux, le
secouant.

Pecqueux se releva, s'excusa, d'un grognement
inintelligible. Il tenait à peine debout ; mais la
force de l'habitude le remit tout de suite à son
feu, le marteau en main, cassant le charbon, l'éta-
lant sur la grille avec la pelle, en une couche bien
égale ; puis, il donna un coup de balai. Et, pendant
que la porte du foyer était restée ouverte, un reflet
de fournaise, en arrière sur le train, comme une
queue flamboyante de comète, avait incendié la
neige, pleuvant au travers, en larges gouttes d'or.

Après Harfleur, commença la grande rampe de
trois lieues qui va jusqu'à Saint-Romain, la plus
forte de toute la ligne. Aussi le mécanicien se
remit-il à la manœuvre, très attentif, s'attendant
à un fort coup de collier, pour monter cette côte,
déjà rude par les beaux temps. La main sur le
volant du changement de marche, il regardait fuir
les poteaux télégraphiques, tâchant de se rendre
compte de la vitesse. Celle-ci diminuait beaucoup,
la Lison s'essoufflait, tandis qu'on devinait le frot-
tement des chasse-neige, à une résistance croissante. Du bout du pied, il rouvrit la porte ; et le
chauffeur, ensommeillé, comprit, poussa le feu
encore, afin d'augmenter la pression. Maintenant,
la porte rougissait, éclairait leurs jambes à tous

deux d'une lueur violette. Mais ils n'en sentaient pas l'ardente chaleur, dans le courant d'air glacé qui les enveloppait. Sur un geste de son chef, le chauffeur venait aussi de lever la tige du cendrier, ce qui activait le tirage. Rapidement, l'aiguille du manomètre était remontée à dix atmosphères, la Lison donnait toute la force dont elle était capable. Même, un instant, voyant le niveau d'eau baisser, le mécanicien dut faire mouvoir le petit volant de l'injecteur, bien que cela diminuât la pression. Elle se releva d'ailleurs, la machine ronflait, crachait, comme une bête qu'on surmène, avec des sursauts, des coups de reins, où l'on aurait cru entendre craquer ses membres. Et il la rudoyait, en femme vieillie et moins forte, n'ayant plus pour elle la même tendresse qu'autrefois.

« Jamais elle ne montera, la fainéante ! » dit-il, les dents serrées, lui qui ne parlait pas en route.

Pecqueux, étonné, dans sa somnolence, le regarda. Qu'avait-il donc maintenant contre la Lison ? Est-ce qu'elle n'était pas toujours la brave machine obéissante, d'un démarrage si aisé, que c'était un plaisir de la mettre en route, et d'une si bonne vaporisation, qu'elle épargnait son dixième de charbon, de Paris au Havre ? Quand une machine avait des tiroirs comme les siens, d'un réglage parfait, coupant à miracle la vapeur, on pouvait lui tolérer toutes les imperfections, comme qui dirait à une ménagère quinteuse, ayant pour elle la conduite et l'économie. Sans doute qu'elle dépensait trop de graisse. Et puis, après ? On la graissait, voilà tout !

Justement, Jacques répétait, exaspéré :

« Jamais elle ne montera, si on ne la graisse pas. »

Et, ce qu'il n'avait pas fait trois fois dans sa vie, il prit la burette, pour la graisser en marche. Enjambant la rampe, il monta sur le tablier, qu'il suivit tout le long de la chaudière. Mais c'était une manœuvre des plus périlleuses : ses pieds glissaient sur l'étroite bande de fer, mouillée par la neige ; et il était aveuglé, et le vent terrible menaçait de le balayer comme une paille. La Lison, avec cet homme accroché à son flanc, continuait sa course haletante, dans la nuit, parmi l'immense couche blanche, où elle s'ouvrait profondément un sillon. Elle le secouait, l'emportait. Parvenu à la traverse d'avant, il s'accroupit devant le godet graisseur du cylindre de droite, il eut toutes les peines du monde à l'emplir, en se tenant d'une main à la tringle. Puis, il lui fallut faire le tour, ainsi qu'un insecte rampant, pour aller graisser le cylindre de gauche. Et, quand il revint, exténué, il était tout pâle, ayant senti passer la mort.

« Sale rosse ! » murmura-t-il.

Saisi de cette violence inaccoutumée à l'égard de leur Lison, Pecqueux ne put s'empêcher de dire, en hasardant une fois de plus son habituelle plaisanterie :

« Fallait m'y laisser aller : ça me connaît, moi, de graisser les dames. »

Réveillé un peu, il s'était remis, lui aussi, à son poste, surveillant le côté gauche de la ligne. D'ordinaire, il avait de bons yeux, meilleurs que ceux de son chef. Mais, dans cette tourmente, tout avait disparu, à peine pouvaient-ils, eux pourtant à qui chaque kilomètre de la route était si familier, reconnaître les lieux qu'ils traversaient : la voie sombrait sous la neige, les haies, les maisons elles-mêmes semblaient s'engloutir, ce n'était plus qu'une plaine rase et sans fin, un chaos de blancheurs vagues, où la Lison paraissait galoper à sa guise, prise de folie. Et jamais les deux hommes n'avaient senti si étroitement le lien de fraternité qui les unissait, sur cette machine en marche, lâchée à travers tous les périls, où ils se trouvaient plus seuls, plus abandonnés du monde, que dans une chambre close, avec l'aggravante, l'écrasante responsabilité des vies humaines qu'ils traînaient derrière eux.

Aussi Jacques, que la plaisanterie de Pecqueux avait achevé d'irriter, finit-il par en sourire, retenant la colère qui l'emportait. Ce n'était, certes, pas le moment de se quereller. La neige redoublait, le rideau s'épaississait à l'horizon. On continuait de monter, lorsque le chauffeur, à son tour, crut voir étinceler un feu rouge, au loin. D'un mot, il avertit son chef. Mais déjà il ne le retrouvait plus, ses yeux avaient rêvé, comme il disait parfois. Et le mécanicien, qui n'avait rien vu, restait le cœur battant, troublé par cette hallucination d'un autre, perdant confiance en lui-même. Ce qu'il s'imaginait distinguer, au-delà du pullulement pâle des flocons, c'étaient d'immenses formes noires, des masses considérables, comme des morceaux géants de la nuit, qui semblaient se déplacer et venir au-devant de la machine. Étaient-ce donc des coteaux éboulés, des montagnes barrant la voie, où allait se briser le train ? Alors, pris de peur, il tira la tringle du sifflet longuement, désespérément ; et cette lamentation traînait, lugubre, au travers de la tempête. Puis, il fut tout étonné d'avoir sifflé à propos, car le train traversait à grande vitesse la gare de Saint-Romain, dont il se croyait éloigné de deux kilomètres.

Cependant, la Lison, qui avait franchi la terrible rampe, se mit à rouler plus à l'aise, et Jacques put respirer un moment. De Saint-Romain à Bolbec, la ligne monte d'une façon insensible, tout irait bien sans doute jusqu'à l'autre bout du plateau. Quand il fut à Beuzeville, pendant l'arrêt de trois minutes, il n'en appela pas moins le chef de gare qu'il aperçut sur le quai, tenant à lui dire ses craintes, en face de cette neige dont la couche augmentait toujours : jamais il n'arriverait à Rouen, le mieux serait de doubler l'attelage, en ajoutant une seconde machine, tandis qu'on se trouvait à un dépôt, où des machines à disposition étaient toujours prêtes. Mais le chef de gare répondit qu'il n'avait pas d'ordre et qu'il ne croyait pas devoir prendre cette mesure sur lui. Tout ce qu'il offrit, ce fut de donner cinq ou six pelles de bois, pour déblayer les rails, en cas de besoin. Et Pecqueux prit les pelles, qu'il rangea dans un coin du tender.

Sur le plateau, en effet, la Lison continua sa marche avec une bonne vitesse, sans trop de peine. Elle se lassait pourtant. À toute minute, le mécanicien devait faire son geste, ouvrir la porte du foyer, pour que le chauffeur mît du charbon ; et, chaque fois, au-dessus du train morne, noir dans tout ce blanc, recouvert d'un linceul, flambait l'éblouissante queue de comète, trouant la nuit. Il était sept heures trois quarts, le jour naissait ;

mais, à peine en distinguait-on la pâleur au ciel,
dans l'immense tourbillon blanchâtre qui emplissait l'espace, d'un bout de l'horizon à l'autre. Cette
clarté louche, où rien ne se distinguait encore,
inquiétait davantage les deux hommes, qui, les
yeux pleins de larmes, malgré leurs lunettes, s'efforçaient de voir au loin. Sans lâcher le volant du
changement de marche, le mécanicien ne quittait plus la tringle du sifflet, sifflant d'une façon
presque continue, par prudence, d'un sifflement
de détresse qui pleurait au fond de ce désert de
neige.

On traversa Bolbec, puis Yvetot, sans encombre.
Mais, à Motteville, Jacques, de nouveau, inter-
pella le sous-chef, qui ne put lui donner des renseignements précis sur l'état de la voie. Aucun
train n'était encore venu, une dépêche annonçait
simplement que l'omnibus de Paris se trouvait
bloqué à Rouen, en sûreté. Et la Lison repartit,
descendant de son allure alourdie et lasse les trois
lieues de pente douce qui vont à Barentin. Maintenant, le jour se levait, très pâle ; et il semblait
que cette lueur livide vînt de la neige elle-même.
Elle tombait plus dense, ainsi qu'une chute d'aube
brouillée et froide, noyant la terre des débris du
ciel. Avec le jour grandissant, le vent redoublait
de violence, les flocons étaient chassés comme des
balles, il fallait qu'à chaque instant le chauffeur
prît sa pelle, pour déblayer le charbon, au fond du
tender, entre les parois du récipient d'eau. À droite
et à gauche, la campagne apparaissait, à ce point
méconnaissable, que les deux hommes avaient la
sensation de fuir dans un rêve : les vastes champs

plats, les gras pâturages clos de haies vives, les cours plantées de pommiers, n'étaient plus qu'une mer blanche, à peine renflée de courtes vagues, une immensité blême et tremblante, où tout défaillait, dans cette blancheur. Et le mécanicien, debout, la face coupée par les rafales, la main sur le volant, commençait à souffrir terriblement du froid.

Enfin, à l'arrêt de Barentin, le chef de gare, M. Bessière, s'approcha lui-même de la machine, pour prévenir Jacques qu'on signalait des quantités considérables de neige, du côté de la Croix-de-Maufras.

« Je crois qu'on peut encore passer, ajouta-t-il. Mais vous aurez de la peine. »

Alors, le jeune homme s'emporta.

« Tonnerre de Dieu ! Je l'ai bien dit, à Beuzeville ! Qu'est-ce que ça pouvait leur faire, de doubler l'attelage ?... Ah ! nous allons être gentils ! »

Le conducteur-chef venait de descendre de son fourgon, et lui aussi se fâchait. Il était gelé dans sa vigie, il déclarait qu'il était incapable de distinguer un signal d'un poteau télégraphique. Un vrai voyage à tâtons, dans tout ce blanc !

« Enfin, vous voilà prévenus », reprit M. Bessière.

Cependant, les voyageurs s'étonnaient déjà de cet arrêt prolongé, au milieu du grand silence de la station ensevelie, sans un cri d'employé, sans un battement de portière. Quelques glaces furent baissées, des têtes apparurent : une dame très forte, avec deux jeunes filles blondes, charmantes, ses filles sans doute, toutes trois Anglaises à coup sûr ; et, plus loin, une jeune femme brune, très jolie, qu'un monsieur âgé forçait à rentrer ; tandis que deux hommes, un jeune, un vieux, causaient d'une voiture à l'autre, le buste à moitié sorti des portières. Mais, comme Jacques jetait un coup d'œil en arrière, il n'aperçut que Séverine, penchée elle aussi, regardant de son côté, d'un air anxieux. Ah ! la chère créature, qu'elle devait être inquiète, et quel crève-cœur il éprouvait, à la savoir là, si près et loin de lui, dans ce danger ! Il aurait donné tout son sang pour être à Paris déjà, et l'y déposer saine et sauve.

« Allons, partez, conclut le chef de gare. Il est inutile d'effrayer le monde. »

Lui-même avait donné le signal. Remonté dans son fourgon, le conducteur-chef siffla ; et, une fois encore, la Lison démarra, après avoir répondu, d'un long cri de plainte.

Tout de suite, Jacques sentit que l'état de la voie changeait. Ce n'était plus la plaine, le déroulement a l'infini de l'épais tapis de neige, où la machine filait comme un paquebot, laissant un sillage. On entrait dans le pays tourmenté, les côtes et les vallons dont la houle énorme allait jusqu'à Malaunay, bossuant le sol ; et la neige s'était amassée là d'une façon irrégulière, la voie se trouvait déblayée par places, tandis que des masses considérables avaient bouché certains passages. Le vent, qui balayait les remblais, comblait au contraire les tranchées. C'était ainsi une continuelle succession d'obstacles à franchir, des bouts de voie libre que barraient de véritables remparts. Il faisait plein jour maintenant, et la contrée dévastée, ces gorges étroites, ces pentes raides, prenaient, sous leur couche de neige, la désolation d'un océan de glace, immobilisé dans la tourmente.

Jamais encore Jacques ne s'était senti pénétrer d'un tel froid. Sous les mille aiguilles de la neige, son visage lui semblait en sang ; et il n'avait plus conscience de ses mains, paralysées par l'onglée, devenues si insensibles, qu'il frémit en s'apercevant qu'il perdait, entre ses doigts, la sensation du petit volant du changement de marche. Quand il levait le coude, pour tirer la tringle du sifflet, son bras pesait à son épaule comme un bras de mort. Il n'aurait pu dire si ses jambes le portaient, dans les secousses continues de la trépidation, qui lui arrachaient les entrailles. Une immense fatigue l'avait envahi, avec ce froid, dont le gel gagnait son crâne, et sa peur était de n'être plus, de ne plus savoir s'il conduisait, car il ne tournait déjà le volant que d'un geste machinal, il regardait, hébété, le manomètre descendre. Toutes les histoires connues d'hallucinations lui traversaient la tête. N'était-ce pas un arbre abattu, là-bas, en travers de la voie ? N'avait-il pas aperçu un drapeau rouge flottant au-dessus de ce buisson ? Des pétards, à chaque minute, n'éclataient-ils pas, dans le grondement des roues ? Il n'aurait pu le dire, il se répétait qu'il devrait arrêter, et il n'en trouvait pas la volonté nette. Pendant quelques minutes, cette crise le tortura ; puis, brusquement, la vue de Pecqueux, retombé endormi sur le coffre, terrassé par cet accablement du froid dont lui-même souffrait, le jeta dans une colère telle, qu'il en fut comme réchauffé.

« Ah ! nom de Dieu de salop ! »

Et lui, si doux d'ordinaire aux vices de cet ivrogne, le réveilla à coups de pied, tapa jusqu'à ce qu'il fût debout. L'autre, engourdi, se contenta de grogner, en reprenant sa pelle.

« Bon, bon ! on y va ! »

Quand le foyer fut chargé, la pression remonta ; et il était temps, la Lison venait de s'engager au fond d'une tranchée, où elle avait à fendre une épaisseur de plus d'un mètre. Elle avançait dans un effort extrême, dont elle tremblait toute. Un instant, elle s'épuisa, il sembla qu'elle allait s'immobiliser, ainsi qu'un navire qui a touché un banc de sable. Ce qui la chargeait, c'était la neige dont une couche pesante avait peu à peu couvert la toiture des wagons. Ils filaient ainsi, noirs dans le sillage blanc, avec ce drap blanc tendu sur eux ; et elle-même n'avait que des bordures d'hermine, habillant ses reins sombres, où les flocons fondaient et ruisselaient en pluie. Une fois de plus, malgré le poids, elle se dégagea, elle passa. Le long d'une large courbe, sur un remblai, on put suivre encore le train, qui s'avançait à l'aise, pareil à un ruban d'ombre, perdu au milieu d'un pays des légendes, éclatant de blancheur.

Mais, plus loin, les tranchées recommençaient, et Jacques, et Pecqueux, qui avaient senti toucher la Lison, se raidirent contre le froid, debout à ce poste que, même mourants, ils ne pouvaient déserter. De nouveau, la machine perdait de sa vitesse. Elle s'était engagée entre deux talus, et l'arrêt se produisit lentement, sans secousse. Il sembla qu'elle s'engluait, prise par toutes ses roues, de plus en plus serrée, hors d'haleine. Elle ne bougea plus. C'était fait, la neige la tenait, impuissante.

« Ça y est, gronda Jacques. Tonnerre de Dieu ! »

Quelques secondes encore, il resta à son poste, la main sur le volant, ouvrant tout, pour voir si l'obstacle ne céderait pas. Puis, entendant la Lison cracher et s'essouffler en vain, il ferma le régulateur, il jura plus fort, furieux.

Le conducteur-chef s'était penché à la porte de son fourgon, et Pecqueux s'étant montré, lui cria à son tour :

« Ça y est, nous sommes collés ! »

Vivement, le conducteur sauta dans la neige, dont il avait jusqu'aux genoux. Il s'approcha, les trois hommes tinrent conseil.

« Nous ne pouvons qu'essayer de déblayer, finit par dire le mécanicien. Heureusement, nous avons des pelles. Appelez votre conducteur d'arrière, et à nous quatre nous finirons bien par dégager les roues[1]. »

On fit signe au conducteur d'arrière, qui, lui aussi, était descendu du fourgon. Il arriva à grand-peine, noyé par instants. Mais cet arrêt en pleine campagne, au milieu de cette solitude blanche, ce bruit clair des voix discutant ce qu'il y avait à faire, cet employé sautant le long du train, à pénibles enjambées, avaient inquiété les voyageurs. Des glaces se baissèrent. On criait, on questionnait, toute une confusion, vague encore et grandissante.

« Où sommes-nous ?… Pourquoi a-t-on arrêté ?… Qu'y a-t-il donc ?… Mon Dieu ! est-ce un malheur ? »

Le conducteur sentit la nécessité de rassurer le monde. Justement, comme il s'avançait, la dame anglaise, dont l'épaisse face rouge s'encadrait des deux charmants visages de ses filles, lui demanda avec un fort accent :

« Monsieur, ce n'est pas dangereux ?

— Non, non, Madame, répondit-il. Un peu de neige simplement. On repart tout de suite. »

Et la glace se releva, au milieu du frais gazouillis des jeunes filles, cette musique des syllabes anglaises, si vives sur des lèvres roses. Toutes deux riaient, très amusées.

Mais, plus loin, le monsieur âgé appelait le conducteur, tandis que sa jeune femme risquait derrière lui sa jolie tête brune.

« Comment n'a-t-on pas pris des précautions ? C'est insupportable... Je rentre de Londres, mes affaires m'appellent à Paris ce matin, et je vous préviens que je rendrai la Compagnie responsable de tout retard.

— Monsieur, ne put que répéter l'employé, on va repartir dans trois minutes. »

Le froid était terrible, la neige entrait, et les têtes disparurent, les glaces se relevèrent. Mais, au fond des voitures closes, une agitation persistait, une anxiété, dont on sentait le sourd bourdonnement. Seules, deux glaces restaient baissées ; et, accoudés, à trois compartiments de distance, deux voyageurs causaient, un Américain d'une quarantaine d'années, un jeune homme habitant Le Havre, très intéressés l'un et l'autre par le travail de déblaiement.

« En Amérique, Monsieur, tout le monde descend et prend des pelles.

— Oh ! ce n'est rien, j'ai été déjà bloqué deux fois, l'année dernière. Mes occupations m'appellent toutes les semaines à Paris.

— Et moi toutes les trois semaines environ, Monsieur.

— Comment, de New York ?

— Oui, Monsieur, de New York. »

Jacques menait le travail. Ayant aperçu Séverine à une portière du premier wagon, où elle se mettait toujours pour être plus près de lui, il l'avait suppliée du regard ; et, comprenant, elle s'était retirée, pour ne pas rester à ce vent glacial qui lui brûlait la figure. Lui, dès lors, songeant à elle, avait travaillé de grand cœur. Mais il remarquait que la cause de l'arrêt, l'empâtement dans la neige, ne provenait pas des roues : celles-ci coupaient les couches les plus épaisses ; c'était le cendrier, placé entre elles, qui faisait obstacle, roulant la neige, la durcissant en paquets énormes. Et une idée lui vint.

« Il faut dévisser le cendrier. »

D'abord, le conducteur-chef s'y opposa. Le mécanicien était sous ses ordres, il ne voulait pas l'autoriser à toucher à la machine. Puis, il se laissa convaincre.

« Vous en prenez la responsabilité, c'est bon ! »

Seulement, ce fut une dure besogne. Allongés sous la machine, le dos dans la neige qui fondait, Jacques et Pecqueux durent travailler pendant près d'une demi-heure. Heureusement que, dans le coffre à outils, ils avaient des tournevis de rechange. Enfin, au risque de se brûler et de s'écraser vingt fois, ils parvinrent à détacher le

cendrier. Mais ils ne l'avaient pas encore, il s'agissait de le sortir de là-dessous. D'un poids énorme,
il s'embarrassait dans les roues et les cylindres.
Pourtant, à quatre, ils le tirèrent, le traînèrent en
dehors de la voie, jusqu'au talus.

« Maintenant, achevons de déblayer », dit le
conducteur.

Depuis près d'une heure, le train était en
détresse, et l'angoisse des voyageurs avait grandi.
À chaque minute, une glace se baissait, une voix
demandait pourquoi l'on ne partait pas. C'était
la panique, des cris, des larmes, dans une crise
montante d'affolement.

« Non, non, c'est assez déblayé, déclara Jacques.
Montez, je me charge du reste. »

Il était de nouveau à son poste, avec Pecqueux,
et lorsque les deux conducteurs eurent regagné
leurs fourgons, il tourna lui-même le robinet
du purgeur. Le jet de vapeur brûlante, assourdi,
acheva de fondre les paquets qui adhéraient encore
aux rails. Puis, la main au volant, il fit machine
arrière. Lentement, il recula d'environ trois cents
mètres, pour prendre du champ. Et, ayant poussé
au feu, dépassant même la pression permise, il
revint contre le mur qui barrait la voie, il y jeta
la Lison, de toute sa masse, de tout le poids du
train qu'elle traînait. Elle eut un han ! terrible de
bûcheron qui enfonce la cognée, sa forte charpente de fer et de fonte en craqua. Mais elle ne put
passer encore, elle s'était arrêtée, fumante, toute
vibrante du choc. Alors, à deux autres reprises,
il dut recommencer la manœuvre, recula, fonça
sur la neige, pour l'emporter ; et, chaque fois, la

Lison, raidissant les reins, buta du poitrail, avec son souffle enragé de géante. Enfin, elle parut reprendre haleine, elle banda ses muscles de métal en un suprême effort, et elle passa, et lourdement le train la suivit, entre les deux murs de la neige éventrée. Elle était libre.

« Bonne bête tout de même ! » grogna Pecqueux.

Jacques, aveuglé, ôta ses lunettes, les essuya. Son cœur battait à grands coups, il ne sentait plus le froid. Mais, brusquement, la pensée lui vint d'une tranchée profonde, qui se trouvait à trois cents mètres environ de la Croix-de-Maufras : elle s'ouvrait dans la direction du vent, la neige devait s'y être accumulée en quantité considérable ; et, tout de suite, il eut la certitude que c'était là l'écueil marqué où il naufragerait. Il se pencha. Au loin, après une dernière courbe, la tranchée lui apparut, en ligne droite, ainsi qu'une longue fosse, comblée de neige. Il faisait plein jour, la blancheur était sans bornes et éclatante, sous la tombée continue des flocons.

Cependant, la Lison filait à une vitesse moyenne, n'ayant plus rencontré d'obstacle. On avait, par précaution, laissé allumés les feux d'avant et d'arrière ; et le fanal blanc, à la base de la cheminée, luisait dans le jour, comme un œil vivant de cyclope. Elle roulait, elle approchait de la tranchée, avec cet œil largement ouvert. Alors, il sembla qu'elle se mît à souffler d'un petit souffle court, ainsi qu'un cheval qui a peur. De profonds tressaillements la secouaient, elle se cabrait, ne continuait sa marche que sous la main volontaire du mécanicien. D'un geste, celui-ci avait ouvert la porte du foyer, pour que le chauffeur activât le feu. Et, maintenant, ce n'était plus une queue d'astre incendiant la nuit, c'était un panache de fumée noire, épaisse, qui salissait le grand frisson pâle du ciel.

La Lison avançait. Enfin, il lui fallut entrer dans la tranchée. À droite et à gauche, les talus étaient noyés, et l'on ne distinguait plus rien de la voie, au fond. C'était comme un creux de torrent, où la neige dormait, à pleins bords. Elle s'y engagea, roula pendant une cinquantaine de mètres, d'une haleine éperdue, de plus en plus lente. La neige qu'elle repoussait, faisait une barre devant elle, bouillonnait et montait, en un flot révolté qui menaçait de l'engloutir. Un instant, elle parut débordée, vaincue. Mais, d'un dernier coup de reins, elle se délivra, avança de trente mètres encore. C'était la fin, la secousse de l'agonie : des paquets de neige retombaient, recouvraient les roues, toutes les pièces du mécanisme étaient envahies, liées une à une par des chaînes de glace. Et la Lison s'arrêta définitivement, expirante, dans le grand froid. Son souffle s'éteignit, elle était immobile, et morte.

« Là, nous y sommes, dit Jacques. Je m'y attendais. »

Tout de suite, il voulut faire machine arrière, pour tenter de nouveau la manœuvre. Mais, cette fois, la Lison ne bougea pas. Elle refusait de reculer comme d'avancer, elle était bloquée de toutes parts, collée au sol, inerte, sourde. Derrière elle, le train, lui aussi, semblait mort, enfoncé dans l'épaisse couche jusqu'aux portières. La neige ne cessait pas, tombait plus drue, par longues rafales. Et c'était un enlisement, où machine et voitures allaient disparaître, déjà recouvertes à moitié, sous le silence frissonnant de cette solitude blanche. Plus rien ne bougeait, la neige filait son linceul.

« Eh bien ! ça recommence ? demanda le conducteur-chef, en se penchant en dehors du fourgon.

— Foutus ! » cria simplement Pecqueux.

Cette fois, en effet, la position devenait critique. Le conducteur d'arrière courut poser les pétards qui devaient protéger le train, en queue ; tandis que le mécanicien sifflait éperdument, à coups pressés, le sifflet haletant et lugubre de la détresse. Mais la neige assourdissait l'air, le son se perdait, ne devait pas même arriver à Barentin. Que faire ? Ils n'étaient que quatre, jamais ils ne déblaieraient de pareils amas. Il aurait fallu toute une équipe. La nécessité s'imposait de courir chercher du secours. Et le pis était que la panique se déclarait de nouveau parmi les voyageurs.

Une portière s'ouvrit, la jolie dame brune sauta, affolée, croyant à un accident. Son mari, le négociant âgé, qui la suivit, criait :

« J'écrirai au ministre, c'est une indignité ! »

Des pleurs de femmes, des voix furieuses d'hommes sortaient des voitures, dont les glaces se baissaient violemment. Et il n'y avait que les deux petites Anglaises qui s'égayaient, l'air tranquille, souriantes. Comme le conducteur-chef tâchait de rassurer tout le monde, la cadette lui demanda, en français, avec un léger zézaiement britannique :

« Alors, Monsieur, c'est ici qu'on s'arrête ? »

Plusieurs hommes étaient descendus, malgré l'épaisse couche où l'on enfonçait jusqu'au ventre. L'Américain se retrouva ainsi avec le jeune homme du Havre, tous deux s'étant avancés vers la machine, pour voir. Ils hochèrent la tête.

« Nous en avons pour quatre ou cinq heures, avant qu'on la débarbouille de là-dedans.

— Au moins, et encore faudrait-il une vingtaine d'ouvriers. »

Jacques venait de décider le conducteur-chef à envoyer le conducteur d'arrière à Barentin, pour demander du secours. Ni lui, ni Pecqueux, ne pouvaient quitter la machine.

L'employé s'éloigna, on le perdit bientôt de vue, au bout de la tranchée. Il avait quatre kilomètres à faire, il ne serait pas de retour avant deux heures peut-être. Et Jacques, désespéré, lâcha un instant son poste, courut à la première voiture, où il apercevait Séverine, qui avait baissé la glace.

« N'ayez pas peur, dit-il rapidement. Vous ne craignez rien. »

Elle répondit de même, sans le tutoyer, de crainte d'être entendue :

« Je n'ai pas peur. Seulement, j'ai été bien inquiète, à cause de vous. »

Et cela était d'une douceur telle, qu'ils furent consolés et qu'ils se sourirent. Mais, comme Jacques se retournait, il eut une surprise, à voir, le long du talus, Flore, puis Misard, suivi de deux autres hommes, qu'il ne reconnut pas d'abord. Eux avaient entendu le sifflet de détresse, et Misard, qui n'était pas de service, accourait,

avec les deux camarades, auxquels il offrait justement le vin blanc, le carrier Cabuche que la
neige faisait chômer, et l'aiguilleur Ozil, venu
de Malaunay par le tunnel, pour faire sa cour à
Flore, qu'il poursuivait toujours, malgré le mauvais accueil. Elle, curieusement, en grande fille
vagabonde, brave et forte comme un garçon,
les accompagnait. Et, pour elle, pour son père,
c'était un événement considérable, une extraordinaire aventure, ce train s'arrêtant ainsi à leur
porte. Depuis cinq années qu'ils habitaient là, à
chaque heure de jour et de nuit, par les beaux
temps, par les orages, que de trains ils avaient
vus passer, dans le coup de vent de leur vitesse !
Tous semblaient emportés par ce vent qui les
apportait, jamais un seul n'avait même ralenti
sa marche, ils les regardaient fuir, se perdre, disparaître, avant d'avoir rien pu savoir d'eux. Le
monde entier défilait, la foule humaine charriée
à toute vapeur, sans qu'ils en connussent autre
chose que des visages entrevus dans un éclair,
des visages qu'ils ne devaient jamais revoir, parfois des visages qui leur devenaient familiers, à
force de les retrouver à jours fixes, et qui pour
eux restaient sans noms. Et voilà que, dans la
neige, un train débarquait à leur porte : l'ordre
naturel était perverti, ils dévisageaient ce monde
inconnu qu'un accident jetait sur la voie, ils le
contemplaient avec des yeux ronds de sauvages,
accourus sur une côte où des Européens nau-
frageraient. Ces portières ouvertes montrant des
femmes enveloppées de fourrures, ces hommes
descendus en paletots épais, tout ce luxe confor-

table, échoué parmi cette mer de glace, les immo-
bilisaient d'étonnement.

Mais Flore avait reconnu Séverine. Elle, qui
guettait chaque fois le train de Jacques, s'était
aperçue, depuis quelques semaines, de la présence
de cette femme, dans l'express du vendredi matin ;
d'autant plus que celle-ci, lorsqu'elle approchait
du passage à niveau, mettait la tête à la portière,
pour donner un coup d'œil à sa propriété de la
Croix-de-Maufras. Les yeux de Flore noircirent, en
la voyant causer à demi-voix, avec le mécanicien.

« Ah ! madame Roubaud ! s'écria Misard, qui
venait aussi de la reconnaître, et qui prit immédiatement son air obséquieux. En voilà une mauvaise
chance !... Mais vous n'allez pas rester là, il faut
descendre chez nous. »

Jacques, après avoir serré la main du garde-
barrière, appuya son offre.

« Il a raison... On en a peut-être pour des
heures, vous auriez le temps de mourir de froid. »

Séverine refusait, bien couverte, disait-elle. Puis,
les trois cents mètres dans la neige l'effrayaient un
peu. Alors, s'approchant, Flore, qui la regardait de
ses grands yeux fixes, dit enfin :

« Venez, Madame, je vous porterai. »

Et, avant que celle-ci eût accepté, elle l'avait
saisie dans ses bras vigoureux de garçon, elle la
soulevait ainsi qu'un petit enfant. Ensuite, elle la
déposa de l'autre côté de la voie, à une place déjà
foulée, où les pieds n'enfonçaient plus. Des voyageurs s'étaient mis à rire, émerveillés. Quelle gaillarde ! Si l'on en avait eu une douzaine comme ça,
le déblaiement n'aurait pas demandé deux heures.

Cependant, la proposition de Misard, cette maison de garde-barrière, où l'on pouvait se réfugier, trouver du feu, peut-être du pain et du vin, courait d'une voiture à une autre. La panique s'était calmée, lorsqu'on avait compris qu'on ne courait aucun danger immédiat ; seulement, la situation n'en restait pas moins lamentable : les bouillottes se refroidissaient, il était neuf heures, on allait souffrir de la faim et de la soif, pour peu que les secours se fissent attendre. Et cela pouvait s'éterniser, qui savait si l'on ne coucherait pas là ? Deux camps se formèrent : ceux qui, de désespoir, ne voulaient pas quitter les wagons, et qui s'y installaient comme pour y mourir, enveloppés dans leurs couvertures, allongés rageusement sur les banquettes ; et ceux qui préféraient risquer la course à travers la neige, espérant trouver mieux là-bas, désireux surtout d'échapper au cauchemar de ce train échoué, mort de froid. Tout un groupe se forma, le négociant âgé et sa jeune femme, la dame anglaise avec ses deux filles, le jeune homme du Havre, l'Américain, une douzaine d'autres, prêts à se mettre en marche.

Jacques, à voix basse, avait décidé Séverine, en jurant d'aller lui donner des nouvelles, s'il pouvait s'échapper. Et, comme Flore les regardait toujours de ses yeux sombres, il lui parla doucement, en vieil ami :

« Eh bien ! c'est entendu, tu vas conduire ces dames et ces messieurs... Moi, je garde Misard, avec les autres. Nous allons nous y mettre, nous ferons ce que nous pourrons, en attendant. »

Tout de suite, en effet, Cabuche, Ozil, Misard

avaient pris des pelles, pour se joindre à Pecqueux et au conducteur-chef, qui attaquaient déjà la neige. La petite équipe s'efforçait de dégager la machine, fouillant sous les roues, rejetant les pelletées contre le talus. Personne n'ouvrait plus la bouche, on n'entendait que cet enragement silencieux, dans le morne étouffement de la campagne blanche. Et, lorsque la petite troupe des voyageurs s'éloigna, elle eut un dernier regard vers le train, qui restait seul, ne montrant plus qu'une mince ligne noire, sous l'épaisse couche qui l'écrasait. On avait refermé les portières, relevé les glaces. La neige tombait toujours, l'ensevelissait lentement, sûrement, avec une obstination muette.

Flore avait voulu reprendre Séverine dans ses bras. Mais celle-ci s'y était refusée, tenant à marcher comme les autres. Les trois cents mètres furent très pénibles à franchir : dans la tranchée surtout, on enfonçait jusqu'aux hanches ; et, à deux reprises, il fallut opérer le sauvetage de la grosse dame anglaise, submergée à demi. Ses filles riaient toujours, enchantées. La jeune femme du vieux monsieur, ayant glissé, dut accepter la main du jeune homme du Havre ; tandis que son mari déblatérait contre la France, avec l'Américain. Lorsqu'on fut sorti de la tranchée, la marche devint plus commode ; mais on suivait un remblai, la petite troupe s'avança sur une ligne, battue par le vent, en évitant soigneusement les bords, vagues et dangereux sous la neige. Enfin, l'on arriva, et Flore installa les voyageurs dans la cuisine, où elle ne put même leur donner un siège à chacun, car ils étaient bien une vingtaine encombrant la

pièce, assez vaste heureusement. Tout ce qu'elle
inventa, ce fut d'aller chercher des planches et
d'établir deux bancs, à l'aide des chaises qu'elle
avait. Elle jeta ensuite une bourrée dans l'âtre,
puis elle eut un geste, comme pour dire qu'on
ne devait point lui en demander davantage. Elle
n'avait pas prononcé une parole, elle demeura
debout, à regarder ce monde de ses larges yeux
verdâtres, avec son air farouche et hardi de grande
sauvagesse blonde. Deux visages seulement lui
étaient connus, pour les avoir souvent remar-
qués aux portières, depuis des mois : celui de
l'Américain et celui du jeune homme du Havre ;
et elle les examinait, ainsi qu'on étudie l'insecte
bourdonnant, posé enfin, qu'on ne pouvait suivre
dans son vol. Ils lui semblaient singuliers, elle ne
se les était pas précisément imaginés ainsi, sans
rien savoir d'eux d'ailleurs, au-delà de leurs traits.
Quant aux autres gens, ils lui paraissaient être
d'une race différente, des habitants d'une terre
inconnue, tombés du ciel, apportant chez elle, au
fond de sa cuisine, des vêtements, des mœurs, des
idées, qu'elle n'aurait jamais cru y voir. La dame
anglaise confiait à la jeune femme du négociant
qu'elle allait rejoindre aux Indes son fils aîné, haut
fonctionnaire ; et celle-ci plaisantait de sa mauvaise chance, pour la première fois qu'elle avait
eu le caprice d'accompagner à Londres son mari,
qui s'y rendait deux fois l'an. Tous se lamentaient,
à l'idée d'être bloqués dans ce désert : il faudrait
manger, il faudrait se coucher, comment ferait-on,
mon Dieu ! Et Flore, qui les écoutait immobile,
ayant rencontré le regard de Séverine, assise sur

une chaise, devant le feu, lui fit un signe, pour la faire passer dans la chambre, à côté.

« Maman, annonça-t-elle en y entrant, c'est madame Roubaud... Tu n'as rien à lui dire ? »

Phasie était couchée, la face jaunie, les jambes envahies par l'enflure, si malade, qu'elle ne quittait plus le lit depuis quinze jours ; et, dans la chambre pauvre, où un poêle de fonte entretenait une chaleur étouffante, elle passait les heures à rouler l'idée fixe de son entêtement, n'ayant d'autre distraction que la secousse des trains, à toute vitesse.

« Ah ! madame Roubaud, murmura-t-elle, bon, bon ! »

Flore lui conta l'accident, lui parla de ce monde qu'elle avait amené et qui était là. Mais tout cela ne la touchait plus.

« Bon, bon ! » répétait-elle, de la même voix lasse.

Pourtant, elle se souvint, elle leva un instant la tête, pour dire :

« Si madame veut aller voir sa maison, tu sais que les clefs sont accrochées près de l'armoire. »

Mais Séverine refusait. Un frisson l'avait prise, à la pensée de rentrer à la Croix-de-Maufras, par cette neige, sous ce jour livide. Non, non, elle n'avait rien à y voir, elle préférait rester là, à attendre, chaudement.

« Asseyez-vous donc, Madame, reprit Flore. Il fait encore meilleur ici qu'à côté. Et puis, nous ne trouverons jamais assez de pain pour tous ces gens ; tandis que, si vous avez faim, il y en aura toujours un morceau pour vous. »

Elle avait avancé une chaise, elle continuait à
se montrer prévenante, en faisant un visible effort
pour corriger sa rudesse ordinaire. Mais ses yeux
ne quittaient pas la jeune femme, comme si elle
voulait lire en elle, se faire une certitude sur une
question qu'elle se posait depuis quelque temps ;
et, sous son empressement, il y avait ce besoin de
l'approcher, de la dévisager, de la toucher, afin
de savoir.

Séverine remercia, s'installa près du poêle, préférant, en effet, être seule avec la malade, dans
cette chambre, où elle espérait que Jacques trouverait le moyen de la rejoindre. Deux heures se
passèrent, elle cédait à la grosse chaleur, et s'endormait, après avoir causé du pays, lorsque Flore,
appelée à chaque instant dans la cuisine, rouvrit
la porte, en disant, de sa voix dure :

« Entre, puisqu'elle est par ici ! »

C'était Jacques, qui s'échappait, pour apporter
de bonnes nouvelles. L'homme, envoyé à Barentin,
venait de ramener toute une équipe, une trentaine
de soldats que l'administration avait dirigés sur
les points menacés, en prévision des accidents ;
et tous étaient à l'œuvre, avec des pioches et des
pelles. Seulement, ce serait long, on ne repartirait
peut-être pas avant la nuit.

« Enfin, vous n'êtes pas trop mal, prenez
patience, ajouta-t-il. N'est-ce pas, tante Phasie,
vous n'allez pas laisser madame Roubaud mourir
de faim ? »

Phasie, à la vue de son grand garçon, comme
elle le nommait, s'était péniblement mise sur son
séant, et elle le regardait, elle l'écoutait parler,

ranimée, heureuse. Quand il se fut approché de son lit :

« Bien sûr, bien sûr ! déclara-t-elle. Ah ! mon grand garçon, te voilà ! C'est toi qui t'es fait prendre par la neige !... Et cette bête qui ne me prévient pas ! »

Elle se tourna vers sa fille, elle l'apostropha :

« Sois polie au moins, va retrouver ces messieurs et ces dames, occupe-toi d'eux pour qu'ils ne disent pas à l'administration que nous sommes des sauvages. »

Flore était restée plantée entre Jacques et Séverine. Un instant, elle parut hésiter, se demandant si elle n'allait pas s'entêter là, malgré sa mère. Mais elle ne verrait rien, la présence de celle-ci empêcherait les deux autres de se trahir ; et elle sortit, sans une parole, en les enveloppant d'un long regard.

« Comment ! tante Phasie, reprit Jacques d'un air chagrin, vous voilà tout à fait au lit, c'est donc sérieux ? »

Elle l'attira, le força même à s'asseoir sur le bord du matelas, et sans plus se soucier de la jeune femme, qui s'était écartée par discrétion, elle se soulagea, à voix très basse.

« Oh ! oui, sérieux ! c'est miracle si tu me retrouves en vie... Je n'ai pas voulu t'écrire, parce que ces choses-là, ça ne s'écrit pas... J'ai failli y passer ; mais, maintenant, ça va déjà mieux, et je crois bien que j'en réchapperai, cette fois-ci encore. »

Il l'examinait, effrayé des progrès du mal, ne retrouvant plus rien en elle de la belle et saine créature d'autrefois.

« Alors, toujours vos crampes et vos vertiges, ma pauvre tante Phasie. »

Mais elle lui serrait la main à la briser, elle continua, en baissant la voix davantage :

« Imagine-toi que je l'ai surpris... Tu sais que j'en donnais ma langue aux chiens, de ne pas savoir dans quoi il pouvait bien me flanquer sa drogue. Je ne buvais, je ne mangeais rien de ce qu'il touchait et tout de même, chaque soir, j'avais le ventre en feu... Eh bien ! il me la collait dans le sel, sa drogue ! Un soir, je l'ai vu... Moi qui en mettais sur tout, des quantités, pour purifier ! »

Jacques, depuis que la possession de Séverine semblait l'avoir guéri, songeait parfois à cette histoire d'empoisonnement, lent et obstiné, comme on songe à un cauchemar, avec des doutes. Il serra tendrement à son tour les mains de la malade, il voulut la calmer.

« Voyons, est-ce possible, tout ça ?... Pour dire des choses pareilles, il faut être vraiment bien sûr... Et puis, ça traîne trop ! Allez, c'est plutôt une maladie à laquelle les médecins ne comprennent rien.

— Une maladie, reprit-elle en ricanant, une maladie qu'il m'a fichue dans la peau, oui !... Pour les médecins, tu as raison : il en est venu deux qui n'ont rien compris, et qui ne sont pas seulement tombés d'accord. Je ne veux pas qu'un seul de ces oiseaux remette les pieds ici... Entends-tu, il me collait ça dans le sel. Puisque je te jure que je l'ai vu ! C'est pour mes mille francs, les mille francs que papa m'a laissés. Il se dit que, lorsqu'il m'aura détruite, il les trouvera bien. Ça, je l'en défie : ils sont dans un endroit où personne ne les découvrira, jamais, jamais !... Je puis m'en aller, je suis tranquille, personne ne les aura jamais, mes mille francs !

— Mais, tante Phasie, moi, à votre place, j'enverrais chercher les gendarmes, si j'étais si certain que ça. »

Elle eut un geste de répugnance.

« Oh ! non, pas les gendarmes... Ça ne regarde que nous, cette affaire ; c'est entre lui et moi. Je sais qu'il veut me manger, et moi je ne veux pas qu'il me mange, naturellement. Alors, n'est-ce pas ? je n'ai qu'à me défendre, à ne pas être aussi bête que je l'ai été, avec son sel... Hein ? qui le croirait ? Un avorton pareil, un bout d'homme qu'on mettrait dans sa poche, ça finirait par venir à bout d'une grosse femme comme moi, si on le laissait faire, avec ses dents de rat ! »

Un petit frisson l'avait prise. Elle respira péniblement avant d'achever.

« N'importe, ce ne sera pas pour ce coup-ci. Je vais mieux, je serai sur mes pattes avant quinze jours... Et, cette fois, il faudra qu'il soit bien malin pour me repincer. Ah ! oui, je suis curieuse de voir ça. S'il trouve le moyen de me redonner de sa drogue, c'est que, décidément, il est le plus fort, et alors, tant pis ! je claquerai... Qu'on ne s'en mêle pas ! »

Jacques pensait que la maladie lui hantait le cerveau de ces imaginations noires ; et, pour la distraire, il tâchait de plaisanter, lorsqu'elle se mit à trembler sous la couverture.

« Le voici, souffla-t-elle. Je le sens, quand il approche. »

En effet, quelques secondes après, Misard entra. Elle était devenue livide, en proie à cette terreur involontaire des colosses devant l'insecte qui les ronge ; car, dans son obstination à se défendre seule, elle avait de lui une épouvante croissante, qu'elle n'avouait pas. Misard, d'ailleurs, qui, dès la porte, les avait enveloppés, elle et le mécanicien, d'un vif regard, ne parut même pas ensuite les avoir vus, côte à côte ; et, les yeux ternes, la bouche mince, avec son air doux d'homme chétif, il se confondait déjà en prévenances devant Séverine.

« J'ai pensé que Madame voudrait peut-être profiter de l'occasion pour donner un coup d'œil à sa propriété. Alors, je me suis échappé un instant... Si Madame désire que je l'accompagne. »

Et, comme la jeune femme refusait de nouveau, il continua d'une voix dolente :

« Madame a peut-être été étonnée, à cause des fruits... Ils étaient tous véreux, et ça ne valait vraiment pas l'emballage... Avec ça, il est venu un coup de vent qui a fait bien du mal... Ah ! c'est triste que Madame ne puisse pas vendre ! Il s'est présenté un monsieur qui a demandé des réparations... Enfin, je suis à la disposition de Madame, et Madame peut compter que je la remplace ici comme un autre elle-même. »

Puis, il voulut absolument lui servir du pain et des poires, des poires de son jardin à lui, et qui, celles-là, n'étaient pas véreuses. Elle accepta.

En traversant la cuisine, Misard avait annoncé aux voyageurs que le travail de déblaiement marchait, mais qu'il y en avait encore pour quatre ou cinq heures. Midi était sonné, et ce fut une nouvelle lamentation, car il commençait à faire grand-faim. Flore, justement, déclarait qu'elle n'aurait pas de pain pour tout le monde. Elle avait bien du vin, elle était remontée de la cave avec dix litres, qu'elle venait d'aligner sur la table. Seulement, les verres manquaient aussi : il fallait boire par groupe, la dame anglaise avec ses deux filles, le vieux monsieur avec sa jeune femme. Celle-ci, d'ailleurs, trouvait dans le jeune homme du Havre, un serviteur zélé, inventif, qui veillait sur son bien-être. Il disparut, revint avec des pommes et un pain, découvert au fond du bûcher. Flore se fâchait, disait que c'était du pain pour sa mère malade. Mais, déjà, il le coupait, le distribuait aux dames, en commençant par la jeune femme, qui lui souriait, flattée. Son mari ne décolérait pas, ne s'occupait même plus d'elle, en train d'exalter avec l'Américain les mœurs commerciales de New York. Jamais les jeunes Anglaises n'avaient croqué des pommes de si bon cœur. Leur mère, très lasse, sommeillait à demi. Il y avait, par terre, devant l'âtre, deux dames assises, vaincues par l'attente. Des hommes, qui étaient sortis fumer devant la maison, pour tuer un quart d'heure, rentraient gelés, frissonnants. Peu à peu, le malaise grandissait, la faim mal satisfaite, la fatigue doublée par la gêne et l'impatience. Cela tournait au campement de naufragés, à la désolation d'une bande de civilisés jetée par un coup de mer dans une île déserte.

Et, comme les allées et venues de Misard laissaient la porte ouverte, tante Phasie, de son lit de malade, regardait. C'était donc là ce monde, qu'elle aussi voyait passer dans un coup de foudre, depuis un an bientôt qu'elle se traînait de son matelas à sa chaise. Elle ne pouvait même plus que rarement aller sur le quai, elle vivait ses jours et ses nuits, seule, clouée là, les yeux sur la fenêtre, sans autre compagnie que ces trains qui filaient si vite. Toujours elle s'était plainte de ce pays de loups, où l'on n'avait jamais une visite ; et voilà qu'une vraie troupe débarquait de l'inconnu. Dire que, là-dedans, parmi ces gens pressés de courir à leurs affaires, pas un ne se doutait de la chose, de cette saleté qu'on lui avait mise dans son sel ! Elle l'avait sur le cœur, cette invention-là, elle se demandait s'il était Dieu permis d'avoir tant de coquinerie sournoise, sans que personne s'en aperçût. Enfin, il passait pourtant assez de foule devant chez eux, des milliers et des milliers de gens ; mais tout ça galopait, pas un qui se serait imaginé que, dans cette petite maison basse, on tuait à son aise, sans faire de bruit. Et tante Phasie les regardait les uns après les autres, ces gens tombés de la lune, en réfléchissant que, lorsqu'on est si occupé, il n'était pas étonnant de marcher dans des choses malpropres et de n'en rien savoir.

« Est-ce que vous retournez là-bas ? demanda Misard à Jacques.

— Oui, oui, répondit ce dernier, je vous suis. »

Misard s'en alla, en refermant la porte. Et Phasie, retenant le jeune homme par la main, lui dit encore à l'oreille :

« Si je claque, tu verras sa tête, lorsqu'il ne trou-

vera pas le magot... C'est ça qui m'amuse, quand
j'y songe. Je m'en irai contente tout de même.

— Et alors, tante Phasie, ce sera perdu pour
tout le monde ? Vous ne le laisserez donc pas à
votre fille ?

— À Flore ! pour qu'il lui prenne ! Ah bien, non !...
Pas même à toi, mon grand garçon, parce que tu
es trop bête aussi : il en aurait quelque chose... À
personne, à la terre où j'irai le rejoindre ! »

Elle s'épuisait, et Jacques la recoucha, la calma,
en l'embrassant, en lui promettant de venir la
revoir bientôt. Puis, comme elle semblait s'assoupir, il passa derrière Séverine, toujours assise
près du poêle ; il leva un doigt, souriant, pour lui
recommander d'être prudente ; et, d'un joli mouvement silencieux, elle renversa la tête, offrant
ses lèvres, et lui se pencha, colla sa bouche à la
sienne, en un baiser profond et discret. Leurs yeux
s'étaient fermés, ils buvaient leur souffle. Mais,
quand ils les rouvrirent, éperdus, Flore, qui avait
ouvert la porte, était là, debout devant eux, les
regardant.

« Madame n'a plus besoin de pain ? » demanda-
t-elle d'une voix rauque.

Séverine, confuse, très ennuyée, balbutia de
vagues paroles :

« Non, non, merci. »

Un instant, Jacques fixa sur Flore des yeux de
flamme. Il hésitait, ses lèvres tremblaient, comme
s'il voulait parler ; puis, avec un grand geste
furieux qui la menaçait, il préféra partir. Derrière
lui, la porte battit rudement.

Flore était restée debout, avec sa haute taille de

vierge guerrière, coiffée de son lourd casque de cheveux blonds. Son angoisse, chaque vendredi, à voir cette dame dans le train qu'il conduisait, ne l'avait donc pas trompée. La certitude qu'elle cherchait depuis qu'elle les tenait là, ensemble, elle l'avait enfin, absolue. Jamais l'homme qu'elle aimait, ne l'aimerait : c'était cette femme mince, cette rien du tout, qu'il avait choisie. Et son regret de s'être refusée, la nuit où il avait tenté brutalement de la prendre, s'irritait encore, si douloureux, qu'elle en aurait sangloté ; car, dans son raisonnement simple, ce serait elle qu'il embrasserait maintenant, si elle s'était donnée à lui avant l'autre. Où le trouver seul, à cette heure, pour se jeter à son cou, en criant : « Prends-moi, j'ai été bête, parce que je ne savais pas ! » Mais, dans son impuissance, une rage montait en elle contre la créature frêle qui était là, gênée, balbutiante. D'une étreinte de ses durs bras de lutteuse, elle pouvait l'étouffer, ainsi qu'un petit oiseau. Pourquoi donc n'osait-elle pas ? Elle jurait de se venger pourtant, sachant des choses sur cette rivale, qui l'auraient fait mettre en prison, elle qu'on laissait libre, comme toutes les gueuses vendues à des vieux, puissants et riches. Et, torturée de jalousie, gonflée de colère, elle se mit à enlever le reste du pain et des poires, avec ses grands gestes de belle fille sauvage.

« Puisque Madame n'en veut pas, je vais donner ça aux autres. »

Trois heures sonnèrent, puis quatre heures. Le temps traînait, démesuré, dans un écrasement de lassitude et d'irritation grandissantes. Voici la nuit qui revenait, livide sur la vaste campagne blanche ; et, de dix minutes en dix minutes, les hommes qui sortaient pour regarder de loin où en était le travail, rentraient dire que la machine ne semblait toujours pas dégagée. Les deux petites Anglaises elles-mêmes en arrivaient à pleurer d'énervement. Dans un coin, la jolie femme brune s'était endormie contre l'épaule du jeune homme du Havre, ce que le vieux mari ne voyait même pas, au milieu de l'abandon général, emportant les convenances. La pièce se refroidissait, on grelottait sans même songer à remettre du bois au feu, si bien que l'Américain s'en alla, trouvant qu'il serait mieux allongé sur la banquette d'une voiture. C'était maintenant l'idée, le regret de tous : on aurait dû rester là-bas, on ne se serait pas au moins dévoré, dans l'ignorance de ce qui se passait. Il fallut retenir la dame anglaise, qui parlait, elle aussi, de regagner son compartiment et de s'y coucher. Quand on eut planté une chandelle sur un coin de la table, pour éclairer le monde, au fond de cette cuisine noire, le découragement fut immense, tout sombra dans un morne désespoir.

Là-bas, cependant, le déblaiement s'achevait ; et, tandis que l'équipe de soldats, qui avait dégagé la machine, balayait la voie devant elle, le mécanicien et le chauffeur venaient de remonter à leur poste.

Jacques, en voyant que la neige cessait enfin, reprenait confiance. L'aiguilleur Ozil lui avait affirmé qu'au-delà du tunnel, du côté de Malaunay,

les quantités tombées étaient bien moins considérables. De nouveau, il le questionna :

« Vous êtes venu à pied par le tunnel, vous avez
pu y entrer et en sortir librement ?

— Quand je vous le dis ! Vous passerez, j'en
réponds. »

Cabuche, qui avait travaillé avec une ardeur de
bon géant, se reculait déjà, de son air timide et
farouche, que ses derniers démêlés avec la justice
n'avaient fait qu'accroître ; et il fallut que Jacques
l'appelât.

« Dites donc, camarade, passez-nous les pelles
qui sont à nous, là, contre le talus. En cas de
besoin, nous les retrouverions. »

Et, lorsque le carrier lui eut rendu ce dernier
service, il lui donna une vigoureuse poignée de
main, pour lui montrer qu'il l'estimait malgré
tout, l'ayant vu au travail.

« Vous êtes un brave homme, vous ! »

Cette marque d'amitié émut Cabuche d'une
extraordinaire façon.

« Merci », dit-il simplement, en étranglant des
larmes.

Misard, qui s'était remis avec lui, après l'avoir
chargé devant le juge d'instruction, approuva de la
tête, les lèvres pincées d'un mince sourire. Depuis
longtemps, il ne travaillait plus, les mains dans les
poches, enveloppant le train d'un regard jaune,
ayant l'air d'attendre, pour voir, sous les roues, s'il
ne ramasserait pas des objets perdus.

Enfin, le conducteur-chef venait de décider avec
Jacques qu'on pouvait essayer de repartir, lorsque

Pecqueux, redescendu sur la voie, appela le mécanicien.

« Voyez donc. Il y a un cylindre qui a reçu une tape. »

Jacques s'approcha, se baissa à son tour. Déjà, il avait constaté, en examinant avec soin la Lison, qu'elle était blessée là. En déblayant, on s'était aperçu que des traverses de chêne, laissées le long du talus par des cantonniers, avaient glissé, barrant les rails, sous l'action de la neige et du vent ; et même l'arrêt, en partie, devait provenir de cet obstacle, car la machine avait buté contre les traverses. On voyait l'éraflure sur la boîte du cylindre, dans lequel le piston paraissait légèrement faussé. Mais c'était tout le mal apparent ; ce qui avait rassuré le mécanicien d'abord. Peut-être existait-il de graves désordres intérieurs, rien n'est plus délicat que le mécanisme compliqué des tiroirs, où bat le cœur, l'âme vivante. Il remonta, siffla, ouvrit le régulateur, pour tâter les articulations de la Lison. Elle fut longue à s'ébranler, comme une personne meurtrie par une chute, qui ne retrouve plus ses membres. Enfin, avec un souffle pénible, elle démarra, fit quelques tours de roue, étourdie encore, pesante. Ça irait, elle pourrait marcher, ferait le voyage. Seulement, il hocha la tête, car lui qui la connaissait à fond, venait de la sentir singulière sous sa main, changée, vieillie, touchée quelque part d'un coup mortel. C'était dans cette neige qu'elle devait avoir pris ça, un coup au cœur, un froid de mort, ainsi que ces femmes jeunes, solidement bâties, qui s'en vont de la poitrine, pour être rentrées un soir de bal, sous une pluie glacée.

De nouveau, Jacques siffla, après que Pecqueux eut ouvert le purgeur. Les deux conducteurs étaient à leur poste. Misard, Ozil et Cabuche
montèrent sur le marchepied du fourgon de tête.
Et, doucement, le train sortit de la tranchée, entre
les soldats armés de leurs pelles, qui s'étaient rangés à droite et à gauche, le long du talus. Puis, il
s'arrêta devant la maison du garde-barrière, pour
prendre les voyageurs.

Flore était là, dehors. Ozil et Cabuche la rejoignirent, se tinrent près d'elle ; tandis que Misard
s'empressait maintenant, saluait les dames et les
messieurs qui sortaient de chez lui, ramassait des
pièces blanches. Enfin, c'était donc la délivrance !
Mais on avait trop attendu, tout ce monde grelottait de froid, de faim et d'épuisement. La dame
anglaise emporta ses deux filles à moitié endormies, le jeune homme du Havre monta dans le
même compartiment que la jolie femme brune,
très languissante, en se mettant à la disposition
du mari. Et l'on eût dit, dans le gâchis de la neige
piétinée, l'embarquement d'une troupe en déroute,
se bousculant, s'abandonnant, ayant perdu jusqu'à
l'instinct de la propreté. Un instant, à la fenêtre de
la chambre, derrière les vitres, apparut tante Phasie, que la curiosité avait jetée bas de son matelas,
et qui s'était traînée, pour voir. Ses grands yeux
caves de malade regardaient cette foule inconnue, ces passants du monde en marche, qu'elle
ne reverrait jamais, apportés par la tempête et
remportés par elle.

Mais Séverine était sortie la dernière. Elle tourna
la tête, elle sourit à Jacques, qui se penchait pour

la suivre jusqu'à sa voiture. Et Flore, qui les attendait, blêmit encore, à cet échange tranquille de leur tendresse. D'un mouvement brusque, elle se rapprocha d'Ozil, qu'elle avait repoussé jusque-là, comme si, maintenant, dans sa haine, elle sentait le besoin d'un homme.

Le conducteur-chef donna le signal, la Lison répondit, d'un sifflement plaintif, et Jacques, cette fois, démarra pour ne plus s'arrêter qu'à Rouen. Il était six heures, la nuit achevait de tomber du ciel noir sur la campagne blanche ; mais un reflet pâle, d'une mélancolie affreuse, demeurait au ras de la terre, éclairant la désolation de ce pays ravagé. Et, là, dans cette lueur louche, la maison de la Croix-de-Maufras se dressait de biais, plus délabrée et toute noire au milieu de la neige, avec son écriteau : « À vendre », cloué sur sa façade close.

VIII

À Paris, le train n'entra en gare qu'à dix heures quarante du soir. Il y avait eu un arrêt de vingt minutes à Rouen, pour donner aux voyageurs le temps de dîner ; et Séverine s'était empressée d'envoyer une dépêche à son mari, en le prévenant qu'elle ne rentrerait au Havre que par l'express du lendemain soir. Toute une nuit à être avec Jacques, la première qu'ils passeraient ensemble, dans une chambre close, libres d'eux-mêmes, sans crainte d'y être dérangés !

Comme on venait de quitter Mantes, Pecqueux avait eu une idée. Sa femme, la mère Victoire, était à l'hôpital depuis huit jours, pour une foulure grave du pied, à la suite d'une chute ; et, lui ayant en ville un autre lit où coucher, ainsi qu'il le disait en ricanant, il avait trouvé d'offrir leur chambre à madame Roubaud : elle y serait beaucoup mieux que dans un hôtel du voisinage, elle pourrait y rester jusqu'au lendemain soir, comme chez elle. Tout de suite, Jacques s'était rendu compte du côté pratique de l'arrangement, d'autant plus qu'il ne savait où mener la jeune femme. Et, sous la marquise, parmi le flot des voyageurs débarquant enfin, lorsqu'elle s'approcha de la machine, il lui conseilla d'accepter, en lui tendant la clef que le chauffeur lui avait remise. Mais elle hésitait, refusait, gênée par le sourire gaillard de celui-ci, qui savait sûrement.

« Non, non, j'ai une cousine. Elle me mettra bien un matelas par terre.

— Acceptez donc, finit par dire Pecqueux, de son air de noceur bon enfant. Le lit est tendre, allez ! et il est grand, on y coucherait quatre ! »

Jacques la regardait, si pressant, qu'elle prit la clef. Il s'était penché, il lui avait soufflé à voix très basse :

« Attends-moi. »

Séverine n'avait qu'à remonter un bout de la rue d'Amsterdam et à tourner dans l'impasse ; mais la neige était si glissante, qu'elle dut marcher avec de grandes précautions. Elle eut la chance de trouver la maison ouverte encore, elle monta l'escalier, sans être vue de la concierge, enfoncée dans une partie de dominos avec une voisine ; et, au quatrième, elle ouvrit la porte, la referma si doucement, que nul voisin, à coup sûr, ne pouvait la soupçonner là. Pourtant, en passant sur le palier du troisième, elle avait très distinctement entendu des rires, des chants, chez les Dauvergne : sans doute une des petites réceptions des deux sœurs, qui faisaient ainsi de la musique avec des amies, une fois par semaine. Et, maintenant que Séverine avait refermé la porte, dans les ténèbres lourdes de la pièce, elle percevait encore, à travers le plancher, la gaieté vive de toute cette jeunesse.

Un instant, l'obscurité lui parut complète ; et elle tressaillit, lorsque le coucou, au milieu du noir, se mit à sonner onze heures, à coups profonds, d'une voix qu'elle reconnaissait. Puis, ses yeux s'habituèrent, les deux fenêtres se découpèrent en deux carrés pâles, éclairant le plafond du reflet de la neige. Déjà, elle s'orientait, cherchait sur le buffet les allumettes, dans un coin où elle se souvenait de les avoir vues. Mais elle eut plus de peine à trouver une bougie ; enfin, elle en découvrit un bout, au fond d'un tiroir ; et, l'ayant allumé, la pièce s'éclaira, elle y jeta un regard inquiet et rapide, comme pour voir si elle y était bien seule. Elle reconnaissait chaque chose, la table ronde où elle avait déjeuné avec son mari, le lit drapé de cotonnade rouge, au bord duquel il l'avait abattue d'un coup de poing. C'était bien là, rien n'avait été changé dans la chambre, depuis dix mois qu'elle n'y était venue.

Lentement, Séverine ôta son chapeau. Mais, comme elle allait aussi enlever son manteau, elle grelotta. On gelait dans cette chambre. Près du poêle, dans une petite caisse, il y avait du charbon et du menu bois. Tout de suite, sans se dévêtir davantage, l'idée lui vint d'allumer du feu ; et cela l'amusa, fut une distraction au malaise qu'elle avait éprouvé d'abord. Ce ménage qu'elle faisait d'une nuit d'amour, cette pensée qu'ils auraient bien chaud tous les deux, la rendit à la joie tendre de leur escapade : depuis si longtemps, sans espoir de jamais l'obtenir, ils rêvaient une nuit pareille ! Lorsque le poêle ronfla, elle s'ingénia à d'autres préparatifs, rangea les chaises à sa guise, cher-

cha des draps blancs et refit complètement le
lit, ce qui lui donna un vrai mal, car il était en
effet très large. Son ennui fut de ne rien trouver
à manger ni à boire, dans le buffet : sans doute,
depuis trois jours qu'il était le maître, Pecqueux
avait balayé jusqu'aux miettes, sur les planches.
C'était comme pour la lumière, il n'y avait que
ce bout de bougie ; mais, quand on se couche, on
n'a pas besoin de voir clair. Et, ayant très chaud
maintenant, animée, elle s'arrêta au milieu de la
pièce, donnant un coup d'œil, pour s'assurer que
rien ne manquait.

Puis, comme elle s'étonnait que Jacques ne fût
pas là encore, un coup de sifflet l'attira près d'une
des fenêtres. C'était le train de onze heures vingt,
un direct pour Le Havre, qui partait. En bas, le
vaste champ, la tranchée qui va de la gare au
tunnel des Batignolles, n'était plus qu'une nappe
de neige, où l'on distinguait seulement l'éventail
des rails, aux branches noires. Les machines, les
wagons des garages faisaient des amoncellements
blancs, comme endormis sous de l'hermine. Et,
entre les vitrages immaculés des grandes marquises et les charpentes du pont de l'Europe,
bordées de guipures, les maisons de la rue de
Rome, en face, se voyaient malgré la nuit, sales,
brouillées de jaune, au milieu de tout ce blanc. Le
direct du Havre apparut, rampant et sombre, avec
son fanal d'avant, qui trouait les ténèbres d'une
flamme vive ; et elle le regarda disparaître sous
le pont, tandis que les trois feux d'arrière ensan-
glantaient la neige. Quand elle se retourna vers
la chambre, un court frisson la reprit : était-elle

vraiment bien seule ? il lui avait semblé sentir un souffle ardent lui chauffer la nuque, le frôlement d'un geste brutal venait de passer sur sa chair, à travers son vêtement. Ses yeux élargis firent de nouveau le tour de la pièce. Non, personne.

À quoi Jacques s'amusait-il donc, pour s'attarder ainsi ? Dix minutes encore se passèrent. Un léger grattement, un bruit d'ongles égratignant du bois, l'inquiéta. Puis, elle comprit, elle courut ouvrir. C'était lui, avec une bouteille de malaga et un gâteau.

Toute secouée de rires, d'un mouvement emporté de caresse, elle se pendit à son cou.

« Oh ! es-tu mignon ! Tu y as songé ! »

Mais lui, vivement, la fit taire.

« Chut ! chut ! »

Alors, elle baissa la voix, croyant qu'il était poursuivi par la concierge. Non, il avait eu la chance, comme il allait sonner, de voir la porte s'ouvrir pour une dame et sa fille, qui descendaient de chez les Dauvergne sans doute ; et il avait pu monter sans que personne s'en doutât. Seulement, là, sur le palier, il venait d'apercevoir, par une porte entrebâillée, la marchande de journaux qui terminait un petit savonnage, dans une cuvette.

« Ne faisons pas de bruit, veux-tu ? Parlons doucement. »

Elle répondit en le serrant entre ses bras, d'une étreinte passionnée, et en lui couvrant le visage de baisers muets. Cela l'égayait, de jouer au mystère, de ne plus chuchoter que très bas.

« Oui, oui, tu vas voir : on ne nous entendra pas plus que deux petites souris. »

Et elle mit la table avec toutes sortes de précautions, deux assiettes, deux verres, deux couteaux, s'arrêtant avec une envie d'éclater de rire, dès qu'un objet sonnait, posé trop vite.

Lui, qui la regardait faire, amusé aussi, reprit à demi-voix :

« J'ai pensé que tu aurais faim.

— Mais je meurs ! On a si mal dîné à Rouen !

— Dis donc alors, si je redescendais chercher un poulet ?

— Ah ! non, pour que tu ne puisses plus remonter !... Non, non, c'est assez du gâteau. »

Tout de suite, ils s'assirent côte à côte, presque sur la même chaise, et le gâteau fut partagé, mangé avec une gaminerie d'amoureux. Elle se plaignait d'avoir soif, elle but coup sur coup deux verres de malaga, ce qui acheva de faire monter le sang à ses joues. Le poêle rougissait derrière leur dos, ils en sentaient l'ardent frisson. Mais, comme il lui posait sur la nuque des baisers trop bruyants, elle l'arrêta à son tour.

« Chut ! chut ! »

Elle lui faisait signe d'écouter ; et, dans le silence, ils entendirent de nouveau monter, de chez les Dauvergne, un branle sourd, rythmé par un bruit de musique : ces demoiselles venaient d'organiser une sauterie. À côté, la marchande de journaux jetait, dans le plomb du palier, l'eau savonneuse de sa cuvette. Elle referma sa porte, la danse en bas cessa un instant, il n'y eut plus, audehors, sous la fenêtre, dans l'étouffement de la neige, qu'un roulement sourd, le départ d'un train, qui semblait pleurer à faibles coups de sifflet.

« Un train d'Auteuil, murmura-t-il. Minuit moins dix. »

Puis, d'une voix de caresse, légère comme un souffle :

« Au dodo, chérie, veux-tu ? »

Elle ne répondit pas, reprise par le passé dans sa fièvre heureuse, revivant malgré elle les heures qu'elle avait vécues là, avec son mari. N'était-ce pas le déjeuner d'autrefois qui se continuait par ce gâteau, mangé sur la même table, au milieu des mêmes bruits ? Une excitation croissante se dégageait des choses, les souvenirs la débordaient, jamais encore elle n'avait éprouvé un si cuisant besoin de tout dire à son amant, de se livrer toute. Elle en avait comme le désir physique, qu'elle ne distinguait plus de son désir sensuel ; et il lui semblait qu'elle lui appartiendrait davantage, qu'elle y épuiserait la joie d'être à lui, si elle se confessait à son oreille, dans un embrassement. Les faits s'évoquaient, son mari était là, elle tourna la tête, en s'imaginant qu'elle venait de voir sa courte main velue passer par-dessus son épaule pour prendre le couteau.

« Veux-tu ? chérie, au dodo ! » répéta Jacques.

Elle frissonna, en sentant les lèvres du jeune homme qui écrasaient les siennes, comme si, une fois de plus, il eût voulu y sceller l'aveu. Et, muette, elle se leva, se dévêtit rapidement, se coula sous la couverture, sans même relever ses jupes, traînant sur le parquet. Lui, non plus, ne rangea rien : la table resta avec la débandade du couvert, tandis que le bout de bougie achevait de brûler, la flamme déjà vacillante. Et, lorsque, à son tour, déshabillé, il se coucha, ce fut un brusque enlacement, une possession emportée, qui les étouffa tous les deux, hors d'haleine. Dans l'air mort de la chambre, pendant que la musique continuait en bas, il n'y eut pas un cri, pas un bruit, rien qu'un grand tressaillement éperdu, un spasme profond jusqu'à l'évanouissement.

Jacques, déjà, ne reconnaissait plus en Séverine la femme des premiers rendez-vous, si douce, si passive, avec la limpidité de ses yeux bleus. Elle semblait s'être passionnée chaque jour, sous le casque sombre de ses cheveux noirs ; et il l'avait sentie peu à peu s'éveiller, dans ses bras, de cette longue virginité froide, dont ni les pratiques séniles de Grandmorin, ni la brutalité conjugale de Roubaud n'avaient pu la tirer. La créature d'amour, simplement docile autrefois, aimait à cette heure, et se donnait sans réserve, et gardait du plaisir une reconnaissance brûlante. Elle en était arrivée à une violente passion, à de l'adoration pour cet homme qui lui avait révélé ses sens. C'était ce grand bonheur, de le tenir enfin à elle, librement, de le garder contre sa gorge, lié de ses deux bras, qui venait ainsi de serrer ses dents, à ne pas laisser échapper un soupir.

Quand ils rouvrirent les yeux, lui, le premier, s'étonna.

« Tiens ! la bougie s'est éteinte. »

Elle eut un léger mouvement, comme pour dire qu'elle s'en moquait bien. Puis, avec un rire étouffé :

« J'ai été sage, hein ?

— Oh ! oui, personne n'a entendu... Deux vraies petites souris ! »

Lorsqu'ils se furent recouchés, elle le reprit tout de suite dans ses bras, se pelotonna contre lui, enfonça le nez dans son cou. Et, soupirant d'aise : « Mon Dieu ! qu'on est bien ! »

Ils ne parlèrent plus. La chambre était noire, on distinguait à peine les carrés pâles des deux fenêtres ; et il n'y avait, au plafond, qu'un rayon du poêle, une tache ronde et sanglante. Ils la regardaient tous les deux, les yeux grands ouverts. Les bruits de musique avaient cessé, des portes battaient, toute la maison tombait à la paix lourde du sommeil. En bas, le train de Caen qui arrivait, ébranla les plaques tournantes, dont les chocs assourdis montaient à peine, comme très lointains.

Mais, à tenir ainsi Jacques, bientôt Séverine brûla de nouveau. Et, avec le désir, se réveilla en elle le besoin de l'aveu. Depuis de si longues semaines, il la tourmentait ! La tache ronde, au plafond, s'élargissait, semblait s'étendre comme une tache de sang. Ses yeux s'hallucinaient à la regarder, les choses autour du lit reprenaient des voix, contaient l'histoire tout haut. Elle sentait les mots lui en monter aux lèvres, avec l'onde nerveuse qui soulevait sa chair. Comme cela serait bon, de ne plus rien cacher, de se fondre en lui tout entière !

« Tu ne sais pas, chéri... »

Jacques, qui, lui non plus, ne quittait pas du regard la tache saignante, entendait bien ce qu'elle allait dire. Contre lui, dans ce corps délicat noué à son corps, il venait de suivre le flot montant de cette chose obscure, énorme, à laquelle tous deux pensaient, sans jamais en parler. Jusque-là, il l'avait fait taire, craignant le frisson précurseur de son mal de jadis, tremblant que cela ne changeât leur existence, de causer de sang entre eux. Mais, cette fois, il était sans force, même pour pencher la tête et lui fermer la bouche d'un baiser, tellement une langueur délicieuse l'avait envahi, dans ce lit tiède, aux bras souples de cette femme. Il crut que c'était fait, qu'elle dirait tout. Aussi fut-il soulagé de son attente anxieuse, lorsqu'elle parut se troubler, hésiter, puis reculer et dire :

« Tu ne sais pas, chéri, mon mari se doute que je couche avec toi. »

À la dernière seconde, sans qu'elle l'eût voulu, c'était le souvenir de la nuit d'auparavant, au Havre, qui sortait de ses lèvres, au lieu de l'aveu.

« Oh ! tu crois ? murmura-t-il, incrédule. Il a l'air si gentil. Il m'a encore tendu la main ce matin.

— Je t'assure qu'il sait tout. En ce moment, il doit se dire que nous sommes comme ça, l'un dans l'autre, à nous aimer ! J'ai des preuves. »

Elle se tut, le serra plus étroitement, d'une étreinte où le bonheur de la possession s'aiguisait de rancune. Puis, après une rêverie frémissante :

« Oh ! je le hais, je le hais ! »

Jacques fut surpris. Lui, n'en voulait aucunement à Roubaud. Il le trouvait très accommodant.

« Tiens ! pourquoi donc ? demanda-t-il. Il ne nous gêne guère. »

Elle ne répondit point, elle répéta :

« Je le hais... Maintenant, rien qu'à le sentir à côté de moi, c'est un supplice. Ah ! si je pouvais, comme je me sauverais, comme je resterais avec toi ! »

À son tour, touché de cet élan d'ardente tendresse, il la ramena davantage, l'eut contre sa chair, de ses pieds à son épaule, toute sienne. Mais, de nouveau, blottie de la sorte, sans presque détacher les lèvres collées à son cou, elle dit doucement :

« C'est que tu ne sais pas, chéri... »

C'était l'aveu qui revenait, fatal, inévitable. Et, cette fois, il en eut la nette conscience, rien au monde ne le retarderait, car il montait en elle du désir éperdu d'être reprise et possédée. On n'entendait plus un souffle dans la maison, la marchande de journaux elle-même devait dormir profondément. Au-dehors, Paris sous la neige n'avait pas un roulement de voiture, enseveli, drapé de silence ; et le dernier train du Havre, qui était parti à minuit vingt, paraissait avoir emporté la vie dernière de la gare. Le poêle ne ronflait plus, le feu achevait de se consumer en braise, avivant encore la tache rouge du plafond, arrondie là-haut comme un œil d'épouvante. Il faisait si chaud, qu'une brume lourde, étouffante, semblait peser sur le lit, où tous deux, pâmés, confondaient leurs membres.

« Chéri, c'est que tu ne sais pas... »

Alors, il parla lui aussi, irrésistiblement.

« Si, si, je sais.

— Non, tu te doutes peut-être, mais tu ne peux pas savoir.

— Je sais qu'il a fait ça pour l'héritage. »

Elle eut un mouvement, un petit rire nerveux, involontaire.

« Ah ! oui, l'héritage ! »

Et tout bas, si bas, qu'un insecte de nuit frôlant les vitres aurait bourdonné plus haut, elle conta son enfance chez le président Grandmorin, voulut mentir, ne pas confesser ses rapports avec celui-ci, puis céda à la nécessité de la franchise, trouva un soulagement, un plaisir presque, en disant tout. Son murmure léger, dès lors, coula, intarissable.

« Imagine-toi, c'était ici, dans cette chambre, en février dernier, tu te rappelles, au moment de son affaire avec le sous-préfet... Nous avions déjeuné, très gentiment, comme nous venons de souper, là sur cette table. Naturellement, il ne savait rien, je n'étais pas allée lui conter l'histoire... Et voilà qu'à propos d'une bague, un ancien cadeau, à propos de rien, je ne sais comment il s'est fait qu'il a tout compris... Ah ! mon chéri, non, non, tu ne peux pas te figurer de quelle façon il m'a traitée ! »

Elle frémissait, il sentait ses petites mains qui s'étaient crispées sur sa peau nue.

« D'un coup de poing, il m'a abattue par terre... Et puis, il m'a traînée par les cheveux... Et puis, il levait son talon sur ma figure, comme s'il voulait l'écraser... Non ! vois-tu, tant que je vivrai, je me souviendrai de ça... Encore les coups, mon Dieu ! Mais si je te répétais toutes les questions qu'il m'a faites, enfin ce qu'il m'a forcée à lui raconter ! Tu vois, je suis franche, puisque je t'avoue les choses, lorsque rien, n'est-ce pas ? ne m'oblige à te les dire. Eh bien ! jamais je n'oserai te donner même une simple idée des sales questions auxquelles il m'a fallu répondre, car il m'aurait assommée, c'est certain... Sans doute, il m'aimait, il a dû avoir un gros chagrin en apprenant tout ça ; et j'accorde que j'aurais agi plus honnêtement, si je l'avais prévenu avant le mariage. Seulement, il faut comprendre. C'était ancien, c'était oublié. Il n'y a qu'un vrai sauvage pour se rendre ainsi fou de jalousie... Voyons, toi, mon chéri, est-ce que tu vas ne plus m'aimer, parce que tu sais ça, maintenant ? »

Jacques n'avait pas bougé, inerte, réfléchissant, entre ces bras de femme qui se resserraient à son cou, à ses reins, ainsi que des nœuds de couleuvres vives. Il était très surpris, le soupçon d'une pareille histoire ne lui étant jamais venu. Comme tout se compliquait, lorsque le testament aurait suffi à expliquer si bien les choses ! Du reste, il aimait mieux ça, la certitude que le ménage n'avait pas tué pour de l'argent le soulageait d'un mépris, dont il avait parfois la conscience brouillée, même sous les baisers de Séverine.

« Moi, ne plus t'aimer, pourquoi ?... Je me moque de ton passé. Ce sont des affaires qui ne me regardent pas... Tu es la femme de Roubaud, tu as bien pu être celle d'un autre. »

Il y eut un silence. Tous deux s'étreignaient à s'étouffer, et il sentait sa gorge ronde, gonflée et dure, dans son flanc.

« Ah ! tu as été la maîtresse de ce vieux. Tout de même, c'est drôle. »

Mais elle se traîna le long de lui, jusqu'à sa bouche, balbutiant dans un baiser :

« Il n'y a que toi que j'aime, jamais je n'ai aimé que toi... Oh ! les autres, si tu savais ! Avec eux, vois-tu, je n'ai pas seulement appris ce que ça pou-

vait être ; tandis que toi, mon chéri, tu me rends
si heureuse ! »

Elle l'enflammait de ses caresses, s'offrant, le
voulant, le reprenant de ses mains égarées. Et,
pour ne pas céder tout de suite, lui qui brûlait
comme elle, il dut la retenir, à pleins bras.

« Non, non, attends, tout à l'heure... Et, alors,
ce vieux ? »

Très bas, dans une secousse de tout son être,
elle avoua :

« Oui, nous l'avons tué. »

Le frisson du désir se perdait dans cet autre
frisson de mort, revenu en elle. C'était, comme au
fond de toute volupté, une agonie qui recommençait. Un instant, elle resta suffoquée par une sensation ralentie de vertige. Puis, le nez de nouveau
dans le cou de son amant, du même léger souffle :

« Il m'a fait écrire au président de partir par
l'express, en même temps que nous, et de ne se
montrer qu'à Rouen... Moi, je tremblais dans mon
coin, éperdue en songeant au malheur où nous
allions. Et il y avait, en face de moi, une femme
en noir qui ne disait rien et qui me faisait grand-
peur. Je ne la voyais même pas, je m'imaginais
qu'elle lisait clairement dans nos crânes, qu'elle
savait très bien ce que nous voulions faire... C'est
ainsi que se sont passées les deux heures, de Paris
à Rouen. Je n'ai pas dit un mot, je n'ai pas remué,
fermant les yeux, pour faire croire que je dormais.
À mon côté, je le sentais, immobile lui aussi, et ce
qui m'épouvantait, c'était de connaître les choses
terribles qu'il roulait dans sa tête, sans pouvoir
deviner exactement ce qu'il avait résolu de faire...

Ah ! quel voyage, avec ce flot tourbillonnant de pensées, au milieu des coups de sifflet, des cahots et du grondement des roues ! »

Jacques, qui avait sa bouche dans l'épaisse toison odorante de sa chevelure, la baisait, à intervalles réguliers, de longs baisers inconscients.

« Mais, puisque vous n'étiez pas dans le même compartiment, comment avez-vous fait pour le tuer ?

— Attends, tu vas comprendre... C'était le plan de mon mari. Il est vrai que, s'il a réussi, c'est bien le hasard qui l'a voulu... À Rouen, il y avait dix minutes d'arrêt. Nous sommes descendus, il m'a forcée de marcher jusqu'au coupé du président, d'un air de gens qui se dégourdissent les jambes. Et là, il a affecté la surprise, en le voyant à la portière, comme s'il eût ignoré qu'il fût dans le train. Sur le quai, on se bousculait, un flot de monde prenait d'assaut les secondes classes, à cause d'une fête qui avait lieu au Havre, le lendemain. Lorsqu'on a commencé à refermer les portières, c'est le président lui-même qui nous a demandé de monter avec lui. Moi, j'ai balbutié, j'ai parlé de notre valise ; mais il se récriait, il disait qu'on ne nous la volerait certainement pas, que nous pourrions retourner dans notre compartiment, à Barentin, puisqu'il descendait là. Un instant, mon mari, inquiet, parut vouloir courir la chercher. À cette minute, le conducteur sifflait, et il se décida, me poussa dans le coupé, monta, referma la portière et la glace. Comment ne nous a-t-on pas vus ? C'est ce que je ne puis m'expliquer encore. Beaucoup de gens couraient, les employés perdaient la tête, enfin il ne s'est pas trouvé un témoin ayant vu clair. Et le train, lentement, quitta la gare. »

Elle se tut quelques secondes, revivant la scène. Sans qu'elle en eût conscience, dans l'abandon de ses membres, un tic agitait sa cuisse gauche, la frottait d'un mouvement rythmique contre un genou du jeune homme.

« Ah ! le premier moment, dans ce coupé, lorsque j'ai senti le sol fuir ! J'étais comme étourdie, je n'ai pensé d'abord qu'à notre valise : de quelle façon la ravoir ? et n'allait-elle pas nous vendre, si nous la laissions là-bas ? Tout cela me paraissait stupide, impossible, un meurtre de cauchemar imaginé par un enfant, qu'il faudrait être fou pour mettre à exécution. Dès le lendemain, nous serions arrêtés, convaincus. Aussi essayai-je de me rassurer, en me disant que mon mari reculerait, que cela ne serait pas, ne pouvait pas être. Mais non, rien qu'à le voir causer avec le président, je comprenais que sa résolution restait immuable et farouche. Pourtant, il était très calme, il parlait même avec gaieté, de son air habituel ; et ce devait être dans son clair regard seul, fixé par moments sur moi, que je lisais l'obstination de sa volonté. Il le tuerait, à un kilomètre encore, à deux peut-être, au point juste qu'il avait fixé, et que j'ignorais : cela était certain, cela éclatait jusque dans les coups d'œil tranquilles dont il enveloppait l'autre, celui qui, tout à l'heure, ne serait plus. Je ne disais rien, j'avais un grand tremblement intérieur que je m'efforçais de cacher, en affectant de sourire, dès qu'on me regardait. Pourquoi, alors, n'ai-je pas même songé à empêcher tout ça ? Ce n'est que plus tard, lorsque j'ai voulu comprendre, que je me suis étonnée de ne m'être pas mise à crier par la portière, ou de ne pas avoir tiré le bouton d'alarme. En ce moment-là, j'étais comme paralysée, je me sentais radicalement impuissante. Sans doute mon mari me semblait dans son droit ; et, puisque je te dis tout, chéri, il faut bien que je confesse aussi cela : j'étais malgré moi, de tout mon être, avec lui contre l'autre, parce que les deux m'avaient eue, n'est-ce pas ? et que lui était jeune, tandis que l'autre, oh ! les caresses de l'autre... Enfin, est-ce qu'on sait ? On fait des choses qu'on ne croirait jamais pouvoir faire. Quand je pense que je n'oserais pas saigner un poulet ! Ah ! cette sensation de nuit de tempête, ah ! ce noir épouvantable qui hurlait au fond de moi ! »

Et cette créature frêle, si mince entre ses bras, Jacques la trouvait maintenant impénétrable, sans fond, de cette profondeur noire dont elle parlait. Il avait beau la nouer à lui plus étroitement, il n'entrait pas en elle. Une fièvre le prenait, à ce récit de meurtre, bégayé dans leur étreinte.

« Dis-moi, l'as-tu donc aidé à tuer le vieux ?

— J'étais dans un coin, continua-t-elle sans répondre. Mon mari me séparait du président, qui occupait l'autre coin. Ils causaient ensemble des élections prochaines... Par moments, je voyais mon mari se pencher, jeter un coup d'œil au-dehors, pour s'assurer où nous étions, comme pris d'impatience... Chaque fois, je suivais son regard, je me rendais compte aussi du chemin parcouru. La nuit était pâle, les masses noires des arbres

défilaient furieusement. Et toujours ce grondement des roues que jamais je n'ai entendu pareil,
un affreux tumulte de voix enragées et gémis-
santes, des plaintes lugubres de bêtes hurlant à la
mort ! À toute vitesse, le train courait... Brusquement, il y a eu des clartés, un écho répercuté du
train entre les bâtiments d'une gare. Nous étions à
Maromme, déjà à deux lieues et demie de Rouen.
Encore Malaunay, et puis Barentin. Où donc la
chose allait-elle se faire ? Faudrait-il attendre la
dernière minute ? Je n'avais plus conscience du
temps ni des distances, je m'abandonnais, ainsi
que la pierre qui tombe, à cette chute assourdis-
sante au travers des ténèbres, lorsque, en traversant Malaunay, tout d'un coup je compris : la
chose se ferait dans le tunnel, à un kilomètre de
là... Je me tournai vers mon mari, nos yeux se
rencontrèrent : oui, dans le tunnel, encore deux
minutes... Le train courait, l'embranchement de
Dieppe fut dépassé, j'aperçus l'aiguilleur à son
poste. Il y a là des coteaux, où j'ai cru voir distinctement des hommes, les bras levés, qui nous
chargeaient d'injures. Puis, la machine siffla longuement : c'était l'entrée du tunnel... Et, lorsque le
train s'y engouffra, oh ! quel retentissement sous
cette voûte basse ! tu sais, ces bruits de fer remué,
pareils à des volées de marteau sur l'enclume, et
que moi, à cette seconde d'affolement, je transfor-
mais en roulements de tonnerre. »

Elle grelottait, elle s'interrompit pour dire d'une
voix changée, presque rieuse :

« Est-ce bête, hein ? chéri, d'en avoir encore
froid dans les os. J'ai pourtant bien chaud, là, avec

toi, et je suis si contente !... Et puis, tu sais, il n'y a plus rien du tout à craindre : l'affaire est classée, sans compter que les gros bonnets du gouvernement ont encore moins envie que nous de tirer ça au clair... Oh ! j'ai compris, je suis tranquille. »

Puis, elle ajouta, en riant tout à fait :

« Par exemple, toi, tu peux te vanter de nous avoir fait une jolie peur !... Et dis-moi donc, ça m'a toujours intriguée : au juste, qu'avais-tu vu ?

— Mais ce que j'ai dit chez le juge, rien de plus : un homme qui en égorgeait un autre... Vous étiez si drôles avec moi, que j'avais fini par me douter. Un instant, j'avais même reconnu ton mari... Ce n'est que plus tard, pourtant, que j'ai été absolument certain... »

Elle l'interrompit gaiement.

« Oui, dans le square, le jour où je t'ai dit non, tu te rappelles ? la première fois que nous nous sommes trouvés seuls à Paris... Est-ce singulier ! Je te disais que ce n'était pas nous, et je savais parfaitement que tu entendais le contraire. N'est-ce pas, c'était comme si je t'avais tout raconté ?... Oh ! chéri, j'y ai songé souvent, et je crois bien, vois-tu, que c'est depuis ce jour-là que je t'aime. »

Ils eurent un élan, une pression où ils semblèrent se fondre. Et elle reprit :

« Sous le tunnel, le train courait... Il est très long, le tunnel. On reste là-dessous trois minutes. J'ai bien cru que nous y avions roulé une heure... Le président ne causait plus, à cause du bruit assourdissant de ferraille remuée. Et mon mari, à ce dernier moment, devait avoir une défaillance, car il ne bougeait toujours pas. Je voyais seulement, sous la clarté dansante de la lampe, ses oreilles devenir violettes... Allait-il donc attendre d'être de nouveau en rase campagne ? La chose était désormais pour moi si fatale, si inévitable, que je n'avais qu'un désir : ne plus souffrir à ce point de l'attente, être débarrassée. Pourquoi donc ne le tuait-il pas, puisqu'il le fallait ? J'aurais pris le couteau pour en finir, tant j'étais exaspérée de peur et de souffrance... Il me regarda. J'avais sans doute ça sur la figure. Et, tout d'un coup, il se rua, saisit aux épaules le président, qui s'était tourné du côté de la portière. Celui-ci, effaré, se dégagea d'une secousse instinctive, allongea le bras vers le bouton d'alarme, juste au-dessus de sa tête[1]. Il le toucha, fut repris par l'autre et abattu sur la banquette, d'une telle poussée, qu'il s'y trouva comme plié en deux. Sa bouche ouverte de stupeur et d'épouvante lâchait des cris confus, étouffés dans le vacarme ; tandis que j'entendais distinctement mon mari répéter le mot : Cochon ! cochon ! cochon ! d'une voix sifflante, qui s'enrageait. Mais le bruit tomba, le train sortait du tunnel, la campagne pâle reparut, avec les arbres noirs qui défilaient... Moi, j'étais restée dans mon coin, raidie, collée contre le drap du dossier, le plus loin possible. Combien la lutte dura-t-elle ? Quelques secondes à peine. Et il me semblait qu'elle n'en finissait plus, que tous les voyageurs maintenant écoutaient les cris, que les arbres nous voyaient. Mon mari, qui tenait son couteau ouvert, ne pouvait frapper, repoussé à coups de pied, trébuchant sur le plancher mouvant de la voiture. Il faillit tomber sur les genoux, et le train courait, nous emportait à toute vitesse, pendant que la machine sifflait, à l'approche du passage à niveau de la Croix-de-Maufras... C'est alors que, sans que j'aie pu ensuite me souvenir comment cela s'est fait, je me suis jetée sur les jambes de l'homme qui se débattait. Oui, je me suis laissée tomber ainsi qu'un paquet, lui écrasant les jambes de tout mon poids, pour qu'il ne les remuât plus. Et je n'ai rien vu, mais j'ai tout senti : le choc du couteau dans la gorge, la longue secousse du corps, la mort qui est venue en trois hoquets, avec un déroulement d'horloge qu'on a cassée... Oh ! ce frisson d'agonie dont j'ai encore l'écho dans les membres ! »

Jacques, avide, voulut l'interrompre pour la questionner. Mais, à présent, elle avait hâte de finir.

« Non, attends... Comme je me relevais, nous passions à toute vapeur devant la Croix-de-Maufras. J'ai aperçu distinctement la façade close de la maison, puis le poste du garde-barrière. Encore quatre kilomètres, cinq minutes au plus, avant d'être à Barentin... Le corps était plié sur la banquette, le sang coulait en mare épaisse. Et mon mari, debout, hébété, balancé par les cahots du train, regardait, en essuyant le couteau avec son mouchoir. Cela a duré une minute, sans que ni l'un ni l'autre nous fissions rien pour notre salut... Si nous gardions ce corps avec nous, si nous restions là, on allait tout découvrir peut-être, à l'arrêt de Barentin... Mais il avait remis le couteau dans sa poche, il semblait s'éveiller. Je l'ai vu qui fouillait le corps, prenait la montre, l'argent, tout ce qu'il trouvait ; et, ayant ouvert la

portière, il s'efforça de le pousser sur la voie, sans
le saisir à pleins bras, de peur du sang. "Aide-moi
donc ! Pousse avec moi." Je n'essayai même pas,
je ne sentais plus mes membres. "Nom de Dieu !
veux-tu bien pousser avec moi !" La tête, sortie
la première, pendait jusqu'au marchepied, tandis
que le tronc, roulé en boule, refusait de passer.
Et le train courait... Enfin, sous une poussée plus
forte, le cadavre bascula, disparut dans le grondement des roues. "Ah ! le cochon, c'est donc fini !"
Puis, il ramassa la couverture, la jeta aussi. Il n'y
avait plus que nous deux, debout, avec la mare
de sang sur la banquette, où nous n'osions pas
nous asseoir... La portière battait toujours, grande
ouverte, et je ne compris pas d'abord, anéantie,
affolée, lorsque je vis mon mari descendre, disparaître à son tour. Il revint. "Allons, vite, suis-moi,
si tu ne veux pas qu'on nous coupe le cou !" Je ne
bougeais pas, il s'impatientait.

« "Viens donc, nom de Dieu ! notre compartiment est vide, nous y retournons." Vide, notre
compartiment, il y était donc allé ? La femme
en noir, celle qui ne parlait pas, qu'on ne voyait
pas, était-il bien certain qu'elle ne fût pas restée
dans un coin ?... "Veux-tu venir, ou je te fous sur
la voie comme l'autre !" Il était remonté, il me
poussait, brutal, fou. Et je me trouvai dehors, sur
le marchepied, les deux mains cramponnées à la
tringle de cuivre. Lui, descendu derrière moi, avait
refermé soigneusement la portière. "Va donc, va
donc !" Mais je n'osais pas, emportée dans le vertige de la course, flagellée par le vent qui soufflait
en tempête. Mes cheveux se dénouèrent, je croyais

que mes doigts raidis allaient laisser échapper la tringle. "Va donc, nom de Dieu !" Il me poussait toujours, je dus marcher, lâchant une main après l'autre, me collant contre les voitures, au milieu du tourbillon de mes jupes, dont le claquement me liait les jambes. Déjà, au loin, après une courbe, on apercevait les lumières de la station de Barentin. La machine se mit à siffler. "Va donc, nom de Dieu !" Oh ! ce bruit d'enfer, cette trépidation violente dans laquelle je marchais ! Il me semblait qu'un orage m'avait prise, me roulait comme une paille, pour aller, là-bas, m'écraser contre un mur. Derrière mon dos, la campagne fuyait, les arbres me suivaient d'un galop enragé, tournant sur eux-mêmes, tordus, jetant chacun une plainte brève, au passage. À l'extrémité du wagon, lorsqu'il me fallut enjamber pour atteindre le marchepied du wagon suivant et saisir l'autre tringle, je m'arrêtai, à bout de courage. Jamais je n'aurais la force. "Va donc, nom de Dieu !" Il était sur moi, il me poussait, et je fermai les yeux, et je ne sais comment je continuai à avancer, par la seule force de l'instinct, ainsi qu'une bête qui a planté ses griffes et qui ne veut pas tomber. Comment aussi ne nous a-t-on pas vus ? Nous avons passé devant trois voitures, dont une, de deuxième classe, était absolument bondée. Je me souviens des têtes rangées à la file, sous la clarté de la lampe ; je crois que je les reconnaîtrais, si je les rencontrais un jour : celle d'un gros homme avec des favoris rouges, celles surtout de deux jeunes filles, qui se sont penchées en riant. "Va donc, nom de Dieu ! Va donc, nom de Dieu !" Et

je ne sais plus, les lumières de Barentin se rappro-
chaient, la machine sifflait, ma dernière sensation
a été d'être traînée, charriée, enlevée par les cheveux. Mon mari a dû m'empoigner, ouvrir la portière par-dessus mes épaules, me jeter au fond du
compartiment. Haletante, j'étais à demi évanouie
dans un coin, lorsque nous nous sommes arrêtés ;
et je l'ai entendu, sans faire un mouvement, qui
échangeait quelques mots avec le chef de gare de
Barentin. Puis, le train reparti, il est tombé sur la
banquette, épuisé lui-même. Jusqu'au Havre, nous
n'avons pas rouvert la bouche… Oh ! je le hais, je
le hais, vois-tu, pour toutes ces abominations qu'il
m'a fait souffrir ! et toi, je t'aime, mon chéri, toi
qui me donnes tant de bonheur ! »

Chez Séverine, après la montée ardente de ce
long récit, ce cri était comme l'épanouissement
même de son besoin de joie, dans l'exécration de
ses souvenirs. Mais Jacques, qu'elle avait bouleversé et qui brûlait comme elle, la retint encore.

« Non, non, attends… Et tu étais aplatie sur ses
jambes, et tu l'as senti mourir ? »

En lui, l'inconnu se réveillait, une onde farouche
montait des entrailles, envahissait la tête d'une
vision rouge. Il était repris de la curiosité du
meurtre.

« Et alors, le couteau, tu as senti le couteau
entrer ?

— Oui, un coup sourd.

— Ah ! un coup sourd… Pas un déchirement,
tu es sûre ?

— Non, non, rien qu'un choc.

— Et, ensuite, il a eu une secousse, hein ?

— Oui, trois secousses, oh ! d'un bout à l'autre de son corps, si longues, que je les ai suivies jusque dans ses pieds.

— Des secousses qui le raidissaient, n'est-ce pas ?

— Oui, la première très forte, les deux autres plus faibles.

— Et il est mort, et à toi qu'est-ce que ça t'a fait, de le sentir mourir comme ça, d'un coup de couteau ?

— À moi, oh ! je ne sais pas.

— Tu ne sais pas, pourquoi mens-tu ? Dis-moi, dis-moi ce que ça t'a fait, bien franchement... De la peine ?

— Non non, pas de la peine !

— Du plaisir ?

— Du plaisir, ah ! non, pas du plaisir !

— Quoi donc, mon amour ? Je t'en prie, dis-moi tout... Si tu savais... Dis-moi ce qu'on éprouve.

— Mon Dieu ! est-ce qu'on peut dire ça ?... C'est affreux, ça vous emporte, oh ! si loin, si loin ! J'ai plus vécu dans cette minute-là que dans toute ma vie passée. »

Les dents serrées, n'ayant plus qu'un bégaiement, Jacques cette fois l'avait prise ; et Séverine aussi le prenait. Ils se possédèrent, retrouvant l'amour au fond de la mort, dans la même volupté douloureuse des bêtes qui s'éventrent pendant le rut. Leur souffle rauque, seul, s'entendit. Au plafond, le reflet saignant avait disparu ; et, le poêle éteint, la chambre commençait à se glacer, dans le grand froid du dehors. Pas une voix ne montait de Paris ouaté de neige. Un instant, des ronflements étaient venus de chez la marchande de journaux, à côté. Puis, tout s'était abîmé au gouffre noir de la maison endormie.

Jacques, qui avait gardé Séverine dans ses bras, la sentit tout de suite qui cédait à un sommeil invincible, comme foudroyée. Le voyage, l'attente prolongée chez les Misard, cette nuit de fièvre, l'accablaient. Elle bégaya un bonsoir enfantin, elle dormait déjà, d'un souffle égal. Le coucou venait de sonner trois heures.

Et, pendant près d'une heure encore, Jacques la garda sur son bras gauche, qui, peu à peu, s'engourdissait. Lui, ne pouvait fermer les yeux, qu'une main invisible, obstinément, semblait rouvrir dans les ténèbres. Maintenant, il ne distinguait plus rien de la chambre, noyée de nuit, où tout avait sombré, le poêle, les meubles, les murs ; et il fallait qu'il se tournât, pour retrouver les deux carrés pâles des fenêtres, immobiles, d'une légèreté de rêve. Malgré sa fatigue écrasante, une activité cérébrale prodigieuse le tenait vibrant, dévidant sans cesse le même écheveau d'idées. Chaque fois que, par un effort de volonté, il croyait glisser au sommeil, la même hantise recommençait, les mêmes images défilaient, éveillant les mêmes sensations. Et ce qui se déroulait ainsi, avec une régularité mécanique, pendant que ses yeux fixes et grands ouverts s'emplissaient d'ombre, c'était le meurtre, détail à détail. Toujours il renaissait, identique, envahissant, affolant. Le couteau entrait dans la gorge d'un choc sourd, le corps avait trois longues secousses, la vie s'en allait en un flot de sang tiède, un flot rouge qu'il croyait sentir lui couler sur les mains. Vingt fois, trente fois, le couteau entra, le corps s'agita. Cela devenait énorme, l'étouffait, débordait, faisait éclater la nuit. Oh ! donner un coup de couteau pareil, contenter ce lointain désir, savoir ce qu'on éprouve, goûter cette minute où l'on vit davantage que dans toute une existence !

Comme son étouffement augmentait, Jacques pensa que le poids de Séverine sur son bras l'empêchait seul de dormir. Doucement, il se dégagea, la posa près de lui, sans l'éveiller. D'abord soulagé, il respira plus à l'aise, croyant que le sommeil allait venir enfin. Mais, malgré son effort, les invisibles doigts rouvrirent ses paupières ; et, dans le noir, le meurtre reparut en traits sanglants, le couteau entra, le corps s'agita. Une pluie rouge rayait les ténèbres, la plaie de la gorge, démesurée, bâillait comme une entaille faite à la hache. Alors, il ne lutta plus, resta sur le dos, en proie à cette vision obstinée. Il entendait en lui le labeur décuplé du cerveau, un grondement de toute la machine. Cela venait de très loin, de sa jeunesse. Pourtant, il s'était cru guéri, car ce désir était mort depuis des mois, avec la possession de cette femme ; et voilà que jamais il ne l'avait ressenti si intense, sous l'évocation de ce meurtre, que, tout à l'heure, serrée contre sa chair, liée à ses membres, elle lui chuchotait. Il s'était écarté, il évitait qu'elle ne le touchât, brûlé par le moindre contact de sa peau. Une chaleur insupportable montait le long de son échine, comme si le matelas, sous ses reins, se fût changé en brasier. Des picotements, des pointes de feu lui trouaient la nuque. Un moment, il essaya de sortir ses mains de la couverture ; mais tout de suite elles se glaçaient, lui donnaient un frisson. La peur le prit de ses mains, et il les rentra, les joignit d'abord sur son ventre, finit par les glisser, par les écraser sous ses fesses, les emprisonnant là, comme s'il eût redouté quelque abomination de leur part, un acte qu'il ne voudrait pas et qu'il commettrait quand même.

Chaque fois que le coucou sonnait, Jacques comptait les coups. Quatre heures, cinq heures, six heures. Il aspirait après le jour, il espérait que l'aube chasserait ce cauchemar. Aussi, maintenant, se tournait-il vers les fenêtres, guettant les vitres. Mais il n'y avait toujours là que le vague reflet de la neige. À cinq heures moins un quart, avec un retard de quarante minutes seulement, il avait entendu arriver le direct du Havre, ce qui prouvait que la circulation devait être rétablie. Et ce ne fut pas avant sept heures passées, qu'il vit blanchir les vitres, une pâleur laiteuse, très lente. Enfin, la chambre s'éclaira, de cette lumière confuse où les meubles semblaient flotter. Le poêle reparut, l'armoire, le buffet. Il ne pouvait toujours fermer les paupières, ses yeux au contraire s'irritaient, dans un besoin de voir. Tout de suite, avant même qu'il fît assez clair, il avait plutôt deviné qu'aperçu, sur la table, le couteau dont il s'était servi, le soir, pour couper le gâteau. Il ne voyait plus que ce couteau, un petit couteau à bout pointu. Le jour qui grandissait, toute la lumière blanche des deux fenêtres n'entrait maintenant que pour se refléter dans cette mince lame. Et la terreur de ses mains les lui fit enfoncer davantage sous son

corps, car il les sentait bien qui s'agitaient, révoltées, plus fortes que son vouloir. Est-ce qu'elles
allaient cesser de lui appartenir ? Des mains qui
lui viendraient d'un autre, des mains léguées par
quelque ancêtre, au temps où l'homme, dans les
bois, étranglait les bêtes !

Pour ne plus voir le couteau, Jacques se tourna
vers Séverine. Elle dormait très calme, avec un
souffle d'enfant, dans sa grosse fatigue. Ses lourds
cheveux noirs, dénoués, lui faisaient un oreiller
sombre, coulant jusqu'aux épaules ; et, sous le
menton, entre les boucles, on apercevait sa gorge,
d'une délicatesse de lait, à peine rosée. Il la regarda
comme s'il ne la connaissait point. Il l'adorait
cependant, il emportait partout son image, dans
un désir d'elle, qui, souvent, l'angoissait, même
lorsqu'il conduisait sa machine ; à ce point, qu'un
jour il s'était éveillé, comme d'un rêve, au moment
où il passait une station à toute vapeur, malgré
les signaux. Mais la vue de cette gorge blanche
le prenait tout entier, d'une fascination soudaine,
inexorable ; et, en lui, avec une horreur consciente
encore, il sentait grandir l'impérieux besoin d'aller
chercher le couteau, sur la table, de revenir l'enfoncer jusqu'au manche, dans cette chair de femme.
Il entendait le choc sourd de la lame qui entrait,
il voyait le corps sursauter par trois fois, puis la
mort le raidir, sous un flot rouge. Luttant, voulant s'arracher de cette hantise, il perdait à chaque
seconde un peu de sa volonté, comme submergé
par l'idée fixe, à ce bord extrême où, vaincu, l'on
cède aux poussées de l'instinct. Tout se brouilla,
ses mains révoltées, victorieuses de son effort à les

cacher, se dénouèrent, s'échappèrent. Et il comprit
si bien que, désormais, il n'était plus leur maître,
et qu'elles allaient brutalement se satisfaire, s'il
continuait à regarder Séverine, qu'il mit ses dernières forces à se jeter hors du lit, roulant par terre
ainsi qu'un homme ivre. Là, il se ramassa, faillit
tomber de nouveau, en s'embarrassant les pieds
parmi les jupes restées sur le parquet. Il chance-
lait, cherchait ses vêtements d'un geste égaré, avec
la pensée unique de s'habiller vite, de prendre le
couteau et de descendre tuer une autre femme,
dans la rue. Cette fois, son désir le torturait trop,
il fallait qu'il en tuât une. Il ne trouvait plus son
pantalon, le toucha à trois reprises, avant de savoir
qu'il le tenait. Ses souliers à mettre lui donnèrent
un mal infini. Bien qu'il fît grand jour maintenant,
la chambre lui paraissait pleine de fumée rousse,
une aube de brouillard glacial où tout se noyait. Il
grelottait de fièvre, et il était habillé enfin, il avait
pris le couteau, en le cachant dans sa manche, certain d'en tuer une, la première qu'il rencontrerait
sur le trottoir, lorsqu'un froissement de linge, un
soupir prolongé qui venait du lit, l'arrêta, cloué
près de la table, pâlissant.

C'était Séverine qui s'éveillait.

« Quoi donc, chéri, tu sors déjà ? »

Il ne répondait pas, il ne la regardait pas, espérant qu'elle se rendormirait.

« Où vas-tu donc, chéri ?

— Rien, balbutia-t-il, une affaire de service…
Dors, je vais revenir. »

Alors, elle eut des mots confus, reprise de torpeur, les yeux déjà refermés.

« Oh ! j'ai sommeil, j'ai sommeil... Viens m'embrasser, chéri. »

Mais il ne bougeait pas, car il savait que, s'il se retournait, avec ce couteau dans la main, s'il la revoyait seulement, si fine, si jolie, en sa nudité et son désordre, c'en était fait de la volonté qui le raidissait là, près d'elle. Malgré lui, sa main se lèverait, lui planterait le couteau dans le cou.

« Chéri, viens m'embrasser... »

Sa voix s'éteignait, elle se rendormit, très douce, avec un murmure de caresse. Et, lui, éperdu, ouvrit la porte, s'enfuit.

Il était huit heures, lorsque Jacques se trouva sur le trottoir de la rue d'Amsterdam. La neige n'avait pas encore été balayée, on entendait à peine le piétinement des rares passants. Tout de suite, il avait aperçu une vieille femme ; mais elle tournait le coin de la rue de Londres, il ne la suivit pas. Des hommes le coudoyèrent, il descendit vers la place du Havre, en serrant le couteau, dont la pointe relevée disparaissait sous sa manche. Comme une fillette d'environ quatorze ans sortait d'une maison d'en face, il traversa la chaussée ; et il n'arriva que pour la voir entrer, à côté, dans une boulangerie. Son impatience était telle, qu'il n'attendit pas, cherchant plus loin, continuant à descendre. Depuis qu'il avait quitté la chambre, avec ce couteau, ce n'était plus lui qui agissait, mais l'autre, celui qu'il avait senti si fréquemment s'agiter au fond de son être, cet inconnu venu de très loin, brûlé de la soif héréditaire du meurtre. Il avait tué jadis, il voulait tuer encore. Et les choses, autour de Jacques, n'étaient plus que dans un rêve, car il les voyait à travers son idée fixe. Sa vie de chaque jour se trouvait comme abolie, il marchait en somnambule, sans mémoire du passé, sans prévoyance de l'avenir, tout à l'obsession de son besoin. Dans son corps qui allait, sa personnalité était absente. Deux femmes qui le frôlèrent en le devançant, lui firent précipiter sa marche ; et il les rattrapait, lorsqu'un homme les arrêta. Tous trois riaient, causaient. Cet homme le dérangeant, il se mit à suivre une autre femme qui passait, chétive et noire, l'air pauvre sous un mince châle. Elle avançait à petits pas, vers quelque besogne exécrée sans doute, dure et payée chichement, car elle n'avait pas de hâte, la face désespérément triste. Lui non plus, maintenant qu'il en tenait une, ne se pressait point, attendant de choisir l'endroit, pour la frapper à l'aise. Sans doute, elle s'aperçut que ce garçon la suivait, et ses yeux se tournèrent vers lui, avec un navrement indicible, étonnée qu'on pût vouloir d'elle. Déjà, elle l'avait mené au milieu de la rue du Havre, elle se retourna deux fois encore, l'empêchant à chaque fois de lui planter dans la gorge le couteau, qu'il sortait de sa manche. Elle avait des yeux de misère, si implorants ! Là-bas, lorsqu'elle descendrait du trottoir, il frapperait. Et, brusquement, il fit un crochet, en se mettant à la poursuite d'une autre femme, qui marchait en sens inverse. Cela sans raison, sans volonté, parce qu'elle passait à cette minute, et que c'était ainsi.

Jacques, derrière elle, revint vers la gare. Celle-ci, très vive, marchait d'un petit pas sonore ; et elle était adorablement jolie, vingt ans au plus, grasse déjà, blonde, avec de beaux yeux de gaieté qui riaient à la vie. Elle ne remarqua même pas qu'un homme la suivait ; elle devait être pressée, car elle gravit lestement le perron de la cour du Havre, monta dans la grande salle, qu'elle longea en courant presque, pour se précipiter vers les guichets de la ligne de ceinture. Et, comme elle demandait un billet de première classe pour Auteuil, Jacques en prit également un, l'accompagna à travers les salles d'attente, sur le quai, jusque dans le compartiment, où il s'installa, à côté d'elle. Le train, tout de suite, partit.

« J'ai le temps, pensait-il, je la tuerai sous un tunnel. »

Mais, en face d'eux, une vieille dame, la seule personne qui fût montée, venait de reconnaître la jeune femme.

« Comment, c'est vous ! Où allez-vous donc, de si bonne heure ? »

L'autre éclata d'un bon rire, avec un geste de comique désespoir.

« Dire qu'on ne peut rien faire sans être rencontrée ! J'espère que vous n'irez pas me vendre... C'est demain la fête de mon mari, et dès qu'il a été sorti pour ses affaires, j'ai pris ma course, je vais à Auteuil chez un horticulteur, où il a vu une orchidée dont il a une envie folle... Une surprise, vous comprenez. »

La vieille dame hochait la tête, d'un air de bienveillance attendrie.

« Et bébé va bien ?

— La petite, oh ! un vrai charme... Vous savez que je l'ai sevrée il y a huit jours. Il faut la voir manger sa soupe… Nous nous portons tous trop bien, c'est scandaleux. »

Elle riait plus haut, montrant ses dents blanches, entre le sang pur de ses lèvres. Et Jacques, qui s'était mis à sa droite, le couteau au poing, caché derrière sa cuisse, se disait qu'il serait très bien pour frapper. Il n'avait qu'à lever le bras et à faire demi-tour, pour l'avoir à sa main. Mais, sous le tunnel des Batignolles, l'idée des brides du chapeau l'arrêta.

« Il y a là, songeait-il, un nœud qui va me gêner. Je veux être sûr. »

Les deux femmes continuaient à causer gaiement.

« Alors, je vois que vous êtes heureuse.

— Heureuse, ah ! si je pouvais dire ! C'est un rêve que je fais… Il y a deux ans, je n'étais rien du tout. Vous vous rappelez, on ne s'amusait guère chez ma tante ; et pas un sou de dot… Quand il venait, lui, je tremblais, tant je m'étais mise à l'aimer. Mais il était si beau, si riche… Et il est à moi, il est mon mari, et nous avons bébé à nous deux ! Je vous dis que c'est trop ! »

En étudiant le nœud des brides, Jacques venait de constater qu'il y avait dessous, attaché à un velours noir, un gros médaillon d'or ; et il calculait tout.

« Je l'empoignerai au cou de la main gauche, et j'écarterai le médaillon en lui renversant la tête, pour avoir la gorge nue. »

Le train s'arrêtait, repartait à chaque minute. De courts tunnels s'étaient succédé, à Courcelles, à Neuilly. Tout à l'heure, une seconde suffirait.

« Vous êtes allée à la mer, cet été ? reprit la vieille dame.

— Oui, en Bretagne, six semaines, au fond d'un trou perdu, un paradis. Puis, nous avons passé septembre dans le Poitou, chez mon beau-père, qui possède par là de grands bois.

— Et ne devez-vous pas vous installer dans le Midi pour l'hiver ?

— Si, nous serons à Cannes vers le 15… La maison est louée. Un bout de jardin délicieux, la mer en face. Nous avons envoyé là-bas quelqu'un qui installe tout, pour nous recevoir… Ce n'est pas que nous soyons frileux, ni l'un ni l'autre ; mais cela est si bon, le soleil !… Puis, nous serons de retour en mars. L'année prochaine, nous resterons à Paris. Dans deux ans, lorsque bébé sera grande fille, nous voyagerons. Est-ce que je sais, moi ! c'est toujours fête ! »

Elle débordait d'une telle félicité, que, cédant à son besoin d'expansion, elle se tourna vers Jacques, vers cet inconnu, pour lui sourire. Dans ce mouvement, le nœud des brides se déplaça, le médaillon s'écarta, le cou apparut, vermeil, avec une fossette légère, que l'ombre dorait.

Les doigts de Jacques s'étaient raidis sur le manche du couteau, pendant qu'il prenait une résolution irrévocable.

« C'est là, à cette place, que je frapperai. Oui, tout à l'heure, sous le tunnel, avant Passy. »

Mais, à la station du Trocadéro, un employé monta, qui, le connaissant, se mit à lui parler du service, d'un vol de charbon dont on venait de convaincre un mécanicien et son chauffeur. Et, à partir de ce moment, tout se brouilla, il ne put jamais, plus tard, rétablir les faits, exactement. Les rires avaient continué, un rayonnement de bonheur tel, qu'il en était comme pénétré et assoupi. Peut-être était-il allé jusqu'à Auteuil, avec les deux femmes ; seulement, il ne se rappelait pas qu'elles y fussent descendues. Lui-même avait fini par se trouver au bord de la Seine, sans s'expliquer comment. Ce dont il gardait la sensation très nette, c'était d'avoir jeté, du haut de la berge, le couteau, resté dans sa manche, à son poing. Puis, il ne savait plus, hébété, absent de son être, d'où l'autre s'en était allé aussi, avec le couteau. Il devait avoir marché pendant des heures, par les rues et les places, au hasard de son corps. Des gens, des maisons, défilaient, très pâles. Sans doute il était entré quelque part, manger au fond d'une salle pleine de monde, car il revoyait distinctement des assiettes blanches. Il avait aussi l'impression persistante d'une affiche rouge, sur une boutique fermée. Et tout sombrait ensuite à un gouffre noir, à un néant, où il n'y avait plus ni temps ni espace, où il gisait inerte, depuis des siècles peut-être.

Lorsqu'il revint à lui, Jacques était dans son étroite chambre de la rue Cardinet, tombé en travers de son lit, tout habillé. L'instinct l'avait ramené là, ainsi qu'un chien fourbu qui se traîne à sa niche. D'ailleurs, il ne se souvenait ni d'avoir monté l'escalier ni de s'être endormi. Il s'éveillait d'un sommeil de plomb, effaré de rentrer brusquement en possession de lui-même, comme après un évanouissement profond. Peut-être avait-il dormi trois heures, peut-être trois jours. Et, tout d'un coup, la mémoire lui revint : la nuit passée avec Séverine, l'aveu du meurtre, son départ de bête carnassière, en quête de sang. Il n'avait plus été en lui, il s'y retrouvait, avec la stupeur des choses qui s'étaient faites en dehors de son vouloir. Puis, le souvenir que la jeune femme l'attendait, le mit debout, d'un saut. Il regarda sa montre, vit qu'il était quatre heures déjà ; et, la tête vide, très calme comme après une forte saignée, il se hâta de retourner à l'impasse d'Amsterdam.

Jusqu'à midi, Séverine avait dormi profondément. Ensuite, réveillée, surprise de ne pas le voir là encore, elle avait rallumé le poêle ; et, vêtue enfin, mourant d'inanition, elle s'était décidée, vers deux heures, à descendre manger dans un restaurant du voisinage. Lorsque Jacques parut, elle venait de remonter, après avoir fait quelques courses.

« Oh ! mon chéri, que j'étais inquiète ! »

Et elle s'était pendue à son cou, elle le regardait de tout près, dans les yeux.

« Qu'est-il donc arrivé ? »

Lui, épuisé, la chair froide, la rassurait tranquillement, sans un trouble.

« Mais rien, une corvée embêtante. Quand ils vous tiennent, ils ne vous lâchent plus. »

Alors, baissant la voix, elle se fit humble, câline.

« Figure-toi que je m'imaginais… Oh ! une vilaine idée qui me causait une peine !… Oui, je me disais que peut-être, après ce que je t'avais avoué, tu n'allais plus vouloir de moi… Et voilà que je t'ai cru parti pour ne pas revenir, jamais, jamais ! »

Les larmes la gagnaient, elle éclata en sanglots, en le serrant éperdument entre ses bras.

« Ah ! mon chéri, si tu savais, comme j'ai besoin qu'on soit gentil avec moi !... Aime-moi, aime-moi bien, parce que, vois-tu, il n'y a que ton amour qui puisse me faire oublier... Maintenant que je t'ai dit tous mes malheurs, n'est-ce pas ? il ne faut pas me quitter, oh ! je t'en conjure ! »

Jacques était envahi par cet attendrissement. Une détente invincible l'amollissait peu à peu. Il bégaya :

« Non, non, je t'aime, n'aie pas peur. »

Et, débordé, il pleura aussi, sous la fatalité de ce mal abominable qui venait de le reprendre, dont jamais il ne guérirait. C'était une honte, un désespoir sans bornes.

« Aime-moi, aime-moi bien aussi, oh ! de toute ta force, car j'en ai autant besoin que toi ! »

Elle frissonna, voulut savoir.

« Tu as des chagrins, il faut me les dire.

— Non, non, pas des chagrins, des choses qui n'existent pas, des tristesses qui me rendent horriblement malheureux, sans qu'il soit même possible d'en causer. »

Tous deux s'étreignirent, confondirent l'affreuse mélancolie de leur peine. C'était une infinie souffrance, sans oubli possible, sans pardon. Ils pleuraient, et ils sentaient sur eux les forces aveugles de la vie, faite de lutte et de mort.

« Allons, dit Jacques, en se dégageant, il est l'heure de songer au départ... Ce soir, tu seras au Havre. »

Séverine, sombre, les regards perdus, murmura, après un silence :

« Encore, si j'étais libre, si mon mari n'était plus là !... Ah ! comme nous oublierions vite ! »

Il eut un geste violent, il pensa tout haut.

« Nous ne pouvons pourtant pas le tuer. »

Fixement, elle le regarda, et lui tressaillit, étonné d'avoir dit cette chose, à laquelle il n'avait jamais songé. Puisqu'il voulait tuer, pourquoi donc ne le tuait-il pas, cet homme gênant ? Et, comme il la quittait enfin, pour courir au dépôt, elle le reprit entre ses bras, le couvrit de baisers.

« Oh ! mon chéri, aime-moi bien. Je t'aimerai plus fort, plus fort encore... Va, nous serons heureux. »

IX

Au Havre, dès les jours suivants, Jacques et
Séverine se montrèrent d'une grande prudence,
pris d'inquiétude. Puisque Roubaud savait tout,
n'allait-il pas les guetter, les surprendre, pour se
venger d'eux, dans un éclat ? Ils se rappelaient
ses emportements jaloux d'autrefois, ses brutalités
d'ancien homme d'équipe, tapant à poings fermés.
Et, justement, il leur semblait, à le voir, si lourd, si
muet, avec ses yeux troubles, qu'il devait méditer
quelque farouche sournoiserie, un guet-apens, où
il les tiendrait en sa puissance. Aussi, pendant le
premier mois, ne se virent-ils qu'avec mille précautions, toujours en alerte.

Roubaud, cependant, de plus en plus, s'absentait. Peut-être ne disparaissait-il ainsi que pour
revenir à l'improviste et les trouver aux bras l'un
de l'autre. Mais cette crainte ne se réalisait pas. Au
contraire, ses absences se prolongeaient à un tel
point, qu'il n'était plus jamais là, s'échappant dès
qu'il était libre, ne rentrant qu'à la minute précise
où le service le réclamait. Les semaines de jour,
il trouvait le moyen, à dix heures, de déjeuner en

cinq minutes, puis de ne pas reparaître avant onze
heures et demie ; et, le soir, à cinq heures, lorsque
son collègue descendait le remplacer, il filait,
souvent pour la nuit entière. À peine prenait-il
quelques heures de sommeil. Il en était de même
des semaines de nuit, libre alors dès cinq heures
du matin, mangeant et dormant dehors sans
doute, en tout cas ne revenant qu'à cinq heures du
soir. Longtemps, dans ce désarroi, il avait gardé
une ponctualité d'employé modèle, toujours présent à la minute exacte, si éreinté parfois, qu'il ne
tenait pas sur les jambes, mais debout pourtant,
consciencieux à sa besogne. Puis, maintenant,
des trous se produisaient. Deux fois déjà, l'autre
sous-chef, Moulin, avait dû l'attendre une heure ;
même, un matin, après le déjeuner, apprenant
qu'il ne reparaissait pas, il était venu le suppléer,
en brave homme, pour lui éviter une réprimande.
Et tout le service de Roubaud commençait ainsi
à se ressentir de cette désorganisation lente. Le
jour, ce n'était plus l'homme actif, n'expédiant ou
ne recevant un train qu'après avoir tout vu par
ses yeux, consignant les moindres faits dans son
rapport au chef de gare, dur aux autres et à lui-
même. La nuit, il s'endormait d'un sommeil de
plomb, au fond du grand fauteuil de son bureau.
Éveillé, il semblait sommeiller encore, allait et
venait sur le quai, les mains croisées derrière le
dos, donnait d'une voix blanche les ordres, dont il
ne vérifiait pas l'exécution. Tout marchait quand
même, par la force acquise de l'habitude, sauf un
tamponnement dû à une négligence de sa part, un
train de voyageurs lancé sur une voie de garage.

Ses collègues, simplement, s'égayaient, en contant qu'il faisait la noce.

La vérité était que Roubaud, à présent, vivait au premier étage du café du Commerce, dans la petite salle écartée, devenue peu à peu un tripot. On racontait que des femmes s'y rendaient, chaque nuit ; mais on n'y en aurait trouvé réellement qu'une, la maîtresse d'un capitaine en retraite, âgée d'au moins quarante ans, joueuse enragée elle-même, sans sexe. Le sous-chef ne satisfaisait là que la morne passion du jeu, éveillée en lui, au lendemain du meurtre, par le hasard d'une partie de piquet, grandie ensuite et changée en une habitude impérieuse, pour l'absolue distraction, l'anéantissement qu'elle lui procurait. Elle l'avait possédé jusqu'à chasser le désir de la femme, chez ce mâle brutal ; elle le tenait désormais tout entier, comme l'assouvissement unique, où il se contentait. Ce n'était pas que le remords l'eût jamais tourmenté du besoin de l'oubli ; mais, dans la secousse dont se détraquait son ménage, au milieu de son existence gâtée, il avait trouvé la consolation, l'étourdissement de bonheur égoïste, qu'il pouvait goûter seul ; et tout sombrait maintenant, au fond de cette passion, qui achevait de le désorganiser. L'alcool ne lui aurait pas donné des heures plus légères, plus rapides, affranchies à ce point. Il était dégagé du souci même de la vie, il lui semblait vivre avec une intensité extraordinaire, mais ailleurs, désintéressé, sans que plus rien le touchât des ennuis dont jadis il crevait de rage. Et il se portait fort bien, en dehors de la fatigue des nuits passées ; il engraissait même, d'une graisse lourde et jaune, les paupières pesantes sur ses yeux troubles. Quand il rentrait, avec la lenteur de ses gestes ensommeillés, il n'apportait plus, chez lui, sur toutes choses, qu'une souveraine indifférence.

La nuit où Roubaud était revenu prendre les trois cents francs d'or, sous le parquet, il voulait payer M. Cauche, le commissaire de surveillance, à la suite de plusieurs pertes successives. Celui-ci, vieux joueur, avait un beau sang-froid, qui le rendait redoutable. D'ailleurs, il disait ne jouer que pour son plaisir, il était tenu par ses fonctions de magistrat à garder les apparences de l'ancien militaire, resté garçon et vivant au café, en habitué tranquille : ce qui ne l'empêchait pas de battre souvent les cartes la soirée entière, et de ramasser tout l'argent des autres. Des bruits avaient circulé, on l'accusait aussi d'être si inexact à son poste, qu'il était question de le forcer à se démettre. Mais les choses traînaient, il y avait si peu de besogne, pourquoi exiger plus de zèle ? Et il se contentait toujours de paraître un instant sur les quais de la gare, où chacun le saluait.

Trois semaines plus tard, Roubaud dut encore près de quatre cents francs à M. Cauche. Il avait expliqué que l'héritage fait par sa femme les mettait fort à leur aise ; mais il ajoutait en riant que celle-ci gardait les clefs de la caisse, ce qui excusait sa lenteur à payer ses dettes de jeu. Puis, un matin qu'il était seul, harcelé, il souleva de nouveau la frise et prit dans la cachette un billet de mille francs. Il tremblait de tous ses membres, il n'avait pas éprouvé une émotion pareille, la nuit des pièces d'or : sans doute, ce n'était encore là pour lui qu'un appoint de hasard, tandis que le vol commençait, avec ce billet. Un malaise lui hérissait la chair, lorsqu'il songeait à cet argent sacré, auquel il s'était promis de ne toucher jamais. Autrefois, il jurait de mourir plutôt de faim, et il y touchait pourtant, et il n'aurait pu dire comment s'en étaient allés ses scrupules, un peu chaque jour sans doute, dans la lente fermentation du meurtre. Au fond du trou, il croyait avoir senti une humidité, quelque chose de mou et de nauséabond, dont il eut horreur. Vivement, il replaça la frise, en refaisant le serment de se couper le poing, plutôt que de la déplacer encore. Sa femme ne l'avait pas vu, il respira, soulagé, but un grand verre d'eau pour se remettre. Maintenant, son cœur battait d'allégresse, à l'idée de sa dette payée et de toute cette somme, qu'il jouerait.

Mais, lorsqu'il fallut changer le billet, l'angoisse de Roubaud recommença. Jadis, il était brave, il se serait livré, s'il n'avait pas commis la bêtise de mêler sa femme à l'affaire ; tandis que, à présent, la seule pensée des gendarmes lui donnait une sueur froide. Il avait beau savoir que la justice ne possédait pas les numéros des billets disparus, et que, d'ailleurs, le procès dormait, à jamais enterré dans les cartons de classement : une épouvante le prenait, dès qu'il projetait d'entrer quelque part, pour demander de la monnaie. Pendant cinq jours, il garda le billet sur lui ; et c'était une continuelle habitude, un besoin de le tâter, de le déplacer, de ne pas s'en séparer, la nuit. Il bâtissait des plans très compliqués, se heurtait toujours à des craintes imprévues. D'abord, il avait cherché dans la gare : pourquoi un collègue, chargé d'une recette, ne le lui prendrait-il pas ? Puis, cela lui ayant paru extrêmement dangereux, il avait imaginé d'aller à l'autre bout du Havre, sans sa casquette d'uniforme, acheter n'importe quoi. Seulement, ne s'étonnerait-on pas de le voir, pour un petit objet, remuer une si grosse somme ? Et il s'était arrêté à ce moyen, de donner le billet au bureau de tabac du cours Napoléon, où il entrait chaque jour : n'était-ce pas le plus simple ? On savait bien qu'il avait hérité, la buraliste ne pouvait avoir de surprise. Il marcha jusqu'à la porte, se sentit défaillir et descendit vers le bassin Vauban, pour s'exciter au courage. Après une demi-heure de promenade, il revint, sans se décider encore. Et, le soir, au café du Commerce, comme M. Cauche était là, une bravade brusque lui fit tirer le billet de sa poche, en priant la patronne de le lui changer ; mais elle n'avait pas de monnaie, elle dut envoyer un garçon le porter au bureau de tabac. Même on plaisanta sur le billet, qui semblait tout neuf, bien qu'il fût daté de dix ans. Le commissaire de surveillance l'avait pris, et il le retournait, en disant que celui-là, pour sûr, avait dormi au fond de quelque trou ; ce qui jeta la maîtresse du capitaine retraité dans une histoire interminable de fortune cachée, puis retrouvée, sous le marbre d'une commode.

Des semaines s'écoulèrent, et cet argent que Roubaud avait dans les mains, achevait d'enfiévrer sa passion. Ce n'était pas qu'il jouât gros jeu, mais une déveine le poursuivait, si constante, si noire,

que les petites pertes de chaque jour, additionnées,
arrivaient à se chiffrer par de grosses sommes.
Vers la fin du mois, il se retrouva sans un sou,
devant déjà sur parole quelques louis, malade de
ne plus oser toucher une carte. Pourtant, il lutta,
faillit s'aliter. L'idée des neuf billets qui dormaient
là, sous le parquet de sa salle à manger, tournait
chez lui à une obsession de chaque minute : il les
voyait à travers le bois, il les sentait chauffer ses
semelles. Dire que, s'il avait voulu, il en aurait
pris un encore ! Mais, c'était bien juré cette fois,
il aurait plutôt mis sa main dans le feu que de
fouiller de nouveau. Et, un soir, comme Séverine
s'était endormie de bonne heure, il souleva la
frise, cédant avec rage, éperdu d'une telle tristesse,
que ses yeux s'emplissaient de larmes. À quoi bon
résister ainsi ? Ce ne serait que de la souffrance
inutile, car il comprenait qu'il les prendrait maintenant jusqu'au dernier, un à un.

Le lendemain matin, Séverine remarqua, par
hasard, une écorchure toute fraîche, à une arête
de la frise. Elle se baissa, constata les traces
d'une pesée. Évidemment, son mari continuait
à prendre de l'argent. Et elle s'étonna du mouvement de colère qui l'emportait, car elle n'était
pas intéressée d'habitude ; sans compter qu'elle
aussi se croyait résolue à mourir de faim, plutôt
que de toucher à ces billets tachés de sang. Mais
n'étaient-ils pas à elle autant qu'à lui ? pourquoi
en disposait-il, en se cachant, en évitant même de
la consulter ? Jusqu'au dîner, elle fut tourmentée
du besoin d'une certitude, et elle aurait à son tour
déplacé la frise, pour voir, si elle n'avait senti un

petit souffle froid dans ses cheveux, à la pensée
de fouiller là toute seule. Le mort n'allait-il pas se
lever de ce trou ? Cette peur d'enfant lui rendit la
salle à manger si désagréable, qu'elle emporta son
ouvrage et s'enferma dans sa chambre.

Puis, le soir, comme tous deux mangeaient en
silence un reste de ragoût, une nouvelle irritation
la souleva, en le voyant jeter des coups d'œil invo-
lontaires dans l'angle du parquet.

« Tu en as repris, hein ? » demanda-t-elle brusquement.

Il leva la tête, étonné.

« De quoi donc ?

— Oh ! ne fais pas l'innocent, tu me comprends
bien... Mais écoute : je ne veux pas que tu en
reprennes, parce que ce n'est pas plus à toi qu'à
moi, et que cela me rend malade, de savoir que
tu y touches. »

D'habitude, il évitait les querelles. La vie commune n'était plus que le contact obligé de deux
êtres liés l'un à l'autre, passant des journées
entières sans échanger une parole, allant et venant
côte à côte, comme étrangers désormais, indifférents et solitaires. Aussi se contenta-t-il de hausser
les épaules, refusant toute explication.

Mais elle était très excitée, elle entendait en finir
avec la question de cet argent caché là, dont elle
souffrait depuis le jour du crime.

« Je veux que tu me répondes... Ose me dire que
tu n'y as pas touché.

— Qu'est-ce que ça te fiche ?

— Ça me fiche que ça me retourne. Aujourd'hui
encore, j'ai eu peur, je n'ai pas pu rester ici. Toutes

les fois que tu remues ça, j'en ai pour trois nuits à faire des rêves affreux... Nous n'en parlons jamais. Alors, reste tranquille, ne me force pas à en parler. »

Il la contemplait de ses gros yeux fixes, il répéta lourdement :

« Qu'est-ce que ça te fiche que j'y touche, si je ne te force pas à y toucher ? C'est pour moi, ça me regarde. »

Elle eut un geste violent, qu'elle réprima. Puis, bouleversée, avec un visage de souffrance et de dégoût :

« Ah ! tiens ! je ne te comprends pas... Tu étais un honnête homme pourtant. Oui, tu n'aurais jamais pris un sou à personne... Et ce que tu as fait, ça pourrait se pardonner, car tu étais fou, comme tu m'avais rendue folle moi-même... Mais cet argent, ah ! cet argent abominable, qui ne devait plus exister pour toi, et que tu voles sou à sou, pour ton plaisir... Qu'est-ce qui se passe donc, comment peux-tu être descendu si bas ? »

Il l'écoutait, et, dans une minute de lucidité, il s'étonna aussi d'en être arrivé au vol. Les phases de la lente démoralisation s'effaçaient, il ne pouvait renouer ce que le meurtre avait tranché autour de lui, il ne s'expliquait plus comment une autre existence, presque un nouvel être, avait commencé, avec son ménage détruit, sa femme écartée et hostile. Tout de suite, d'ailleurs, l'irréparable le reprit, il eut un geste, comme pour se débarrasser des réflexions importunes.

« Quand on s'embête chez soi, grogna-t-il, on va se distraire dehors. Puisque tu ne m'aimes plus...

— Oh ! non, je ne t'aime plus. »

Il la regarda, donna un coup de poing sur la table, la face envahie d'un flot de sang.

« Alors, fous-moi la paix ! Est-ce que je t'empêche de t'amuser ? est-ce que je te juge ?... Il y a bien des choses qu'un honnête homme ferait à ma place, et que je ne fais pas. D'abord, je devrais te flanquer à la porte, avec mon pied au derrière. Ensuite, je ne volerais peut-être pas. »

Elle était devenue toute pâle, car elle aussi avait souvent pensé que, lorsqu'un homme, un jaloux, est ravagé par un mal intérieur, au point de tolérer un amant à sa femme, il y a là l'indice d'une gangrène morale, à marche envahissante, tuant les autres scrupules, désorganisant la conscience entière. Mais elle se débattait, elle refusait d'être responsable. Et, balbutiante, elle cria :

« Je te défends de toucher à l'argent. »

Il avait fini de manger. Tranquillement, il plia sa serviette, puis se leva, en disant d'un air goguenard :

« Si c'est ça que tu veux, nous allons partager. »

Déjà, il se baissait, comme pour soulever la frise. Elle dut se précipiter, poser le pied sur le parquet.

« Non, non ! Tu sais que j'aimerais mieux mourir... N'ouvre pas ça. Non, non ! pas devant moi ! »

Séverine, ce soir-là, devait se rencontrer avec Jacques, derrière la gare des marchandises. Lorsqu'elle revint, après minuit, la scène de la soirée s'évoqua, et elle s'enferma à double tour, dans sa chambre. Roubaud était de service de nuit, elle ne craignait même pas qu'il rentrât se coucher, ainsi que cela arrivait rarement. Mais, la couverture au menton, la lampe laissée en veilleuse, elle ne put s'endormir. Pourquoi avait-elle refusé de partager ? Et elle ne retrouvait plus si vive la révolte de son honnêteté, à l'idée de profiter de cet argent. N'avait-elle pas accepté le legs de la Croix-de-Maufras ? Elle pouvait bien prendre l'argent aussi. Puis, le frisson revenait. Non, non, jamais ! L'argent, elle l'aurait pris ; ce qu'elle n'osait toucher, sans crainte d'en avoir les doigts brûlés, c'était cet argent volé sur un mort, l'abominable argent du meurtre. Elle se calmait de nouveau, elle raisonnait : ce n'était pas pour le dépenser qu'elle l'aurait pris ; au contraire, elle l'aurait caché ailleurs, enterré dans un endroit connu d'elle seule, où il aurait dormi l'éternité ; et, à cette heure, ce serait toujours une moitié de la somme sauvée des mains de son mari. Il ne triompherait pas en gardant le tout, il n'irait pas jouer ce qui lui appartenait, à elle. Lorsque la pendule sonna trois heures, elle regrettait mortellement d'avoir refusé le partage. Une pensée lui venait bien, confuse, lointaine encore : se lever, fouiller sous le parquet, pour que lui n'eût plus rien. Seulement, un tel froid la glaçait qu'elle ne voulait pas y songer. Prendre tout, garder tout, sans qu'il osât même se plaindre ! Et ce projet, peu à peu, s'imposait à elle, tandis qu'une volonté, plus forte que sa résistance, grandissait, des profondeurs inconscientes de son être. Elle ne voulait pas, et elle sauta brusquement du lit, car elle ne pouvait faire autrement. Elle haussa la mèche de la lampe, elle passa dans la salle à manger.

Dès lors, Séverine ne trembla plus. Ses terreurs s'en étaient allées, elle procéda froidement, avec des gestes lents et précis de somnambule. Elle dut chercher le tisonnier, qui servait à soulever la frise. Quand le trou fut découvert, comme elle voyait mal, elle approcha la lampe. Mais une stupeur la cloua, penchée, immobile : le trou était vide. Évidemment, pendant qu'elle courait à son rendez-vous, Roubaud était remonté, travaillé, avant elle, de la même envie : prendre tout, garder tout ; et, d'un coup, il avait empoché les billets, pas un ne restait. Elle s'agenouilla, elle n'apercevait, au fond, que la montre et la chaîne, dont l'or luisait dans la poussière des lambourdes. Une rage froide la tint là un instant, raidie, demi-nue, répétant tout haut, à vingt reprises :

« Voleur ! voleur ! voleur ! »

Puis, d'un mouvement furieux, elle empoigna la montre, tandis qu'une grosse araignée noire, dérangée, fuyait le long du plâtre. À coups de talon, elle replaça la frise, et elle revint se coucher, posant la lampe sur la table de nuit. Quand elle eut chaud, elle regarda la montre, qu'elle tenait dans son poing fermé, la retourna, l'examina longuement. Sur le boîtier, les deux initiales du président, entrelacées, l'intéressaient. À l'intérieur, elle lut le numéro 2516, un chiffre de fabrication. C'était un bijou fort dangereux à garder, car la justice connaissait ce chiffre. Mais, dans sa colère de n'avoir pu sauver que ça, elle n'avait plus peur. Même elle sentait que c'en était fini de ses cauchemars, maintenant qu'il n'y avait plus de cadavre sous son parquet. Enfin, elle marcherait tranquille chez elle, où elle voudrait. Elle glissa la montre à son chevet, éteignit la lampe et s'endormit.

Le lendemain, Jacques, qui avait un congé, devait attendre que Roubaud fût parti s'installer au café du Commerce, selon son habitude, et monter alors déjeuner avec elle. Parfois, lorsqu'ils osaient, ils faisaient cette partie. Et, ce jour-là, en mangeant, frémissante encore, elle lui parla de l'argent, lui conta comment elle avait trouvé la cachette vide. Sa rancune contre son mari ne s'apaisait pas, le même cri revenait, incessant :

« Voleur ! voleur ! voleur ! »

Puis, elle apporta la montre, elle voulut absolument la donner à Jacques, malgré la répugnance qu'il montrait.

« Comprends donc, mon chéri, personne n'ira la chercher chez toi. Si je la garde, il me la prendra encore. Et ça, vois-tu, j'aimerais mieux lui laisser arracher un lambeau de ma chair... Non, il a eu trop. Je n'en voulais pas, de cet argent. Il me faisait horreur, jamais je n'en aurais dépensé un sou. Mais est-ce qu'il avait le droit d'en profiter, lui ? Oh ! je le hais ! »

Elle pleurait, elle insistait, avec de telles supplications, que le jeune homme finit par mettre la montre dans la poche de son gilet.

Une heure se passa, et Jacques avait gardé Séverine sur ses genoux, à moitié dévêtue encore. Elle se renversait contre son épaule, un bras à son cou, dans une caresse alanguie, lorsque Roubaud, qui avait une clef, entra. D'un saut brusque, elle fut debout. Mais c'était le flagrant délit, inutile de nier. Le mari s'était arrêté net, ne pouvant passer outre, tandis que l'amant restait assis, stupéfié. Alors, elle ne s'embarrassa même pas dans une explication quelconque, elle s'avança et répéta rageusement :

« Voleur ! voleur ! voleur ! »

Une seconde, Roubaud hésita. Puis, avec le haussement d'épaules dont il écartait tout maintenant, il entra dans la chambre, prit un calepin de service, qu'il y avait oublié. Mais elle le poursuivait, l'accablait.

« Tu as fouillé, ose donc dire que tu n'as pas fouillé... Et tu as tout pris, voleur ! voleur ! voleur ! »

Sans une parole, il traversa la salle à manger. À la porte seulement, il se retourna, l'enveloppa de son morne regard.

« Fous-moi la paix, hein ! »

Et il partit, la porte ne claqua même pas. Il ne semblait pas avoir vu, il n'avait fait aucune allusion à cet amant qui était là.

Au bout d'un grand silence, Séverine se tourna vers Jacques.

« Crois-tu ! »

Celui-ci, qui n'avait pas dit un mot, se leva enfin. Et il donna son opinion.

« C'est un homme fini. »

Tous deux en tombèrent d'accord. À leur surprise de l'amant toléré, après l'amant assassiné, succédait un dégoût pour le mari complaisant. Quand un homme en arrive là, il est dans la boue, il peut rouler à tous les ruisseaux.

Dès ce jour, Séverine et Jacques eurent liberté entière. Ils en usèrent sans se soucier davantage de Roubaud. Mais, à présent que le mari ne les inquiétait plus, leur grand souci fut l'espionnage de Mme Lebleu, la voisine, toujours aux aguets. Certainement, elle se doutait de quelque chose. Jacques avait beau étouffer le bruit de ses pas, à chacune de ses visites, il voyait la porte d'en face s'entrebâiller imperceptiblement, tandis que, par la fente, un œil le dévisageait. Cela devenait intolérable, il n'osait plus monter ; car, s'il se risquait, on le savait là, une oreille venait se coller à la serrure ; de sorte qu'il n'était pas possible de s'embrasser, ni même de causer librement. Et ce fut alors que Séverine, exaspérée devant ce nouvel obstacle à sa passion, reprit contre les Lebleu son ancienne campagne pour avoir leur logement. Il était notoire que, de tous temps, le sous-chef l'avait occupé. Mais ce n'était plus la vue superbe, les fenêtres donnant sur la cour du départ et sur les hauteurs d'Ingouville, qui la tentait. L'unique raison de son désir, qu'elle ne disait pas, était que le logement avait une seconde entrée, une porte ouvrant sur un escalier de service. Jacques pourrait monter et s'en aller par là, sans que Mme Lebleu soupçonnât même ses visites. Enfin, ils seraient libres.

La bataille fut terrible. Cette question, qui avait déjà passionné tout le corridor, se réveilla, s'envenima d'heure en heure. Mme Lebleu, menacée, se défendait désespérément, certaine d'en mourir, si on l'enfermait dans le noir logement du derrière, barré par le faîtage de la marquise, d'une tristesse de cachot. Comment voulait-on qu'elle vécût au fond de ce trou, elle habituée à sa chambre si claire, ouverte sur le vaste horizon,

égayée du continuel mouvement des voyageurs ?
Et ses jambes lui défendaient toute promenade,
elle n'aurait plus jamais que la vue d'un toit de
zinc, autant la tuer tout de suite. Malheureusement, ce n'étaient là que des raisons sentimen-
tales, et elle était bien forcée d'avouer qu'elle
tenait le logement de l'ancien sous-chef, le pré-
décesseur de Roubaud, qui, célibataire, le lui
avait cédé par galanterie ; même il devait exister
une lettre de son mari s'engageant à le rendre,
si un nouveau sous-chef le réclamait. Comme
on n'avait pas retrouvé la lettre encore, elle en
niait l'existence. À mesure que sa cause se gâtait,
elle se faisait plus violente, plus agressive. Un
moment, elle avait tâché de mettre avec elle, en
la compromettant, la femme de Moulin, l'autre
sous-chef, qui avait vu, disait-elle, des hommes
embrasser Mme Roubaud, dans l'escalier ; et
Moulin s'était fâché, car sa femme, une douce
et très insignifiante créature, qu'on ne rencontrait jamais, jurait en pleurant n'avoir rien vu et
n'avoir rien dit. Pendant huit jours, ce commérage souffla la tempête, d'un bout à l'autre du
corridor. Mais la grande faute de Mme Lebleu,
celle qui devait entraîner sa défaite, était toujours d'irriter Mlle Guichon, la buraliste, par son
espionnage entêté : c'était une manie, l'idée fixe
que celle-ci allait chaque nuit retrouver le chef
de gare, le besoin de la surprendre, devenu mala-
dif, d'autant plus aigu, que depuis deux ans elle
l'épiait, sans avoir absolument rien surpris, pas
un souffle. Et elle était certaine qu'ils couchaient
ensemble, ça la rendait folle. Aussi Mlle Guichon,

furieuse de ne pouvoir rentrer ni sortir sans être épiée, poussait-elle maintenant à ce qu'on la reléguât sur la cour : un logement les séparerait, elle ne l'aurait plus au moins en face d'elle, ne serait plus forcée de passer devant sa porte. Il devenait évident que M. Dabadie, le chef de gare, jusqu'ici désintéressé dans la lutte, prenait parti contre les Lebleu chaque jour davantage ; ce qui était un signe grave.

Des querelles encore compliquèrent la situation. Philomène, qui apportait maintenant ses œufs frais à Séverine, se montrait très insolente, chaque fois qu'elle rencontrait Mme Lebleu ; et, comme celle-ci laissait exprès sa porte ouverte, pour ennuyer tout le monde, c'étaient continuellement, au passage, des paroles désagréables entre les deux femmes. Cette intimité de Séverine et de Philomène en étant venue à des confidences, la dernière avait fini par faire les commissions de Jacques près de sa maîtresse, lorsqu'il n'osait monter lui-même. Elle arrivait avec ses œufs, changeait les rendez-vous, disait pourquoi il avait dû être prudent la veille, racontait l'heure qu'il était resté chez elle, à causer. Jacques parfois, lorsqu'un obstacle l'arrêtait, s'oubliait volontiers ainsi dans la petite maison de Sauvagnat, le chef du dépôt. Il y suivait son chauffeur Pecqueux, comme si, par un besoin de s'étourdir, il redoutait de vivre toute une soirée seul. Même, quand le chauffeur disparaissait, en bordée dans les cabarets de matelots, il entrait chez Philomène, la chargeait d'un mot à dire, s'asseyait, ne partait plus. Et elle, peu à peu, mêlée à cet amour, s'attendrissait, car elle

n'avait connu, jusque-là, que des amants brutaux.
Les petites mains, les façons polies de ce garçon si
triste, qui avait l'air très doux, lui semblaient des
friandises auxquelles elle n'avait pas mordu encore.
Avec Pecqueux, c'était maintenant le ménage,
des saouleries, plus de rudesses que de caresses ;
tandis que, lorsqu'elle portait une parole gentille
du mécanicien à la femme du sous-chef, elle en
goûtait, pour elle-même, le goût délicat de fruit
défendu. Un jour, elle lui fit ses confidences, se
plaignit du chauffeur, un sournois, disait-elle, sous
son air de rire, très capable d'un mauvais coup,
les jours où il était ivre. Il remarqua qu'elle soi-
gnait davantage son grand corps brûlé de maigre
cavale, désirable malgré tout, avec ses beaux yeux
de passion, buvant moins, tenant la maison moins
sale. Son frère Sauvagnat, ayant un soir entendu
une voix d'homme, était entré la main haute, pour
la corriger ; mais, en reconnaissant le garçon qui
causait avec elle, il avait simplement offert une
bouteille de cidre. Jacques, bien reçu, guéri là de
son frisson, paraissait s'y plaire. Aussi Philomène
montrait-elle une amitié de plus en plus vive pour
Séverine, s'emportant contre Mme Lebleu, qu'elle
traitait partout de vieille gueuse.

Une nuit qu'elle avait rencontré les deux amants
derrière son petit jardin, elle les accompagna dans
l'ombre, jusqu'à la remise, où ils se cachaient d'habitude.

« Ah bien ! vous êtes trop bonne. Puisque le
logement est à vous, c'est moi qui l'en tirerais par
les cheveux... Tapez donc dessus ! »

Mais Jacques n'était pas pour un éclat.

« Non, non, monsieur Dabadie s'en occupe, il vaut mieux attendre que les choses se fassent régulièrement.

— Avant la fin du mois, déclara Séverine, je coucherai dans sa chambre, et nous pourrons nous y voir à toute heure. »

Malgré les ténèbres, Philomène l'avait sentie, qui, à cet espoir, serrait le bras de son amant d'une pression tendre. Et elle les laissa pour rentrer chez elle. Mais, cachée dans l'ombre, à trente pas, elle s'arrêta, se retourna. Cela lui causait une grosse émotion, de les savoir ensemble. Elle n'était pas jalouse pourtant, elle avait le besoin ignorant d'aimer et d'être aimée ainsi.

Jacques, chaque jour, s'assombrissait davantage. À deux reprises, pouvant voir Séverine, il avait inventé des prétextes ; et, s'il s'attardait parfois chez les Sauvagnat, c'était également pour l'éviter. Il l'aimait pourtant toujours, d'un désir exaspéré qui n'avait fait que s'accroître. Mais, dans ses bras, maintenant, l'affreux mal le reprenait, un tel vertige, qu'il s'en dégageait vite, glacé, terrifié de n'être plus lui, de sentir la bête prête à mordre. Il avait tâché de se rejeter dans la fatigue des longs parcours, sollicitant des corvées supplémentaires, passant des douze heures debout sur sa machine, le corps brisé par la trépidation, les poumons brûlés par le vent. Ses camarades, eux, se plaignaient de ce dur métier de mécanicien, qui, disaient-ils, en vingt années, mangeait un homme ; lui, aurait voulu être mangé tout de suite, il ne tombait jamais assez de lassitude, il n'était heureux que lorsque la Lison l'emportait, ne pensant plus, n'ayant plus que des yeux pour voir les signaux. À l'arrivée, le sommeil le foudroyait, sans qu'il eût même le temps de se débarbouiller. Seulement, avec le réveil, revenait le tourment de l'idée fixe. Il avait également essayé de se reprendre de tendresse pour la Lison, passant de nouveau des heures à la nettoyer, exigeant de Pecqueux des aciers luisant comme de l'argent. Les inspecteurs, qui, en route, montaient près de lui, le félicitaient. Il hochait la tête, restait mécontent ; car, lui, savait bien que sa machine, depuis l'arrêt dans la neige, n'était plus la bien portante, la vaillante d'autrefois. Sans doute, dans la réparation des pistons et des tiroirs, elle avait perdu de son âme, ce mystérieux équilibre de vie, dû au hasard du montage. Il en souffrait, cette déchéance tournait à une amertume chagrine, au point qu'il poursuivait ses supérieurs de plaintes déraisonnables, demandant des réparations inutiles, imaginant des améliorations impraticables. On les lui refusait, il en devenait plus sombre, convaincu que la Lison était très malade et qu'il n'y avait désormais rien à faire de propre avec elle. Sa tendresse s'en décourageait : à quoi bon aimer, puisqu'il tuerait tout ce qu'il aimerait ? Et il apportait à sa maîtresse cette rage d'amour désespérée, que ne pouvait user ni la souffrance ni la fatigue.

Séverine l'avait bien senti changer, et elle se désolait elle aussi, croyant qu'il s'attristait à cause d'elle, depuis qu'il savait. Lorsqu'elle le voyait frémir à son cou, éviter son baiser d'un brusque recul, n'était-ce pas qu'il se souvenait et

qu'elle lui faisait horreur ? Jamais elle n'avait osé
remettre la conversation sur ces choses. Elle se
repentait d'avoir parlé, surprise de l'emportement
de son aveu, dans ce lit étranger, où ils avaient
brûlé tous deux, ne se souvenant même plus de
son lointain besoin de confidence, comme satisfaite aujourd'hui de l'avoir avec elle, au fond de ce
secret. Et elle l'aimait, elle le désirait certainement
davantage, depuis qu'il n'ignorait plus rien. C'était
une passion insatiable, la femme enfin éveillée,
une créature faite uniquement pour la caresse,
tout entière amante, et qui n'était point mère. Elle
ne vivait plus que par Jacques, elle ne mentait pas,
lorsqu'elle disait son effort pour se fondre en lui,
car elle n'avait qu'un rêve, qu'il l'emportât, qu'il
la gardât dans sa chair. Très douce toujours, très
passive, ne tenant son plaisir que de lui, elle aurait
voulu des sommeils de chatte sur ses genoux, du
matin au soir. De l'affreux drame, elle avait simplement gardé l'étonnement d'y avoir été mêlée ;
de même qu'elle semblait être restée vierge et candide, au sortir des souillures de sa jeunesse. Cela
était loin, elle souriait, elle n'aurait pas même eu
de colère contre son mari, s'il ne l'avait pas gênée.
Mais son exécration pour cet homme augmentait,
à mesure que grandissait sa passion, son besoin
de l'autre. Maintenant que l'autre savait et qu'il
l'avait absoute, c'était lui le maître, celui qu'elle
suivrait, qui pouvait disposer d'elle comme de sa
chose. Elle s'était fait donner son portrait, une
carte photographique ; et elle couchait avec, elle
s'endormait, la bouche collée sur l'image, très
malheureuse depuis qu'elle le voyait malheureux,

sans arriver à deviner au juste ce dont il souffrait ainsi.

Cependant, leurs rendez-vous continuaient au-dehors, en attendant qu'ils pussent se voir tranquillement chez elle, dans le nouveau logement conquis. L'hiver finissait, le mois de février était très doux. Ils prolongeaient leurs promenades, marchaient pendant des heures, à travers les terrains vagues de la gare ; car lui évitait de s'arrêter, et lorsqu'elle se pendait à ses épaules, qu'il était forcé de s'asseoir et de la posséder, il exigeait que ce fût sans lumière, dans sa terreur de frapper, s'il apercevait un coin de sa peau nue : tant qu'il ne verrait pas, il résisterait peut-être. À Paris, où elle le suivait toujours, chaque vendredi, il fermait soigneusement les rideaux, en racontant que la pleine clarté lui coupait son plaisir. Ce voyage hebdomadaire, elle le faisait maintenant sans même donner d'explication à son mari. Pour les voisins, l'ancien prétexte, son mal au genou, servait ; et elle disait aussi qu'elle allait embrasser sa nourrice, la mère Victoire, dont la convalescence traînait à l'hôpital. Tous deux encore y prenaient une grande distraction, lui très attentif ce jour-là à la bonne conduite de sa machine, elle ravie de le voir moins sombre, amusée elle-même par le trajet, bien qu'elle commençât à connaître les moindres coteaux, les moindres bouquets d'arbres du parcours. Du Havre à Motteville, c'étaient des prairies, des champs plats, coupés de haies vives, plantés de pommiers ; et, jusqu'à Rouen ensuite, le pays se bossuait, désert. Après Rouen, la Seine se déroulait. On la traversait à Sotteville, à Oissel, à Pont-de-l'Arche ; puis, au travers des vastes plaines, sans cesse elle reparaissait, largement déployée. Dès Gaillon, on ne la quittait plus, elle coulait à gauche, ralentie entre ses rives basses, bordée de peupliers et de saules. On filait à flanc de coteau, on ne l'abandonnait à Bonnières, que pour la retrouver brusquement à Rosny, au sortir du tunnel de Rolleboise. Elle était comme la compagne amicale du voyage. Trois fois encore, on la franchissait, avant l'arrivée. Et c'était Mantes et son clocher dans les arbres, Triel avec les taches blanches de ses plâtrières, Poissy que l'on coupait en plein cœur, les deux murailles vertes de la forêt de Saint-Germain, les talus de Colombes débordant de lilas, la banlieue enfin, Paris deviné, aperçu du pont d'Asnières, l'Arc de triomphe lointain, au-dessus des constructions lépreuses, hérissées de cheminées d'usine. La machine s'engouffrait sous les Batignolles, on débarquait dans la gare retentissante ; et, jusqu'au soir, ils s'appartenaient, ils étaient libres. Au retour, il faisait nuit, elle fermait les yeux, revivait son bonheur. Mais, le matin comme le soir, chaque fois qu'elle passait à la Croix-de-Maufras, elle avançait la tête, jetait un coup d'œil prudent, sans se montrer, certaine de trouver là, devant la barrière, Flore debout, présentant le drapeau dans sa gaine, enveloppant le train de son regard de flamme.

Depuis que cette fille, le jour de la neige, les avait vus s'embrasser, Jacques avait averti Séverine de se méfier d'elle. Il n'ignorait plus de quelle passion d'enfant sauvage elle le poursuivait, du fond de sa jeunesse, et il la sentait jalouse, d'une

énergie virile, d'une rancune débridée et meur-
trière. D'autre part, elle devait connaître beaucoup de choses, car il se rappelait son allusion
aux rapports du président avec une demoiselle,
que personne ne soupçonnait, qu'il avait mariée.
Si elle savait cela, elle avait sûrement deviné le
crime : sans doute allait-elle parler, écrire, se
venger par une dénonciation. Mais les journées,
les semaines s'étaient écoulées, et rien ne se produisait, il ne la trouvait toujours que plantée à
son poste, au bord de la voie, avec son drapeau,
raidie. Du plus loin qu'elle apercevait la machine,
il avait sur lui la sensation de ses yeux ardents.
Elle le voyait malgré la fumée, le prenait tout
entier, l'accompagnait dans l'éclair de la vitesse,
au milieu du tonnerre des roues. Et le train, en
même temps, était sondé, transpercé, visité, de
la première à la dernière voiture. Toujours, elle
découvrait l'autre, la rivale, que maintenant elle
savait là, chaque vendredi. L'autre avait beau
n'avancer qu'un peu la tête, par un besoin impérieux de voir : elle était vue, leurs regards à toutes
deux se croisaient comme des épées. Déjà le train
fuyait, dévorant, et il y en avait une qui restait
par terre, impuissante à le suivre, dans la rage de
ce bonheur qu'il emportait. Elle semblait grandir, Jacques la retrouvait plus haute, à chaque
voyage, inquiet désormais de ce qu'elle ne faisait
rien, se demandant quel projet allait mûrir dans
cette grande fille sombre, dont il ne pouvait éviter
l'immobile apparition.

Un employé aussi, Henri Dauvergne, le
conducteur-chef, gênait Séverine et Jacques. Il

avait justement la conduite de ce train du vendredi, et il se montrait d'une amabilité impor-
tune pour la jeune femme. S'étant aperçu de sa
liaison avec le mécanicien, il se disait que son
tour viendrait peut-être. Au départ du Havre, les
matins qu'il était de service, Roubaud en ricanait, tellement les attentions d'Henri devenaient
claires : il réservait tout un compartiment pour
elle, il l'installait, tâtait la bouillotte. Un jour
même, le mari, qui continuait tranquillement de
parler à Jacques, lui avait montré, d'un clignement
d'yeux, le manège du jeune homme, comme pour
lui demander s'il tolérait ça. D'ailleurs, dans les
querelles, il accusait carrément sa femme de coucher avec les deux. Elle s'était imaginé un instant
que Jacques le croyait et que, de là, venaient ses
tristesses. Au milieu d'une crise de sanglots, elle
avait protesté de son innocence, en lui disant de
la tuer, si elle était infidèle. Alors, il avait plaisanté, très pâle, l'embrassant, lui répondant qu'il
la savait honnête et qu'il espérait bien ne jamais
tuer personne.

Mais les premières soirées de mars furent
affreuses, ils durent interrompre leurs rendez-
vous ; et les voyages à Paris, les quelques heures
de liberté, cherchées si loin, ne suffisaient plus
à Séverine. C'était, en elle, un besoin grandissant d'avoir Jacques à elle, tout à elle, de vivre
ensemble, les jours, les nuits, sans jamais plus
se quitter. Son exécration pour son mari s'aggravait, la simple présence de cet homme la jetait
dans une excitation maladive, intolérable. Si
docile, d'une complaisance de femme tendre,

elle s'irritait dès qu'il s'agissait de lui, s'emportait
au moindre obstacle qu'il mettait à ses volontés.
Alors, il semblait que l'ombre de ses cheveux noirs
assombrissait le bleu limpide de ses yeux. Elle
devenait farouche, elle l'accusait d'avoir gâté son
existence, à ce point que la vie était désormais
impossible, côte à côte. N'était-ce pas lui qui avait
tout fait ? Si plus rien n'existait de leur ménage,
si elle avait un amant, n'était-ce pas sa faute ? La
tranquillité pesante où elle le voyait, le coup d'œil
indifférent dont il accueillait ses colères, son dos
rond, son ventre élargi, toute cette graisse morne
qui ressemblait à du bonheur, achevait de l'exaspérer, elle qui souffrait. Rompre, s'éloigner, aller
recommencer de vivre ailleurs, elle ne songeait
plus qu'à cela. Oh ! recommencer, faire surtout
que le passé ne fût pas, recommencer la vie avant
toutes ces abominations, se retrouver telle qu'elle
était à quinze ans, et aimer, et être aimée, et vivre
comme elle rêvait de vivre alors ! Pendant huit
jours, elle caressa un projet de fuite : elle partait
avec Jacques, ils se cachaient en Belgique, ils s'y
installaient en jeune ménage laborieux. Mais elle
ne lui en parla même pas, tout de suite des empê-
chements s'étaient produits, l'irrégularité de la
situation, le tremblement continuel où ils seraient,
surtout l'ennui de laisser à son mari sa fortune,
l'argent, la Croix-de-Maufras. Par une donation au
dernier vivant, ils s'étaient tout légué ; et elle se
trouvait en sa puissance, dans cette tutelle légale
de la femme, qui liait ses mains. Plutôt que de
partir en abandonnant un sou, elle aurait préféré
mourir là. Un jour qu'il remonta, livide, dire qu'en

traversant devant une locomotive, il avait senti le
tampon lui effleurer le coude, elle songea que, s'il
était mort, elle serait libre. Elle le regardait de ses
grands yeux fixes : pourquoi donc ne mourait-il
pas, puisqu'elle ne l'aimait plus, et qu'il gênait tout
le monde, maintenant ?

Dès lors, le rêve de Séverine changea. Roubaud
était mort d'accident, et elle partait avec Jacques
pour l'Amérique. Mais ils étaient mariés, ils
avaient vendu la Croix-de-Maufras, réalisé toute
la fortune. Derrière eux, ils ne laissaient aucune
crainte. S'ils s'expatriaient, c'était pour renaître,
aux bras l'un de l'autre. Là-bas, rien ne serait plus
de ce qu'elle voulait oublier, elle pourrait croire
que la vie était neuve. Puisqu'elle s'était trompée,
elle reprendrait au commencement l'expérience
du bonheur. Lui, trouverait bien une occupation ;
elle-même entreprendrait quelque chose ; ce serait
la fortune, des enfants sans doute, une existence
nouvelle de travail et de félicité. Dès qu'elle était
seule, le matin au lit, la journée en brodant, elle
retombait dans cette imagination, la corrigeait,
l'élargissait, y ajoutait sans cesse des détails heureux, finissait par se croire comblée de joie et de
biens. Elle, qui autrefois sortait si rarement, avait
à cette heure la passion d'aller voir les paquebots
partir : elle descendait sur la jetée, s'accoudait,
suivait la fumée du navire jusqu'à ce qu'elle se
fût confondue avec les brumes du large ; et elle
se dédoublait, se croyait sur le pont avec Jacques,
déjà loin de France, en route pour le paradis rêvé.

Un soir du milieu de mars, le jeune homme,
s'étant risqué à monter la voir chez elle, lui conta

qu'il venait d'amener de Paris, dans son train, un de ses anciens camarades d'école, qui partait pour New York, exploiter une invention nouvelle, une machine à fabriquer des boutons ; et, comme il lui fallait un associé, un mécanicien, il lui avait même offert de le prendre avec lui. Oh ! une affaire superbe, qui ne nécessiterait guère qu'un apport d'une trentaine de mille francs, et où il y avait peut-être des millions à gagner. Il disait cela pour causer simplement, ajoutant d'ailleurs qu'il avait, bien entendu, refusé l'offre. Cependant, il en restait le cœur un peu gros, car il est dur tout de même de renoncer à la fortune, quand elle se présente.

Séverine l'écoutait, debout, les regards perdus. N'était-ce pas son rêve qui allait se réaliser ?

« Ah ! murmura-t-elle enfin, nous partirions demain... »

Il leva la tête, surpris.

« Comment, nous partirions ?

— Oui, s'il était mort. »

Elle n'avait pas nommé Roubaud, ne le désignant que d'un mouvement du menton. Mais il avait compris, il eut un geste vague pour dire que, par malheur, il n'était pas mort.

« Nous partirions, reprit-elle de sa voix lente et profonde, nous serions si heureux, là-bas ! Les trente mille francs, je les aurais en vendant la propriété ; et j'aurais encore de quoi nous installer... Toi, tu ferais valoir tout ça ; moi, j'arrangerais un petit intérieur, où nous nous aimerions de toute notre force... Oh ! ce serait bon, ce serait si bon ! »

Et elle ajouta très bas :

« Loin de tout souvenir, rien que des jours nouveaux devant nous ! »

Il était envahi d'une grande douceur, leurs
mains se joignirent, se serrèrent instinctivement,
et ni l'un ni l'autre ne causait plus, absorbés tous
deux en cet espoir. Puis, ce fut elle encore qui
parla.

« Tu devrais quand même revoir ton ami avant
son départ, et le prier de ne pas prendre un associé sans te prévenir. »

De nouveau, il s'étonnait.

« Pourquoi donc ?

— Mon Dieu ! est-ce qu'on sait ? L'autre jour,
avec cette locomotive, une seconde de plus, et
j'étais libre... On est vivant le matin n'est-ce pas ?
on est mort le soir. »

Elle le regardait fixement, elle répéta :

« Ah ! s'il était mort !

— Tu ne veux pourtant pas que je le tue ? »
demanda-t-il, en essayant de sourire.

À trois reprises, elle dit non ; mais ses yeux
disaient oui, ses yeux de femme tendre, toute à
l'inexorable cruauté de sa passion. Puisqu'il en
avait tué un autre, pourquoi ne l'aurait-on pas
tué ? Cela venait de pousser en elle, brusquement,
comme une conséquence, une fin nécessaire. Le
tuer et s'en aller, rien de si simple. Lui mort, tout
finirait, elle pourrait tout recommencer. Déjà, elle
ne voyait plus d'autre dénouement possible, sa
résolution était prise, absolue ; tandis que, d'un
branle léger, elle continuait à dire non, n'ayant
pas le courage de sa violence.

Lui, adossé au buffet, affectait toujours de sourire. Il venait d'apercevoir le couteau, qui traînait là.

« Si tu veux que je le tue, il faut que tu me donnes le couteau... J'ai déjà la montre, ça me fera un petit musée. »

Il riait plus fort. Elle répondit gravement :

« Prends le couteau. »

Et, lorsqu'il l'eut mis dans sa poche, comme pour pousser la plaisanterie jusqu'au bout, il l'embrassa.

« Eh bien ! maintenant, bonsoir... Je vais tout de suite voir mon ami, je lui dirai d'attendre... Samedi, s'il ne pleut pas, viens donc me rejoindre derrière la maison des Sauvagnat. Hein ? c'est entendu... Et sois tranquille, nous ne tuerons personne, c'est pour rire. »

Cependant, malgré l'heure tardive, Jacques descendit vers le port, pour trouver, à l'hôtel où il devait coucher, le camarade qui partait le lendemain. Il lui parla d'un héritage possible, demanda quinze jours, avant de lui donner une réponse définitive. Puis, en revenant vers la gare, par les grandes avenues noires, il songea, s'étonna de sa démarche. Avait-il donc résolu de tuer Roubaud, puisqu'il disposait déjà de sa femme et de son argent ? Non, certes, il n'avait rien décidé, il ne se précautionnait sans doute ainsi, que dans le cas où il se déciderait. Mais le souvenir de Séverine s'évoqua, la pression brûlante de sa main, son regard fixe qui disait oui, lorsque sa bouche disait non. Évidemment, elle voulait qu'il tuât l'autre. Il fut pris d'un grand trouble ; qu'allait-il faire ?

Rentré rue François-Mazeline, couché près de

Pecqueux, qui ronflait, Jacques ne put dormir. Malgré lui, son cerveau travaillait sur cette idée de meurtre, ce canevas d'un drame qu'il arrangeait, dont il calculait les plus lointaines conséquences. Il cherchait, il discutait les raisons pour, les raisons contre. En somme, à la réflexion, froidement, sans fièvre aucune, toutes étaient pour. Roubaud n'était-il pas l'unique obstacle à son bonheur ? Lui mort, il épousait Séverine qu'il adorait, il ne se cachait plus, la possédait à jamais, tout entière. Puis, il y avait l'argent, une fortune. Il quittait son dur métier, devenait patron à son tour, dans cette Amérique, dont il entendait les camarades causer comme d'un pays où les mécaniciens remuaient l'or à la pelle. Son existence nouvelle, là-bas, se déroulait en un rêve : une femme qui l'aimait passionnément, des millions à gagner tout de suite, la vie large, l'ambition illimitée, ce qu'il voudrait. Et, pour réaliser ce rêve, rien qu'un geste à faire, rien qu'un homme à supprimer, la bête, la plante qui gêne la marche, et qu'on écrase. Il n'était pas même intéressant, cet homme, engraissé, alourdi à cette heure, enfoncé dans cet amour stupide du jeu, où sombraient ses anciennes énergies. Pourquoi l'épargner ? Aucune circonstance, absolument aucune ne plaidait en sa faveur. Tout le condamnait, puisque, en réponse à chaque question, l'intérêt des autres était qu'il mourût. Hésiter serait imbécile et lâche.

Mais Jacques, dont le dos brûlait, et qui s'était mis sur le ventre, se retourna d'un bond, dans le sursaut d'une pensée, vague jusque-là, brusquement si aiguë, qu'il l'avait sentie comme une pointe, en son crâne. Lui, qui dès l'enfance, voulait tuer, qui était ravagé jusqu'à la torture par l'horreur de cette idée fixe, pourquoi donc ne tuait-il pas Roubaud ? Peut-être, sur cette victime choisie, assouvirait-il à jamais son besoin de meurtre ; et, de la sorte, il ne ferait pas seulement une bonne affaire, il serait en outre guéri. Guéri, mon Dieu ! ne plus avoir ce frisson du sang, pouvoir posséder Séverine, sans cet éveil farouche de l'ancien mâle, emportant à son cou les femelles éventrées ! Une sueur l'inonda, il se vit le couteau au poing, frappant à la gorge Roubaud, comme celui-ci avait frappé le président, et satisfait, et rassasié, à mesure que la plaie saignait sur ses mains. Il le tuerait, il était résolu, puisque là était la guérison, la femme adorée, la fortune. À en tuer un, s'il devait tuer, c'était celui-là qu'il tuerait, sachant au moins ce qu'il faisait, raisonnablement, par intérêt et par logique.

Cette décision prise, comme trois heures du matin venaient de sonner, Jacques tâcha de dormir. Il perdait déjà connaissance, lorsqu'une secousse profonde le souleva, le fit asseoir dans son lit, étouffant. Tuer cet homme, mon Dieu ! en avait-il le droit ? Quand une mouche l'importunait, il la broyait d'une tape. Un jour qu'un chat s'était embarrassé dans ses jambes, il lui avait cassé les reins d'un coup de pied, sans le vouloir il est vrai. Mais cet homme, son semblable ! Il dut reprendre tout son raisonnement, pour se prouver son droit au meurtre, le droit des forts que gênent les faibles, et qui les mangent. C'était lui, à cette heure, que la femme de l'autre aimait,

et elle-même voulait être libre de l'épouser, de lui
apporter son bien. Il ne faisait qu'écarter l'obstacle, simplement. Est-ce que, dans les bois, si
deux loups se rencontrent, lorsqu'une louve est
là, le plus solide ne se débarrasse pas de l'autre,
d'un coup de gueule ? Et, anciennement, quand
les hommes s'abritaient, comme les loups, au fond
des cavernes, est-ce que la femme désirée n'était
pas à celui de la bande qui la pouvait conquérir,
dans le sang des rivaux ? Alors, puisque c'était
la loi de la vie, on devait y obéir, en dehors des
scrupules qu'on avait inventés plus tard, pour
vivre ensemble. Peu à peu, son droit lui sembla
absolu, il sentit renaître sa résolution entière :
dès le lendemain, il choisirait le lieu et l'heure, il
préparerait l'acte. Le mieux, sans doute, serait de
poignarder Roubaud la nuit, dans la gare, pendant
une de ses rondes, de façon à faire croire que des
maraudeurs, surpris, l'avaient tué. Là-bas, derrière
les tas de charbon, il savait un bon endroit, si l'on
pouvait l'y attirer. Malgré son effort pour s'endormir, maintenant il arrangeait la scène, discutait
où il se placerait, comment il frapperait, afin de
l'étendre raide ; et, sourdement, invinciblement,
tandis qu'il descendait aux plus petits détails, sa
répugnance revenait, une protestation intérieure
qui le souleva de nouveau tout entier. Non, non, il
ne frapperait pas ! Cela lui paraissait monstrueux,
inexécutable, impossible. En lui, l'homme civilisé
se révoltait, la force acquise de l'éducation, le lent
et indestructible échafaudage des idées transmises. On ne devait pas tuer, il avait sucé cela
avec le lait des générations ; son cerveau affiné,

meublé de scrupules, repoussait le meurtre avec horreur, dès qu'il se mettait à le raisonner. Oui, tuer dans un besoin, dans un emportement de l'instinct ! Mais tuer en le voulant, par calcul et par intérêt, non, jamais, jamais il ne pourrait !

Le jour naissait, lorsque Jacques parvint à s'assoupir, et d'une somnolence si légère, que le débat continuait confusément en lui, abominable. Les journées qui suivirent furent les plus douloureuses de son existence. Il évitait Séverine, il lui avait fait dire de ne pas se trouver au rendez-vous du samedi, craignant ses yeux. Mais, le lundi, il dut la revoir ; et, comme il le redoutait, ses grands yeux bleus, si doux, si profonds, l'emplirent d'angoisse. Elle ne parla pas de cela, elle n'eut pas un geste, pas une parole pour le pousser. Seulement, ses yeux n'étaient pleins que de la chose, l'interrogeaient, le suppliaient. Il ne savait comment en éviter l'impatience et le reproche, toujours il les retrouvait fixés sur les siens, avec l'étonnement qu'il pût hésiter à être heureux. Quand il la quitta, il l'embrassa, d'une étreinte brusque, pour lui faire entendre qu'il était résolu. Il l'était en effet, il le fut jusqu'au bas de l'escalier, retomba dans la lutte de sa conscience. Lorsqu'il la revit, le surlendemain, il avait la pâleur confuse, le regard furtif d'un lâche, qui recule devant un acte nécessaire. Elle éclata en sanglots, sans rien dire, pleurant à son cou, horriblement malheureuse ; et lui, bouleversé, débordait du mépris de lui-même. Il fallait en finir.

« Jeudi, là-bas, veux-tu ? demanda-t-elle à voix basse.

— Oui, jeudi, je t'attendrai. »

Ce jeudi-là, la nuit fut très noire, un ciel sans étoiles, opaque et sourd, chargé des brumes de la mer. Comme d'habitude, Jacques, arrivé le premier, debout derrière la maison des Sauvagnat, guetta la venue de Séverine. Mais les ténèbres étaient si épaisses, et elle accourait d'un pas si léger, qu'il tressaillit, frôlé par elle, sans l'avoir aperçue. Déjà, elle était dans ses bras, inquiète de le sentir tremblant.

« Je t'ai fait peur, murmura-t-elle.

— Non, non, je t'attendais... Marchons, personne ne peut nous voir. »

Et, les bras liés à la taille, doucement, ils se promenèrent par les terrains vagues. De ce côté du dépôt, les becs de gaz étaient rares ; certains enfoncements d'ombre en manquaient tout à fait ; tandis qu'ils pullulaient au loin, vers la gare, pareils à des étincelles vives.

Longtemps, ils allèrent ainsi, sans une parole. Elle avait posé la tête à son épaule, elle la haussait parfois, le baisait au menton ; et, se penchant, il lui rendait ce baiser sur la tempe, à la racine des cheveux. Le coup grave et unique d'une heure du matin venait de sonner aux églises lointaines. S'ils ne parlaient pas, c'était qu'ils s'entendaient penser, dans leur étreinte. Ils ne pensaient qu'à cela, ils ne pouvaient plus être ensemble, sans en être obsédés. Le débat continuait, à quoi bon dire tout haut des mots inutiles, puisqu'il fallait agir ? Lorsqu'elle se haussait contre lui, pour une caresse, elle sentait le couteau, bossuant la poche du pantalon. Était-ce donc qu'il fût résolu ?

Mais ses pensées la débordaient, ses lèvres s'ouvrirent, d'un souffle à peine distinct.

« Tout à l'heure, il est remonté, je ne savais pas pourquoi... Puis, je l'ai vu prendre son revolver, qu'il avait oublié... C'est, à coup sûr, qu'il va faire une ronde. »

Le silence retomba, et vingt pas plus loin seulement, il dit à son tour :

« Des maraudeurs, la nuit dernière, ont enlevé du plomb par ici... Il viendra tout à l'heure, c'est certain. »

Alors, elle eut un petit frémissement, et tous deux redevinrent muets, marchant d'un pas ralenti. Un doute l'avait prise : était-ce bien le couteau qui renflait sa poche ? À deux reprises, elle le baisa, pour mieux se rendre compte. Puis, comme, à se frotter ainsi, le long de sa jambe, elle restait incertaine, elle laissa pendre sa main, tâta en le baisant encore. C'était bien le couteau. Mais lui, ayant compris, l'avait brusquement étouffée sur sa poitrine ; et il lui bégaya à l'oreille :

« Il va venir, tu seras libre. »

Le meurtre était décidé, il leur sembla qu'ils ne marchaient plus, qu'une force étrangère les portait au ras du sol. Leurs sens avaient pris subitement une acuité extrême, le toucher surtout, car leurs mains l'une dans l'autre s'endolorissaient, le moindre effleurement de leurs lèvres devenait pareil à un coup d'ongle. Ils entendaient aussi les bruits qui se perdaient tout à l'heure, le roulement, le souffle lointain des machines, des chocs assourdis, des pas errants, au fond des ténèbres. Et ils voyaient la nuit, ils distinguaient les taches

noires des choses, comme si un brouillard s'en
était allé de leurs paupières : une chauve-souris
passa, dont ils purent suivre les crochets brusques.
Au coin d'un tas de charbon, ils s'étaient arrêtés,
immobiles, les oreilles et les yeux aux aguets, dans
une tension de tout leur être. Maintenant, ils chu-
chotaient.

« N'as-tu pas entendu, là-bas, un cri d'appel ?

— Non, c'est un wagon qu'on remise.

— Mais là, sur notre gauche, quelqu'un marche.
Le sable a crié.

— Non, non, des rats courent dans les tas, le
charbon déboule. »

Des minutes s'écoulèrent. Soudain, ce fut elle
qui l'étreignit plus fort.

« Le voici.

— Où donc ? je ne vois rien.

— Il a tourné le hangar de la petite vitesse, il
vient droit à nous... Tiens ! son ombre qui passe
sur le mur blanc !

— Tu crois, ce point sombre... Il est donc seul ?

— Oui, seul, il est seul. »

Et, à ce moment décisif, elle se jeta éperdument
à son cou, elle colla sa bouche ardente contre la
sienne. Ce fut un baiser de chair vive, prolongé, où
elle aurait voulu lui donner de son sang. Comme
elle l'aimait et comme elle exécrait l'autre ! Ah !
si elle avait osé, déjà vingt fois elle-même aurait
fait la besogne, pour lui en éviter l'horreur ; mais
ses mains défaillaient, elle se sentait trop douce, il
fallait la poigne d'un homme. Et ce baiser qui n'en
finissait pas, c'était tout ce qu'elle pouvait lui souffler de son courage, la possession pleine qu'elle lui

promettait, la communion de son corps. Au loin, une machine sifflait, jetant à la nuit une plainte de mélancolique détresse ; à coups réguliers, on entendait un fracas, le choc d'un marteau géant, venu on ne savait d'où ; tandis que les brumes, montées de la mer, mettaient au ciel le défilé d'un chaos en marche, dont les déchirures errantes semblaient par moments éteindre les étincelles vives des becs de gaz. Lorsqu'elle ôta sa bouche enfin, elle n'avait plus rien à elle, tout entière elle crut être passée en lui.

D'un geste prompt, il avait déjà ouvert le couteau. Mais il eut un juron étouffé.

« Nom de Dieu ! c'est fichu encore, il s'en va ! »

C'était vrai, l'ombre mouvante, après s'être approchée d'eux, à une cinquantaine de pas, venait de tourner à gauche et s'éloignait, du pas régulier d'un surveillant de nuit, que rien n'inquiète.

Alors, elle le poussa.

« Va, va donc ! »

Et tous deux partirent, lui devant, elle dans ses talons, tous deux filèrent, se glissèrent derrière l'homme, en chasse, évitant le bruit. Un instant, au coin des ateliers de réparation, ils le perdirent de vue ; puis, comme ils coupaient court en traversant une voie de garage, ils le retrouvèrent, à vingt pas au plus. Ils durent profiter des moindres bouts de mur pour s'abriter, un simple faux pas les aurait trahis.

« Nous ne l'aurons pas, gronda-t-il, sourdement. S'il atteint le poste de l'aiguilleur, il s'échappe. »

Elle, toujours, répétait dans son cou :

« Va, va donc ! »

À cette minute, par ces vastes terrains plats, noyés de ténèbres, au milieu de cette désolation nocturne d'une grande gare, il était résolu, comme dans la solitude complice d'un coupe-gorge. Et, tout en hâtant furtivement le pas, il s'excitait, se raisonnait encore, se donnait les arguments qui allaient faire de ce meurtre une action sage, légitime, logiquement débattue et décidée. C'était bien un droit qu'il exerçait, le droit même de vie, puisque ce sang d'un autre était indispensable à son existence même. Rien que ce couteau à enfoncer, et il avait conquis le bonheur.

« Nous ne l'aurons pas, nous ne l'aurons pas, répéta-t-il furieusement, en voyant l'ombre dépasser le poste de l'aiguilleur. C'est fichu, le voilà qui file. »

Mais, de sa main nerveuse, brusquement elle l'empoigna au bras, l'immobilisa contre elle.

« Vois, il revient ! »

Roubaud, en effet, revenait. Il avait tourné à droite, puis il redescendit. Peut-être, derrière son dos, avait-il eu la sensation vague des meurtriers lancés sur sa piste. Pourtant, il continuait à marcher de son pas tranquille, en gardien consciencieux, qui ne veut pas rentrer, sans avoir donné son coup d'œil partout.

Arrêtés net dans leur course, Jacques et Séverine ne bougeaient plus. Le hasard les avait plantés à l'angle même d'un tas de charbon. Ils s'y adossèrent, semblèrent y entrer, l'échine collée au mur noir, confondus, perdus dans cette mare d'encre. Ils étaient sans souffle.

Et Jacques regardait Roubaud venir droit à

eux. Trente mètres à peine les séparaient, chaque pas diminuait la distance, régulièrement, rythmé comme par le balancier inexorable du destin. Encore vingt pas, encore dix pas : il l'aurait devant lui, il lèverait le bras de cette façon, lui planterait le couteau dans la gorge, en tirant de droite à gauche, pour étouffer le cri. Les secondes lui semblaient interminables, un tel flot de pensées traversait le vide de son crâne, que la mesure du temps en était abolie. Toutes les raisons qui le déterminaient défilèrent une fois de plus, il revit nettement le meurtre, les causes et les conséquences. Encore cinq pas. Sa résolution, tendue à se rompre, restait inébranlable. Il voulait tuer, il savait pourquoi il tuerait.

Mais, à deux pas, à un pas, ce fut une débâcle. Tout croula en lui, d'un coup. Non, non ! il ne tuerait point, il ne pouvait tuer ainsi cet homme sans défense. Le raisonnement ne ferait jamais le meurtre, il fallait l'instinct de mordre, le saut qui jette sur la proie, la faim ou la passion qui la déchire. Qu'importait si la conscience n'était faite que des idées transmises par une lente hérédité de justice ! Il ne se sentait pas le droit de tuer, et il avait beau faire, il n'arrivait pas à se persuader qu'il pouvait le prendre.

Roubaud, tranquillement, passa. Son coude effleura les deux autres dans le charbon. Une haleine les eût décelés ; mais ils restèrent comme morts. Le bras ne se leva point, n'enfonça point le couteau. Rien ne fit frémir les ténèbres épaisses, pas même un frisson. Déjà, il était loin, à dix pas, qu'immobiles encore, le dos cloué au tas noir, tous deux demeuraient sans souffle, dans l'épouvante de cet homme seul, désarmé, qui venait de les frôler, d'une marche si paisible.

Jacques eut un sanglot étouffé de rage et de honte.

« Je ne peux pas ! Je ne peux pas ! »

Il voulut reprendre Séverine, s'appuyer à elle, dans un besoin d'être excusé, consolé. Sans dire une parole, elle s'échappa. Il avait allongé les mains, n'avait senti que sa jupe glisser entre ses doigts ; et il entendait seulement sa fuite légère. En vain, il la poursuivit un instant, car cette brusque disparition achevait de le bouleverser. Était-elle donc si fâchée de sa faiblesse ? Le méprisait-elle ? La prudence l'empêcha de la rejoindre. Mais, quand il se retrouva seul dans ces vastes terrains plats, tachés des petites larmes jaunes du gaz, un affreux désespoir le prit, il se hâta d'en sortir, d'aller abîmer sa tête au fond de son oreiller, pour y anéantir l'abomination de son existence.

Ce fut une dizaine de jours plus tard, vers la fin de mars, que les Roubaud triomphèrent enfin des Lebleu. L'administration avait reconnu juste leur demande, appuyée par M. Dabadie : d'autant plus que la fameuse lettre du caissier, s'engageant à rendre le logement, si un nouveau sous-chef le réclamait, venait d'être retrouvée par Mlle Guichon, en cherchant d'anciens comptes dans les archives de la gare. Et, tout de suite, Mme Lebleu, exaspérée de sa défaite, parla de déménager : puisqu'on voulait sa mort, autant valait-il en finir sans attendre. Pendant trois jours, ce déménagement mémorable enfiévra le couloir.

La petite Mme Moulin elle-même, si effacée, qu'on ne voyait jamais ni entrer ni sortir, s'y compromit, en portant la table à ouvrage de Séverine d'un logement dans l'autre. Mais Philomène surtout souffla la discorde, venue là pour aider dès la première heure, faisant les paquets, bousculant les meubles, envahissant le logement du devant, avant que la locataire l'eût quitté ; et ce fut elle qui l'en expulsa, au milieu de la débandade des deux mobiliers, mêlés, confondus, dans le trans-bordement. Elle en était arrivée à montrer, pour Jacques et pour tout ce qu'il aimait, un tel zèle, que Pecqueux, étonné, pris de soupçon, lui avait demandé de son mauvais air sournois, son air d'ivrogne vindicatif, si c'était à cette heure qu'elle couchait avec son mécanicien, en l'avertissant qu'il leur réglerait leur compte à tous les deux, le jour où il les surprendrait. Son coup de cœur pour le jeune homme en avait grandi, elle se faisait leur servante, à lui et à sa maîtresse, dans l'espoir de l'avoir aussi un peu à elle, en se mettant entre eux. Lorsqu'elle eut emporté la dernière chaise, les portes battirent. Puis, ayant aperçu un tabouret oublié par la caissière, elle rouvrit, le jeta à travers le corridor. C'était fini.

Alors, lentement, l'existence reprit son train monotone. Pendant que Mme Lebleu, sur le der-rière, clouée par ses rhumatismes au fond de son fauteuil, se mourait d'ennui, avec de grosses larmes dans les yeux, à ne plus voir que le zinc de la marquise barrant le ciel, Séverine travail-lait à son interminable couvre-pied, installée près d'une des fenêtres du devant. Elle avait, sous elle, l'agitation gaie de la cour du départ, le continuel flot des piétons et des voitures ; déjà, le printemps hâtif verdissait les bourgeons des grands arbres, au bord des trottoirs ; et, au-delà, les coteaux lointains d'Ingouville déroulaient leurs pentes boisées, qui piquaient les taches blanches des maisons de campagne. Mais elle s'étonnait de prendre si peu de plaisir à réaliser enfin ce rêve, être là, dans ce logement convoité, avoir devant soi de l'espace, du jour, du soleil. Même, comme sa femme de ménage, la mère Simon, grognait, furieuse de ne pas retrouver ses habitudes, elle en était impatientée, elle regrettait par moments son ancien trou, ainsi qu'elle disait, où la saleté se voyait moins. Roubaud, lui, avait simplement laissé faire. Il ne semblait pas savoir qu'il eût changé de niche : souvent encore il se trompait, ne s'apercevait de sa méprise que lorsque sa nouvelle clef n'entrait pas dans l'ancienne serrure. D'ailleurs, il s'absentait de plus en plus, la désorganisation continuait. Un instant, cependant, il parut se ranimer, sous le réveil de ses idées politiques ; non qu'elles fussent très nettes, très ardentes ; mais il gardait à cœur son affaire avec le sous-préfet, qui avait failli lui coûter son emploi. Depuis que l'Empire, ébranlé par les élections générales, traversait une crise terrible, il triomphait, il répétait que ces gens-là ne seraient pas toujours les maîtres. Un avertissement amical de M. Dabadie, prévenu par Mlle Guichon, devant laquelle le propos révolutionnaire avait été tenu, suffit du reste à le calmer. Puisque le couloir était tranquille et que l'on vivait d'accord, maintenant que madame

Lebleu s'affaiblissait, tuée de tristesse, pourquoi des ennuis nouveaux, avec les affaires du gouvernement ? Il eut un simple geste, il s'en moquait bien de la politique, comme de tout ! Et, plus gras chaque jour, sans un remords, il s'en allait de son pas alourdi, le dos indifférent.

Entre Jacques et Séverine, la gêne avait grandi, depuis qu'ils pouvaient se rencontrer à toute heure. Plus rien ne les empêchait d'être heureux, il la montait voir par l'autre escalier, quand il lui plaisait, sans crainte d'être espionné ; et le logement leur appartenait, il aurait couché là, s'il en avait eu l'audace. Mais c'était l'irréalisé, l'acte voulu, consenti par eux deux, qu'il n'accomplissait pas et dont la pensée, désormais, mettait entre eux un malaise, un mur infranchissable. Lui, qui apportait la honte de sa faiblesse, la trouvait chaque fois plus sombre, malade d'inutile attente. Leurs lèvres ne se cherchaient même plus, car cette demi-possession, ils l'avaient épuisée ; c'était tout le bonheur qu'ils voulaient, le départ, le mariage là-bas, l'autre vie.

Un soir, Jacques trouva Séverine en larmes ; et, lorsqu'elle l'aperçut, elle ne s'arrêta pas, elle sanglota plus fort, pendue à son cou. Déjà elle avait pleuré ainsi, mais il l'apaisait d'une étreinte ; tandis que, sur son cœur, il la sentait cette fois ravagée d'un désespoir grandissant, à mesure qu'il la pressait davantage. Il fut bouleversé, il finit par lui prendre la tête entre ses deux mains ; et, la regardant de tout près, au fond de ses yeux noyés, il jura, comprenant bien que, si elle se désespérait ainsi, c'était d'être femme, de ne point oser frapper elle-même, dans sa douceur passive.

« Pardonne-moi, attends encore… Je te le jure, bientôt, dès que je pourrai. »

Tout de suite, elle avait collé sa bouche à la sienne, comme pour sceller ce serment, et ils eurent un de ces baisers profonds, où ils se confondaient, dans la communion de leur chair.

X

Tante Phasie était morte, le jeudi soir, à neuf heures, dans une dernière convulsion ; et, vainement, Misard, qui attendait près de son lit, avait essayé de lui fermer les paupières : les yeux obstinés restaient ouverts, la tête s'était raidie, penchée un peu sur l'épaule, comme pour regarder dans la chambre, tandis qu'un retrait des lèvres semblait les retrousser d'un rire goguenard. Une seule chandelle brûlait, plantée au coin d'une table, près d'elle. Et les trains qui, depuis neuf heures, passaient là, à toute vitesse, dans l'ignorance de cette morte tiède encore, l'ébranlaient une seconde, sous la flamme vacillante de la chandelle.

Tout de suite, Misard, pour se débarrasser de Flore, l'envoya déclarer le décès à Doinville. Elle ne pouvait pas être de retour avant onze heures, il avait deux heures devant lui. Tranquillement, il se coupa d'abord un morceau de pain, car il se sentait le ventre vide, n'ayant pas dîné, à cause de cette agonie qui n'en finissait plus. Et il mangeait debout, allant et venant, rangeant les choses. Des quintes de toux l'arrêtaient, plié en deux, à moitié mort lui-même, si maigre, si chétif, avec ses cheveux décolorés, qu'il ne paraissait pas devoir jouir longtemps de sa victoire. N'importe, il l'avait mangée, cette gaillarde, cette grande et belle femme, comme l'insecte mange le chêne ; elle était sur le dos, finie, réduite à rien, et lui durait encore. Mais une idée le fit s'agenouiller, afin de prendre sous le lit une terrine, où se trouvait un reste d'eau de son, préparée pour un lavement : depuis qu'elle se doutait du coup, ce n'était plus dans le sel, c'était dans ses lavements qu'il mettait de la mort aux rats[1] ; et, trop bête, ne se méfiant pas de ce côté-là, elle l'avait avalée tout de même, pour de bon cette fois-ci. Dès qu'il eut vidé la terrine dehors, il rentra, lava avec une éponge le carreau de la chambre, souillé de taches. Aussi pourquoi s'était-elle obstinée ? Elle avait voulu faire la maligne, tant pis ! Lorsque, dans un ménage, on joue à qui enterrera l'autre, sans mettre le monde dans la dispute, on ouvre l'œil. Il en ricanait comme d'une bonne histoire, de la drogue avalée si innocemment par en bas, quand elle surveillait avec tant de soin ce qui entrait par en haut. À ce moment, un express qui passa, enveloppa la maison basse d'un tel souffle de tempête, que, malgré l'habitude, il se tourna vers la fenêtre, en tressaillant. Ah ! oui, ce continuel flot, ce monde venu de partout, qui ne savait rien de ce qu'il écrasait en route, qui s'en moquait, tant il était pressé d'aller au diable ! Et, derrière le train, dans le lourd silence, il rencontra les yeux grands ouverts de la morte, dont les prunelles fixes semblaient suivre chacun de ses

mouvements, pendant que le coin retroussé des
lèvres riait.

Misard, si flegmatique, fut pris d'un petit
mouvement de colère. Il entendait bien, elle lui
disait : Cherche ! cherche ! Mais sûrement qu'elle
ne les emportait pas avec elle, ses mille francs ;
et, maintenant qu'elle n'y était plus, il finirait
par les trouver. Est-ce qu'elle n'aurait pas dû les
donner de bon cœur ? Ça aurait évité tous ces
ennuis. Les yeux partout le suivaient. Cherche !
cherche ! Cette chambre, où il n'avait point osé
fouiller, tant qu'elle y avait vécu, il la parcourait
du regard. Dans l'armoire, d'abord : il prit les clefs
sous le traversin, bouleversa les planches chargées
de linge, vida les deux tiroirs, les enleva même,
pour voir s'il n'y avait pas de cachette. Non, rien !
Ensuite, il songea à la table de nuit. Il en décolla
le marbre, le retourna, inutilement. Derrière la
glace de la cheminée, une mince glace de foire,
fixée par deux clous, il pratiqua aussi un sondage,
glissa une règle plate, ne retira qu'un floconne-
ment noir de poussière. Cherche ! cherche ! Alors,
pour échapper aux yeux grands ouverts qu'il sentait sur lui, il se mit à quatre pattes, tapant le carreau à légers coups de poing, écoutant si quelque
résonance ne lui révélerait pas un vide. Plusieurs
carreaux étaient descellés, il les arracha. Rien,
toujours rien ! Lorsqu'il fut debout de nouveau,
les yeux le reprirent, il se tourna, voulut planter
son regard dans le regard fixe de la morte ; tandis
que, du coin de ses lèvres retroussées, elle accen-
tuait son terrible rire. Il n'en doutait plus, elle se
moquait de lui. Cherche ! cherche ! La fièvre le

gagnait, il s'approcha d'elle, envahi d'un soupçon, d'une idée sacrilège, qui pâlissait encore sa face blême. Pourquoi avait-il cru que, sûrement, elle ne les emportait pas, ses mille francs ? Peut-être bien tout de même qu'elle les emportait. Et il osa la découvrir, la dévêtir, il la visita, chercha à tous les plis de ses membres, puisqu'elle lui disait de chercher. Sous elle, derrière sa nuque, derrière ses reins, il chercha. Le lit fut bouleversé, il enfonça son bras jusqu'à l'épaule dans la paillasse. Il ne trouva rien. Cherche ! cherche ! Et la tête, retombée sur l'oreiller en désordre, le regardait toujours de ses prunelles goguenardes.

Comme Misard, furieux et tremblant, tâchait d'arranger le lit, Flore rentra, de retour de Doinville.

« Ce sera pour après-demain samedi, onze heures. »

Elle parlait de l'enterrement. Mais, d'un coup d'œil, elle avait compris à quelle besogne Misard s'était essoufflé, pendant son absence. Elle eut un geste d'indifférence dédaigneuse.

« Laissez donc, vous ne les trouverez pas. »

Il s'imagina qu'elle aussi le bravait. Et, s'avançant, les dents serrées :

« Elle te les a donnés, tu sais où ils sont. »

L'idée que sa mère avait pu donner ses mille francs à quelqu'un, même à elle, sa fille, lui fit hausser les épaules.

« Ah ! ouitche ! donnés… Donnés à la terre, oui !… Tenez, ils sont par là, vous pouvez chercher. »

Et, d'un geste large, elle indiqua la maison

entière, le jardin avec son puits, la ligne ferrée, toute la vaste campagne. Oui, par là, au fond d'un trou, quelque part où jamais plus personne ne les découvrirait. Puis, pendant que, hors de lui, anxieux, il se remettait à bousculer les meubles, à taper dans les murs, sans se gêner devant elle, la jeune fille, debout près de la fenêtre, continua à demi-voix :

« Oh ! il fait doux dehors, la belle nuit... J'ai marché vite, les étoiles éclairent comme en plein jour... Demain, quel beau temps, au lever du soleil ! »

Un instant, Flore resta devant la fenêtre, les yeux dans cette campagne sereine, attendrie par les premières tiédeurs d'avril, et dont elle revenait songeuse, souffrant davantage de la plaie avivée de son tourment. Mais, lorsqu'elle entendit Misard quitter la chambre et s'acharner dans les pièces voisines, elle s'approcha du lit à son tour, elle s'assit, les regards sur sa mère. Au coin de la table, la chandelle brûlait toujours, d'une flamme haute et immobile. Un train passa, qui secoua la maison.

La résolution de Flore était de rester la nuit là, et elle réfléchissait. D'abord, la vue de la morte la tira de son idée fixe, de la chose qui la hantait, qu'elle avait débattue sous les étoiles, dans la paix des ténèbres, tout le long de la route de Doinville. Une surprise, maintenant, endormait sa souffrance : pourquoi n'avait-elle pas eu plus de chagrin, à la mort de sa mère ? et pourquoi, à cette heure encore, ne pleurait-elle pas ? Elle l'aimait pourtant bien, malgré sa sauvagerie de grande fille muette, s'échappant sans cesse, battant les champs, dès qu'elle n'était pas de service. Vingt fois, pendant la dernière crise qui devait la tuer, elle était venue s'asseoir là, pour la supplier de faire appeler un médecin ; car elle se doutait du coup de Misard, elle espérait que la peur l'arrête- rait. Mais elle n'avait jamais obtenu de la malade qu'un « non » furieux, comme si cette dernière eût mis l'orgueil de la lutte à n'accepter de secours de personne, certaine quand même de la victoire, puisqu'elle emporterait l'argent ; et, alors, elle n'intervenait point, reprise elle-même de son mal, disparaissant, galopant pour oublier. C'était cela, certainement, qui lui barrait le cœur : lorsqu'on a un trop gros chagrin, il n'y a plus de place pour un autre ; sa mère était partie, elle la voyait là, détruite, si pâle, sans pouvoir être plus triste, en dépit de son effort. Appeler les gendarmes, dénoncer Misard, à quoi bon, puisque tout allait crouler ? Et, peu à peu, invinciblement, bien que son regard restât fixé sur la morte, elle cessa de l'apercevoir, elle retourna à sa vision intérieure, reconquise tout entière par l'idée qui lui avait planté son clou dans le crâne, n'ayant plus que la sensation de la secousse profonde des trains, dont le passage, pour elle, sonnait les heures.

Depuis un instant, au loin, grondait l'approche d'un omnibus de Paris. Lorsque la machine enfin passa devant la fenêtre, avec son fanal, ce fut, dans la chambre, un éclair, un coup d'incendie.

« Une heure dix-huit, pensa-t-elle. Encore sept heures. Ce matin, à huit heures seize, ils passe- ront. »

Chaque semaine, depuis des mois, cette attente

l'obsédait. Elle savait que, le vendredi matin,
l'express, conduit par Jacques, emmenait aussi
Séverine à Paris ; et elle ne vivait plus, dans une
torture jalouse, que pour les guetter, les voir, se
dire qu'ils allaient se posséder librement, là-bas.
Oh ! ce train qui fuyait, cette abominable sensation de ne pouvoir s'accrocher au dernier wagon,
afin d'être emportée elle aussi ! Il lui semblait
que toutes ces roues lui coupaient le cœur. Elle
avait tant souffert, qu'un soir elle s'était cachée,
voulant écrire à la justice ; car ce serait fini, si
elle pouvait faire arrêter cette femme ; et elle qui
avait surpris autrefois ses saletés avec le président
Grandmorin, se doutait qu'en apprenant ça aux
juges, elle la livrait. Mais, la plume à la main,
jamais elle ne put tourner la chose. Et puis, est-ce
que la justice l'écouterait ? Tout ce beau monde
devait s'entendre. Peut-être bien que ce serait elle
qu'on mettrait en prison, comme on y avait mis
Cabuche. Non ! elle voulait se venger, elle se ven-
gerait seule, sans avoir besoin de personne. Ce
n'était même pas une pensée de vengeance, ainsi
qu'elle en entendait parler, la pensée de faire du
mal pour se guérir du sien ; c'était un besoin d'en
finir, de culbuter tout, comme si le tonnerre les
eût balayés. Elle était très fière, plus forte et plus
belle que l'autre, convaincue de son bon droit à
être aimée ; et, quand elle s'en allait solitaire, par
les sentiers de ce pays de loups, avec son lourd
casque de cheveux blonds, toujours nus, elle aurait
voulu la tenir, l'autre, pour vider leur querelle au
coin d'un bois, comme deux guerrières ennemies.
Jamais encore un homme ne l'avait touchée, elle

battait les mâles ; et c'était sa force invincible, elle serait victorieuse.

La semaine d'auparavant, l'idée brusque s'était plantée, enfoncée en elle, comme sous un coup de marteau venu elle ne savait d'où : les tuer, pour qu'ils ne passent plus, qu'ils n'aillent plus là-bas ensemble. Elle ne raisonnait pas, elle obéissait à l'instinct sauvage de détruire. Quand une épine restait dans sa chair, elle l'en arrachait, elle aurait coupé le doigt. Les tuer, les tuer la première fois qu'ils passeraient ; et, pour cela, culbuter le train, traîner une poutre sur la voie, arracher un rail, enfin, tout casser, tout engloutir. Lui, certainement, sur sa machine, y resterait, les membres aplatis ; la femme, toujours dans la première voiture, pour être plus près, n'en pouvait réchapper ; quant aux autres, à ce flot continuel de monde, elle n'y songeait seulement pas. Ce n'était personne, est-ce qu'elle les connaissait ? Et cet écrasement d'un train, ce sacrifice de tant de vies, devenait l'obsession de chacune de ses heures, l'unique catastrophe, assez large, assez profonde de sang et de douleur humaine, pour qu'elle y pût baigner son cœur énorme, gonflé de larmes.

Pourtant, le vendredi matin, elle avait faibli, n'ayant pas encore décidé à quel endroit, ni de quelle façon elle enlèverait un rail. Mais, le soir, n'étant plus de service, elle eut une idée, elle s'en alla, par le tunnel, rôder jusqu'à la bifurcation de Dieppe. C'était une de ses promenades, ce souterrain long d'une grande demi-lieue, cette avenue voûtée, toute droite, où elle avait l'émotion des trains roulant sur elle, avec leur fanal aveuglant :

chaque fois, elle manquait de s'y faire broyer, et ce devait être ce péril qui l'y attirait, dans un besoin de bravade. Mais, ce soir-là, après avoir échappé à la surveillance du gardien et s'être avancée jusqu'au milieu du tunnel, en tenant la gauche, de façon à être certaine que tout train arrivant de face passerait à sa droite, elle avait eu l'imprudence de se retourner, justement pour suivre les lanternes d'un train allant au Havre ; et, quand elle s'était remise en marche, un faux pas l'ayant de nouveau fait virer sur elle-même, elle n'avait plus su de quel côté les feux rouges venaient de disparaître. Malgré son courage, étourdie encore par le vacarme des roues, elle s'était arrêtée, les mains froides, ses cheveux nus soulevés d'un souffle d'épouvante. Maintenant, lorsqu'un autre train passerait, elle s'imaginait qu'elle ne saurait plus s'il était montant ou descendant, elle se jetterait à droite ou à gauche, et serait coupée au petit bonheur. D'un effort, elle tâchait de retenir sa raison, de se souvenir, de discuter. Puis, tout d'un coup, la terreur l'avait emportée, au hasard, droit devant elle, dans un galop furieux. Non, non ! elle ne voulait pas être tuée, avant d'avoir tué les deux autres ! Ses pieds s'embarrassaient dans les rails, elle glissait, tombait, courait plus fort. C'était la folie du tunnel, les murs qui semblaient se resserrer pour l'étreindre, la voûte qui répercutait des bruits imaginaires, des voix de menace, des grondements formidables. À chaque instant, elle tournait la tête, croyant sentir sur son cou l'haleine brûlante d'une machine. Deux fois, une subite certitude qu'elle se trompait, qu'elle serait tuée du côté où

elle fuyait, lui avait fait, d'un bond, changer la
direction de sa course. Et elle galopait, elle galopait, lorsque, devant elle, au loin, avait paru une
étoile, un œil rond et flambant, qui grandissait.
Mais elle s'était bandée contre l'irrésistible envie
de retourner encore sur ses pas. L'œil devenait un
brasier, une gueule de four dévorante. Aveuglée,
elle avait sauté à gauche, sans savoir ; et le train
passait, comme un tonnerre, en ne la souffletant
que de son vent de tempête. Cinq minutes après,
elle sortait du côté de Malaunay, saine et sauve[1].

Il était neuf heures, encore quelques minutes, et
l'express de Paris serait là. Tout de suite, elle avait
continué, d'un pas de promenade, jusqu'à la bifurcation de Dieppe, à deux cents mètres, examinant
la voie, cherchant si quelque circonstance ne pouvait la servir. Justement, sur la voie de Dieppe, en
réparation, stationnait un train de ballast, que son
ami Ozil venait d'y aiguiller ; et, dans une illumination subite, elle trouva, arrêta un plan : empêcher
simplement l'aiguilleur de remettre l'aiguille sur la
voie du Havre, de sorte que l'express irait se briser
contre le train de ballast. Cet Ozil, depuis le jour
où il s'était rué sur elle, ivre de désir, et où elle lui
avait à demi fendu le crâne d'un coup de bâton,
elle lui gardait de l'amitié, aimait à lui rendre
ainsi des visites imprévues, à travers le tunnel, en
chèvre échappée de sa montagne. Ancien militaire,
très maigre et peu bavard, tout à la consigne, il
n'avait pas encore une négligence à se reprocher,
l'œil ouvert de jour et de nuit. Seulement, cette
sauvage, qui l'avait battu, forte comme un garçon, lui retournait la chair, rien que d'un appel

de son petit doigt. Bien qu'il eût quatorze ans de plus qu'elle, il la voulait, et s'était juré de l'avoir, en patientant, en étant aimable, puisque la violence n'avait pas réussi. Aussi, cette nuit-là, dans l'ombre, lorsqu'elle s'était approchée de son poste, l'appelant au-dehors, l'avait-il rejointe, oubliant tout. Elle l'étourdissait, l'emmenait vers la campagne, lui contait des histoires compliquées, que sa mère était malade, qu'elle ne resterait pas à la Croix-de-Maufras, si elle la perdait. Son oreille, au loin, guettait le grondement de l'express, quittant Malaunay, s'approchant à toute vapeur. Et, quand elle l'avait senti là, elle s'était retournée, pour voir. Mais elle n'avait pas songé aux nouveaux appareils d'enclenchement : la machine, en s'engageant sur la voie de Dieppe, venait, d'elle-même, de mettre le signal à l'arrêt ; et le mécanicien avait eu le temps d'arrêter, à quelques pas du train de ballast. Ozil, avec le cri d'un homme qui s'éveille sous l'effondrement d'une maison, regagnait son poste en courant ; tandis qu'elle, raidie, immobile, suivait, du fond des ténèbres, la manœuvre nécessitée par l'accident. Deux jours après, l'aiguilleur, déplacé, était venu lui faire ses adieux, ne soupçonnant rien, la suppliant de le rejoindre, dès qu'elle n'aurait plus sa mère. Allons ! le coup était manqué, il fallait trouver autre chose.

À ce moment, sous ce souvenir évoqué, la brume de rêverie qui obscurcissait le regard de Flore, s'en alla ; et, de nouveau, elle aperçut la morte, éclairée par la flamme jaune de la chandelle. Sa mère n'était plus, devait-elle donc partir, épouser Ozil qui la voulait, qui la rendrait heureuse peut-être ?

Tout son être se souleva. Non, non ! si elle était assez lâche pour laisser vivre les deux autres, et pour vivre elle-même, elle aurait préféré battre les routes, se louer comme servante, plutôt que d'être à un homme qu'elle n'aimait pas. Et un bruit inaccoutumé lui ayant fait prêter l'oreille, elle comprit que Misard, avec une pioche, était en train de fouiller le sol battu de la cuisine : il s'enrageait à la recherche du magot, il aurait éventré la maison. Pourtant, elle ne voulait pas rester avec celui-là non plus. Qu'allait-elle faire ? Une rafale souffla, les murs tremblèrent, et sur le visage blanc de la morte, passa un reflet de fournaise, ensanglantant les yeux ouverts et le rictus ironique des lèvres. C'était le dernier omnibus de Paris, avec sa lourde et lente machine.

Flore avait tourné la tête, regardé les étoiles qui luisaient, dans la sérénité de la nuit printanière.

« Trois heures dix. Encore cinq heures, et ils passeront. »

Elle recommencerait, elle souffrait trop. Les voir, les voir ainsi chaque semaine aller à l'amour, cela était au-dessus de ses forces. Maintenant qu'elle était certaine de ne jamais posséder Jacques à elle seule, elle préférait qu'il ne fût plus, qu'il n'y eût plus rien. Et cette lugubre chambre où elle veillait l'enveloppait de deuil, sous un besoin grandissant de l'anéantissement de tout. Puisqu'il ne restait personne qui l'aimât, les autres pouvaient bien partir avec sa mère. Des morts, il y en aurait encore, et encore, et on les emporterait tous d'un coup. Sa sœur était morte, sa mère était morte, son amour était mort : quoi faire ? être seule,

rester ou partir, seule toujours, lorsqu'ils seraient
deux, les autres. Non, non ! que tout croulât plutôt, que la mort, qui était là, dans cette chambre
fumeuse, soufflât sur la voie et balayât le monde !

Alors, décidée après ce long débat, elle discuta
le meilleur moyen de mettre son projet à exécution. Et elle en revint à l'idée d'enlever un rail.
C'était le moyen le plus sûr, le plus pratique, d'une
exécution facile : rien qu'à chasser les coussinets
avec un marteau, puis à faire sauter le rail des
traverses. Elle avait les outils, personne ne la verrait, dans ce pays désert. Le bon endroit à choisir
était certainement, après la tranchée, en allant
vers Barentin, la courbe qui traversait un vallon, sur un remblai de sept ou huit mètres : là,
le déraillement devenait certain, la culbute serait
effroyable. Mais le calcul des heures qui l'occupa
ensuite, la laissa anxieuse. Sur la voie montante,
avant l'express du Havre, qui passait à huit
heures seize, il n'y avait qu'un train omnibus à
sept heures cinquante-cinq. Cela lui donnait donc
vingt minutes pour faire le travail, ce qui suffisait.
Seulement, entre les trains réglementaires, on lançait souvent des trains de marchandises imprévus,
surtout aux époques des grands arrivages. Et quel
risque inutile alors ! Comment savoir à l'avance
si ce serait bien l'express qui viendrait se briser
là ? Longtemps, elle roula les probabilités dans
sa tête. Il faisait nuit encore, une chandelle brûlait toujours, noyée de suif, avec une haute mèche
charbonnée, qu'elle ne mouchait plus.

Comme justement un train de marchandises
arrivait, venant de Rouen, Misard rentra. Il avait

les mains pleines de terre, ayant fouillé le bûcher ;
et il était haletant, éperdu de ses recherches
vaines, si enfiévré d'impuissante rage, qu'il se
remit à chercher sous les meubles, dans la cheminée, partout. Le train interminable n'en finissait
pas, avec le fracas régulier de ses grosses roues,
dont chaque secousse agitait la morte dans son lit.
Et, lui, en allongeant le bras pour décrocher un
petit tableau pendu au mur, rencontra encore les
yeux ouverts qui le suivaient, tandis que les lèvres
remuaient, avec leur rire.

Il devint blême, il grelotta, bégayant dans une
colère épouvantée :

« Oui, oui, cherche ! cherche !... Va, je les trouverai, nom de Dieu ! quand je devrais retourner
chaque pierre de la maison et chaque motte de
terre du pays ! »

Le train noir était passé, d'une lenteur écrasante
dans les ténèbres, et la morte, redevenue immobile, regardait toujours son mari, si railleuse, si
certaine de vaincre, qu'il disparut de nouveau, en
laissant la porte ouverte.

Flore, distraite dans ses réflexions, s'était levée.
Elle referma la porte, pour que cet homme ne
revînt pas déranger sa mère. Et elle s'étonna de
s'entendre dire tout haut :

« Dix minutes auparavant, ce sera bien. »

En effet, elle aurait le temps en dix minutes. Si,
dix minutes avant l'express, aucun train n'était
signalé, elle pouvait se mettre à la besogne. Dès
lors, la chose étant réglée, certaine, son anxiété
tomba, elle fut très calme.

Vers cinq heures, le jour se leva, une aube

fraîche, d'une limpidité pure. Malgré le petit froid
vif, elle ouvrit la fenêtre toute grande, et la délicieuse matinée entra dans la chambre lugubre,
pleine d'une fumée et d'une odeur de mort. Le
soleil était encore sous l'horizon, derrière une col-
line couronnée d'arbres ; mais il parut, vermeil,
ruisselant sur les pentes, inondant les chemins
creux, dans la gaieté vivante de la terre, à chaque
printemps nouveau. Elle ne s'était pas trompée, la
veille : il ferait beau, ce matin-là, un de ces temps
de jeunesse et de radieuse santé, où l'on aime vivre.
Dans ce pays désert, parmi les continuels coteaux,
coupés de vallons étroits, qu'il serait bon de s'en
aller le long des sentiers de chèvre, à sa libre fantaisie ! Et, lorsqu'elle se retourna, rentrant dans
la chambre, elle fut surprise de voir la chandelle,
comme éteinte, ne plus tacher le grand jour que
d'une larme pâle. La morte semblait maintenant
regarder sur la voie, où les trains continuaient à
se croiser, sans même remarquer cette lueur pâlie
de cierge, près de ce corps.

Au jour seulement, Flore reprenait son service.
Et elle ne quitta la chambre que pour l'omnibus
de Paris, à six heures douze. Misard, lui aussi, à
six heures, venait de remplacer son collègue, le
stationnaire de nuit. Ce fut à son appel de trompe
qu'elle vint se planter devant la barrière, le drapeau à la main. Un instant, elle suivit le train des
yeux.

« Encore deux heures », pensa-t-elle tout haut.

Sa mère n'avait plus besoin de personne. Désormais, elle éprouvait une invincible répugnance à
rentrer dans la chambre. C'était fini, elle l'avait

embrassée, elle pouvait disposer de son existence et de celle des autres. D'habitude, entre les trains, elle s'échappait, disparaissait ; mais, ce matin-là, un intérêt semblait la tenir à son poste, près de la barrière, sur un banc, une simple planche qui se trouvait au bord de la voie. Le soleil montait à l'horizon, une tiède averse d'or tombait dans l'air pur ; et elle ne remuait pas, baignée de cette douceur, au milieu de la vaste campagne, toute frissonnante de la sève d'avril. Un moment, elle s'était intéressée à Misard, dans sa cabane de planches, à l'autre bord de la ligne, visiblement agité, hors de sa somnolence habituelle : il sortait, rentrait, manœuvrait ses appareils d'une main nerveuse, avec de continuels coups d'œil vers la maison, comme si son esprit y fût demeuré, à chercher toujours. Puis, elle l'avait oublié, ne le sachant même plus là. Elle était toute à l'attente, absorbée, la face muette et rigide, les yeux fixés au bout de la voie, du côté de Barentin. Et, là-bas, dans la gaieté du soleil, devait se lever pour elle une vision, où s'acharnait la sauvagerie têtue de son regard.

Les minutes s'écoulèrent. Flore ne bougeait pas. Enfin, lorsque, à sept heures cinquante-cinq, Misard, de deux sons de trompe, signala l'omnibus du Havre, sur la voie montante, elle se leva, ferma la barrière et se planta devant, le drapeau au poing. Déjà, au loin, le train se perdait, après avoir secoué le sol ; et on l'entendit s'engouffrer dans le tunnel, où le bruit cessa. Elle n'était pas retournée sur le banc, elle demeurait debout, à compter de nouveau les minutes. Si, dans dix

minutes, aucun train de marchandises n'était
signalé, elle courrait là-bas, au-delà de la tranchée, faire sauter un rail. Elle était très calme, la
poitrine seulement serrée, comme sous le poids
énorme de l'acte. D'ailleurs, à ce dernier moment,
la pensée que Jacques et Séverine approchaient,
qu'ils passeraient là encore, allant à l'amour, si
elle ne les arrêtait pas, suffisait à la raidir, aveugle
et sourde, dans sa résolution, sans que le débat
même recommençât en elle : c'était l'irrévocable,
le coup de patte de la louve qui casse les reins au
passage. Elle ne voyait toujours, dans l'égoïsme de
sa vengeance, que les deux corps mutilés, sans se
préoccuper de la foule, du flot de monde qui défilait devant elle, depuis des années, inconnu. Des
morts, du sang, le soleil en serait caché peut-être,
ce soleil dont la gaieté tendre l'irritait.

Encore deux minutes, encore une, et elle allait
partir, elle partait, lorsque de sourds cahots, sur
la route de Bécourt, l'arrêtèrent. Une voiture, un
fardier sans doute. On lui demanderait le passage,
il lui faudrait ouvrir la barrière, causer, rester là :
impossible d'agir, le coup serait manqué. Et elle
eut un geste d'enragée insouciance, elle prit sa
course, lâchant son poste, abandonnant la voiture et le conducteur, qui se débrouillerait. Mais
un fouet claqua dans l'air matinal, une voix cria
gaiement :

« Eh ! Flore ! »

C'était Cabuche. Elle fut clouée au sol, arrêtée
dès son premier élan, devant la barrière même.

« Quoi donc ? continua-t-il, tu dors encore, par
ce beau soleil ? Vite, que je passe avant l'express ! »

En elle, un écroulement se faisait. Le coup était manqué, les deux autres iraient à leur bonheur, sans qu'elle trouvât rien pour les briser là. Et, tandis qu'elle ouvrait lentement la vieille barrière à demi pourrie, dont les ferrures grinçaient dans leur rouille, elle cherchait furieusement un obstacle, quelque chose qu'elle pût jeter en travers de la voie, désespérée à ce point, qu'elle s'y serait allongée elle-même, si elle s'était crue d'os assez durs pour faire sauter la machine hors des rails. Mais ses regards venaient de tomber sur le fardier, l'épaisse et basse voiture, chargée de deux blocs de pierre, que cinq vigoureux chevaux avaient de la peine à traîner. Énormes, hauts et larges, d'une masse géante à barrer la route, ces blocs s'offraient à elle ; et ils éveillèrent, dans ses yeux, une brusque convoitise, un désir fou de les prendre, de les poser là. La barrière était grande ouverte, les cinq bêtes suantes, soufflantes, attendaient.

« Qu'as-tu, ce matin ? reprit Cabuche. Tu as l'air tout drôle. »

Alors, Flore parla :

« Ma mère est morte hier soir. »

Il eut un cri de douloureuse amitié. Posant son fouet, il lui serrait les mains dans les siennes.

« Oh ! ma pauvre Flore ! Il fallait s'y attendre depuis longtemps, mais c'est si dur tout de même !… Alors, elle est là, je veux la voir, car nous aurions fini par nous entendre, sans le malheur qui est arrivé. »

Doucement, il marcha avec elle jusqu'à la maison. Sur le seuil, pourtant, il eut un regard vers ses chevaux. D'une phrase, elle le rassura.

« Pas de danger qu'ils bougent ! Et puis, l'express est loin. »

Elle mentait. De son oreille exercée, dans le frisson tiède de la campagne, elle venait d'entendre l'express quitter la station de Barentin. Encore cinq minutes, et il serait là, il déboucherait de la tranchée, à cent mètres du passage à niveau. Tandis que le carrier, debout dans la chambre de la morte, s'oubliait, songeant à Louisette, très ému, elle, restée dehors, devant la fenêtre, continuait d'écouter, au loin, le souffle régulier de la machine de plus en plus proche. Brusquement, l'idée de Misard lui vint : il devait la voir, il l'empêcherait ; et elle eut un coup à la poitrine, lorsque, s'étant tournée, elle ne l'aperçut pas à son poste. De l'autre côté de la maison, elle le retrouva, qui fouillait la terre, sous la margelle du puits, n'ayant pu résister à sa folie de recherches, pris sans doute de la certitude subite que le magot était là : tout à sa passion, aveugle, sourd, il fouillait, il fouillait. Et ce fut, pour elle, l'excitation dernière. Les choses elles-mêmes le voulaient. Un des chevaux se mit à hennir, tandis que la machine, au-delà de la tranchée, soufflait très haut, en personne pressée qui accourt.

« Je vas les faire tenir tranquilles, dit Flore à Cabuche. N'aie pas peur. »

Elle s'élança, prit le premier cheval par le mors, tira, de toute sa force décuplée de lutteuse. Les chevaux se raidirent, un instant, le fardier, lourd de son énorme charge, oscilla sans démarrer ; mais, comme si elle se fût attelée elle-même, en bête de renfort, il s'ébranla, s'engagea sur la voie.

Et il était en plein sur les rails, lorsque l'express, là-bas, à cent mètres, déboucha de la tranchée. Alors, pour immobiliser le fardier, de crainte qu'il ne traversât, elle retint l'attelage, dans une brusque secousse, d'un effort surhumain, dont ses membres craquèrent. Elle qui avait sa légende, dont on racontait des traits de force extraordinaires, un wagon lancé sur une pente, arrêté à la course, une charrette poussée, sauvée d'un train, elle faisait aujourd'hui cette chose, elle maintenait, de sa poigne de fer, les cinq chevaux, cabrés et hennissants dans l'instinct du péril.

Ce furent à peine dix secondes d'une terreur sans fin. Les deux pierres géantes semblaient barrer l'horizon. Avec ses cuivres clairs, ses aciers luisants, la machine glissait, arrivait de sa marche douce et foudroyante, sous la pluie d'or de la belle matinée. L'inévitable était là, rien au monde ne pouvait plus empêcher l'écrasement. Et l'attente durait.

Misard, revenu d'un bond à son poste, hurla, les bras en l'air, agitant les poings, dans la volonté folle de prévenir et d'arrêter le train. Sorti de la maison au bruit des roues et des hennissements, Cabuche s'était rué, hurlant lui aussi, pour faire avancer les bêtes. Mais Flore, qui venait de se jeter de côté, le retint, ce qui le sauva. Il croyait qu'elle n'avait pas eu la force de maîtriser ses chevaux, que c'étaient eux qui l'avaient traînée. Et il s'accusait, il sanglotait, dans un râle de terreur désespérée ; tandis qu'elle, immobile, grandie, les paupières élargies et brûlantes, regardait. Au moment même où le poitrail de la machine allait toucher les blocs, lorsqu'il lui restait un mètre peut-être à parcourir, pendant ce temps inappréciable, elle vit très nettement Jacques, la main sur le volant du changement de marche. Il s'était tourné, leurs yeux se rencontrèrent dans un regard, qu'elle trouva démesurément long.

Ce matin-là, Jacques avait souri à Séverine, quand elle était descendue sur le quai, au Havre, pour l'express, ainsi que chaque semaine. À quoi bon se gâter la vie de cauchemars ? Pourquoi ne pas profiter des jours heureux, lorsqu'il s'en présentait ? Tout finirait par s'arranger peut-être. Et il était résolu à goûter au moins la joie de cette journée, faisant des projets, rêvant de déjeuner avec elle au restaurant. Aussi, comme elle lui jetait un coup d'œil désolé, parce qu'il n'y avait pas de wagon de première en tête, et qu'elle était forcée de se mettre loin de lui, à la queue, avait-il voulu la consoler en lui souriant si gaiement. On arriverait toujours ensemble, on se rattraperait, là-bas, d'avoir été séparés. Même, après s'être penché pour la voir monter dans un compartiment, tout au bout, il avait poussé la belle humeur jusqu'à plaisanter le conducteur-chef, Henri Dauvergne, qu'il savait amoureux d'elle. La semaine précédente, il s'était imaginé que celui-ci s'enhardissait et qu'elle l'encourageait, par un besoin de distraction, voulant échapper à l'existence atroce qu'elle s'était faite. Roubaud le disait bien, elle finirait par coucher avec ce jeune homme, sans plaisir, dans l'unique envie de recommencer autre chose. Et Jacques avait demandé à Henri pour qui donc, la veille, caché derrière un des ormes de la cour du départ, il envoyait des baisers en l'air ; ce qui avait fait éclater d'un gros rire Pecqueux, en train de charger le foyer de la Lison, fumante, prête à partir.

Du Havre à Barentin, l'express avait marché à sa vitesse réglementaire, sans incident ; et ce fut Henri qui, le premier, du haut de sa cabine de vigie, au sortir de la tranchée, signala le fardier en travers de la voie. Le fourgon de tête se trouvait bondé de bagages, car le train, très chargé, amenait tout un arrivage de voyageurs, débarqués la veille d'un paquebot. À l'étroit, au milieu de cet entassement de malles et de valises, que faisait danser la trépidation, le conducteur-chef était debout à son bureau, classant des feuilles ; tandis que la petite bouteille d'encre, accrochée à un clou, se balançait, elle aussi, d'un mouvement continu. Après les stations où il déposait des bagages, il avait pour quatre ou cinq minutes d'écritures. Deux voyageurs étant descendus à Barentin, il venait donc de mettre ses papiers en ordre, lorsque, montant s'asseoir dans sa vigie, il donna, en arrière et en avant, selon son habitude, un coup d'œil sur la voie. Il restait là, assis dans cette guérite vitrée, toutes ses heures libres, en surveillance. Le tender lui cachait le mécanicien ; mais, grâce à son poste élevé, il voyait souvent plus loin et plus vite que celui-ci. Aussi le train tournait-il encore, dans la tranchée, qu'il aperçut, là-bas, l'obstacle. Sa surprise fut telle, qu'il douta un instant, effaré, paralysé. Il y eut quelques secondes perdues, le train filait déjà hors de la tranchée, et un grand cri montait de la machine, lorsqu'il se décida à tirer la corde de la cloche d'alarme, dont le bout pendait devant lui.

Jacques, à ce moment suprême, la main sur le volant du changement de marche, regardait sans voir, dans une minute d'absence. Il songeait à des choses confuses et lointaines, d'où l'image de Séverine elle-même s'était évanouie. Le branle fou de la cloche, le hurlement de Pecqueux, derrière lui, le réveillèrent. Pecqueux, qui avait haussé la tige du cendrier, mécontent du tirage, venait de voir, en se penchant pour s'assurer de la vitesse. Et Jacques, d'une pâleur de mort, vit tout, comprit tout, le fardier en travers, la machine lancée, l'épouvantable choc, tout cela avec une netteté si aiguë, qu'il distingua jusqu'au grain des deux pierres, tandis qu'il avait déjà dans les os la secousse de l'écrasement. C'était l'inévitable. Violemment, il avait tourné le volant du changement de marche, fermé le régulateur, serré le frein. Il faisait machine arrière, il s'était pendu, d'une main inconsciente, au bouton du sifflet, dans la volonté impuissante et furieuse d'avertir, d'écarter la barricade géante, là-bas. Mais, au milieu de cet affreux sifflement de détresse qui déchirait l'air, la Lison n'obéissait pas, allait quand même, à peine ralentie. Elle n'était plus la docile d'autrefois, depuis qu'elle avait perdu dans la neige sa bonne vaporisation, son démarrage si aisé, devenue quinteuse et revêche maintenant, en femme vieillie, dont un coup de froid a détruit la poitrine. Elle soufflait, se cabrait sous le frein, allait, allait toujours, dans l'entêtement alourdi de sa masse. Pecqueux, fou de peur, sauta. Jacques, raidi à son poste, la main droite crispée sur le changement de marche, l'autre restée au sifflet, sans qu'il le sût, attendait. Et la Lison, fumante, soufflante, dans ce rugissement aigu qui ne cessait pas, vint taper contre le fardier, du poids énorme des treize wagons qu'elle traînait.

Alors, à vingt mètres d'eux, du bord de la voie où l'épouvante les clouait, Misard et Cabuche les bras en l'air, Flore les yeux béants, virent cette chose effrayante : le train se dresser debout, sept wagons monter les uns sur les autres, puis retomber avec un abominable craquement, en une débâcle informe de débris. Les trois premiers étaient réduits en miettes, les quatre autres ne faisaient plus qu'une montagne, un enchevêtrement de toitures défoncées, de roues brisées, de portières, de chaînes, de tampons, au milieu de morceaux de vitre[1]. Et, surtout, l'on avait entendu le broiement de la machine contre les pierres, un écrasement sourd terminé en un cri d'agonie. La Lison, éventrée, culbutait à gauche, par-dessus le fardier ; tandis que les pierres, fendues, volaient en éclats, comme sous un coup de mine, et que, des cinq chevaux, quatre, roulés, traînés, étaient tués net. La queue du train, six wagons encore, intacts, s'étaient arrêtés, sans même sortir des rails.

Mais des cris montèrent, des appels dont les mots se perdaient en hurlements inarticulés de bête.

« À moi ! au secours !... Oh ! mon Dieu ! je meurs ! au secours ! au secours ! »

On n'entendait plus, on ne voyait plus. La Lison,

renversée sur les reins, le ventre ouvert, perdait
sa vapeur, par les robinets arrachés, les tuyaux
crevés, en des souffles qui grondaient, pareils à
des râles furieux de géante. Une haleine blanche
en sortait, inépuisable, roulant d'épais tourbillons
au ras du sol ; pendant que, du foyer, les braises
tombées, rouges comme le sang même de ses
entrailles, ajoutaient leurs fumées noires. La cheminée, dans la violence du choc, était entrée en
terre ; à l'endroit où il avait porté, le châssis s'était
rompu, faussant les deux longerons ; et, les roues
en l'air, semblable à une cavale monstrueuse,
décousue par quelque formidable coup de corne,
la Lison montrait ses bielles tordues, ses cylindres
cassés, ses tiroirs et leurs excentriques écrasés,
toute une affreuse plaie bâillant au plein air,
par où l'âme continuait de sortir, avec un fracas
d'enragé désespoir. Justement, près d'elle, le cheval qui n'était pas mort, gisait lui aussi, les deux
pieds de devant emportés, perdant également ses
entrailles par une déchirure de son ventre. À sa
tête droite, raidie dans un spasme d'atroce douleur, on le voyait râler, d'un hennissement terrible,
dont rien n'arrivait à l'oreille, au milieu du tonnerre de la machine agonisante.

Les cris s'étranglèrent, inentendus, perdus,
envolés. « Sauvez-moi ! tuez-moi !... Je souffre
trop, tuez-moi ! tuez-moi donc ! »

Dans ce tumulte assourdissant, cette fumée
aveuglante, les portières des voitures restées
intactes venaient de s'ouvrir, et une déroute de
voyageurs se ruait au-dehors. Ils tombaient sur
la voie, se ramassaient, se débattaient à coups de

pied, à coups de poing. Puis, dès qu'ils sentaient la terre solide, la campagne libre devant eux, ils s'enfuyaient au galop, sautaient la haie vive, coupaient à travers champs, cédant à l'unique instinct d'être loin du danger, loin, très loin. Des femmes, des hommes, hurlant, se perdirent au fond des bois[1].

Piétinée, ses cheveux défaits et sa robe en loques, Séverine avait fini par se dégager ; et elle ne fuyait pas, elle galopait vers la machine grondante, lorsqu'elle se trouva en face de Pecqueux.

« Jacques, Jacques ! il est sauvé, n'est-ce pas ? »

Le chauffeur, qui, par un miracle, ne s'était pas même foulé un membre, accourait lui aussi, le cœur serré d'un remords, à l'idée que son mécanicien se trouvait là-dessous. On avait tant voyagé, tant peiné ensemble, sous la continuelle fatigue des grands vents ! Et leur machine, leur pauvre machine, la bonne amie si aimée de leur ménage à trois, qui était là sur le dos, à rendre tout le souffle de sa poitrine, par ses poumons crevés !

« J'ai sauté, bégaya-t-il, je ne sais rien, rien du tout… Courons, courons vite ! »

Sur le quai, ils se heurtèrent contre Flore, qui les regardait venir. Elle n'avait pas bougé encore, dans la stupeur de l'acte accompli, de ce massacre qu'elle avait fait. C'était fini, c'était bien ; et il n'y avait en elle que le soulagement d'un besoin, sans une pitié pour le mal des autres, qu'elle ne voyait même pas. Mais, lorsqu'elle reconnut Séverine, ses yeux s'agrandirent démesurément, une ombre d'affreuse souffrance noircit son visage pâle. Et quoi ? elle vivait, cette femme, lorsque lui certai-

nement était mort ! Dans cette douleur aiguë de
son amour assassiné, ce coup de couteau qu'elle
s'était donné en plein cœur, elle eut la brusque
conscience de l'abomination de son crime. Elle
avait fait ça, elle l'avait tué, elle avait tué tout ce
monde ! Un grand cri déchira sa gorge, elle tordait
ses bras, elle courait follement.

« Jacques, oh ! Jacques… Il est là, il a été lancé
en arrière, je l'ai vu… Jacques, Jacques ! »

La Lison râlait moins haut, d'une plainte rauque
qui s'affaiblissait, et dans laquelle, maintenant, on
entendait croître, de plus en plus déchirante, la
clameur des blessés. Seulement, la fumée restait
épaisse, l'énorme tas de débris d'où sortaient ces
voix de torture et de terreur, semblait enveloppé
d'une poussière noire, immobile dans le soleil.
Que faire ? par où commencer ? comment arriver
jusqu'à ces malheureux ?

« Jacques ! criait toujours Flore. Je vous dis qu'il
m'a regardée et qu'il a été jeté par là, sous le tender… Accourez donc ! aidez-moi donc ! »

Déjà, Cabuche et Misard venaient de relever Henri, le conducteur-chef, qui, à la dernière
seconde, avait sauté lui aussi. Il s'était démis le pied,
ils l'assirent par terre, contre la haie, d'où, hébété,
muet, il regarda le sauvetage, sans paraître souffrir.

« Cabuche, viens donc m'aider, je te dis que
Jacques est là-dessous ! »

Le carrier n'entendait pas, courait à d'autres
blessés, emportait une jeune femme dont les
jambes pendaient, cassées aux cuisses.

Et ce fut Séverine qui se précipita, à l'appel de
Flore.

« Jacques, Jacques !... Où donc ? Je vous aiderai.

— C'est ça, aidez-moi, vous ! »

Leurs mains se rencontrèrent, elles tiraient ensemble sur une roue brisée, Mais les doigts délicats de l'une n'arrivaient à rien, tandis que l'autre, avec sa forte poigne, abattait les obstacles.

« Attention ! » dit Pecqueux, qui se mettait, lui aussi, à la besogne.

D'un mouvement brusque, il avait arrêté Séverine, au moment où elle allait marcher sur un bras, coupé à l'épaule, encore vêtu d'une manche de drap bleu. Elle eut un recul d'horreur. Pourtant, elle ne reconnaissait pas la manche : c'était un bras inconnu, roulé là, d'un corps qu'on retrouverait autre part sans doute[1]. Et elle en resta si tremblante, qu'elle en fut comme paralysée, pleurante et debout, à regarder travailler les autres, incapable seulement d'enlever les éclats de vitre, où les mains se coupaient.

Alors, le sauvetage des mourants, la recherche des morts furent pleins d'angoisse et de danger, car le feu de la machine s'était communiqué à des pièces de bois, et il fallut, pour éteindre ce commencement d'incendie, jeter de la terre à la pelle. Pendant qu'on courait à Barentin demander du secours, et qu'une dépêche partait pour Rouen, le déblaiement s'organisait le plus activement possible, tous les bras s'y mettaient, d'un grand courage. Beaucoup des fuyards étaient revenus, honteux de leur panique. Mais on avançait avec d'infinies précautions, chaque débris à enlever demandait des soins, car on craignait d'achever les malheureux ensevelis,

s'il se produisait des éboulements. Des blessés
émergeaient du tas, engagés jusqu'à la poitrine,
serrés là comme dans un étau, et hurlant. On
travailla un quart d'heure à en délivrer un, qui
ne se plaignait pas, d'une pâleur de linge, disant
qu'il n'avait rien, qu'il ne souffrait de rien ; et,
quand on l'eut sorti, il n'avait plus de jambes, il
expira tout de suite, sans avoir su ni senti cette
mutilation horrible, dans le saisissement de sa
peur. Toute une famille fut retirée d'une voiture de seconde, où le feu s'était mis : le père
et la mère étaient blessés aux genoux, la grand-
mère avait un bras cassé ; mais eux non plus
ne sentaient pas leur mal, sanglotant, appelant
leur petite fille, disparue dans l'écrasement, une
blondine de trois ans à peine, qu'on retrouva
sous un lambeau de toiture, saine et sauve, la
mine amusée et souriante. Une autre fillette,
couverte de sang, celle-ci, ses pauvres petites
mains broyées, qu'on avait portée à l'écart, en
attendant de découvrir ses parents, demeurait
solitaire et inconnue, si étouffée, qu'elle ne disait
pas un mot, la face seulement convulsée en un
masque d'indicible terreur, dès qu'on l'approchait. On ne pouvait ouvrir les portières dont le
choc avait tordu les ferrures, il fallait descendre
dans les compartiments par les glaces brisées.
Déjà quatre cadavres étaient rangés côte à côte,
au bord de la voie. Une dizaine de blessés, éten-
dus par terre, près des morts, attendaient, sans
un médecin pour les panser, sans un secours. Et
le déblaiement commençait à peine, on ramassait une nouvelle victime sous chaque décombre,

le tas ne semblait pas diminuer, tout ruisselant et palpitant de cette boucherie humaine.

« Quand je vous dis que Jacques est là-dessous ! répétait Flore, se soulageant à ce cri obstiné qu'elle jetait sans raison, comme la plainte même de son désespoir. Il appelle, tenez, tenez ! écoutez ! »

Le tender se trouvait engagé sous les wagons, qui, montés les uns par-dessus les autres, s'étaient ensuite écroulés sur lui ; et, en effet, depuis que la machine râlait moins haut, on entendait une grosse voix d'homme rugir au fond de l'éboulement. À mesure qu'on avançait, la clameur de cette voix d'agonie devenait plus haute, d'une douleur si énorme, que les travailleurs ne pouvaient plus la supporter, pleurant et criant eux-mêmes. Puis, enfin, comme ils tenaient l'homme, dont ils venaient de dégager les jambes et qu'ils tiraient à eux, le rugissement de souffrance cessa. L'homme était mort.

« Non, dit Flore, ce n'est pas lui. C'est plus au fond, il est là-dessous. »

Et, de ses bras de guerrière, elle soulevait des roues, les rejetait au loin, elle tordait le zinc des toitures, brisait des portières, arrachait des bouts de chaîne. Et, dès qu'elle tombait sur un mort ou sur un blessé, elle appelait, pour qu'on l'en débarrassât, ne voulant pas lâcher une seconde ses fouilles enragées.

Derrière elle, Cabuche, Pecqueux, Misard travaillaient, tandis que Séverine, défaillante à rester ainsi debout, sans rien pouvoir faire, venait de s'asseoir sur la banquette défoncée d'un wagon. Mais Misard, repris de son flegme, doux et indifférent, s'évitait les grosses fatigues, aidait surtout à transporter les corps. Et lui, ainsi que Flore, regardaient les cadavres, comme s'ils espéraient les reconnaître, au milieu de la cohue des milliers et des milliers de visages, qui, en dix années, avaient défilé devant eux, à toute vapeur, en ne leur laissant que le souvenir confus d'une foule, apportée, emportée dans un éclair. Non ! ce n'était toujours que le flot inconnu du monde en marche ; la mort brutale, accidentelle, restait anonyme, comme la vie pressée, dont le galop passait là, allant à l'avenir ; et ils ne pouvaient mettre aucun nom, aucun renseignement précis, sur les têtes labourées par l'horreur de ces misérables, tombés en route, piétinés, écrasés, pareils à ces soldats dont les corps comblent les trous, devant la charge d'une armée montant à l'assaut. Pourtant, Flore crut en retrouver un à qui elle avait parlé, le jour du train perdu dans la neige : cet Américain, dont elle finissait par connaître familièrement le profil, sans savoir ni son nom, ni rien de lui et des siens. Misard le porta avec les autres morts, venus on ne savait d'où, arrêtés là en se rendant on ne savait à quel endroit.

Puis, il y eut encore un spectacle déchirant. Dans la caisse renversée d'un compartiment de première classe, on venait de découvrir un jeune ménage, des nouveaux mariés sans doute, jetés l'un contre l'autre, si malheureusement, que la femme, sous elle, écrasait l'homme, sans qu'elle pût faire un mouvement, pour le soulager. Lui, étouffait, râlait déjà ; tandis qu'elle, la bouche libre, suppliait éperdument qu'on se hâtât, épouvantée, le cœur arraché, à sentir qu'elle le tuait. Et, lorsqu'on les eut délivrés l'un et l'autre, ce fut elle qui, tout d'un coup, rendit l'âme, le flanc troué par un tampon. Et l'homme, revenu à lui, clamait de douleur, agenouillé près d'elle, dont les yeux restaient pleins de larmes.

Maintenant, il y avait douze morts, plus de trente blessés. Mais on arrivait à dégager le tender ; et Flore, de temps à autre, s'arrêtait, plongeait sa tête parmi les bois éclatés, les fers tordus, fouillant ardemment des yeux, pour voir si elle n'apercevait pas le mécanicien. Brusquement, elle jeta un grand cri.

« Je le vois, il est là-dessous... Tenez ! c'est son bras, avec sa veste de laine bleue... Et il ne bouge pas, il ne souffle pas... »

Elle s'était redressée, elle jura comme un homme.

« Mais, nom de Dieu ! dépêchez-vous donc, tirez-le donc de là-dessous ! »

Des deux mains, elle tâchait d'arracher un plancher de voiture, que d'autres débris l'empêchaient de tirer à elle. Alors, elle courut, elle revint avec la hache qui servait, chez les Misard, à fendre le bois ; et, la brandissant, ainsi qu'un bûcheron brandit sa cognée au milieu d'une forêt de chênes, elle attaqua le plancher d'une volée furieuse. On s'était écarté, on la laissait faire, en lui criant de prendre garde. Mais il n'y avait plus d'autre blessé que le mécanicien, à l'abri lui-même sous un enchevêtrement d'essieux et de roues. D'ailleurs, elle n'écoutait pas, soulevée dans un élan, sûr de lui, irrésistible. Elle abattait le bois, chacun de ses coups tranchait un obstacle. Avec ses cheveux blonds envolés, son corsage arraché qui montrait ses bras nus, elle était comme une terrible faucheuse s'ouvrant une trouée parmi cette destruction qu'elle avait faite. Un dernier coup, qui porta sur un essieu, cassa en deux le fer de la hache. Et, aidée des autres, elle écarta les roues qui avaient protégé le jeune homme d'un écrasement certain, elle fut la première à le saisir, à l'emporter entre ses bras.

« Jacques, Jacques !... Il respire, il vit. Ah ! mon Dieu, il vit... Je savais bien que je l'avais vu tomber et qu'il était là ! »

Séverine, éperdue, la suivait. À elles deux, elles le déposèrent au pied de la haie, près d'Henri, qui, stupéfié, regardait toujours, sans avoir l'air de comprendre où il était et ce qu'on faisait autour de lui. Pecqueux, qui s'était approché, restait debout devant son mécanicien, bouleversé de le voir dans un si fichu état ; tandis que les deux femmes, agenouillées maintenant, l'une à droite, l'autre à gauche, soutenaient la tête du malheureux, en épiant avec angoisse les moindres frissons de son visage.

Enfin, Jacques ouvrit les paupières. Ses regards troubles se portèrent sur elles, tour à tour, sans qu'il parût les reconnaître. Elles ne lui importaient pas. Mais ses yeux ayant rencontré, à quelques mètres, la machine qui expirait, s'effarèrent d'abord, puis se fixèrent, vacillants d'une émotion croissante. Elle, la Lison, il la reconnaissait bien, et elle lui rappelait tout, les deux pierres en travers de la voie, l'abominable secousse, ce broiement qu'il avait senti à la fois en elle et en lui, dont lui ressuscitait, tandis qu'elle, sûrement, allait en mourir. Elle n'était point coupable de s'être montrée rétive ; car, depuis sa maladie contractée dans la neige, il n'y avait pas de sa faute, si elle était moins alerte ; sans compter que l'âge arrive, qui alourdit les membres et durcit les jointures. Aussi lui pardonnait-il volontiers, débordé d'un gros chagrin, à la voir blessée à mort, en agonie. La pauvre Lison n'en avait plus que pour quelques minutes. Elle se refroidissait, les braises de son foyer tombaient en cendre, le souffle qui s'était échappé si violemment de ses flancs ouverts, s'achevait en une petite plainte d'enfant qui pleure. Souillée de terre et de bave, elle toujours si luisante, vautrée sur le dos, dans une mare noire de charbon, elle avait la fin tragique d'une bête de luxe qu'un accident foudroie en pleine rue. Un instant, on avait pu voir, par ses entrailles crevées, fonctionner ses organes, les pistons battre comme deux cœurs jumeaux, la vapeur circuler dans les tiroirs comme le sang de ses veines ; mais, pareilles à des bras convulsifs, les bielles n'avaient plus que des tressaillements, les révoltes dernières de la vie ; et son âme s'en allait avec la force qui la faisait vivante, cette haleine immense dont elle ne parvenait pas à se vider toute. La géante éventrée s'apaisa encore, s'endormit peu à peu d'un sommeil très doux, finit par se taire. Elle était morte. Et le tas de fer, d'acier et de cuivre, qu'elle laissait là, ce colosse broyé, avec son tronc fendu, ses membres épars, ses organes meurtris, mis au plein jour, prenait l'affreuse tristesse d'un cadavre humain, énorme, de tout un monde qui avait vécu et d'où la vie venait d'être arrachée, dans la douleur.

Alors, Jacques, ayant compris que la Lison n'était plus, referma les yeux avec le désir de mourir lui aussi, si faible d'ailleurs, qu'il croyait être emporté dans le dernier petit souffle de la machine ; et, de ses paupières closes, des larmes lentes coulaient maintenant, inondant ses joues. C'en fut trop pour Pecqueux, qui était resté là, immobile, la gorge serrée. Leur bonne amie mourait, et voilà que son mécanicien voulait la suivre. C'était donc fini, leur ménage à trois ? Finis, les voyages, où, montés sur son dos, ils faisaient des cent lieues, sans échanger une parole, s'entendant quand même si bien tous les trois, qu'ils n'avaient pas besoin de faire un signe pour se comprendre ! Ah ! la pauvre Lison, si douce dans sa force, si belle quand elle luisait au soleil ! Et Pecqueux, qui pourtant n'avait pas bu, éclata en sanglots violents, dont les hoquets secouaient son grand corps, sans qu'il pût les retenir.

Séverine et Flore, elles aussi, se désespéraient, inquiètes de ce nouvel évanouissement de Jacques. La dernière courut chez elle, revint avec de l'eau-de-vie camphrée, se mit à le frictionner, pour faire quelque chose. Mais les deux femmes, dans leur angoisse, étaient exaspérées encore par l'agonie interminable du cheval qui, seul des cinq, survivait, les deux pieds de devant emportés. Il gisait près d'elles, il avait un hennissement continu, un cri presque humain, si retentissant et d'une si effroyable douleur, que deux des blessés, gagnés par la contagion, s'étaient mis à hurler eux aussi, ainsi que des bêtes. Jamais cri de mort n'avait déchiré l'air avec cette plainte profonde, inoubliable, qui glaçait le sang. La torture devenait atroce, des voix tremblantes de pitié et de colère s'emportaient, suppliaient qu'on l'achevât, ce misérable cheval qui souffrait tant, et dont le râle sans fin, maintenant que la machine était morte, restait comme la lamentation dernière de la catastrophe. Alors, Pecqueux, toujours sanglotant, ramassa la hache au fer brisé, puis, d'un seul coup en plein crâne, l'abattit. Et, sur le champ de massacre, le silence tomba.

Les secours, enfin, arrivaient, après deux heures d'attente. Dans le choc de la rencontre, les voitures avaient toutes été lancées sur la gauche, de sorte que le déblaiement de la voie descendante allait pouvoir se faire en quelques heures. Un train de trois wagons, conduit par une machine-pilote, venait d'amener de Rouen le chef de cabinet du préfet, le procureur impérial, des ingénieurs et des médecins de la Compagnie, tout un flot de personnages effarés et empressés ; tandis que le chef de gare de Barentin, M. Bessière, était déjà là, avec une équipe, attaquant les débris. Une agitation, un énervement extraordinaire régnait dans ce coin de pays perdu, si désert et si muet d'habitude. Les voyageurs sains et saufs gardaient, de la frénésie de leur panique, un besoin fébrile de mouvement : les uns cherchaient des voitures, terrifiés à l'idée de remonter en wagon ; les autres, voyant qu'on ne trouverait pas même une brouette, s'inquiétaient déjà de savoir où ils mangeraient, où ils coucheraient ; et tous réclamaient un bureau de télégraphe, plusieurs partaient à pied pour Barentin, emportant des dépêches. Pendant que les autorités, aidées de l'administration, commençaient une enquête, les médecins procédaient en hâte au pansement des blessés. Beaucoup s'étaient évanouis, au milieu de mares de sang. D'autres, sous les pinces et les aiguilles, se plaignaient d'une voix faible. Il y avait, en somme, quinze morts et trente-deux voyageurs atteints grièvement. En attendant que leur identité pût être établie, les morts étaient restés par terre, rangés le long de la haie, le visage au ciel. Seul, un petit substitut, un jeune homme blond et rose, qui faisait du zèle, s'occupait d'eux, fouillait leurs poches, pour voir si des papiers, des cartes, des lettres, ne lui permettraient pas de les étiqueter chacun d'un nom et d'une adresse. Cependant, autour de lui, un cercle béant se formait ; car, bien qu'il n'y eût pas de maison, à près d'une lieue à la ronde, des curieux étaient arrivés, on ne savait d'où, une trentaine d'hommes, de femmes, d'enfants, qui gênaient, sans aider à rien. Et, la poussière noire, le voile de fumée et de vapeur qui enveloppait tout, s'étant dissipé, la radieuse matinée d'avril triomphait au-dessus du champ de massacre, baignant de la pluie douce et gaie de son clair soleil les mourants et les morts, la Lison éventrée, le désastre des décombres entassés, que déblayait l'équipe des travailleurs, pareils à des insectes réparant les ravages d'un coup de pied donné par un passant distrait, dans leur fourmilière.

Jacques était toujours évanoui, et Séverine avait

arrêté un médecin au passage, suppliante. Celui-ci
venait d'examiner le jeune homme, sans lui trouver aucune blessure apparente ; mais il craignait
des lésions intérieures, car de minces filets de
sang apparaissaient aux lèvres. Ne pouvant se prononcer encore, il conseillait d'emporter le blessé
au plus tôt et de l'installer dans un lit, en évitant
les secousses.

Sous les mains qui le palpaient, Jacques de nouveau avait ouvert les yeux, avec un léger cri de
souffrance ; et, cette fois, il reconnut Séverine, il
bégaya, dans son égarement :

« Emmène-moi, emmène-moi ! »

Flore s'était penchée. Mais, ayant tourné la tête,
il la reconnut, elle aussi. Ses regards exprimèrent
une épouvante d'enfant, il se rejeta vers Séverine,
dans un recul de haine et d'horreur.

« Emmène-moi, tout de suite, tout de suite ! »

Alors, elle lui demanda, en le tutoyant de même,
seule avec lui, car cette fille ne comptait plus :

« À la Croix-de-Maufras, veux-tu ?… Si ça ne
te contrarie pas c'est là en face, nous serons chez
nous. »

Et il accepta, tremblant toujours, les yeux sur
l'autre.

« Où tu voudras, tout de suite ! »

Immobile, Flore avait blêmi, sous ce regard
d'exécration terrifiée. Ainsi, dans ce carnage d'inconnus et d'innocents, elle n'était arrivée à les
tuer ni l'un ni l'autre : la femme en sortait sans
une égratignure ; lui, maintenant, en réchappe-
rait peut-être ; et elle n'avait de la sorte réussi
qu'à les rapprocher, à les jeter ensemble, seul à

seule, au fond de cette maison solitaire. Elle les y vit installés, l'amant guéri, convalescent, la maîtresse aux petits soins, payée de ses veilles par de continuelles caresses, tous les deux prolongeant loin du monde, dans une liberté absolue, cette lune de miel de la catastrophe. Un grand froid la glaçait, elle regardait les morts, elle avait tué pour rien.

À ce moment, dans ce coup d'œil jeté à la tuerie, Flore aperçut Misard et Cabuche, que des messieurs interrogeaient, la justice pour sûr. En effet, le procureur impérial et le chef du cabinet du préfet tâchaient de comprendre comment cette voiture de carrier s'était trouvée ainsi en travers de la voie. Misard soutenait qu'il n'avait pas quitté son poste, tout en ne pouvant donner aucun renseignement précis : il ne savait réellement rien, il prétendait qu'il tournait le dos, occupé à ses appareils. Quant à Cabuche, bouleversé encore, il racontait une longue histoire confuse, pourquoi il avait eu le tort de lâcher ses chevaux, désireux de voir la morte, et de quelle façon les chevaux étaient partis tout seuls, et comment la jeune fille n'avait pu les arrêter. Il s'embrouillait, recommençait, sans parvenir à se faire comprendre.

Un sauvage besoin de liberté fit battre de nouveau le sang glacé de Flore. Elle voulait être libre d'elle-même, libre de réfléchir et de prendre un parti, n'ayant jamais eu besoin de personne pour être dans le vrai chemin. À quoi bon attendre qu'on l'ennuyât avec des questions, qu'on l'arrêtât peut-être ? Car, en dehors du crime, il y avait eu une faute de service, on la rendrait responsable. Cependant, elle restait, retenue là, tant que Jacques y serait lui-même.

Séverine venait de tant prier Pecqueux, que celui-ci s'était enfin procuré un brancard ; et il reparut avec un camarade, pour emporter le blessé. Le médecin avait également décidé la jeune femme à accepter chez elle le conducteur-chef, Henri, qui ne semblait souffrir que d'une commotion au cerveau, hébété. On le transporterait après l'autre.

Et, comme Séverine se penchait pour déboutonner le col de Jacques, qui le gênait, elle le baisa sur les yeux, ouvertement, voulant lui donner le courage de supporter le transport.

« N'aie pas peur, nous serons heureux. »

Souriant, il la baisa à son tour. Et ce fut, pour Flore, le déchirement suprême, ce qui l'arrachait de lui, à jamais. Il lui semblait que son sang, à elle aussi, coulait à flots, maintenant, d'une inguérissable blessure. Lorsqu'on l'emporta, elle prit la fuite. Mais, en passant devant la maison basse, elle aperçut, par les vitres de la fenêtre, la chambre de mort, avec la tache pâle de la chandelle qui brûlait dans le plein jour, près du corps de sa mère. Pendant l'accident, la morte était restée seule, la tête à demi tournée, les yeux grands ouverts, la lèvre tordue, comme si elle eût regardé se broyer et mourir tout ce monde qu'elle ne connaissait pas.

Flore galopa, tourna tout de suite au coude que faisait la route de Doinville, puis se lança à gauche, parmi les broussailles. Elle connaissait chaque recoin du pays, elle défiait bien dès lors les gendarmes de la prendre, si on les lançait

à sa poursuite. Aussi cessa-t-elle brusquement
de courir, continuant à petits pas, s'en allant à
une cachette où elle aimait se terrer dans ses
jours tristes, une excavation au-dessus du tunnel.
Elle leva les yeux, vit au soleil qu'il était midi.
Quand elle fut dans son trou, elle s'allongea sur
la roche dure, elle resta immobile, les mains
nouées derrière la nuque, à réfléchir. Alors, seulement, un vide affreux se produisit en elle, la
sensation d'être morte déjà lui engourdissait peu
à peu les membres. Ce n'était pas le remords
d'avoir tué inutilement tout ce monde, car elle
devait faire un effort pour en retrouver le regret
et l'horreur. Mais, elle en était certaine maintenant, Jacques l'avait vue retenir les chevaux ;
et elle venait de le comprendre, à son recul, il
avait pour elle la répulsion terrifiée qu'on a pour
les monstres. Jamais il n'oublierait. D'ailleurs,
lorsqu'on manque les gens, il faut ne pas se manquer soi-même. Tout à l'heure, elle se tuerait.
Elle n'avait aucun autre espoir, elle en sentait
davantage la nécessité absolue, depuis qu'elle
était là, à se calmer et à raisonner. La fatigue, un
anéantissement de tout son être, l'empêchait seul
de se relever pour chercher une arme et mourir. Et, cependant, du fond de l'invincible somnolence qui la prenait, montait encore l'amour
de la vie, le besoin du bonheur, un rêve dernier
d'être heureuse elle aussi, puisqu'elle laissait
les deux autres à la félicité de vivre ensemble,
libres. Pourquoi n'attendait-elle pas la nuit et ne
courait-elle pas rejoindre Ozil, qui l'adorait, qui
saurait bien la défendre ? Ses idées devenaient

douces et confuses, elle s'endormit, d'un sommeil noir, sans rêves.

Lorsque Flore se réveilla, la nuit s'était faite, profonde. Étourdie, elle tâta autour d'elle, se souvint tout d'un coup, en sentant le roc nu, où elle était couchée. Et ce fut, comme au choc de la foudre, la nécessité implacable : il fallait mourir. Il semblait que la douceur lâche, cette défaillance devant la vie possible encore, s'en était allée avec la fatigue. Non, non ! la mort seule était bonne. Elle ne pouvait vivre dans tout ce sang, le cœur arraché, exécrée du seul homme qu'elle avait voulu et qui était à une autre. Maintenant qu'elle en avait la force, il fallait mourir.

Flore se leva, sortit du trou de roches. Elle n'hésita pas, car elle venait de trouver d'instinct où elle devait aller. D'un nouveau regard au ciel, vers les étoiles, elle sut qu'il était près de neuf heures. Comme elle arrivait à la ligne du chemin de fer, un train passa, à grande vitesse, sur la voie descendante, ce qui parut lui faire plaisir : tout irait bien, on avait évidemment déblayé cette voie, tandis que l'autre était sans doute encore obstruée, car la circulation n'y semblait pas rétablie. Dès lors, elle suivit la haie vive, au milieu du grand silence de ce pays sauvage. Rien ne pressait, il n'y aurait plus de train avant l'express de Paris, qui ne serait là qu'à neuf heures vingt-cinq ; et elle longeait toujours la haie à petits pas, dans l'ombre épaisse, très calme, comme si elle eût fait une de ses promenades habituelles, par les sentiers déserts. Pourtant, avant d'arriver au tunnel, elle franchit la haie, elle continua d'avancer sur

la voie même, de son pas de flânerie, marchant à
la rencontre de l'express. Il lui fallut ruser, pour
n'être pas vue du gardien, ainsi qu'elle s'y prenait
d'ordinaire, chaque fois qu'elle rendait visite à
Ozil, là-bas, à l'autre bout. Et, dans le tunnel, elle
marcha encore, toujours, toujours en avant. Mais
ce n'était plus comme l'autre semaine, elle n'avait
plus peur, si elle se retournait, de perdre la notion
exacte du sens où elle allait. La folie du tunnel
ne battait point sous son crâne, ce coup de folie
où sombrent les choses, le temps et l'espace, au
milieu du tonnerre des bruits et de l'écrasement
de la voûte. Que lui importait ! Elle ne raisonnait
pas, ne pensait même pas, n'avait qu'une résolution fixe : marcher, marcher devant elle, tant
qu'elle ne rencontrerait pas le train, et marcher
encore, droit au fanal, dès qu'elle le verrait flam-
ber dans la nuit.

Flore s'étonna cependant, car elle croyait aller
ainsi depuis des heures. Comme c'était loin, cette
mort qu'elle voulait ! L'idée qu'elle ne la trouverait pas, qu'elle cheminerait des lieues et des
lieues, sans se heurter contre elle, la désespéra un
moment. Ses pieds se lassaient, serait-elle donc
obligée de s'asseoir, de l'attendre, couchée en travers des rails ? Mais cela lui paraissait indigne,
elle avait le besoin de marcher jusqu'au bout, de
mourir toute droite, par un instinct de vierge et
de guerrière. Et ce fut, en elle, un réveil d'énergie,
une nouvelle poussée en avant, lorsqu'elle aperçut,
très lointain, le fanal de l'express, pareil à une
petite étoile, scintillante et unique au fond d'un
ciel d'encre. Le train n'était pas encore sous la

voûte, aucun bruit ne l'annonçait, il n'y avait que ce feu si vif, si gai, grandissant peu à peu. Redressée dans sa haute taille souple de statue, balancée sur ses fortes jambes, elle avançait maintenant d'un pas allongé, sans courir pourtant, comme à l'approche d'une amie, à qui elle voulait épargner un bout du chemin. Mais le train venait d'entrer dans le tunnel, l'effroyable grondement approchait, ébranlant la terre d'un souffle de tempête, tandis que l'étoile était devenue un œil énorme, toujours grandissant, jaillissant comme de l'orbite des ténèbres. Alors, sous l'empire d'un sentiment inexpliqué, peut-être pour n'être que seule à mourir, elle vida ses poches, sans cesser sa marche d'obstination héroïque, posa tout un paquet au bord de la voie, un mouchoir, des clefs, de la ficelle, deux couteaux ; même elle enleva le fichu noué sur son cou, laissa son corsage dégrafé, à moitié arraché. L'œil se changeait en un brasier, en une gueule de four vomissant l'incendie, le souffle du monstre arrivait, humide et chaud déjà, dans ce roulement de tonnerre, de plus en plus assourdissant. Et elle marchait toujours, elle se dirigeait droit à cette fournaise, pour ne pas manquer la machine, fascinée ainsi qu'un insecte de nuit, qu'une flamme attire. Et, dans l'épouvantable choc, dans l'embrassade, elle se redressa encore, comme si, soulevée par une dernière révolte de lutteuse, elle eût voulu étreindre le colosse, et le terrasser. Sa tête avait porté en plein dans le fanal, qui s'éteignit.

Ce ne fut que plus d'une heure après qu'on vint ramasser le cadavre de Flore. Le mécanicien avait bien vu cette grande figure pâle marcher contre la machine, d'une étrangeté effrayante d'apparition, sous le jet de clarté vive qui l'inondait ; et, lorsque brusquement, la lanterne éteinte, le train s'était trouvé dans une obscurité profonde, roulant avec son bruit de foudre, il avait frémi, en sentant passer la mort. Au sortir du tunnel, il s'était efforcé de crier l'accident au gardien. Mais, à Barentin seulement, il avait pu raconter que quelqu'un venait de se faire couper, là-bas : c'était certainement une femme ; des cheveux, mêlés à des débris de crâne, restaient collés encore à la vitre brisée du fanal. Et, quand les hommes envoyés à la recherche du corps le découvrirent, ils furent saisis de le voir si blanc, d'une blancheur de marbre. Il gisait sur la voie montante, projeté là par la violence du choc, la tête en bouillie, les membres sans une égratignure, à moitié dévêtu, d'une beauté admirable, dans la pureté et la force. Silencieusement, les hommes l'enveloppèrent. Ils l'avaient reconnue. Elle s'était sûrement fait tuer, folle, pour échapper à la responsabilité terrible qui pesait sur elle.

Dès minuit, le cadavre de Flore, dans la petite maison basse, reposa à côté du cadavre de sa mère. On avait mis par terre un matelas, et rallumé une chandelle, entre elles deux. Phasie, la tête penchée toujours, avec le rire affreux de sa bouche tordue, semblait maintenant regarder sa fille, de ses grands yeux fixes ; tandis que, dans la solitude, au milieu du profond silence, on entendait de tous côtés la sourde besogne, l'effort haletant de Misard, qui s'était remis à ses fouilles. Et, aux intervalles réglementaires, les trains pas-

saient, se croisaient sur les deux voies, la circulation venant d'être complètement rétablie. Ils
passaient inexorables, avec leur toute-puissance
mécanique, indifférents, ignorants de ces drames
et de ces crimes. Qu'importaient les inconnus de
la foule tombés en route, écrasés sous les roues !
On avait emporté les morts, lavé le sang, et l'on
repartait pour là-bas, à l'avenir.

XI

C'était dans la grande chambre à coucher de la Croix-de-Maufras, la chambre tendue de damas rouge, dont les deux hautes fenêtres donnaient sur la ligne du chemin de fer, à quelques mètres. Du lit, un vieux lit à colonnes, placé en face, on voyait les trains passer. Et, depuis des années, on n'y avait pas enlevé un objet, pas dérangé un meuble.

Séverine avait fait monter dans cette pièce Jacques blessé, évanoui ; tandis qu'on laissait Henri Dauvergne au rez-de-chaussée, dans une autre chambre à coucher, plus petite. Elle gardait pour elle-même une chambre voisine de celle de Jacques, dont le palier seul la séparait. En deux heures, l'installation fut suffisamment confortable, car la maison était restée toute montée, il y avait jusqu'à du linge au fond des armoires. Un tablier noué par-dessus sa robe, Séverine se trouvait changée en infirmière, après avoir télégraphié simplement à Roubaud qu'il n'eût pas à l'attendre, qu'elle demeurerait là sans doute quelques jours, pour soigner des blessés, recueillis chez eux.

Et, dès le lendemain, le médecin avait cru pou-

voir répondre de Jacques, même en huit jours
il comptait le remettre sur pied : un véritable
miracle, à peine de légers désordres intérieurs.
Mais il recommandait les plus grands soins, l'immobilité la plus absolue. Aussi, lorsque le malade
ouvrit les yeux, Séverine, qui le veillait comme
un enfant, le supplia-t-elle d'être gentil, de lui
obéir en toute chose. Lui, très faible encore, pro-
mit d'un signe de tête. Il avait toute sa lucidité,
il reconnaissait cette chambre, décrite par elle,
la nuit de ses aveux : la chambre rouge, où, dès
seize ans et demi, elle avait cédé aux violences
du président Grandmorin. C'était bien le lit qu'il
occupait maintenant, c'étaient les fenêtres par
lesquelles, sans même lever la tête, il regardait
filer les trains, dans le brusque ébranlement de
la maison tout entière. Et, cette maison, il la
sentait à son entour, telle qu'il l'avait vue si souvent, lorsque lui-même passait là, emporté sur sa
machine. Il la revoyait, plantée de biais au bord de
la voie, dans sa détresse et dans l'abandon de ses
volets clos, rendue, depuis qu'elle était à vendre,
plus lamentable et plus louche par l'immense écriteau, qui ajoutait à la mélancolie du jardin, obs-
trué de ronces. Il se rappelait l'affreuse tristesse
qu'il éprouvait chaque fois, le malaise dont elle
le hantait, comme si elle se dressait à cette place
pour le malheur de son existence. Aujourd'hui,
couché dans cette chambre, si faible, il croyait
comprendre, car ce ne pouvait être que cela : il
allait sûrement y mourir.

Dès qu'elle l'avait vu en état de l'entendre, Séverine s'était empressée de le rassurer, en lui disant

à l'oreille, pendant qu'elle remontait la couverture :

« Ne t'inquiète pas, j'ai vidé tes poches, j'ai pris la montre. »

Il la regardait, les yeux élargis, faisant un effort de mémoire.

« La montre... Ah ! oui, la montre.

— On aurait pu te fouiller. Et je l'ai cachée parmi des affaires à moi. N'aie pas peur. »

Il la remercia d'un serrement de main. En tournant la tête, il avait aperçu, sur la table, le couteau, trouvé également dans une de ses poches. Lui, seulement, n'était pas à cacher : un couteau comme tous les autres.

Mais, le lendemain déjà, Jacques était plus fort, et il se reprit à espérer qu'il ne mourrait pas là. Il avait eu un véritable plaisir à reconnaître, près de lui, Cabuche, s'empressant, assourdissant sur le parquet ses pas lourds de colosse ; car, depuis l'accident, le carrier n'avait pas quitté Séverine, comme emporté lui aussi dans un ardent besoin de dévouement : il lâchait son travail, revenait chaque matin l'aider aux gros travaux du ménage, la servait en chien fidèle, les yeux fixés sur les siens. Ainsi qu'il le disait, c'était une rude femme, malgré son air mince. On pouvait bien faire quelque chose pour elle, qui faisait tant pour les autres. Et les deux amants s'habituaient à lui, se tutoyaient, s'embrassaient même, sans se gêner, lorsqu'il traversait la chambre discrètement, en effaçant le plus possible son grand corps.

Jacques, cependant, s'étonnait des fréquentes absences de Séverine. Le premier jour, pour obéir au médecin, elle lui avait caché la présence d'Henri, en bas, sentant bien de quelle douceur apaisante lui serait l'idée d'une absolue solitude.

« Nous sommes seuls, n'est-ce pas ?

— Oui, mon chéri, seuls, tout à fait seuls... Dors tranquille. »

Seulement, elle disparaissait à chaque minute, et dès le lendemain, il avait entendu, au rez-de-chaussée, des bruits de pas, des chuchotements. Puis, le jour suivant, ce fut toute une gaieté étouffée, des rires clairs, deux voix jeunes et fraîches qui ne cessaient point.

« Qu'y a-t-il ? qui est-ce ?... Nous ne sommes donc pas seuls ?

— Eh bien ! non, mon chéri, il y a en bas, juste sous ta chambre, un autre blessé que j'ai dû recueillir.

— Ah !... Qui donc ?

— Henri, tu sais, le conducteur-chef ?

— Henri... Ah !

— Et, ce matin, ses sœurs sont arrivées. Ce sont elles que tu entends, elles rient de tout... Comme il va beaucoup mieux, elles repartiront ce soir, à cause de leur père qui ne peut se passer d'elles ; et Henri restera deux ou trois jours encore, pour se remettre complètement... Imagine-toi, il a sauté, lui, et rien de cassé ; seulement, il était comme idiot ; mais c'est revenu. »

Jacques se taisait, fixait sur elle un regard si long, qu'elle ajouta :

« Tu comprends ? s'il n'était pas là, on pourrait jaser de nous deux... Tant que je ne suis pas seule

avec toi, mon mari n'a rien à dire, j'ai un bon prétexte pour rester ici. Tu comprends ?

— Oui, oui, c'est très bien. »

Et, jusqu'au soir, Jacques écouta les rires des
petites Dauvergne, qu'il se souvenait d'avoir entendus, à Paris, monter ainsi de l'étage inférieur, dans
la chambre où Séverine s'était confessée, entre
ses bras. Puis, la paix se fit, il ne distingua plus
que le pas léger de cette dernière, allant de lui à
l'autre blessé. La porte d'en bas se refermait, la
maison tombait à un silence profond. Deux fois,
ayant très soif, il dut taper avec une chaise sur le
plancher, pour qu'elle remontât. Et, quand elle
reparaissait, elle était souriante, très empressée,
expliquant qu'elle n'en finissait pas, parce qu'il fallait entretenir sur la tête d'Henri des compresses
d'eau glacée.

Dès le quatrième jour, Jacques put se lever
et passer deux heures dans un fauteuil, devant
la fenêtre. En se penchant un peu, il apercevait
l'étroit jardin, que le chemin de fer avait coupé,
clos d'un mur bas, envahi d'églantiers aux fleurs
pâles. Et il se rappelait la nuit où il s'était haussé,
pour regarder par-dessus le mur, il revoyait le
terrain assez vaste, de l'autre côté de la maison,
fermé seulement d'une haie vive, cette haie qu'il
avait franchie, et derrière laquelle il s'était heurté
à Flore, assise au seuil de la petite serre en ruine,
en train de démêler des cordes volées, à coups
de ciseaux. Ah ! l'abominable nuit, toute pleine
de l'épouvante de son mal ! Cette Flore, avec sa
taille haute et souple de guerrière blonde, ses yeux
flambants, fixés droit dans les siens, l'obsédait,

depuis que le souvenir lui revenait, de plus en plus net. D'abord, il n'avait pas ouvert la bouche de l'accident, et personne autour de lui n'en parlait, par prudence. Mais chaque détail se réveillait, il reconstruisait tout, il ne songeait qu'à cela, d'un effort si continu, que, maintenant, à la fenêtre, son occupation unique était de rechercher les traces, de guetter les acteurs de la catastrophe. Pourquoi donc ne la voyait-il plus, elle, à son poste de garde-barrière, le drapeau au poing ? Il n'osait poser la question, cela aggravait le malaise que lui causait cette maison lugubre, qui lui semblait toute peuplée de spectres.

Un matin pourtant, comme Cabuche était là, aidant Séverine, il finit par se décider.

« Et Flore, elle est malade ? »

Le carrier, saisi, ne comprit pas un geste de la jeune femme, crut qu'elle lui ordonnait de parler.

« La pauvre Flore, elle est morte ! »

Jacques les regardait, frémissant, et il fallut bien alors lui tout dire. À eux deux, ils lui contèrent le suicide de la jeune fille, comment elle s'était fait couper, sous le tunnel. On avait retardé l'enterrement de la mère jusqu'au soir, pour emmener la fille en même temps ; et elles dormaient côte à côte, dans le petit cimetière de Doinville, où elles étaient allées rejoindre la première partie, la cadette, cette douce et malheureuse Louisette, emportée elle aussi violemment, toute souillée de sang et de boue. Trois misérables, de celles qui tombent en route et qu'on écrase, disparues, comme balayées par le vent terrible de ces trains qui passaient !

« Morte, mon Dieu ! répéta très bas Jacques, ma pauvre tante Phasie, et Flore, et Louisette ! »

Au nom de cette dernière, Cabuche, qui aidait Séverine à pousser le lit, leva instinctivement les yeux sur elle, troublé par le souvenir de sa tendresse d'autrefois, dans la passion naissante dont il était envahi, sans défense, en être tendre et borné, en bon chien qui se donne dès la première caresse. Mais la jeune femme, au courant de ses tragiques amours, restait grave, le regardait avec des yeux de sympathie ; et il en fut très touché ; et, sa main ayant, sans le vouloir, effleuré la sienne, en lui passant les oreillers, il suffoqua, il répondit d'une voix bégayante à Jacques qui l'interrogeait.

« On l'accusait donc d'avoir provoqué l'accident ?

— Oh ! non, non... Seulement, c'était sa faute, vous comprenez bien. »

En phrases coupées, il dit ce qu'il savait. Lui, n'avait rien vu, car il était dans la maison, quand les chevaux avaient marché, amenant le fardier en travers de la voie. C'était bien là son sourd remords, ces messieurs de la justice le lui avaient reproché durement : on ne quittait pas ses bêtes, l'effroyable malheur ne serait pas arrivé, s'il était resté avec elles. L'enquête avait donc abouti à une simple négligence de la part de Flore ; et, comme elle s'était punie elle-même, atrocement, l'affaire en demeurait là, on ne déplaçait même pas Misard, qui, de son air humble et déférent, s'était tiré d'embarras, en chargeant la morte : elle n'en faisait jamais qu'à sa tête, il devait sortir à chaque minute de son poste pour fermer la barrière. D'ailleurs, la Compagnie n'avait pu qu'établir, ce matin-là, la parfaite correction de son service ; et, en attendant qu'il se remariât, elle venait de l'autoriser à prendre avec lui, pour garder la barrière, une vieille femme du voisinage, la Ducloux, une ancienne servante d'auberge, qui vivait de gains louches, amassés autrefois.

Lorsque Cabuche quitta la chambre, Jacques retint Séverine du regard. Il était très pâle.

« Tu sais bien que c'est Flore qui a tiré les chevaux et qui a barré la voie, avec les pierres. »

Séverine blêmit à son tour.

« Chéri, qu'est-ce que tu racontes !... Tu as la fièvre, il faut te recoucher.

— Non, non, ce n'est pas un cauchemar... Tu entends ? je l'ai vue, comme je te vois. Elle tenait les bêtes, elle empêchait le fardier d'avancer, avec sa poigne solide. »

Alors, la jeune femme défaillit sur une chaise, en face de lui, les jambes cassées.

« Mon Dieu ! mon Dieu ! ça me fait peur... C'est monstrueux, je ne vais plus en dormir.

— Parbleu ! continua-t-il, la chose est claire, elle a tenté de nous tuer tous les deux, dans le tas... Depuis longtemps, elle me voulait, et elle était jalouse. Avec ça, une tête détraquée, des idées de l'autre monde... Tant de meurtres d'un coup, toute une foule dans du sang ! Ah ! la bougresse ! »

Ses yeux s'élargissaient, un tic nerveux tirait ses lèvres ; et il se tut, et ils continuèrent à se regarder, toute une grande minute. Puis, s'arrachant aux visions abominables qui s'évoquaient entre eux, il reprit à demi-voix :

« Ah ! elle est morte, c'est donc ça qu'elle revient ! Depuis que j'ai repris connaissance, il me semble toujours qu'elle est là. Ce matin encore, je me suis retourné, en la croyant au chevet de mon lit… Elle est morte et nous vivons. Pourvu qu'elle ne se venge pas, maintenant ! »

Séverine frissonna.

« Tais-toi, tais-toi donc ! Tu me rendras folle. »

Et elle sortit, Jacques l'entendit qui descendait près de l'autre blessé. Lui, resté à la fenêtre, s'oublia de nouveau à examiner la voie, la petite maison du garde-barrière, avec son grand puits, le poste de cantonnement, cette étroite baraque de planches, où Misard semblait sommeiller, dans sa régulière et monotone besogne. Ces choses l'absorbaient maintenant pendant des heures, comme à la recherche d'un problème qu'il ne pouvait résoudre, et dont la solution pourtant importait à son salut.

Ce Misard, il ne se lassait pas de le regarder, cet être chétif, doux et blême, continuellement secoué d'une petite toux mauvaise, et qui avait empoisonné sa femme, et qui était venu à bout de cette gaillarde, en insecte rongeur, entêté à sa passion. Sûrement, depuis des années, il n'avait pas eu d'autre idée dans la tête, de jour et de nuit, pendant les douze interminables heures de son service. À chaque tintement électrique qui lui annonçait un train, sonner de la trompe ; puis, le train passé, la voie fermée, pousser un bouton pour l'annoncer au poste suivant, en pousser un autre pour rendre la voie libre au poste précédent : c'étaient là des mouvements simplement mécaniques, qui

avaient fini par entrer comme des habitudes de
corps dans sa vie végétative. Illettré, obtus, il ne
lisait jamais, il restait les mains ballantes, les yeux
perdus et vagues, entre les appels de ses appareils. Presque toujours assis dans sa guérite, il
n'y prenait d'autre distraction que d'y déjeuner le
plus longuement possible. Ensuite, il retombait
à son hébétude, le crâne vide, sans une pensée,
tourmenté surtout de terribles somnolences, s'en-
dormant parfois les yeux ouverts. La nuit, s'il ne
voulait pas succomber à cette irrésistible torpeur,
il lui fallait se lever, marcher, les jambes molles,
ainsi qu'un homme ivre. Et c'était ainsi que la
lutte avec sa femme, ce sourd combat pour les
mille francs cachés, à qui les aurait après la mort
de l'autre, devait avoir été, durant des mois et des
mois, l'unique réflexion, dans ce cerveau engourdi
d'homme solitaire. Quand il sonnait de la trompe,
quand il manœuvrait ses signaux, veillant en auto-
mate à la sécurité de tant de vies, il songeait au
poison ; et, quand il attendait, les bras inertes, les
yeux vacillants de sommeil, il y songeait encore.
Rien au-delà : il la tuerait, il chercherait, c'était
lui qui aurait l'argent.

Aujourd'hui, Jacques s'étonnait de le trouver
le même. On tuait donc sans secousse, et la vie
continuait. Après la fièvre des premières fouilles,
Misard, en effet, venait de retomber à son flegme,
d'une douceur sournoise d'être fragile qui craint
les chocs. Au fond, il avait eu beau la manger,
sa femme triomphait quand même ; car il restait
battu, il retournait la maison, sans rien découvrir,
pas un centime ; et ses regards seuls, des regards

inquiets et fureteurs, disaient sa préoccupation, dans sa face terreuse. Continuellement, il revoyait les yeux grands ouverts de la morte, le rire affreux de ses lèvres, qui répétaient : « Cherche ! cherche ! » Il cherchait, il ne pouvait maintenant donner à sa cervelle une minute de repos ; sans relâche, elle travaillait, travaillait, en quête de l'endroit où le magot était enfoui, reprenant l'examen des cachettes possibles, rejetant celles qu'il avait fouillées déjà, s'allumant de fièvre dès qu'il en imaginait une nouvelle, brûlé alors d'une telle hâte qu'il lâchait tout pour y courir, inutilement : supplice intolérable à la longue, torture vengeresse, sorte d'insomnie cérébrale qui le tenait éveillé, stupide et réfléchissant malgré lui, sous le tic-tac d'horloge de l'idée fixe. Quand il soufflait dans sa trompe, une fois pour les trains descendants, deux fois pour les trains montants, il cherchait ; quand il obéissait aux sonneries, quand il poussait les boutons de ses appareils, fermant, ouvrant la voie, il cherchait ; sans cesse, il cherchait, cherchait éperdument, le jour, pendant ses longues attentes, alourdi d'oisiveté, la nuit, tourmenté de sommeil, comme exilé au bout du monde, dans le silence de la grande campagne noire. Et la Ducloux, la femme qui, à présent, gardait la barrière, travaillée du désir de se faire épouser, était aux petits soins, inquiète de ce que jamais plus il ne fermait l'œil.

Une nuit, Jacques, qui commençait à faire quelques pas dans sa chambre, s'étant levé et approché de la fenêtre, vit une lanterne aller et venir chez Misard : sûrement, l'homme cherchait.

Mais, la nuit suivante, comme le convalescent guettait de nouveau, il eut l'étonnement de reconnaître Cabuche, dans une grande forme sombre, debout sur la route, sous la fenêtre de la pièce voisine, où dormait Séverine. Et cela, sans qu'il sût pourquoi, au lieu de l'irriter, l'emplit de commisération et de tristesse : un malheureux encore, cette grande brute, plantée là, ainsi qu'une bête affolée et fidèle. Vraiment, Séverine, si mince, pas belle lorsqu'on la détaillait, était donc d'un charme bien puissant, avec ses cheveux d'encre et ses pâles yeux de pervenche, pour que les sauvages eux-mêmes, les colosses bornés, eussent ainsi la chair prise, jusqu'à passer les nuits à sa porte, en petits garçons tremblants ! Il se rappela des faits, l'empressement du carrier à l'aider, les regards de servitude dont il s'offrait à elle. Oui, certainement, Cabuche l'aimait, la désirait. Et, le lendemain, l'ayant surveillé, il le vit qui ramassait furtivement une épingle à cheveux, tombée de son chignon, en faisant le lit, et qui la gardait dans son poing, pour ne pas la rendre. Jacques songeait à son propre tourment, tout ce qu'il avait souffert du désir, tout ce qui revenait en lui de trouble et d'effrayant, avec la santé.

Deux jours encore se passèrent, la semaine s'achevait, et ainsi que le médecin l'avait prévu, les blessés allaient pouvoir reprendre leur service. Un matin, le mécanicien, étant à la fenêtre, vit passer, sur une machine toute neuve, son chauffeur Pecqueux, qui le salua de la main, comme s'il l'appelait. Mais il n'avait aucune hâte, un réveil de passion le retenait là, une sorte d'attente anxieuse de ce qui devait se produire. Le jour même, en bas, il entendit de nouveau les rires frais et jeunes, une gaieté de grandes filles, emplissant la triste demeure du tapage d'un pensionnat en récréation. Il avait reconnu les petites Dauvergne. Il n'en parla point à Séverine, qui, d'ailleurs, la journée entière, s'échappa, sans pouvoir rester cinq minutes près de lui. Puis, le soir, la maison tomba à un silence de mort. Et, comme, l'air grave, un peu pâle, elle s'attardait dans sa chambre, il la regarda fixement, il lui demanda :

« Alors, il est parti, ses sœurs l'ont emmené ? »

Elle répondit d'une voix brève :

« Oui.

— Et nous sommes seuls enfin, tout à fait seuls ?

— Oui, tout à fait seuls… Demain, il faudra nous quitter, je retournerai au Havre. C'est fini, de camper dans ce désert. »

Lui, continuait à la regarder, d'un air souriant et gêné. Pourtant il se décida :

« Tu regrettes qu'il soit parti, hein ? »

Et, comme elle tressaillait, en voulant protester, il l'arrêta.

« Ce n'est pas une querelle que je te cherche. Tu vois bien que je ne suis pas jaloux. Un jour, tu m'as dit de te tuer, si tu m'étais infidèle, et, n'est-ce pas ? je n'ai point l'air d'un amant qui songe à tuer sa maîtresse… Mais, vraiment, tu ne bougeais plus d'en bas. Impossible de t'avoir à moi une minute. J'ai fini par me rappeler ce que disait ton mari, que tu coucherais un beau soir avec ce garçon, sans plaisir, uniquement pour recommencer autre chose. »

Elle avait cessé de se débattre, elle répéta à deux reprises, lentement :

« Recommencer, recommencer... »

Puis, dans un élan d'irrésistible franchise :

« Eh bien ! écoute, c'est vrai... Nous pouvons nous dire tout, nous autres. Il y a assez de choses qui nous lient... Depuis des mois, il me poursuivait, cet homme. Il savait que j'étais à toi, il pensait que ça ne me coûterait pas davantage d'être à lui. Et, quand je l'ai retrouvé en bas, il m'a parlé encore, il m'a répété qu'il m'aimait à en mourir, l'air si pénétré de reconnaissance pour les soins que je lui donnais, avec une telle douceur de tendresse, que, c'est vrai, j'ai fait un moment le rêve de l'aimer aussi, de recommencer autre chose, quelque chose de meilleur, de très doux... Oui, quelque chose sans plaisir peut-être, mais qui m'aurait calmée... »

Elle s'interrompit, hésita avant de continuer.

« Car, devant nous deux, maintenant, c'est barré, nous n'irons pas plus loin... Notre rêve de départ, cet espoir d'être riches et heureux, là-bas, en Amérique, toute cette félicité qui dépendait de toi, elle est impossible, puisque tu n'as pas pu... Oh ! je ne te reproche rien, il vaut même mieux que la chose ne se soit pas faite ; mais je veux te faire comprendre qu'avec toi je n'ai plus rien à attendre : demain sera comme hier, les mêmes ennuis, les mêmes tourments. »

Il la laissait parler, il ne la questionna qu'en la voyant se taire.

« Et c'est pour ça que tu as couché avec l'autre ? » Elle avait fait quelques pas dans la chambre, elle revint, haussa les épaules.

« Non, je n'ai pas couché avec lui, et je te le dis
simplement, et tu me crois, j'en suis sûre, parce
que désormais nous n'avons pas à nous mentir...
Non, je n'ai pas pu, pas davantage que tu n'as pu
toi-même, pour l'autre affaire. Hein ? ça t'étonne
qu'une femme ne puisse se donner à un homme,
quand elle raisonne le cas, en trouvant qu'elle y
aurait intérêt. Moi-même, je n'en pensais pas si
long, ça ne m'avait jamais coûté d'être gentille, je
veux dire de faire ce plaisir à mon mari ou à toi,
quand je vous voyais m'aimer si fort. Eh bien ! je
n'ai pas pu, cette fois-là. Il m'a baisé les mains,
pas même les lèvres, je te le jure. Il m'attend à
Paris, plus tard, parce que je le voyais si malheureux, que je n'ai pas voulu le désespérer. »

Elle avait raison, Jacques la croyait, il voyait
bien qu'elle ne mentait pas. Et il était repris d'une
angoisse, le trouble affreux de son désir grandissait, à penser qu'il était maintenant enfermé seul
avec elle, loin du monde, dans la flamme rallumée
de leur passion. Il voulut s'échapper, il s'écria :

« Mais l'autre encore, il y en a un autre, ce
Cabuche ! »

Un brusque mouvement la ramena de nouveau.

« Ah ! tu t'es aperçu, tu sais cela aussi... Oui,
c'est vrai, il y a celui-là encore. Je me demande ce
qu'ils ont tous... Celui-là ne m'a jamais dit un mot.
Mais je le vois bien qui se tord les bras, quand
nous nous embrassons. Il m'entend te tutoyer, il
pleure dans les coins. Et puis, il me vole tout, des
affaires à moi, des gants, jusqu'à des mouchoirs
qui disparaissent, qu'il emporte là-bas, dans sa
caverne, comme des trésors... Seulement, tu ne

vas pas t'imaginer que je suis capable de céder à ce sauvage. Il est trop gros, il me ferait peur. D'ailleurs, il ne demande rien… Non, non, ces grandes brutes, quand c'est timide, ça meurt d'amour, sans rien exiger. Tu pourrais me laisser un mois à sa garde, il ne me toucherait pas du bout des doigts, pas plus qu'il n'avait touché à Louisette, ça, j'en réponds aujourd'hui. »

À ce souvenir, leurs regards se rencontrèrent, un silence régna. Les choses du passé s'évoquaient, leur rencontre chez le juge d'instruction, à Rouen, puis leur premier voyage à Paris, si doux, et leurs amours, au Havre, et tout ce qui avait suivi, de bon et de terrible. Elle se rapprocha, elle était si près de lui, qu'il sentait la tiédeur de son haleine.

« Non, non, encore moins avec celui-là qu'avec l'autre. Avec personne, entends-tu, parce que je ne pourrais pas… Et veux-tu savoir pourquoi ? Va, je le sens à cette heure, je suis sûre de ne pas me tromper : c'est parce que tu m'as prise tout entière. Il n'y a pas d'autre mot : oui, prise, comme on prend quelque chose des deux mains, qu'on l'emporte, qu'on en dispose à chaque minute, ainsi que d'un objet à soi. Avant toi, je n'ai été à personne. Je suis tienne et je resterai tienne, même si tu ne le veux pas, même si je ne le veux pas moi-même… Ça, je ne saurais l'expliquer. Nous nous sommes rencontrés ainsi. Avec les autres, ça me fait peur, ça me répugne ; tandis que toi, tu as fait de ça un plaisir délicieux, un vrai bonheur du ciel… Ah ! je n'aime que toi, je ne peux plus aimer que toi ! »

Elle avançait les bras, pour l'avoir à elle, dans

une étreinte, pour poser la tête à son épaule,
la bouche à ses lèvres. Mais il lui avait saisi les
mains, il la retenait, éperdu, terrifié de sentir
l'ancien frisson remonter de ses membres, avec
le sang qui lui battait le crâne. C'était la sonnerie d'oreilles, les coups de marteau, la clameur
de foule de ses grandes crises d'autrefois. Depuis
quelque temps, il ne pouvait plus la posséder en
plein jour ni même à la clarté d'une bougie, dans
la peur de devenir fou, s'il voyait. Et une lampe
était là, qui les éclairait vivement tous les deux ; et,
s'il tremblait ainsi, s'il commençait à s'enrager, ce
devait être qu'il apercevait la rondeur blanche de
sa gorge, par le col dégrafé de la robe de chambre.

Suppliante, brûlante, elle continua :

« Notre existence a beau être barrée, tant pis ! Si
je n'attends de toi rien de nouveau, si je sais que
demain ramènera pour nous les mêmes ennuis
et les mêmes tourments, ça m'est égal, je n'ai pas
autre chose à faire que de traîner ma vie et de
souffrir avec toi. Nous allons retourner au Havre,
ça ira comme ça voudra, pourvu que je t'aie ainsi
une heure, de temps à autre... Voici trois nuits
que je ne dors plus, torturée dans ma chambre,
là, de l'autre côté du palier, par le besoin de venir
te rejoindre. Tu avais été si souffrant, tu me sem-
blais si sombre, que je n'osais pas... Mais, dis,
garde-moi, ce soir. Tu verras comme ce sera gentil, je me ferai toute petite, pour ne pas te gêner.
Et puis, songe que c'est la dernière nuit... On est
au bout de la terre, dans cette maison. Écoute,
pas un souffle, pas une âme. Personne ne peut
venir, nous sommes seuls, si absolument seuls,

que personne ne le saurait, si nous mourions aux bras l'un de l'autre. »

Déjà, dans la fureur de son désir de possession, exalté par ses caresses, Jacques, n'ayant pas d'arme, avançait les doigts pour étrangler Séverine, lorsque, d'elle-même, elle céda à l'habitude prise, se tourna et éteignit la lampe. Alors, il l'emporta, ils se couchèrent. Ce fut une de leurs plus ardentes nuits d'amour, la meilleure, la seule où ils se sentirent confondus, disparus l'un dans l'autre. Brisés de ce bonheur, anéantis au point de ne plus sentir leur corps, ils ne s'endormirent pourtant pas, ils restèrent liés d'une étreinte. Et, comme pendant la nuit des aveux, à Paris, dans la chambre de la mère Victoire, lui l'écoutait, silencieux, tandis qu'elle, la bouche collée à son oreille, chuchotait très bas des paroles sans fin. Peut-être, ce soir-là, avait-elle senti la mort passer sur sa nuque, avant d'éteindre la lampe. Jusqu'à ce jour, elle était demeurée souriante, inconsciente, sous la continuelle menace de meurtre, aux bras de son amant. Mais elle venait d'en avoir le petit frisson froid, et c'était cette épouvante inexpliquée qui la nouait si étroitement à cette poitrine d'homme, dans un besoin de protection. Son léger souffle était comme le don même de sa personne.

« Oh ! mon chéri, si tu avais pu, que nous aurions été heureux, là-bas… ! Non, non, je ne te demande plus de faire ce que tu ne peux pas faire ; seulement, je regrette tant notre rêve !… J'ai eu peur, tout à l'heure. Je ne sais pas, il me semble que quelque chose me menace. C'est un enfantillage sans doute : à chaque minute, je me retourne,

comme si quelqu'un était là, prêt à me frapper...
Et je n'ai que toi, mon chéri, pour me défendre.
Toute ma joie dépend de toi, tu es maintenant ma
seule raison de vivre. »

Sans répondre, il la serra davantage, mettant
dans cette pression ce qu'il ne disait point : son
émotion, son désir sincère d'être bon pour elle,
l'amour violent qu'elle n'avait pas cessé de lui ins-
pirer. Et il avait encore voulu la tuer, ce soir-là ;
car, si elle ne s'était pas tournée, pour éteindre la
lampe, il l'aurait étranglée, c'était certain. Jamais
il ne guérirait, les crises revenaient au hasard
des faits, sans qu'il pût même en découvrir, en
discuter les causes. Ainsi, pourquoi ce soir-là,
lorsqu'il la retrouvait fidèle, d'une passion élargie
et confiante ? Était-ce donc que plus elle l'aimait,
plus il la voulait posséder, jusqu'à la détruire, dans
ces ténèbres effrayantes de l'égoïsme du mâle ?
L'avoir comme la terre, morte !

« Dis, mon chéri, pourquoi donc ai-je peur ?
Sais-tu, toi, quelque chose qui me menace ?

— Non, non, sois tranquille, rien ne te menace.

— C'est que tout mon corps tremble, par
moments. Il y a, derrière moi, un continuel danger, que je ne vois pas, mais que je sens bien...
Pourquoi donc ai-je peur ?

— Non, non, n'aie pas peur... Je t'aime, je ne
laisserai personne te faire du mal... Vois, comme
cela est bon, d'être ainsi, l'un dans l'autre ! »

Il y eut un silence, délicieux.

« Ah ! mon chéri, continua-t-elle de son petit
souffle de caresse, des nuits et des nuits encore,
toutes pareilles à celle-ci, des nuits sans fin où

nous serions comme ça, à ne faire qu'un... Tu sais, nous vendrions cette maison, nous partirions avec l'argent, pour rejoindre en Amérique ton ami, qui t'attend toujours... Pas un jour je ne me couche, sans arranger notre vie là-bas... Et, tous les soirs, ce serait comme ce soir. Tu me prendrais, je serais à toi, nous finirions par nous endormir aux bras l'un de l'autre... Mais tu ne peux pas, je le sais. Si je t'en parle, ce n'est pas pour te faire de la peine, c'est parce que ça me sort du cœur, malgré moi. »

Une décision brusque, qu'il avait déjà prise si souvent, envahit Jacques : tuer Roubaud, pour ne pas la tuer, elle. Cette fois, comme les autres, il crut en avoir la volonté absolue, inébranlable.

« Je n'ai pas pu, murmura-t-il à son tour, mais je pourrai. Ne te l'ai-je pas promis ? »

Elle protesta, faiblement.

« Non, ne promets pas, je t'en prie... Nous en sommes malades après, quand le courage t'a manqué... Et puis, c'est affreux, il ne faut pas, non, non ! il ne faut pas.

— Si, tu le sais bien, il le faut, au contraire. C'est parce qu'il le faut, que j'en trouverai la force... Je voulais t'en parler, et nous allons en parler, puisque nous sommes là, seuls, tranquilles à ne pas voir nous-mêmes la couleur de nos paroles. »

Déjà, elle se résignait, soupirante, le cœur gonflé, battant à si grands coups, qu'il le sentait battre contre son propre cœur.

« Oh ! mon Dieu ! tant que ça ne devait pas se faire, je le désirais... Mais, à présent que ça devient sérieux, je ne vais plus vivre. »

Et ils se turent, il y eut un nouveau silence,

sous le poids lourd de cette résolution. Autour
d'eux, ils sentaient le désert, la désolation de ce
pays farouche. Ils avaient très chaud, les membres
moites, enlacés, fondus ensemble.

Puis, comme, d'une caresse errante, il lui mettait des baisers au cou, sous le menton, ce fut elle
qui reprit son léger murmure.

« Il faudrait qu'il vînt ici... Oui, je pourrais l'appeler, sous un prétexte. Je ne sais pas lequel. Nous
verrons plus tard... Alors, n'est-ce pas ? tu l'atten-
drais, tu te cacherais ; et ça irait tout seul, car on
est certain de n'être pas dérangé, ici... Hein ? c'est
ça qu'il faut faire. »

Docile, tandis que ses lèvres descendaient du
menton à la gorge, il se contenta de répondre :

« Oui, oui. »

Mais, elle, très réfléchie, pesait chaque détail ;
et, au fur et à mesure que le plan se développait
dans sa tête, elle le discutait et l'améliorait.

« Seulement, mon chéri, ce serait trop bête de
ne pas prendre nos précautions. Si nous devions
nous faire arrêter le lendemain, j'aimerais mieux
rester comme nous sommes... Vois-tu, j'ai lu ça,
je ne me rappelle plus où, dans un roman bien
sûr ; le mieux serait de faire croire à un suicide...
Il est si drôle depuis quelque temps, si détraqué
et si sombre, que ça ne surprendrait personne,
d'apprendre brusquement qu'il est venu ici pour se
tuer... Mais, voilà, il s'agirait de trouver le moyen,
d'arranger la chose, de façon que l'idée de suicide
fût acceptable... N'est-ce pas ?

— Oui, sans doute. »

Elle cherchait, suffoquée un peu, parce qu'il lui

ramassait la gorge sous ses lèvres, pour la baiser toute.

« Hein ? quelque chose qui cacherait la trace... Dis donc, c'est une idée ! Si, par exemple, il avait ça au cou, nous n'aurions qu'à le prendre et à le porter, à nous deux, là, en travers de la voie. Comprends-tu ? nous lui mettrions le cou sur un rail, de manière à ce que le premier train le décapitât. On pourrait chercher ensuite, quand il aurait tout ça écrasé : plus de trou, plus rien !... Est-ce que ça va, dis ?

— Oui, ça va, c'est très bien. »

Tous deux s'animaient, elle était presque gaie et fière d'avoir de l'imagination. À une caresse plus vive, elle fut parcourue d'un frémissement.

« Non, laisse-moi, attends un peu... Car, mon chéri, j'y songe, ça ne va pas encore. Si tu restes ici avec moi, le suicide quand même semblera louche. Il faut que tu partes. Entends-tu ? demain, tu partiras, mais d'une façon ouverte, devant Cabuche, devant Misard, pour que ton départ soit bien établi. Tu prendras le train à Barentin, tu descendras à Rouen, sous un prétexte ; puis, dès que la nuit sera tombée, tu reviendras, je te ferai entrer par-derrière. Il n'y a que quatre lieues, tu peux être de retour en moins de trois heures... Cette fois, tout est réglé. C'est fait, si tu le veux.

— Oui, je le veux, c'est fait. »

Lui-même, maintenant, réfléchissait, ne la baisait plus, inerte. Et il y eut encore un silence, pendant qu'ils demeuraient ainsi, sans bouger, aux bras l'un de l'autre, comme anéantis dans l'acte futur, arrêté, certain désormais. Puis, lentement,

la sensation de leurs deux corps leur revint, et
ils s'étouffaient d'une étreinte grandissante,
lorsqu'elle s'arrêta, les bras dénoués.

« Eh bien ! et le prétexte pour le faire venir ici ?
Il ne pourra toujours prendre que le train de huit
heures du soir, après son service, et il n'arrivera
pas avant dix heures : ça vaut mieux... Tiens !
justement, cet acquéreur pour la maison, dont
Misard m'a parlé, et qui doit visiter après-demain
matin ! Voilà, je vais télégraphier à mon mari, en
me levant, que sa présence est absolument nécessaire. Il sera là demain soir. Toi, tu partiras dans
l'après-midi, et tu pourras être de retour avant
qu'il arrive. Il fera nuit, pas de lune, rien qui nous
gêne... Tout s'arrange parfaitement.

— Oui, parfaitement. »

Et, cette fois, emportés jusqu'à l'évanouissement,
ils s'aimèrent. Lorsqu'ils s'endormirent enfin,
au fond du grand silence, en se tenant encore
à pleins bras, il ne faisait pas jour, la pointe de
l'aube commençait à blanchir les ténèbres qui les
avaient cachés l'un à l'autre, comme enveloppés
d'un manteau noir. Lui, jusqu'à dix heures, dormit
d'un sommeil écrasé, sans un rêve ; et, quand il
ouvrit les yeux, il était seul, elle s'habillait dans
sa chambre, de l'autre côté du palier. Une nappe
de clair soleil entrait par la fenêtre, incendiant
les rideaux rouges du lit, les tentures rouges des
murs, tout ce rouge dont flambait la pièce ; tandis
que la maison tremblait du tonnerre d'un train,
qui venait de passer. Ce devait être ce train qui
l'avait réveillé. Ébloui, il regarda le soleil, le ruissellement rouge où il était ; puis, il se souvint :

c'était décidé, c'était la nuit prochaine qu'il tuerait, lorsque ce grand soleil aurait disparu.

Les choses se passèrent, ce jour-là, ainsi que les
avaient arrêtées Séverine et Jacques. Elle, avant
le déjeuner, pria Misard de porter à Doinville
la dépêche pour son mari ; et, vers trois heures,
comme Cabuche était là, lui, ouvertement, fit ses
préparatifs de départ. Même, comme il partait,
pour prendre à Barentin le train de quatre heures
quatorze, le carrier l'accompagna, par désœuvre-
ment, par le sourd besoin qui le rapprochait de
lui, heureux de retrouver chez l'amant un peu
de la femme qu'il désirait. À Rouen, où Jacques
arriva à cinq heures moins vingt, il descendit, près
de la gare, dans une auberge que tenait une de
ses payses. Le lendemain, il parlait de voir des
camarades, avant d'aller à Paris reprendre son
service. Mais il se dit très fatigué, ayant trop présumé de ses forces ; et, dès six heures, il se retira
pour dormir, dans une chambre qu'il s'était fait
donner au rez-de-chaussée, avec une fenêtre qui
s'ouvrait sur une ruelle déserte. Dix minutes plus
tard, il était en route pour la Croix-de-Maufras,
après avoir enjambé cette fenêtre, sans être vu,
en ayant bien soin de repousser le volet, de façon
à pouvoir rentrer par là, secrètement.

Ce fut seulement à neuf heures un quart que
Jacques se retrouva devant la maison solitaire,
plantée de biais au bord de la voie, dans la détresse
de son abandon. La nuit était très noire, pas une
lueur n'éclairait la façade hermétiquement close.
Et il eut encore au cœur le choc douloureux, ce
coup d'affreuse tristesse, qui était comme le pres-

sentiment du malheur dont l'inévitable échéance
l'attendait là. Ainsi que cela était convenu avec
Séverine, il jeta trois petits cailloux dans le volet
de la chambre rouge ; puis, il passa derrière la
maison, où une porte, silencieusement, finit par
s'ouvrir. L'ayant refermée derrière lui, il suivit des
pas légers qui montaient l'escalier, à tâtons. Mais,
en haut, à la lueur de la grosse lampe brûlant sur
le coin d'une table, quand il aperçut le lit déjà
défait, les vêtements de la jeune femme jetés en
travers d'une chaise, et elle-même en chemise, les
jambes nues, coiffée pour la nuit, avec ses cheveux
épais, noués très haut, dégageant le cou, il resta
immobile de surprise.

« Comment ! tu t'es couchée ?

— Sans doute, ça vaut beaucoup mieux... Une
idée qui m'est venue. Tu comprends, quand il arrivera et que je descendrai lui ouvrir comme ça, il
se méfiera encore moins. Je lui raconterai que
j'ai été prise de migraine. Déjà Misard croit que
je suis souffrante. Ça me permettra de dire que
je n'ai pas quitté cette chambre, lorsque demain
matin on le retrouvera, lui, en bas, sur la voie. »

Mais Jacques frémissait, s'emportait.

« Non, non, habille-toi... Il faut que tu sois
debout. Tu ne peux pas rester comme ça. »

Elle s'était mise à sourire, étonnée.

« Pourquoi donc, mon chéri ? Ne t'inquiète pas,
je t'assure que je n'ai pas froid du tout... Tiens !
vois donc si j'ai chaud ! »

D'un mouvement câlin, elle s'approchait pour
se pendre à lui de ses bras nus, levant sa gorge
ronde, que découvrait la chemise, glissée sur une

épaule. Et, comme il se reculait, dans une irritation croissante, elle se fit docile.

« Ne te fâche pas, je vais me refourrer dans le
lit. Tu n'auras plus peur que je prenne du mal. »

Lorsqu'elle fut recouchée, le drap au menton,
il parut en effet se calmer un peu. D'ailleurs, elle
continuait de parler d'un air tranquille, elle lui
expliquait comment elle avait arrangé les choses
dans sa tête.

« Dès qu'il frappera, je descendrai lui ouvrir.
D'abord, j'avais l'idée de le laisser monter jusqu'ici,
où tu l'aurais attendu. Mais, pour le redescendre,
ça aurait compliqué encore ; et puis, dans cette
chambre, c'est du parquet, tandis que le vestibule
est dallé, ce qui me permettra de laver aisément,
s'il y a des taches... Même, en me déshabillant
tout à l'heure, je songeais à un roman, où l'auteur raconte qu'un homme, pour en tuer un autre,
s'était mis tout nu. Tu comprends ? on se lave
après, on n'a pas sur ses vêtements une seule éclaboussure... Hein ! si tu te déshabillais toi aussi, si
nous enlevions nos chemises ? »

Effaré, il la regarda. Mais elle avait sa figure
douce, ses yeux clairs de petite fille, simplement
préoccupée de la bonne conduite de l'affaire,
pour la réussite. Tout cela se passait dans sa tête.
Lui, à cette évocation de leurs deux nudités, sous
l'éclaboussement du meurtre, était repris, secoué
jusqu'aux os, du frisson abominable.

« Non, non !... Comme des sauvages, alors.
Pourquoi pas lui manger le cœur ? Tu le détestes
donc bien ? »

La face de Séverine s'était brusquement assombrie. Cette question la rejetait, de ses préparatifs de ménagère prudente, dans l'horreur de l'acte. Des larmes noyèrent ses yeux.

« J'ai trop souffert depuis quelques mois, je ne puis guère l'aimer. Cent fois, je l'ai dit : tout, plu- tôt que de rester avec cet homme une semaine encore. Mais, tu as raison, c'est affreux d'en venir là, il faut vraiment que nous ayons l'envie d'être heureux ensemble… Enfin, nous descendrons sans lumière. Tu te mettras derrière la porte, et quand je l'aurai ouverte et qu'il sera entré, tu feras comme tu voudras… Moi, si je m'en occupe, c'est pour t'aider, c'est pour que tu n'aies pas le souci à toi seul. J'arrange ça le mieux que je peux. »

Devant la table, il s'était arrêté, en voyant le couteau, l'arme qui avait déjà servi au mari lui- même, et qu'elle venait de mettre évidemment là, pour qu'il l'en frappât à son tour. Grand ouvert, le couteau luisait sous la lampe. Il le prit, l'examina. Elle se taisait, regardant elle aussi. Puisqu'il le tenait, il était inutile de lui en parler. Et elle ne continua que lorsqu'il l'eut reposé sur la table.

« N'est-ce pas ? mon chéri, ce n'est pas moi qui te pousse. Il en est temps encore, va-t'en, si tu ne peux pas. »

Mais, d'un geste violent, il s'entêtait.

« Est-ce que tu me prends pour un lâche ? Cette fois, c'est fait, c'est juré ! »

À ce moment, la maison fut ébranlée par le ton- nerre d'un train, qui passait en coup de foudre, si près de la chambre, qu'il semblait la traverser de son grondement ; et il ajouta :

« Voici son train, le direct de Paris. Il est descendu à Barentin, il sera ici dans une demi-heure. »

Et ni Jacques ni Séverine ne parlèrent plus, un long silence régna. Là-bas, ils voyaient cet homme qui s'avançait, par les sentiers étroits, à travers la nuit noire. Lui, mécaniquement, s'était mis à marcher aussi dans la chambre, comme s'il eût compté les pas de l'autre, que chaque enjambée rapprochait un peu. Encore un, encore un ; et, au dernier, il serait embusqué derrière la porte du vestibule, il lui planterait le couteau dans le cou, dès qu'il entrerait. Elle, le drap toujours au menton, couchée sur le dos, avec ses grands yeux fixes, le regardait aller et venir, l'esprit bercé par la cadence de sa marche, qui lui arrivait comme un écho des pas lointains, là-bas. Sans cesse un autre après un autre, rien ne les arrêterait plus. Quand il y en aurait assez, elle sauterait du lit, descendrait ouvrir, pieds nus, sans lumière. « C'est toi, mon ami, entre donc, je me suis couchée. » Et il ne répondrait même pas, il tomberait dans l'obscurité, la gorge ouverte.

De nouveau, un train passa, un descendant celui-ci, l'omnibus qui croisait le direct devant la Croix-de-Maufras, à cinq minutes de distance. Jacques s'était arrêté, surpris. Cinq minutes seulement ! Comme ce serait long, d'attendre une demi-heure ! Un besoin de mouvement le poussait, il se remit à aller d'un bout de la chambre à l'autre. Il s'interrogeait déjà, inquiet, pareil à ces mâles qu'un accident nerveux frappe dans leur virilité : pourrait-il ? Il connaissait bien, en lui, la marche du phénomène, pour l'avoir suivie à plus de dix reprises : d'abord, une certitude, une résolution absolue de tuer ; puis, une oppression au creux de la poitrine, un refroidissement des pieds et des mains ; et, d'un coup, la défaillance, l'inutilité de la volonté sur les muscles devenus inertes. Afin de s'exciter par le raisonnement, il se répétait ce qu'il s'était dit tant de fois : son intérêt à supprimer cet homme, la fortune qui l'attendait en Amérique, la possession de la femme qu'il aimait. Le pis était que, tout à l'heure, en trouvant cette dernière demi-nue, il avait bien cru l'affaire manquée encore ; car il cessait de s'appartenir, dès que reparaissait son ancien frisson. Un instant, il venait de trembler devant la tentation trop forte, elle qui s'offrait, et ce couteau ouvert, qui était là. Mais, maintenant, il restait solide, bandé vers l'effort. Il pourrait. Et il continuait d'attendre l'homme, battant la chambre, de la porte à la fenêtre, passant à chaque tour près du lit, qu'il ne voulait point voir.

Séverine, dans ce lit, où ils s'étaient aimés pendant les heures brûlantes et noires de la nuit précédente, ne bougeait toujours pas. La tête immobile sur l'oreiller, elle le suivait d'un va-et-vient du regard, anxieuse elle aussi, agitée de la crainte que, cette nuit-là encore, il n'osât point. En finir, recommencer, elle ne voulait que cela, au fond de son inconscience de femme d'amour, complaisante à l'homme, toute à celui qui la tenait, sans cœur pour l'autre qu'elle n'avait jamais désiré. On s'en débarrassait, puisqu'il gênait, rien n'était plus naturel ; et elle devait réfléchir, pour s'émouvoir de l'abomination du crime : dès que

l'image du sang, des complications horribles
s'effaçait de nouveau, elle retombait à son calme
souriant, avec son visage d'innocence, tendre et
docile. Cependant, elle, qui croyait bien connaître
Jacques, s'étonnait. Il avait sa tête ronde de beau
garçon, ses cheveux frisés, ses moustaches très
noires, ses yeux bruns diamantés d'or, mais sa
mâchoire inférieure avançait tellement, dans une
sorte de coup de gueule, qu'il s'en trouvait défi-
guré. En passant près d'elle, il venait de la regarder, comme malgré lui, et l'éclat de ses yeux s'était
terni d'une fumée rousse, tandis qu'il se rejetait en
arrière, d'un recul de tout son corps. Qu'avait-il
donc à l'éviter ? Était-ce que son courage, une fois
de plus, l'abandonnait ? Depuis quelque temps,
dans l'ignorance du continuel danger de mort
où elle était avec lui, elle expliquait la peur sans
cause, instinctive, qu'elle éprouvait, par le pressentiment d'une rupture prochaine. Brusquement,
elle eut la conviction que, si, tout à l'heure, il ne
pouvait frapper, il fuirait pour ne plus jamais
revenir. Alors, elle décida qu'il tuerait, qu'elle
saurait lui en donner la force, s'il en était besoin.
À ce moment, un nouveau train passait, un train
de marchandises interminable, dont la queue de
wagons semblait rouler depuis une éternité, dans
le silence lourd de la chambre. Et, soulevée sur un
coude, elle attendait que cette secousse d'ouragan
se fût perdue au loin, au fond de la campagne
endormie :

« Encore un quart d'heure, dit Jacques tout
haut. Il a dépassé le bois de Bécourt, il est à moitié route. Ah ! que c'est long ! »

Mais, comme il revenait vers la fenêtre, il trouva, debout devant le lit, Séverine en chemise.

« Si nous descendions avec la lampe, expliqua-t-elle. Tu verrais l'endroit, tu te placerais, je te montrerais comment j'ouvrirai la porte et quel mouvement tu auras à faire. »

Lui, tremblant, reculait.

« Non, non ! pas la lampe !

— Écoute donc, nous la cacherons ensuite. Il faut pourtant se rendre compte.

— Non, non ! recouche-toi ! »

Elle n'obéissait pas, elle marchait sur lui, au contraire, avec le sourire invincible et despotique de la femme qui se sait toute-puissante par le désir. Quand elle le tiendrait dans ses bras, il céderait à sa chair, il ferait ce qu'elle voudrait. Et elle continuait de parler, d'une voix de caresse, pour le vaincre.

« Voyons, mon chéri, qu'as-tu ? On dirait que tu as peur de moi. Dès que je m'approche, tu sembles m'éviter. Et si tu savais, en ce moment, comme j'ai besoin de m'appuyer à toi, de sentir que tu es là, que nous sommes bien d'accord, pour toujours, toujours, entends-tu ! »

Elle avait fini par l'acculer à la table, et il ne pouvait la fuir davantage, il la regardait, dans la vive clarté de la lampe. Jamais il ne l'avait vue ainsi, la chemise ouverte, coiffée si haut, qu'elle était toute nue, le cou nu, les seins nus. Il étouffait, luttant, déjà emporté, étourdi par le flot de son sang, dans l'abominable frisson. Et il se souvenait que le couteau était là, derrière lui, sur la table : il le sentait, il n'avait qu'à allonger la main.

D'un effort, il parvint encore à bégayer :

« Recouche-toi, je t'en supplie. »

Mais elle ne s'y trompait pas : c'était la trop grande envie d'elle qui le faisait ainsi trembler. Elle-même en avait une sorte d'orgueil. Pourquoi lui aurait-elle obéi, puisqu'elle voulait être aimée, ce soir-là, autant qu'il pouvait l'aimer, jusqu'à en être fou ? D'une souplesse câline, elle se rapprochait toujours, était sur lui.

« Dis, embrasse-moi... Embrasse-moi bien fort, comme tu m'aimes. Cela nous donnera du courage... Ah ! oui, du courage, nous en avons besoin ! Il faut s'aimer autrement que les autres, plus que tous les autres, pour faire ce que nous allons faire... Embrasse-moi de tout ton cœur, de toute ton âme. »

Étranglé, il ne soufflait plus. Une clameur de foule, dans son crâne, l'empêchait d'entendre ; tandis que des morsures de feu, derrière les oreilles, lui trouaient la tête, gagnaient ses bras, ses jambes, le chassaient de son propre corps, sous le galop de l'autre, la bête envahissante. Ses mains n'allaient plus être à lui, dans l'ivresse trop forte de cette nudité de femme. Les seins nus s'écrasaient contre ses vêtements, le cou nu se tendait, si blanc, si délicat, d'une irrésistible tentation ; et l'odeur chaude et âpre, souveraine, achevait de le jeter à un furieux vertige, un balancement sans fin, où sombrait sa volonté, arrachée, anéantie.

« Embrasse-moi, mon chéri, pendant que nous avons une minute encore... Tu sais qu'il va être là. Maintenant, s'il a marché vite, d'une seconde à l'autre, il peut frapper... Puisque tu ne veux pas

que nous descendions, rappelle-toi bien : moi,
j'ouvrirai ; toi, tu seras derrière la porte ; et n'attends pas, tout de suite, oh ! tout de suite, pour
en finir... Je t'aime tant, nous serons si heureux !
Lui, n'est qu'un mauvais homme qui m'a fait souffrir, qui est l'unique obstacle à notre bonheur...
Embrasse-moi, oh ! si fort, si fort ! Embrasse-moi
comme si tu me mangeais, pour qu'il ne reste plus
rien de moi en dehors de toi ! »

Jacques, sans se retourner, de sa main droite,
tâtonnante en arrière, avait pris le couteau. Et,
un instant, il resta ainsi, à le serrer dans son
poing. Était-ce sa soif qui était revenue, de venger
des offenses très anciennes, dont il aurait perdu
l'exacte mémoire, cette rancune amassée de mâle
en mâle, depuis la première tromperie au fond des
cavernes ? Il fixait sur Séverine ses yeux fous, il
n'avait plus que le besoin de la jeter morte sur son
dos, ainsi qu'une proie qu'on arrache aux autres.
La porte d'épouvante s'ouvrait sur ce gouffre noir
du sexe, l'amour jusque dans la mort, détruire
pour posséder davantage.

« Embrasse-moi, embrasse-moi... »

Elle renversait son visage soumis, d'une tendresse suppliante, découvrait son cou nu, à l'attache voluptueuse de la gorge. Et lui, voyant cette
chair blanche, comme dans un éclat d'incendie,
leva le poing, armé du couteau. Mais elle avait
aperçu l'éclair de la lame, elle se rejeta en arrière,
béante de surprise et de terreur.

« Jacques, Jacques... Moi, mon Dieu ! Pourquoi ? pourquoi ? »

Les dents serrées, il ne disait pas un mot, il la

poursuivait. Une courte lutte la ramena près du lit. Elle reculait, hagarde, sans défense, la chemise arrachée.

« Pourquoi ? mon Dieu ! pourquoi ? »

Et il abattit le poing, et le couteau lui cloua la question dans la gorge. En frappant, il avait retourné l'arme, par un effroyable besoin de la main qui se contentait : le même coup que pour le président Grandmorin, à la même place, avec la même rage. Avait-elle crié ? il ne le sut jamais. À cette seconde, passait l'express de Paris, si violent, si rapide, que le plancher en trembla ; et elle était morte, comme foudroyée dans cette tempête.

Immobile, Jacques maintenant la regardait, allongée à ses pieds, devant le lit. Le train se perdait au loin, il la regardait dans le lourd silence de la chambre rouge. Au milieu de ces tentures rouges, de ces rideaux rouges, par terre, elle saignait beaucoup, d'un flot rouge qui ruisselait entre les seins, s'épandait sur le ventre, jusqu'à une cuisse, d'où il retombait en grosses gouttes sur le parquet. La chemise, à moitié fendue, en était trempée. Jamais il n'aurait cru qu'elle avait tant de sang. Et ce qui le retenait, hanté, c'était le masque d'abominable terreur que prenait, dans la mort, cette face de femme jolie, douce, si docile. Les cheveux noirs s'étaient dressés, un casque d'horreur, sombre comme la nuit. Les yeux de pervenche, élargis démesurément, questionnaient encore, éperdus, terrifiés du mystère. Pourquoi, pourquoi l'avait-il assassinée ? Et elle venait d'être broyée, emportée dans la fatalité du meurtre, en inconsciente que la vie avait roulée de la boue dans le sang, tendre et innocente quand même, sans qu'elle eût jamais compris.

Mais Jacques s'étonna. Il entendait un reniflement de bête, grognement de sanglier, rugissement de lion ; et il se tranquillisa, c'était lui qui soufflait. Enfin, enfin ! il s'était donc contenté, il avait tué ! Oui, il avait fait ça. Une joie effrénée, une jouissance énorme le soulevait, dans la pleine satisfaction de l'éternel désir. Il en éprouvait une surprise d'orgueil, un grandissement de sa souveraineté de mâle. La femme, il l'avait tuée, il la possédait, comme il désirait depuis si longtemps la posséder, tout entière, jusqu'à l'anéantir. Elle n'était plus, elle ne serait jamais plus à personne. Et un souvenir aigu lui revenait, celui de l'autre assassiné, le cadavre du président Grandmorin, qu'il avait vu, par la nuit terrible, à cinq cents mètres de là. Ce corps délicat, si blanc, rayé de rouge, c'était la même loque humaine, le pantin cassé, la chiffe molle, qu'un coup de couteau fait d'une créature. Oui, c'était ça. Il avait tué, et il y avait ça par terre. Comme l'autre, elle venait de culbuter, mais sur le dos, les jambes écartées, le bras gauche replié sous le flanc, le droit tordu, à demi arraché de l'épaule. N'était-ce pas cette nuit-là que, le cœur battant à grands coups, il s'était juré d'oser à son tour, dans un prurit de meurtre qui s'exaspérait comme une concupiscence, au spectacle de l'homme égorgé ? Ah ! n'être pas lâche, se satisfaire, enfoncer le couteau ! Obscurément, cela avait germé, avait grandi en lui ; pas une heure, depuis un an, sans qu'il eût marché vers l'inévitable ; même au cou de cette femme, sous ses baisers, le sourd travail s'achevait ; et les deux meurtres s'étaient rejoints, l'un n'était-il pas la logique de l'autre ?

Un vacarme d'écroulement, une secousse du plancher tirèrent Jacques de la contemplation béante où il restait, en face de la morte. Les portes volaient-elles en éclat ? Étaient-ce des gens pour l'arrêter ? Il regarda, ne retrouva autour de lui que la solitude sourde et muette. Ah ! oui, un train encore ! Et cet homme qui allait frapper en bas, cet homme qu'il voulait tuer ! Il l'avait oublié complètement. S'il ne regrettait rien, déjà il se jugeait imbécile. Quoi ? que s'était-il passé ? La femme qu'il aimait, dont il était aimé passionnément, gisait sur le parquet, la gorge ouverte ; tandis que le mari, l'obstacle à son bonheur, vivait encore, avançait toujours, pas à pas, dans les ténèbres. Cet homme que, depuis des mois, épargnaient les scrupules de son éducation, les idées d'humanité lentement acquises et transmises, il n'avait pu l'attendre ; et, au mépris de son intérêt, il venait d'être emporté par l'hérédité de violence, par ce besoin de meurtre qui, dans les forêts premières, jetait la bête sur la bête. Est-ce qu'on tue par raisonnement ! On ne tue que sous l'impulsion du sang et des nerfs, un reste des anciennes luttes, la nécessité de vivre et la joie d'être fort. Il n'avait plus qu'une lassitude rassasiée, il s'effarait, cherchait à comprendre, sans trouver autre chose, au fond même de sa passion satisfaite, que l'étonnement et l'amère tristesse de l'irréparable. La vue de la malheureuse, qui le regardait toujours, avec son interrogation terrifiée, lui devenait atroce.

Il voulut détourner les yeux, il eut la sensation brusque qu'une autre figure blanche se dressait au pied du lit. Était-ce donc un dédoublement de la morte ? Puis, il reconnut Flore. Elle était revenue, pendant qu'il avait la fièvre, après l'accident. Sans doute, elle triomphait, vengée à cette heure. Une épouvante le glaça, il se demanda ce qu'il faisait, à s'attarder ainsi, dans cette chambre. Il avait tué, il était gorgé, repu, ivre de l'effroyable vin du crime. Et il trébucha dans le couteau resté par terre, et il s'enfuit, descendit en roulant l'escalier, ouvrit la grande porte du perron comme si la petite porte n'eût pas été assez large, se lança dehors, dans la nuit d'encre, où son galop se perdit, furieux. Il ne s'était pas retourné, la maison louche, plantée de biais au bord de la voie, restait ouverte et désolée derrière lui, dans son abandon de mort.

Cabuche, cette nuit-là comme les autres, avait franchi la haie du terrain, rôdant sous la fenêtre de Séverine. Il savait bien que Roubaud était attendu, il ne s'étonnait pas de la lumière qui filtrait par la fente d'un volet. Mais cet homme bondissant du perron, ce galop enragé de bête s'éloignant dans la campagne, venaient de le clouer de surprise. Et il n'était déjà plus temps de se mettre à la poursuite du fuyard, le carrier restait effaré, plein d'inquiétude et d'hésitation devant la porte ouverte, bâillant sur le grand trou noir du vestibule. Qu'arrivait-il donc ? Devait-il entrer ? Le lourd silence, l'immobilité absolue, pendant que cette lampe continuait à brûler, là-haut, lui serraient le cœur d'une angoisse croissante.

Enfin, Cabuche se décida, monta à tâtons.

Devant la porte de la chambre, laissée ouverte elle aussi, il s'arrêta de nouveau. Dans la clarté tranquille, il lui semblait voir de loin un tas de jupons, devant le lit. Sans doute Séverine était déshabillée. Doucement, il appela, pris de trouble, les veines battant à grands coups. Puis, il aperçut le sang, il comprit, s'élança, avec un terrible cri qui sortait de son cœur déchiré. Mon Dieu ! c'était elle, assassinée, jetée là, dans sa nudité pitoyable. Il crut qu'elle râlait encore, il avait un tel désespoir, une honte si douloureuse, à la voir agoniser toute nue, qu'il la saisit d'un élan fraternel, à pleins bras, la souleva, la posa sur le lit, dont il rejeta le drap, pour la couvrir. Mais, dans cette étreinte, l'unique tendresse entre eux, il s'était couvert de sang, les deux mains, la poitrine. Il ruisselait de son sang. Et, à cette minute, il vit que Roubaud et Misard étaient là. Ils venaient, eux également, de se décider à monter, en trouvant toutes les portes ouvertes. Le mari arrivait en retard, pour s'être arrêté à causer avec le garde-barrière, qui l'avait ensuite accompagné, en continuant la conversation. Tous deux, stupides, regardaient Cabuche, dont les mains saignaient comme celles d'un boucher.

« Le même coup que pour le président », finit par dire Misard, en examinant la blessure.

Roubaud hocha la tête sans répondre, sans pouvoir détacher ses regards de Séverine, de ce masque d'abominable terreur, les cheveux noirs dressés sur le front, les yeux bleus démesurément élargis, qui demandaient pourquoi.

XII

Trois mois plus tard, par une tiède nuit de juin, Jacques conduisait l'express du Havre, parti de Paris à six heures trente. Sa nouvelle machine, la machine 608, toute neuve, dont il avait le pucelage, disait-il, et qu'il commençait à bien connaître, n'était pas commode, rétive, fantasque, ainsi que ces jeunes cavales qu'il faut dompter par l'usure, avant qu'elles se résignent au harnais. Il jurait souvent contre elle, regrettant la Lison ; il devait la surveiller de près, la main toujours sur le volant du changement de marche. Mais, cette nuit-là, le ciel était d'une douceur si délicieuse, qu'il se sentait porté à l'indulgence, la laissant galoper un peu à sa fantaisie, heureux lui-même de respirer largement. Jamais il ne s'était mieux porté, sans remords, l'air soulagé, dans une grande paix heureuse.

Lui qui ne parlait jamais en route, plaisanta Pecqueux, qu'on lui avait laissé pour chauffeur.

« Quoi donc ? vous ouvrez l'œil comme un homme qui n'a bu que de l'eau. »

Pecqueux, en effet, contre son habitude, semblait à jeun et très sombre. Il répondit d'une voix dure :

« Faut ouvrir l'œil, quand on veut voir clair. »

Défiant, Jacques le regarda, en homme dont la conscience n'est point nette. La semaine précédente, il s'était laissé aller aux bras de la maîtresse du camarade, cette terrible Philomène, qui, depuis longtemps, se frottait à lui, comme une maigre chatte amoureuse. Et il n'y avait pas eu là seulement une minute de curiosité sensuelle, il cédait surtout au désir de faire une expérience : était-il définitivement guéri, maintenant qu'il avait contenté son affreux besoin ? Celle-là, pourrait-il la posséder, sans lui planter un couteau dans la gorge ? Deux fois déjà, il l'avait eue, et rien, pas un malaise, pas un frisson. Sa grande joie, son air apaisé et riant devait venir, même à son insu, du bonheur de n'être plus qu'un homme comme les autres.

Pecqueux ayant ouvert le foyer de la machine, pour mettre du charbon, il l'arrêta.

« Non, non, ne la poussez pas trop, elle va bien. »

Alors, le chauffeur grogna de mauvaises paroles.

« Ah ! ouitche ! bien… Une jolie farceuse, une belle saloperie !… Quand je pense qu'on tapait sur l'autre, la vieille, qui était si docile !… Cette gourgandine-ci, ça ne vaut pas un coup de pied au cul. »

Jacques, pour ne pas avoir à se fâcher, évitait de répondre. Mais il sentait bien que l'ancien ménage à trois n'était plus ; car la bonne amitié, entre lui, le camarade et la machine, s'en était allée, à la mort de la Lison. Maintenant, on se querellait pour un rien, pour un écrou trop serré, pour une pelletée de charbon mise de travers. Et il se promettait d'être prudent avec Philomène, ne voulant pas en arriver à une guerre ouverte, sur cet étroit plancher mouvant qui les emportait, lui et son chauffeur. Tant que Pecqueux, par reconnaissance de n'être point bousculé, de pouvoir faire de petits sommes et d'achever les paniers de provisions, s'était fait son chien obéissant, dévoué jusqu'à étrangler le monde, tous deux avaient vécu en frères, silencieux dans le danger quotidien, n'ayant pas besoin de paroles pour s'entendre. Mais cela allait devenir un enfer, si l'on ne se convenait plus, toujours côte à côte, secoués ensemble, pendant qu'on se mangerait. Justement, la Compagnie avait dû, la semaine précédente, séparer le mécanicien et le chauffeur de l'express de Cherbourg, parce que, désunis à cause d'une femme, le premier brutalisait le second qui n'obéissait plus : des coups, de vraies batailles en route, dans l'oubli complet de la queue de voyageurs roulant derrière eux, à toute vitesse.

Deux fois encore, Pecqueux rouvrit le foyer, y jeta du charbon, par désobéissance, cherchant une dispute sans doute ; et Jacques feignit de ne pas s'en apercevoir, l'air tout à la manœuvre, avec l'unique précaution chaque fois de tourner le volant de l'injecteur, pour diminuer la pression. Il faisait si doux, le petit vent frais de la marche était si bon, dans la chaude nuit de juillet ! À onze heures cinq, lorsque l'express arriva au Havre, les deux hommes firent la toilette de la machine d'un air de bon accord, comme autrefois.

Mais, au moment où ils quittaient le dépôt pour aller se coucher rue François-Mazeline, une voix les appela.

« On est donc bien pressé ? Entrez une minute ! »

C'était Philomène, qui, du seuil de la maison de son frère, devait guetter Jacques. Elle avait eu un mouvement de contrariété vive, en apercevant Pecqueux ; et elle ne se décidait à les héler ensemble, que pour le plaisir de causer au moins avec son nouvel ami, quitte à subir la présence de l'ancien.

« Fiche-nous la paix, hein ! gronda Pecqueux. Tu nous embêtes, nous avons sommeil.

— Est-il aimable ! reprit gaiement Philomène. Mais monsieur Jacques n'est pas comme toi, il prendrait tout de même un petit verre... N'est-ce pas, monsieur Jacques ? »

Le mécanicien allait refuser, par prudence, quand le chauffeur, brusquement, accepta, cédant à l'idée de les guetter et de se faire une certitude. Ils entrèrent dans la cuisine, ils s'assirent devant la table, où elle avait posé des verres et une bouteille d'eau-de-vie, en reprenant à voix plus basse :

« Faut tâcher de ne pas faire trop de bruit, parce que mon frère dort, là-haut, et qu'il n'aime guère que je reçoive du monde. »

Puis, comme elle les servait tout de suite elle ajouta :

« À propos, vous savez que la mère Lebleu est claquée, ce matin... Oh ! ça, je l'avais dit : ça la tuera, si on la met dans ce logement du derrière, une vraie prison. Elle a encore duré quatre mois, à se manger le sang de ne plus rien voir que du zinc... Et ce qui l'a achevée, dès qu'il lui est devenu impossible de bouger de son fauteuil, ç'a été sûrement de ne plus pouvoir espionner mademoiselle Guichon et monsieur Dabadie, une habitude qu'elle avait prise. Oui, elle s'est enragée de n'avoir jamais rien surpris entre eux, elle en est morte. »

Philomène s'arrêta, avala une gorgée d'eau-de-vie ; et, avec un rire :

« Sans doute qu'ils couchent ensemble. Seulement, ils sont si malins ! Ni vu ni connu, je t'embrouille !... Je crois tout de même que la petite madame Moulin les a vus un soir. Mais pas de danger qu'elle cause, celle-là : elle est trop bête, et d'ailleurs son mari, le sous-chef... »

De nouveau, elle s'interrompit pour s'écrier :

« Dites donc, c'est la semaine prochaine que ça se juge, à Rouen, l'affaire des Roubaud. »

Jusque-là, Jacques et Pecqueux l'avaient écoutée, sans placer un mot. Le dernier la trouvait simplement bien bavarde ; jamais, avec lui, elle ne faisait tant de frais de conversation ; et il ne la quittait pas des yeux, peu à peu échauffé de jalousie, à la voir ainsi s'exciter devant son chef.

« Oui, répondit le mécanicien d'un air de parfaite tranquillité, j'ai reçu la citation. »

Philomène se rapprocha, heureuse de le frôler du coude.

« Moi aussi, je suis témoin... Ah ! monsieur Jacques, lorsqu'on m'a interrogée à propos de vous, car vous savez qu'on a voulu connaître la vraie vérité sur vos rapports avec cette pauvre dame ; oui, lorsqu'on m'a interrogée, j'ai dit au juge : "Mais, monsieur, il l'adorait, c'est impossible qu'il lui ait fait du mal !" N'est-ce pas ? Je vous avais vus ensemble, moi, j'étais bien placée pour en parler.

— Oh ! dit le jeune homme avec un geste d'indifférence, je n'étais pas inquiet, je pouvais donner, heure par heure, l'emploi de mon temps... Si la Compagnie m'a gardé, c'est qu'il n'y avait pas le plus petit reproche à me faire. »

Un silence régna, tous trois burent lentement.

« Ça fait frémir, reprit Philomène. Cette bête féroce, ce Cabuche qu'on a arrêté, encore tout couvert du sang de la pauvre dame ! Faut-il qu'il y ait des hommes idiots ! Tuer une femme parce qu'on a envie d'elle, comme si ça les avançait à quelque chose, quand la femme n'est plus là !... Et ce que je n'oublierai jamais de la vie, voyez-vous, c'est lorsque monsieur Cauche, là-bas, sur le quai, est venu arrêter aussi monsieur Roubaud. J'y étais. Vous savez que ça s'est passé huit jours après seulement, lorsque monsieur Roubaud, au lendemain de l'enterrement de sa femme, avait repris son service d'un air tranquille. Alors donc, monsieur Cauche lui a tapé sur l'épaule, en disant qu'il avait l'ordre de l'emmener en prison. Vous pensez ! eux qui ne se quittaient point, qui jouaient ensemble, les nuits entières ! Mais, quand on est commissaire, n'est-ce pas ? on mènerait son père et sa mère à la guillotine, puisque c'est le métier qui veut ça. Il s'en fiche bien, monsieur Cauche ! Je l'ai encore aperçu au café du Commerce, tantôt, qui battait les cartes, sans plus s'inquiéter de son ami que du grand Turc ! »

Pecqueux, les dents serrées, allongea un coup de poing sur la table.

« Tonnerre de Dieu ! si j'étais à la place de ce cocu de Roubaud !... Vous couchiez avec sa femme, vous. Un autre la lui tue. Et voilà qu'on l'envoie aux assises... Non, c'est à crever de rage !

— Mais, grande bête, s'écria Philomène, puisqu'on l'accuse d'avoir poussé l'autre à le débarrasser de sa femme, oui, pour des affaires d'argent, est-ce que je sais ! Il paraît qu'on a retrouvé chez Cabuche la montre du président Grandmorin : vous vous rappelez, le monsieur qu'on a assassiné en wagon, il y a dix-huit mois. Alors, on a raccroché ce mauvais coup avec le mauvais coup de l'autre jour, toute une histoire, une vraie bouteille à l'encre. Moi, je ne peux pas vous expliquer, mais c'était sur le journal, il y en avait bien deux colonnes. »

Distrait, Jacques ne semblait pas même écouter. Il murmura :

« À quoi bon s'en casser la tête, est-ce que ça nous regarde ?... Si la justice ne sait pas ce qu'elle fait, ce n'est pas nous qui le saurons. »

Puis, il ajouta, les yeux perdus au loin, les joues envahies de pâleur :

« Dans tout cela, il n'y a que cette pauvre femme... Ah ! la pauvre, la pauvre femme !

— Moi, conclut violemment Pecqueux, moi qui en ai une, de femme, si quelqu'un s'avisait de la toucher, je commencerais par les étrangler tous les deux. Après, on pourrait bien me couper le cou, ça me serait égal. »

Il y eut un nouveau silence. Philomène, qui remplissait une seconde fois les petits verres, affecta de hausser les épaules, en ricanant. Mais elle était toute bouleversée au fond, elle l'étudiait d'un regard oblique. Il se négligeait beaucoup, très sale, en guenilles, depuis que la mère Victoire, devenue impotente à la suite de sa fracture, avait dû lâcher son poste de la salubrité et se faire admettre dans un hospice. Elle n'était plus là, tolérante et maternelle, pour lui glisser des pièces blanches, pour le raccommoder, ne voulant pas que l'autre, celle du Havre, l'accusât de tenir mal leur homme. Et Philomène, séduite par l'air mignon et propre de Jacques, faisait la dégoûtée.

« C'est ta femme de Paris que tu étranglerais ? demanda-t-elle par bravade. Pas de danger qu'on te l'enlève, celle-là !

— Celle-là ou une autre ! » gronda-t-il.

Mais déjà elle trinquait, d'un air de plaisanterie.

« À ta santé, tiens ! Et apporte-moi ton linge, pour que je le fasse laver et repriser, car, vraiment, tu ne nous fais plus honneur, ni à l'une ni à l'autre... À votre santé, monsieur Jacques ! »

Comme s'il fût sorti d'un songe, Jacques tressaillit. Dans l'absence complète de remords, dans ce soulagement, ce bien-être physique où il vivait depuis le meurtre, Séverine passait ainsi parfois, apitoyant jusqu'aux larmes l'homme doux qui était en lui. Et il trinqua, en disant précipitamment, pour cacher son trouble :

« Vous savez que nous allons avoir la guerre ?

— Pas possible ! s'écria Philomène. Avec qui donc ?

— Mais avec les Prussiens... Oui, à cause d'un

prince de chez eux qui veut être roi en Espagne.
Hier, à la Chambre, il n'a été question que de cette
histoire. »

Alors, elle se désola.

« Ah bien ! ça va être drôle ! Ils nous ont déjà
assez embêtés, avec leurs élections, leur plébiscite
et leurs émeutes, à Paris !… Si l'on se bat, dites,
est-ce qu'on prendra tous les hommes ?

— Oh ! nous autres, nous sommes garés, on ne
peut pas désorganiser les chemins de fer… Seulement, ce qu'on nous bousculerait, à cause du
transport des troupes et des approvisionnements !
Enfin, si ça arrive, il faudra bien faire son devoir. »

Et, sur ce mot, il se leva, en voyant qu'elle avait
fini par glisser une de ses jambes sous les siennes,
et que Pecqueux s'en apercevait, le sang au visage,
serrant déjà les poings.

« Allons nous coucher, il est temps.

— Oui, ça vaudra mieux », bégaya le chauffeur.

Il avait empoigné le bras de Philomène, il le
serrait à le briser. Elle retint un cri de douleur,
elle se contenta de souffler à l'oreille du mécanicien, pendant que l'autre achevait rageusement
son petit verre :

« Méfie-toi, c'est une vraie brute, quand il a bu. »

Mais, dans l'escalier, des pas lourds descendaient ; et elle s'effara.

« Mon frère !… Filez vite, filez vite ! »

Les deux hommes n'étaient pas à vingt pas de
la maison, qu'ils entendirent des gifles, suivies de
hurlements. Elle recevait une abominable correction, comme une petite fille prise en faute, le nez
dans un pot de confitures. Le mécanicien s'était

arrêté, prêt à la secourir. Mais il fut retenu par le chauffeur.

« Quoi ? est-ce que ça vous regarde, vous ?... Ah ! la nom de Dieu de garce ! s'il pouvait l'assommer ! »

Rue François-Mazeline, Jacques et Pecqueux se couchèrent, sans échanger une parole. Les deux lits se touchaient presque, dans l'étroite chambre ; et, longtemps, ils restèrent éveillés, les yeux ouverts, chacun à écouter la respiration de l'autre.

C'était le lundi que devaient commencer, à Rouen, les débats de l'affaire Roubaud. Il y avait là un triomphe pour le juge d'instruction Denizet, car on ne tarissait pas d'éloges, dans le monde judiciaire, sur la façon dont il venait de mener à bien cette affaire compliquée et obscure : un chef-d'œuvre de fine analyse, disait-on, une reconstitution logique de la vérité, une création véritable, en un mot.

D'abord, dès qu'il se fut transporté sur les lieux, à la Croix-de-Maufras, quelques heures après le meurtre de Séverine, M. Denizet fit arrêter Cabuche. Tout désignait ouvertement celui-ci, le sang dont il ruisselait, les dépositions accablantes de Roubaud et de Misard, qui racontaient de quelle manière ils l'avaient surpris, avec le cadavre, seul, éperdu. Interrogé, pressé de dire pourquoi et comment il se trouvait dans cette chambre, le carrier bégaya une histoire, que le juge accueillit d'un haussement d'épaules, tellement elle lui parut niaise et classique. Il l'attendait, cette histoire, toujours la même, de l'assassin imaginaire, du coupable inventé, dont le vrai cou-

pable disait avoir entendu la fuite, au travers de
la campagne noire. Ce loup-garou était loin, n'est-
ce pas ? s'il courait toujours. D'ailleurs, lorsqu'on
lui demanda ce qu'il faisait devant la maison,
à pareille heure, Cabuche se troubla, refusa de
répondre, finit par déclarer qu'il se promenait.
C'était enfantin, comment croire à cet inconnu
mystérieux, assassinant, se sauvant, laissant
toutes les portes ouvertes, sans avoir fouillé un
meuble ni emporté même un mouchoir ? D'où
serait-il venu ? Pourquoi aurait-il tué ? Le juge,
cependant, dès le début de son enquête, ayant su
la liaison de la victime et de Jacques, s'inquiéta
de l'emploi du temps de ce dernier ; mais, outre
que l'accusé lui-même reconnaissait avoir accompagné Jacques à Barentin, pour le train de quatre
heures quatorze, l'aubergiste de Rouen jurait ses
grands dieux que le jeune homme, couché tout de
suite après son dîner, était seulement sorti de sa
chambre le lendemain, vers sept heures. Et puis,
un amant n'égorge pas sans raison une maîtresse
qu'il adore, avec laquelle il n'a jamais eu l'ombre
d'une querelle. Ce serait absurde. Non ! non ! il n'y
avait qu'un assassin possible, un assassin évident,
le repris de justice trouvé là, les mains rouges, le
couteau à ses pieds, cette bête brute qui faisait à
la justice des contes à dormir debout.

Mais, arrivé à ce point, malgré sa conviction,
malgré son flair qui, disait-il, le renseignait mieux
que les preuves, M. Denizet éprouva un instant
d'embarras. Dans une première perquisition,
faite à la masure du prévenu, en pleine forêt de
Bécourt, on n'avait absolument rien découvert.

Le vol n'ayant pu être établi, il fallait trouver un autre motif au crime. Brusquement, au hasard d'un interrogatoire, Misard le mit sur la voie, en racontant qu'il avait vu, une nuit, Cabuche escalader le mur de la propriété, pour regarder, par la fenêtre de la chambre, Mme Roubaud qui se couchait. Questionné à son tour, Jacques dit tranquillement ce qu'il savait, la muette adoration du carrier, le désir ardent dont il la poursuivait, toujours dans ses jupes, à la servir. Aucun doute n'était donc plus permis : seule, une passion bestiale l'avait poussé ; et tout se reconstruisait très bien, l'homme revenant par la porte dont il pouvait avoir une clef, la laissant même ouverte dans son trouble, puis la lutte qui avait amené le meurtre, enfin le viol interrompu seulement par l'arrivée du mari. Pourtant, une objection dernière se présenta, car il était singulier que l'homme, sachant cette arrivée imminente, eût choisi justement l'heure où le mari pouvait le surprendre ; mais, à bien réfléchir, cela se retournait contre le prévenu, achevait de l'accabler, en établissant qu'il devait avoir agi sous l'empire d'une crise suprême du désir, affolé par cette pensée que, s'il ne profitait pas de la minute où Séverine était seule encore, dans cette maison isolée, jamais plus il ne l'aurait, puisqu'elle partait le lendemain. Dès ce moment, la conviction du juge fut complète, inébranlable.

Harcelé d'interrogatoires, pris et repris dans l'écheveau savant des questions, insoucieux des pièges qui lui étaient tendus, Cabuche s'obstinait à sa version première. Il passait sur la route, il respirait l'air frais de la nuit, lorsqu'un individu l'avait frôlé en galopant, et d'une telle course, au fond des ténèbres, qu'il ne pouvait même dire de quel côté il fuyait. Alors, saisi d'inquiétude, ayant jeté un coup d'œil sur la maison, il s'était aperçu que la porte en était restée grande ouverte. Et il avait fini par se décider à monter, et il avait trouvé la morte, chaude encore, qui le regardait de ses larges yeux, si bien que, pour la mettre sur le lit, la croyant vivante, il s'était empli de sang. Il ne savait que ça, il ne répétait que ça, jamais il ne variait d'un détail, ayant l'air de s'enfermer dans une histoire arrêtée d'avance. Lorsqu'on cherchait à l'en faire sortir, il s'effarait, gardait le silence, en homme borné qui ne comprenait plus. La première fois que M. Denizet l'avait interrogé sur la passion dont il brûlait pour la victime, il était devenu très rouge, ainsi qu'un tout jeune garçon à qui l'on reproche sa première tendresse ; et il avait nié, il s'était défendu d'avoir rêvé de coucher avec cette dame, comme d'une chose très vilaine, inavouable, une chose délicate et mystérieuse aussi, enfouie au plus profond de son cœur, dont il ne devait l'aveu à personne. Non, non ! il ne l'aimait pas, il ne la voulait pas, on ne le ferait jamais causer de ce qui lui semblait être une profanation, maintenant qu'elle était morte. Mais cet entêtement à ne pas convenir d'un fait que plusieurs témoins affirmaient, tournait encore contre lui. Naturellement, d'après la version de l'accusation, il avait intérêt à cacher le désir furieux où il était de cette malheureuse, qu'il devait égorger pour s'assouvir. Et, quand le juge, réunissant toutes les preuves, voulant lui arracher la vérité en frappant le coup décisif, lui avait jeté à la face ce meurtre et ce viol, il était entré dans une rage folle de protestation. Lui, la tuer pour l'avoir ! lui, qui la respectait comme une sainte ! Les gendarmes, rappelés, avaient dû le maintenir, tandis qu'il parlait d'étrangler toute la sacrée boutique. Un gredin des plus dangereux en somme, sournois, mais dont la violence éclatait quand même, avouant pour lui les crimes qu'il niait.

L'instruction en était là, le prévenu entrait en fureur, criait que c'était l'autre, le fuyard mystérieux, chaque fois qu'on revenait à l'assassinat, lorsque M. Denizet fit une trouvaille, qui transforma l'affaire, en décupla soudain l'importance. Comme il le disait, il flairait des vérités ; aussi voulut-il, par une sorte de pressentiment, procéder lui-même à une perquisition nouvelle, dans la masure de Cabuche ; et il y découvrit, simplement derrière une poutre, une cachette où se trouvaient des mouchoirs et des gants de femme, sous lesquels était une montre d'or, qu'il reconnut tout de suite, avec un grand saisissement de joie : c'était la montre du président Grandmorin, tant cherchée par lui autrefois, une forte montre aux deux initiales entrelacées, portant à l'intérieur du boîtier le chiffre de fabrication 2516. Il en reçut le coup de foudre, tout s'illumina, le passé se reliait au présent, les faits qu'il rattachait l'enchantaient par leur logique. Mais les conséquences allaient porter si loin, que, sans parler de la montre d'abord, il interrogea Cabuche sur les gants et les mouchoirs. Celui-ci, un instant, eut l'aveu aux lèvres : oui, il l'adorait, oui, il la désirait, jusqu'à baiser les robes

qu'elle avait portées, jusqu'à ramasser, à voler derrière elle tout ce qui tombait de sa personne, des
bouts de lacets, des agrafes, des épingles. Puis,
une honte, une pudeur invincible, le fit se taire.
Et, lorsque le juge, se décidant, lui mit la montre
sous les yeux, il la regarda d'un air ahuri. Il se souvenait bien : cette montre, il avait eu la surprise de
la trouver nouée dans le coin d'un mouchoir, pris
sous un traversin, emporté chez lui comme une
proie ; ensuite, elle était restée là, pendant qu'il
se creusait la tête, à chercher de quelle façon la
rendre. Seulement, à quoi bon raconter cela ? Il
faudrait confesser ses autres vols, ces chiffons, ce
linge qui sentait bon, dont il était si honteux. Déjà
on ne croyait rien de ce qu'il disait. D'ailleurs,
lui-même commençait à ne plus comprendre, tout
se brouillait dans son crâne d'homme simple, il
entrait en plein cauchemar. Et il ne s'emportait
même plus, à l'accusation de meurtre ; il restait
hébété, il répétait à chaque question qu'il ne savait
pas. Pour les gants et les mouchoirs, il ne savait
pas. Pour la montre, il ne savait pas. On l'embêtait, on n'avait qu'à le laisser tranquille et à le
guillotiner tout de suite.

M. Denizet, le lendemain, fit arrêter Roubaud. Il
avait lancé le mandat, fort de sa toute-puissance,
dans une de ces minutes d'inspiration où il croyait
au génie de sa perspicacité, avant même d'avoir,
contre le sous-chef, des charges suffisantes. Malgré de nombreuses obscurités encore, il devinait
dans cet homme le pivot, la source de la double
affaire ; et il triompha tout de suite, lorsqu'il eut
saisi la donation au dernier vivant que Roubaud

et Séverine s'étaient faite devant maître Colin, notaire au Havre, huit jours après être rentrés en possession de la Croix-de-Maufras. Dès lors, l'histoire entière se reconstruisit dans son crâne, avec une certitude de raisonnement, une force d'évidence, qui donna à son échafaudage d'accusation une solidité si indestructible, que la vérité elle-même aurait semblé moins vraie, entachée de plus de fantaisie et d'illogisme. Roubaud était un lâche, qui, à deux reprises, n'osant tuer lui-même, s'était servi du bras de Cabuche, cette bête violente. La première fois, ayant hâte d'hériter du président Grandmorin, dont il connaissait le testament, sachant d'autre part la rancune du carrier contre celui-ci, il l'avait poussé à Rouen dans le coupé, après lui avoir mis le couteau au poing. Puis, les dix mille francs partagés, les deux complices ne se seraient peut-être jamais revus, si le meurtre ne devait engendrer le meurtre. Et c'était ici que le juge avait montré cette profondeur de psychologie criminelle, qu'on admirait tant ; car il le déclarait aujourd'hui, jamais il n'avait cessé de surveiller Cabuche, sa conviction était que le premier assassinat en amènerait mathématiquement un second. Dix-huit mois venaient de suffire : le ménage des Roubaud s'était gâté, le mari avait mangé les cinq mille francs au jeu, la femme en était arrivée à prendre un amant, pour se distraire. Sans doute elle refusait de vendre la Croix-de-Maufras, de crainte qu'il n'en dissipât l'argent ; peut-être, dans leurs continuelles disputes, menaçait-elle de le livrer à la justice. En tout cas, de nombreux témoignages établissaient

l'absolue désunion des deux époux ; et là, enfin,
la conséquence lointaine du premier crime s'était
produite : Cabuche reparaissait avec ses appétits
de brute, le mari dans l'ombre lui remettait le
couteau au poing, pour s'assurer définitivement
la propriété de cette maison maudite, qui avait
déjà coûté une vie humaine. Telle était la vérité,
l'aveuglante vérité, tout y aboutissait : la montre
trouvée chez le carrier, surtout les deux cadavres,
frappés du même coup à la gorge, par la même
main, avec la même arme, ce couteau ramassé
dans la chambre. Pourtant, sur ce dernier point,
l'accusation émettait un doute, la blessure du président paraissant avoir été faite par une lame plus
petite et plus tranchante.

Roubaud, d'abord, répondit par oui et par non,
de l'air somnolent et alourdi qu'il avait maintenant. Il ne semblait pas étonné de son arrestation, tout lui était devenu égal, dans la lente
désorganisation de son être. Pour le faire causer,
on lui avait donné un gardien à demeure, avec
lequel il jouait aux cartes du matin au soir ; et il
était parfaitement heureux. D'ailleurs, il restait
convaincu de la culpabilité de Cabuche : lui seul
pouvait être l'assassin. Interrogé sur Jacques, il
avait haussé les épaules en riant, montrant ainsi
qu'il connaissait les rapports du mécanicien et de
Séverine. Mais, lorsque M. Denizet, après l'avoir
tâté, finit par développer son système, le poussant,
le foudroyant de sa complicité, s'efforçant de lui
arracher un aveu, dans le saisissement de se voir
découvert, il était devenu très circonspect. Que
lui racontait-on là ? Ce n'était plus lui, c'était le

carrier qui avait tué le président, comme il avait tué Séverine ; et, les deux fois, c'était pourtant lui le coupable, puisque l'autre frappait pour son compte et à sa place. Cette aventure compliquée le stupéfiait, l'emplissait de méfiance : sûrement, on lui tendait un piège, on mentait pour le forcer à confesser sa part de meurtre, le premier crime. Dès son arrestation, il s'était bien douté que la vieille histoire repoussait. Confronté avec Cabuche, il déclara ne pas le connaître. Seulement, comme il répétait qu'il l'avait trouvé rouge de sang, sur le point de violer sa victime, le carrier s'emporta, et une scène violente, d'une confusion extrême, vint encore embrouiller les choses. Trois jours se passèrent, le juge multipliait les interrogatoires, certain que les deux complices s'entendaient pour lui jouer la comédie de leur hostilité. Roubaud, très las, avait pris le parti de ne plus répondre, lorsque, tout d'un coup, dans une minute d'impatience, voulant en finir, cédant à un sourd besoin qui le travaillait depuis des mois, il lâcha la vérité, rien que la vérité, toute la vérité.

Ce jour-là, justement, M. Denizet luttait de finesse, assis à son bureau, voilant ses yeux de ses lourdes paupières, tandis que ses lèvres mobiles s'amincissaient, dans un effort de sagacité. Il s'épuisait depuis une heure en ruses savantes, avec ce prévenu épaissi, envahi d'une mauvaise graisse jaune, qu'il jugeait d'une astuce très déliée, sous cette pesante enveloppe. Et il crut l'avoir traqué pas à pas, enlacé de toutes parts, pris au piège enfin, quand l'autre, avec un geste d'homme poussé à bout, s'écria qu'il en avait assez, qu'il préférait avouer, pour qu'on ne le tourmentât pas davantage. Puisque, quand même, on le voulait coupable, qu'il le fût au moins des vraies choses qu'il avait faites. Mais, à mesure qu'il contait l'histoire, sa femme souillée toute jeune par Grandmorin, sa rage de jalousie en apprenant ces ordures, et comment il avait tué, et pourquoi il avait pris les dix mille francs, les paupières du juge se relevaient, dans un froncement de doute, tandis qu'une incrédulité irrésistible, l'incrédulité professionnelle, distendait sa bouche, en une moue goguenarde. Il souriait tout à fait, lorsque l'accusé se tut. Le gaillard était encore plus fort qu'il ne pensait : prendre le premier meurtre pour lui, en faire un crime purement passionnel, se laver ainsi de toute préméditation de vol, surtout de toute complicité dans l'assassinat de Séverine, c'était certes une manœuvre hardie, qui indiquait une intelligence, une volonté peu communes. Seulement, cela ne tenait pas debout.

« Voyons, Roubaud, il ne faut pas nous croire des enfants... Vous prétendez alors que vous étiez jaloux, ce serait dans un transport de jalousie que vous auriez tué ?

— Certainement.

— Et, si nous admettons ce que vous racontez, vous auriez épousé votre femme, en ne sachant rien de ses rapports avec le président... Est-ce vraisemblable ? Tout au contraire prouverait, dans votre cas, la spéculation offerte, discutée, acceptée. On vous donne une jeune fille élevée comme une demoiselle, on la dote, son protecteur devient le vôtre, vous n'ignorez pas qu'il lui laisse une maison de campagne par testament, et vous prétendez que vous ne vous doutiez de rien, absolument de rien ! Allons donc, vous saviez tout, autrement votre mariage ne s'explique plus... D'ailleurs, la constatation d'un simple fait suffit à vous confondre. Vous n'êtes pas jaloux, osez dire encore que vous êtes jaloux.

— Je dis la vérité, j'ai tué dans une rage de jalousie.

— Alors, après avoir tué le président pour des rapports anciens, vagues, et que vous inventez du reste, expliquez-moi comment vous avez pu tolérer un amant à votre femme, oui, ce Jacques Lantier, un gaillard solide, celui-là ! Tout le monde m'a parlé de cette liaison, vous-même ne m'avez pas caché que vous la connaissiez... Vous les laissiez libres d'aller ensemble, pourquoi ? »

Affaissé, les yeux troubles, Roubaud regardait fixement le vide, sans trouver une explication. Il finit par bégayer :

« Je ne sais pas... J'ai tué l'autre, je n'ai pas tué celui-ci.

— Ne me dites donc plus que vous êtes un jaloux qui se venge, et je ne vous conseille pas de répéter ce roman à messieurs les jurés, car ils en hausseraient les épaules... Croyez-moi, changez de système, la vérité seule vous sauverait. »

Dès ce moment, plus Roubaud s'entêta à la dire, cette vérité, plus il fut convaincu de mensonge. Tout, d'ailleurs, tournait contre lui, à ce point que son ancien interrogatoire, lors de la première enquête, qui aurait dû appuyer sa nouvelle version, puisqu'il y avait dénoncé Cabuche, devint

au contraire la preuve d'une entente extraordi-
nairement habile entre eux. Le juge raffinait la
psychologie de l'affaire, avec un véritable amour
du métier. Jamais, disait-il, il n'était descendu si
à fond de la nature humaine ; et c'était de la divi-
nation plus que de l'observation, car il se flattait
d'être de l'école des juges voyeurs et fascinateurs,
ceux qui d'un coup d'œil démontent un homme.
Les preuves, du reste, ne manquaient plus, un
ensemble écrasant. Désormais, l'instruction avait
une base solide, la certitude éclatait éblouissante,
comme la lumière du soleil.

Et ce qui accrut encore la gloire de M. Denizet,
ce fut qu'il apporta la double affaire d'un bloc,
après l'avoir reconstituée patiemment, dans le
secret le plus profond. Depuis le succès bruyant
du plébiscite, une fièvre ne cessait d'agiter le
pays, pareille à ce vertige qui précède et annonce
les grandes catastrophes. C'était, dans la société
de cette fin d'Empire, dans la politique, dans la
presse surtout, une continuelle inquiétude, une
exaltation où la joie elle-même prenait une violence maladive. Aussi, lorsque après l'assassinat
d'une femme, au fond de cette maison isolée de
la Croix-de-Maufras, on apprit par quel coup
de génie le juge d'instruction de Rouen venait
d'exhumer la vieille affaire Grandmorin et de la
relier au nouveau crime, y eut-il une explosion de
triomphe parmi les journaux officieux. De temps
à autre, en effet, reparaissaient encore, dans les
feuilles de l'opposition, les plaisanteries sur l'assassin légendaire, introuvable, cette invention de
la police, mise en avant pour cacher les turpitudes

de certains grands personnages compromis. Et la réponse allait être décisive, l'assassin et son complice étaient arrêtés, la mémoire du président Grandmorin sortirait intacte de l'aventure. Les polémiques recommencèrent, l'émotion grandit de jour en jour, à Rouen et à Paris. En dehors de ce roman atroce qui hantait les imaginations, on se passionnait, comme si la vérité enfin découverte, irréfutable, devait consolider l'État. Pendant toute une semaine, la presse déborda de détails.

Mandé à Paris, M. Denizet se présenta rue du Rocher, au domicile personnel du secrétaire général, M. Camy-Lamotte. Il le trouva debout, au milieu de son cabinet sévère, le visage amaigri, fatigué davantage ; car il déclinait, envahi d'une tristesse dans son scepticisme, comme s'il eût pressenti, sous cet éclat d'apothéose, l'écroulement prochain du régime qu'il servait. Depuis deux jours, il était en proie à une lutte intérieure, ne sachant encore quel usage il ferait de la lettre de Séverine, qu'il avait gardée, cette lettre qui aurait ruiné tout le système de l'accusation, en appuyant la version de Roubaud d'une preuve irrécusable. Personne au monde ne la connaissait, il pouvait la détruire. Mais, la veille, l'empereur lui avait dit qu'il exigeait, cette fois, que la justice suivît son cours, en dehors de toute influence, même si son gouvernement devait en souffrir : un simple cri d'honnêteté, peut-être la superstition qu'un seul acte injuste, après l'acclamation du pays, change-rait le destin. Et, si le secrétaire général n'avait pas pour lui de scrupules de conscience, ayant réduit les affaires de ce monde à une simple question de mécanique, il était troublé de l'ordre reçu, il se demandait s'il devait aimer son maître jusqu'au point de lui désobéir.

Tout de suite, M. Denizet triompha.

« Eh bien ! mon flair ne m'avait pas trompé, c'était ce Cabuche qui avait frappé le président... Seulement, je l'accorde, l'autre piste aussi contenait un peu de la vérité, et je sentais moi-même que le cas de Roubaud restait louche... Enfin, nous les tenons tous les deux. »

M. Camy-Lamotte le regardait fixement, de ses yeux pâles.

« Alors, tous les faits du dossier qu'on m'a transmis sont prouvés, et votre conviction est absolue ?

— Absolue, aucune hésitation possible... Tout s'enchaîne, je ne me souviens pas d'une affaire, où, malgré les apparentes complications, le crime ait suivi une marche plus logique, plus aisée à déterminer d'avance.

— Mais Roubaud proteste, prend le premier meurtre pour lui, raconte une histoire, sa femme déflorée, lui affolé de jalousie, tuant dans une crise de rage aveugle. Les feuilles de l'opposition racontent toutes cela.

— Oh ! elles le racontent comme un commérage, en n'osant elles-mêmes y croire. Jaloux, ce Roubaud qui facilitait les rendez-vous de sa femme avec un amant ! Ah ! il peut, en pleines assises, répéter ce conte, il n'arrivera pas à soulever le scandale cherché !... S'il apportait quelque preuve encore ! Mais il ne produit rien. Il parle bien de la lettre qu'il prétend avoir fait écrire à sa femme et qu'on aurait dû trouver dans les papiers

de la victime… Vous, monsieur le Secrétaire général, qui avez classé ces papiers, vous l'auriez trouvée, n'est-ce pas ? »

M. Camy-Lamotte ne répondit point. C'était vrai,
le scandale allait être enterré enfin, avec le système
du juge : personne ne croirait Roubaud, la mémoire
du président serait lavée des soupçons abominables,
l'Empire bénéficierait de cette réhabilitation tapa-
geuse d'une de ses créatures. Et, d'ailleurs, puisque
ce Roubaud se reconnaissait coupable, qu'importait à l'idée de justice qu'il fût condamné pour une
version ou pour l'autre ! Il y avait bien Cabuche ;
mais, si celui-ci n'avait pas trempé dans le premier
meurtre, il semblait être réellement l'auteur du
second. Puis, mon Dieu ! la justice, quelle illusion
dernière ! Vouloir être juste, n'était-ce pas un leurre,
quand la vérité est si obstruée de broussailles ? Il
valait mieux être sage, étayer d'un coup d'épaule
cette société finissante qui menaçait ruine.

« N'est-ce pas ? répéta M. Denizet, vous ne l'avez
pas trouvée, cette lettre ? »

De nouveau, M. Camy-Lamotte leva les yeux sur
lui ; et tranquillement, seul maître de la situation,
prenant pour sa conscience le remords qui avait
inquiété l'empereur, il répondit :

« Je n'ai absolument rien trouvé. »

Ensuite, souriant, très aimable, il combla le juge
d'éloges. À peine un pli léger des lèvres indiquait-il
une invincible ironie. Jamais une instruction
n'avait été menée avec tant de pénétration ; et,
c'était chose décidée en haut lieu, on l'appellerait
comme conseiller à Paris, après les vacances. Il le
reconduisit ainsi jusque sur le palier.

« Vous seul avez vu clair, c'est vraiment admirable... Et, du moment que la vérité parle, il n'y a rien qui la puisse arrêter, ni l'intérêt des personnes, ni même la raison d'État... Marchez, que l'affaire suive son cours, quelles qu'en soient les conséquences.

— Le devoir de la magistrature est là tout entier », conclut M. Denizet, qui salua et partit, rayonnant.

Lorsqu'il fut seul, M. Camy-Lamotte alluma d'abord une bougie ; puis, il alla prendre, dans le tiroir où il l'avait classée, la lettre de Séverine. La bougie brûlait très haute, il déplia la lettre, voulut en relire les deux lignes ; et le souvenir s'évoqua de cette criminelle délicate, aux yeux de pervenche, qui l'avait remué jadis d'une si tendre sympathie. Maintenant, elle était morte, il la revoyait tragique. Qui savait le secret qu'elle avait dû emporter ? Certes, oui, une illusion, la vérité, la justice ! Il ne restait pour lui, de cette femme inconnue et charmante, que le désir d'une minute dont elle l'avait effleuré et qu'il n'avait pas satisfait. Et, comme il approchait la lettre de la bougie, et qu'elle flambait, il fut pris d'une grande tristesse, d'un pressentiment de malheur : à quoi bon détruire cette preuve, charger sa conscience de cette action, si le destin était que l'Empire fût balayé, ainsi que la pincée de cendre noire, tombée de ses doigts ?

En moins d'une semaine, M. Denizet termina l'instruction. Il trouvait dans la Compagnie de l'Ouest une bonne volonté extrême, tous les documents désirables, tous les témoignages utiles ; car elle aussi souhaitait vivement d'en finir, avec cette déplorable histoire d'un de ses employés, qui, remontant à travers les rouages compliqués de son organisme, avait failli ébranler jusqu'à son conseil d'administration. Il fallait au plus vite couper le membre gangrené. Aussi, de nouveau, défilèrent dans le cabinet du juge le personnel de la gare du Havre, M. Dabadie, Moulin et les autres, qui donnèrent des détails désastreux sur la mauvaise conduite de Roubaud ; puis, le chef de gare de Barentin, M. Bessière, ainsi que plusieurs employés de Rouen, dont les dépositions avaient une importance décisive, relativement au premier meurtre ; puis, M. Vandorpe, le chef de gare de Paris, le stationnaire Misard et le conducteur-chef Henri Dauvergne, ces deux derniers très affirma-tifs sur les complaisances conjugales du prévenu. Même Henri, que Séverine avait soigné à la Croix-de-Maufras, racontait qu'un soir, affaibli encore, il croyait avoir entendu les voix de Roubaud et de Cabuche se concertant devant sa fenêtre ; ce qui expliquait bien des choses et renversait le système des deux accusés, lesquels prétendaient ne pas se connaître. Dans tout le personnel de la Compagnie, un cri de réprobation s'était élevé, on plaignait les malheureuses victimes, cette pauvre jeune femme dont la faute avait tant d'excuses, ce vieillard si honorable, aujourd'hui lavé des vilaines histoires qui couraient sur son compte.

Mais le nouveau procès avait surtout réveillé des passions vives dans la famille Grandmorin, et de ce côté, si M. Denizet trouvait encore une aide puissante, il dut batailler pour sauvegarder l'inté-

grité de son instruction. Les Lachesnaye chantaient victoire, car ils avaient toujours affirmé la
culpabilité de Roubaud, exaspérés du legs de la
Croix-de-Maufras, saignant d'avarice. Aussi, dans
le retour de l'affaire, ne voyaient-ils qu'une occasion d'attaquer le testament ; et, comme il n'existait qu'un moyen d'obtenir la révocation du legs,
celui de frapper Séverine de la déchéance d'in-
gratitude, ils acceptaient en partie la version de
Roubaud, la femme complice, l'aidant à tuer, non
point pour se venger d'une infamie imaginaire,
mais pour le voler ; de sorte que le juge entra en
conflit avec eux, avec Berthe surtout, très âpre
contre l'assassinée, son ancienne amie, qu'elle
chargeait abominablement, et que lui défendait,
s'échauffant, s'emportant, dès qu'on touchait à
son chef-d'œuvre, cet édifice de logique, si bien
construit, comme il le déclarait lui-même d'un
air d'orgueil, que, si l'on en déplaçait une seule
pièce, tout croulait. Il y eut, à ce propos, dans son
cabinet, une scène très vive entre les Lachesnaye
et Mme Bonnehon. Celle-ci, favorable aux Roubaud jadis, avait dû abandonner le mari ; mais
elle continuait de soutenir la femme, par une sorte
de complicité tendre, très tolérante au charme et
à l'amour, toute bouleversée de ce romanesque
tragique, éclaboussé de sang. Elle fut très nette,
pleine du dédain de l'argent. Sa nièce n'avait-elle
pas honte de revenir sur cette question de l'héritage ? Séverine coupable, n'étaient-ce pas les pré-
tendus aveux de Roubaud à accepter entièrement,
la mémoire du président salie de nouveau ? La
vérité, si l'instruction ne l'avait pas si ingénieu-

sement établie, il aurait fallu l'inventer, pour l'honneur de la famille. Et elle parla avec un peu d'amertume de la société de Rouen, où l'affaire faisait tant de bruit, cette société sur laquelle elle ne régnait plus, maintenant que l'âge venait et qu'elle perdait jusqu'à son opulente beauté blonde de déesse vieillie. Oui, la veille encore, chez madame Leboucq, la femme du conseiller, cette grande brune élégante qui la détrônait, on avait chuchoté les anecdotes gaillardes, l'aventure de Louisette, tout ce qu'inventait la malignité publique. À ce moment, M. Denizet étant intervenu, pour lui apprendre que M. Leboucq siégerait comme assesseur aux prochaines assises, les Lachesnaye se turent, ayant l'air de céder, pris d'inquiétude. Mais Mme Bonnehon les rassura, certaine que la justice ferait son devoir : les assises seraient présidées par son vieil ami, M. Desbazeilles, à qui ses rhumatismes ne permettaient que le souvenir, et le second assesseur devait être M. Chaumette, le père du jeune substitut qu'elle protégeait. Elle était donc tranquille, bien qu'un mélancolique sourire eût paru sur ses lèvres, en nommant le dernier, dont on voyait depuis quelque temps le fils chez Mme Leboucq, où elle l'envoyait elle-même, pour ne pas entraver son avenir.

Lorsque le fameux procès vint enfin, le bruit d'une guerre prochaine, l'agitation qui gagnait la France entière, nuisirent beaucoup au retentissement des débats. Rouen n'en passa pas moins trois jours dans la fièvre, on s'écrasait aux portes de la salle, les places réservées étaient envahies par des dames de la ville. Jamais l'ancien palais des ducs de Normandie n'avait vu une telle affluence de monde, depuis son aménagement en Palais de Justice. C'était aux derniers jours de juin, des après-midi chauds et ensoleillés, dont la clarté vive allumait les vitraux des dix fenêtres, inondant de lumière les boiseries de chêne, le calvaire de pierre blanche qui se détachait au fond sur la tenture rouge semée d'abeilles, le célèbre plafond du temps de Louis XII, avec ses compartiments de bois sculptés et dorés, d'un vieil or très doux. On étouffait déjà, avant que l'audience fût ouverte. Des femmes se haussaient pour voir, sur la table des pièces à conviction, la montre de Grandmorin, la chemise tachée de sang de Séverine et le couteau qui avait servi aux deux meurtres. Le défenseur de Cabuche, un avocat venu de Paris, était également très regardé. Aux bancs du jury, s'alignaient douze Rouennais, sanglés dans des redingotes noires, épais et graves. Et, lorsque la cour entra, il se produisit une telle poussée, dans le public debout, que le président, tout de suite, dut menacer de faire évacuer la salle.

Enfin, les débats étaient ouverts, les jurés prêtèrent serment, et l'appel des témoins agita de nouveau la foule d'un frémissement de curiosité : aux noms de Mme Bonnehon et de M. de Lachesnaye, les têtes ondulèrent ; mais Jacques, surtout, passionna les dames, qui le suivirent des yeux. D'ailleurs, depuis que les accusés étaient là, chacun entre deux gendarmes, des regards ne les quittaient pas, des appréciations s'échangeaient. On leur trouvait l'air féroce et bas, deux bandits. Roubaud, avec son veston de couleur sombre,

cravaté en monsieur qui se néglige, surprenait
par son air vieilli, sa face hébétée et crevant de
graisse. Quant à Cabuche, il était bien tel qu'on
se l'imaginait, vêtu d'une longue blouse bleue, le
type même de l'assassin, des poings énormes, des
mâchoires de carnassier, enfin un de ces gaillards
qu'il ne fait pas bon rencontrer au coin d'un bois.
Et les interrogatoires confirmèrent cette mauvaise impression, certaines réponses soulevèrent
de violents murmures. À toutes les questions du
président, Cabuche répondit qu'il ne savait pas :
il ne savait pas comment la montre était chez lui,
il ne savait pas pourquoi il avait laissé fuir le véritable assassin ; et il s'en tenait à son histoire de cet
inconnu mystérieux, dont il disait avoir entendu
le galop au fond des ténèbres. Puis, interrogé sur
sa passion bestiale pour sa malheureuse victime,
il s'était mis à bégayer, dans une si brusque et si
violente colère, que les deux gendarmes l'avaient
empoigné par les bras : non, non ! il ne l'aimait
point, il ne la désirait point, c'étaient des menteries, il aurait cru la salir, rien qu'à la vouloir,
elle qui était une dame, tandis que lui avait fait
de la prison et vivait en sauvage ! Ensuite, calmé,
il était tombé dans un silence morne, ne lâchant
que des monosyllabes, indifférent à la condamnation qui pouvait le frapper. De même, Roubaud
s'en tint à ce que l'accusation appelait son système : il raconta comment et pourquoi il avait tué
Grandmorin, il nia toute participation à l'assassinat de sa femme ; mais il le faisait en phrases
hachées, presque incohérentes, avec des pertes
subites de mémoire, les yeux si troubles, la voix

si empâtée, qu'il semblait par moments chercher
et inventer les détails. Et, le président le poussant,
lui démontrant les absurdités de son récit, il finit
par hausser les épaules, il refusa de répondre :
à quoi bon dire la vérité, puisque c'était le mensonge qui était logique ? Cette attitude de dédain
agressif à l'égard de la justice, lui fit le plus grand
tort. On remarqua aussi le profond désintéressement où les deux accusés étaient l'un de l'autre,
comme une preuve d'entente préalable, tout un
plan habile, suivi avec une extraordinaire force de
volonté. Ils prétendaient ne pas se connaître, ils se
chargeaient même, uniquement pour dérouter le
tribunal. Quand les interrogatoires furent termi-
nés, l'affaire était jugée, tellement le président les
avait menés avec adresse, de façon que Roubaud
et Cabuche, culbutant dans les pièges tendus,
parussent s'être livrés eux-mêmes. Ce jour-là, on
entendit encore quelques témoins, sans importance. La chaleur était devenue si insupportable,
vers cinq heures, que deux dames s'évanouirent.

Mais, le lendemain, la grosse émotion fut pour
l'audition de certains témoins. Mme Bonnehon
eut un véritable succès de distinction et de tact.
On écouta avec intérêt les employés de la Compagnie, M. Vandorpe, M. Bessière, M. Dabadie,
M. Cauche surtout, ce dernier très prolixe, qui
conta comment il connaissait beaucoup Roubaud,
ayant souvent fait avec lui sa partie, au café du
Commerce. Henri Dauvergne répéta son témoignage accablant, la presque certitude où il était
d'avoir, dans la somnolence de la fièvre, entendu
les voix sourdes des deux accusés, qui se concer-

taient ; et, interrogé sur Séverine, il se montra très discret, fit comprendre qu'il l'avait aimée, mais que la sachant à un autre, il s'était effacé loyalement. Aussi, lorsque cet autre, Jacques Lantier, fut introduit enfin, un bourdonnement monta de la foule, des personnes se levèrent pour le mieux voir, il y eut même, parmi les jurés, un mouvement passionné d'attention. Jacques, très tranquille, s'était des deux mains appuyé à la barre des témoins, du geste professionnel dont il avait l'habitude, lorsqu'il conduisait sa machine. Cette comparution qui aurait dû le troubler profondément, le laissait dans une entière lucidité d'esprit, comme si rien de l'affaire ne le regardât. Il allait déposer en étranger, en innocent ; depuis le crime, pas un frisson ne lui était venu, il ne songeait même pas à ces choses, la mémoire abolie, les organes dans un état d'équilibre, de santé parfaite ; là encore, à cette barre, il n'avait ni remords ni scrupules, d'une absolue inconscience. Tout de suite, il avait regardé Roubaud et Cabuche, de ses yeux clairs. Le premier, il le savait coupable, il lui adressa un léger signe de tête, un salut discret, sans songer qu'ouvertement aujourd'hui il était l'amant de sa femme. Puis, il sourit au second, l'innocent, dont il aurait dû occuper la place, sur ce banc : une bonne bête au fond, sous son air de bandit, un gaillard qu'il avait vu au travail, dont il avait serré la main. Et, plein d'aisance il déposa, il répondit en petites phrases nettes aux questions du président, qui, après l'avoir interrogé sans mesure sur ses rapports avec la victime, lui fit raconter son départ de la Croix-de-Maufras, quelques heures

avant le meurtre, comment il était allé prendre
le train à Barentin, comment il avait couché à
Rouen. Cabuche et Roubaud l'écoutaient, confir-
maient ses réponses par leur attitude ; et, à cette
minute, entre ces trois hommes, monta une indicible tristesse. Un silence de mort s'était fait dans
la salle, une émotion venue ils ne savaient d'où
serra un instant les jurés à la gorge : c'était la
vérité qui passait, muette. À la question du président désirant savoir ce qu'il pensait de l'inconnu
évanoui dans les ténèbres, dont le carrier parlait,
Jacques se contenta de hocher la tête, comme
s'il n'avait pas voulu accabler un accusé. Et un
fait alors se produisit, qui acheva de bouleverser
l'auditoire. Des pleurs parurent dans les yeux de
Jacques, débordèrent, ruisselèrent sur ses joues.
Ainsi qu'il l'avait revue déjà, Séverine venait de
s'évoquer, la misérable assassinée dont il avait
emporté l'image, avec ses yeux bleus élargis démesurément, ses cheveux noirs droits sur son front,
comme un casque d'épouvante. Il l'adorait encore,
une pitié immense l'avait pris, et il la pleurait à
grandes larmes, dans l'inconscience de son crime,
oubliant où il était, parmi cette foule. Des dames,
gagnées par l'attendrissement, sanglotèrent. On
trouva extrêmement touchante cette douleur de
l'amant, lorsque le mari restait les yeux secs.
Le président ayant demandé à la défense si elle
n'avait aucune question à poser au témoin, les
avocats remercièrent, tandis que les accusés hébétés accompagnaient du regard Jacques, qui retournait s'asseoir, au milieu de la sympathie générale.

  La troisième audience fut prise tout entière par

le réquisitoire du procureur impérial et par les plaidoiries des avocats. D'abord, le président avait présenté un résumé de l'affaire, où, sous une affectation d'impartialité absolue, les charges de l'accusation étaient aggravées. Le procureur impérial, ensuite, ne parut pas jouir de tous ses moyens : il avait d'habitude plus de conviction, une éloquence moins vide. On mit cela sur le compte de la chaleur, qui était vraiment accablante. Au contraire, le défenseur de Cabuche, l'avocat de Paris, fit grand plaisir, sans convaincre. Le défenseur de Roubaud, un membre distingué du barreau de Rouen, tira également tout le parti qu'il put de sa mauvaise cause. Fatigué, le ministère public ne répliqua même pas. Et, lorsque le jury passa dans la salle des délibérations, il n'était que six heures, le plein jour entrait encore par les dix fenêtres, un dernier rayon allumait les armes des villes de Normandie, qui en décorent les impostes. Un grand bruit de voix monta sous l'antique plafond doré, des poussées d'impatience ébranlèrent la grille de fer, séparant les places réservées du public debout. Mais le silence redevint religieux, dès que le jury et la cour reparurent. Le verdict admettait des circonstances atténuantes, le tribunal condamna les deux hommes aux travaux forcés à perpétuité. Et ce fut une vive surprise, la foule s'écoula en tumulte, quelques sifflets se firent entendre, comme au théâtre.

Dans tout Rouen, le soir même, on parlait de cette condamnation, avec des commentaires sans fin. Selon l'avis général, c'était un échec pour Mme Bonnehon et pour les Lachesnaye. Une

condamnation à mort, seule, semblait-il, aurait
satisfait la famille ; et, sûrement, des influences
adverses avaient agi. Déjà, on nommait tout bas
Mme Leboucq, qui comptait parmi les jurés trois
ou quatre de ses fidèles. L'attitude de son mari,
comme assesseur, n'avait sans doute rien offert
d'incorrect ; pourtant, on croyait s'être aperçu
que, ni l'autre assesseur, M. Chaumette, ni même
le président, M. Desbazeilles, ne s'étaient sentis
les maîtres des débats, autant qu'ils l'auraient
voulu. Peut-être, simplement, le jury, pris de scrupules, venait-il, en accordant des circonstances
atténuantes, de céder au malaise de ce doute qui
avait un moment traversé la salle, le vol silencieux de la mélancolique vérité. Au demeurant,
l'affaire restait le triomphe du juge d'instruction,
M. Denizet, dont rien n'avait pu entamer le chef-
d'œuvre ; car la famille elle-même perdit beaucoup de sympathies, lorsque le bruit courut que,
pour ravoir la Croix-de-Maufras, M. de Lachesnaye, contrairement à la jurisprudence, parlait
d'intenter une action en révocation, malgré la
mort du donataire, ce qui étonnait de la part d'un
magistrat.

Au sortir du Palais, Jacques fut rejoint par Philomène, qui était restée comme témoin ; et elle ne
le lâcha plus, le retenant, tâchant de passer cette
nuit-là avec lui, à Rouen. Il ne devait reprendre
son service que le lendemain, il voulut bien la garder à dîner, dans l'auberge où il prétendait avoir
dormi la nuit du crime, près de la gare ; mais il
ne coucherait pas, il était absolument forcé de
rentrer à Paris, par le train de minuit cinquante.

« Tu ne sais pas, raconta-t-elle, comme elle se dirigeait à son bras vers l'auberge, je jurerais que, tout à l'heure, j'ai vu quelqu'un de notre connaissance... Oui, Pecqueux, qui me répétait encore, l'autre jour, qu'il ne ficherait pas les pieds à Rouen, pour l'affaire... Un moment, je me suis retournée, et un homme, dont je n'ai aperçu que le dos, a filé au milieu de la foule... »

Le mécanicien l'interrompit, en haussant les épaules.

« Pecqueux est à Paris, en train de nocer, trop heureux des vacances que mon congé lui procure.

— C'est possible... N'importe, méfions-nous, car c'est bien la plus sale rosse, quand il rage. »

Elle se pressa contre lui, elle ajouta, avec un coup d'œil en arrière :

« Et celui-là qui nous suit, tu le connais ?

— Oui, ne t'inquiète pas... Il a peut-être bien quelque chose à me demander. »

C'était Misard, qui, en effet, depuis la rue des Juifs, les accompagnait à distance. Il avait déposé, lui aussi, d'un air ensommeillé ; et il était resté, rôdant autour de Jacques, sans se résoudre à lui poser une question, qu'il avait visiblement sur les lèvres. Lorsque le couple eut disparu dans l'auberge, il y entra à son tour, il se fit servir un verre de vin.

« Tiens, c'est vous, Misard ! s'écria le mécanicien. Et, avec votre nouvelle femme, ça va ?

— Oui, oui, grogna le stationnaire. Ah ! la bougresse, elle m'a bien fichu dedans. Hein ? je vous ai conté ça, à mon autre voyage ici. »

Jacques s'égayait beaucoup de cette histoire.

La Ducloux, l'ancienne servante louche que
Misard avait prise pour garder la barrière, s'était
vite aperçue, à le voir fouiller les coins, qu'il devait
chercher un magot, caché par sa défunte ; et une
idée de génie lui était venue, pour se faire épouser,
celle de lui laisser entendre, par des réticences,
par de petits rires, qu'elle l'avait trouvé, elle.
D'abord, il avait failli l'étrangler ; puis, songeant
que les mille francs lui échapperaient encore, s'il
la supprimait comme l'autre, avant de les avoir,
il était devenu très câlin, très gentil ; mais elle le
repoussait, elle ne voulait même plus qu'il la touchât : non, non, quand elle serait sa femme, il
aurait tout, elle et l'argent en plus. Et il l'avait
épousée, et elle s'était moquée, en le traitant de
trop bête, croyant tout ce qu'on lui racontait. Le
beau, c'était que, mise au courant, s'allumant elle-
même à la contagion de sa fièvre, elle cherchait
désormais avec lui, aussi enragée. Ah ! ces mille
francs introuvables, ils les dénicheraient bien un
jour, maintenant qu'ils étaient deux ! Ils cherchaient, ils cherchaient.

« Alors, toujours rien ? demanda Jacques goguenard. Elle ne vous aide donc pas, la Ducloux ? »

Misard le regarda fixement ; et il parla enfin.

« Vous savez où ils sont, dites-le-moi. »

Mais le mécanicien se fâchait.

« Je ne sais rien du tout, tante Phasie ne m'a
rien donné, vous n'allez pas m'accuser de vol,
peut-être !

— Oh ! elle ne vous a rien donné : ça, c'est bien
sûr... Vous voyez que j'en suis malade. Si vous
savez où ils sont, dites-le-moi.

— Eh ! allez vous faire fiche ! Prenez garde que je ne cause trop… Voyez donc dans la boîte à sel, s'ils y sont. »

Blême, les yeux ardents, Misard continuait à le regarder. Il eut comme une brusque illumination.

« Dans la boîte à sel, tiens ! c'est vrai. Il y a, sous le tiroir, une cachette où je n'ai pas fouillé. »

Et il se hâta de payer son verre de vin, et il courut au chemin de fer, voir s'il pourrait encore prendre le train de sept heures dix. Là-bas, dans la petite maison basse, éternellement il chercherait.

Le soir, après le dîner, en attendant le train de minuit cinquante, Philomène voulut emmener Jacques, par des ruelles noires, jusqu'à la campagne prochaine. Il faisait très lourd, une nuit de juillet, ardente et sans lune, qui lui gonflait la gorge de gros soupirs, presque pendue à son cou. Deux fois, ayant cru entendre des pas derrière eux, elle s'était retournée, sans apercevoir personne, tant les ténèbres étaient épaisses. Lui, souffrait beaucoup de cette nuit d'orage. Dans son tranquille équilibre, cette santé parfaite dont il jouissait depuis le meurtre, il avait senti tout à l'heure, à table, un lointain malaise revenir, chaque fois que cette femme l'avait effleuré de ses mains errantes. La fatigue sans doute, un énervement causé par la pesanteur de l'air. Maintenant, l'angoisse du désir renaissait plus vive, pleine d'une sourde épouvante, à la tenir ainsi, contre son corps. Cependant, il était bien guéri, l'expérience était faite, puisqu'il l'avait déjà possédée, la chair calme, pour se rendre compte. Son excitation devint telle, que la peur d'une crise

l'aurait fait se dégager de ses bras, si l'ombre qui
la noyait ne l'avait rassuré ; car jamais, même aux
pires jours de son mal, il n'aurait frappé sans voir.
Et, tout d'un coup, comme ils passaient près d'un
talus gazonné, dans un chemin désert, et qu'elle
l'y entraînait, s'allongeant, le besoin monstrueux
le reprit, il fut emporté par une rage, il chercha
parmi l'herbe une arme, une pierre, pour lui en
écraser la tête. D'une secousse, il s'était relevé,
et il fuyait déjà, éperdu, et il entendit une voix
d'homme, des jurons, toute une bataille.

« Ah ! garce, j'ai attendu jusqu'au bout, j'ai
voulu être sûr !

— Ce n'est pas vrai, lâche-moi !

— Ah ! ce n'est pas vrai ! Il peut courir, l'autre !
je sais qui c'est, je le rattraperai bien !... Tiens !
garce, dis encore que ce n'est pas vrai ! »

Jacques galopait dans la nuit, non pour fuir
Pecqueux, qu'il venait de reconnaître : mais il se
fuyait lui-même, fou de douleur.

Eh quoi ! un meurtre n'avait pas suffi, il n'était pas
rassasié du sang de Séverine, ainsi qu'il le croyait,
le matin encore ? Voilà qu'il recommençait. Une
autre, et puis une autre, et puis toujours une autre !
Dès qu'il se serait repu, après quelques semaines
de torpeur, sa faim effroyable se réveillerait, il lui
faudrait sans cesse de la chair de femme pour la
satisfaire. Même, à présent, il n'avait pas besoin de
la voir, cette chair de séduction : rien qu'à la sentir
tiède dans ses bras, il cédait au rut du crime, en
mâle farouche qui éventre les femelles. C'était fini
de vivre, il n'y avait plus devant lui que cette nuit
profonde, d'un désespoir sans bornes, où il fuyait.

Quelques jours se passèrent. Jacques avait
repris son service, évitant les camarades, retombé
dans sa sauvagerie anxieuse d'autrefois. La guerre
venait d'être déclarée, après d'orageuses séances
à la Chambre ; et il y avait déjà eu un petit combat d'avant-poste, heureux, disait-on. Depuis une
semaine, les transports de troupes écrasaient de
fatigue le personnel des chemins de fer. Les services réguliers étaient détraqués, de continuels
trains imprévus amenaient des retards considérables ; sans compter qu'on avait réquisitionné les
meilleurs mécaniciens, pour activer la concentra-
tion des corps d'armée. Et ce fut ainsi qu'un soir,
au Havre, Jacques, au lieu de son express habituel,
eut à conduire un train énorme, dix-huit wagons,
absolument bondés de soldats.

Ce soir-là, Pecqueux arriva au dépôt très ivre.
Le lendemain du jour où il avait surpris Philomène et Jacques, il était remonté sur la machine
608, comme chauffeur, avec ce dernier ; et, depuis
ce temps, il ne faisait aucune allusion, assombri,
ayant l'air de ne point oser regarder son chef. Mais
celui-ci le sentait de plus en plus révolté, refusant
d'obéir, l'accueillant d'un grognement sourd, dès
qu'il lui donnait un ordre. Ils avaient fini par cesser complètement de se parler. Cette tôle mouvante, ce petit pont qui les emportait autrefois,
si unis, n'était plus à cette heure que la planche
étroite et dangereuse où se heurtait leur rivalité.
La haine grandissait, ils en étaient à se dévorer
dans ces quelques pieds carrés, filant à toute
vitesse, et d'où les aurait précipités la moindre
secousse. Et, ce soir-là, en voyant Pecqueux ivre,

Jacques se méfia ; car il le savait trop sournois
pour se fâcher à jeun, le vin seul déchaînait en
lui la brute.

Le train qui devait partir vers six heures, fut
retardé. Il était nuit déjà, lorsqu'on embarqua les
soldats comme des moutons, dans des wagons à
bestiaux. On avait simplement cloué des planches
en guise de banquettes, on les empilait là-dedans,
par escouades, bourrant les voitures au-delà du
possible ; si bien qu'ils s'y trouvaient assis les uns
sur les autres, quelques-uns debout, serrés à ne pas
remuer un bras. Dès leur arrivée à Paris, un autre
train les attendait, pour les diriger sur le Rhin. Ils
étaient déjà écrasés de fatigue, dans l'ahurissement
du départ. Mais, comme on leur avait distribué de
l'eau-de-vie, et que beaucoup s'étaient répandus
chez les débitants du voisinage, ils avaient une
gaieté échauffée et brutale, très rouges, les yeux
hors de la tête. Et, dès que le train s'ébranla, sortant de la gare, ils se mirent à chanter.

Jacques, tout de suite, regarda le ciel, dont une
vapeur d'orage cachait les étoiles. La nuit serait
très sombre, pas un souffle n'agitait l'air brûlant ;
et le vent de la course, toujours si frais, semblait
tiède. À l'horizon noir, il n'y avait d'autres feux
que les étincelles vives des signaux. Il augmenta
la pression pour franchir la grande rampe d'Harfleur à Saint-Romain. Malgré l'étude qu'il faisait
d'elle depuis des semaines, il n'était pas maître
encore de la machine 608, trop neuve, dont les
caprices, les écarts de jeunesse le surprenaient.
Cette nuit-là, particulièrement, il la sentait rétive,
fantasque, prête à s'emballer pour quelques mor-

ceaux de charbon de trop. Aussi, la main sur le volant du changement de marche, surveillait-il le feu, de plus en plus inquiet des allures de son chauffeur. La petite lampe qui éclairait le niveau d'eau, laissait la plate-forme dans une pénombre, que la porte du foyer, rougie, rendait violâtre. Il distinguait mal Pecqueux, il avait eu aux jambes, à deux reprises, la sensation d'un frôlement, comme si des doigts se fussent exercés à le prendre là. Mais ce n'était sans doute qu'une maladresse d'ivrogne, car il l'entendait, dans le bruit, ricaner très haut, casser son charbon à coups de marteau exagérés, se battre avec la pelle. Toutes les minutes, il ouvrait la porte, jetait du combustible sur la grille, en quantité déraisonnable.

« Assez » ! cria Jacques.

L'autre affecta de ne pas comprendre, continua à enfourner des pelletées coup sur coup ; et, comme le mécanicien lui empoignait le bras, il se tourna, menaçant, tenant enfin la querelle qu'il cherchait, dans la fureur montante de son ivresse.

« Touche pas, ou je cogne !… Ça m'amuse, moi, qu'on aille vite ! »

Le train, maintenant, roulait, à toute vitesse, sur le plateau qui va de Bolbec à Motteville. Il devait filer d'un trait à Paris, sans arrêt aucun, sauf aux points marqués pour prendre de l'eau. L'énorme masse, les dix-huit wagons, chargés, bondés de bétail humain, traversaient la campagne noire, dans un grondement continu. Et ces hommes qu'on charriait au massacre, chantaient, chantaient à tue-tête, d'une clameur si haute, qu'elle dominait le bruit des roues.

Jacques, du pied, avait refermé la porte. Puis, manœuvrant l'injecteur, se contenant encore :

« Il y a trop de feu... Dormez, si vous êtes saoul. »

Immédiatement, Pecqueux rouvrit, s'acharna à remettre du charbon, comme s'il eût voulu faire sauter la machine. C'était la révolte, les ordres méconnus, la passion exaspérée qui ne tenait plus compte de toutes ces vies humaines. Et, Jacques s'étant penché pour abaisser lui-même la tige du cendrier, de façon à diminuer au moins le tirage, le chauffeur le saisit brusquement à bras-le-corps, tâcha de le pousser, de le jeter sur la voie, d'une violente secousse.

« Gredin, c'était donc ça !... N'est-ce pas ? Tu dirais que je suis tombé, bougre de sournois ! »

Il s'était rattrapé à un des bords du tender, et ils glissèrent tous deux, la lutte continua sur le petit pont de tôle, qui dansait violemment. Les dents serrées, ils ne parlaient plus, ils s'efforçaient l'un l'autre de se précipiter par l'étroite ouverture, qu'une barre de fer seule fermait. Mais ce n'était point commode, la machine dévorante roulait toujours ; et Barentin fut dépassé, et le train s'engouffra dans le tunnel de Malaunay, qu'ils se tenaient encore étroitement, vautrés dans le charbon, tapant de la tête contre les parois du récipient d'eau, évitant la porte rougie du foyer, où se grillaient leurs jambes, chaque fois qu'ils les allongeaient.

Un instant, Jacques songea que, s'il pouvait se relever, il fermerait le régulateur, appellerait au secours, pour qu'on le débarrassât de ce fou furieux, enragé d'ivresse et de jalousie. Il s'affaiblissait, plus petit, désespérait de trouver maintenant la force de le précipiter, vaincu déjà, sentant passer dans ses cheveux la terreur de la chute. Comme il faisait un suprême effort, la main tâtonnante, l'autre comprit, se raidit sur les reins, le souleva ainsi qu'un enfant.

« Ah ! tu veux arrêter... Ah ! tu m'as pris ma femme... Va, va, faut que tu y passes ! »

La machine roulait, roulait, le train venait de sortir du tunnel à grand fracas, et il continuait sa course, au travers de la campagne vide et sombre. La station de Malaunay fut franchie, dans un tel coup de vent, que le sous-chef, debout sur le quai, ne vit même pas ces deux hommes, en train de se dévorer, pendant que la foudre les emportait.

Mais Pecqueux, d'un dernier élan, précipita Jacques ; et celui-ci, sentant le vide, éperdu, se cramponna à son cou, si étroitement, qu'il l'entraîna. Il y eut deux cris terribles, qui se confondirent, qui se perdirent. Les deux hommes, tombés ensemble, entraînés sous les roues par la réaction de la vitesse, furent coupés, hachés, dans leur étreinte, dans cette effroyable embrassade, eux qui avaient si longtemps vécu en frères. On les retrouva sans tête, sans pieds, deux troncs sanglants qui se serraient encore, comme pour s'étouffer[1].

Et la machine, libre de toute direction, roulait, roulait toujours. Enfin, la rétive, la fantasque, pouvait céder à la fougue de sa jeunesse, ainsi qu'une cavale indomptée encore, échappée des mains du gardien, galopant par la campagne rase.

La chaudière était pourvue d'eau, le charbon dont
le foyer venait d'être rempli, s'embrasait ; et pendant la première demi-heure, la pression monta
follement, la vitesse devint effrayante. Sans doute,
le conducteur-chef, cédant à la fatigue, s'était
endormi. Les soldats, dont l'ivresse augmentait, à
être ainsi entassés, subitement s'égayèrent de cette
course violente, chantèrent plus fort. On traversa
Maromme, en coup de foudre. Il n'y avait plus de
sifflet, à l'approche des signaux, au passage des
gares. C'était le galop tout droit, la bête qui fon-
çait tête basse et muette, parmi les obstacles. Elle
roulait, roulait sans fin, comme affolée de plus en
plus par le bruit strident de son haleine[1].

À Rouen, on devait prendre de l'eau ; et l'épouvante glaça la gare, lorsqu'elle vit passer, dans
un vertige de fumée et de flamme, ce train fou,
cette machine sans mécanicien ni chauffeur, ces
wagons à bestiaux emplis de troupiers qui hur-
laient des refrains patriotiques. Ils allaient à la
guerre, c'était pour être plus vite là-bas, sur les
bords du Rhin. Les employés étaient restés béants,
agitant les bras. Tout de suite, le cri fut général :
jamais ce train débridé, abandonné à lui-même,
ne traverserait sans encombre la gare de Sotteville, toujours barrée par des manœuvres, obstruée de voitures et de machines, comme tous les
grands dépôts. Et l'on se précipita au télégraphe,
on prévint. Justement, là-bas, un train de marchandises qui occupait la voie, put être refoulé
sous une remise. Déjà, au loin, le roulement du
monstre échappé s'entendait. Il s'était rué dans les
deux tunnels qui avoisinent Rouen, il arrivait de

son galop furieux, comme une force prodigieuse
et irrésistible que rien ne pouvait plus arrêter. Et
la gare de Sotteville fut brûlée, il fila au milieu
des obstacles sans rien accrocher, il se replongea
dans les ténèbres, où son grondement peu à peu
s'éteignit.

Mais, maintenant, tous les appareils télégraphiques de la ligne tintaient, tous les cœurs battaient, à la nouvelle du train fantôme qu'on venait
de voir passer à Rouen et à Sotteville. On tremblait
de peur : un express qui se trouvait en avant, allait
sûrement être rattrapé. Lui, ainsi qu'un sanglier
dans une futaie, continuait sa course, sans tenir
compte ni des feux rouges, ni des pétards. Il faillit
se broyer, à Oissel, contre une machine-pilote ; il
terrifia Pont-de-l'Arche, car sa vitesse ne semblait
pas se ralentir. De nouveau, disparu, il roulait, il
roulait, dans la nuit noire, on ne savait où, là-bas.

Qu'importaient les victimes que la machine
écrasait en chemin ! N'allait-elle pas quand
même à l'avenir, insoucieuse du sang répandu ?
Sans conducteur, au milieu des ténèbres, en bête
aveugle et sourde qu'on aurait lâchée parmi la
mort, elle roulait, elle roulait, chargée de cette
chair à canon, de ces soldats, déjà hébétés de
fatigue, et ivres, qui chantaient.

DOSSIER

VIE D'ÉMILE ZOLA
(1840-1902)

I. L'ENFANCE ET L'ADOLESCENCE
EN PROVENCE. 1840-1858

Émile Zola naît à Paris le 2 avril 1840, au 10 de la rue Saint-Joseph. Il est le fils d'un ingénieur civil d'origine vénitienne, François Zola (né en 1795 et installé en France après des travaux en Italie et en Autriche, et un séjour, en qualité d'officier, dans la Légion étrangère), et d'une jeune Beauceronne, fille d'un artisan vitrier et d'une couturière : Émilie Aubert, née en 1819.

En 1843, les Zola s'installent à Aix-en-Provence. L'ingénieur François Zola, qui a depuis plusieurs années un bureau à Marseille, va construire un barrage tout près d'Aix, dans les gorges de l'Infernet (sur le territoire du Tholonet), et un canal pour l'alimentation en eau potable de la ville d'Aix. Il crée une société, avec plusieurs commanditaires parisiens. Les parents d'Émilie Aubert, Louis et Henriette Aubert, viennent rejoindre leurs enfants à Aix. Émile Zola fera au moins deux voyages à Paris, l'un en 1845, l'autre en 1846.

François Zola, constructeur et homme d'affaires, est créateur, entreprenant, énergique. Il a proposé à Thiers les plans d'une fortification de Paris, à la ville de Marseille ceux d'un nouveau port. Le barrage de l'Infernet sera sa première grande réalisation en France. C'est un pionnier de la politique des grands travaux. Il touche au succès, lorsque la maladie l'abat. Le 27 mars 1847, il meurt à Marseille d'une pneumonie contractée sur le chantier du barrage. C'est le malheur et la ruine pour sa famille. Émilie Zola, spoliée par d'habiles spéculateurs, lutte sans succès, dans d'interminables litiges, pour sauver quelque argent. Les Zola, appauvris, doivent emprunter pour vivre ; ils changent plusieurs fois de domicile ; certains créanciers oubliés relanceront l'écrivain vingt ans plus tard, lorsqu'il aura atteint la célébrité.

Émilie Zola et sa mère veulent cependant donner à l'enfant une éducation de bonne famille. Il reçoit une instruction religieuse : en 1848, il est élève de la pension Notre-Dame, où il a pour camarades Marius Roux et Philippe Solari. Le premier devenu journaliste et le second sculpteur, ils resteront ses amis jusqu'à la fin du siècle. Les Zola traversent sans dommage les événements politiques de la période 1848-1851. En octobre 1852, Zola entre en huitième au collège Bourbon, comme pensionnaire. En 1853, il saute une classe et devient élève demi-pensionnaire de sixième. C'est au collège Bourbon que Zola fait la connaissance d'un autre duo de camarades : Jean-Baptistin Baille, fils d'un aubergiste, et Paul Cézanne, fils d'un banquier, tous deux plus avancés que lui d'un an et d'une classe. En 1854, ils assistent au défilé des troupes partant pour la Crimée. Dans les *Nouveaux Contes à Ninon*, vingt ans plus tard, Zola racontera les souvenirs de sa vie de collégien provençal. Au collège, en quatrième, puis en troisième (section latin-sciences), il remporte des succès. Il joue de la clarinette dans la fanfare du collège, assiste aux cérémonies de la Fête-Dieu, s'enthousiasme pour Hugo et Musset, va applaudir au théâtre les drames romantiques, et, l'été venu, nage et chasse dans la campagne provençale avec Baille et Cézanne. Il se lie avec d'autres jeunes gens de la bourgeoisie d'Aix, Marguery, de Julienne d'Arc, Marquezi, Houchard. De toute cette jeunesse, lui, le plus pauvre, sera le seul à quitter la Provence pour « monter » à Paris. Déjà, il accumule les manuscrits : des vers, surtout, mais aussi un roman sur les croisades, et une comédie de potache en trois actes et en vers, *Enfoncé, le pion !*. La plupart de ces premiers écrits ont disparu. Ils portaient sans doute la marque du lyrisme romantique. De la littérature contemporaine, Leconte de Lisle, Gautier, Nerval, Baudelaire, Balzac, Zola ne sait encore à peu près rien.

Le 16 novembre 1857, sa grand-mère, Henriette Aubert, meurt. Émilie Zola part pour Paris, à la recherche de soutiens. Quelques semaines plus tard, en février 1858, Zola la rejoint, avec son grand-père Louis Aubert. C'est l'adieu à la Provence — et à l'insouciance. La famille loue un petit appartement dans un quartier alors très modeste, au 63 de la rue Monsieur-le-Prince. Le 1er mars, Émile entre en seconde au lycée Saint-Louis, sur la recommandation d'un ami de son père, avocat au Conseil d'État, Alexandre Labot.

II. LA VIE DE BOHÈME. 1858-1862

Alors commence une longue et riche correspondance entre Zola et ses amis aixois. Seules ont été conservées ses lettres à Baille, le polytechnicien, et à Cézanne, le peintre. Les résultats scolaires de Zola deviennent décevants. Il garde la nostalgie de la Provence. Il ne s'intéresse vraiment qu'à la littérature française, enseignée par Pierre Levasseur, futur historien de renom. Dans le courant de l'été 1858, il passe plusieurs semaines à Aix. De retour en octobre, il tombe gravement malade : peut-être la fièvre typhoïde. Les souvenirs de cette maladie lui inspireront quinze ans plus tard une partie de *La Faute de l'abbé Mouret*. Guéri, il retourne au lycée Saint-Louis, en rhétorique. En janvier 1859, les Zola habitent 241 rue Saint-Jacques, encore plus près de la banlieue sud. Émile Zola compose des vers en hommage à son père, qui paraissent dans *La Provence* (17 février 1859). Il découvre, au Carnaval, la fête nocturne dans Paris, le bal de l'Opéra. En juin, c'est l'effervescence des batailles contre l'Autriche, l'enthousiasme pour la cause italienne. Zola ne parvient ni à l'applica-

tion de certains de ses condisciples, déjà préparés pour
les carrières que l'Empire offre aux fils de la bourgeoisie
parisienne, ni à la futilité des autres, qui serviront plus
ou moins de modèles au jeune Maxime, dans *La Curée*.
Pauvre, à demi étranger, déraciné, poète, idéaliste dans un
monde qu'il juge cynique, il n'est pas heureux. Le 4 août
1859, il échoue au baccalauréat. Après des vacances à
Aix (et des amours platoniques avec une jeune fille qu'il
baptise l'Aérienne), c'est un nouvel échec, à Marseille, en
novembre. Il abandonne ses études.

En 1860, son grand-père, Louis Aubert, meurt. Zola
cherche du travail. La protection d'Alexandre Labot lui
vaut une place d'employé à l'administration des Docks
de Paris. Il y reste deux mois. Il échappe à l'ennui de la
semaine par de longues randonnées dominicales, dans
les villages de la banlieue, à Saint-Cloud, à Vincennes, à
Vitry. Les Zola demeurent 35 rue Saint-Victor, où il a, pour
lui seul, une mansarde au septième étage. Là, il reçoit de
nouveaux amis, le peintre Chaillan, Georges Pajot, et des
Provençaux installés comme lui à Paris. Poèmes (*Paolo*),
proverbes (*Perrette*), nouvelles (*Un coup de vent*), lettres à
Baille et à Cézanne : il écrit, lit les classiques, Michelet,
George Sand, Shakespeare, admire Jean Goujon et Greuze.
L'été venu, il quitte les Docks, se retrouve sans travail, et
sans ressources. Il doit renoncer à l'idée d'aller passer à
Aix les premières semaines de l'automne.

L'hiver 1860-1861 lui est très dur. On ne sait pas grand-
chose de ces six mois. Zola s'enfonce dans le spleen. Il
a une liaison malheureuse avec une fille galante, Berthe
(qu'il transposera dans *La Confession de Claude*, commencé dès 1862 et publié en 1865). En février, il habite
au 24 de la rue Neuve-Saint-Étienne-du-Mont, dans un
hôtel garni. Cézanne, tant attendu, le rejoint en avril 1861.
Ensemble, ils visitent le Salon de Peinture, les académies
où travaillent les rapins. Zola cherche toujours un emploi,
en vain, avec une amertume et un désarroi croissants. Il
lit Molière et Montaigne, mais aussi Victor de Laprade.
Il mène apparemment la vie de bohème. C'est la fin des
soliloques idéalistes, le début des regards sur la grande

ville, et sur les paysages de plein air — à la manière de ses amis peintres qui cherchent le « motif ». Mais l'œuvre a toujours un temps de retard sur l'expérience : il écrit encore des vers, sans plus guère croire à son talent poétique (*L'Aérienne*). La fin de l'enfance approche. L'attente durera encore tout un hiver, dans le froid, l'oisiveté, le malaise. Le 7 décembre 1861, à la mairie du Ve arrondissement, il réclame, en qualité de fils d'étranger, né en France, la nationalité française. Bénéficiant d'un tirage au sort favorable, il est libéré du service militaire.

III. L'ÉDITION. 1862-1865

Le 1er mars 1862, Émile Zola entre à la librairie Hachette, à 100 F par mois, comme employé au bureau des expéditions, où il fait des paquets, puis au bureau de la publicité. Il découvre le monde du livre, de l'intérieur. Il habite alors 11 rue Soufflot. En avril, on le trouve 7 impasse Saint-Dominique. Se détournant désormais de la poésie, il écrit trois contes en août-septembre (trois des futurs *Contes à Ninon*). Louis Hachette s'intéresse à lui, et lui confie les tâches de ce qu'on appellerait aujourd'hui un attaché de presse. Le 31 octobre, il est naturalisé français. Nouveau déménagement : le voilà, à la fin de l'année, au 62 rue de la Pépinière, près de la barrière d'Enfer (aujourd'hui rue Daguerre). En juillet 1863, il habite avec sa mère un appartement de trois pièces 7 rue des Feuillantines.

Il s'enhardit. Ses fonctions le font entrer en contact avec les journaux et les revues, avec les écrivains liés à la librairie Hachette. L'année 1863 est celle de ses véritables premiers pas dans la presse : un proverbe en vers, *Perrette*, est refusé par *La Revue des Deux Mondes*, en février, mais deux contes paraissent dans la *Revue du Mois*, à Lille, en avril et en octobre ; en décembre, il collabore au *Journal populaire de Lille*. Conteur, chroniqueur, critique : ce sera sa marque propre, dans le journalisme de la fin du Second Empire.

Son départ, dans la double carrière de l'édition et des lettres, semble bien pris. En juin 1864, devenu chef de la publicité à la librairie Hachette, à 200 F par mois, Zola s'installe avec sa mère 278 rue Saint-Jacques. Il lit Stendhal et Flaubert, fait le compte rendu, pour la *Revue de l'Instruction publique*, des conférences de la rue de la Paix sur Le Sage, Shakespeare, Aristophane, La Bruyère, Molière. Ces conférences sont un foyer de l'opposition libérale à l'Empire. Il affirme sa sympathie littéraire pour le réalisme. Il collabore au *Journal populaire de Lille*, à *L'Écho du Nord*, à *La Nouvelle Revue de Paris*, à *L'Entracte*. Le cercle de ses relations littéraires s'élargit. Il remporte sa « première victoire » avec la publication des *Contes à Ninon*, en décembre, chez Albert Lacroix, l'éditeur de Hugo. Un mois plus tard, il va demeurer 142 boulevard Montparnasse.

L'année 1865 accentue ce mouvement. Il est désormais chroniqueur régulier du *Petit Journal*, du *Salut public de Lyon*. On trouve sa signature dans *La Vie parisienne*, *La Revue française*, *Le Figaro*, *Le Grand Journal*, etc. En novembre, paraît son premier roman, *La Confession de Claude*. Il écrit deux pièces de théâtre, *La Laide* et *Madeleine*. Il a pris de l'assurance et de la confiance. Il a su exploiter à fond ses fonctions dans l'édition. Il travaille avec acharnement ; c'est au-delà de ses dix heures quotidiennes chez Hachette qu'il doit trouver le temps d'écrire. Ses articles, à eux seuls, lui rapportent 200 F par mois. Ce n'est plus tout à fait la pauvreté. Il a rencontré Gabrielle-Alexandrine Meley, qui est devenue sa maîtresse en mars et dont il ne se séparera plus. Il va prendre tous ses risques, en abandonnant la librairie pour ne plus vivre que de sa plume.

IV. LE JOURNALISME LITTÉRAIRE. 1866-1868

Le 31 janvier 1866, Zola quitte la librairie Hachette. Depuis trois mois, son nom commençait à faire quelque tapage : *La Confession de Claude* a déclenché une enquête du procureur de la République ; une aigre polémique a opposé Zola à Barbey d'Aurevilly et au journal *Le Nain jaune*. Le successeur de Louis Hachette (mort en juillet 1864) a besoin d'un chef de publicité plus discret. Zola, de son côté, pense que le moment est venu de conquérir une complète disponibilité. La librairie Hachette lui commande trois ouvrages (qu'il n'écrira pas) ; la séparation semble se faire à l'amiable. Zola, le 1er février, devient courriériste littéraire de *L'Événement*, journal fondé par Hippolyte de Villemessant. Il conserve sa collaboration au *Salut public de Lyon*. Il écrit un roman-feuilleton pour *L'Événement* : *Le Vœu d'une morte* ; il donne une grande étude sur Taine à *La Revue contemporaine*, des contes à *L'Illustration*. Il proclame son admiration pour les Goncourt, pour Balzac, pour Flaubert. Son *Salon* dans *L'Événement* fait scandale : il loue Manet et Courbet, et éreinte la peinture académique. Il publie coup sur coup *Mon Salon* (juin), *Mes Haines*, recueil des principales études littéraires du *Salut public*, *Le Vœu d'une morte* (novembre). Avec Cézanne, le peintre Guillemet, et quelques autres, il découvre Bennecourt, sur les bords de la Seine, au-delà de Mantes, et y fait plusieurs séjours. À Paris, il habite avec Alexandrine Meley, rue de l'École-de-Médecine, puis 10 rue de Vaugirard. Il écrit des lettres sereines, optimistes.

Mais l'année, fort bien commencée, se termine dans la gêne. L'année 1867 n'est pas plus favorable. *L'Événement* a été supprimé le 15 novembre ; *Le Salut public*, après novembre, se passe des services de Zola ; *Le Figaro*, devenu quotidien pour se substituer à *L'Événement*, ne publie que de loin en loin, en 1867, des textes de Zola : des portraits littéraires, des tableaux parisiens, des études critiques. En janvier 1867, Zola affirme encore une fois hautement son estime pour Manet, dans *La Revue du XIXe siècle*. Il rencontre au Café Guerbois, Grande-rue des Batignolles, les peintres de la nouvelle école (les futurs Impressionnistes) : Manet, Pissarro, Monet, bientôt Renoir, Fantin-Latour, Bazille, avec l'écrivain Duranty. Quelques textes ici et là (dans *La Situation*, et dans *La Rue* de Vallès) ne le préservent pas du manque d'argent. Alexandrine fait des bandes pour la librairie Hachette. C'est une année noire. Mais c'est aussi l'année où Zola écrit son premier chef-d'œuvre, _Thérèse Raquin_, qui paraît en décembre. En même temps, il publie un roman-feuilleton dans _Le Messager de Provence_ : _Les Mystères de Marseille_. Une adaptation de ce roman pour la scène, due à Zola et à Roux, sera jouée à Marseille en octobre.

En avril 1867, les Zola se sont installés sur la rive droite, 1 rue Moncey (aujourd'hui rue Dautancourt), aux Batignolles. En avril 1868, ils vont habiter 23 rue Truffaut. Zola écrit _Madeleine Férat_, qui paraîtra en feuilleton dans _L'Événement illustré_, où il a également publié un nouveau _Salon_ et de nombreuses chroniques. Il connaît encore des périodes difficiles. À partir de juin, il collabore à _La Tribune_, un des journaux de l'opposition républicaine nés de la loi du 11 mai 1868 sur la libéralisation de la presse. En novembre, il noue des relations amicales avec les Goncourt. Il correspond avec Taine, avec Sainte-Beuve. C'est l'époque où il lit des ouvrages sur l'hérédité, sur la physiologie, et où il jette les premières idées, les premiers projets de l'_Histoire d'une famille_, en dix volumes. Il cherche à s'engager pour un long terme chez un éditeur, qui assurerait sa sécurité matérielle et lui permettrait de construire à loisir une grande œuvre, conforme à ses intuitions « naturalistes » : l'analyse, psychologique, physiologique et sociale, est pour lui la forme moderne du roman.

V. LE JOURNALISME POLITIQUE. 1869-1871

L'opposition à l'Empire s'enhardit. Zola multiplie les causeries polémiques dans _La Tribune_, puis dans _Le Rappel_, journal fondé par les proches de Victor Hugo. En même temps, il donne un courrier bibliographique au _Gaulois_. L'_Histoire d'une famille_ commencera au coup d'État du 2 décembre 1851, et sera pour une part la peinture satirique des groupes sociaux qui ont trouvé profit dans le régime de Napoléon III. Zola écrit le premier roman du cycle, *La Fortune des Rougon*, et prépare le second, *La Curée*, cependant qu'éclatent des troubles en province (chez les mineurs de La Ricamarie et d'Aubin) et à Paris (juin-octobre 1869). Zola s'est installé 14 rue de La Condamine, toujours dans le quartier des Batignolles. Il y accueille un jeune Aixois, Paul Alexis, qui deviendra son plus fidèle ami. L'éditeur Albert Lacroix accepte le plan des *Rougon-Macquart*, avec un contrat de 500 F par mois pour l'auteur.

1870 compromet cette sécurité retrouvée. Le 31 mai, Zola a épousé Alexandrine Meley. Il continue à fréquenter Bennecourt, et à publier de vigoureux pamphlets contre l'Empire. Il collabore au *Rappel* (qui se passera de ses services après un article jugé par trop élogieux pour Balzac, le 13 mai) et à *La Cloche*, autre journal républicain. Mais le 19 juillet éclate la guerre entre la France et la Prusse. Le 4 septembre, deux jours après la défaite de Sedan, l'Empire s'effondre. L'événement sauve Zola des poursuites judiciaires que lui valait son article du 5 août, plus antibonapartiste que jamais. La publication de *La Fortune des Rougon*, qui paraissait depuis le 28 juin dans *Le Siècle*, est interrompue depuis le 10 août. Le 7 septembre, les Zola quittent Paris pour Marseille, afin d'échapper au siège.

Zola espère du gouvernement de la Défense nationale un poste de sous-préfet, récompensant son passage dans les journaux républicains. Il échoue, malgré l'appui — assez mou — des amis politiques de Gambetta. À Marseille, il fonde avec Marius Roux un journal éphémère, *La Marseillaise*. Le 11 décembre, il part seul pour Bordeaux, où siège une Délégation du Gouvernement. Un membre de la Délégation, Glais-Bizoin, le prend comme secrétaire. Sa femme et sa mère le rejoignent. Après l'armistice du 28 janvier 1871, une Assemblée nationale est élue (le 8 février). Elle siège à Bordeaux. Zola propose à *La Cloche*, et obtient, de devenir son chroniqueur parlementaire ; il fera le même travail pour *Le Sémaphore de Marseille*. Le voilà aux avant-postes de l'observation politique. Le 14 mars, il rentre à Paris, car l'Assemblée siège désormais à Versailles. Pendant la Commune, du 18 mars au 28 mai, il réside d'abord à Paris, puis, à partir du 10 mai, à Bennecourt : sa collaboration à *La Cloche*, journal républicain modéré, suspendu à partir du 19 avril, l'a rendu suspect à la Commune. De retour à Paris, il assiste avec consternation à la répression versaillaise, à l'instauration de « l'ordre moral ». La publication de *La Curée*, qui paraît en feuilleton dans *La Cloche*, est interrompue le 5 novembre sur intervention du Parquet. Après avoir été éloigné par la Commune, Zola est désormais surveillé par la république conservatrice.

VI. LA CONQUÊTE DU SUCCÈS. 1872-1877

Zola se partage entre ses chroniques parlementaires et son œuvre littéraire. Il quitte *La Cloche* à la fin de 1872, mais conserve sa collaboration régulière au *Sémaphore de Marseille* jusqu'en février 1877, y publiant surtout, après 1872, des articles sur l'actualité parisienne. Un article vivement polémique contre la majorité monarchiste, dans *Le Corsaire*, en décembre, lui interdit la presse parisienne jusqu'en 1876 (sauf une brève série de critiques dramatiques dans *L'Avenir national*, en 1873). Il noue en 1872 des relations amicales avec Flaubert, Daudet, Tourgueniev. L'éditeur Georges Charpentier réédite *La Curée* et *La Fortune des Rougon*, et prend le relais de Lacroix, avec les mêmes conditions : un versement mensuel de 500 F. *Le Ventre de Paris* paraît en 1873, l'année où Mac-Mahon est élu président de la République, évinçant Thiers. En juillet 1873, Zola tente sa chance au théâtre, avec *Thérèse Raquin* : échec. En 1874, il en va de même pour *Les Héritiers Rabourdin*, tandis que paraissent *La Conquête de Plassans* et les *Nouveaux Contes à Ninon*. Les Zola vont habiter au 21 rue Saint-Georges (aujourd'hui rue des Apennins). Par Manet, Zola noue amitié avec Mallarmé, par Flaubert avec Maupassant. Il suit avec sympathie les expositions impressionnistes, en 1874, 1876, 1877.

Après *La Faute de l'abbé Mouret*, en 1875, il reçoit la visite admirative de J. K. Huysmans, de Henry Céard, puis de Léon Hennique. L'éditeur Charpentier lui assure désormais des droits proportionnels aux ventes. Cette année, les Zola prennent leurs vacances à la mer (à Saint-Aubin, en Normandie).

Zola collabore maintenant à une revue mensuelle de Saint-Pétersbourg, *Le Messager de l'Europe. Son Excellence Eugène Rougon* paraît en 1876. À partir d'avril 1876, *Le Bien public*, journal républicain, lui ouvre une revue dramatique et littéraire hebdomadaire, et publie en feuilleton *L'Assommoir*. La publication fait scandale ; elle devra s'achever dans une revue, *La République des lettres*. Le roman, en janvier 1877, fait enfin de Zola l'écrivain le plus lu et le plus discuté de Paris. Il amplifie son succès avec ses campagnes en faveur du naturalisme, et ses éreintements des pièces à la mode : théâtre académique, drames historiques et pièces de boulevard. Les Zola, maintenant à l'aise, s'installent en avril 23 rue de Boulogne (aujourd'hui rue Ballu), et passent près de six mois (de mai à octobre) dans un village de pêcheurs près de Marseille, à l'Estaque. En octobre 1877, Mac-Mahon ayant dissous une assemblée où les républicains étaient majoritaires depuis un an, ceux-ci remportent les élections qui suivent. Trois mois plus tard, Mac-Mahon se soumet. La république parlementaire est enfin solidement instaurée. Et de même, la fortune privée et littéraire de Zola. Coïncidence significative, où se lit l'émergence politique, idéologique, esthétique, d'une nouvelle bourgeoisie.

VII. LE CHEF D'ÉCOLE :
DE « L'ASSOMMOIR » À « GERMINAL ». 1877-1885

Le 28 mai 1878, avec les droits d'auteur de *L'Assommoir*, Zola acquiert une maison à Médan, au bord de la Seine, à une quarantaine de kilomètres à l'ouest de Paris (pour

9 000 F). Il y passera chaque année l'été et l'automne et fera agrandir la demeure dès 1880. Maupassant lui apporte un bateau, baptisé *Nana*, du nom de l'héroïne du roman que prépare Zola. En avril, a paru *Une page d'amour*. En juillet, *Le Voltaire* se substitue au *Bien public*, mais Zola y conserve sa chronique hebdomadaire. Il envoie au *Messager de l'Europe* de longs articles de reportages (sur l'Exposition universelle), de souvenirs, d'analyses sociales, de théorie littéraire. En mai, il fait jouer *Le Bouton de rose*, un vaudeville, au Palais-Royal : c'est un four. Mais une adaptation de *L'Assommoir*, en 1879, fait les beaux soirs de l'Ambigu. On commente, on discute, on chansonne et on caricature ses sujets, ses personnages et ses thèses naturalistes. Celles-ci culminent dans la publication, en 1880, du *Roman expérimental*. Par ce titre, Zola rattache délibérément son inspiration idéologique au courant de la pensée scientiste et positiviste, tandis que son œuvre puise dans des thèmes mythiques permanents : thèmes de vie, la nature et l'homme en travail, le rut, la gésine, la germination, la fécondité ; thèmes de mort, l'écroulement, la dissolution, le meurtre, la bêtise, la stérilité, l'agonie, l'absurdité, avec leurs fantasmes : la machine, la bête, le sang, l'or, l'alcool, la fournaise, l'enfant qu'on tue, la femme-refuge et la femme-gouffre. Ainsi Nana, la « Mouche d'Or », dont Flaubert dit en 1880 qu'« elle tourne au mythe sans cesser d'être une femme ».

La critique académique est ahurie et scandalisée. Zola, en réponse, l'étrille dans ses articles du *Voltaire*, puis du *Figaro* (1880-1881). *Les Soirées de Médan*, en avril 1880 (avec Alexis, Céard, Huysmans, Hennique et Maupassant), font de Médan le symbole du naturalisme. Puis Zola abandonne le journalisme. En 1880, il a perdu deux amis : Duranty et Flaubert, et, le 17 octobre, sa mère. Ces disparitions lui causent un profond ébranlement affectif, dont *La Joie de vivre*, en 1884, porte la trace. Il passe mal la quarantaine. L'œuvre continue, cependant, comme une drogue ; en 1881, trois recueils critiques (*Les Romanciers naturalistes*, *Le Naturalisme au théâtre*, *Documents littéraires*) ; en 1882, *Une campagne*, recueil des articles du *Figaro*, et un roman

au vitriol sur les mœurs de la bourgeoisie, *Pot-Bouille* ;
en 1883, *Au Bonheur des Dames*. À Paris et à Médan, les
Zola reçoivent leurs amis, Daudet, Goncourt, Charpentier,
Céard, Alexis, Huysmans, Cézanne. Ils passent l'été au bord
de la mer, à Grand-Camp en 1881, à Bénodet en 1883.
Du 23 février au 3 mars 1884, Zola enquête à Anzin, dans
les mines de charbon, en pleine grève, pour son « roman
ouvrier » : *Germinal* paraît en 1885, cinq ans après le retour
des Communards exilés, trois ans après la formation du
parti ouvrier de Jules Guesde, un an après la légalisation
des syndicats. C'est le sommet des *Rougon-Macquart*, une
œuvre où convergent le génie narratif et la puissance pro-
phétique, et à laquelle aucun roman contemporain ne peut
se mesurer. Zola rejoint Balzac, Stendhal, Flaubert. Il faudra, désormais, attendre Proust.

VIII. LA FIN DES ROUGON :
DE « L'ŒUVRE » AU « DOCTEUR PASCAL ».
1886-1893

Rentré d'un séjour au Mont-Dore (août 1885), Zola mène
campagne contre la censure, qui a interdit l'adaptation de
Germinal au théâtre (septembre-octobre 1885). La pièce
ne sera jouée qu'en avril 1888, au Châtelet : trop longue,
elle échouera. *L'Œuvre*, roman sur les peintres et sur la
création artistique, est achevé en février 1886. Cézanne,
qui croit s'être reconnu dans le personnage de Claude
Lantier, cesse toute relation suivie avec Zola. La demeure
de Médan s'agrandit ; Zola est un propriétaire heureux et
gourmand ; il prend de l'embonpoint. Du 3 mai au 11 mai
1886, il voyage en Beauce pour préparer *La Terre*, dont il
voudrait faire pour les paysans ce que *Germinal* a été pour
les ouvriers. *La Terre*, achevé en août 1887, soulève de nouvelles polémiques. Anatole France parle des « géorgiques
de l'ordure » ; cinq jeunes écrivains de l'entourage de Goncourt (Bonnetain, Descaves, Rosny, etc.) publient un manifeste où ils affirment renier le naturalisme de Zola. Celui-ci

passe des vacances paisibles à Royan et, malicieusement, commence à préparer un roman mystique et faussement « convenable », *Le Rêve*.

Il lui reste quatre romans à écrire pour clore le cycle des *Rougon*. Il n'en sera même pas détourné par la révolution qui bouleverse sa vie privée en 1888. Il s'éprend d'une jeune lingère bourguignonne engagée par Alexandrine Zola, et en fait sa maîtresse, en décembre. Jeanne Rozerot lui donnera deux enfants, Denise, en 1889, et Jacques en 1891. Ce sont pour lui, dorénavant, les contraintes d'une double vie, qu'il réussit à vivre dans la dignité et à préserver des ragots, et qu'Alexandrine, après une crise douloureuse, acceptera. Il mincit, découvre à cinquante ans les joies de la paternité, retrouve l'énergie fougueuse de sa jeunesse. *La Bête humaine* (1890) n'en est pas moins un roman noir, hanté par des visions de violence. En septembre 1889, les Zola s'installent dans leur dernier domicile, 21 bis rue de Bruxelles, près de la place Clichy, que Zola, un peu plus tard, photographiera sous tous les angles, avec beaucoup d'autres paysages parisiens. La photographie le passionne ; il devient un excellent preneur de vues et un très bon technicien.

Le 1er mai 1890, il pose pour la première fois sa candidature à l'Académie française. Il échouera toujours, en dépit de sa persévérance ; il ne sera jamais que président de la Société des gens de lettres (1891), où il travaillera sérieusement à la protection des droits des écrivains. En 1891, paraît *L'Argent*, roman sur la Bourse et les grandes affaires. En avril 1891, Zola refait, de Châlons à Sedan, le chemin qu'avait suivi en 1870 l'armée de Châlons, avant d'être écrasée à Sedan. En juin, on joue à l'Opéra-Comique *Le Rêve*, sur une musique d'Alfred Bruneau. Zola se tourne vers le théâtre lyrique et écrit des livrets originaux, que Bruneau, devenu un fidèle de Médan, met en musique : *L'Attaque du moulin* (1893), *Lazare* (1894), *Messidor* (1897), etc. *La Débâcle* paraît en 1892. En août-septembre, les Zola voyagent à Lourdes, en Provence, en Italie : premier contact avec l'univers des *Trois Villes*. La dernière ligne du *Docteur Pascal* est écrite le 15 mai 1893. Le 21 juin, un grand banquet littéraire célèbre l'achèvement des *Rougon-Macquart* ;

le 13 juillet, Zola, chevalier depuis 1888, est fait officier de la Légion d'honneur. En septembre, il est l'invité d'honneur du congrès international de la Presse, à Londres. Mais l'Académie française lui préfère José Maria de Heredia. Heureusement pour son visage futur, il n'a pas tout à fait conquis tous les honneurs...

IX. DE L'« HISTOIRE D'UNE FAMILLE »
AU CYCLE DE LA CITÉ : « LES TROIS VILLES. »
1894-1898

Pendant que Zola terminait *Les Rougon-Macquart*, c'était, à Lourdes le grand marché des miracles, à Rome l'encyclique de Léon XIII sur les conflits sociaux, et à Paris, mêlés, le ralliement catholique à la République modérée de Jules Méline, le scandale de Panama, les attentats anarchistes. Une fin du siècle travaillée par l'inquiétude sociale, le nationalisme, le renouveau mystique, le malaise des foules... Zola reprend partiellement le schéma qui lui a réussi dans *Les Rougon-Macquart* : une même famille suivie de roman en roman (mais sans les multiples ramifications des Rougon-Macquart). Le prêtre Pierre Froment sera successivement le héros de *Lourdes* (1894), de *Rome* (1896) et de *Paris* (1898). Les Zola ont séjourné à Rome en 1894. Zola a été fasciné par les contrastes entre les ruines du monde antique, le baroque, la toute-puissance de la Rome papale, et la fièvre de spéculations et de plaisirs de la capitale civile. Il s'est retrouvé dans Michel-Ange. Il n'a pas rendu visite à ses lointains cousins de Vénétie...

En 1895-1896, il reprend sa plume de journaliste, pour une *Nouvelle Campagne* dans *Le Figaro* : dix-huit articles, parmi lesquels un article malheureux sur l'art moderne, et un article prémonitoire sur l'antisémitisme. *Paris*, en 1898, tentera d'interpréter les tares de la république parlementaire, l'inhumanité de la cité moderne, l'exaltation anarchiste.

X. DE L'AFFAIRE DREYFUS
AUX « QUATRE ÉVANGILES ». 1898-1902

Le capitaine Alfred Dreyfus a été condamné en décembre 1894 à la déportation perpétuelle à l'île du Diable, pour avoir prétendument livré des renseignements à l'Allemagne. En 1896, le colonel Picquart a découvert le vrai coupable (le commandant Esterházy). Mais ce n'est qu'à la fin de 1897 que Zola, convaincu, par Leblois, Bernard Lazare, Scheurer-Kestner, de l'innocence de Dreyfus, va mettre son nom et son talent au service du condamné. *J'accuse* (Lettre au président de la République), publié le 13 janvier 1898 dans *L'Aurore*, journal de Clemenceau, enflamme l'opinion. L'affaire Dreyfus est désormais au centre du débat politique, contre le vœu des pouvoirs et du parlement. Elle oppose le courant nationaliste et militariste à la gauche radicale et socialiste, la libre pensée à l'intégrisme catholique, les partisans du droit à ceux de l'ordre et de la raison d'État. Zola, injurié de toutes les manières par les lignes d'extrême droite, inculpé de diffamation à l'égard des officiers qu'il a dénoncés pour forfaiture, est jugé par la cour d'assises de Paris du 7 au 23 février 1898 et condamné à un an de prison et 3 000 F d'amende. Le jugement, cassé le 2 avril, est confirmé par la cour de Versailles le 18 juillet 1898, par défaut. Sur le conseil de ses défenseurs (Labori, Albert Clemenceau) et de ses amis (l'éditeur Fasquelle, Alfred Bruneau, Fernand Desmoulins, Octave Mirbeau), Zola s'exile en Angleterre. C'est un nouveau bouleversement dans sa vie. L'écrivain paisible, honoré, fortuné, est devenu un combattant traqué, clandestin. D'Angleterre, il écrit des lettres à la fois attristées et confiantes à Alexandrine, à Jeanne Rozerot, à ses amis. Son action a déclenché un mouvement irréversible. Le 31 août 1898, le commandant Henry, principal accusateur de Dreyfus, est convaincu de faux et se suicide. Le dossier d'Alfred Dreyfus est porté devant la Cour de cassation, qui, le 3 juin, rend un arrêt de révision du procès de 1894. Les défenseurs de Dreyfus triomphent. Zola, le 5 juin, rentre en France, affrontant ouvertement le gouvernement, qui renonce à le faire poursuivre. En septembre 1899, Dreyfus, ramené en France, est de nouveau jugé, de nouveau condamné par des officiers qui se refusent à perdre la face, et aussitôt gracié. Il sera réhabilité et réintégré dans l'armée en 1906. La défaite des adversaires de Dreyfus et de Zola, en dépit de la politique d'apaisement menée par Waldeck-Rousseau, entraînera la victoire de la gauche radicale aux élections de 1902, et une diminution sensible du rôle des congrégations religieuses et des ligues nationalistes.

En Angleterre, Zola a écrit *Fécondité*, qui paraît en 1899. C'est le premier des *Quatre Évangiles*, son dernier cycle, où il cherche à deviner, à travers le destin de la lignée issue de Pierre Froment, ce que sera la société du siècle à venir ; romans longs et touffus, où passent les rêves et les mythes laïques, scientistes et socialisants de 1900. *Travail* paraît en 1901 ; *Vérité*, directement inspiré par l'Affaire, sera publié en 1903, après la mort de Zola. *Justice* est resté à l'état de notes préparatoires.

Après son retour, Zola intervient plusieurs fois dans *L'Aurore* pour hâter la réhabilitation d'Alfred Dreyfus. En 1900, il réalise un reportage photographique de l'Exposition universelle. Pour le reste, c'est de nouveau une vie familiale doublement partagée, entre Alexandrine et Jeanne, entre Paris et Médan. De nombreuses photos le montrent entouré de ses amis à Médan, ou de ses enfants dans la demeure de Jeanne à Verneuil, ou en cycliste sur les routes de campagne. Il s'est retiré à l'écart du mouvement politique et esthétique. Son vieil ami Paul Alexis meurt en 1901. Maupassant est mort en 1893, Goncourt en 1896, Daudet en 1897. Il est le dernier survivant des dîners naturalistes.

Pas pour longtemps. Dans la nuit du 28 au 29 septembre 1902, au retour de Médan, Alexandrine et Émile Zola sont asphyxiés par une cheminée qui tire mal. Seule Alexandrine est ranimée. Accident ? Malveillance ? Zola recevait souvent des menaces de mort. L'enquête conclut à l'accident, sans certitude. Cinquante ans plus tard, un entrepreneur, sans laisser publier son nom, avouera à un journaliste avoir bouché la cheminée de Zola, « pour lui faire une farce ». Zola mort pour la Justice, titre de sa dernière œuvre ? Ce n'est pas invraisemblable.

Le 5 octobre 1902, le peuple de Paris, auquel s'est jointe une délégation des mineurs de Denain, lui fait un cortège de funérailles comme on n'en avait pas vu depuis la mort de Victor Hugo. Le 4 juin 1908, son corps sera porté au Panthéon. Plus tard, selon les vicissitudes politiques et idéologiques, l'État l'honorera ou l'oubliera. Il reste une figure plus aimée à gauche qu'à droite. Le peuple n'a jamais cessé de le lire. La critique moderne a découvert son œuvre, qu'on étudie maintenant à l'égal des classiques.

Henri Mitterand

NOTICE

LES ORIGINES

Dès 1868, parmi les dix romans qu'il prévoit pour son « Histoire d'une famille », Zola fait une place au « roman judiciaire », avec pour personnage principal un membre de la souche bâtarde (qui figurera aux côtés de l'ouvrier, du militaire et de la lorette). En 1869 le projet s'est précisé : « *Un roman qui aura pour cadre le monde judiciaire et pour héros Étienne Lantier, troisième enfant du ménage d'ouvriers.* »

La presse de l'époque se plaît aux comptes rendus de cours d'assises, aux faits divers sanglants. Zola lui-même a commenté le procès de trois empoisonneuses marseillaises (dans *La Tribune* du 13 décembre 1868). Le crime est à ses yeux une maladie — maladie du criminel : « *le besoin de tuer* », mais aussi maladie de la société. « *Les romanciers physiologistes*, écrit-il, *ne font [...] que ce que la justice fait en rendant publique la discussion des grands crimes : ils élargissent les plaies pour y enfoncer le fer rouge.* »

Après 1871, la liste des romans s'allonge. Zola a toujours en réserve « *le roman judiciaire* ». Mais, dès 1878, installé depuis peu à Médan, en bordure de la ligne Paris-Le Havre, il imagine un nouveau sujet : « *Une grande gare où se croiseront dix voies, et sur chaque ligne se poursuivra un épisode [...] et tout le roman aura la couleur des*

*lieux et l'on y entendra comme un accompagnement musical,
la trépidation de cette vie précipitée, et l'on y verra l'amour
en wagon, l'accident sous le tunnel, l'effort de la locomotive,
la collision, le choc, le désastre, la fuite, tout ce monde noir,
enfumé et bruyant* » (d'après Edmondo de Amicis, *Souvenirs de Paris*, Milan, 1879). « *L'accident sous le tunnel* »
rappelle un cauchemar familier d'Émile Zola, celui qu'on
retrouve dans *La Faute de l'abbé Mouret*, « La Mort d'Olivier
Bécaille », *Germinal* : l'agonie de l'enterré vivant. Les deux
projets demeurent distincts, selon les confidences de Zola
à Paul Alexis en 1882, à Louis Desprez et à Edmond de
Goncourt en 1884 : d'un côté un roman sur les chemins
de fer, avec « Étienne Lantier », de l'autre un « livre sur le
crime », avec un des fils de Lantier (l'amant de Gervaise).
Zola, au fil de ses lectures, réunit quelques coupures de
presse, en particulier des récits de tamponnement et de
faits divers criminels. Le plus célèbre de ces derniers est
en septembre 1888 la série des exploits de Jack l'Éventreur,
à Londres.

Ni l'un ni l'autre de ces deux sujets n'est original. Le
roman et la peinture se sont déjà intéressés au pittoresque
ferroviaire. Huysmans a décrit la gare Montparnasse dans
Les Sœurs Vatard (1879), Claude Monet a consacré à la
gare Saint-Lazare plusieurs toiles, à propos desquelles Zola
écrivait : « *On y entend le grondement des trains qui s'en-
gouffrent ; on y voit des débordements de fumée qui roulent
sous les vastes hangars* [...]. *Nos artistes doivent trouver la
poésie des gares comme leurs pères ont trouvé celle des forêts
et des fleuves* » (*Le Sémaphore de Marseille*, 19 avril 1877).

Quant au crime, c'était déjà, dès 1867, le thème central
de *Thérèse Raquin*. En 1885, a paru la traduction française
de *Crime et châtiment*, de Dostoïevski. *La Bête humaine* en
prendra le contre-pied théorique. Il n'y a pas de droit au
crime, la thèse de Raskolnikov est fausse ; il n'y a qu'une
source organique, atavique, pathologique, du crime, qui
est un acte de folie. La réflexion de Zola s'alimentera aux
ouvrages de criminologie et de sociologie du meurtre qui
paraissent entre 1885 et 1888 : *L'Homme criminel*, de César
Lombroso, et *La Criminalité comparée* de Gabriel Tarde.

Plus qu'une folie individuelle héréditaire, selon l'explication de Lombroso, le crime est pour Tarde une monstruosité qui dénote une régression dans le passé de l'espèce humaine entière, une résurgence de la bestialité archaïque.

Pourquoi Zola s'est-il résolu à fondre les deux sujets ? Sans doute parce qu'il avait irrévocablement arrêté le cycle des *Rougon-Macquart* à vingt volumes. Or il avait « *réservé une case* », selon une lettre au critique hollandais Van Santen Kolff (12 septembre 1890), pour un « *roman sur la Bourse* », s'ajoutant à deux sujets depuis longtemps médités, le « *roman militaire* » et le « *roman scientifique* ». Seize œuvres avaient déjà paru. Il fallait donc faire du chemin de fer un décor, et du crime un motif d'intrigue, au sein du même roman. Ce fut décidé dès novembre 1888.

LA PRÉPARATION ET LA RÉDACTION

L'*Ébauche* de *La Bête humaine*, préparée vers cette époque, privilégie d'abord le thème criminel : « *Un drame violent à donner le cauchemar à tout Paris.* » Momentanément, Zola reprend le personnage d'Étienne Lantier, dont il avait déjà fait le héros de *Germinal*. Étienne deviendrait ici « *employé dans un chemin de fer* », et finirait par succomber à « *la folie homicide* ». Des liens se nouent peu à peu, selon la démarche métonymique propre aux ébauches de Zola : un personnage en appelle un autre, un sujet fait surgir des lieux, des parcours d'un lieu à l'autre (la gare, la ligne), qui à leur tour engendrent des personnages (les employés, les voyageurs)... L'intrigue policière et judiciaire fournit ses magistrats, ses bourgeois aisés. Une femme fera le lien entre les deux mondes. Le mari trompé (monde ferroviaire) tuera l'amant (riche bourgeois) dans un train en marche. Le témoin du meurtre (le mécanicien Lantier) devient à son tour l'amant de la femme ; il finira par la tuer, accomplissant l'acte qu'il avait vu, avec le couteau du premier meurtre.

Zola s'attache aux lieux privilégiés de l'action, où se passeront quelques « épisodes typiques » : le train en marche, le train bloqué dans la neige, la gare, la maison du crime final. Il resserre la trame, règle le caractère des personnages. Ainsi la femme : « *Une femme tendre, bonne, calme, faite pour vivre d'affection et de soumission, avec un fond de sensualité* [...]. *Un type à rester dans la mémoire, une blonde rousse avec des yeux noirs, une bouche rouge, petite en cœur, l'air tendre et candide, un peu poupin.* » Il construit la logique des épisodes, invente les détails judiciaires de l'intrigue, et développe le motif symbolique : la confrontation entre la civilisation moderne, fondée sur l'échange, la circulation du savoir, des idées, des produits, et la barbarie ancestrale, qui tue instinctivement. De là, le titre du roman, *La Bête humaine*, préfiguré dans une remarque des dernières pages de l'*Ébauche* : « *Le chemin de fer comme fond, le progrès qui passe devant la bête humaine déchaînée.* »

Dès le 27 novembre 1888, Zola confie à Van Santen Kolff : « *Il est peu à croire que le héros de mon prochain roman* [...] *soit Étienne Lantier. Je vais sans doute être obligé de créer un personnage que j'ajouterai plus tard à l'arbre généalogique.* » Il venait de se rendre compte — de façon bizarrement tardive — qu'il ne lui était pas possible de transformer le porte-parole et le guide des foules de *Germinal* (malgré l'accès de violence qui l'a conduit à tuer Chaval) en tueur de femmes, en incarnation de la Bête aveugle. Étienne Lantier disparaît et cède la place à un troisième fils de Gervaise Macquart inventé pour les besoins de la cause : Jacques Lantier, mécanicien au chemin de fer de l'Ouest, né en 1843.

À partir de décembre 1888, la liaison de Zola avec Jeanne Rozerot bouleverse sa vie et ferme le dossier de *La Bête humaine*, momentanément. Il ne commencera son enquête documentaire qu'en février 1889. Son principal informateur est alors l'ingénieur Pol Lefèvre, sous-directeur du Mouvement à la Compagnie de l'Ouest. Il lit un livre de l'ingénieur, qui décrit en détail l'ensemble des matériels et des techniques ferroviaires. Il rencontre et interroge

Lefèvre plusieurs fois, entre le 15 février et le 15 avril 1889 ;
il note souvenirs et anecdotes, s'informe sur le travail des
cheminots, visite la gare Saint-Lazare. Il trouve dans tout
cela des idées de scènes et de descriptions, qui donneront
au roman à la fois son vraisemblable et son pittoresque
techniques. Il fait un voyage au Havre — en compagnie
de Jeanne Rozerot. Un vieil employé lui décrit l'aspect de
la gare du Havre en 1869. Il visite le Palais de Justice de
Rouen. Ses notes de voyage restituent un reportage très
impressionniste, à la Monet, sur l'agitation de la gare au
moment des départs.

Cette connaissance, progressivement enrichie, des chemins de fer amène Zola à préciser la fonction de certains
personnages (le sous-chef de gare Roubaud, par exemple),
et de certains lieux (l'appartement qui domine la gare
Saint-Lazare). La population du roman s'organise, avec les
noms des personnages, leur fiche de caractère et de rôle.
Un plan général se dessine : l'action ira de février 1869 à
juillet 1870. Lorsque Zola a achevé le premier plan détaillé,
il n'a pas encore trouvé son dénouement. Celui-ci surgira
de la lecture ou de la relecture d'un article ancien du *Gaulois* (12 mars 1886). L'auteur y racontait l'histoire d'un
chauffeur de locomotive, qui, jaloux de son mécanicien,
l'avait jeté sur la voie en pleine vitesse, et avait été entraîné
dans la chute. Le train, privé de pilotes, empli de soldats
insouciants, poursuivant à toute vitesse sa route dans la
nuit, deviendra ainsi, dans l'épilogue de *La Bête humaine*,
« *l'image de la France* » à la veille de Sedan.

Le 15 avril 1889, Zola arrive tard à la répétition de sa
Madeleine, pièce en trois actes que monte Antoine au
Théâtre-Libre. C'est qu'il a fait dans la journée le trajet de
Paris à Mantes sur une locomotive, accompagné d'un ingénieur. La « *trépidation lui a cassé les jambes* ». Les notes
qu'il a prises (*Mon voyage*) décrivent les manœuvres de
conduite, les habitudes du mécanicien et du chauffeur, les
perspectives de la voie, les secousses de la machine, le tonnerre et le coup de vent des trains qu'on croise, le vacarme
des ponts et des aiguillages. Cette expérience vécue, cette
échappée de la sensation vers les choses, si rapide qu'elle

soit, équilibrera une action dont tous les protagonistes, au mépris du vraisemblable, sont des meurtriers.

Il ne restait plus à Zola qu'à arranger, dans le second plan détaillé, la part du récit et celle du dialogue, les déplacements des personnages, quelques ajustements narratifs. Pour écrire, il alla s'installer à Médan. Il commença le 5 mai 1889, le lendemain de son arrivée. Le 6 juin, ayant achevé le premier chapitre, il écrivit à son correspondant hollandais : « *C'est en somme l'histoire de plusieurs crimes, dont l'un central. Je suis très content de la construction du plan, qui est peut-être le plus ouvragé que j'aie fait, je veux dire celui dont les diverses parties se commandent avec le plus de complication et de logique. L'originalité est que l'histoire se passe d'un bout à l'autre sur la ligne de chemin de fer de l'Ouest, de Paris au Havre. On y entend un continuel grondement de trains : c'est le progrès qui passe, allant au vingtième siècle, et cela au milieu d'un abominable drame, mystérieux, ignoré de tous. La bête humaine sous la civilisation.* » Le 22 juin, dans une autre lettre, il justifie la fusion des deux sujets primitifs : d'une part, la place lui manquait, d'autre part, il avait « *déjà un peu abusé des machines, dans* Germinal », et c'est pourquoi il avait réduit le chemin de fer à « *n'être plus qu'un cadre* ». En fait, il avait trouvé une solution élégante et neuve à un pur problème de construction narrative : la voie de chemin de fer n'est-elle pas l'espace romanesque idéal, pour une action qui doit se déplacer, se passer en plusieurs lieux à la fois, et faire se croiser au même endroit plusieurs épisodes différents ? Zola expose fort bien ces données, en professionnel averti, qui n'est pas tout à fait dupe des théories naturalistes : le roman « *se passe surtout au Havre, puis à Paris, puis à Rouen, et enfin dans un poste de cantonnement au sortir du tunnel de Malaunay, avant la station de Barentin. Le choix de ce poste m'a été imposé par l'intrigue même de l'œuvre. Il faut que certaines scènes se passent là, parce qu'elles ne peuvent pas se passer ailleurs.* » Le récit d'abord...

En septembre, les Zola s'installèrent dans leur nouvel appartement du 21 bis de la rue de Bruxelles. La désignation du romancier comme membre du jury aux assises de la Seine lui fit perdre une semaine de travail. Peut-être cette nouvelle expérience — non volontaire, semble-t-il — influença-t-elle la rédaction du dernier chapitre, qui décrit les débats d'un procès au Palais de Justice de Rouen.

La Bête humaine devait être publié en feuilleton dans *La Vie populaire*, qui avait offert à Zola 20 000 F. La première livraison parut le 14 novembre ; la dernière le 2 mars 1890. La rédaction était achevée depuis le 18 janvier. *La Bête humaine* parut en librairie dans la première semaine de mars.

Anatole France ne craignit pas d'évoquer Homère, à la fois pour les dénombrements descriptifs et pour les symboles. « Cet homme est un poète. Son génie, grand et simple, crée des symboles. Il fait naître des mythes nouveaux. Les Grecs avaient créé la Dryade, il a créé la Lison : ces deux créations se valent et sont toutes deux immortelles. Il est le grand lyrique de ce temps. » Dans *Le Figaro* du 8 mars 1890, Jules Lemaître développa la même idée, avec plus de précision : « M. Zola étudie le plus effrayant et le plus mystérieux de ces instincts primordiaux : l'instinct de la destruction et du meurtre et son obscure corrélation avec l'instinct amoureux. Il est le poète du fond ténébreux de l'homme, et c'est son œuvre entière qui devrait porter ce titre : *La Bête humaine*. [...] je ne crois pas avoir jamais vu, sur l'éternel hymen de l'amour et de la mort, de pages plus frissonnantes d'horreur et de mystère. » À cette observation en quelque sorte préfreudienne, il ajoutait la mention du thème sur lequel Zola avait lui-même le plus insisté : « Nous-mêmes, chrétiens, civilisés, lettrés, artistes, nous avons des mouvements de haine ou d'amour, de concupiscence ou de colère, qui viennent pour ainsi dire de plus loin que nous ; et nous ne savons pas toujours à quoi nous obéissons... C'est une épopée préhistorique sous la forme d'une histoire d'aujourd'hui. »

D'autres critiques relevaient les aspects mélodramatiques de l'intrigue (Paul Ginisty, dans le *Gil Blas* du 15 mars). Armand de Pontmartin, dans la royaliste *Gazette de France* (23 mars), reprenait son éternel refrain sur « le bourbier pornographique » où « se vautrent » les héros de Zola, et qui « s'accorde admirablement avec le règne de la République jacobine ». Mais la plupart s'arrêtaient, comme Lemaître, sur le thème des fatalités ataviques. Loin de les choquer (à part l'incorrigible Pontmartin), ce thème les rassurait plutôt. Installer le mal au plus profond de l'espèce humaine, en faire une résurgence des temps lointains où, comme l'écrivait René Doumic (*Le Moniteur universel*, 14 mars), « l'homme primitif parcourait les forêts, assouvissant au hasard ses besoins de brute sanguinaire » — n'était-ce pas réfuter l'enseignement détestable de Rousseau et de sa descendance, pour qui le malheur et le crime sont des acquis de la vie sociale, de l'histoire ? *La Bête humaine*, pour toutes sortes de raisons, aurait pu être très mal accueilli par la critique (qu'il serait pléonastique, pour l'époque, de qualifier de bourgeoise). Mais celle-ci, plus ou moins consciemment, comparait *La Bête humaine* à *Germinal* : à tout prendre, les difformités de la nature inquiètent moins que les transformations de l'histoire.

LE TEXTE

Le manuscrit et le dossier préparatoire :

— Manuscrit autographe : Bibliothèque nationale, département des Manuscrits, Nouvelles acquisitions françaises, n°s 10272 (f°s 1 à 417) et 10273 (f°s 418 à 733).
— Dossier préparatoire : Bibliothèque nationale, département des Manuscrits, Nouvelles acquisitions françaises, n° 10274 (f°s 1 à 677). Ce dossier comporte notamment une *Ébauche*, un *Plan général*, deux séries de *Plans détaillés*, des coupures de presse, des notes sur les chemins de fer (*Notes Lefèvre*), des notes sur la ligne Paris-Le Havre, des notes sur la magistrature, et deux séries de notes sur les personnages du roman.

La publication en feuilleton :

La Bête humaine parut dans l'hebdomadaire illustré *La Vie populaire*, du 14 novembre 1889 au 2 mars 1890.

Les principales éditions :

— L'édition originale, 1 vol., in-18, 419 p., Paris, Librairie Charpentier et Cie, 3,50 fr. Bibliothèque Charpentier. (Avec 30 exemplaires sur papier du Japon et 250 exemplaires sur papier de Hollande, tous numérotés.)

— L'édition Bernouard, en 1928, avec des notes et commentaire de Maurice Le Blond.

— L'édition Rencontre (Lausanne, 1961), avec une préface d'Henri Guillemin.

— L'édition de la Bibliothèque de la Pléiade (*Les Rougon-Macquart*, tome IV, Paris, éditions Gallimard, 1966), avec une étude et des notes d'Henri Mitterand. C'est le texte de cette édition que nous reprenons ici.

— L'édition du Cercle du Livre Précieux (*Œuvres complètes* de Zola, tome VI, Paris, 1967, sous la direction d'Henri Mitterand), avec une préface de Gilles Deleuze.

— L'édition de l'Intégrale (*Les Rougon-Macquart*, tome V, Paris, éditions du Seuil, 1970), avec une introduction de Pierre Cogny.

— L'édition Garnier-Flammarion (Paris, 1972), avec une introduction de Robert A. Jouanny.

— L'édition Garnier-Flammarion « GF » (Paris, 2006), avec une présentation de Christophe Reffait.

BIBLIOGRAPHIE

Ouvrages ayant servi de sources à Zola :

— F. DOSTOÏEVSKI. *Crime et châtiment*, traduction de Victor Derely, Paris, 1885.
— Pol LEFÈVRE et G. CERBELAUD. *Les Chemins de fer*, Paris, 1889.
— César LOMBROSO. *L'Homme criminel. Criminel-né. Fou moral. Épileptique. Étude anthropologique et médico-légale*, Paris, 1887.
— Gabriel TARDE. *La Criminalité comparée*, Paris, 1886.
— Maître Z..., *Le Dossier de la magistrature*, Paris, 1879.

Articles ayant servi de source à Zola :

Zola consulta notamment *Le Figaro* du 6 septembre 1881 (sur la catastrophe ferroviaire de Charenton) ; *La Gazette des tribunaux* du 15 janvier 1886 et *Le Temps* des 15 et 16 janvier 1886 (sur l'assassinat du Préfet de l'Eure) ; *Le Figaro* du 12 mars 1886, *Le Gaulois* des 12, 13 et 19 mars 1886, *Le Temps* des 12, 13 et 14 mars 1886, sur l'accident ferroviaire de Cabbé-Roquebrune ; les journaux parisiens du 5 février 1889, sur l'accident de La Hulpe-Groenendael ; et peut-être *Le Temps* du 12 août et des 2, 10, 14, 20 et 25 septembre 1888, sur les méfaits de « Jack l'Éventreur » à Londres.

Ouvrages sur La Bête humaine :

— Antoinette Jagmetti. « *La Bête humaine* » *d'Émile Zola : Étude de stylistique critique*, Genève et Lille, Droz, 1955.
— Martin Kanes. *Zola's* « *La Bête humaine* ». *A study in Literary Creation*, Berkeley and Los Angeles, University of California Press, 1962.
— Marc Baroli. *Le Train dans la littérature française*, Paris, 1963 (p. 207 à 266).
— Jean Borie. *Zola et les mythes, ou De la nausée au salut*, Paris, éditions du Seuil, 1971 (p. 13 à 40 et 41 à 124).

Choix d'articles :

— César Lombroso. « *La Bête humaine* et l'anthropologie criminelle », *La Revue des revues*, IV-V, 1892, p. 260-264.
— Albert Duluc. « Émile Zola et le monde du chemin de fer », *La Vie du rail*, 3, 10, 17, 24 novembre, 1er décembre 1952.
— A. Bronson Feldman. « Zola and the Riddle of Sadism », *American Imago*, vol. XIII, 1956, p. 415-425.
— J. H. Matthews. « The Railway in Zola's *La Bête humaine* », *Symposium*, printemps 1960, p. 53-59.
— Elliott-M. Grant. « L'Affaire Poinsot-Jud, Mérimée et Zola », *Les Cahiers naturalistes*, n° 23, 1963, p. 313-315.
— J. W. Scott. « Réalisme et réalité dans *La Bête humaine*. Zola et les chemins de fer », *Revue d'histoire littéraire de la France*, oct.-déc. 1963, p. 635-643.
— Auguste Dezalay. « Le Thème du souterrain chez Zola », *Europe*, avril-mai 1968, p. 110-121.
— David Baguley. « Image et symbole : la tache rouge dans l'œuvre de Zola », *Les Cahiers naturalistes*, n° 39, 1970, p. 36-41.

Compléments bibliographiques 2001 :

— Claude Duchet. « *La Fille abandonnée* et *La Bête humaine* : éléments de titrologie romanesque », *Littérature*, n° 12, décembre 1973, p. 49-73.

— Danièle Franchi et Roger Ripoll. « Douceur et intimité dans *La Bête humaine* », *Les Cahiers naturalistes*, n° 51, 1977, p. 80-90.

— Raymond Dugan. « La psychologie criminelle dans *Thérèse Raquin* et *La Bête humaine* d'Émile Zola », *Travaux de linguistique et de littérature*, XVII, n° 2, 1979, p. 131-137.

— Claude Sicard. « Martin du Gard et *La Bête humaine* », *Annales de l'Université de Toulouse-Le Mirail*, XVI, 1980, p. 74-92.

— Jacques Noiray. *Le romancier et la machine. L'image de la machine dans le roman français (1850-1910). I. L'univers de Zola*, Paris, Corti, 1981.

— A. Possot. « Thèmes et fantasmes de la machine dans *La Bête humaine* », *Les Cahiers naturalistes*, n° 57, 1983, p. 104-115.

— Renée Bonneau. « *La Bête humaine* », *Zola. Analyse critique*, Paris, Hatier, « Profil d'une œuvre », 1986.

— Béatrice Koeppel. « Les crimes de *La Bête humaine* », *Frénésie*, n° 5, printemps 1988, p. 57-66.

— John Anzalone. « Zola, Renoir and *La Bête humaine* », *The French Review*, LXII, n° 4, mars 1989, p. 583-590.

— Pierre-Yves Bourdil. « La machine, l'ordre et le désordre », *L'École des Lettres*, LXXXI, n° 6, 15 décembre 1989, p. 115-129.

— Robert M. Viti. « The Cave, the Clock and the Railway : Primitive and Modern Time in *La Bête humaine* », *Nineteenth Century French Studies*, XIX, n° 1, automne 1990, p. 110-121.

— Geoff Woollen (éd.). *Zola : « La Bête humaine » : texte et explications*, Actes du Colloque de Glasgow, University of Glasgow French and German Publications, 1990.

— Monica Fol. « Compulsion répétitive, rites et tabous : Jacques Lantier, Émile Zola dans *La Bête humaine* », *Les Cahiers naturalistes*, n° 65, 1991, p. 177-188.

— Marie-Claire Ropars-Wuilleumier. « Entre films et textes : l'intervalle de l'imaginaire », *Masses et culture de masse dans les années trente*, Régine Robin éd., Paris, Les Éditions ouvrières, 1991, p. 69-94.

— *La Bête humaine*. Préface de Jean-Pierre Leduc-Adine.

Postface de Jacques Dubois. Transcription de l'ébauche du roman par Danielle Coussot et Jean-Pierre Bertrand, Arles, Actes Sud, 1992.

— Henri MITTERAND. « Archives d'un réseau romanesque : *La Bête humaine* », *Configurations d'archives*, Jacques Neefs éd., Paris, Minard, 1992, p. 47-69. Repris dans *L'Illusion réaliste*, Paris, PUF, 1994, p. 89-104 (« Genèse d'un naturalisme abstrait »).

— Patrick CARLE, Bernard MOUTOUNET et Sylvie MUTAFIAN. « *La Bête humaine* ». *Du roman d'Émile Zola au film de Jean Renoir*, Turin, Polis, 1994.

— Philippe HAMON. « *La Bête humaine* » *d'Émile Zola*, Paris, Gallimard, « Foliothèque », 1994.

— Jean-Pierre LEDUC-ADINE. « Humanité et animalité : *La Bête humaine* de Zola », *L'Animalité — Hommes et animaux dans la littérature française*, Alain Niderst éd., Tübingen, Gunter Narr, 1994, p. 109-120.

— Jacques NOIRAY. « L'angoisse de la chair dans *La Bête humaine* », *Voix de l'écrivain. Mélanges offerts à Guy Sagnes*, Jean-Louis Cabanès éd., Toulouse, Presses universitaires du Mirail, 1996, p. 163-177.

— Michael WETHERILL. « Transgressions. Topographie et narration dans *La Bête humaine* », *Les Cahiers naturalistes*, n° 70, 1996, p. 67-82.

— Geoff WOOLLEN. « What's (in) a *Bête humaine* ? », *Bulletin of the Émile Zola Society*, n° 13, mars 1996, p. 20-22.

— John DUFFY. « Blood and Money : Symbolic Economies in *La Bête humaine* », *Romance Quarterly*, XLIV, n° 3, été 1997, p. 143-157.

— Jacques NOIRAY. « Les effets stylistiques dans les textes "ferroviaires" de Zola », *Écritures du chemin de fer*, F. Moureau et M.-N. Polino éds., Paris, Klincksieck, 1997, p. 73-84.

— Marc GIRARD. « Modèles et contre-modèles de l'inconscient. Une lecture freudienne de *La Bête humaine* », *Les Cahiers naturalistes*, XLIV, n° 72, 1998, p. 363-375.

— Katherine GOLSAN. « "Vous allez vous user les yeux" : Renoir's Framing of *La Bête humaine* », *The French Review*, LXXIII, n° 1, octobre 1999, p. 110-120.

NOTES

CHAPITRE I

Page 37.

1. La carrière de Roubaud reproduit le modèle proposé par Pol Lefèvre. Ce dernier avait fourni des données générales :

« Les chefs de gare. *Un chef de gare fait ordinairement tout son chemin sur place. Il sort du régiment sans instruction, s'en fait une plus tard, petite. Il est élève facteur mixte, pas classé, et enregistre les colis, les porte au train. Puis, on le classe, il devient facteur mixte, puis facteur-chef, puis chef de petite gare ou sous-chef de grande, et chef enfin. À 40 ans, il épouse une petite-bourgeoise plus jeune que lui. À 45 ans, il peut avoir 3 000 fr. — Un chef de gare ne peut pas quitter sa gare sans autorisation. Son appartement est là, au-dessus de sa gare, ou parfois dans un bâtiment voisin. Il doit être marié. On l'appelle parfois à Paris pour le gronder.* »

Page 41.

1. La mention de cet épisode apparaît dans les *Notes Lefèvre* à la suite des indications relatives à la journée du chef de gare de Dieppe :

« *La raison pour laquelle on mande Roubaud à Paris est un manque d'égard pour le sous-préfet. Lui peut être républicain. Mêler cela à l'écroulement du Second Empire, en 69.*

C'est, à Paris, le chef de l'exploitation qui le réprimande.
Il lui envoie un permis de Paris pour venir, car les chefs
de gare voyagent en 1re classe à l'aide de permis envoyés de
Paris. [...] »

Page 43.

1. La carrière de Grandmorin est imaginée grâce aux informations fournies à Zola par son ami Gabriel Thyébaut, sur le déroulement type d'une carrière de magistrat riche et influent.

Page 49.

1. Le nom de Maufras rappelle plusieurs noms de lieux de la région de Malaunay et de Barentin, sur la ligne de Rouen : on trouve là en effet une côte Malfer, un hameau d'Enfer, un hameau de Maupas. — Quant au nom de Doinville, il est construit sur le radical *ville*, du latin *villa*, le domaine, fréquent en Normandie.

Page 51

1. L'attention de l'auteur est ici incertaine. L'heure du départ de ce train varie d'une page à l'autre : ici quatre heures vingt-cinq, quelques pages plus loin (page 65) cinq heures vingt...

Page 72.

1. Zola a mêlé ici les informations que lui a fournies l'ingénieur Pol Lefèvre sur les manœuvres du départ, et les observations qu'il a faites lui-même à la gare Saint-Lazare. Son personnage est à la fois un homme de métier et un voyageur. La technicité peut donc se concilier avec l'impressionnisme. Voici quelques-unes des notes que Zola avait prises :

« Paris-Départ du train de 6 h 30. *Fin février. Le jour*
vient de tomber. Nuit noire, une gare toute noire. Les becs
de gaz alignés sur les trottoirs des quais ; et les becs de
gaz fixés dans les façades des bâtiments. Des espaces très
sombres, en somme peu éclairés, surtout en 69. Le reflet
vague des becs de gaz dans les vitres de la marquise. Peu

de feux de couleur, quelques petites lanternes rouges des signaux ronds, mais perdus ; comment peut-on s'y reconnaître. Les feux verts très rares, les feux jaunes sur les voies de service. Les lanternes portées à la main et qui dansent, mais peu vues. Voilà à peu près pour les lumières, si l'on ajoute le grand feu blanc, à l'avant de la locomotive, et les trois feux rouges à l'arrière, la grosse lanterne centrale, et les deux lanternes pendues à droite et à gauche [...]. Les bruits. [...] Des coups de trompe de tous les côtés, deux je crois pour les trains montant. Comment fait-on pour s'y reconnaître. Les coups de sifflet des locomotives pour les manœuvres. Tout un langage. Elles parlent, demandent, répondent [...]. Les cris des employés, les ordres donnés à voix haute, se perdant dans le grand air. Le souffle des locomotives qui arrivent ou qui partent. Les bruits spéciaux des plaques tournantes. Le choc des wagons qu'on attelle, le choc des tampons. Le roulement des chariots de bagages. — Et encore toutes sortes de bruits épars, dans le grand air, des bruits vagues qui montent des rails au milieu du grondement lointain de Paris. — Sous le pont de l'Europe, le roulement continu des fiacres, au-dessus.

CHAPITRE II

Page 74.

1. Zola a placé la demeure de la Croix-de-Maufras et la maison du garde-barrière non loin de Barentin. Ainsi elles se trouvent au débouché du tunnel qui s'ouvre à 1,300 km au-delà de Malaunay, et, après 2,200 km de parcours, débouche a 5,500 km en deçà de Barentin. De plus, les personnages, par la gare de Barentin, ont une communication commode avec Le Havre et Paris.

2. L'aspect vallonné, accidenté, broussailleux du paysage qui s'étend entre Malaunay et Barentin avait frappé Zola pendant son voyage au Havre. Il lui avait paru pouvoir fournir un décor approprié aux scènes qu'il imaginait.

Page 75.

1. On retrouve ici certains développements de Lombroso (*L'Homme criminel. Étude anthropologique et médico-légale*, Paris, Alcan, 1887) sur la physionomie type du « criminel-né ».

Page 79.

1. Avec les gardes-barrières, les cantonniers et les stationnaires, les piqueurs sont les employés qui ont la charge d'entretenir et de surveiller la voie. Zola a noté dans son dossier : « *Il y a un piqueur par district de 7 à 8 km, et il y a un chef de section pour 40 à 50 km. Ce sont eux qui vont à pied, qui visitent les maisons* [des gardes-barrières] *et engrossent les femmes.* »

Page 101.

1. Zola emprunte cette idée à *L'Homme criminel* de Lombroso, pour qui « les crimes les plus affreux [...] ont un point de départ physiologique, atavique, dans des instincts animaux qui [...] renaissent tout à coup sous l'influence de certaines circonstances ».

Page 102.

1. Toutes ces informations, y compris sur les traitements et les primes, sont tirées des *Notes* où Zola a consigné les informations qui lui avaient été fournies par l'ingénieur Pol Lefèvre.

Page 113.

1. C'est Gabriel Thyébaut, « le juriste des Rougon-Macquart », ami de Céard, de Hennique et de Zola, qui a fourni les informations judiciaires à l'aide desquelles Zola a imaginé la marche de l'instruction après la découverte du crime.

CHAPITRE III

Page 115.

1. En réalité, la ligne de Montivilliers n'existait que depuis 1878, alors que l'action du roman est censée se passer en 1869-1870 (J. W. Scott, *art. cité*).

Page 116.

1. En 1869, l'express ayant quitté Paris à 18 h 30 arrivait au Havre à 23 h 25 (J. W. Scott, *art. cité*).

Page 119.

1. L'ancienne gare du Havre avait été remplacée en 1884. Zola dut se faire expliquer quel était l'état de la gare vingt ans plus tôt.

Page 120.

1. Le texte donne ici une image assez exacte de ce quartier du Havre à la fin du XIXe siècle. Il y avait là une rue Roubeau, à laquelle Zola a peut-être emprunté le nom du mari de Séverine.

Page 122.

1. Zola avait d'abord pensé à situer l'action à Dieppe, et Pol Lefèvre lui avait expliqué le service d'un chef de gare à Dieppe. Les *Notes Lefèvre* se sont croisées avec les renseignements obtenus un peu plus tard sur la gare du Havre.

Page 136.

1. Pol Lefèvre a ainsi expliqué à Zola le rôle de ce personnage :

Le commissaire de surveillance administrative :

« *Il y en a un au Havre. Il dépend du ministère des Travaux Publics. Il est à demeure à la gare et y a un bureau. Sa fonction est la surveillance des chemins de fer pour la sécurité de la circulation des trains ; mais, en même temps, il est officier de police judiciaire, et il est appelé à faire les*

constatations légales. Il a une casquette noire avec 4 galons d'argent. C'est d'ordinaire un ancien officier retraité [...].
Pour les constatations du wagon, il adressera un rapport d'enquête à son ingénieur du contrôle (à Paris) [...]. Mais le juge d'instruction, s'il veut aller plus vite, s'adressera directement au commissaire de surveillance qui lui communiquera son rapport. »

CHAPITRE IV

Page 149.

1. Nous serions donc en mars 1869. Zola évite de dater l'action. Mais les débats auxquels le texte fait allusion avaient eu lieu pendant la session du Corps législatif ouverte le 18 janvier 1869 et close le 28 avril. Les élections législatives eurent lieu les 23 et 24 mai.

Page 150.

1. À partir des informations fournies par Gabriel Thyebaut, Zola a établi la carrière type d'un juge d'instruction. *« Fils d'un gros éleveur normand, il n'entre qu'assez tard dans la magistrature »* et *« y a avancé assez lentement, à cause de son origine ».* Zola fait de même pour le rôle du secrétaire général : *« En 1869 il y avait au ministère de la Justice un Secrétaire général du Ministère qui avait notamment la haute main sur le personnel ; c'est lui qui préparait les mouvements, les nominations, les avancements [...] C'était un personnage considérable, qui avait des relations avec les Tuileries, et venait immédiatement après le Ministre. »*

CHAPITRE V

Page 212.

1. Ici encore, Zola doit beaucoup à un scénario proposé par Gabriel Thyébaut :

« *Interviennent alors les influences qui font arrêter l'instruction et* classer l'affaire *(terme consacré), M. Kamy-Lamotte, Secrétaire général du Ministère de la Justice, est l'ami de Grandmorin [...] Kamy-Lamotte qui sait que Grandmorin a fait épouser à Roubaud Séverine après que celle-ci a été sa maîtresse, flaire la vengeance du mari, il peut faire faire par la Préfecture de Police qui envoie des agents de la Sûreté discrets au Havre, une instruction secrète ; (on apprend que Roubaud a quitté Paris le jour du crime, qu'il est arrivé au Havre dans la nuit, que les jours suivants, sa femme et lui ont eu l'air préoccupés, que certaines paroles leur sont échappées, que Roubaud porte une égratignure à la joue, etc.). Kamy-Lamotte fait part de sa certitude au ministre, qui reçoit l'ordre des Tuileries d'étouffer l'affaire, d'autant plus que même en laissant suivre l'instruction par Cabuche, on arrivera aussi à constater que Grandmorin a eu une vilaine histoire avec la fiancée dudit Cabuche. Donc Kamy-Lamotte [...] fait venir à Paris le juge d'instruction de Rouen et lui laisse entendre qu'il s'agit d'arriver à un* non-lieu *(terme consacré : non-lieu de poursuivre davantage). Le juge entrevoit quelque histoire et comprend à demi-mot ; il laisse entendre qu'il serait heureux d'être décoré, ou bien Kamy-Lamotte lui dit qu'on songe à lui pour la décoration. Bref, le juge regagne Rouen et déclarant que les preuves contre Cabuche ne sont pas convaincantes, il rend à son profit une ordonnance de non-lieu, qui le fait mettre en liberté.* »

Page 227.

1. L'attachement du mécanicien à sa machine est ici relevé d'après les *Notes Lefèvre* et les observations que Zola a faites lui-même sur la machine qui le conduisait de Paris à Mantes, le 15 avril 1889.

Page 232.

1. Voici la dernière partie des notes intitulées *Mon voyage*, et rédigées par Zola après son expérience du 15 avril 1889. L'écrivain a pénétré avec une intuition très rapide un univers qui lui était tout à fait étranger. L'acuité des sensations enrichit la pertinence des observations techniques :

« *Mon impression sur la locomotive. D'abord une grande trépidation, de la fatigue dans les jambes et un ahurissement à la longue produit par les secousses. La tête semble se vider. À droite et à gauche, les champs ne défilent pas plus vite que vus d'une portière de wagon. Il y a seulement plus d'air, plus d'espace, le vaste ciel sur la tête, la campagne vue d'un coup. D'ailleurs, le mécanicien ne regarde guère que devant lui ; à peine, de temps à autre un coup d'œil jeté à droite ou à gauche. L'impression des longues lignes droites. Les courbes qui cachent la voie, puis une partie droite, allant à l'infini, se perdant ; et là-bas un train arrivant, très petit, grandissant : on peut croire qu'il arrive sur la même ligne, que tout va se briser ; puis, il passe dans un tonnerre, dans un coup de vent très fort. Les tunnels, la porte ronde et béante qu'ils présentent. Quand ils sont en ligne droite comme le tunnel des Batignolles on voit la percée du jour au bout, on distingue si le tunnel est vide. Le bruit, lorsqu'on passe sur un pont de fer, ou sous un pont de maçonnerie, ou près d'un édifice, ce qui fait un engouffrement de vent. Le soubresaut au passage des aiguilles. Par le grand vent, le train éprouve une résistance, il faut marcher plus rude. Et les impressions de nuit, la lanterne éclairant trois cents mètres de voie, un reflet sur les ponts au loin, sur les arbres, sur les maisons à droite et à gauche. Le coup de lumière saignante quand on ouvre la porte du foyer, le rayon lumineux enflammé qui traverse l'espace, la fumée blanche qui semble y brûler. Enfin, tout.* »

CHAPITRE VI

Page 253.

1. Ces notations sont empruntées aux renseignements de Pol Lefèvre sur le service de nuit d'un sous-chef de gare.

CHAPITRE VII

Page 290.

1. Dans son livre (*Les Chemins de fer*, Paris, Quantin, 1889), Pol Lefèvre avait évoqué les difficultés provoquées par la neige pendant l'hiver 1879-1880. Il raconta d'autre part à Zola une aventure dont il avait été un des acteurs :
« Le train dans la neige. — *Hiver de 79-80. Lefèvre et un ingénieur partent de Paris sur une locomotive. La neige tombant très forte à Rouen, Lefèvre propose de retirer le cendrier sous la machine ; mais on ne l'écoute pas, et ils ne prennent comme précaution que des pelles de bois, dans le fourgon. Il avait aussi demandé de doubler l'attelage, de mettre deux machines. Non. À Malaunay, le tirage commence, la machine se ralentit, et s'arrête. Ils descendent, déblaient avec les pelles, démontent le cendrier avec peine, le retirent avec plus de peine, le traînent et le jettent sur le côté de la voie. Les roues coupent la neige, mais la masse du cendrier, au milieu, fait obstacle. Ils remontent, ils repartent. On fait machine arrière, on fonce dans le tas à plusieurs reprises. Déjà les voyageurs s'étaient remis aux portières ; interrogations, effarement. Après Yvetot, nouveau ralentissement, la machine souffle, finit par s'arrêter petit à petit ; et impossible d'avancer et impossible de reculer, lorsqu'on veut faire machine arrière. Impossible de démarrer. Cette machine immobilisée, comme glacée, comme perdant peu à peu le souffle, et morte, immobile, envahie par le froid. Il y avait, sur la voie, 80 cm de neige. Un tas un peu plus*

gros devant. *La neige tombant toujours, le train s'ensevelissait peu à peu, se recouvrait. Cela à la tombée du jour, pour
l'effet ; puis, la nuit. L'effarement des voyageurs, les cris, les
interrogations aux portières. On les empêche de descendre.
Ceux qui descendraient, de la neige jusqu'au ventre. Dans
les fossés, à droite et à gauche, un mètre cinquante de neige.
Pourtant, on se met au travail. Lefèvre, l'ingénieur, le mécanicien, le chauffeur, et les 3 conducteurs prennent les pelles
et déblaient. Mais cette fois pas moyen. Quand on essaie
de reculer, rien ne bouge. Épouvante des voyageurs. Lefèvre
court à la prochaine station. Quatre kilomètres dans la neige.
En route, il rencontre des troupiers en train de déblayer avec
des pelles de bois. Il les envoie, ils se mettent à déblayer. Lui
est allé à la station, où il y avait des trains en panne. Il revient
avec une machine. Et avec les deux machines, on fonce sur
la neige, on finit par passer.* »

CHAPITRE VIII

Page 337.

1. En réalité, le premier système de signaux d'alarme
n'est apparu qu'en 1882, sur les trains de la Compagnie de
l'Ouest (J. W. Scott, *art. cité*).

CHAPITRE X

Page 403.

1. Cette forme d'empoisonnement chronique, à l'aide
d'arsenic blanc, a été décrite à Zola par son ami le docteur
Gouverné, à qui il avait écrit, le 3 juin 1889 : « *J'ai besoin
qu'un gredin de paysan empoisonne sa femme, d'une façon
lente et facile.* »

Page 411.

1. Une coupure de presse (sans lieu ni date), qui figure dans le dossier préparatoire de *La Bête humaine*, raconte la crise d'affolement qui a saisi un ingénieur au milieu d'un tunnel non éclairé :

« Éperdu, droit devant lui, l'ingénieur prend sa course [...]. Il bondit sur les traverses et sur les rails, tombe deux fois, se relève, se cogne au mur, allant toujours plus vite, sentant haleter derrière lui le train qui va le rattraper. Finalement, émergeant du tunnel, il tombe littéralement dans les bras du garde auquel il avait, dix minutes auparavant, demandé l'heure des trains et qui n'en pouvait croire ses yeux de le voir revenir dans cet état et à cette allure. »

Page 425.

1. Le dossier du roman contient plusieurs récits d'accidents de chemin de fer, tirés des journaux : accident de Charenton, en septembre 1881, accident de Cabbé-Roquebrune, le 11 mars 1886, accident de La Hulpe-Groenendael (Belgique), le 3 février 1889. À Charenton un rapide avait tamponné un train direct arrêté anormalement dans la gare : dix-huit voyageurs étaient morts sur le coup. Entre Cabbé-Roquebrune et Monte-Carlo, un train parti de Nice et un train parti de Menton, lancés à la rencontre l'un de l'autre, s'étaient mutuellement broyés. Entre Groenendael et La Hulpe, sur la ligne de Bruxelles à Namur, un express avait déraillé et s'était jeté contre la culée d'un viaduc. La lecture des articles consacrés à ces accidents laisse sur l'impression que la sécurité des voyageurs n'était pas à cette époque la première préoccupation des Compagnies : les reporters et les chroniqueurs déplorent notamment le mauvais fonctionnement des signaux et des freins, le surmenage du personnel, l'inefficacité des moyens de prévention, la lenteur des secours, dont ils donnent de nombreux exemples.

L'accident de *La Bête humaine* n'est ni un tamponnement ni un déraillement. Mais Zola s'est beaucoup inspiré des reportages relatifs à l'accident de Cabbé-Roquebrune, en y joignant quelques détails empruntés à celui de La Hulpe. Sur les neuf coupures de presse consacrées aux accidents et conservées dans le Ms. 10274, six concernent celui de Cabbé-Roquebrune. À Cabbé-Roquebrune, le mécanicien du train de Nice, après avoir renversé la vapeur, avait sauté avec le chauffeur sur la voie. Tous les deux avaient été sauvés.

Page 427.

1. Ce détail est emprunté aux détails de l'accident survenu entre La Hulpe et Groenendael.

Page 429.

1. Ces éléments sont également repris des reportages sur l'accident de La Hulpe.

CHAPITRE XII

Page 529.

1. Ce dernier épisode a été suggéré à Zola par la lecture de l'article intitulé « En wagon », signé Ignotus, et publié dans *Le Gaulois*, le 12 mars 1886, après la catastrophe de Cabbé-Roquebrune. Le journaliste reproduit les anecdotes que lui a contées un mécanicien, et, parmi elles, « la légende du chauffeur qui, pour se venger de son mécanicien, amant de sa femme, l'a poussé tout à coup sur la voie, quand, selon l'habitude, on se penche pour regarder ». « Le mécanicien entraînant dans sa chute son assassin. On ne sait ce qu'est devenu le train... » Ignotus concluait : « J'aime mieux retenir de mon causeur les documents plus certains et surtout la preuve exacte que la plupart des accidents sont dus à l'insuffisance d'un personnel surmené ! » Zola, pour l'épisode final de son livre, a préféré garder la légende.

Page 530.

1. Zola avait demandé à Pol Lefèvre ce qu'il adviendrait
d'un train ayant perdu son mécanicien et son chauffeur. Le
train, répondit Lefèvre, accroîtrait d'abord sa vitesse, puis
celle-ci diminuerait, et la machine finirait par s'arrêter,
faute de feu, au bout d'une demi-heure ou de trois quarts
d'heure. Du reste, le conducteur-chef s'apercevrait sans
doute de ce qui se passe, et il serrerait son frein, de même
que le conducteur d'arrière — à moins que l'un et l'autre ne
sommeillent. « En tout cas, on peut avoir une demi-heure
de course folle dans la nuit », avec tous les dangers que cela
comporte dans le passage des gares. La réponse de Lefèvre
est plutôt rassurante. Mais le document est ici franchement
altéré pour les besoins du symbole.

DU MÊME AUTEUR

Dans la même collection

COLLECTION FOLIO

Dernières parutions

Impression Maury Imprimeur
45330 Malesherbes
le 18 mai 2017.
Dépôt légal : mai 2017.
1ᵉʳ dépôt légal dans la collection : avril 2001.
Numéro d'imprimeur : 217945.

ISBN 978-2-07-041801-5. / Imprimé en France.

316666